二見文庫

危険な涙がかわく朝

シャノン・マッケナ／松井里弥＝訳

Ultimate Weapon
by
Shannon McKenna

危険な涙がかわく朝

登　場　人　物　紹　介

タマラ・スティール	ジュエリー・デザイナー
ヴァレリー（ヴァル）・ヤノシュ	私設傭兵軍〈PSS〉の諜報員
レイチェル	タマラの養女
イムレ・ダロツィ	ヴァルの親代わりの老人
ガボール・ノヴァク	東欧マフィア、通称パパ・ノヴァク
カート・ノヴァク	ガボールの亡き息子
アンドラーシュ	ガボールの腹心の部下
ゲオルグ・ラクス	カートの元部下
ヘーゲル	ヴァルの上司
ヘンリー・バーン	ヴァルの同僚
ドラゴ・ステングル	ユーゴスラビア人民軍元大佐
アナ・サンタリーニ	ステングルの娘
ドナテッラ・アマト	ヴァルの昔なじみ
スヴェティ	レイチェルの姉代わりの少女
デイビー・マクラウド	マクラウド家の長男
マーゴット	デイビーの妻
コナー・マクラウド	マクラウド家の次男
エリン	コナーの妻
ショーン・マクラウド	マクラウド家の三男
リヴ	ショーンの妻
ニック・ワード	コナーの元同僚
ベッカ・キャトレル	ニックの婚約者

1

弱点を探れ。そこにつけこめ。

至極明快な指令はヴァルの頭のなかで何度となく繰り返され、やがて無意味な音と化していった。ヴァルはその雑音を心の奥に押しこめて、この日に回収した映像の〝再生〟ボタンをクリックした。

これを観るのは二十回めだ。あの女はまず、くねくねと身をよじる幼子《おさなご》をＳＵＶから降ろして、川辺の公園の遊び場に連れていく。ヴァルはここからの流れをもうすっかり覚えていた――ブランコ、滑り台、回転ジム、ジャングルジム。それから、散歩だ。女は子どもを肩車して林を歩く。途中で足を止め、子どもの体を持ちあげて、枝からぶらさがっている枯れ葉を叩いたり、つかんだりできるようにしてやる。女がどこでうなずくのか、どこでほほ笑むのか、どこで抱きしめるのか、ヴァルはすべてを記憶していた。

ジーンズ、登山靴、不格好なダウンジャケットといったいでたちでも、女のほっそりとした体つきや、猫のようにしなやかな身ごなしは隠しようがなかった。茶色の髪はゆるくひとつに編んである。ノーメイクだ。子どもが枯れ葉に向かってさらに高く手を伸ばし、キャッキャと笑う。

子どもは必ず弱点になる。しかし、ヴァルとしてはそこにつけこむ気になれなかった。子どもが巻きこまれるのはやりきれない。そういうときには決まって気が張りつめ、うしろめたさに苛《さいな》まされた。並々ならぬ努力で身につけた冷徹な職業意識こそ、ヴァルが優秀な諜報《ちょうほう》員《いん》たるゆえんだが、それがたちまちに吹き飛んでしまう。子どもの存在を知っていたなら、ヘーゲルがどれほど騒ごうが、いくら脅してこようが、この仕事は断わっていた。最悪の場合でも、やつらにできるのはおれを殺すことぐらいだ。やってみればいい。以前にも、命を狙ってくるやつは何度か現われた。いずれ誰かが成功するだろう。誰だろうとかまわない。成功の暁《あかつき》には、おれは死んでいる。

ヘーゲルがこの話をよこしたときには、どうということもない仕事に思えた。潜伏中の女を捜すこと——ヴァルはハッキングが得意で、ソーシャル・エンジニアリングにも長《た》けているのだから、たしかにあつらえ向きだ。女を見つけたら、ゲオルグ・ラクスのもとに届ける。できれば、女が自分の意思で行くように仕向け、できなければ、騙《だま》して連れていく。それもだめなら、どんな手を使ってでも。強制的に。誘拐してでも。

ゲオルグのために働くのは気が進まず、そもそもマフィアとは関わりたくなかった。過去は重くのしかかり、醜い記憶はいまだによどんでいる。だが、ヘーゲルは地位をかさに着て、仕事を押しつけてきた。ヴァルは自分に言い聞かせた。仕事は仕事として冷静にこなせばいいだけだ、と。甘かった。

とりあえずは、腕のいい偽造ID業者にかたっぱしから探りを入れた。ときには脅し、ときには鼻薬を嗅がせて、スティールの偽造パスポートの情報をできるだけ手に入れた。あの女は自分と娘のために何種類もパスポートを作らせていた。それから、数カ所に電話をかけ、国土安全保障省のデータベースにちょっとした細工を仕掛けて、一連のパスポートでは旅行ができないようにした。ともかく、ヴァルが調べだしたパスポートはもう使えない。いまになって、自分がこれほど有能でなければよかったと思う。

女に逃げのびてほしかった。それでもプロかと言われようが、くそくらえだ。

一月下旬の日暮れどき、部屋は寒く、闇はしだいに色濃くなっていく。ヴァルはだぶだぶのスエットパンツ一枚の姿で、床にあぐらをかいて座っていた。パソコンのモニターを見つめて、瞑想《めいそう》するかのようにじっと動かず、気持ちを落ち着けようと無駄な努力を重ねている。とにかく心を静めなければ、自分なりの情報分析能力を発揮することができない。

ヴァルの情報分析法は、子どものころにイムレからチェスを教えてもらった際、戦いのコツとして聞いたことをもとにしている。一見単純だが、かなりの集中力を要する方法だ。まずは、イムレが〝マトリックス〟と呼んでいた透明の箱を頭のなかに思い描き、そこにあらゆるデータを放りこんでいく。まったく関係なさそうでも、意味がなさそうでも、とにかくすべてを収めたら、その箱をぽっと浮かびあがらせて、データを回転させ、裏返し、分解し、組み立て直して、あらゆる角度から検証する。次に、距離を置いて、ただ浮いている姿をながめ、静かに観察する。

三歩さがって深呼吸だ――イムレはそう言っていた。

この距離感が決め手なのだ。心にゆとりが生まれ、受け皿が広がる。そのおかげで、ことの本質を見極めたり、解決策を練ったり、ひらめきを得たりできるようになる。

今夜はできなかった。闇が落ちていくあいだ、何時間も身じろぎひとつせず、筋肉が抗議のしるしに痙攣《けいれん》しはじめるまで、無為に座っていただけだ。解決策もひらめきもあったものではない。三歩さがることができなかった。気が散ってしまう。子どもの存在が腹立たしい。怒りで手順が狂う。だめだ、気持ちを乱すな。

しかし、タマラ・スティールを何日も見つめていれば、気持ちを乱すなというほうが無理だ。これほどあでやかな美女にはお目にかかったことがない。その美しさは、外面だけでなく、内面で燃えるものでさらに高められている。まばゆい光や、みずからを突き動かす力といったものだ。そうして、ヴァルの夢に入りこみ、思考をかき乱し、肉体を刺激する。集中力は粉々に砕かれた。

イムレが熱く語っていたところによれば、マトリックスの手法は倫理上の問題の解決にも活《い》かせるそうだが、かつてのヴァル、つまり、ひねくれて手癖の悪い不良少年ヴァイダにとっては無用の長物だった。

おい、脱線しているぞ。過去を思いだしてどうする？　なんの役にもたたない。ヴァルはうっとうしい虫を払うように、心のなかから思い出を追い払った。

スティールの行動パターンはすべて把握している。何もかも子どもが中心だった。一週ごとに、小児科医と児童精神科医を訪ね、子ども博物館、図書館内の幼児向けお話会、母子水泳教室、川辺の公園の遊び場に足を運ぶ。毎週その繰り返しだったが、一度だけ例外があった。無用心にもコナー・マクラウドの家によったのだ。それが突破口となった。

スティールは食料や日用品を家に配達させていた。ほかの買い物もインターネットですませているのだろう。娘の担当医のほかには誰とも口をきかず、誰も訪ねず、喫茶店やレストランにもけっして立ちよらない。ヴァルから見ても、当然の防護策だ。子どものための外出だけでも、露出度は危険なレベルに達している。ヴァルがついにスティールの住居を特定してから二週間のうちに、どれだけの情報が集まったか見てみればいい。

数週間にわたってデータ分析に明け暮れ、ひたすら待ちつづけた末、マクラウド一族のそれぞれの住まいに太陽光発電の監視装置を仕掛けておいたことが報われた。コナーとエリン・マクラウドの家と通りを挟んだ向かい側に公園がある。そこの木に望遠レンズ付き監視カメラを設置しておいたところ、ある日、スティールが映しだされた。幼子を膝にのせた姿に、ヴァルは茫然《ぼうぜん》としたものだ。

モニターを監視していた技術者から連絡を受けたとき、ヴァルはたまたまマクラウド家の近くにいたので、スティールがまだ裏のポーチで友人たちとバーベキューをしているあいだに、無線機をＳＵＶに取りつけることができた。

報告書に子どものことは書かなかった。自分でも理由はよくわからない。隠し通せるはずがないのに。人工衛星がいったんその冷たい目を女の住居に向ければ、ＰＳＳ内で関心をよせる者なら誰でも、スティールが子育て中だと知ることになる。子どもを車に乗せ、浜辺で一緒に遊ぶ姿を、誰でも見られるようになる。

スティールがクレイズ湾に面した小さな町の郊外で暮らし、しかも山の頂上に家を構えているとわかったあと、ヴァルは新たな方針を固めた。もしも人の多い街に潜んでいたなら、たとえチームで動くことを余儀なくされたにせよ、監視は楽にできたはずだ。しかし、クレイズ湾のような土地では、気づかれずに尾行をつけることはできない。だからこそ、ここを隠れ家に決めたのだろうが。

ほぼ探知不可能な無線発信器をSUVに取りつけたとたん、仕事がはかどるようになった。ヴァルはスティールの週ごとの予定を分析して、通り道の要所要所に超小型の監視カメラを設置した。各目的地の建物から適当な距離を取ってレンタカーを駐車しておき、それぞれに無線受信器を積んだ。これで、ノートパソコンや携帯情報端末《PDA》からでさえも、スティールの言動をリアルタイムで見張ることができるようになった。

技術屋どもには頼らなかった。電子機器の扱いに関しては、PSSの専門家の誰にも負けない自信がある。この仕事はひとりでやりたい。観客も提言も批判も不要だ。物理的に可能な限り、単独行動のほうが好ましい。

というよりも、ヴァルはほとんどどんなことでも、ひとりでするほうが楽だと思っていた。たわごとやおしゃべりを聞かずにすめば、三歩さがるという決定打を放ちやすくなる。

精神科医と小児科医のオフィスの防犯装置を軽くいなし、子どものカルテのコピーを手に入れた。養子の手続きを進めている斡旋所《あっせんじょ》のデータベースにハッキングして、もうすぐ〝レイチェル・スティール〟となる子どもの劇的な生いたちを知った。また、精神科医と小児科医のデスクの下には盗聴器も仕込んである。おかげで、子どもの体調については知りたくなかったことまで把握していた。用便習慣、食物アレルギー、発疹《ほっしん》、臀部《でんぶ》と足首の形態異常、視覚障害、慢性の耳の感染症、蓄膿症《ちくのうしょう》、睡眠障害。

そして、スティールがどれほど子どもを大切にしているかということも、わかりすぎるほどわかってしまった。さすがに痛痒《つうよう》を感じて、大事なデータであるにもかかわらず、マトリックスに放りこむことができずにいる。ヴァルの前に立ちはだかる壁のようだった。

標的が〝タマラ・スティール〟として世に明かしている素性についてもおおかた判明しているが、たいした情報量ではなく、事実でもない。がっちりと固められた身元は、微に入り細を穿《うが》った調査を受けても、ほころびのひとつも出ない。この女がじつは詐欺師で泥棒で殺人者だということをあらかじめ知らされていなければ、ヴァルも疑いを挟まなかっただろう。銀行詐欺、不動産詐欺、マネーロンダリングを始めとして、数えきれないほど多種多様な犯罪に長けた女。そして、嘘つきの天才。

だが、真実とはなんだ？　ヴァル自身、スティールにとやかく言える立場ではない。ヴァルの人生も無数の嘘でごてごてと塗り固められて、もはやどれが本物の人格なのか区別がつかなくなっている状態だ。すべては見せかけの足場にすぎず、その下には無が広がるばかり。どの人格もぺらぺらの紙人形だ。

ヴァルはとりとめのない考えを振り払った。腹立たしい。自分を哀れみながら心の内を見つめるなど、馬鹿《ばか》のやることで、なんの役にもたたない。哲学者気取りで思索にふける時間はない。

小児科医と精神科医の防犯対策はお粗末でも、スティールの住み処《すか》はがちがちの要塞《ようさい》だった。ヴァルは民間の警備会社〈プライム・セキュリティ・ソリユーション〉《PSS》で諜報員として働いている。そのPSSがよこした衛星画像から、スティールの地所の配置図だけは手に入れていたが、あの要塞の最新式セキュリティ・システムを出し抜いて近づくことはできなかった。

いま必要なのは、あの女に近づく口実だ。しかし、病的に警戒心が強く、世捨て人同然の暮らしをしている女が相手となれば、そんなものを得られる見込みはほとんどない。ステイールのような犯罪遍歴を持つ女が、いったいどういう心境で幼子を引き取ったのか。仮に隠蔽《いんぺい》工作だとしたら、厄介で効率の悪い手段を取ったとしか言えない。しかし、現在タマラ・ステイールと自称する女は、過去においては、効率第一の冷酷な顔しか見せていなかった。

ヴァルはため息をつき、負けを認めて立ちあがり、血の巡りをよくするために、屈伸したりはだしの足を振ったりした。音声認識タイプの照明の下で指をパチンと鳴らして、ホテルのスイートルームに明かりをつけた。静かな足取りで小さなキッチンに入り、浄水器のお湯の蛇口の下にカップをつけて、燻《いぶ》したような香りのラプサンスーチョン・ティーを淹《い》れた。ティーバッグを取りだしながら、ふと気づいた。この味が気に入って、つい先週と同じ商品を買ってしまった。瑣末《さまつ》に思えるが、こういうちょっとした過ちが死を招くこともある。

つねに自分に厳しくあれ。コーヒーを買うべきだった。フルーツジュース、スタミナドリンク、同じものでなければなんでもいい。習慣を作るな。それが諜報員として最初に習ったことがらのひとつだった。習慣は致命的だ。あっという間に欲求に変わる。諜報員は欲求どころか好みすら満たすことができない。白紙状態を保ち、どんな人物にも、どんなものにでもなれるように心がけること。体操選手よろしく身軽に、無心で、柔軟に。どの方向にもジャンプできるように身構えておくこと。イムレの教えが役にたった。

とはいえ、イムレはけっしてヴァルを薄っぺらで中身のない人間に育てようとしたわけではない。自分というものをかけらも持たない人間などには。

　ヴァルは妙に反抗的な気持ちで香り高い湯気を吸いこんだ。そう、気がゆるんでいるのは確かだが、誰にも見られてはいない。どことも知れぬ場所の壁にとまったちっぽけな蠅。それがおれだ。スティールが娘と遊ぶさまを見つめ、どういうわけかその姿に魅せられている。しかし、第一に、もしもスティールがPSSのもくろみを知ったら、まず間違いなくおれを殺すだろう。第二に、ことのなりゆきによっては、おれがスティール本人か幼い娘を誘拐することになる。それでも、仮にこのふたつの事実がなければ、いまの立場を楽しんでしまいそうな自分がいた。

　何より警戒すべき事態だ。

ほだされるな。ヴァルは胸にそう言い聞かせた。あれはとんでもなく危険な女だ。何年か前、スティールはカート・ノヴァクと関係を持った。パパ・ノヴァクの息子で、東欧マフィア帝国の跡継ぎと目されていた男だ。ふたりの関係が続いているあいだに、カート・ノヴァクは鮮烈で劇的な死を遂げ、そのときから、カートの副官ゲオルグ・ラクスはスティールに凄《すさ》まじい執念を抱くようになった。

　スティールはゲオルグを袖《そで》にした。というよりも、その忌まわしい日、煙のように消え失《う》せた。手がかりのひとつも残さずに。

　ヴァルはスティールを捜し当てたが、いまでは見つけなければよかったと思っている。ゲオルグのところに連れていきたくない。あの男は、よく言っても、麻薬の密売やら人身売買やらありとあらゆるいかがわしい商売で財をなした犯罪者にすぎず、悪く言えば、イカレた化け物だ。しかし、PSSは途方もなく裕福な顧客を批判しない。

ヴァルはカップを持って、フローリングの床の真ん中に戻り、光を放つノートパソコンの前でどさりと腰をおろした。裸の胸には鳥肌がたっているが、紅茶で体が温まるだろう。わざわざシャツを探したり、暖房を入れたりするのは面倒だった。

昨日のぶんの映像をクリックした。母子水泳教室。熱くほろ苦い紅茶をすすりながら、画像を飛ばして気に入りの箇所を探した。まただ。また気に入りを作ってしまった。この紅茶と同じだ。自分らしからぬ甘えだった。

気に入りはあっという間に歪《ゆが》められ、欲求となる。そして、それが執念と化す。ヴァルはつねづね、執念とはどんな気持ちだろうかと不思議に思っていた。もう不思議ではなくなったような気がする。

スティールが女性用更衣室から出てくる。でっぷりと太った女たちがおしゃべりに興じ、その子どもたちが金切り声で騒ぐなか、切れ長の目をした女豹《めひょう》がおりたったがごとく、ひそやかに、凛として。足取りの不安定な、大きな瞳の少女の手をそっと引いていた。

黒い水着でぴっちりと包まれた体には思わず目を奪われた。何度見ても、この更衣室からの登場シーンでは、かっと体が火照るような嬉しい驚きに襲われた。ヴァルはその感覚のとりこになりつつあった。すでにうんざりするほど見ている教室の場面は飛ばして、スティールが水中から子どもを抱きあげる瞬間を映しだした。子どものあとから、ザバッと跳ねるようにプールサイドにあがり、肉食獣を思わせる体勢でかがみこむ。濡れた体の丸みとくぼみ、光と影。張りのある豊かな胸。マンドリンのようにたおやかな曲線を描く腰と尻。長く、しなやかで形のよい脚。

　これまで仕事で大勢の女たちを誘惑してきて、なかにはかなりの美人もいたが、映像ひとつでこんなふうにそそられたことはない。いや、どんな刺激を受けようが、ここまでそそられたことはなかった。セックスは好きだが、いつも三歩さがる心持ちを保っていた。仕事絡みで女を抱くとなればなおさらだ。PSSに入ったときから、容姿と肉体を道具として使うように求められてきた。セックスのテクニックは十二分に身についたが、熱くなることはなかった。絶対に。

　なら、なぜおれはいま汗ばんでいる？　ホルモン過多のティーンエイジャーみたいに息を荒らげている？　論理的な説明がつかない。言い訳もできない。

　この女があの下劣なゲオルグ・ラクスに穢《けが》されるかと思うと、こぶしを握らずにいられなかった。考えただけで胸が悪くなる。よくない兆候だ。

　ああ、ここからが最高なんだ。女性用更衣室。ここに侵入した晩、シャワー・エリアで蛍光灯の照明器具を調べたとき、その裏に小型カメラの隠し場所としてぴったりの隙間《すきま》を見つけてしまった。どうしても我慢できなかった。なんにせよ、標的の裸体をじっくり見ることで有用なデータを得られるかもしれないだろう？

　いや、違う。おれは世界じゅうの誰にでも難なく嘘を吐けるが、あいにく、おのれの胸の内が相手となるとそうもいかないらしい。

　それにしてもこの映像はすばらしい。はずまんばかりの乳房、滴る水を受けてつんと立った茶色の乳首、泡だらけの体。子どもは先にシャワーを終え、タオルにくるまってカエルのオモチャで遊んでおり、母親の裸など気にも留めていない。タマラが体をすすぐ。石鹸《せっけん》の泡が小さくきれいに整えられた茂みに流れ、あらわになったなめらかな花びらに落ちて、まるで男を誘いこむような暗がりに消えていく。

スティールは室内のほかの女たちに目もくれない。逆に女たちのほうはこっそりと盗み見て、夫の男性誌の修正済みグラビアでしかお目にかからないような体に唖然《あぜん》としていた。ヴァルの携帯電話が鳴った。邪魔が入ったことにいらだちながら、ベルトに留めてあるイヤホンマイクを引っぱった。

イヤホンマイクを耳にかけた。「なんだ?」いやいやながらも応じた。

「どうだ?」ヘーゲルだ。PSSの直属の上司で、ヴァルを勧誘し、訓練した男。ヘーゲルの口調が不愉快でたまらなかった。耐えろ。憤怒もまた、ヴァルには許されないもののひとつだ。

「何が?」そう言い返した。

「女を捜し当ててから二週間がたつ。おれは上客にせっつかれてるんだぞ。卵を抱えた雌鳥みたいにじっとうずくまっているのはやめろ。まだ子どもを捕まえていないのか?」

ヴァルの口もとがこわばった。「そんなやり方は正しくない」

「だが、早道だ」ヘーゲルが応《こた》える。「どうやってでも結果を出せ」

ヴァルはひと呼吸入れてから、言葉を返した。「あの女が子どもにそれなりに愛情を持っていれば食いついてくるだろうが、そうとは思えない。おれとしては、先にもっとうまいやり方を試したい」

「うまいやり方だと？」ヘーゲルが犬のようなうなり声をあげた。「おいおい、ヤノシュ。パパ・ノヴァクの元一味ならもっとプロに徹していいはずだろう。おまえのすばらしい代案はなんだ？　女の頭を殴りつけて、箱につめこむのか？　すぐに実行するというなら、おれはそれでもかまわんが」

ヴァルは歯を食いしばった。三歩さがるんだ。ヘーゲルはノヴァクの組織とヴァルの昔のつながりをしきりにちらつかせたがるが、好きに言わせておけばいい。多少いらいらする程度のことだ。「検討中だ」ヴァルはしばらく間を置いてから答えた。

「ふん。もっと真剣に検討するんだな、ヤノシュ。子どものことで良心の呵責なんか感じるなよ。おまえはそれで前回の任務をぶち壊しにした。こっちの我慢にも限界がある。まったく、この仕事はヘンリーにまわすのが正解だった。あいつならいまごろは仕事を終えて引きあげていただろうさ」

ヴァルは石のように沈黙を守った。ヘーゲルは好んで争いの種を蒔く。みずから不安定な状況を作りだせば、その場を支配するのが楽になると信じているからだ。しかし、ヘーゲルがおれを支配することはできない。おそらく、人を使っておれを殺させることならできるだろう。だが、支配はできない。

親友にして諜報員仲間のヘンリー・バーンとの絆にひびを入れることもできやしない。ヘンリーはヴァルの唯一の友人と言ってもよかった。ヴァル・ヤノシュとして通っている人物には〝友人たち〟がいるが、そこに二重生活のことを知る者はいない。知っているのはPS

Sの職員だけで、そのなかで友人と見なせるのはヘンリーひとりだ。世界中でひとりきりの友人。イムレを数に入れれば話はべつだが、彼は友人という言葉でひとくくりにできるような存在ではない。

「この仕事は引退への切符なんだぞ」ヘーゲルががなりたてる。「それを破り捨てるなよ、ヤノシュ。おまえの偉そうな態度にはうんざりだ。おまえがとっとと巣立っていく日が楽しみでならない。なぜなら、その日が来なけりゃ、おれはストレスで血ヘドを吐くようになるからだ。おまけに、おまえなんぞを勧誘したぼんくらは、このおれだときた。おまえがこけたらおれまで泥をかぶるんだぞ。そのことを忘れるな」ヘーゲルは電話を切った。

ヴァルはイヤホンマイクを耳から離した。そのまま部屋の奥の壁に向かって投げつけていた。何ごとにもわれ関せずというといつもの平常心を取り戻そうとする間もなかった。もううんざりだ。十二年間、血の汗を流し、恩知らずの野郎どもの盾となってきたのに、やつらはなおも脅しをちらつかせる。

良心の呵責。これもまたヴァルには許されないものだ。人生のおおかた、この良心の呵責というやつが障害になってきた。これまで積み重ねてきた職歴を思えば皮肉なものだ。間違いなく、イムレの影響だ。イムレが今回の件について言いそうなことは、心の耳で一語あまさず聞き取れるが、頭のなかで再生が始まる前にそのお説教を断ち切った。罪悪感に費やす時間も気力もない。

スティールが子どもに愛情を持っているとは思えない、とヘーゲルに言ったが、あれは嘘だ。ああいう類《たぐい》の女は、愛がなければ、大切な時間を一時間も割いて退屈な母子水泳教室に耐えたり、公園の草地で何時間もボールを転がして遊んでやったりしない。深い愛情の証《あかし》だ。

効率第一で考えるなら、ヘーゲルの勧告を退けることは間違っているのだろう。

しかし、ヴァルは子どもを傷つけることをとりわけ嫌っていた。あの子を誘拐すればきっと傷つけてしまう。誘拐されればどんな子どもでも傷つく。幼くしてすでに深手を負っている子どもであればなおさらだ。

そう、傷は深い。ヴァルはあの子の生いたちを調べ、記録をあさり、カルテを読んだ。無数の痛撃を受けてきた子どもに、次の一撃を加える人間にはなりたくない。それに、言うまでもなく、健康に問題を抱える幼い子どもをさらうとしたら、その世話役を手配しておかなければならない。チームを組むしかなくなる。秩序は乱れ、何ごともひと筋縄ではいかず、大混乱に陥るはずだ。そういう事態にならないよう骨を折ってきたというのに。

昔から子どもを傷つけることは嫌いだったが、いままでの任務ではぼろを出さずに、どうにか成果をあげてきた。幸運と如才のない立ちまわりの賜物《たまもの》だ。しかし、昨年ボゴタで運が尽きた。

PSS上層部の目にも、はっきりとした問題として映ったのだろう。長期休暇を与えられたのも納得だ。銃創を受けたという瑣末事はべつにして。

それ以来まったくお声がかからず、ヴァルはいつなんどき狂犬のように処分されてもおかしくないと覚悟していた。毎朝目を覚まして、まだ生きているとわかるたび、ぼんやりとした驚きを感じた。まだやつらの手がまわってきていないのか、と。

そのうちに、もう一生放っておいてくれるのだろうかと期待しはじめたが、さすがに早計だった。電話があり、スティールの所在を捜索しろと命じられ——ふたを開けてみれば、標的には幼い娘がいた。要は、落第の許されないテストだ。

ヴァルは思わずシャワーの場面をクリックしていた。濡れた女の体が舞うようにしなうさまをながめれば、きっといい気晴らしになる。しかし、女が子どもと遊ぶようすを見るのは、気晴らしどころか拷問だった。そわそわとして、汗ばむばかり。筋道をたてて考えることも、距離を置くことも、三歩さがることもできない。これほど自制心を揺さぶられたことはなかった。

弱点を探れ。そこにつけこめ。低くうなるように、頭のなかで命令が繰り返される。

くそったれ《ヴァッファンクーロ》。ヴァルは心のなかで反撃し、命令を払いのけた。

そのとき、スエットパンツにさげてあったポケベルの甲高い音が響いた。ひと目見て、胃が締めつけられた。ブダペストにいるイムレのハウスクリーニングサービス会社から送られてきた数字コード。イムレの健康や生活に変化があれば、そこから知らせがくることになっている。これまでベルが鳴ったことは一度もなかった。

そのコードによると、ネット上の伝言板にヴァル宛《あ》ての緊急メッセージを送ったとのことだった。イムレの身に何かあったのだ。

どうしようもなく動悸《どうき》が速まる。震える手でパスワードを入力し、メッセージを開いて、文章に目を凝らした。

わずか数行のメッセージだった。今日、料理や掃除や買物のために雇われている女性がイムレのアパートメントを訪ね、扉がこじ開けられているのを発見した。部屋は荒らされ、イムレは意識を失って床に倒れており、ひどい打撲傷を負っていた。いまは入院中で、重体だという。

画面の文章をおよそ三秒ほど見つめたあと、はじかれたように立ちあがり、その拍子に紅茶のカップを引っくり返した。やみくもに電話を探し、湯気のたつ水たまりにはだしで踏みこみ、バシャッと紅茶をはねさせて滑り、ぶざまに尻もちをついた。気持ちだけが急《せ》いている。早く着替えて、荷作りをすませ、行かなくては。早く、早く、早く。

息もつけず、めまいがしている。パニックに陥っている。落ち着け。三歩さがるんだ。パニックもまたヴァルには許されない贅沢《ぜいたく》のひとつだ。

弱点を探れ。そこにつけこめ。

胃がむかついて仕方がない。たったいま自分の弱点が見破られたのだ。

2

アドレナリンに眠りを破られた。

タマラはベッドでがばっと跳ね起きた。全身の神経が悲鳴をあげている。すぐさま自分なりの精神療法を駆使して、アドレナリンの引き金になった夢をさえぎろうとした。意識のなかに夢の爪跡が残らなければ、感情も比較的早く消える。ただし、どれだけ早く消えようと、尾を引きずるのが常だ。

しかも、今夜は夢を遮断できなかった。ライフルの銃声。くすんだ白い空の下、がっしりと組み伏せてくる手。黒いシルエットから口々にあがる叫び声。しかし、何を言っているか聞こえない。ライフルの破裂音で耳がおかしくなっている。

きつくまぶたを閉じても、皆の白くこわばった顔が見える。深い穴のなかから、いくつもの虚《うつ》ろな目がこちらを見あげている。見開いたままなこに土砂が降りそそぐ。タマラは目を閉じてあげようとした。何度も何度も試みたが、死者の目にのせるべきコインがない。目は永遠に開いたまま。タマラがどんな人間になったのか、じっと見つめている。皆の目から隠すことはできない。

そして、恐怖、屈辱。焼けつかんばかりの憎悪。忌まわしく、いやらしいあの怪物が、皆とわたしにどれだけの所業を働いたことか。ステ、ン、グ、ル。

十六年が過ぎたいまでも、殺してやりたくて指先が疼《うず》く。

両手を顔に押し当てて深呼吸をしようとしたが、横隔膜が痙攣《けいれん》を起こし、全身が揺さぶられているいまは、息をするたびに肺が動かなくなりそうだった。どうして？　ステングルと手下の秘密警察隊、そしてスレムスカ・ミトロヴィツァの恐怖のことはもう何年も夢に見ていなかったのに。しっかりと凍結して葬り去り、その上に巨大な岩をいくつも転がしておいたはずだ。

でも、何かがその岩をひとつひとつ取り除いてしまった。たとえばレイチェルが。まさかこんなことになるなんて。

タマラは膝を抱えた。全身の筋肉がこわばって、体中が痛い。ひどい動悸がして、心臓が破裂しそうだ。

寝室の大きな窓から月の光が差しこんでくる。タマラはあらゆることに気を配ってこの部屋をしつらえた。穏やかにやすらぎを得られる部屋。ごたごたの一切から解放され、ほっと息をつける静かな聖域を思い描いていたのだ。幻想でしかない。眠りのなかでさえ、気を抜けないというのに。

電子制御のブラインドは夜明けの直前に自動で閉まり、室内を薄暗く保って、レイチェルの眠りを守ってくれる。しかし、いまはまぶしいほどの月光がそそぎこみ、ナイフのように冷たく鋭い影を落としていた。

タマラは同じベッドに横たわる小さな体を見おろした。レイチェルはもぞもぞと身じろぎしながら眠っている。並んで横たわり、子どもの背中を撫《な》でてやった。無垢《むく》な子どもの寝床に悪夢を持ちこんでいいものかわからないけれども、レイチェルはどうしてもひとりで眠ろうとしない。

じつのところ、そんな言いぐさは安っぽい方便にすぎないとわかっている。わたしがレイチェルのそばにいたいだけ。眠っている姿をながめ、上下に動く小さな胸を、穏やかな寝顔を見つめていたい。温かな体にふれて、よりそっていたい。夜中にレイチェルが目を覚まし、誰かに手を伸ばすときには、わたしがそこにいてやりたい。指先が届くところに。すぐに安心感を与えてやれるように。レイチェルがこれまでに奪われてきたものを思えば、与えられるものなどほんのわずかにしかないけれども。

この子を見つめるだけで、やすらかな気持ちになれる。安眠できない夜でさえ、レイチェルをながめていられれば、それでいいと思えた。そのそばに横たわり、〝臓器泥棒事件〟のおまけとしてついてきた奇跡を感じていられる。胸がふんわりと温かくなっていく。溶けていく。

問題は、心の防壁も一緒に溶けつつあるのに、いまだにそれなしで生きている覚悟が決まっていないことだ。恐ろしかった。

レイチェルが寝返りを打ち、手を伸ばしてきた。細い腕に驚くほどの力をこめて、タマラの首に抱きつき、ベビー石鹸と甘酸っぱいミルクと歯磨き粉の香りを漂わせながら、精一杯にしがみついてくる。

タマラは幼い少女を抱きしめ、よりそってくる痩《や》せた体のぬくもりを感じて、ほっと息をついた。レイチェルにみなぎる生命力は、小さな太陽のようにまばゆい光を放っている。そばにいるだけで、虚ろだった胸の内で何かが育っていく。もうとうに死に絶えたはずの何かが。

どうあろうとレイチェルにはわたしが必要だ。いや、わたしでなくてもいいのかもしれない。運命を決する瞬間、そこにタマラが立っていたことが、この子にとって幸運だったのかどうかは疑わしい。それでも、誰かがパチッと指を鳴らして魔法をかけたみたいに……レイチェルはタマラのそばから片時も離れなくなった。そして、タマラのほうにも、この子に必要とされたいという強い思いが、どこからともなく湧《わ》きあがってきた。

不思議だった。途方もなく長いあいだ、そういった心情をあえて見くだしてきたのに。くだらないおままごとだと見なしてきたのに。

レイチェルはまだ三歳になったばかりだが、すでにふつうの人間の一生ぶんの不運に見舞われてきた。生まれて間もなく薄汚い孤児院に放りこまれ、強欲な臓器泥棒に内臓目当てで買われて、何カ月ものあいだ、死にゆく子どもたちの集団に混じって、窓もなく悪臭に満ちた部屋に閉じこめられ――これ以上ないほど不幸な生いたちだ。

そしてさらに、レイチェルはどういうわけか、いわば養母選びのくじでタマラ・スティールを引いた。なんてすてきなご褒美。

それでもまだ不幸が足りないというのなら、レイチェルの選んだ母親が、神経過敏と被害妄想を患うようになったという事実も加えられる。つまり、どちらもこれまでより悪化したということ。生涯の敵と目する人間がずらりと列を作っているのだから、神経過敏ぎみ、被害妄想ぎみなのは当然だったけれども、最近の自分はわれながら病的だ。おかしいとは思うものの、妙な感覚を振り払えなかった。トカゲにでもなったような気分だ。この数週間、爬《は》虫類《ちゅうるい》並みのちっぽけな脳で何かの気配をとらえたように感じるたび、うろこみたいに鳥肌をたてて、こわごわと背後を確認しては、〝監視されている〟と胸のなかでつぶやいている。

被害妄想か、第六感か？　どちらとも言えない。勘はいいほうだ。とはいえ、秩序を忘れ、心の内で荒々しく流れる感情が、直感さえ鈍らせたとも考えられる。

穏やかな流れはもう二度と期待できないのかもしれない。心の内も外も大洪水だ。それでもうまく泳げるように慣れるしかないのだろう。

フリース生地に覆われて眠る子どもの背中をさすり、温かくて丸い頭を撫でた。絹のような巻き毛、ふっくらとして柔らかい頬。ピンクの花のような唇は半開きで、よだれに濡れ、月光のなかで輝いている。どこにふれても、その感触に指先が感動するようだった。なんて愛らしい子だろう。タマラの呼吸が落ち着いていく。動悸も安定していく。そして、いつものように、驚くべき感覚が胸に広がる。

熱く、心地よく……生き生きとした感覚。

生きている。タマラは救われたのだ。もう失われたとばかり思っていたが、タマラのなかにもまだ何かの命があった。そして、この生命の芽生えと引き替えに、恐怖と畏敬《いけい》の入り混じった感情を得た。それがいいことなのか、悪いことなのかはわからない。

月光はいらだたしいほどじりじりと壁を這《は》いあがっていく。タマラは子どもの背中を撫でながら、ただひたすら息をしていた。頭のなかで砲撃音がしつこく鳴り響いている。地下牢《ちかろう》から沸き起こる苦痛と恐怖の悲鳴は、いつまでもこだましている。でも、レイチェルだけに気持ちを向けて、小さく美しく非の打ちどころのない姿を見つめていれば、きちんと酸素を取りこめる。ストレスによるフラッシュバックという落とし穴に転げ落ちることなく、悪夢の一本道を歩いていける。

しかし、楽ではない。今夜は夢の残像がなかなか消えなかった。心の奥底に沈殿している。あの砲撃音、あの悲鳴をひと晩たっぷり聞くことになるのだろう。それでも、耐えてみせる。つぶされやしない。さあ……息をして。

心のどこかに、レイチェルと出会う前の冷たく麻痺《まひ》したような感覚を惜しむ気持ちもあった。鉄砲水に流される小枝よろしく、絶えず感情に揺さぶられ、振りまわされるのはうんざりするものだ。子どもを引き取ったとき、こうなるとは予想もしていなかった。ただ、衝動に突き動かされていた。臓器泥棒事件が終わったばかりでごたごたしていたから、レイチェルが自分の心の安定にどんな影響をもたらすのか、よく考えるほどの冷静さはなかった。

なんにでも対処できるという驕《おご》りがあったのだろう。事実、かなりうまく立ちまわって生きてきた。レーダーをかいくぐり、商売で莫大《ばくだい》な利益をあげた。しかも人前に姿をさらすことなく。現在使っている〝身元〟の守りは堅い。長引く養子縁組手続きに多少ぴりぴりさせられているものの、正規の手続きを踏めること自体が、タマラの非凡な詐称能力を証明している。番狂わせが当たり前の仕事ばかりしてきたので、少し前までは、そう、退屈していたけれども、臓器泥棒を急襲したことで倦怠感《けんたいかん》が静まった。あの絶叫マシーンの余韻で、しばらくはもつだろうと思っていた。そこへ――

こんにちは、赤ちゃん。冒険とはまさにこのこと。さようなら、倦怠感。もう退屈している暇なんかない。すべてをうまくこなそうとしたあげく、ショート寸前だ。責任の大きさに押しつぶされそうだった。国際養子縁組にあたっては、お役所仕事の煩雑な手続きに延々付き合わされる。さらに、定期検診、特別な食事、アレルギー発作、昼寝、病気、投薬、入浴、引きつけ。不安。

それでいて、いまやレイチェルのいない人生など考えられない。

奇跡はあっという間に起こった。それも、ひそやかに。痩せた猿みたいな女の子が両腕を伸ばし、必死で首にしがみついてくるたびに、〝心〟があるとされる場所が温まり、柔らかくなっていった。タマラのなかで何かがねじれ、膨らみ、ポンッとはじけて――

この子は難なくわたしをとりこにしてしまった。潤んだ褐色の大きな目は、小さなイリーナにとてもよく似て――だめ。考えてはだめよ。やめなさい。

熱い涙が頬を流れていった。絶え間のないしゃくりあげで、胸は引きつり、全身までもが小さく震えていた。

ああ、泣くのはいや。しがみついているレイチェルの腕をそっとはずし、静かにベッドから出て、淡い色の竹材の床におりた。

いまいましい。もしレイチェルが目を覚ましたら――こんな姿を見せたくない。しっかりしなさい、タマル。母親にガタがきているところを見せるまでもなく、この子はもういやというほど不安を感じているのだから。

タマル。思わず、子どものころの名前で自分に呼びかけていた。わが身を叱《しか》りつける内心の声は、母のそれによく似ていた。おかしなものだ。本名とよく似た名前を偽名に選ぶなんて、正気ではなかった。自殺衝動？　それとも、腹立ちまぎれ？　あるいは、多少なりとも本当の自分を残したかった？　わずかばかりにも一個の自分というものを感じるために？

難問だ。タマラはいつしかうずくまっていた。顔をあげなさい、タマル。立ちあがりなさい。大人になるのよ。代わりを務めてくれる人など誰もいないのだから。

のろのろと立ちあがり、よろめきながらバスルームに入って、大きな大理石の洗面台にかがみこんだ。水で顔を洗い、鏡に目をやった。そのとたんに後悔した。げっそりとした顔、こちらを凝視する充血した目、くすんだ色の唇、わななく口もと――見るんじゃなかった。ひどいものだ。でも、いったん涙の発作が始まったら、治まるまで待つしかない。再び洗面台にかがみ、流れる水を手で受けて、ごくりと飲みこんだ。もう一度バシャバシャと顔に水をかけ、涙と鼻水を洗い流した。

それだけの大仕事をすませると、両脚は役目を果たしたと判断したらしい。タマラは壁に背をつけて、ずるずるとへたりこんだ。冷たいタイルの床にお尻がぶつかる。

膝を抱え、震える体を抱いた。レイチェルに会うまでは、何年も泣いていなかった。おそらく十年以上。涙を懐かしむ気持ちもなかった。

手のひらを両目に押しつけ、痛くなるまで力をこめていった。かわいそうなレイチェル。自分のありようを考えれば、そもそもわたしがあの子に手をふれたのが間違いだ。しかし、ふれてしまった。もう取り返しはつかない。

どうあってもレイチェルには母親が必要だ。献身的で賢くて良識のある真の母親が。あの子の不運な生いたちを知ってなお、母親に名乗りをあげるのは愚か者だけだろう。しかし、愚か者ではあれだけの痛手を癒《いや》してやれない。優しい自分、哀れみ深い自分に酔っている馬鹿な女は、そうした幻想を砕かれたとたんに観念してしまう。そして、レイチェルのような子どもは必ず幻想を打ち砕く。

レイチェルは多くのものを必要としている。肉体的にも、精神的にも、経済的にも。生まれたときからすべてを奪われてきた子どもだ。だから、竜巻のような勢いですべてを取り戻そうとする。スヴェティという少女は、臓器泥棒の掃き溜《だ》めにレイチェルと一緒に閉じこめられていた年かさの女の子だ。優しくしてくれた初めての相手だったから、レイチェルはスヴェティに張りつき、乾いたスポンジのように何もかも吸収した。いまタマラから離れないのも同じことだ。

愛情。何よりもレイチェルに必要なもの。あらゆる感情のなかで、何よりも心地よく、何よりも自然に湧きでてくるもの。

ときには静かな時間が恋しくなる。不毛だが輝かしい孤独。ジュエリー制作に熱中する贅沢。誰にも邪魔されず、誰からも必要とされずに。しかし、そうしたところでまた侘《わび》しさに――レイチェルと出会う前の人生と同じ侘しさに襲われるだけだろう。なぎ倒されるだけだ。

レイチェルの発育は一年以上遅れていた。三歳になったが、理解力、言語能力、運動能力のすべての点で、生後二十カ月の赤ん坊並みだ。そして、それは天の恵みだった。もっとひどいことになっていてもおかしくなかったのだから。植物人間になっていた可能性もある。死んでいた可能性も。

そうならなかったのは奇跡だ。そして、この奇跡は、レイチェルが死ぬ運命ではなかったことの証だ。タマラはそうとらえた。ただ命をつないだだけでなく、すくすくと育っていくのだ。光り輝き、花開く運命。あらゆる困難をものともせずに。

タマラのもとに来てから数カ月で、レイチェルは大きな進歩を遂げた。もうしわくちゃの小猿には見えない。前よりも上手に歩き、上手に話し、片言で三カ国語を操る。ベビーシッターの使うポルトガル語、タマラが忘れさせまいとしている母国のウクライナ語、そしてもちろん英語だ。

この子と一緒にあげた成果を誇らしく思う。でも、ひたひたと追ってくる略奪者どもの影に怯《おび》え、夢で聞いた悲鳴とライフルの銃声が耳にこだましているいまは、こう考えずにいられなかった。レイチェルに呼び覚まされた感情にあらがえなかったというだけで、あの子を引き取るなんて、わたしはどれほど利己的で身勝手だったの？　いくらレイチェルがイリーナに似ていても。レイチェルのおかげで、思いがけずに生を実感できたとしても。

そうした思いを味わわせてもらったお返しに、ふつうの家庭らしきものを与えてやれるとでも？　与えたくとも、持ち合わせていない。

ふつう？　タマラには縁のないものだ。〝ふつう〟がどんなふうで、どんな感じがするものなのか、さっぱりわからない。タマラ自身は幸せな子ども時代を過ごしたけれども、もう百万年も昔のことのようだった。そのころの記憶は、頭のなかに自分で築いた生垣の向こうにあって、近づくこともできない。お手本にするなどとうてい無理だ。

人生の大半、荒野にひとりきりで生きてきた。タマラ惑星でのキャンプ生活。いや、惑星ですらない。宇宙ステーションのほうがそれらしかった。絶対温度ゼロの真空空間を千キロ単位の緩衝地帯として、ふつうの現実世界の周囲をまわっている。

深手を負ったかよわい少女を宇宙ステーションに連れてきて、一緒に流浪の生活をしようだなんて、われながらどういうつもりだったのだろう？　仲間ほしさ？　わたしのエゴはそこまで醜いの？　身勝手で、孤独で、頭の回線までイカレている醜悪な女。そんな女に幼子の母親になる資格はない。かつては泥棒で、悪党で、詐欺師だった。必要に迫られて暗殺者の真似《まね》ごとまでしたことがある。とはいえ、つねに正当防衛だった。それに、これまで手にかけてきたのは、十二分に死に値する人間ばかり。罪もない者を犠牲にしたことはない。罪もなく犠牲になる者の気持ちはよくわかっている。

しかし、タマラはまったく罪のない人間とも言えなかった。自慢の鉄の心さえ折れそうになるほど昔から、数々の罪状で指名手配されている。国際法執行機関と世界的マフィアの両方から身を隠している。ずいぶんひどい目にあわされてきたものだ。右から、左から、斜めから、あらゆる方法で。あらゆる意味で。

それがいまはどうだろう。特別な世話を要する特殊な幼児の母親。レイチェルについてはすべてが当てずっぽうだ。暗闇を手探りで進み、小さな選択のひとつひとつがうまくいくように必死で祈るしかない。

言うまでもなく、一歩外に出れば、復讐心《ふくしゅうしん》に燃えてタマラをつぶしたがっている危険なやからがわんさといる。その筆頭がパパ・ノヴァク。僅差《きんさ》の二位がゲオルグ・ラクス。ただし、ゲオルグがほしがっているのは、タマラの命ではない。そう思うと、嫌悪感で身の毛がよだった。

ノヴァクが血祭りにあげられたあとも、ゲオルグが生きていると知ってぞっとした。あの日のタマラは許しがたいほど女々しくて、あの毒蛇を仕留める機会があったにもかかわらず、とどめを刺さなかった。ゲオルグは手当てを受けたのちに刑務所送りになったが、それからどうなるかは言わずもがなだ。あれほどの人脈を持つ男を長く拘禁しておける刑務所などない。

ほかにもまだまだ敵はいる。長蛇の列ができるほど。いつなんどき居所を突き止められ、捕らえられたり、殺されたり、さらにひどい目にあったりするかわからない。レイチェルに安全な家庭を約束してあげることができない。しかし、深い絆を結んだいまとなっては、この子に背を向けるのは地獄の業火で焼かれるよりもつらいことだった。

レイチェルはまた捨てられたと思うだろう。生まれてこのかた頼る者もなく、もがき苦しみ、怯えきっている三歳の娘に「あなたの身を守るため」と言って聞かせることに、どれだけの意味があるのか。

それでも、レイチェルのために手はずを整えなければならない。しかも早急に。最悪の事態を想定しておくべきだ。タマラは腹をくくり、苦い思いを呑《の》みこんで、様々な手を検討した。

マクラウドの女たちとレインのうちひとりを選んで、タマラが消されたときにレイチェルを引き取ってもらうか、せめて保護者になってくれるように頼むことはできる。女友だちと呼べるのは彼女たちだけだ。友情という言葉の意味を広くとらえるなら。そうしたところで、友情とは呼べないかもしれないけれども、タマラがここまでそれに近い感情を持ったのは生まれて初めてだった。全員がタマラに恩を感じている。全員が災禍をくぐり抜けてきた女たちだ。それぞれの事情により、ふとしたきっかけから卑劣なやつらの暗殺リストに載ってしまったためだった。タマラと違って、本人の驕りや悪行が原因でそうなったわけではない。

彼女たちは愚かではない。世間をよく知っている。愛情面でも問題はない。困難で重大な頼みごとになるうえに、旦那連中は喜ばないだろうけれども、後者はどうとでもなる。レイチェルが将来受ける予定の手術費は高額だが、タマラは相当の財産を蓄えていた。これから一生、あの子がお金で困ることはない。そこだけは問題にならない。

彼女たちの誰に頼んでも引き受けてくれるだろう。誰ひとりわたしにノーと言わないはず。直感でわかる。

それでもなお、これほど重い頼みごとをするのは気が引けた。じつのところ、女友だちとの付き合いは苦手だ。厄介だし、うるさいし、時間の無駄。どういうわけか、あの女たちはたびたび顔を合わせようとする。こちらにはうかがい知れない理由で、何かと世話を焼いてくる。飽くなき質問、気づかい、笑い声、おしゃべりには頭が痛くなるばかりだ。不当な言い分なのは承知だけれども、ほかならぬあの女らしさが気に障った。女性ホルモン過剰だ。わたしにはほんの少ししかないもの。わたしは孤高の生き物だ。型にはまらず、男女の枠を超え、社会に染まらない。完全にイカレている？　そのとおり。そこは否定も、弁明もしない。これが、あるがままのわたし。気に食わないと言われようとも、笑い飛ばすだけ。相手が誰でも。それが自分であっても。

〝女たち〟が苦手だと言ったけれども、つがいの男たちがましだというわけではない。マクラウド一派の男どもは、男にしてはまだ頭が切れるほうだとはいえ、それぞれが群れのボス気取りで、全員の頭に男性ホルモンという靄《もや》がかかっている。そのため、いつでも偉そうな態度を取って、男ならではのたわごとを繰り広げる。もちろん、そんなものにかかずらう時間も忍耐力もない。

それでも、振り向けば彼らがいる。ずっとつきまとってくる。追い払うことはできなかった。あろうことか、わたしを守るつもりでいるらしい。最近はニックまでもが。〝わたしを死ぬほどいらいらさせても、とりあえず殺さないでいてあげる〟という厚遇を受けている人間はごく少ないが、あの臓器泥棒事件のあと、ニックはそこに割りこんだ。とにかく、いつか誰かの玉を刈ってやるかもしれないけれども、殺す気はない。

皆が一所懸命に友人になろうとする姿は子犬を思わせる。かわいいと思う——こともある。機嫌がよければ、心がくすぐられることさえあった。もっとも、近ごろは悪夢に悩まされていて、それどころではない。この悪夢は若いときに悩まされたストレス性障害に酷似している。あのあと、わたしは氷の女になった。わたしの分身たる魔性のロボットに。

でも、もう氷の女ではない。とりわけ、マーゴット、エリン、リヴ、あるいはレインがレイチェルの親代わりになることを思い描くときには。あの女たちのうちの誰かがレイチェルを引き取り、たいした苦もなく、にこやかに、わたしには及びもつかないほどよい母親になるところを想像すると、まったくもって不当な嫉妬《しっと》と敵意の炎が燃えあがる。不当でもかまうものか。

彼女たちのせいではない。あの女たちは何も悪くない。待って。まさにそこが問題。どをどう切り取っても清く正しい人たち。皆、地獄に落ちればいい。いま、また泣きだしてしまうことを恐れていなければ、みっともなく血迷った自分を笑い飛ばしていただろう。夜明け前に訪れるこの儚《はかな》いひとときに限り、屈辱的な事実をみずから認められた。つまり、わたしは嫉妬深い女だ。皆をひどく妬《ねた》んでいる。神に誓って、あの男どものことではない。ろくでもない甘ったれの男たちに煩わされるなどとんでもない。とはいえ、あの女たちは比較的まともなのを捕まえたと言える――男という種族のなかに〝まとも〟と呼べる者がいると仮定するなら。突きつめて考えれば、その仮定に矛盾があるのは明らかだけれども。

そう、妬ましくなるのは、あの人たちがまっとうに生きているから。地に足をつけて、世間になじみ、地道に働き、生き生きと暮らしている。満たされた性生活の輝きは、わたしみたいな禁欲生活者の薄っぺらなお尻を五十メートル先まで吹き飛ばすほど強烈だ。

それに、彼女たちは母になることをまったく恐れなかった。すでに母親になった者だけでなく、そうでない者も、自分の番が来れば間違いなく同じようにふるまうだろう――リヴしかり、ニックの婚約者で、まもなく妻となるベッカしかり。マーゴット、レイン、エリンのみならず、全員から母性を感じる。いつ牝牛みたいにモーと鳴きだしてもおかしくない。

あの女たちにとって、母になるということは、喜びを抱きしめ、心を満たされることとぴったり重なり合う。誇らしげな夫に見つめられ、無上の幸福に浸る。赤ん坊の驚くべき成長ときらめくばかりの才能に、顔を大きくほころばせるばかり。もうすぐそのときを迎えるレインは、満月のように光り輝いている。エリンの息子は一歳、マーゴットの赤毛の娘は七カ月になる。丸々として、なんの障害も持たない赤ん坊たちは、絨毯《じゅうたん》を転げまわり、喉を鳴らし、屈託のない笑い声をあげる。身長、体重、器量、知性、幸福度のすべてにおいて最上位につけている。

タマラの娘は違う。レイチェルはことあるごとに必死にすがりついてきて、ときには発作的に癇癪《かんしゃく》を起こし、悪夢に泣き叫ぶ。発育も遅れている。足首と臀部の骨に形態異常が見られ、視力にも問題がある。何カ月ものあいだ人工照明のもとで監禁されて、目の前にあるコンクリートの壁より遠くに焦点を合わせることがなかったためだ。虐待やネグレクト、栄養失調による脳障害の可能性については、医師たちが何度となく口にしているが、タマラはくだらないと切り捨てていた。レイチェルの目をのぞきこめば、この子がどんな水準に照らしても頭脳明晰《めいせき》であることがはっきりとわかる。ただ、ちょっぴり頑固で、疑い深く、白衣姿の見知らぬ人間から、自分の認知力をあれこれ判断されるのをよしとしないだけだ。タマラはその気持ちを完璧《かんぺき》に理解できた。医師たちはわかっていない。

レイチェルは、これまで受け取りそこねたぶんの愛情をひとつ残らず取り戻そうと躍起《やっき》になっている。誰もこの子を責められないが、かまってもらいたくて必死の顔を覆い隠したくなることもたまにあった。心優しくおっとりとしたブラジル人女性、ロザリアが毎日手伝いに通ってくれるおかげで、ある程度まとまった時間を取り、静かに仕事をすることはできている。でも、その大切な時間は毎日何かしらの急用で削り取られてしまう。そしてたとえ丸ごと使えたとしても、時間はまったく足りない。じっくり考える余裕もない。それどころか、息をつく暇さえほとんどないありさまだ。

それでも、何があっても、この子はわたしのもの。ほかの誰がこの子を裏切ろうと、わたしは裏切らない。絶対に。うまくやってみせる。タマラは膝に両目を強く押しつけた。ジンジンしてきたけれども、なおも埃《ほこり》っぽい地面に掘られたあの深い穴が目に浮かんでいる。まだ赤ん坊の妹と母がそこに放りこまれた。イリーナは二歳だった。ふたりの顔は青白くこわばり、ぴくりともしない。目は大きく見開かれている。そこに土砂が降りそそぐ。ふたりはゴミのように捨てられたのだ。

あの光景がまぶたの裏に焼きついて離れない。

よりによって一番思いだしたくない記憶が、暴走列車のように突進してくるなんて。レイチェルのために、心の奥底から愛情を掘り起こした代償がこれだ。

昔からずっと、愛情ではなく復讐を夢見てきた。愛情にはうまく対処できない。頭のなかで混線が起きて、回路がショートしてしまう。胸の内が乱れ、揺さぶられる。復讐のほうがずっと単純で扱いやすい。復讐なら、高性能の機械みたいな心に取りこんで、モーター音も軽快に処理することができる。

わたしはきっちりと調整された復讐マシン。ドラゴ・ステングルを捜し当て、殺し、そして過去の亡霊たちをやすらかに眠らせてやるようにプログラムされていた。それがこのありさま。そう、復讐マシンからレイチェルへの愛情を生みだそうとしている。ロケット弾発射機からクッキーを作ろうとするようなものだ。レモンの代わりに手榴弾《しゅりゅうだん》を使ってレモネードを作るようなもの。

突然、呼子のように甲高いレイチェルの悲鳴が響き、タマラはバネ仕掛けの人形みたいに飛びあがって、寝室のほうに駆けだした。いつものことだった。暗闇のなかで目を覚ましたとき、ひとりぼっちだとわかると、レイチェルは声を限りに叫びはじめる。

上掛けのなかにそっともぐり、身を丸めて、こわばった小さな体を包みこんだ。寝かしつけたあと、レイチェルの首を鼻でくすぐって、癖毛用シャンプーの香りを吸いこんだ。そして、また魔法にかかった。胸のなかでこわばっていたものがほぐれていく。温かくふんわりとしたものが広がっていく。とても甘やかに。とうてい逆らえない。さっきまであれほど混乱していたのが嘘のようだ。

夢の残像も消えて、代わりにいつもの気骨が戻ってきた。よかった。このほうがずっと落ち着く。

覚悟は決まった。レイチェルはふつうの母親もふつうの人生も望めないかもしれない。でも、またこの子を傷つけようとする者がいたら、なりふりかまわず、奇声をあげながらでも守ってみせる。その一点でも母親として多少の価値はあるはずだ。大事な点だろう。そうでなくては困る。

そう、レイチェルはすでに傷ついている。大問題なのは確かだ。親子そろって傷ついている。でも、この子はたくましい。レイチェルの助けになるなら、お金でできることはなんだってしてあげたい。人殺しのくずどもに奪われたものを少しでも取り戻せるなら。

一方で、レイチェルは最悪の傷はまぬがれたとも言える。ゴミみたいに穴のなかに捨てられるほどではなかった、と。〝傷物〟と見なされたが最後、同情のひとつもよせられずに、腐った官僚主義と一緒に埋められるような世界もある。収穫逓減《ていげん》の法則に基づいた合理主義。

下手な資源配分の穴埋め。ブラックホール。

いまいましい。とにかく、レイチェルの傷はそこまでひどくない。仮にひどいとしても、〝傷物〟に時間や手間をかけてやる必要はないと言う連中など呪《のろ》われてしまえばいい。そんなやからは地獄に落ちろ。

タマラは子どもによりそい、髪の香りを吸いこんだ。真空空間にそそぎこんできた貴重な酸素を吸うように。レイチェルはむにゃむにゃと何かをつぶやき、汗ばんだ小さな手でタマラの長い髪をつかんだ。

タマラは、ノヴァクとゲオルグ、その他のすべての敵のことを考えた。第六感のことを考えた。爬虫類の脳は、追っ手が迫っていると警告している。

それなら、わたしからあの子を取りあげてみればいい。ええ、やってごらんなさい。誰が、どれだけ早く死ぬか見物だ。

ハンガリー、ブダペスト

「厳重な監視を続けているんだろうな？　アンドラーシュ、手下どもがあの男から一秒でも目を離さないようにしろ。ヴァイダは高度な訓練を受けた諜報員だ。おまえたちに気づかれず、姿をくらますこともできるかもしれない。誰が監視している？　最後の報告はいつだった？」

アンドラーシュは心のなかでため息をついて、分厚い胸板の上で太い腕を組み、慎重に言葉を選んだ。東欧マフィアのボス、ガボール・ノヴァクが気難しく不機嫌な口調になったとき、逆らうそぶりを見せるのは得策ではない。「ベデとガーラシュからきっかり六分前に報告がありました」そう繰り返した。「あの男は国立外傷学研究所にいます。丸三日間、用を足すとき以外は老人の枕《まくら》もとから動いていません。チョバンが患者のデータベースをハッキングしたところ、イムレ・ダロツィは本日正午に退院するとわかりました。お望みならば、今夜やつらがダロツィのアパートメントに戻ったときに行動を起こします」

「お望みならば？」ノヴァクが聞き返した。「お望み……ならば……だと？　どういう意味だ？」牙《きば》をむく獣のように、毒々しい緑の目で副官のアンドラーシュを凝視し、紫がかった唇を歪めて、黄ばんだ長い歯をむきだしにする。「アンドラーシュ、お望みがどうこうの問題だと思っているのか？　くだらん気まぐれだと？」

アンドラーシュは努めて無表情を装った。「いいえ、ボス。まさかそんなことは」なだめるような口調で答えた。「むろん、できるだけ早く行動に出るつもりですが、やつらを誘拐しようにもいかんせんあの研究所は人目が多い。我慢が必要です。待っていればそのうちやつらも――」

「我慢？　わたしに向かって我慢などとほざくな！　やつは女が死んだと言っていたんだぞ！」パパ・ノヴァクが言葉を吐きだした。「ゲオルグははっきり言った。あの裏切り者の蛇、タマラ・スティールはカートが殺された日に自分の血で窒息死した、と。嘘をつきおって！　アンドラーシュ、なぜやつは嘘をついた？　なぜだ？」

テーブルを囲んで立つほかの男たちはどこに目をやっていいかわからないようすで、視線をあちこちにさまよわせている。数年前に息子が早世して以来、ボスは予測不能な行動を取るようになり、極めて危険だ。ボスがこの口調になったら、警告もなしに死人が出る。

そのときインターコムが鳴った。アンドラーシュはボスの注意がそれたことを心底ありがたく思いながら、かがみこんで通話ボタンを叩いた。「なんだ?」がなるように言った。

「ヤカブ・ライトシュが来ました」見張り番が言った。「ゲオルグ・ラクスの使いです」

「ゲオルグには自分で来るよう言っておいたぞ! それが無能なおべんちゃら野郎をよこしただと!」ノヴァクが怒鳴った。

見張り番がびくついて口ごもる。「あの、帰らせますか?」

「いや。いい。入れてやれ、入れてやれ」ノヴァクが声を落として言った。「そいつと話したい」運の悪いやつ、とアンドラーシュは胸の内でつぶやいた。ボスがこれほど不機嫌なときにやってくるとは、ヤカブもついてない。今日は後始末に追われそうだ。もちろん、不満はない。おれが餌食《えじき》になるよりずっといい。ずっとずっとましだ。

扉を開いたとたん、ヤカブはただならぬ雰囲気を感じ取って戸口で立ち止まった。ノヴァクの鬼の形相からまわりの男たちに視線を移し、石のように無表情ながらも緊迫感をみなぎらせた面々を見て、愛想笑いをしぼませる。「ええと……ラクスの代理でご用件をうかがいに来ました」おそるおそる口を開く。「本人には急用ができまして。オデッサの兵器工場で問題が起こったもんですから。積み荷の運搬に不手際が——」

「こいつが見えるか、ヤカブ? この穢らわしい代物が?」ノヴァクは骸骨のような人差し指を突きだし、部屋の真ん中に鎮座する巨大なチーク材のテーブルを示した。テーブルに置かれた黒いビロード張りの箱のなかに、金の首飾り《トーク》が横たわっている。

見張り番に背を押され、ヤカブはよろけるようにして部屋に入ってきた。「あの……その、おれは——」

「こいつは息子の思い出に対する侮辱だ！」感情の暴走でノヴァクの人差し指はわなわなと震えている。「この世にあの女が存在するというだけで思い出が穢される！　おまえはあの女の件を知ってるんだろう、ヤカブ？　そうだな？」

「知りません！　何も知らない！」ヤカブが必死で否定した。「まったく知りません！　おれはただの使い走りだ！　何をご所望かと——」

「あの女の血を所望する」ノヴァクがささやいた。「はらわたを地面にぶちまけてやりたい。それがわたしの望みだ」

ヤカブは繰り返しつばを飲んだ。蒼白《そうはく》になって震えている。ノヴァクが手を伸ばして、何匹もの蛇がねじれて絡み合うような、古代ケルト風デザインの金の鎖に指を走らせた。三日月形の下げ飾りには丸いルビーがいくつも埋めこまれている。書斎の照明の光を受けて、脈打つような輝きを放つトークは、まるで何かの生き物みたいだった。

ノヴァクがルビーのひとつを押した。ルビーがはずれて、小さな刃がシュッと飛びだす。

「こいつが見えるか？　息子の喉を切り裂いた短剣のミニチュアだ。カートがマクラウドの女にやったトークにそっくりの複製品。浅はかな売女《ばいた》にこんなガラクタで貶《おとし》められては、卑劣な手で殺されたわたしの息子は永遠に浮かばれない！」

ノヴァクが小さな剣をテーブルに突きたてると、ヤカブが飛びあがった。刺さった剣が揺れる。ヤカブはそわそわと乾いた咳払《せきばら》いをした。

ノヴァクは黒いビロード張りの箱に入っていたカードを取った。ロゴも住所もなく、太字でこう書かれているだけだ。


〈デッドリー・ビューティ〉

タマラの装飾型兵器

その下には携帯電話の番号。当然、電話は通じなかった。そう簡単にいくものではない。

「これは挑戦状だ」ボスがつぶやいた。「平手打ちを食らった」

じつのところ、挑戦状とは言えない。何週間か前、パリのとあるパーティで、アンドラーシュが商売仲間の愛人のトークに気づいたのはまったくの偶然だった。カートの奇妙な死にざまを知るアンドラーシュは、トークに目を奪われた。うまく連れだしてふたりきりになったとき、女はトークの特殊な使い道を実演してみせ、自分の愛人にその品物を売ったブローカーの名も進んで教えた。しかし、買い取りを申しでると、手放すのを惜しんだ。ほどなくその女がペントハウスのテラスから身を投げ、死んでいるのが見つかったとき、幸い、つぶれた死体がアクセサリーをつけていないことに気づく者はいなかった。

当然のように、ドラッグが遠因の自殺として片づいた。無益な生、無意味な死。悲劇だ。

ブローカーは非常に協力的だった。アンドラーシュがそいつの頸動脈《けいどうみゃく》に突きつけたナイフが物を言った。そこで名刺を手に入れ、トークのデザイナーの身体的特徴もわかった。謎《なぞ》に包まれているというその絶世の美女は、カートの死を招いた嘘つきの元愛人だとしか考えられなかった。

ゲオルグ・ラクスによれば、死んでいるはずの女。おかしな話だ。

「状況を整理するから手伝ってくれ、ヤカブ」ノヴァクが猫撫で声で言う。「わたしはひと財産費やしてゲオルグを刑務所から出してやった。さらにもうひと財産を費やして、やつの顔と体を元どおりにしてやった。カートの代わりにそばに置くつもりで、後継者としての教育を施《ほどこ》した。富も権力も与えてやったんだ。ところが、まったく偶然に、あの薄汚いあばずれが元気に生きているとわかったんだが？　おまけに、ゲオルグはＰＳＳの諜報員と契約して女の居場所を捜しているそうだな？　わたしに知らせずに？」

「ラクスは……どうして……でも、あなたはなぜ――」

「わたしがなぜ知っているのか？」ノヴァクの笑みは、長い黄ばんだ歯からはがれ落ちるかのようだった。「わたしにはわたしのやり方があるんだ、ヤカブ。遅かれ早かれ、わたしはすべてを知る。女の捜索を引き受けたのが、わたしの昔の部下、ヴァイダだということも知っている。人選は間違っておらんな。男娼《だんしょう》なら娼婦を捜すのにうってつけだ」ノヴァクは短剣をねじって抜き取った。つややかなテーブルに醜い傷跡が残った。「わたしは利用された」ノヴァクは言葉を叩きつけるように言った。「やつに嘘をつかれた。女はどこだ、ヤカブ？　スティールはどこにいる？」

アンドラーシュは身構えた。ノヴァクは嘘をつかれのるが大嫌いだ。「嘘をつかれる」という言葉のあとにはつねに血の粛清が待っている。

ヤカブが嘆願するように片手を伸ばした。「おれは知りません！　誓います！　何も聞かされていないんです！　それに、ラクスとしてもあなたを欺《あざむ》くつもりはなかったはず。たぶん誤解です。込み入った事情があるんですよ。あの女は――」

ドンッ。ヤカブが喉をつまらせて喘《あえ》いだ。その手は短剣でテーブルにつなぎとめられている。ヤカブは大きく口を開いた。手のひらの下に血が溜まっていく。

「込み入っている？」ノヴァクの声がいっそう優しくなる。「わたしには単純明快に思えるがな、ヤカブ。手にナイフを突き刺してやれば、どんなことも単純化するものだ」

ヤカブはがくがくと震えはじめた。「でも……おれは……おれは何も――」

「どこだ？」ノヴァクは宝石のきらめく下げ飾りに手を置いた。「女はどこにいる？　言わないなら、こいつをねじってやろうか？」

ヤカブがヒッと声をあげ、呼吸を乱した。ノヴァクは短剣をひねって引き抜いた。ヤカブの喉から苦悶《くもん》の叫びが飛びでる。「言うんだ、この役立たずめ！」老ノヴァクはしゃがれた声で叫んだ。「ヴァイダは何を探り当てた？　あの女はどこだ？　言え！　さあ！」

しかし、ヤカブはもう答えられなかった。ひどく具合が悪そうだ。手に風穴を開けられただけでそうなるとは思えないほどに。口から泡を吹きはじめる。血走った目をして、ぐらりと揺れ、顔からテーブルに倒れこむ。両の鼻の穴から血が吹きでていた。

全員が無言で見守るなか、ヤカブの体の痙攣は徐々にやんで、やがて動かなくなった。

さすがのノヴァクも目を丸くしていた。興味も新たに手のなかの短剣を調べはじめる。

「毒か」感心したような口調だ。「おもしろい」

アンドラーシュは、いまから自分が責任を持って始末せねばならない肉塊を見つめ、内心でため息をついた。

「そのゴミを捨てておけ、アンドラーシュ」ノヴァクが命じた。「身元のわかる部位を何カ所か切り取って、あの嘘つきの豚に送りつけろ。宣戦布告だ。それから、ヴァイダを連れてこい。そもそもあいつがゲオルグのために動く筋合いはない。本来の忠誠心の置きどころを教えてやる」

「ダロッィが退院したらすぐに処理します」アンドラーシュはあくまで辛抱強く繰り返した。だが、ノヴァクはもう聞いていなかった。目に炎を燃やして、短剣をためつすがめつしている。「あいつに女を届けさせる。そして、この短剣を使う」夢見るような口調だ。「そう、まさにこの短剣を。むろん毒は取り除いておく。時間をかけて殺さなくてはならんからな。女には自分が切り刻まれる姿を鏡で見せる。目は最後まで残してやろう」


ゲオルグは激しく腰を振り、娼婦の体を容赦なく突いていた。ベッドに組み敷かれて身悶《みもだ》えする女は、耳障りな声でやたらに喘いでいる。おかげでうまく夢想に浸れなかった。

腹立たしい。写真では申し分ないと思ったのだが。見た瞬間にはっとしたものだ。長い赤毛、見事な体つき。女に高価な美容整形手術を施し、できる限りタマラ・スティールに似た顔を作らせた。手術は成功だった。

問題は声だ。タマラの低くハスキーな声は忘れようにも忘れられない。あの声に飢餓感を駆りたてられる。

この女のわざとらしい喘ぎ声はやけに甲高く、ただ騒々しいだけで、白けることこのうえない。手術の効果も台無しだ。

期待はずれだった。そうなればセックスなど退屈で疲れるだけだが、途中でやめるのは問題外だ。いつものように三人の部下がベッドのわきに立って、見物しているのだから。もう観客なしで性行為をまっとうすることはできなくなっていた。

幸い、進んで見物したがるやからはいくらでもいる。

女の声を努めて耳から締めだし、夢想にふけろうとした。カート・ノヴァクが淡い色の目に狂気をたたえて、ゲオルグがタマラをものにするところを見つめている。ひたいにどっと汗が吹きでた。女に対して狂おしいまでの情熱を持ったのは、あれが生まれて初めてだった。体のなかで何かが爆発した。ゲオルグはびくっと身をこわばらせて達した。

女の汗ばんだ体に倒れこみ、少しのあいだ、息を乱してそこに横たわっていた。見物の男たちの荒い息づかいが聞こえる。女の香水が鼻についた。

女の体から這いおり、ズボンを穿《は》いてベルトを締めた。女が肘をついて身を起こす。そちらを見なくとも、むっとした表情は視界に入ってきた。思いあがった雌豚め。自分の仕事ぶりに対して褒め言葉や愛撫《あいぶ》が返ってくるのを期待していたのだろう。

部下のひとりが咳払いをした。「あのう、ボス？」

「なんだ？」いましがたの記憶を早くも頭のなかから追いだし、デスクの前に座って、パソコンの電源を入れた。

「おれたちも……？」

ちらりと目を向けると、三人の男たちはよだれを垂らさんばかりの顔つきでベッドににじりよっていた。横たわる赤毛の女は、タマラの仮面を張りつけた顔に憤りの表情を広げている。

ゲオルグは肩をすくめた。「好きにしろ。おれはもうそいつをやるつもりはない」

女が身を守るように体を丸めた。「契約と違うじゃない！　四人を相手にするなんて聞いてないわ！」

「では、報酬を四倍にしよう」ゲオルグは淡々と答えた。「現金払いだ。それに、斡旋業者にはこのボーナスのことを内緒にしてやってもいい」

女が赤い唇をすぼめ、目を細めて、損得勘定を始めた。

ゲオルグはうんざりしてパソコンに向き直り、これまで集めてきたタマラのデジタル写真のファイルを呼びだした。何枚もの写真を夢中でクリックして、あらゆる角度からタマラをながめた。ベッドのほうから聞こえはじめたよがり声、うめき声、くぐもった笑い声が消えていく。タマラとふたりきりの世界。ほかには誰も存在しない。完璧な美。美と力の完璧な調和。おれの伴侶《はんりょ》にふさわしい唯一の女。タマラはまだ気づいていないだけだ。おれがどれほどのものを差しだそうとしているのか、想像もつかないだろう。一大帝国だ。権力、富、豪奢《ごうしゃ》な生活、すべてが思いのままになる。

呼び声に夢想を邪魔された。振り返ると、部下のひとりであるフェレンツが防水の段ボール箱を腕に抱えて立っていた。視界のはしでは、女が四つん這いになって、勢いよく体を揺すりながら、同時にふたりの男に奉仕しているのが見えた。ひとりには口で、もうひとりはうしろから受け止めて。箱を抱えた男は、背後で繰り広げられるポルノまがいの光景に気づいてもいないようだ。

それだけでも、ゲオルグの警戒心を呼び覚ますに充分だった。

フェレンツの目は凍りついたように見開かれ、顔は土気色だ。ひたい一面に脂汗が浮かんでいる。

「そいつはなんだ？」ゲオルグは強い口調で尋ねた。「その箱には何が入っている？」

「ヤカブです」フェレンツの声はかすれていた。「というより……やつの一部です」

ゲオルグは梱包材《こんぽうざい》をかき分けた。箱のなかには、切断された血まみれの頭部と手が押しこまれていた。ヤカブがこちらを見あげている。自分の運命に戸惑っているかのように、目を丸くしたままだ。

タマラが生きていることをノヴァクに知られてしまったのだろう。

ゲオルグは血で固まった髪を引っつかみ、死人の首を持ちあげた。フェレンツがさっと視線をそらし、喉仏を揺らす。ヤワなやつだ。ゲオルグは胸の内で嘲《あざけ》った。役立たずめ。首を箱のなかに落として、携帯電話を取りだし、手で払うようにフェレンツの退室をうながした。

「処分しておけ」

フェレンツはつんのめりそうになりながら、小走りで出ていった。ベッドから聞こえてくる喘ぎ声やうめき声が煩わしくなってきた。「静かにしろ！」くねくねと絡み合う肢体に向かって怒鳴りつけた。「仕事中だ」

男たちが振り返り、不安げな視線を一様に投げてくる。女はペニスを口に含んでいたので、そう簡単に振り向くことはできなかったが、それでも視線をよこした。フェラチオという行為で歪んだ顔は、もはやタマラには似ても似つかなかった。

ゲオルグは顔をそむけ、部下たちや女のことを頭から追い払って、目下の難問に意識を集中させた。〈プライム・セキュリティ・ソリューション〉社の諜報員はタマラ・スティール捜索の事実をけっして外に漏らさないはずだ。情報漏洩《ろうえい》は組織の評判に関わる。

ということは、ゲオルグ自身の手下のなかに裏切者がいて、パパ・ノヴァクと接触したのだろうか。バルコニーに出て、部下の顔をひとりひとり思い浮かべ、そのなかの誰の手足をじっくりとバラしてやるべきなのか思案しながら、この件を担当するＰＳＳ職員、ヘーゲルに電話をかけた。

相手は一回めの呼出音で応えた。「もしもし？」

「事情が変わった」ゲオルグは言った。「女の身が危険にさらされているとわかった。直ちに女を連れてこい」

相手は軽く咳払いをした。「ええと、ではこれから担当の諜報員に連絡して――」

「直ちにだ」ゲオルグは携帯電話をポケットに入れ、月を見あげた。やけに大きな満月が地平線にかかっている。

これでもう、おれはノヴァクに選ばれた〝息子の代理品〟ではなくなった。とくに惜しくはないことに、改めて気づいた。すでに自分自身の勢力基盤を作りあげてある。どのみち復讐に燃える征服者という役どころのほうが好みだ。そのほうが性に合う。

老いぼれの干からびたケツにをキスするのには飽き飽きだ。

新時代の幕開け。期待に胸が躍った。
待ち遠しくてならない。

3

　ヴァルは古いひとりがけ用のソファに座って、落ち着きなく身じろぎしていた。病床のイムレを見守りつづけて三日になる。やきもきしてつま先で床を叩くのがこういうものだったことをすっかり忘れていた。ずいぶん前から、何ごとにも距離を置き、あらゆることに無関心で生きてきたからだ。そう、十年以上ものあいだ。

　黄昏《たそがれ》どきの薄明かりが消えていくと、イムレの粗末な書斎に淡く差しこんでいた光も退き、部屋のなかはくすんだ灰色に染められた。暗がりのなか、痩せてしわだらけのイムレの顔は、三日前に襲われたときのあざや腫《は》れを残しているにもかかわらず、古代の彫像のように超然として見える。数時間前に、ヴァルの反対を押しきって退院したばかりだった。

「そわそわするんじゃない」イムレは穏やかな口調で言った。「わたしの気が散る」

　そして、反射的にぼそぼそと謝るヴァルを無視して、スフィンクスを思わせる真剣なまなざしでチェスボードを見つめる。イムレの勝ちは歴然としているが、得意げなようすはない。

　この魅惑のゲームの魔法もいまのヴァルには効かなかった。頭脳を駆使して、様々に移ろうマトリックスを見つめつづけ、確率、戦略、決断、そして結果を導きだすゲーム。いつもなら、心地よい陶酔感をもたらしてくれる。

イムレからの贈り物。数あるなかのひとつだ。ヴァルは麻薬に溺《おぼ》れるようにその陶酔感にはまった。憂さ晴らしや現実逃避のために何かに依存するのは愚かだとわかっていても。しかし、今夜は陶酔感も魔力も及ばない。頭が鈍っていて、マトリックスを維持できなかった。何度組み立てようとも崩壊してしまう。盤上には、アンティークのどっしりとした駒《こま》が座している。白の駒は黄ばんでいるものの、前世紀にアフリカ象から奪った本物の象牙《ぞうげ》製《せい》。黒の駒も古くてひび割れているが、立派な黒檀《こくたん》製《せい》だ。駒たちは黙すばかりで、何も明かさず、何も示さない。なんの策も浮かばなかった。愚鈍なおれには解けない謎。スティールと娘をどうするのかという謎と同じだ。

「ナイトをキングの五へ」イムレのかすれた声でゲームに注意を引き戻されたときには、もうヴァルにチェックメイトがかかっていた。「あっけないな。気晴らしにもならん」

ヴァルは盤上で屍《しかばね》の山と化した駒をながめ、どんな判断ミスがこういう結果を引き起こしたのか目で分析しようとしたものの、すぐに無駄な努力だと悟った。どうでもいい。頭も体もくたくただ。あまたの愚行が積み重なった結果なのだから、すべてを数えあげることなどできない。

駒をかき集めて立ちあがり、肩をまわしながら、窓からヨージェフヴァーロシュのさびれた裏通りを見つめた。何日も座りっぱなしだったので体がこわばっている。

建前上、ヴァルはここにいるはずのない人間だ。PSSの雇用条件のひとつはブダペストに足を踏み入れないことだった。ヴァルは最初からその命令に違反して、イムレを訪ねつづけてきた。別人になるための身分証はいくつも用意してある。PSS絡みのものも、仕事とは関係なく使うために内密で入手したものもある。変装は大の得意だ。なんの問題もなかった。

しかし、ＰＳＳの仕事によっていっそう自分自身を見失っていくにつれ、ここへはしだいに足が遠のいていった。何をしているのかイムレに知られたくなかった。そのせいで自分がどんなふうに変わったのか見透かされたくなかった。咎《とが》めだての言葉も聞きたくない。聞いてどうなる？　イムレにヴァルの迷いは解決できない。できることはもうすべてしてもらっている。

長いあいだ、あらゆることから冷徹に距離を置いてきたあとで、再び感情を呼び覚まされるのは気に食わなかった。だが、おれはこうしていらついている。ここ数年の自分を恥じている。そして、そんなふうに感じることに対して腹をたてている。イムレの裁定にびくついているのだ。

イムレはヴァルが話しだすのを静かに待っている。しかし、ヴァルはもう胸の内を明かすことがうまくできなくなっていた。そうなってからすでに何年もたつ。真実を語る方法を忘れてしまった。聞く権利のある相手にさえも。

とにかく、成人してからこっち、嘘が商売道具だった。

「いらついているな」イムレは探るように言った。「落ち着きがないぞ」

ヴァルは肩をすくめた。「あんたを心配してるんだ」

「わたしは元気だ」イムレがきっぱりと言った。「病院で色々と検査を受けた。ただの擦り傷と打撲傷だ。たいしたことはない。大げさだ、ヴァイダ」

ヴァルは無言でイムレを見つめた。何日も医者を脅した末に、肋骨《ろっこつ》のひびと内出血という診断を聞きだしたあとでは、ごまかされてやる気にはなれない。「その名で呼ばないでくれ」ヴァルは言った。「危険だ」

「ああ、そうだな。そもそもおまえはここに帰ってくるべきではなかった」イムレは叱るように言った。「この街はおまえにとって危険だ。わたしの存在もおまえにとっては危険だろう。もう過去は捨てるんだ」

「あんたも捨てるのか？」ヴァルは語気を荒らげた。「こんなことがあったあとで？」

イムレは椅子に座ったまま、うかがい知れぬ表情でヴァルをじっと見つめた。醜い傷跡も濃い影にまぎれてよく見えなかった。「必要ならば」イムレが静かに答えた。

怒りで胸が引きつれた。このじいさんの愛情はそんなものか。間を置かず、自分の反応に愕然《がくぜん》とした。これではまるで甘やかされて育ったガキじゃないか。何が冷徹な心だ。

電話が鳴った。イムレが戸惑い顔で電話機を見つめる。ベルは二回、三回、四回と鳴りつづけている。

「こんな時間に誰だろう？」そうつぶやいて、イムレは受話器に手を伸ばした。「もしもし？」相手の言葉に耳を傾ける。ヴァルを見やり、薄闇のなかでその目をぎらりと光らせる。「すまないが、ここにヴァレリー・ヤノシュという者はいない。かけ間違いじゃないかね」

ヴァルはすぐに非常事態だと悟った。イムレは相手の返答を聞いている。「それなら、この建物に入るところを見たという者のほうが間違っているんだろう」頑固に言い返す。「ここにはいない」

そんな見え透いた嘘をついても意味がない。ヴァルは節くれだった手から受話器を取りあげた。「誰だ?」

「ブダペストなんぞでいったい何をしている、ヤノシュ?」

耳障りな声にうなじの毛が逆立った。ヘーゲル。見つかってしまった。「どうしてここにいるとわかった?」ヴァルは尋ねた。

「おれに突っかかれる立場じゃないだろうが。仕事があるんだぞ。それをほっぽりだしやがって」ヘーゲルはぶっきらぼうに言った。「そこの入り口の外に車を待たせてある。すぐに来い。話がある。いますぐにな」

「今夜はほかの用が――」

「いいから、とっとと来い」ヘーゲルが電話を切った。

ヴァルは受話器を置いた。ヴァルの仕事用の衛星携帯電話にかけてくるほうが手っ取り早かっただろうに。つまり、ヘーゲルがイムレの電話を介して連絡してきたこと自体に意味があるということだ。それも不吉な意味が。

イムレは弱点だ。子どものころから気づいていた。だから、ある時期以降は、ヴァルを操ろうとする連中からイムレの存在を隠しておくために、できるだけのことをしてきた。

どうやら努力が及ばなかったようだが。

「つまり」イムレがおもむろに言う。「おまえはまだPSSで仕事をしているんだな?」

「時々だ」ヴァルは言葉を濁した。「一年近くあそこの仕事はしていなかった。前回の任務について意見が食い違ったんでね。お払い箱になったと思っていた。少し前に電話があって、もう一度だけ任務につけと言われた。あんたの身に起こったことを聞いたあと、おれはその任務を中断してここに来た。連中はそれをおもしろく思わなかった」

「そのようだな」イムレの声はいつになく厳しい。「だから電話越しにリードを引っぱられたのか、ヴァイダ？　まるで犬扱いだ」

ヴァルはなんとか怒りを抑えた。三歩さがれと自分に言い聞かせる。ほかならぬ事実に毛を逆立てても無駄だ。「ヴァイダとは呼ぶな」こわばった口調で言った。

イムレがぴくりと眉をあげた。「くたびれた年寄りには、生涯続いた習慣を変えるのは難しいものだ」愚痴るように言う。

とんでもないたわごとだった。八十歳になっても、イムレの精神はサーカスの軽業師並みに柔軟だ。「覚えておいてくれ。ヴァイダは死んだ。おれはヴァレリーだ」

「そうか？」イムレが声をひそめて言った。「だいたいそのヴァレリーとは何者だね？　それくらいわかっているんだろうな、ぼうや？」

再び怒りの炎があがり、さっきよりも激しく燃えたった。ヴァルはその炎を力ずくで踏みつぶした。「人並みにはわかっている」ぴしりと答えた。

「そうは思えんな」イムレが容赦なく言葉を続けた。「PSSはノヴァクよりましだろうと思っていたが、そうじゃなかった。おまえにとってはな。ノヴァクはおまえの人生と未来を盗み取ったかもしれないが、PSSはおまえの自我を丸ごと奪った」

雷に打たれたかのように、ヴァルはここ数年ほとんどブダペストに戻らなかった理由を思い知った。イムレが歯に衣《きぬ》着せず、不快な真実を突きつけてくることに、いらだちをおぼえるようになったからだ。

「おれは身を隠す」とっさにそう言っていた。「やつらと縁を切る。逃れる方法はそれしかない」

イムレは目をすがめ、それとなく疑わしそうな表情を作った。「PSSの情報網がどれほど大規模か、おまえが自分で話していただろう。そんなに簡単にいくのか?」

「簡単にはいかないだろうが、可能ではある」ヴァルは答えた。「費用はかかるが、それは問題じゃない。金ならもう腐るほどあるんだ」

イムレは苦い表情を浮かべた。「なあ、ヴァイダ。おまえの事業はどうなる?」

返答につまった。たしかに、〈カプリッチョ・コンサルティング〉を諦《あきら》めるのはつらい。数年前にヴァルが麻薬密売組織の中枢に潜入していたとき、隠れ蓑として生まれた事業だが、運命のいたずらで、それが相当の利益をあげる合法企業に成長し、ヴァルも心からその運営を楽しむようになっていた。人の〝気まぐれ《カプリッチョ》〟を満たす仕事だ。珍品、秘宝、情報を探りだし、手に入れる。ヴァルの得意分野だ。

これほどうまく機能するものを作りあげたことは、ヴァルのひそかな誇りだった。騙さず、隠さず、ごまかさず。顧客との約束は必ず守り、かなりの高確率で満足してもらっている。それがヴァルにもどれだけの満足感をもたらしてくれることか。公明正大だ。そうしてまっとうな仕事を続け、人の望みを叶《かな》え、金を稼ぎたいというのが過ぎた望みか?

しかし、ほかのあらゆるものと同じく、固執するのは危険だ。

ヴァルは大きく息を吐きだした。三歩さがろうとしたものの、自分を重しから切り離し、浮かびあがるような感覚は得られなかった。

「何かほかのことをするさ」ヴァルは一瞬ためらってから答えた。「あんたにも新しいパスポートを用意する。一緒に来てくれ。常夏の国に行こう。砂漠気候は関節炎にいいんじゃないか。そうすれば、もっとちゃんと面倒を見てやれる。毎晩チェスをしよう」

だが、イムレはすでに首を振っていた。「ここがわたしの家だ。イロナと小さなティナのそばが」

頑固なセンチメンタリスト。亡き妻と娘を持ちだすとは。イムレの妻は三十年前に、娘はまだ幼いころに亡くなり、同じ墓地に埋葬されている。ヴァルはうめき声をあげて顔をぬぐった。「苔《こけ》むした墓ふたつのために、このぼろ屋に残るのか？　おれのそばにいてくれれば、世話をしてやれるのに！」

「もう世話はしてもらっている」イムレの声は穏やかだ。「わたしはここに残る。そしてここで死ぬ。死ぬのも悪くないさ、ヴァイダ」

「その決まり文句には飽き飽きだ」ヴァルは声を荒らげた。「現実はあんたの人生訓どおりにいかないんだ」

イムレはつかの間ヴァルを見つめ、痩せた肩をこわばらせた。「いいから落ち着け」尊大な口調だ。「紅茶を淹れてこよう。だが、余計な手間かな？　おまえはすぐにでも駆けだしていって、調教師の足を舐《な》めなきゃいかんのだろう？」

ヴァルは大きくゆっくり息を吐きだし、どうにか心を静めてから口を開いた。

「紅茶くらいおれが淹れる」イムレが腰をあげる前にそう言った。少し席をはずして、自制心を取り戻さなければならない。それに、イムレが関節炎で痛む足を引きずってキッチンに向かうところなど見たくなかった。

待たせれば、ヘーゲルは怒り狂うだろうが、かまうものか。

キッチンは汚れていた。流しに積まれた皿が悪臭を放っている。あとで業者を叱り飛ばしてやる。それなりの金を払って、イムレのために料理や掃除をしてくれる人間を派遣させているというのに。ぐうたらな牝牛《めうし》め。紛《まご》うかたなき紳士で、どこか現実離れしたところのあるイムレには、仕事をさぼった愚かな女に文句を言うなど考えもつかないのだろう。

三日前にひどい状態のイムレを発見して、仕事どころではなかったのかもしれないが、それにしてもだ。数日どころか数週間ぶんの汚れが溜まっている。

やかんを火にかけて、皿にクッキーをあけた。変色し、縁の欠けた陶器製のティーポットを見て、まざまざと記憶がよみがえった。

初めてこのティーポットを見たのは――言い換えれば、初めてこのテーブルについたのは、二十二年前だ。当時はヴァイダだった。手癖も目つきも悪く、年の割には小柄な十二歳の少年。街をうろついてはぺてんやスリを働いていた。キュストラーというろくでなしに上前をはねられていたが、稼ぐためならなんでもした。稼がなければ、罰として殴られたり、刃物で切られたり、火のついた煙草を押しつけられたりするからだ。ある晩、ひとりの男が道路の向かい側からじっとこちらを見ているのに気づいた。男は細い体にまとった古着を風にはためかせて、少年に見覚えがあるとでもいうように、奥まった目を凝らしていた。

ヴァイダはその視線の意味を理解したつもりでいた。そこで、ぶらぶらとそちらに近よって、煙草をねだった。ところが、まだ煙草を吸う年齢ではないと厳しい口調で叱られ、息が止まりそうになるほど笑い転げることになった。

すると、男は自分のアパートメントにヴァイダを誘った。ちょうど雪が降りはじめていたから、もっけの幸いだった。その日の朝、キュストラーにコートを奪われたところで、まだ代わりを盗むチャンスに恵まれていなかった。

ヴァイダ少年には、当時のこのアパートメントが豪華で贅沢な住まいに思えた。本がずらりと並び、アンティークの家具がいくつも置かれている。予想では、男はすぐにでもズボンの前を開き、服を脱げと命じるはずだった。イムレはそうしなかった。少年をキッチンに呼び入れただけだ。それから、ミルクのたっぷり入った甘い紅茶を飲ませ、何度もお代わりをつぎながら、パンを卵に浸してバターで焼いた。ヴァイダにとってはその日初めての食事だ。もしかすると、もっと前から何も食べていなかったかもしれない。おいしかった。

しかし、わけのわからない状況だ。腹がたってきて、イムレに告げた。おれのケツが目当てなら、とっととヤればいい。こう見えても、おれは色々と忙しいんだ。

イムレは居間に場所を移し、ランプを灯《とも》すと、ヴァイダを椅子に座らせてチェスの基礎を教えはじめた。家のなかはとても暖かかった。雪の降りしきる外はとても寒いだろう。奇妙ななりゆきだ。ヴァイダは無理に出ていこうとしなかった。

ヴァイダがうとうとしはじめると、男はブランケットを持ってきて、横長のソファに寝かせてくれた。死んだように眠り、翌朝目を覚まして、困惑と恐怖をおぼえた。イムレは向かい側に座って、こちらを見つめていた。そのときのヴァイダは、冷水を浴びせられたような気分でこう考えた。さあ、始まるぞ。こいつもほかのやつらと変わらない。長い長い前戯が必要だっただけだ。

しかし、再び予想に反して、イムレはポケットから金を取りだし、ヴァイダに渡した。運のいい一夜の稼ぎとだいたい同額だ。「取っておいてくれ」イムレが言った。「バスルームを使うといい。キッチンにミルクとパンがあるから、食べたら帰りなさい。もうすぐうちの音楽教室の生徒が来る」

ヴァイダは手のなかの金を見つめた。「なんで……?」

「きみがゆうべ何をしていたか説明する羽目になったとき、痛い目にあってほしくない」イムレは当然とばかりに答えた。「楽しいひとときだった」

ヴァイダは言葉もなく金をポケットにしまった。テーブルに並んだ食べ物をひとかけもあまさずかきこんで、その場を立ち去った。おなかのなかはホットミルクとパンで満たされ、ポケットには小さな丸いビスケットがつまっている。袖《そで》を四回も折るほど大きくて暖かな着古しのジャケットをはおっていた。

ある寒い雨の夜にヴァイダはまたそこを訪ねた。こっそり四階にあがり、扉の外でイムレのグランドピアノの演奏を聞きながら、ノックする勇気を奮い起こした。イムレは再びヴァイダをなかに入れ、食事をさせ、バッハのインベンションを弾いてくれた。またソファを貸してもらったが、今回は、風呂に入ってイムレのパジャマに着替えるように言われた。少年が前回そこで寝たときに、ノミやシラミの大群を残していったからだ。

イムレは残念そうにこう説明した。少年と一緒にいるのは楽しいが、訪問のたびに金を払ってやれるほどの蓄えがない、と。そこで、ヴァイダは自分なりに時間をやりくりして、勇気が湧くたびにこっそりその奇妙な楽園を訪ねた。

当時のヴァイダは字をほとんど読めなかったが、イムレはそれを見過ごしにしなかった。熱心な教師だった。歴史、哲学、数学、語学。ヴァルは乾いたスポンジのようにすべてを吸収した。もともと、ハンガリー語のほか、幼いころに使っていたルーマニア語と、母親のルームメイトのジュリエッタから学んだイタリア下層社会の言葉を話すことはできた。イムレはさらにほかの言語も教えてくれた。英語、フランス語、ロシア語。ピアノの弾き方まで教えようとしたが、しばらく奮闘したあとで、少年に音楽の才能がまったくないことをしぶしぶ認めた。

ストリートでのヴァイダは、体の成長とともに獰猛《どうもう》な一面も伸ばしていった。腕力で自分の権利を主張することを覚え、スリを働いたり、体や密輸煙草を売ったりすることから卒業して、ヘロインの取り引きを任されるようになった。そしてそのころに、自分にできる唯一の方法で恩返しをしようとした――イムレを困らせるやからは魚のようにはらわたを抜かれることになると、ごろつき連中に知らしめたのだ。

とんでもない大馬鹿だ。口を閉ざしておくべきだったのに。

「おいおい、ヴァイダ！　目を覚ませ！」

イムレの怒声にはっとして、物思いから覚めた。「なんだって？」

振り返ると、キッチンの戸口でヴァイダが杖《つえ》に体重をかけて立ち、ヴァルをにらんでいた。

「五分も前からそのやかんは盛りのついた猫みたいに叫んでいるぞ！」イムレはけたたまし

い音に負けじと声を張りあげた。「麻薬でもやっているのか？　それなら、さっきのチェスの一戦にも説明がつくというものだ！」

「ああ、しまった《カッツォ》！」ヴァルは甲高い音をたてているやかんを慌ててガスの火からおろした。

〝紅茶を淹れて、飲む〟という懐かしい儀式のおかげで、ふたりの綱引きはいったん中断され、縄の位置は慎重に真ん中に戻されたが、沈黙が長引くうちに、ヴァルはまた落ち着きを失っていった。

　ようやく、イムレがカチンと大きく音をたててカップを置き、関節炎でむくんだ指を組み合わせた。「ヴァイダ」

　重々しい説教口調で名前を呼ばれて、思わず身構えていた。「その名で呼ばないでくれ」ヴァルはこわばった口調で繰り返した。「さっき言っただろう」

　イムレはもどかしそうに手を払った。「わたしが死んだら、おまえは――」

「あんたは死なない」ヴァルはその言葉をさえぎった。

「子どもじみたことを言うな」イムレの声が硬くなる。「最後まで言わせてくれ。わたしが死んだら、またのこのことやってきて埋葬などするんじゃないぞ。好きなようにわたしの死を悼んでくれればいい――遠くから。わたしはイロナとティナが一緒なら、やすらかで幸せな眠りにつける。誓ってくれ、ヴァイダ」

　ヴァルは説明のつかない怒りに駆られ、はじかれたように立ちあがった。散らかったテーブルの上でティーカップがカタカタ鳴る。「断わる」ヴァルは答えた。「おれは誰にも、何も誓わない」

イムレはヴァルを見つめている。むっつりと結んだ唇は腫れあがり、殴られたときに切れた口のはしにかさぶたができていた。

ヴァルは頭に血をのぼらせたまま、大股で玄関に向かい、コートを着た。イムレがキッチンから出てこなかったから、さよならの挨拶《あいさつ》はなしだ。そのほうがいい。あちらはすでに言いたいことを言い終えたのだし、こちらはもし口を開いたら、叫びだしてしまいそうだった。四階から一気に階段を駆けおりて、凍《い》てつくような夜気のなかに足を踏みだした。イムレと出会ったあの夜と同じように、雪が降りしきっている。

思い出の余韻は、道沿いでアイドリングしている黒いBMWが目に入ったとたん、闇に引きずりこまれるように消えた。車内は影になっていて、運転手の顔が見えない。近づいていくと、ドアのロックが解除された。胃がよじれる。ほんのつかの間、ヴァルは恐怖に呑みこまれ、道端で震える十一歳の少年に戻っていた。

しかし、どこへ連れていかれようとも、おとなしく車に乗るほか選択肢はない。

足がすくんでいた。平常心。おれはもう無力な少年ではない。

溝につばを吐き、後部ドアをぐいと引き開けて乗りこんだ。おれはもう一人前の強い男だ。立派な身なりをして、散髪に金をかけ、上質の靴を履き、カシミヤのコートを着て、ポケットに金をつめ、銀行にはさらに多くの金を蓄えている。イムレがいやがるので今夜は銃を持ってこなかったが、ナイフは何本か仕込んである。何年も戦闘訓練を受けたので、腕にはおぼえがあった。頭のうしろに目がついているも同然だ。

そう、無防備とはほど遠い。ここまで装備を整えて、無防備などと呼べる人間はそうそういないだろう。それでもなお、この車に乗りこむのは鰐《わに》の口にもぐりこむのと同じことのように思えた。

幸い、現実に無力な少年だった時期は長くなかった。ヴァイダの成長は早く、がたいのよさと、いかにも獰猛そうな顔つきが相まって、とうとうキュストラーの縄張りには収まりきらなくなった。そこで、上の連中はほかの場所でヴァルを使うことにした。ヘロインの供給業だ。

母親の注射針の跡と虚ろな目が脳裏に焼きついているため、ヴァルはドラッグが嫌いだ。十一歳のある日、母親がバスルームで仰向《あおむ》けに倒れて死んでいるのを見つけた。自分の吐瀉《としゃ》物《ぶつ》による窒息死だった。

その同じ日の夜に、母親のポン引きで、あのろくでなしのキュストラーが家に立ちよった。ヴァルをじろじろと見て、すべてが失われたわけではないと考えたらしい。ヴァイダは色黒だったが、それでもきれいな顔立ちをしていた。つまり、この息子なら母親の仕事の跡を継いでうまくやっていけると見なしたのだ。

あの日のことを思いだすといまだに胃がよじれる。

そう、ドラッグは嫌いだ。しかし、パパ・ノヴァクやそれに匹敵する連中にノーと言える者はいない。生きていたいと望むなら。

〝望む〟という言葉は間違っているかもしれない。ヴァルは腹いせとして生にしがみついてきた。生きるというのは世界に喧嘩《けんか》を売ることだった。怒りがヴァルを生かしてきた。人生にそれ以上のものを見せてくれたのはイムレひとりだ。

皮肉にも、イムレを守る最良の方法は、大事に思う気持ちを消し去ることだ。ヴァルが少しでも大切にするものは、なんであれ、バスルームの床で死ぬ恐れがある。思いが強ければ、そのぶんだけ確率があがる。完全に心を切り離してしまえればどれほど楽なことか。振り返りもせずに飛びたってしまえれば。

空は荒れ模様で、雪にまみれておぼろに映っていた街は、やがて真っ白に渦巻く吹雪に呑まれ、まったくひと気が見えなくなった。それでもヴァルは窓の外に目を凝らし、どこに向かっているのか見当をつけようとした。子ども時代に見知った建物を認めるたびに、うすら寒い思い出がよみがえる。

年を重ねると、ヴァルはまったく意図せずに大ボスのガボール・ノヴァクの目に留まり、並みはずれた語学力とコンピューターの才能を持つ聡明《そうめい》な若者として、頭角を現わすことになった。事業のさらなる拡大とグローバル化を狙うノヴァクにとって有用な人材。ヴァルはまもなくブダペストを出るように命じられ、ドナウ川沿岸にあるノヴァクの別荘に送りこまれた。都市の喧騒から遠く離れた古城で、ヴァルは暗号化ソフトウェア、インターネットマーケティング、トンネル会社の帳簿作りなどに携わった。終わりのない仕事だ。だが、少なくとも血の匂《にお》いはしない。

表面上は。見えないところで血が流れているのは確実だ。

ガボール・ノヴァクはもともとウクライナ人だった。ハンガリー人女性と結婚して新たな名前と国籍を得てから、不法事業をたちあげ、東欧中の都市に展開していった。ブダペスト、リガ、プラハ。そのあとで妻を殺したという噂《うわさ》だ。

イムレはノヴァクの組織を抜けろと説得しようとしていたが、ヴァルはイムレに理解できない道理をよくわきまえていた。もしヴァルがブダペストに戻ってきたら——キュストラーのような男は自分の縄張りを守るためならなんだってやる。イムレは運がよくても、余計な口出しの罰として睾丸《こうがん》を切り落とされ、喉を切り裂かれるだろう。運が悪ければ、もっと長い時間をかけた処刑が待っている。ヴァルはそうした現場を目の当たりにしたことがあった。けっして見たくはなかった光景だ。

そう、逃げ道などなかった。PSSとヘーゲルを見出すまでは。というより、連中がヴァルを見出すまでは。十一年前、パパ・ノヴァクから下男のヴァイダへ、武器の取り引きに携われという命令がくだったときのことだ。イムレのおかげで、ヴァイダは英語に堪能《たんのう》だった。西アフリカで商売するには英語が役立つ。正確に言えば、シエラレオネだ。ヴァルが銃器類の密輸入に関わるのはそれが初めてだった。

車がベルヴァーロシュの小さなカフェの前で停《と》まった。運転手は座ったまま振り向きもせず、口もきかない。ヴァルは車から降りてカフェに入った。

ヘーゲルはすみの席にいて、大きなタルタルステーキに、香辛料のきいた大盛りのハンガリー・シチュー、それにポテトコロッケをたいらげている最中だった。ヴァルに気づき、敵意に満ちた視線をよこした。

ヘーゲルは美男子ではない。白髪まじりの頭髪、固太りの体。あばただらけの顔はえらが張り、いつでも渋面が張りついている。

「遅い」ヘーゲルは怒鳴りつけ、口もとをぬぐった。

ヴァルは釈明も謝罪もなしで席についた。ヘーゲルはヴァルを無視してまた食べ物をかきこみはじめた。

ヘーゲルは米軍特殊部隊の元ヘリコプター操縦士であり、ヴェトナム帰還兵であり、〈プライム・セキュリティ・ソリューション〉社設立当初からの諜報員だ。ヴァルは十一年前にワガドゥーグーでこの男と出会った。ウクライナの製造業者から仕入れた三十トンの兵器を〝革命統一戦線〟の反乱軍のもとに運ぶところだった。内訳は、小火器、弾薬、対戦車火器、地対空ミサイル、ロケット弾発射筒、ミサイル弾頭だ。

それを、莫大な価値の密輸ダイヤモンドと交換することになっていた。

待機していた飛行機が、兵器をこっそりとモンロヴィアに運びはじめた。そこで決済が行われる予定だった。

ヘーゲルは、ジャングルに点在する反乱軍の基地に武器を届けるヘリコプター操縦士のひとりだった。あとになって知ったことだが、じつは潜入調査中で、反乱軍に流れこむ兵器の供給元を突き止めようとしていたらしい。武器の運搬に付き合わないかとヘーゲルに持ちかけられたとき、決済までの退屈と好奇心から、ヴァルは誘いに乗ることにした。途中、ヘリの不調のせいで、ふたりはジャングルの小さな町、モイドゥで足止めされた。

偶然、その町が反乱軍に襲われた。

大虐殺だった。兵士は子どもやティーンエイジャーばかりだったが、むしろたちが悪かった。ヤシ酒とコカインに浮かされて正気を失い、ヴァルが売りつけたばかりのアサルトライフルやロケットランチャーで武装していた。若い兵士たちは目に映るものすべてを切り刻み、叩き切り、撃ち殺した。

ヴァルはそれまでに数々の暴力行為を見てきたが、目の前で、まだ少女といってもいいほど若い妊婦が幼い暴漢ふたりになたで切り裂かれたとき、心のなかで何かが引っくり返った。その後の戦況については、どう推移したのかも、どんな結末を迎えたのかも覚えていない。思いだせるのはおぼろげな騒音と血ばかりだ。ヘーゲルがその場からヴァルを引きずりだしてくれた。驚いたことに、生きた状態で。

ヴァルは病院のベッドで目覚めた。激しい痛みで朦朧《もうろう》としていたが、枕もとにヘーゲルがいるのはわかった。金属みたいな灰色の目でじろじろとヴァルを見ている。冷ややかに、値踏みするように。ヴァルの買い取りを検討中といった顔つきで。

ヘーゲルは〈プライム・セキュリティ・ソリューション〉社について話した。表向きは警備会社だが、実態は第一に私設傭兵軍《ようへいぐん》だという。装甲戦闘車、武装ヘリ、戦闘機などあらゆる種類の兵器が用意されている。顧客に対しては、兵力のみならず、軍事教練、要人警護、航空輸送、オフショア金融管理、諜報活動、赤外線写真、衛星画像などのサービスを提供する。ＰＳＳは世界中のどこにでも数時間で一大隊並みの兵力を配置することができる。装備も戦闘力もピカ一だ。兵士たちの給料も。

ヘーゲルはこう申し出た。おまえは生まれ変わり、新たな名前、新たな人生を得られる――諜報員として働くことと引き換えに。

ヴァイダは、ガボール・ノヴァクと縁を切るのが見かけ以上に難しいことを説明したが、ヘーゲルは肩をすくめただけだった。金で解決できる問題にすぎず、ヴァイダの価値を考えれば、ノヴァクがふっかけてくる手切れ金など安いものだ。すべて引き受けてやる――イエスと言いさえすれば。

当時は、それで奴隷状態に終止符を打てるなら儲《もう》けものだと思った。しかしすぐに、奴隷という点に変わりがないことを思い知らされた。PSSの企業理念は至極単純だ。権力と富を持つ顧客がより大きな権力と富を得られるように手を貸すこと。手段は問わない。舞台は表でも裏でもいい。合法でも非合法でもかまわない。その道具として、PSSは殺人マシンをほしがっていた。誰のためにやろうと、殺人は殺人だ。

そうしてヴァイダはヴァレリー・ヤノシュになった。イタリア国民で、ローマ在住。ハンガリー人の両親を持つイタリア生まれ。数ある身元の第一号であり、いくつもの人物像のなかで誰よりまともな一般市民の顔を持つ男。

この身元は気に入っていた。書類上でもインターネットの上でも、〝ヴァル・ヤノシュ〟はヴァイダがひそかに憧《あこが》れていた人生を送っている。ローマのナヴォーナ広場に建つ高級アパートメントで何不自由なく暮らし、仕事に精を出すビジネスマンだ。

ヴァルは新たに故郷となった国と街を愛した。新たに母国語となった言語を本当の母語のように吸収した。その言語で暮らし、考え、夢まで見た。実際の生国で覚えたルーマニア語や、六歳で母に連れられてブダペストに移り住んでから学んだハンガリー語よりもよく使った。ヴァル・ヤノシュになりきるのは楽しかった。一点の曇りもなく洗練された紳士。仕事に打ちこみ、誰を悩ませることもない――もちろん、ふくれっ面の元恋人たちを数に入れなければ。ヴァル・ヤノシュという人物は世界の恋人であり、移り気だった。

しかし、ひと財産を投じてヴァルを仕込んだあとでも、その結果、第一級の諜報員が生まれたとわかってからでさえ、ＰＳＳはヴァルの扱いを変えなかった。手榴弾や爆弾、銃と大差ないただの道具――ＰＳＳにとってみれば、結局のところ、ヴァルは東欧マフィアのごろつきにすぎず、武器と同じように厳重な管理下に置かねばならないものだった。

ポン引きの力が大きくなっただけで、ストリートにいるときと何も変わらない。

ヘーゲルがげっぷをして、格子柄のナプキンで顔をぬぐった。「ブダペストでいったい何をしてやがった？」

「なぜわざわざ訊《き》く？」と、ヴァル。「もう全部知っているだろう」

ヘーゲルはうめくような声で言った。「おまえはもっとプロ意識の高いやつだと思っていた。前回のお粗末な仕事ぶりで底が割れたような気はしていたが」

ヴァルはイムレの超然とした雰囲気を真似て、黙して語らずを決めこんだ。

「堅物め」ヘーゲルはつぶやいた。ショットグラスをつかみ、パーリンカをなみなみとついで、テーブル越しにヴァルのほうへ押しやった。「後生だから、肩の力を抜いてくれ。こっちの息がつまる」

ヴァルは酒に口をつけようとしなかった。ヘーゲルはグラスをつかみ、ごくりと大きな音をたてて一気に中身を飲みくだした。「もしおまえを殺すつもりでも、レストランではやらない」ヘーゲルが言った。「それに毒殺はおれの流儀に反する。あれは女が使う手だ。そんな女々しいことができるか」

「あんたに流儀などない。都合がよければなんでもする。それがあんたから最初に教わったことだ」ヴァルはショットグラスに手を伸ばし、匂いを嗅いで、口をつけずにテーブルに戻した。

ヘーゲルは自分のグラスに勢いよくパーリンカをつぎ足した。「秘密を知りたいか、ヤノシュ？」

「さあ」ヴァルは言った。「どうかな」

「おまえはあの日に死ぬはずだった。十一年前に、シエラレオネで。知っていたか？」

「そうか」抑揚のない声で答えた。マトリックスにデータを入れて、深い静寂の核のなかから相手を観察する。話の着地点が明らかになるのを待つ。どのみち、驚くほどのことではなかった。

「おれたちはアフリカ各地の紛争における武器供給業者を監視していた。そして、いくら若くても、おまえは危険人物だと結論づけた。毒蛇は卵からかえったらすぐに殺したほうがいいからな。そうだろう？」

「なるほど」ヴァルは言った。

ヘーゲルは煙草の箱を振って、なかから一本取りだした。「しかし、そのあとおれはモイドゥでおまえが反乱軍を返り討ちにするのを見た。正式な訓練を受けたこともないのに、凄まじい戦いぶりだった。生まれながらの才能、語学力、頭脳。優秀な諜報員の素質をすべて備えている。おれは大勝負に出ることに決めた。おまえのために」

「感動的だな」ヴァルは冷ややかに言った。

ヘーゲルは煙草に火をつけて一服吸った。「あの日、選べる道はふたつにひとつだった。

おまえの息の根を止めるか、味方に引きこむか」

ヘーゲルはヴァルを見つめ、長々と煙を吐きだした。

ヴァルは無表情のままヘーゲルを見返した。この男はどういうつもりだ？　殺さずにおいたことを感謝してほしいのか？　おれはPSSのために十年以上も血ヘドを吐いてきた。

ヘーゲルが煙草をくわえたまま口をすぼめた。「おれはあのときの判断を後悔しはじめている」

「涙が出そうだよ」ヴァルはつぶやいた。

「生意気な口をきくな。モイドゥの出来事はまったくの幸運だったんだぞ」ヘーゲルはうめくように言った。「とにかく、おまえにとってはな」

それは疑問だ。この十一年間の人生は、たとえ凄惨《せいさん》でも一瞬で楽に死ぬことよりましだったのだろうか。

ヘーゲルがいらいらと言った。「とっとと仕事に戻るんだ、ヤノシュ。おまえが三日も連絡をよこさなかったせいで、おれの面目は丸つぶれだ。ラクスに責められている。やつはあの女がいますぐほしいそうだ」

「悪かった」とくに反省の色も見せずに言った。

「こいつはフエンテスの大失態の埋め合わせをする最後のチャンスだ」ヘーゲルが言葉を続けた。「それをふいにするな」

「あのときは教科書どおりに任務をこなした」ヴァルはうんざりと反論した。「フエンテス・カルテルのメンバーはあの日のうちに全員死んだ。なぜ批判されなきゃならない？」

「エミリア・フエンテスだ」ヘーゲルがうなった。「とぼけるな」

少女の姿が目に浮かんだ。ころころと太った体、学校の制服。分厚い眼鏡の下で、大きく目を見開いていた。ショック状態で。両親の血を浴びて。

「まだ十一歳だった」こわばった声で応えた。

「そうだ。そしてフランシスコ・フエンテスの娘で、すべてを見ていた。おまえだって、あの子どもには死ぬ以外の運命がないとわかっていたはずだ。おまえはわかっていたんだ」

「おれは……子どもは……やらない」石のように冷たく重く硬い言葉が口から転げでた。それこそ、石ころ程度の価値しかない言葉だ。

「おまえは行動規範を決められるようなご身分じゃない」ヘーゲルは声に怒りをにじませている。「おまえはおれたちの駒にすぎないんだぞ、ヤノシュ。おれたちがやるべきことを指示する。誰を殺し、誰の懐にもぐりこみ、誰と寝るかを。おまえの尻ぬぐいをやらされるのはごめんだ」

「あの自動車事故をそう呼ぶのか?」ヴァルは言い返した。「あの娘だけでなく、祖母といとこふたりと妊娠中のおばまでもが死んだ事故を? あれがあんたの言う〝尻ぬぐい〟か? やりすぎだ」

ヘーゲルは腫れぼったい目をすがめた。「あれは被害対策だ。それに、祖母とおばとほかの子どもふたりのことは、おまえが無能なせいだろう。おまえが怖気《おじけ》づいて仕事をやり遂げられなかったから、ああなったんだ。あの四十八時間のあいだに娘が誰にしゃべったかわかったもんじゃ――」

「あの娘は口がきけなかった」ヴァルの声はこわばっていた。「ショックの後遺症だ」

「黙れ。おまえのひねくれた態度は目に余るものがある、ヤノシュ。おまえの有用性について、真剣に取りざたされているんだぞ。わかってるのか？」

ヴァルはグラスにパーリンカをつぎ、やけくそでぐっとひと口飲んだ。「脅しは聞き飽きた。わからないのは、なぜあんたがまだおれを殺していないかだ。できるものなら、やればいい。どうやら引退はさせてもらえないらしいから、やすらかな死に気持ちが引かれているところだ」

ふたりはにらみ合った。じりじりと時間が過ぎる。ヴァルは相手の目のなかに死を見た。その死に向かって、歯をむくように笑ってみせた。怖くなどない。

「おまえはおれたちに借りがある」ヘーゲルが耳障りな声で言った。「おれたちのおかげで生き延びたんだからな」

ヴァルは肩をすくめた。「借りは返しつづけてきた。もう充分だろう」

ヘーゲルは立ちあがった。「それなら、仕方ない。そろそろ切り札を出そう。おまえを殺すのは難しいかもしれないが、おまえの老いぼれじじいは違う」

心のなかで何かが凍りついた。ヘーゲルがそれを感じ取って、笑みを浮かべる。まずい。ヘーゲルはポケットから紙幣を抜き取って皿の下にねじこみ、にたりと笑った。「おまえに情緒的な面があるとは知らなかった。健康に悪いぞ。正義感もそうだ。長生きしたけりゃ、どちらも捨てろ」

「失せろ」声がつまった

ヘーゲルはくっくと笑った。勝利を収めてご満悦だ。「まあ、そう深刻になるな。考えてみろ。命令に従ってブダペストに近づかなけりゃあ、いまみたいな立場にはならなかったんだ。三時間後に出発するロンドン行きの便をつかまえれば、すぐに接続便でシアトルに戻れる。そいつに乗れ。四十八時間以内に、あのお高くとまったあばずれが変態野郎のゲオルグに犯されまくっていれば言うことはない。そのために、子どもの爪の下にピンを突き刺す必要があるとしても、それはおまえの問題だ」

そう言い残して、ヘーゲルはのしのしとレストランから出ていった。ヴァルはその分厚い肩と広い背中を見送っていた。数分間、動けなかった。

しばらくして、よろめきながら立ちあがり、外に出た。空を仰いだ。雪が顔をかすめ、髪にまといつく。言うまでもなく、車はもういない。タクシーもどこにも見当たらなかった。雪が積もりはじめていた。往来の乗用車はぬかるんだ道で徐行しつつも、危なっかしく走っている。

ヨージェフヴァーロシュ駅に向かって歩きだし、その長く寒い道のりで、考えをまとめようとした。今夜のうちにイムレとこの国を発《た》とう。じいさんの頭を棍棒で殴りつけ、肩に担いでいくしかないとしても。

そして、安全な場所に逃げのびたら、タマラ・スティールにこっそり連絡を取ってもいい。ヘーゲルが次に誰を送りこむかわからないが、警告だけはしておいてやろう。何が悪い？おかしなものだ。実際に会ったこともないのに、彼女に責任のようなものを感じはじめている。彼女の娘にも。

ふいに首筋に寒気が走った。胃がずんと重くなるような感覚に襲われる。タクシーを呼ぶべきだった。

過ち。人生最後の過ちだ。世代を超えた無数の過ち、失敗、判断ミスの集大成。始まりは愚かな母。ルーマニアで暮らしていればよかったのだ。ヴァルを妊娠後に仕方なく結婚した相手だとしても、田舎出で退屈な男だったとしても、養豚家の夫のもとにとどまるべきだった。勤勉でよくできた妻としての人生をありがたく享受すべきだったのに、美貌《びぼう》と幼い息子以外は何も持たずに都会に出てきて、男と麻薬と破滅を招き入れた。そして息子の破滅も。

ひと気のない道で、揺らめく影がまわりに集ってきたとき、そういったどうでもいいことが頭のなかを駆け抜けていった。ヴァルはナイフを抜いた。銃を持ってこなかった自分が恨めしい。これもまた過ちだ。

ぐだぐだと考えている暇はない。振り返って、男たちと向き合った。敵が円を作って間をつめてくるあいだ、ヴァルはその円を見定めるように体の向きを変えていった。四人、五人、もっとだ。

ヴァルは男たちに飛びかかった。ぐるりと回転し、かがんで身をかわし、蹴《け》りを入れる。ブーツのかかとでひとりの鼻を砕いた。汚れた雪に血が飛び散る。敵のナイフを受け流したものの、刃の先で厚いウールのコートの袖を切り裂かれた。低い体勢で前に飛びだして、ナイフで応戦した。ヴァルの刃は服を突き刺し、肉を貫き、骨を砕いた。刺された男は青い目を丸くして悲鳴をあげ、ぼさぼさのブロンドの髪を振り乱しながら、螺旋《らせん》を描くようにあとずさりしていった。それを横目で見つつ、すぐさま次の敵を片づけようとした。そうして前のめりになっていたため、棍棒が振りおろされたとき、避けることができず――目の奥で星がはじけ、視界は真っ白になり、真っ黒になり、そして痛みがすべてをぬぐい去った。

4

ヴァルは痛みで朦朧とした頭のなかで、はっきりと意識を取り戻すまでの時間を永遠に引き延ばそうとしていた。だが、バケツ一杯の冷水でそのもくろみを砕かれた。

咳《せ》きこみ、喉をつまらせかけた。現状の把握はハンマーの一撃のようなものだった。薄く目を開いたが、そのとたん激しい頭痛に襲われ、低くうめくことになった。

見るまでもなかった。この場所の悪夢のような匂いには覚えがある。漂白剤、消毒液、湿気、黴《かび》。その下には、さらに死に近い悪臭が沈殿している。血、糞尿《ふんにょう》、口にするもおぞましいものの名残り。ノヴァクの秘密の拷問部屋。処刑や尋問に使われる場所。ここに贅沢品は不要だ。プライバシーと、防音壁と、掃除を楽にするための排水口があればいい。

過去の因縁から逃れられなかったのだ。いまその毒牙の生えた口がヴァルに嚙《か》みつき、骨を嚙み砕いている。

気力を奮い起こして痛みと吐き気に耐え、自分を強いて明々とした蛍光灯の光に目を向けた。八人の男たちが見おろしていた。七人は銃を携えている。銃口はすべてヴァルに向けられていた。

パパ・ノヴァクに会うのは十一年ぶりだ。当時からぞっとするような顔立ちだったが、それがもはやしゃれこうべと化していた。飛びださんばかりの目玉、黄ばんだ肌、長い歯。骨の欠けた古いどくろを黄色い蠟《ろう》に浸したみたいだ。

ノヴァクのつま先でわき腹を荒っぽくつつかれた。全身がびくっとこわばった。すでに誰かがそこを徹底的に痛めつけていた。

「起きろ」ノヴァクが言った。「取り引きだ」

ヴァルはそろそろと立ちあがりながら、傷の程度をすばやく確かめた。ぐらつく歯が二、三本。肋骨にひびが入っているが、たぶん折れてはいない。血でべとついたこめかみのこぶ。鼓動に合わせて頭にガンガンと響く痛み。全身の打ち身。肘から下に走っている切り傷は浅い。白いシャツの袖に血がにじみでているものの、傷口はもう赤黒く凝固しはじめている。

悪くない。もっとひどい目にあったこともある。こいつらの目的は痛めつけることではなく、服従させることだ。

ヴァルは男たちを見まわした。昔なじみのアンドラーシュがいる。でかい図体《ずうたい》と丸いビーズみたいな目をしたこのサディストは、長年ノヴァクの片腕を務めている。ほかにも見覚えのある古株が三人。残りは新顔だ。ヴァルが刺した青い目の金髪男はいなかった。死んだか、死にかけているかのどちらかだろう。数人の体に傷が残っていた。おれがやったのか。つぶれた鼻、裂けた唇、冷たい殺意のにじむ目をざっと見まわして、ヴァルは胸の内でそうつぶやいた。

新たな敵。勘弁してくれ。敵ならもう充分に足りている。

視線をノヴァクに戻した。咳払いをすると、口のなかに血の味が広がった。「こんな大芝居は必要なかった」ヴァルは言った。「メールか電話をくれればよかったんだ」

ノヴァクはにやりと笑った。「十一年間もわたしを無下にしてきた者に、返事を期待できるはずがなかろう。お偉い身分になって、旧友のことなど忘れてしまったようだな？　それに、重要な取り引きは顔を合わせて行うのが一番だ」

冷たくどろりとした恐怖が心の奥底に沈んでいく。「取り引きには応じられない。おれはもうほかの組織で働いている」

ノヴァクが骨ばった人差し指をたて、うっすらと笑みを浮かべた。「ああ、そうだったな。PSSはそれなりの金額でおまえを買い取ったが、あとから考えると、かなりの安値を受け入れてしまったのではないかという気がしてな。今回は特別だ。おまえが関心を持ちそうな仕事がある」

「取り引きには応じられない」ヴァルは重ねて言った。

「そうか、そうか。おまえのサクセス・ストーリーなら知っている。男娼、麻薬密売人、兵器密輸入者だったヴァイダは、不道徳な生き方を悔い改め、いまや魅惑的な二重生活を送っている——夜は諜報員、昼は誰からもちやほやされる起業家にして、女に事欠かないプレイボーイ。これが、インターネットで誰でも調べられる表向きのおまえの経歴だ。感動的だな。少年たちは嫉妬のあまり涙するだろうさ。とりわけ、女を取っかえ引っかえしているくだりでは。しつけ上よろしくないな、ヴァイダ」

「おれが望んだわけでは——」

「おまえの望みに興味はない」ノヴァクが言葉をかぶせた。「礼儀を忘れてしまったようだな。再教育が必要か？」

ヴァルは目を閉じて、光と痛みとノヴァクの穿つような視線をさえぎった。ノヴァクの熱い息を顔から数センチのところで感じる。腐乱死体が放つガスのような匂いがした。

下腹にぐっと力をこめて、吐き気をこらえた。もっとひどい仕打ちに耐えたこともある。事実、今夜はさらにひどい仕打ちに耐えることになる。すべてが終わるまでに、最悪の状況に見舞われるだろう。逃げるすべはない。ヴァルは覚悟を決めようとした。

ごくりとつばを飲んだ。「何が望みだ？」

ノヴァクに両肩をつかまれた。体の向きを変えさせられ、突き飛ばされて、金属のテーブルに突っ伏しかけた。そこに広がるファイルの上に、何枚もの写真が扇状に並べられていた。

「その女だ」ノヴァクが言った。

ヴァルは写真を見つめた。タマラ・スティール。一番上の写真はビキニ姿のタマラだった。ヨットのデッキで毛深い中年男の腕に抱かれ、シャンパングラスを掲げて笑っている。ブロンドの髪はたなびく白い旗のように風に舞っていた。

二枚目はクローズアップの写真。タマラは銀色のイブニングドレスを着ている。髪は赤く、きれいに結いあげてある。形のよい肩をあらわにして、なかば振り返るように、耳もとで何かをささやく男の言葉を聞いているところらしい。男には見覚えがあった。ブロンドで、きりっとした口もと、淡い色の目。ノヴァクの息子、カートだ。タマラは真紅の唇に謎めいた笑みを浮かべていた。耳には宝石のきらめく細長いイヤリングがさがっている。大きな目は、まっすぐカメラを見据えているようだ。

　またべつの写真では、雨に打たれたタマラが黒のジャガーに乗りこもうとしていた。パリらしき場所だ。長い黒髪が白いレインコートによく映えている。

　その次の写真は、ほかと雰囲気が違った。望遠カメラで撮られた白黒写真。タマラの装いは妙に地味だ。しかし、なんのへんてつもない黒のワンピース姿とはいえ、それでも雅《みやび》やかに見えるのは、もともとの体つきが美しいからだろう。髪はうなじのあたりできっちりとまとめてあった。化粧はしていない。虚ろで悲しげな白い顔。大勢の人間がまわりにいるが、まるで目に入っていないようだ。

　タマラは身をかがめ、大きな大理石の台座に立つ青銅の記念碑の前に、小さな野生のデイジーとラベンダーの花束を捧《ささ》げようとしている。ヴァルは写真を引っくり返してみた。日付が記されている。五年前だ。

　すべての写真にざっと目を通した。レイチェルと一緒の写真はない。すべてカートと付き合っていたころのものらしい。ならば、四年前かそれ以前の写真ということだ。

　ノヴァクは子どものことをまだ知らないのかもしれない。いや、過剰な期待は禁物だ。

「誰だ？」ヴァルは尋ねた。

　ノヴァクは裏拳《うらけん》でヴァルのこめかみを殴りつけた。痛烈な一撃でヴァルはテーブルに叩きつけられた。血の混じったつばが飛び、銀色のイブニングドレスの写真にはねる。頭がくらくらして、目が霞《かす》んだ。老ノヴァクは見た目よりずっと力が強かった。

「とぼけても無駄だ」かつてのボスは低くささやいた。「おまえがその女を調査していることはわかっている。女の居場所を知っていることも」

ヴァルは痛みを押しのけて、意識を集中しようとした。三歩さがれ。「それがどうした？」

「その女はカートの最後の愛人だ。わたしのひとり息子を死に追いやった売女」

「なるほど」ヴァルは淡々とした口調を心がけた。「だから、その女の死を望んでいると？」

「そう簡単に死なせてやるものか。そのテーブルに鎖で縛りつけてやりたい。わたしの息子を裏切った嘘つきのあばずれがどんな目にあうか、じっくり教えてやる」

ヴァルは大きく息を吐きだした。「それで、おれの役割は？」

ノヴァクは口もとをゆるめた。「女を連れてくるんだ、ヴァイダ。ＰＳＳとゲオルグ・ラクスのために女を捜していることは知っている。だが、ゲオルグには渡すな。わたしのところに連れてこい。簡単なことだろう」

苦痛に見舞われるときがぐんぐん近づいている。これからのことを思うと膝の力が抜けた。こと拷問となれば、平常心などこんなものだ。ヴァルは目を閉じた。「おれには無理――」

「いいや、無理なはずがない」ノヴァクは嫌味たらしく言った。「その顔、その体格、おまけに女をたらしこむ腕前まであればな。さらに、ローマ在住の裕福なビジネス・コンサルタントという立派な肩書、趣味のいいプレイボーイとしての評判まで揃《そろ》っている。銃弾で女の頭をふっ飛ばすだけならどんな殺し屋でもできるが、それでは満足できない。あの女を誘惑しろ。信頼を得るんだ。おまえに惚《ほ》れさせてやれ。そのうえで、カートが受けた仕打ちそのままに、あの女は裏切られて、心を引き裂かれるのだ。何せ嘘つきのあばずれだから、すぐに食いついてくるだろう」

ヴァルは無表情を崩さないように気をつけた。「暗殺者の信頼を得るのか？」一瞬間を置いてから続けた。「難しい仕事だ」

「簡単とは言っていない。だからこそ、こうしてうまそうな餌《えさ》を用意しているんだろうが」ノヴァクは厚い黄色の爪をファイルのはしにかけて、自分のほうに引きよせた。「あの女について判明したことはすべてこのファイルに載っている。出生ははっきりしない。一九九七年に突然シャイフ・ナディールの腕のなかに現われた」ノヴァクがヨットの写真を爪で叩いた。「麻薬と毒薬を使いこなし、武器の扱いに優れ、素手で戦う訓練も受けているらしい。銀行詐欺、コンピューター詐欺、クレジットカード詐欺でも有名だ。セックスの技術にも長けている。もちろん、愛人を殺そうとたくらんでいないときに限るが。わかっているだけでも十を超える偽名を使っている。ほかにも偽名があるのは間違いないだろう。それからこいつだ」ノヴァクはテーブルに置かれていた宝石箱を開いた。「あの女は宝飾品のデザインをしている」

ヴァルは首飾りを見つめた。黒いビロードの上で光を放っている。

「おもしろい」ヴァルはつぶやいた。

ノヴァクが先端部の赤い石を押すと、その部分がするりとはずれて、小さな短剣が現われた。「毒が仕込んである。パリでヴァシリーの女のひとりがこいつを首につけていた」

「その女に訊けば――」

「いや、訊けない。女は死んだ」ノヴァクは声を荒らげた。

ヴァルはため息をついた。イカレたやつの相手は疲れる。死体から有益な情報を探りだすのは困難だが、ノヴァクのような男にはなかなかそれが理解できない。単純な論理の欠如には頭が痛くなった。

「それは残念だ」ヴァルは歯を食いしばるようにして言った。

ノヴァクが名刺を掲げた。「これは、息子がシアトル在住の女にやった古代ケルトの首飾《トー》り《ク》の複製品だ。女は古美術の専門家だった。そのエリン・リッグズと夫もカートの死に関わっている。やつらにもつけは支払ってもらう。警戒されないうちにな。だが、まずは裏切り者の売女からだ」

ヴァルはわなわなと震える黄色い爪に挟まれた名刺を見つめた。

〈デッドリー・ビューティ〉か。聞き覚えのある名前だ。ここのジュエリーをいくつか扱ったことがあった。多くの顧客にとても人気がある。デザインも技巧も優れ、身につけられる武器という発想も独創的で、かなりの高値がついた。名を明かさぬ謎めいた職人も魅力の一部だ。おれの標的が〈デッドリー・ビューティ〉の制作者だとは知らなかった。おもしろい。

「なぜもっと早く女を捕らえなかった？」ヴァルは尋ねた。

「死んだと聞いていたからだ」ノヴァクは嚙みつくように言った。「嘘をつかれた」

足がすくんだ。「おれには先約がある」

「つれないな、ヴァイダ。しかし、おまえのやる気を起こさせるものがある」ノヴァクの顔に笑みが広がっていく。「やつを連れてこい」

攻撃の構えを取る蛇を目にした者のように、全身が凍りついた。ノヴァクの部下がふたり出ていった。息をひそめて待った。数分後、扉が開いて、男たちが戻ってきた。

イムレが男ふたりのあいだにぶらさげられている。ひどく小さく、弱々しく見えた。また殴られたのだ。眼鏡のレンズが片方砕けていた。ぐったりとこうべを垂れ、あごに血を滴らせている。

世界が遙《はる》かかなたに遠のいていって、ヴァルは真空に放りだされた。息も吸えない。足をつけられない。

イムレが苦しそうに息をしながら、顔をあげてヴァルを見た。涙はにじんでいるが、落ち着いた目つきだ。片方の目は腫れあがり、まぶたがほとんど閉じている。新たな切り傷やあざが老いた体に加わっていた。

「わたしたちがおまえの贔屓《ひいき》を知らないと思っていたのか？」ノヴァクは喉を鳴らすように嘲った。「おまえのお気に入りの客を？　おまえが英語やフランス語やいまいましい実存主義哲学を誰に教わったのか、不思議がる者がいないと思うか？　まぬけめ。まさにこういうときのために、何年もこの男を取っておいたのだよ、ヴァイダ」

そのとおり。おれはまぬけだ。なぜ無理やりにでもイムレをそばに呼びよせなかった？弱みになるとわかっていながら、よくよく心して守らなかったとは、言語道断の大馬鹿者だ。

「わたしに仕えるには自分がご立派すぎるとでも思ったか？」ノヴァクが言った。「おまえは残飯をねだって鳴く野良犬だ、ヴァイダ。この老いぼれた変態が残飯をくれたんだろう？おまえをヤりもせずに」

ノヴァクがさっと手を振って合図した。イムレを支えている男のひとりが、肘で荒々しく顔を殴りつける。点々と赤黒い染みがついたイムレの白いシャツに、新たな鮮血が飛び散った。

ヴァルは男たちに飛びかかろうとした。何丁もの銃が一斉にあがってこちらに狙いを定める。乱暴に両腕を背中にまわされ、鉄パイプで喉を殴られた。痛みさえほとんど感じなかった。

震えながらイムレを見つめた。口をきくことも考えることもできない。

「そういうわけで」ノヴァクは鉤爪《かぎづめ》めいた指を伸ばし、優しい人間を真似たおぞましいしぐさでヴァルのあごを撫でた。「旧友のためにも、仕事を受けられないなどと言わないでほしいのだが」

再び口のなかに血が溜まっていたが、飲みこむことはできなかった。喉にかかった鉄パイプの圧力で窒息しそうだ。耳鳴りがする。

「ああ」かすれた声を絞りだした。「言わない」

「よし」ノヴァクは、ヴァルを押さえつけている男たちにまた合図を出した。圧力がゆるむ。腕も解放された。

「では、わたしの決意のほどを見せよう」ノヴァクは快活な口調で言った。「おまえの友人の体の一部をいただく――ほんの少しでかまわない。指でも耳でもいい。われわれ全員の立場をはっきりさせるためだ。物悲しい気分になるというなら、切った部分を取っておいていいぞ。ご友人はピアノを弾くそうじゃないか？　音楽学校の教師だとか？　昔はコンサートピアニストだったんだろう？　たいしたものだ。では、指だな」

「やめろ」ヴァルは慌てて言った。「その人に手を出すな。取り引きをやめるぞ」

「条件を決めるのはおまえではない」ノヴァクの顔に笑みが広がり、変色した長い歯がむきだしになる。「わたしが決める。すべての条件を。ルールを忘れたようだな、小僧。そいつの指を何本か取れば、きっと思いだすだろう」

ヴァルは、電流の流れる迷路に入れられた鼠《ねずみ》のように必死で考えをめぐらせた。シャツのポケットをそっと探ってみたとき、小さくなめらかな筒が指にふれた。

その筒を大げさに取りだしてみせた。「ルールはいま変わった」

忍び笑いやつぶやき声がぴたりと止まった。ヴァルの手のなかのアンプル瓶に全員の目が集まる。

「それはなんだ？」ノヴァクが尋ねた。

「毒ガスだ」ヴァルは言った。「こいつを割れば、室内の全員が、扉にたどり着く前に死ぬ」

ノヴァクはこけた頬の内側を噛んだ。アンドラーシュに鋭い視線を投げる。「こいつをわたしのもとへ連れてくる前に身体検査をしたのは誰だ？」

若い男たちのひとりが目を見開き、あとずさりを始めた。

アンドラーシュが銃をあげ、その男の顔を撃った。若者は壁に当たり、ずるずると床に滑り落ちた。白いコンクリートブロックの壁に鮮やかな血の跡を残しながら。イムレが首を絞められたような声をあげた。男たちふたりのあいだで、ぐったりとうなだれる。

「全員死ぬというのは、おまえも含めてか？」ノヴァクの口調は軽い。「おまえの友人も？」

「もちろん」ヴァルは言った。「おれにとってはそのほうがましだ。脅されるのは嫌いでね。話の続きは地獄でしよう」

ノヴァクは含み笑いを漏らした。「おまえはいつも毒ガスを持ち歩いているのか？　ずいぶん変わったアクセサリーだ」

ヴァルはノヴァクの目を見据えた。「人生何があるかわからないからな。死のほうがよほど当てになる」

含み笑いは、痰《たん》の絡んだ大笑いに変わった。「ああ、ヴァイダ。十一年前、PSSの犬どもにおまえを競り売りしてからというもの、ずっと惜しいことをしたと思っていたんだ」ノヴァクはそう言って、口をぬぐった。「では、訊くとしよう。その毒ガスを盾に、何を果たそうとしている？」

「条件について話そう」ヴァルは言った。「おれの条件について」

「つまり？」ノヴァクはおどけた口調で尋ねた。

「まずは、殺しの報酬。経費込みで五十万ユーロだ」

手下の男たちがそろって鼻を鳴らし、せせら笑う。ノヴァクはおもしろがるような顔をしていた。「自分を買いかぶっているようだな、ヴァレリー。とはいえ、なぜ殺しの報酬なんだ？　女を殺す必要はない。わたしがみずから手をくだす」

「女を生きたまま連れてくるのは、ただ殺すよりも難しい」ヴァルは答えた。「口出しも手助けも無用だ。ただし、おれが求めたときに、ウェブカメラで人質と話ができるようにしろ」ヴァルはイムレを指し示した。「もうひとつ、その人が危害を加えられることはないと皆の前で誓え」

ノヴァクは悪意に満ちた淡い色の目をすがめた。ヴァルは無表情を貫いた。鼓動は轟《とどろ》くようだ。

無謀な賭《か》けだった。ノヴァクは嘘をつかれることを病的に嫌う。大昔、妻が嘘をついたことに対して、どんな裁定をくだしたかは有名な噂だ。息子が幼かったころにも、子どもらしい些細《ささい》な嘘の罰として指を切り落としたという。その裏の意味は、誰の頭にもはっきりと染みこんでいる——自分の息子にもそんなことをするなら、おれみたいな取るに足りない人間はどうなる？　これが、嘘に対する強い抑止力になっていた。

そして、歪んだ思考回路からすれば当然の結果、ノヴァクは自分を高潔な人間と見なすようになった。部下たちの前でイムレを傷つけないと誓わせれば、ノヴァクは約束を守る義務があると考えるかもしれない。ヴァルはそれを当てにしていた。

一方で、なんだかんだ言っても、この男は完全にイカレている。

「ヴァイダ」イムレが苦しげに咳払いをした。「わたしはもう——」

「黙ってろ」ヴァルは声を荒らげた。「あんたには訊いてない」

緊迫した時間の歩みはまるで這うようだった。ノヴァクは考えこむようなしぐささであごを撫でた。「金の要求は却下だ」ノヴァクは言った。「だが、見所のある人間には褒美を与えるのがわたしの主義だ。だから、指は勘弁してやろう——今夜のところは。その代わり……」

しだいに声をひそめ、何かおもしろいことを思いついたというように目を輝かせる。

つばも飲まず、息もせずに、ヴァルは待った。

「スティールとの情事をビデオに撮って、わたしに送りつづけろ」ノヴァクは言った。「せいぜい破廉恥な行為にふけってもらおう。退屈な夜にわれわれが楽しめるようにな。通信は数分なら許してやる。逢《あ》い引きのビデオを撮れないことがあれば、その時点から友人の体の一部をもらいはじめる。最初の期限は――そうだな、月曜だ。移動時間を考慮して、猶予をやったんだぞ」いかにも鷹揚《おうよう》にかまえて言う。「そのあとは、三日ごとに成果のほどを示せ」

ヴァルはあごが痛くなるほどきつく歯を食いしばっていた。「保証はできないが――」

「では、指から始めよう」ノヴァクは軽い口調で言った。「駆け引きには乗らないぞ、ヴァイダ。わたしの目を見ろ。毒ガスなんぞ少しでも怖がるような男に見えるか？」

ヴァルはアンプル瓶を握る指に力をこめた。室内のほかの男たちの顔は恐怖でこわばる。ノヴァクの顔だけが勝利に輝いていた。

「これで申し合わせはついたな？」ノヴァクが尋ねる。

ヴァルはうなずいた。ノヴァクはくっと喉を鳴らすと、ぜいぜいと息を切らしながら高笑いしはじめた。男たちのひとりに身振りで指示を出す。「持ち物を返してやれ」

男ははじかれたように動いて、ヴァルの財布と携帯電話とPDAを出してきた。すべてをテーブルに放る。

ヴァルは持ち物をポケットにしまった。写真を挟んだファイルをつかみ、トークの入ったケースを小脇《こわき》に抱えた。

「こいつが必要だ」ヴァルは言った。「近づくための口実に」

「好きにしろ」ノヴァクは満足そうで、いつになく口当たりがいい。「女を連れてくるときは必ずそのトークも持ってくるんだぞ。それで殺したいからな」

最後にもう一度、ヴァルはイムレを見つめた。老人の目つきは暗く、虚ろだ。ヴァルは無力感に襲われた。「テレビ電話で話そう」

イムレは返事をしなかった。ヴァルは扉のほうに向かった。ノヴァクの部下たちがアンプル瓶に目をやり、慌てて飛びのく。誰もついてこなかった。ヴァルは入り組んだ地下道を抜けて、ケバニャの倉庫街に出た。道は覚えている。地上にはただ倉庫が並んでいるだけのように見えるが、実態は、ノヴァクの資金洗浄を担うトンネル会社群だ。そうして、よりうまみのある仕事に金がまわされる。ヴァル自身、一部のトンネル会社の帳簿作りを指揮したことがあった。

警備小屋の男たちの視線を感じながら、ヴァルは凍てつく夜のなかをよろよろと歩いていった。コートは置いてきてしまった。傷だらけの顔に雪がかすめていく。腫れた肌には気持ちいい。濡れた髪とシャツがまたたく間に凍った。ヴァルはどこへ行く当てもなく、ぬかるみに足首まで浸かって歩きつづけた。すれ違った者たちは、血だらけの顔を目にしたとたん、ひとり残らず目を丸くしてあたふたと逃げていった。

それでいい。おれは穢され、身を落とした。必死の努力で振り払おうとしてきたにもかかわらず、またもとの役目に逆戻りだ。男娼、詐欺師、裏切り者。

殺人者。いや、もっと悪い。スティールの首筋に銃弾を撃ちこんで楽に死なせてやるよりも、ノヴァクのところに連れていくほうがずっと残酷だ。ゲオルグ・ラクスの手に渡すほうがまだましだっただろう。即死させてやれるなら、そうしたいぐらいだ。

そのスティールの信頼を得なければならないとは。イムレがいなければ、おれは信頼の意味すら知らずにいただろうに。しかし、もし失敗すれば……。

吹きつける雪にまみれて何時間も歩きまわっているような気がした。セーチェーニ鎖橋で足を止めて、居並ぶライオン像のひとつを見あげ、冷酷で無慈悲な石の顔をながめた。叩きつけるような風で息もできない。イムレの姿が目に浮かんだ。狭いキッチンで背中を丸め、卵に浸したパンをヴァイダ少年のために焼きながら、ソクラテスやデカルトについて講義をしている。

そして……鼻と口から血を流し、声にならない苦しみを目にたたえるイムレ。両手を切断され、血を流しつづけるイムレ。

ヴァルはおぼつかない足取りで歩道のわきにより、胃の中身を吐いた。胃が空っぽになっても、吐き気はなかなか治まらなかった。涙があふれ、鼻水が垂れる。橋の下ではドナウ川がゆっくりと黒い渦を巻きながら流れていた。氷のように冷たく、空気もなく、闇に包まれた川底に対して、憧れのような気持ちが湧いた。初めてではない。母のことを思いだした。やめろ。おれらしくもない。身投げなどするものか。屈する気持ちよりも怒りのほうが勝った。

体を起こし、凍りついた袖で顔をぬぐい、宝石箱とファイルをしっかりとわきに抱えて、ふらつきながらもホテルを目指して歩きはじめた。ヘーゲルとの会話が頭をよぎる。もうずいぶん昔のことのようだった。

ヴァルは笑いだした。何はともあれ、もうヘーゲルがイムレを傷つける心配はない。おれの友人に襲いかかれる悪党は、一度にひとりずつだ。

笑いの発作はひびの入った肋骨にこたえた。ヴァルはぴたりと笑いを止めた。少なくとも、ノヴァクは子どものことを知らない。ヴァルはその事実にすがりついた。

まだアンプル瓶を手にしていることに気づいた。指がかじかんでほとんど感覚はなかったが、硬い筒を握る手に力をこめた。先端部分をパキッと割って、匂いを嗅いだ。

アンプル瓶ではなく、香水のサンプル瓶だ。プロヴァンス地方のお抱え調香師がヴァルのためにブレンドした新しい香水。贅沢な趣味だが、金ならある。何が悪い？　いい香りが好きというだけだ。

官能的な香りだった。ほのかな甘草に、爽《さわ》やかで深みのある森の茸《きのこ》、ふわりと漂いながらもわずかにこうばしい松、ラベンダー、セージ。

ノヴァクの圧倒的な力の前には哀れなほどささやかな勝利だが、どんな小さな勝ちにもかじりついてやる。

香水のサンプル瓶のおかげで、イムレの指はあと三日間は安全だ。

肌に少しだけつけて、息を吸いこんだ。体が冷えすぎていて香りが発散されず、鼻のなかも凍りついていたが、それでもかろうじて匂いが感じられる。官能に働きかけるような大地のエッセンスに元気づけられた。

その香りでタマラ・スティールを思いだした。イブニングドレス姿の写真のなかで、謎めいた笑みをかたどる紅い唇。黒衣《こくい》の写真のなかで、野生の花を差しだす手。ラベンダーとデイジー。癒しがたい悲しみをたたえた白い顔。

しかし、手を切断されたイムレのイメージが押しよせてきた。

何年もかけて感情を切り離す訓練を重ねてきたので、まだ恐怖感になじめない。ずいぶん不愉快なものだ。

イムレが殺されたら、それで終わりだ。おれがわずかながらも人間らしさを保っている理由はイムレのほかにないのだから。

——おまえは残飯をねだって鳴く野良犬だ。

事実だ。おれの持っている有価証券はいまや純資産にして何百万ドルにも値する。だが、見るがいい。おれはなおも残飯をあさって生きている。数年ごとに交わすチェスの一戦。遠い記憶のなかにある卵とパンのバター焼き。ソクラテスとデカルト。グランドピアノで奏でられるバッハのインベンション。もうがたがきている古いソファ。

そしていつかは、そこにイムレの名を刻んだ苔むす墓石が加わるのだろう。

思い出。この先一生、ヴァルの心のよすがになるのはそれだけだ。

5

タマラはなかば忘れかけている言語で悪態をつき、ゴーグルをはずした。汗ばんだひたいにかかった髪をかきあげ、うんざりとして、できの悪いペンダントを放り投げた。

まったくだめ。色が合わない。構想としては、淡い緑に染めた銅と青銅を使って時計仕掛けに見立てた部品を作り、それを緻密な金細工と重ねて、小さな皮下注射器を収めるからくりを隠すつもりだった。でも、どうにもまとまりが悪い。自分で選んだ宝石も、艶《つや》が足りず、発色の鈍いがらくたに見えてきた。この作品は脈打つことも、生気を放つことも、甘く不吉な言葉をささやくこともない。脅威も、勇気を奮いたたせる力も、官能も宿していない。これではまるで、鼻にピアスをつけたいまどきの女子大生が、シアトルの露店でマリファナ中毒の店番から十五ドルで買うネックレスと変わらない。〝死ぬほど美しい《デッドリー・ビューティー》〟とはとても言えない代物だ。

技巧も、感性も、集中力も低下している。ひとことで言えば、すべてが下降している。睡眠不足のせいかもしれない。もっとも、よく眠れたためしはないけれども。

扉の上のライトが点滅した。ロザリアがインターコムで呼んでいる。タマラはイヤホンをかなぐり捨てた。二十四時間ぶっ通しで仕事に打ちこんでいたころが懐かしい。まさに没頭だ。邪魔が入ることはなかった。歪んだ心の奥底にいつまでも沈んでいられた。

あの日々はもう帰ってこない。ほかならぬ自分のせいで。

ボタンを押して、やけにメランコリーなスペイン人ジプシーの哀歌を止めた。ワインと煙草でかすれた声でむせぶような歌。感傷的な選曲だ。タマラにしては珍しい。いつもはハードロックを聞くことが多かった。熱に浮かされたようにうなりをあげる音楽は、頭のなかの霧を払い、タマラを遙かかなたへ連れていってくれる。すると、心のなかにイメージが湧き、きらめき、輝き——ねじれるのだ。

タマラはインターコムのスイッチを叩いた。「ロザリア？　どうしたの？」

「お客さまです」ロザリアは母国語のブラジル・ポルトガル語で答えた。「赤いフォルクスワーゲンです。あの黒髪の女性とぼうやかと」

タマラは両手に顔をうずめた。勘弁して。またレインなの？

前回からまだ一週間しかたっていない。勝手に押しかけてきて、どうすれば清らかな聖母のごとく赤子を抱き、乳をやり、甘い声をかけ、子守唄《こもりうた》を歌ってやれるのか、そのすべてを実演してみせ、さらに、善意のつもりで余計なお世話のアドバイスを優しく繰り返していってから、一週間だ。

タマラはゴーグルを放り投げ、工房のパソコンのモニターにセキュリティ・プログラムを呼びだした。ロザリアの言うとおりだ。エリンの赤いフォルクスワーゲンが、防壁からなるべく離れたところに停まっていた。なかに入っていいという許可を待っている。タマラはカメラを切り替えて後部座席を映しだし、ケヴィンのぽっちゃりとした横顔を見つめた。この顔つきだともうおなかが減っていて、液体ランチをほしがっているかもしれない。また授乳を見せつけられそうだ。

うめくようにため息をついて、様々な装置を解除していった。いらつく質問に備えて、気持ちを引き締めた――いわく、貧血症かどうかまだ血液検査を受けていないの？　ビタミンやミネラルのサプリメントはちゃんととってる？　日曜のお昼にまたマクラウド家でバーベキューをするんだけど、あなたも来ない？　何を訊かれようと、答えは必ず、ノー、ノー、ノーだ。そして〝わたしのことは放っておいて〟の決め台詞《ぜりふ》を付け加える。

しかし、エリンはしぶとかった。面の皮が厚い。簡単には引きさがらない。

エリンの車が動きはじめた。タマラは車が道をのぼってくるのを苦い顔で見つめた。マクラウドのやつらは、こうした数々のセキュリティ装置をネタにしてしきりにからかってくるが、そんなことはどうでもいい。パパ・ノヴァクはおそらくコナーとエリンと赤ん坊を殺したがっている。ふたりともカート・ノヴァクの死にひと役買ったからだ。それでも、マクラウドの連中がお尻に的を描いて堂々とさらしておきたいというなら、好きにすればいい。ただし、わたしはごめんだ。

タマラは手を洗い、階段をおりて玄関に向かった。レイチェルは広いリビングの床に座って、ロザリアと一緒に積み木でいくつもの塔を作っていた。タマラの姿を目にしたとたん、何もかも放りだし、小さな体で精一杯に飛んできて、甲高い声をあげながら両腕を伸ばす。

タマラは子どもをすくいあげ、ぎゅっと抱きしめた。両手で持ちあげて、体重を測った。今週も少し重くなった。たぶん三十グラム増。おむつが濡れているかどうかにもよるけれども。

レイチェルを引き取ってから、タマラは歩く体重計としての能力も身につけた。ガレージのドアを開けたとき、エリンはもう車を停めて、幼いケヴィンをチャイルドシートからおろしているところだった。ケヴィンはレイチェルより二歳年下だが、体格は同じくらいで、しかも子豚のようにぷくぷくしている。だからといって、ケヴィンを憎たらしく思うのは間違いだ。そう自分を諌《いさ》めても、なかなかうまく気持ちを抑えられないこともあった。つタマラは、丸々とした子どもを抱っこするエリンに、値踏みするような視線を投げた。ついに減量して妊娠前の体重に戻ったが、相変わらずふくよかで、引き締まっているとは言えない。でも、コナーはこのままのエリンが好きなのだろう。どうでもいいけれども。好みは人それぞれだ。

「わざわざご来訪いただけるなんて、どういうわけかしら?」つんけんとした口調を隠す気にもなれなかった。

エリンはタマラにまったく取り合わず、レイチェルにだけほほ笑みかけた。「かわいいお嬢さんのご機嫌はいかが?」優しくしゃべりかける。それから身をかがめて、後頭部の黒い巻き毛にキスをした。レイチェルはいっそう強くタマラにしがみつき、胸に顔をうずめて、子猫みたいに爪をたてた。

進歩だ。四カ月前なら、このちょっとしたキスだけで恐怖のあまり泣き叫んでいた。レイチェルの心はほぐれつつある。小さな体はこわばっているものの、それほど震えてはいない。タマラが警報装置を再びセットするころには、大きな黒い目を少しだけあげて、エレンの腕のなかの赤ん坊をちらちらと見ることまでしていた。幼いケヴィンは妙に大人びたまなざしでレイチェルを見つめ返し、好奇心を表わしている。

「それほど痩せすぎじゃなくなってきたわね」エリンは母親が子どもを褒めるような口調でタマラに言った。

「よかった。元気そうになったわ。前よりずっと」

タマラは辛辣《しんらつ》な言葉を呑みこんだ。いまでも食欲などほとんどないが、レイチェルは食事の時間のたびに厄介なゲームを始めるようになっていて、付き合ってやらなければ食べようとしない。いわば〝ママがひと口、レイチェルもひと口〟のゲーム。おかげで、子どもが食べるのと同じ量とはいえ、仕方なく口に運んだ蝶々型《ちょうちょうがた》パスタやバナナ、クラッカー、魚のフライ、シリアル、ヨーグルト、ターキーのパテなどが脂肪分やカロリーに変わって、体内に蓄積された。

でも、そう悪いことでもないのだろう。少し前までのタマラは自分の目から見てもひどくげっそりしていた。とはいえ、とくに気にしていたわけではない。レイチェルは新しい母親がどんな見た目だろうとかまわないはずだ。美貌は数ある武器のひとつだったが、もう使うつもりはない。美貌に威力があるのは、男を引きつけて操るときだけ。段階的にせよ、タマラは自分の人生からその必要性をせっせと取り除いてきた。カート・ノヴァクとゲオルグを相手に最後の復讐を果たしたあと、手探りで冷や汗をかきながら芝居を打つことは、もう二度と、永遠にするまいと決めたのだ。当時のことを考えただけで、胃がどろりと溶けるような嫌悪感をおぼえる。タマラは吐き気をこらえた。

キッチンに入ったあと、レイチェルはおとなしく抱っこからおろされた。ロザリアがコーヒーの準備をして、クッキーを並べている。クッキー？　なんてことだろう。タマラがちょっと目を離した隙に、この家はすっかり家庭らしくなり、どこぞの愛の巣も顔負けのふわふわとした雰囲気をまといだしている。他人を家に入れれば、こうなるのは当然だ。タマラは怖いもの見たさにも似た気持ちで、エリンがカロリーのかたまりたるクッキーに猛然と手を伸ばし、一枚めをぺろりとたいらげるさまをながめた。この勇敢な女性を見て！　セルライトを恐れていないなんて！　タマラにとっては驚愕の光景だ。

「そんな目で見ないで」エリンがそう言いながら、二枚めのクッキーをつかむ。「うっかり地球人に捕まって、科学者に食習慣を調べられているエイリアンになったような気分。この見事な手作りクッキーが許せないなら、どうして出したの？」

「わたしが出したんじゃないわ」タマラはちらりとロザリアに目を向けた。「彼女よ。わたしがクッキーを焼くような女に見える？　クッキーとは無縁よ。クッキーについておしゃべりする気もない」

「そうでしょうね。あなたがヘアピンに毒薬を仕込むところなら思い描けるけど、クッキーの種を仕込むところなんて想像がつかないもの」エリンはそう言って、さらなる勇気を見せ、心臓の血管がつまりそうなほど大量のクリームをコーヒーにそそぎ入れた。

タマラは顔をしかめた。「エリン。そんなに入れたら危ない」

「わたしのことは心配しなくていいの」エリンはなだめるように言った。「赤ちゃんを育てていると怖いもの知らずになるのよ。とってもおいしいクッキーね、ロザリア。あとでレシピを教えてもらえる？」

ロザリアは嬉しそうにほほ笑んでうなずき、子どもたちを隣のリビングルームに連れていった。すぐに、タマラは騒々しく気を散らしてくれる存在を呼び戻したくなった。ふいにしんとしたキッチンで、エリンの鋭い琥珀色《こはくいろ》の目に見つめられていると、神経がやけにぴりぴりしてくる。絶え間ない悪夢に悩まされ、ほとんど眠れない夜が続いているいま、タマラは傷つきやすく、他愛のないことにもびくつき、いらだちやすくなっていた。心の盾をきちんと構えておくことができない。それがやりきれなかった。

「少しよくなった？」エリンが優しく尋ねた。

いらだちに任せて、攻撃モードに突入した。「何が？」タマラは嚙みつくように言った。「いったいなんの話をしているのよ？」

エリンは肩をすくめた。「一般的な話。あなたの健康。睡眠、食欲、レイチェル。どんなことも詳しくは話してもらえないから、一般的な質問しかできないのよ」

「そもそも質問なんてしてくれなくてけっこうよ。なんの権利があるの？」

「心配だから、訊くの」エリンは静かに、しかしきっぱりと言った。

すぐにむくれる甘ったれになったような気がして、心のなかでは恥じ入ったものの、癇癪は治まらなかった。いらだちのメーターがさらに二段階ほど上昇する。「心配しろなんて頼んでないわ」

エリンは咎《とが》めるような目つきを見せた。「慣れてちょうだい」そっけなく言う。「それに、信じられないでしょうけど、今日は本当に、あなたを悩ませたり時間を浪費させたりするためだけに来たんじゃないの」

「へええ。びっくりね」タマラはつぶやいた。

エリンはキッと唇を引いて、しばらくのあいだ黙りこんだ。タマラにはエリンの心の声が聞こえる気がした――無我の境地で十まで数え、忍耐心が戻ってくるのを祈ること。タマラは罪悪感と満足感が入り混じった気持ちに襲われた。禅の精神と牝牛も顔負けの女性ホルモンで幾重にも守られているエリンの平常心に、ひと突きしてやったのだ。それを懸命に楽しもうとした。

エリンが深くゆっくりと息を吐きだした。女々しいニューエイジのヨガ教室で学んだことは間違いない。良い気を吸いこみ、悪い気を吐きだすとかなんとか。「昨日、職場でとても奇妙なことが起こったの。今日はその話で来たのよ。あなたにとって、大きなビジネスチャンスになるかもしれない」

タマラは目をぱちくりさせた。これはまったく予想外の展開だ。「なんですって?」

「博物館で、ある男性の相談に乗ったの。はるばるローマから訪ねてきたそうよ。その人がね、ケルトの宝飾品を模したジュエリーを手に入れたんですって。それで、専門家の意見を聞きたいと言うの。デザイナーを捜していて、その女性がこの地域にいるという手がかりをつかんだらしいわ。そういう事情を話したあとで、その男性が宝石箱を開けたのよ。のぞきこんでみたら、びっくり仰天。あなたの作品だったというわけ」

腹の底から悪寒が湧きあがり、手足に広がっていった。「どれ?」

「トークよ。わたしの名前を冠してくれたもの。〝エリン〟シリーズのひとつ」

タマラは指でトントンとテーブルを叩き、ブラックコーヒーのカップをじっと見つめた。〝エリン〟だ。悪魔のカート・ノヴァク退治の武器になることを願って作った品。さほど力にはならなかったけれども。「詳しく説明して」タマラは切りつけるように言った。

エリンは怪訝《けげん》な顔つきを見せた。「いま説明したとおりよ。あのシリーズのなかのひとつで——」

「まったく同じものはふたつとないのよ」タマラは言った。「どんな石がはめこまれていたか教えて。宝石の個数、配色、チェーンに使っている金糸の本数、下げ飾りの大きさ。石はルビーかガーネットか？　アメジストかサファイアか？」

「そうね」エリンは一瞬考えてから、また口を開いた。「かなり現物に似ていたわ。でも、宝石は丸いルビーだったと思う。ガーネットではなく」

「あれね、わかったわ」その情報を頭のなかのデータベースに入れた。当の品を扱ったマルセイユのブローカーにあとで電話をしなければ。そう心に留めて、またトントンと指でテーブルを叩き、無言で脳内のデータ処理に取りかかった。

タマラは警戒していた。狼狽《ろうばい》もしている。エリンと〈デッドリー・ビューティ〉の制作者を結びつけることのできる人間なら、相当の情報収集能力を持っていると見なすべきだろう。だとしたら、確実にわたしたち全員が窮地に追いこまれる。自分とレイチェルのぶんは、パスポートも身分証も数種類ずつ作ってあるし、地の果ての緊急避難所も用意してあるものの、そうした新たな身分証はいま使っているものほど熟していないうえに、できもあまりよくない。おまけに、子連れの女は人目につきやすく、記憶に残りやすい。

攻撃も受けやすい。

それだけじゃない。わたしはこの家を気に入っている。レイチェルだって同じ気持ちだ。

そして、わたしはいまの仕事をとても気に入っている。身元を変えれば、二度と金属細工の仕事はできない。そう考えただけでもひどく腹がたった。

もうひとつ。マクラウド一族にはいらいらさせられるけれども、レイチェルにとっては、あの人たちが唯一のセーフティネットだ。そして、まだ幼い子どもを南アフリカやスリランカに連れていけば、ふたりの宇宙ステーションは、地に足の着いたふつうの暮らしからますます遠ざかる。比較的安全かもしれないが、まともな生活は望めない。家族が増えることもない。

それでも、いまの身元が脅かされているなら……予備のパスポートを金庫から出し、荷造りをして、旅立つのが正解だ。いますぐに。

エリンはじっと待ちつづけているが、目に見えていらだちをつのらせていた。「ねえ」痺《しび》れを切らして言う。「何を考えこんでいるの？」

タマラは一瞬返答につまったものの、硬い声でこう答えた。「あなたとコナーは長期休暇を取って、ケヴィンと一緒にどこかで静かに過ごしたほうがいい。地図に載っていない太平洋の小島あたりでね。自家用船を使いなさい。シアトルは皆にとって極めて危険な場所になってしまったらしいわ」

エリンは不安そうにさっとキッチンの入り口に視線を向けた。リビングでは、エリンの息子がカーペットの上で熱心に跳ねたり転げまわったりしている。レイチェルがそれを見て感心したようにキャッキャと笑い、赤ん坊をあおっていた。「でも……」エリンが音をたててつばを飲んだ。「少し大げさなんじゃない？」

「いいえ」タマラはぶっきらぼうに答えた。「まるっきり」

「まいったわね」エリンがため息をついた。「コナーとも、義兄弟たちとも、まったく同じ会話をしょっちゅうしているのよ。あなたまで、やめて。ときには見た目どおりの物事もあるって考えられない？」

「見た目どおりよ」タマラは答えた。「罠《わな》だわ」

エリンは口を固く結んだ。「これから一生、びくびくとうしろを振り返りながら生きていくわけにはいかないんですからね」反抗的な口調だった。「無理よ。頭がどうかしてしまうわ」

タマラは肩をすくめた。「それなら、うしろから刺されても文句は言わないことね」

「もう、いい加減にして。救いようのない人ね」エリンはぴしゃりと言った。

「言い得て妙ね」タマラはそう認めた。「でも、エリン、確率を考えてごらんなさい。この品について意見を聞くために、ケルトの遺物の専門家全員のなかから、あなたを選ぶ確率はどのくらいかしら？　優秀なのは確かだし、それは多くの人が認めているけれど、あなたは唯一無二の専門家ではなく、世界的に有名な専門家でもない。そして、その道ではまだまだ若手の部類に入る。大学院を卒業後、見習いとして無給で働いていたのは、たった五年前のことよ」

「ほかの専門家にも意見を聞いたと言っていたわ」エリンは頑固に言い張った。「何人か名前をあげていた。わたしの昔の卒論指導教官とまで話をしたそうよ。その教授は古代文化学部長になっていて――」

「電話で本人に確認した？」

「ええ、したわよ！」エリンがむきになって答えた。「たしかにその男が来たそうよ。ついでながら、皆あなたの作品のできばえに感心していたわ」

タマラはうめいた。「嬉しいこと。つまり、その男は準備万端で挑んでいる。執念すら感じるわ。宝飾品の怪しげなレプリカの作者を捜すために世界中をまわっているですって？匂うわよ、エリン。犬の死体みたいにね」

「怪しげだなんて絶対に言えないわよ」エリンは語気を荒らげた。「独創的で美しい。それに、一部で有名になりつつあるそうよ。投資対象としても人気があって、信じられないほどの勢いで価値があがっているんですって。そのヤノシュという男の話では、〈デッドリー・ビューティ〉のスプレー噴射型へアピンがオークションにかけられたとき、もとの持ち主が買ったときの三倍で売れたとか。最初の値段だってそう安くはなかったはずよ。わたしの記憶が正しければ」

「ヤノシュ？」タマラは目をすがめた。「聞いたことがないわ」

エリンが名刺を出して、テーブルの向こうからタマラに渡した。「ヴァレリー・ヤノシュ。買い手は山ほどいるそうよ。内々の展示会を開きたいらしいの。コンサルティング業を営んでいると言っていたわ。お金があり余って使い道に困っている人のために宝物を探す仕事ですって。聞いた話をまとめると、そういうことになると思う。人の願いごとを叶える仕事というか」

タマラは名刺をじっとにらんだ。「〈カプリッチョ・コンサルティング〉。ヴァレリー・ヤノシュ。イタリアの名前ではないわね。ローマですって？　調べてみる」

「やっぱりね」エリンがつぶやいた。「そう言うと思っていたわ」

含みのある口ぶりに引っかかって、タマラは名刺からぱっと視線をあげた。エリンが目を輝かせ、いたずらっぽい笑みを浮かべていたので、ますます警戒心をかきたてられた。「なんなの？」

エリンは唇を嚙み、ばつの悪そうな顔でうつむいた。「なんでもないの。ただ、ヤノシュという人が、そこらのモデルも敵わないくらい、ものすごくすてきだっただけ」

「へえ、そう？」タマラはのろのろと言った。

エリンはいかにもさりげないようすで肩をすくめた。「息が苦しくなるくらいよ」

「賭けてもいいけど、コナーにはそこまで詳しく話していないわね」タマラは言った。

エリンは呆れたように顔をしかめた。「ねえ、わたしがそんなに馬鹿だとでも？」

タマラは一瞬間を置いてから、そっと尋ねた。「心を惹《ひ》かれた？」

エリンは考えこむようにひたいにしわをよせた。緊張の一瞬だ。くすっという笑いがその緊張を破った。

「いいえ」エリンは澄ました口ぶりで答えた。「ちっとも。もちろん、目は引かれたけど。そうならない女はいないと思う。でも、わたしは最高の夫に恵まれた幸せいっぱいの女よ」しばし言葉を止める。「だから……心配しないで」

「なぜわたしが心配しなきゃならないのよ？」タマラはきつい口調で言い返した。「わたしには関係のないことでしょう？」

エリンが眉をあげた。タマラは顔をそむけた。この女がこうしてときおり鋭い一面を見せるのは面倒だ。相手が誰であれ、心の奥底まで見抜くようなまなざしを向けられるのは気に入らない。そして、エリンとコナーの絆が脅かされたと思ったくらいで、自分が浮き足立った理由など検証したくもない。

でも、わたしは……そう、うろたえた。怒りのような気持ちさえ湧いた。

やめて。愚かにもほどがある。警戒すべきことでもあった。こういう気持ちは、手に入れられないものをほしがることの前兆だ。本質的に壊れやすいものによりかかることになる。欲望、信頼、名誉、愛。くだらない。ただでさえ精神の不安定な女が、そういうくだらないものに頼りはじめるくらいなら、いっそ静脈を自分で切り裂いてすべてを終わらせるほうがましだ。

「あのね、そのヤノシュという人とわたしがどうこうなんて、じつはまったく考えなかったのよ」エリンが再びしゃべりだした。「そうじゃなくて、あなたにどうかなって」

「わたし？」悶々とした考えは、驚きで吹き飛んだ。大声で笑いはじめると、胸のなかの緊張が解けた。「やめて。〝もしもごっこ〟には付き合っていられないわ」

「百九十センチはくだらない身長、広い肩、たくましい胸、くっきりした頬骨、完璧なあご」エリンが夢見るように言う。「浅黒い肌、立派な眉。ほんのわずかな外国語訛《なま》りがセクシーだった。それに、趣味のいいコロン。男性の香水なんて好きでもないのにそう思えたわ。潤んだ黒い瞳は底知れない深さをたたえ、まつ毛は長く、大きな手は男らしいのに美しさも兼ね備えている。うっとりするような低い声、引き締まったお尻、長い脚、八百ドルの靴」

タマラは鼻を鳴らした。「コピーライターになったらいいわ。いまより稼げるわよ。つまり、ヨーロッパの有閑族で、高い服をひけらかすぼんぼんに付き合って、時間を浪費しろと言いたいわけね」

エリンは傷ついたような表情を浮かべた。「ちょっと、わたしはその男がハンサムで魅力的だと言っただけよ。反射的に見くだしたくなるようなことは、ほのめかしもしなかったと思うけど」

「そいつは男なんでしょう？　ましてや色男なら、崇《あが》められて当然だと思ってる。ひざまずいて、男ならではの膨張したエゴを舐めてやるエネルギーが誰にあるというの？」

「どうかしら」エリンはいぶかしげな顔をしていた。「わからないわ。コナーはハンサムだけど、エゴを舐めてほしいなんて思っていない。ただ、あれのときは……あ、いえ、気にしないで」ぼそぼそと口ごもり、顔を赤らめる。

勘弁して。エリンがその手の話題でいかにも女らしく頰を染めるさまを見て、タマラは鳥肌をたてた。

「ねえ、ちょっと考えたんだけど、ニックとベッカの結婚パーティでのエスコート役は決めていないんでしょう？」エリンが言った。「あの人を誘ってみたら？　もし予定があいていたら――」

「エリン、からかっているのよね？」タマラは強い口調で言った。「本気で言っているなら、恐ろしいわ」

エリンは目をすがめ、タマラの嫌いなあの鋭い視線をよこした。「だって、ずっと誰とも付き合っていないでしょう？　あれ以来……」エリンの声はしぼむように途切れたが、互いの耳にはある名前が聞こえていた。それぞれの悪夢にこだまして、ふたりを結びつける名前。カート・ノヴァク。

タマラはすばやく指を重ね、とっさに魔除《まよ》けのまじないをかけていた。そのことに自分でも驚いた。これは曾祖母《そうそぼ》の癖のひとつだ。〝ひいおばあちゃん〟はタマラがまだ幼いころに亡くなったから、これは曾祖母について覚えている数少ないことのひとつでもある。おかしなものだ。あの男は完全に死んだ。疑う余地はない。血が最後の一滴まで流れでて、壁を染めていくさまをながめられたのは、エリンがあのとき驚異的な勇気を発揮したおかげだった。何年たっても、あの驚きは消えない。ぐずな女だと思っていたのに、人はわからないものだ。

「いつまでもあの男に毒されたままではいけないわ」エリンの声には気迫があった。「そんなのは絶対だめよ」

失笑するのが何よりの返答だとわかっていても、心臓をわしづかみにされたみたいで、ぴくりとも動けなかった。「毒されてなどいるもんですか、エリン」

「でも、あなたはまだすっぱりと断ち切れていないようだから——」

「わたしはなんだってやりたいようにできる。自分で選んで」

タマラの刺々《とげとげ》しい声に傷つき、戸惑ったかのように、エリンは頬を上気させた。椅子をガタッと鳴らして立ちあがり、こちらに背を向けて、窓の外の森を見つめながらコーヒーをすすった。子どもたちの笑い声とロザリアの低い声が漂ってくる。ポルトガル語で何か褒めているようだ。

タマラは自分のコーヒーをじっと見つめた。罪悪感をおぼえる自分が腹立たしい。そして、腹立たしいと思う自分に罪悪感をおぼえる。不条理な堂々めぐり。こんな感情は必要ない。

「そろそろ帰らなくちゃ」エリンの声はこわばっていた。「もうすぐケヴィンのお昼寝の時間だから、そのあいだに家事を――」

「なぜわたしに耐えているの？」タマラは唐突に尋ねた。

エリンが驚いて振り返る。「なんですって？」

「わたしは無作法で不愉快な性悪女よ。これからも変わらないでしょう」タマラは淡々と続けた。「なのに、なぜ？　どうしてわたしにかまうの？」

エリンは何度か口をぱくぱくさせた。「わたし――わたし――」

「同情？　それならいらないわ」

「あなたは同情してあげたくなるような人じゃない」エリンは厳しい口調で言った。豊かな胸の下で腕を組む。「でも、わたしは命を救ってもらったのよ。夫の命も。それを思えば、少しくらいの奇抜なふるまいはどうってことないわ」

「そのあとすぐ、わたしのほうがあなたに命を救ってもらった。だから、貸し借りなしよ」タマラは応えた。「それだけじゃない。あれは偶然だった。あの生き地獄に飛びこんだとき、誰かを助けようなんてこれっぽっちも思っていなかった。人食い鬼を消し去り、復讐を果たし、自分の身を守りたかっただけ。義理立てしてもらう理由はないわ。なのになぜ？」

エリンが首を振った。「わからない」おもむろに答える。「たしかにそのとおりね。あなたは手に負えない人だわ。こんなに無作法で、癪に障って、厄介な友人はほかにいないし、そういう人と友だちになるなんて思ってもみなかった。でも、それでいてあなたは、かわいそうな子どもたちが臓器泥棒に捕らわれていると聞けば、電話一本ですぐに飛びだしていって、命もかえりみずに助けてあげるんだわ。そういう行いは、一度でたくさん得点が稼げるものなのよ」

タマラは嘲るように言った。「くだらない。あれはただのお遊び。退屈していたのよ。わかる？　刺激を求めていただけ」

「ふうん。そう。退屈ねえ」エリンは鼻で笑った。「とんでもない嘘つきだわ。それなら、レイチェルを引き取ったのも、退屈だから？」

タマラはコーヒーでむせかけた。「まさか。知りたいのよ、エリン。あなたにはコナーがいる。じゃないから」そうつぶやいた。「でも、レイチェルを引き取ったのは、わたしが正気いまではマーゴットもレインもリヴもいる。いい人たちばかりよね。わたしなんて必要ないでしょう。なのになぜかまうの？」

エリンの背が十センチは伸びたように見えた。怒りで頬を真っ赤にしている。「わたしが何を考えているかわかる？」エリンの声は大きく響いた。「あなたは有能な精神分析医に診てもらうべきだと考えているのよ。だって、どんなに恐ろしい害虫につきまとわれようが、友人に打ち明ける度胸もないんですもの。前にも同じようなことがあった。全員を遠ざけて、外面を取り繕おうとしていた。わたしを好きな人なんていない？　みんながわたしを憎んでる？　虫が大好物って言うのと同じくらいばかばかしいたわごとだわ、タマラ。ふざけるのもいいかげんにして」

タマラは目をぱちくりさせた。感嘆のあまり、言葉を失っていた。エリンを激昂《げきこう》させると、なかなかおもしろいことが起こる。出足は遅いけれども、いったん進みだしたら、ご用心。壁に血が飛び散る。右にも左にも。

「もうああいうなんの実にもならない言葉を吐いて、甘ったれてる場合じゃないのよ」エリンがさらに息巻いた。「子どもがいるんだから！　子どもには家族が必要よ！　それもたくさん！　共同体。おば、おじ、いとこ。認めようが認めまいが、あなたにも必要なものよ。頑固で鼻持ちならない性悪女のあなたにも！　だから、とっとと大人になりなさい！」

タマラは感じ入って、低く口笛を吹いた。「なかなかの迫力だったわ」

「人を見くだした言い方はやめて。まだ話は終わっていません。好もうと好むまいと、わたしたちがあなたの家族。わたしたちは一緒に危険を乗り越えて、家族になった。おめでとう、あなたはみんなに恐れられる怖いおばになるのよ。どんな家族にもひとりはいるようなね」

「名前を変えて、姿をくらましておけばよかったわ」つくづくと言った。

「ふざけないで」エリンがぴしゃりと返す。「たわごとはもうたくさん」

タマラは口もとを引きつらせた。「怒っているときのあなたはキュートだわ」甘いかすれ声を出した。「頬が薔薇色《ばらいろ》に輝いて、胸が波打って……」

エリンは叩きつけるようにしてカップをテーブルに置いた。「そこまで。レズビアンのふりなんてしても信じないから。そんな台詞を聞いても、いらいらするだけ」

タマラはコーヒーを飲んで笑みを隠した。「つれないわね。そういうことにしておけば、うかつに人が近よってこなくなるのよ。おかげで、わたしはより自由になれる」

「いまだって自由すぎるほどよ」エリンがぴしゃりと言った。「それにわたしたちは遠ざけられるのにうんざりしているの」

ふと思いついて戸口に目をやると、そこにロザリアが立っていた。目を丸くして、床に根を生やしていたような雰囲気からすると、英語を話すのは下手でも聞き取りは得意らしい。ロザリアはうしろめたそうにさっと目をそらし、子どもたちの背を押してリビングルームの奥に引っこんだ。

「あなたをカテゴライズするのは難しい」エリンはしかめっ面で椅子に身を沈めた。「〝タマラ〟という友人をどう定義すればいいの？　血に飢えたテロリストが放射性爆弾でうちの家族を脅したら、タマラは颯爽《さっそう》と現われて、ダイヤモンドをちりばめた手榴弾で救出してくれる。でも、たとえば空港まで送ってほしいとか、日常的なお願いは聞いてくれるかしら？　あり得ないわね！」

隠す間もなく、タマラは笑みをこぼしていた。「日常的なお願い？　そんなことを引き受けてもつまらない。そういうときのために男がいるのに。重労働をいやがるなら、男なんてろくでもないものを我慢する意味がないでしょう？」

エリンがたしなめるように咳払いをした。「男と言えば、あのハンサムさんにはなんて言えばいい？〈デッドリー・ビューティ〉の製作者は、不細工で臭くて身なりの悪い男としか大きな取り引きはしません？」

タマラはエリンにもらった名刺を手に取り、じっと見つめた。「何も言わなくていい。電話も一切取らないでちょうだい。この男のことを調べてみるわ。わたしの目にナイフを突き刺したいだけという可能性も充分あるから」

エリンが不満げな声をもらした。「なぜどんなこともふつうに考えられないの？　善意に受け取れない？　ビジネスチャンス、すてきな男性、結婚パーティのエスコート役。そういうものかもしれないのに、どうしていつも真っ先に流血沙汰《ざた》を想定して、生きるか死ぬかの問題にしてしまうの？」

質問のあどけなさと、悲しげに訴えかけてくるようなエリンの声の響きは、タマラがとうに葬り去ったはずの急所を突いた。自分の声だとは思えないほど優しい口調で答えていた。「わたしはふつうにも、善意にも縁がないのよ、エリン。これまでもなかったし、これからもあり得ない。でも、心配しないで。わたしはできるだけのことをしている。大丈夫よ。本当に」

エリンは沈んだ表情を見せた。「もっといい人生を送ってほしいの」

タマラは反射的に皮肉で返しかけたものの、口からこぼれないように必死で押しとどめ、しばらくのあいだ口をつぐんでいた。「そうやって感傷的になってくれるのも、ありがたいと思うわ」こわばった口調で言った。「わたしなりにね。こんなことを言って意味があるのかわからないけど」

エレンがうつむき、しきりにまばたきする。拷問のような数秒間が過ぎ、その一秒一秒がぴんと張りつめたものをさらに強く引き伸ばしていく。

タマラはそれを切り裂くように言った。「わたしのことで泣いたら許さないわよ！　優しさに浸るのは一瞬で充分。わかった？　それ以上はまったく受けつけられない！」

エリンはけんか腰で洟《はな》をすすって、涙を引っこめた。「何よ、うるさいわね」

タマラはいかにも安心したというそぶりでため息をついた。「よかった。それでいいのよ。ようやく息ができたわ」

エリンは小声でぶつぶつ言いながら、タマラの前を通り過ぎ、息子を迎えに行った。すると、ケヴィンは〝いつまでも喜んでくれる観客〟と引き離されてむずかり、喜ばしいことに、レイチェルも〝いつまでも跳ねまわっているオモチャ〟を取りあげられて機嫌を損ね、おかげでしっちゃかめっちゃかの大混乱が始まった。金切り声をあげ、のたうち、身をよじる子どもたちをなだめながら、おむつを交換し、クッキーで釣り、ケヴィンのバッグのなかに、哺乳瓶《ほにゆうびん》、おしゃぶり、よだれかけ、ティッシュ、おやつをつめ直し――とても全部は覚えていられない。親のほうが叫びだしそうになったころにやっと、レイチェルがおとなしくテレビの前に座って、『セサミ・ストリート』のエルモに釘《くぎ》づけになり、ロバ並みに荷物を背負ったエリンが赤ん坊を抱いて階段をおりていった。

神の御業《みわざ》だ。第三世界で血なまぐさいクーデターに手を貸したこともあるけれども、それだってこれほどの大仕事ではなかった。

タマラはエリンを追って階段をくだりかけた。「いまそっちにおりて、解除を――」

「自分でできるわ」エリンがさえぎった。「あの長ったらしい暗証番号を覚えたから。八つ全部ね。さよなら」そう言うと、振り向きもせずに立ち去った。身をくねらせてわめく子どもを抱き、おむつ用バッグを怒ったように振りまわしながら。というよりも、激怒しながら。

「解除したらそのままにしておいて」階段の上から、遠ざかっていくエリンのこわばった背中に大声で呼びかけた。「そろそろロザリアが帰る時間だから」

エリンはぼそぼそと悪態めいた言葉を吐き、ガレージのドアををバタンと閉めた。タマラは内心で肩をすくめた。仕方がない。それから、目をすがめて、テーブルに置かれた名刺をじっと見おろした。手に取って、指で弄《もてあそ》ぶ。

懸念は大きいものの、じつのところ好奇心も湧いていた。どう転ぶのか楽しみだった。もしかすると……ひょっとしてひょっとすると、徹底的に調べたあとでなら、申し出を退けなくてもよくなるかもしれない。もちろん、慎重の上にも慎重を重ねる。このところレイチェルにかかりきりで、しばらく前から販売の手配はしていなかった。定期的に現金が流れこんでくるなら大歓迎だ。あって困るものじゃない。

タマラはテーブルの真ん中の皿に残ったクッキーを見つめた。部屋の反対側にいても、バターの香りがしてくる。

ひねくれた衝動に駆られて、クッキーを一枚つかんだ。あらゆる角度から吟味し、匂いを嗅いだ。バターも砂糖もたっぷり。コレステロール満載で、動脈をつまらせる効果は抜群。インスリン抵抗性の原因となり、セルライトを誘発する、誉れ高き食べ物。

これはこれで致命的だ。わたしの作った装飾品のように。

ロザリアがキッチンの入り口に姿を現わした。タマラは盗みの現場を見つかったかのように、クッキーを持つ手をおろしてテーブルの下に隠した。

遅かった。この中年の女が控えめな喜びの笑みを懸命に隠そうとしているのを見ればわかる。「明日は九時ですね？」ロザリアが尋ねた。

タマラはぼそぼそと肯定した。「もう帰りなさい」改めて言った。「セキュリティは解除してあるわ。エリンが開けたまま帰ったから」

ロザリアがクッキーに目を向けてうなずいた。「召しあがれ。次はキャラメルラテ・クッキーにします。食べたら、きっと気に入りますよ」

タマラは耳をふさぎたくなった。わたしは怪物を生みだしてしまったらしい。「また明日ね」

ロザリアは陽気にハミングしながら、大きな足音をたてて階段をおりていった。タマラは手に持ったクッキーをじっと見つめた。取りすました無表情な菓子に見つめ返されているような気がする。

かまうものか。どのみちいつかは死ぬのだから。ひと口、嚙んだ。頭のなかで糖分の花火が打ちあがる。おいしい。

ゆっくりゆっくり咀嚼《そしゃく》しながら、エリンの話で本当に好奇心を刺激されていることに気づいた。自分でも意外だけれども、エリンのように夫ひと筋の女の目をくらませるほどハンサムで魅力的だという男が、実際どれほどのものなのか、この目で見てみたかった。きっと魔法を使えるに違いない。それか、自分を神の化身だとでも思っているかも。だとしたら、ひどく退屈な男だろう。あるいは、わたしを片づけるために雇われた無慈悲な殺し屋。そのほうがおもしろいけれども、デートの相手としては不適切このうえない。命が脅かされているときには、なかなか色っぽい気分になれないものだ。タマラは致命的な至福の元をもうひと口かじって、名刺を見おろした。ヤノシュ。たぶん、ハンガリー人。本名だとしたら。しかし、それは疑わしい。

気づくと、皮肉な状況に笑みを浮かべていた。生真面目《きまじめ》なエリン。あの正直なお馬鹿さんは、わたしにデート相手を紹介しようとした。そのうえ、まともな生活をしろとお説教した。かわいい。見当違いで、的外れで、どうかしているとしか思えないけど……とてもかわいらしい。

タマラは食べかけのクッキーを丸ごと口に放りこみ、甘い快感に浸った。舌が驚いている。バターと砂糖が溶けて、オーガズムにも匹敵する喜びを導きだす。

ちょっと待って。どうしてかわからないけど……気分がよくなっている。恐ろしい効果だ。いまの身元が危険にさらされているのかどうか、確かめる方法はただひとつ。その男をよく調べ、X線にも負けないわたしの目で見通してやること。男の心は読みやすい。わたしにはお手の物だ。言葉で誘導して、心を裸にひんむき、まっぷたつに割って、断面を観察すればそれでおしまい。

結論。ただの被害妄想かもしれないのに、自分とレイチェルが持つすべてのものを放りだすのがいやなのだ。心してかからなければならないけれども、そう、わたしは昔からスリルが大好きだった。とはいえ、もうそんなことは言っていられない。レイチェルのことを考えなければならない。タマラは次のクッキーに手を伸ばした。

その男の鼻をへし折ってやるのも楽しいかもしれない。

6

会員制高級ダイニングクラブ〈シブミ〉の入っているビルに着いて、一階の総合受付で名を告げ、店への予約照会を待つあいだ、ヴァルはプロにあるまじき興奮で身をぞくぞくさせていた。予約名の確認が取れたあと、十六階にあがった。〈シブミ〉はタマラ・スティールが指定してきた会合場所だ。昨日初めて電話をよこし、その後の連絡はインターネットの伝言板に限定すると言われた。場所を告げる投稿があったのは、待ち合わせ時刻の三十分前。用心深い女だ。

高ぶった心を組み伏せるようにして、どうにかマトリックス・モードに戻した。冷静に、距離を置いて、観察しろ。焦燥感や不安感を悟られて、正体を見破られるようなことがあってはならない。イムレが鍵《かぎ》のかかった薄暗い小部屋で背中を丸め、ぽつんと座っていることは考えるな。ヴァルの任務完了とともにタマラ・スティールに振りかかる運命のことも。ノヴァクの地下室で見た様々なことも。

いまだに頭から離れない数々の光景。

だめだ。ヴァルは記憶を押しのけた。今夜の仕事は単純極まりない。イムレのために時間を稼ぎ、そのあいだに何かしら計画を練ること。今宵《こよい》のヴァルは、ローマから金儲けにやってきた羽振りのいい企業家。酒と女と金を愛する根っからのプレイボーイ。達成目標は、あの女を誘惑して……落とすことだけ。そして、それをビデオに撮る。ふん。楽に言ってくれる。

　ありとあらゆる事態に備えて、何か起これば、それにひとつずつ対処すること。

　仕事を進めるうえでの基本的枠組みとして、ヴァルはなすべき事項に優先順位をつけていた。一、イムレを五体満足で取り返す。二、子どもを巻きこまない。三、あの女を助ける。四、できるだけ自分の命を落とさないようにする。できなければ、仕方がない《パツィエンツァ》。おれは死ぬ。だからなんだ？　どのみち、いままで生きてこられたのが不思議なくらいだ。

　エレベーターのドアが開くと、目の前には日本の障子や屏風《びょうぶ》で飾られた雅やかな空間が広がっていた。ヴァルは案内係の無表情なアジア系男性に、予約客である旨を告げた。男は受話器をあげて、ひそやかな日本語で話しはじめた。ほどなく、長身でがたいのいい男ふたりが現われた。ひとりは金髪、ひとりは黒髪だ。どちらにも見覚えがある。マクラウド家の外に仕掛けた監視カメラを通じて見た顔だ。金髪の男はデイビー・マクラウド、黒髪のほうはニック・ワード。

　筋骨隆々のふたりの体を覆うスーツは見事な仕立てで、銃を収めたショルダー・ホルスターをうまく隠している。どちらも警備のプロにふさわしく、隙のない冷ややかな表情を浮かべていた。

「ミスター・ヤノシュ？」マクラウドが言った。「われわれがご案内します」

　マクラウドが先に立って歩きだし、ワードがごく自然にヴァルのうしろにつく。ヴァルは自分の名前が正しく発音されたのに驚いた。英語読みでは〝ジャノス〟だが、正解は〝ヤノシュ〟だ。いったんエレベーターに戻って、ひとつ上の階で降りた。どうやら個室のダイニングルーム専用のフロアらしい。マクラウドはいくつも並ぶドアのひとつをカードキーで開けた。仕切りで作られた小さな控えの間にクローゼットがある。警備の男たちふたりはヴァルがコートをかけるのを監視していた。

「ミス・スティールは、武器をお持ちのかたとお目にかかるのをよしとしませんので」マクラウドが言った。

ヴァルは少し考える間を置いてからつぶやいた。「皮肉なものだな」

男たちは表情を変えず、無言で待っている。

「ミス・スティールのほうも同じ条件なんだろうね？」ヴァルは尋ねた。

マクラウドとワードは視線を交わし、肩をすくめた。「われわれにはなんとも」ワードが答える。「直接お尋ねください。その返答しだいです」

「お気に召さなければ、お帰りになっていただいてもけっこうです」マクラウドが付け加える。ヴァルはしゃがんで、足首につけてある鞘《さや》からナイフを引き抜いた。金持ちのビジネスマンにはふさわしくないと判断して、銃を置いてきたのは正解だった。ナイフのほうは、不慣れな異国の街にいる男なら誰もが選びそうなアクセサリーだと思ったのだが。ナイフがないと、裸でいるような気がした。しかし、この手と足が武器になる。何年もかけて様々な格闘技の訓練を積んできたのだから。

マクラウドがナイフを受け取った。ワードが一歩前に出て、両腕をあげるように身振りで指示する。「ちょっと失礼」とうてい詫《わ》びているとは思えない口調だ。

服の上からくまなく検査された。「きみたちはこのクラブに雇われているのか？　それともミス・スティールの専任？」

「お答えできません」ワードが言った。「秘密厳守も仕事のうちです」

ごもっとも。マクラウドが隣の部屋に続くドアを開けて、どうぞと示した。広々とした部屋だ。キャンドルの明かりで照らされ、窓辺にダイニングテーブルがしつらえてある。床から天井に達する大きな窓は、夕闇に包まれた街とエリオット湾をかなたまで望んでいた。

「ここでお待ちを」ワードが言った。「ミス・スティールは支度が整いしだい参ります」

背後でカチッと音がして、ドアが閉まった。ヴァルは美しく整えられた部屋を改めて見まわした。片側に縦長の会議用テーブルとそれを取り囲む椅子がある。その向かいの壁際にはバーカウンターが備えられ、種々様々な酒のボトル、アイスバケットに収まったシャンパン、ボウルに盛られたフルーツ、クリスタルの水差し、各種グラスが並んでいる。砂草で緻密《ちみつ》に織られたベージュの敷物は、控えめながらも、こうばしい大地の香りを漂わせている。ダイニングテーブルの横のほうに、座り心地のよさそうなソファが二脚、向かい合わせで置かれていた。商談というよりも、恋人たちの密会にふさわしい部屋だ。

こういう場所を指定されたのは不思議だった。しかし、大事なのは、念入りに作りこまれた雰囲気ではなく、どれだけプライバシーを守れるかなのだろう。しかも、ここなら出入りを監視しやすい。

もしかするといまも見張られているのかもしれない。ヴァルは監視装置を探しまわりたいという衝動に駆られた。しかし、やつらが見かけどおりのプロだとしたら、装置は見つかるまい。逆に、部屋をうろうろする姿を見られ、不信感を招くのがオチだ。ヴァル・ヤノシュ、すべてに満ち足りているローマのビジネスマン《ウオモ・ダファーレ》は妄想症じゃないぞ。グラスに酒をついで腰をおろし、ゆったりと夜景を楽しむのが妥当なふるまいだ。

ヴァルはそのとおりにしたが、待たされることに不慣れな金持ちがよくやるように、いらいらとつま先で床を打つことも忘れなかった。落ち着きすぎているのもよくない。それもまた不自然だ。

街の明かりを見つめながら、マトリックスにデータを加えた。組み替え、引っくり返し、じっくりと観察して、さらなる情報を取りこむための準備をする。すべてに目を配り、何も見落とさないこと。

ドアが開いた。向こうの控えの間はこちらより明るく、逆光の効果は抜群だ。戸口で立ち止まったスティールの顔が影になって見えた。ほっそりとして優美な線を描く体は黒一色の服に包まれて、しなやかな猫を思わせる。スティールは大きな革のケースを持っていた。ひととおりのデザインを見せてもらえるように、ヴァルが頼んでおいたのだ。

ヴァルが立ちあがるのに合わせて、スティールは部屋のなかに足を踏みだした。軽く会釈して、まずは大きな会議用テーブルの上にケースを置いてから、改めてヴァルのほうに向かい、やはり猫のような足取りで歩いてくる。ビデオの映像でヴァルを悩殺したあの歩き方で。

スティールがヴァルの顔をじっと見つめた。まっすぐに突き通すような視線を受けて、マトリックスは閃光《せんこう》を放ち、炎と化し、あっという間に溶けて、ヴァルの心のなかで跡形もなく消えた。

ヴァルは柔和な笑みを浮かべたまま、態勢を立て直した。あの肉体が自分の五感に与える影響を勘定に入れそこねていた。

スティールの全身から放たれるビリッとした電気に当てられたみたいだ。耳鳴りがする。息が苦しい。

黒一色の服装はシンプルで上品だった。ぴったりとしたスラックス、きらびやかなスパイクヒールのブーツ、仕立てのいいシルクのブラウス。黒ずくめだからこそ、まばゆく光るペンダントやイヤリングの配色がいっそう引きたつ。両手にはいくつもの指輪、手首にはブレスレット。ジェルで撫でつけられた黒髪は、複雑な形のシニヨンに結いあげられている。そこに、先端の非常に鋭利なスティックが数本突き刺さっていた。スティックの頭を飾るのは、ねじれたシルバーと黒曜石のビーズ細工だ。粋《いき》で、人目を引きつける装いだった。

スティールの視線は揺らがない。ヴァルの鼓動が速くなった。股間のものが身じろぎしている。

こらえろ。ヴァルは自分を叱りつけた。いまは息子の言い分を聞いている場合じゃない。距離を置け。三歩さがれ。誘惑するのが目的だ。誘惑されるな。

スティールの顔立ちは、完璧ながらも独特のものだった。骨格の線は細く、造作はどことっても非の打ちどころがない。唇はみずみずしくふっくらとして、しかも、蜂《はち》に刺されたようなシリコン入りの唇にはないしなやかさを併せ持っていた。頬骨と眉が描く弓形はまるで対になっているようだ。鋭い眼力を感じさせる目は大きく、両はしが心持ち切れあがっている。

まつ毛は長く、くるんとカールしていた。

瞳の色は緑がかった褐色だが、生来の色ではない。本当の色が知りたいという思いがどこからともなく湧きあがって、ヴァルをぎょっとさせた。ノーメイクだ。きめが細かく、しみひとつない肌には、たしかに化粧の必要はなかった。唇に無色のリップグロスが塗られているだけ。

「ミスター・ヤノシュ」スティールもヤノシュの名を正しく発音した。声は低く、ハスキーだ。濃密な音色に甘くかすれた響きが重なって、格別に女らしく聞こえる。その声で愛撫されたかのように、ヴァルの股間が疼いた。

「ミス・スティール」ヴァルは片手を差しだした。スティールがためらいのそぶりを見せる。手をおろす頃合《ころあ》いと思わせるだけの間があいたが、ヴァルの本能が逆らった。

ようやく、スティールは手を握った。柔らかく、すべらかな肌。金属製ジュエリーの冷たく硬い質感とはあまりに対照的だ。電撃に打たれたかのようだった。ふたりの手がふれ合ったところから電流が走り、腕にのぼり、全身の神経をめぐって、体のなかに光を点滅させ、鐘の音を響かせる。

相手も同じ感覚に襲われていた。ふいに身じろぎひとつしなくなったことや、笑みがこわばったことからそうとわかる。ヴァルはしぶしぶ手を放した。ふたりのあいだに落ちた沈黙が、急にぎこちなく思えてきた。会話を始めるのに適切なときを逃し、意味ありげな間が広がっていく。

「お話はイタリア語のほうがいいかしら、セニョール・ヤノシュ?」スティールが流暢《りゅうちょう》なイタリア語で尋ねた。「もしよろしければ、わたしもそれでもけっこうですわ」

相手に言葉を選ばせるとはおもしろい。アメリカ人とは思考回路が違うことがうかがえる。とても洗練されていて、とてもヨーロッパ人的だ。今後いくら探っても、この女は底を見せないという気がした。

「嬉しいですね」ヴァルは同じ言語で答えた。「あなたのイタリア語は美しい。ただ、仕事ではいつも英語を使っています。何しろ明快ですから。しかし、いかがでしょう、仕事の話が終わったあとに……?」ヴァルは最後まで言わず、思わせぶりな含みを持たせた。誘うような目つきをそれとなく見せた。

「では、英語で」スティールは歯切れのよい口調で言った。「もう始めていらっしゃったようね」ウィスキー・グラスをちらりと見る。

ヴァルは、ばつの悪そうな笑みを浮かべることでそう認めた。「一杯お持ちしましょうか? わたしはマカランをやっていました」

「あら、通でいらっしゃるのね。マカランはわたしも気に入っています。それで、こちらのシェフのミスター・トクダが特別に用意してくれました」

ヴァルはグラスを取った。「ストレートで?」

「もちろん」小さな声が返ってきた。

ほんのわずかにせよ、スティールに背を向けて、気を落ち着ける時間ができたのはありがたかった。この数秒の猶予でマトリックスを再構築して、データを入れ直さなければ。いつものやり方だ。これでうまくやってきたはず。そのやり方を守れ、このまぬけめ《テスタ・ディ・カッツォ》。距離を置くんだ。

ヴァルはグラスを手渡した。キャンドルの明かりが、スティールの指輪とブレスレットを輝かせている。クリスタルカットのグラスやわずかに揺れる琥珀色の液体、理知的な瞳がきらめく。グラスが唇に運ばれる。

ヴァルは目を引き離した。あろうことか、じっとり汗ばんでいた。襟がきつく感じられ、顔が火照っている。しっかりしろ。

スティールの手に視線を落とし、きらきらと輝くいくつもの指輪を示してうなずいた。

「女性ひとりで武器庫を持ち歩くようなものですね？」

スティールは口もとをほころばせた。ヴァルの肺は機能停止に陥り、鼓動が速まった。この笑みこそが武器だ。危険と試練をちりばめ、まれに見る歓喜をほのめかす武器。「秘密兵器を持つという感覚は楽しいものです。わたしの作品に共通の精神ですわ」

「美しい。見事だ《コンプリメンティ》。立ち入った質問で失礼ですが、美しさのみを求めて作品をお作りになったことはない？」

スティールは再びグラスを口に運んだ。意味ありげにまつ毛を伏せる。「ありません。それに、危険な秘密は美しいものです。そう思われません？」

「もしかしたら」ヴァルは曖昧《あいまい》に答えた。「秘密によりけりでしょう。どの立場から見るのか、それにもよりけりだ」

スティールはほほ笑んだ。「ミスター・ヤノシュ、あなたの立場は？」

ヴァルはスティールに向かってグラスをあげ、乾杯のしぐさを見せた。「唯一の秘密兵器をあなたの警備スタッフに没収された男です」

「ああ、そのこと」小首をかしげ、楽しそうに目をきらめかせる。「彼らが驚かせましたかしら？　何せ職務に忠実なもので。いじらしいほど。でも、あなたに身を守るすべがないとは、とても思えませんけど」

「思えない？」ヴァルはグラスの酒をゆったりとまわして、ふくよかで風味豊かな香りを吸いこんだ。「死をもたらす美《デッドリー・ビューティー》を相手にしても？　危険な秘密が一丸となってかかってきても？」

「ええ。あなたの身ごなしが雄弁に物語っていますもの。先ほどの握手が裏づけになりました。太い指関節、人差し指と中指のたこ。どちらも柔道の有段者のものです。それに、あなたの手には電気が流れているようでしたわ、ミスター・ヤノシュ。気を流すのが習慣になっているのでしょう。しかも数種の格闘技でかなりの腕前をお持ちとお見受けしました」

つかの間、呆気《あっけ》にとられていたが、すぐわれに返った。「エクササイズを兼ねた趣味ですよ」ヴァルは言った。「ローマでは自宅近くのクラブに所属しています。とはいえ、達人にはほど遠い。だからナイフがないと困りますね」

「あのナイフは威力が高すぎます」

ヴァルはそれとなく誘いの笑みを浮かべた。「やるならとことんまで。だから、威力の高いものが好きなんですよ」声をひそめて言い、スティールの胸の谷間でより合うペンダントに目を落とした。「あなたもそうだと思いますが」

スティールはしぶしぶ認めるようにうなずいた。

「あなたの〝危険な秘密〟をいくつか手に入れたいものです」ヴァルは言った。「男にも脆《もろ》いところはある」

「ずいぶんなご謙遜《けんそん》ね」スティールが低い声で言う。「あなたの体には脆いところなどひとつもありません、ミスター・ヤノシュ」

ヴァルは目をぱちくりさせた。「それは、ありがとう……かな」

「お礼の言葉はけっこうです。お世辞ではなく、見たままを申しあげただけ。それに、どのみち男性用のジュエリーはデザインしません。どれだけ頼まれても。絶対に。わたしの主義に反しますから」いまにも男をとって食いそうな笑みを見せる。

ここは引くべきだろう。「なるほど。それにしても、万全の警備体制には驚きましたよ。ここまで大げさにする必要があるんですか？」

スティールは肩をすくめた。「必要かどうか、誰にわかります？　わたしにはわかりません。ですから、用心しないと」あの笑みがさらに広がる。「〈デッドリー・ビューティ〉の世界にようこそ」

「一番外側の防壁だけでも通してもらえて光栄です」

スティールの目がまたたいた。「紳士《ケ・ガラントゥオーモ》でいらっしゃること」小さくつぶやく。「ヨーロッパ人らしい魅力のあるかただと、エリンから聞いていましたけど」

「嬉しい言葉ですが――」ヴァルは言った。「あなたにはその魅力は効きませんか、ミス・スティール？」

ステイールの笑みがこわばった。「さあ、どうかしら」

どうやら踏みこみすぎたようだ。〝ヴァル・ヤノシュ〟として、深追いはやめておいた。

「仕事の話になって申し訳ありませんけど、エリンにお見せになったトークを拝見できますか？」ステイールが尋ねた。「本格的に話を進める前に、それが本当にわたしのデザインしたものか、確かめるべきかと」

「そうですね」ヴァルはブリーフケースから平たい黒革の宝石箱を取りだして、会議用テーブルに置いた。ステイールが宝石箱を開き、中身に目を凝らした。

ヴァルの顔の数センチ下にステイールの頭があった。香水とジェルの香りが鼻腔《びこう》をくすぐる。巻き髪はニス塗りのマホガニーのようにつやめき、ジェルでしっかりと固められている。おくれ毛の一本もない。これも鎧《よろい》のひとつだ。

しかし、ヴァルは鎧をはずしたステイールを知っている。子どもと戯れるあいだ、ただ三つ編みにしただけの髪が揺れるのを見た。シャワーで濡れた髪が、ほっそりとした首や肩、背中に張りつくさまも見た。もう手遅れだ。

ステイールが顔をあげ、燃えたつような力を目に宿してヴァルを見据えた。「出どころは？」

ヴァルはいかにも申し訳なさそうに答えた。「わたしの仕事ではよくあることですが、非公式のルートで入ってきました。ローマ在住のご婦人から購入したのですが、彼女の話によると、プラハに遊びに行ったとき、素性の知れない外国の男にもらったそうです。浮かれて関係を持ったはいいが——それきり連絡が取れない。男の名前も携帯電話の番号もでたらめだった。頭にきて、もらった物を売り払ったというわけです。それにはカードがついていました。わたしは以前にあなたの作品を何点か扱ったことがあるので、ピンと来ました。すでに多くの人が買い手に名乗りをあげています。申し添えると、価格は日に日にあがっていますよ」

「なるほど」スティールはトークをじっと見つめた。美しい眉のあいだで、なめらかな肌に小さなしわがひとつだけ刻まれた。「これの最後の持ち主とされている女性が、三週間前にパリで亡くなったのをご存じでしたか？　ペントハウスのテラスから落ちたのです。三十四階から」

「いえ、驚きました」ヴァルはこういう話に相応の沈んだ声で言った。「落ちたというのは……？」

「自殺だったのか？」スティールは細い肩をすくめた。「殺されたのか？　たしかなことは何も。もしかしたら、よくない相手とベッドをともにして、知るべきでないことを見聞きしたのかもしれません。この話は広めないほうがあなたのためでしょうね。呪われた品という噂がたたないとも限りませんから」

ヴァルは当たり障りのない口ぶりを心がけた。「不謹慎に聞こえたらお許し願いたいのですが、あなたの作品をとりわけ熱心に追っているかたがたの傾向からすると、こういった事情はむしろトークの価値を高める可能性があります。危ない橋を渡ることで生気を得るともいいましょうか。危険を道楽にしている人間は大勢います」

「ええ、たしかに。きっちりと管理された危険なら。遊園地の乗り物のように」声にかすかな軽蔑《けいべつ》が含まれていた。「あなたは危険がお好きかしら、ミスター・ヤノシュ？」

「ここにいることが答えでは？」

スティールは冷ややかな笑みでヴァルの言葉を退けた。近くの壁にはめこまれている電話に手を伸ばす。「お食事は？　ここの料理は絶品です」

「基本的に夜は食べないことにしています」ヴァルは答えた。「しかし、ルールは曲げられる。誘惑の手を差し伸べられたら、逆らうのは愚かというものです」

スティールはヴァルの戯れごとに取り合わなかった。「ラグーやニョッキが懐かしいかもしれないと思って、最初はイタリア料理の専門店にお招きするつもりでした。でも、すぐに気を変えて、もう少し冒険してみようと決めたんです」

「それはよかった」ヴァルは言った。「国から出たら、イタリア料理はめったに食べません。いかにシェフが優秀でも、外国のイタリア料理《ラ・クチーナ・イタリアーナ》は魔法の力を失っている」

「同感です」スティールは言った。「ここでは、ミスター・トクダの純日本料理か、彼の右腕でもある奥さんの創作料理か、どちらかをお選びいただけます。奥さんのマリコ・トクダは、アジアの多国籍料理を手がけています」

「お任せします」ヴァルはきっぱりと言った。「わたしをあなたの手に委《ゆだ》ねましょう」

「なるほど、危ない橋を渡ろうというわけね」スティールは受話器を取った。相手が誰かわからないが、日本語らしき言葉でかなり長いあいだ話をしていた。

「何カ国語お話しになるんですか？」電話が終わったあと、ヴァルは尋ねた。

スティールは目をそらした。「もうずいぶん前に、数はわからなくなりました」巧みにはぐらかす。「数が増えるとどうでもよくなるものです。ところで、食事を待つあいだに作品をご覧になりません?」

ヴァルは黙って応じた。スティールが電灯をつけ、作品を並べた。

どれもこれも息を呑むほどすばらしい。大胆ながらも繊細なデザインで、一触即発の雰囲気がにじみでている。武器の隠し方は巧妙、使い方は狡猾《こうかつ》、そして効果的だ。人気の投資対象になっている理由がよくわかった。唯一無二で、流行に左右されない作品。ヴァルのなかのビジネスマンが、おもてに出せとしきりにせっつき、〈カプリッチョ・コンサルティング〉の上客を集めて非公開のオークションを催したらいくらの利益が出るか、すでに脳内の計算機を叩いていた。

この役割が現実だったらどんなにいいだろう。ヴァルはその思いを打ち消そうとした。

控えめなノックの音が食事の到着を知らせた。アジア系の魅力的な女性ふたりが、きらびやかな錦織りのぴっちりとしたワンピースをまとって、いい匂いのする熱々の料理でいっぱいのカートを運んできた。

食事はおおむね決闘のようなものだった。ヴァルはどうにかしてスティールの気を引こうとあれこれ手を尽くした。片やスティールは、いわばダンスのステップには多少付き合っても、いざとなるとヴァルの鼻先でドアを閉めるといったことを繰り返していた。料理は味も香りも言うことなしだったが、スティールはほとんど手をつけず、飲み物にしても、料理に合わせて出された酒より熱い緑茶のほうをよく口に運んだ。ヴァルがお茶のおかわりをついでやったとき、スティールの携帯電話が鳴った。

スティールはスラックスのどこかのポケットから携帯を取りだし、表示画面を見て眉をひそめた。「ごめんなさい、少し席をはずします」

そして、部屋のすみに行ってこちらに背を向け、ポルトガル語で話しはじめた。声の調子からすると、ヴァルにはわからないと思っているらしい。「……ええ、お風呂に入れてやってと言ったけど……それで？　だから？　あの子はいつも風邪をひいてるのよ！　ひいていないときを待っていたら、一生お風呂に入れないわ……そう、浴室を暖めて、髪の毛もちゃんと乾かして……そうよ、ロザリア、あの子が泣きだしても、どうにか入れるしかないの。わたしはいつもどうにかしている……いいえ、ヨーグルトはだめ。便秘なのよ。果物がいいわ。またお菓子をほしがったら、ブラン・クッキーを……ピンクの毛布がどこにあるかなんて知らないわよ。洗濯室じゃない？　でなければ、わたしのベッドのなか……」

ヴァルの下半身でざわざわと高まりつつあった熱が、一気に冷めた。

子ども。プレイボーイの役を演じるうちにすっかりその気になって、偽りの言葉や欲望を危うく本物にしてしまうところだった。

それに、スティールが背中を向けているいまがチャンスだ。ジュエリーの入っていたケースは、手を伸ばせば届くところにある。

部屋に隠しカメラが仕掛けられているかどうかは、まったくわからない。ヴァルはリスクを秤《はかり》にかけて、決断した。

極小のミサイルといった形の無線発信器を取りだし、黒い革のケースに針先を突き刺して、その革の下に少しずつ本体をねじこんでいった。表面がほんの少し盛りあがったが、気づかれるころにはもう問題ではなくなっているはず。バッテリーの容量が少ないので、これでスティールをモニターできるのはせいぜい三十六時間ぐらいだ。

しかし、どのみちイムレにはあと二日間しかない。

「……だから、すぐに帰るからって言い聞かせてちょうだい。あと、ビデオはエルモかプーさんしかだめよ。ほかのものだと怖い夢を見てしまうから。ええ、あと二時間だけ。それまでお願い」

スティールが電話を切った。いらだちのため息が聞こえたのは、気のせいではないだろう。

「お子さんがいらっしゃるんですか？」ヴァルは穏やかに尋ねた。

ぎくっとしたようすで、スティールは振り返った。「ブラジル・ポルトガル語がおわかりになるんですか？」

ヴァルは肩をすくめた。「同じラテン系統の言葉ですから」さらりと言った。「スペイン語、フランス語、イタリア語、ルーマニア語。どれかひとつ話せれば、ほかもすべて話せるようになるものです」

「そう」スティールは目を丸くして、ヴァルを見つめている。警戒させてしまったのだ。

「お嬢さんのことをお聞かせ願いたいですね」もう一度うながした。

スティールはつんとあごをあげた。「見知らぬ人に私生活の話はしません」

ヴァルはなだめるようにほほ笑んだ。「わたしはまだ見知らぬ人ですか？」

「仕事の話をしましょう」きびきびした言葉が返ってきた。「そのためにお目にかかったんでしたわね、ミスター・ヤノシュ？　できれば、手短にお願いします」

　ヴァルは再び役になりきり、ぴしりとやられたことにがっかりしつつも、気を悪くはしていないという顔を作った。「いいでしょう。じつは、非公開のオークションを開催したいと考えています。すでに大勢の顧客が、あなたの作品を手に入れたがっているんです。ひと声かければ、希望者が押しよせることは間違いありません。それに、非公開で行うのに絶好の場所も用意できます。ナポリに近いサン・セバスティアーノという土地に、わたしの友人が中世の荘園邸宅《マッセリア》を改築した館《やかた》があります。そこで週末の催しを開いたらどうかと。もし、あなたがいらっしゃるなら――」

「なぜわたしが行くんです？」スティールが険しい声で言う。

「あなたにおいでいただければ、大きな呼び物になります」きっぱりと答えた。「何せ正体不明の謎めいた美女だ」

　スティールが軽蔑のまなざしをよこした。

　ヴァルは食いさがった。「ちゃかしているわけではありません。選ばれし者になりたいという思いほど人を駆りたて、大枚をはたかせる原動力になるものはないんです。予約注文を受ければ、あっという間に数年先のぶんまで埋まるはず。あなたには何十万ドルも入ってくるでしょう。一桁《ひとけた》あがる可能性もある」

　スティールは腕組みをして、ヴァルを見つめている。「それで、あなたは何を得るのかしら、ミスター・ヤノシュ？」

　ヴァルは肩をすくめた。「もちろん、妥当なパーセンテージの仲介料ですよ」

「妥当ね」猫撫で声で言う。「曖昧な言葉だわ。ことお金の話となれば、主観に偏るのは間違いない」

「金の話はここまでにしましょう。細かいことはあとでつめればいい。こう考えてみてはいかがですか。旅行のつもりでサン・セバスティアーノに来ていただいて、実りの多い休暇を楽しむ。そして、金の入った袋を担ぎ、また隠れ家に消える。悪くないのでは？」

「危険な感じがするわ」

「まったく心配ありません。内々の会で、参加者は厳選しますし、警備も万全です。時差もわずかですよ」

「危ないと感じるのは、あなたが危険人物だから」スティールは続けた。「あなたは見かけ以上の人間よ。あるいは、見かけ以下。なぜか申しあげましょうか？」

スティールの言葉に寒気が走った。「なんとおっしゃいました？」

「あなたがどんな人間か、当ててみましょうか？」わざとらしいほど甘い笑みが浮かぶ。

「当たっていたら、そうおっしゃって。一種の〝お近づきゲーム〟だと思ってくれればいいわ。お望みだったんじゃない？　わたしのことをもっとよく知りたくないかしら？」

ヴァルは罠の匂いを嗅ぎつけたが、それでも最後まで紳士《ガラントウオーモ》のふりを貫くつもりで、両手をあげた。「女性の誘いは断われませんね」

7

　タマラは湯のみを両手で包み、湯気を吸いこみながら、相手の顔を観察した。認めるのは癪だけれども、この男に惑わされないようにするには、予想以上の気力を要した。うっかりすると、言語どころか、しゃべり方まで変わってしまう。

　エリンは冗談を言っていたのではなかった。しかし、どういうわけか、タマラは軟弱なモデルタイプの美男子を想像していた。考えてみればそんなはずはないのに。なんといっても、エリンはコナーと結婚したのだ。あの粗削りで猛々《たけだけ》しい男ぶりは、タマラでさえなかなかのものだと思う。いかに気難しい女の目から見ても。

　それでも、何をどう想像したにせよ、こんな……とにかく、これが現われるとはまるで予想外だ。

　命取り。それが、最初にぱっと頭に浮かんだ言葉だった。情けないことに。でも、そう思わせるほど強靭《きょうじん》で、精悍《せいかん》な男だ。野性的でありながらも、研ぎ澄まされた精神を感じさせる。見た目にヤワなところはないが、つややかな黒髪だけはべつだった。ミンクのように柔らかそうで、思わずその触感を確かめたくなる。そして、黒い瞳、くっきりとした眉、長いまつ毛。

顔立ちははっとするほど端整で、腹がたつくらい肉感的だが、その笑顔にはあらがいがたいものがある。わたしには男の色気など通用しないものだと思っていた。でも、それならなぜ、こいつが笑みを漏らしたときの頬の動きや、浅黒い肌によく映える真っ白な歯に見とれているの？　しっかりしなさい、タマラ・スティール。この男は絶対にだめ。

ビジネスマンを自称していても、顔には受難の跡が多々見られた。少しだけでこぼこして、わずかに歪んだ鼻。りりしい眉のはしに斜めにかかった白い傷跡。もっと目立たない傷跡もいくつかあったが、それに気づいたのは、タマラが美容整形の出来ばえを判定することに慣れているからだ。そして、言うまでもなく、あの手。戦いの人生。苦闘の連続。勝ちが大半を占めるのは間違いない。この覇気からすれば。

そう、覇気。全身からビリビリと伝わってくる。ふつうの人間に感じ取れるものではない。修羅場を生きて、何度も地獄を見た者だけが察知できる周波数だ。ただし、過去にタマラが不運な関わり合いを持った異常者どもの周波とは違う。ノヴァクやゲオルグ、ドラゴ・ステングル。やつらの発する電波には拒絶反応しか起きなかった。

ヤノシュに対する反応はそうじゃない。同じ危険といっても、男の色香がカクテルみたいにブレンドされていて、飲み干せと迫ってくるのだ。申し分のない紳士の仮面の下で、ヤノシュはタマラを抱きたいとささやきかけているようだった。前から、うしろから、横から。試してみる価値はあると説き伏せようとしている。

タマラとしても、それは疑わなかった。でも、たとえ体がざわめき、肌がぞくぞくして、胸が高鳴っていたとしても、耳を貸すわけにはいかない。お遊びで来たわけではないのだから、仕事に徹するべきだ。

「あなたがいま見せようとしている姿は、ただの隠れ蓑《みの》」タマラは言った。「たしかに魅力的で、女性に目がなく、底知れない男というふうに見えるけれども、ミスター・ヤノシュ、細かなところが本性を露呈している。日常的にボールペンやパソコンのマウスより重いものを持たない手なら、もっと柔らかいはず。でも、あなたの手は傷跡やたこでごつごつしている。それに、その顔。鼻を折ったことがあるわね。しかも何度も。格闘技のクラブのせいにしても無駄よ。お金持ちで洒落者《しゃれもの》のビジネスマンが練習中に怪我《けが》をしたなら、治しもせずに放っておくかしら？　そうとは考えられない」

「話の意味がよく――」

「つまり、子どものころのこと」タマラはよどみなく続けた。「誰も治してくれなかった。貧しかったせいか、放任されていたせいか、その両方か。あなたの雰囲気からすると、その当時から都会で暮らしていたと考えられる。それに、顔の傷跡。唇の上に小さなものがひとつ、眉にかかっているものがひとつ、髪で隠そうとしているけれども、ひたいにもひとつ。その六千ユーロの高級スーツの下に、あとどれだけ隠されているかと考えずにいられないわ。レーザーやピーリングの治療を受けても、わずかな痕跡《こんせき》はいつまでも残るもの」

「スーツを気に入っていただけて嬉しいですよ」ヤノシュが何食わぬ顔で言う。

「田舎育ちではないわね」タマラは続けて言った。「でも、ローマの出身でもない。ローマ生まれの人間に特有の訛りがないわ。抑揚のつけ方はローマ人らしいけれども、わたしの耳には、母語ではなく、あとで覚えた言語のように聞こえる。あなたは、どこかほかの場所で生まれ、ほかの言葉を使って育ち、ある程度の年齢になってからその完璧なイタリア語を身につけた。それに、あなたは荒波に揉《も》まれて育った。相当の荒波に」

ヤノシュは凍りついたようにタマラを見つめていた。瞳は黒い曇りガラスみたいだ。「続けて」ヤノシュが言った。

タマラは湯のみを置き、指を組んで、荒々しく渦巻く波に身を投じるように、さらなる推理を進めた。真っ暗な謎の洞窟《どうくつ》を小舟で進んでいる気分だ。本当の広さを推測する手がかりは、空気の揺らぎ、反響、遠くから聞こえる蝙蝠《こうもり》の羽ばたきしかない。危険な冒険だ。でも……興奮する。

一瞬、ヤノシュの端整な顔をのぞくように見てから、また話しはじめた。「あなたはプレイボーイで、女の落とし方をよく知っている。セックスで女を操ることに慣れている。でも、同じ力を持つほかの男たちと違って、それをプライドの拠《よ》りどころにしていない。その顔立ちと体つきならそうなって当然でしょうに――」

「ありがとう」ヤノシュがつぶやいた。

「褒めたんじゃないわ、ヤノシュ」タマラはいらいらと言った。「分析しただけ。お世辞を言ったわけでも、気を惹こうとしているわけでもない」

「それは、残念」驚いたように、一瞬間を置いてから言う。

タマラは皮肉の言葉を聞かなかったことにした。「あなたはセックスを道具としてうまく使いこなしている」話を続けた。「でも、その手管が効かなかったとしても、自尊心を傷つけられることはない。ただ、戦術を変えて何度でも挑むだけ。何度はねのけられようと、あの手この手で取り入ろうとする。このことから、男性優位の意識が欠けていることがうかがえる。わたしが知る限り、どんな文化で生まれ育った男にせよ、極めて珍しいこと——とりわけ、イタリア生まれを自称する男にしては。一般的に、イタリアの男は謙虚という言葉を知らないし、自制心も強くない。セックスに関してこれほど冷静で、計算高い人間となると、わたしに思いつくのは、性を売り物にする連中のなかでも一級のエキスパートね」

ヤノシュの視線が揺らいだ。

タマラはここぞとばかりに攻め入った。「あら、痛いところを突いてしまったみたい」つぶやくように言った。「ジゴロの経験があるのかしら、ミスター・ヤノシュ？　世間にこうと思いこませているよりも毒々しい過去があるのでは？　あなたこそ、人には言えない危険な秘密を隠しているんじゃなくて？」

ヤノシュはタマラをじっと見つめている。目は燃えるようだ。

「ひとつ教えて、ヤノシュ」タマラはささやいた。「人に命じられれば、股間のものを硬くできるのかしら？」

ヤノシュはむっつりと口を引き結んでいた。「ああ、できる」やがてそう答えた。「しかし、きみを前にすれば、努力など必要ない」

「なんてすてきなお世辞。喜んでいいんでしょうね？」

「テーブルの下に手を伸ばして、近い未来のきみがどれだけの満足感を得られるのか、いますぐ確かめてみればいい」

「まあ」タマラは驚きを装った。「完璧な紳士の仮面にひびが入ってしまったみたい」

「きみがアイスピックで粉々に砕いたのだから、驚くことじゃないだろう。さあ、さわってみろ。訊いたのはきみだ。失望させることはないと思うね」

タマラはヤノシュを見つめた。胸が高鳴っている。自分が仕掛けたゲームは手の内をするりと逃れ、ひとり歩きを始めていた。この男の誘いに応じたいと思っているのだ。股間に手を伸ばし、どれほど熱く、硬いのか確かめたい。脈打つ生命力をこの手で感じたい。ふたりのあいだで無言のやりとりが渦巻いた。タマラはその挑発の渦のふちから身を引き離した。

「いいえ、話はまだ終わっていないわ」

「いいや、ミス・スティール。話は終わりだ」ヤノシュは腰をあげた。こわばった声の調子や、体に力が入っているようすから、自制心も砕けかけていることがわかる。

それでいい。まさにタマラが望んだとおりだ。アドレナリンが全身を駆けめぐった。タマラは立ちあがり、ヤノシュの背後に立った。「あなたが話したことはすべて嘘」挑むように言った。「〈カプリッチョ・コンサルティング〉も、洗練された物腰も、わたしの自尊心をくすぐるような申し出も。わたしにはあなたの内面が見えないわ、ヤノシュ。嘘とごまかしが見えるばかり。あなたのなかには誰もいないんじゃないかと思える。はらわたを抜かれた真っ暗な穴が広がっているだけではないかと。つまり……」

タマラはうしろからヤノシュを捕らえ、ルビーをちりばめた角型のペンダントから小さな短剣を抜いて、喉の動脈にすばやく切っ先を突きつけた。「あなたは何者なの、ヤノシュ？」穏やかな声で尋ねた。「誰に送りこまれたのかしら？」

ヤノシュはごくりとつばを飲んだ。「一度だけ警告してやる」声を絞りだすように言う。

「放せ。いますぐ」

「わたしも警告してあげる」タマラは言った。「この刃には超即効性の毒が塗ってある。皮膚を破れば、数秒以内に毒がまわって、あなたの体は背骨が折れるほど激しく痙攣することになる」

刃の下で喉仏が動いた。「なら、切ればいい」

予想だにしない返答を受けて、一瞬、タマラの脳は機能停止に陥った。

「さあ」ヤノシュがうながす。「なぜおれが死を恐れる？　はらわたを抜かれた空っぽの穴なんだろ？　死など怖くない。切れよ」

タマラは口を開いたものの、言葉が出てこなかった。そして、そのつかの間の戸惑いとためらいで——

……しまった。短剣がはたき飛ばされた。タマラもはじかれ、体が一回転する。全身に激痛が走り、肺から空気が叩きだされ、後頭部が思いきり床に打ちつけられる。

気づけば仰向けに倒れて、テーブルの裏や、ヤノシュが引っくり返した椅子の脚を見ていた。目がちかちかする。

ヤノシュが馬乗りになって、一切の身動きを封じていた。タマラの両腕を頭上に伸ばす格好で、両の手首を片手でつかんでいる。鋼のように硬い前腕であごを押しあげ、喉笛に凄まじい圧力をかけていた。

どうやって……？　なんて速さなの！　こんなふうにタマラを出し抜いた人間はここ何年もいなかった。地獄の住人よろしく戦うことを覚えてからずっと。タマラは狼狽と恐怖を退けようとした。「自殺願望はどうしたのよ？　蛇みたいな嘘つきね」

男の顔はタマラの顔から数センチの近さにあった。憤怒の表情が張りついている。「気が変わった。毒の刃を喉もとに突きつけられているのは好きじゃない」

腕の力が多少ゆるんで、つぶされていた気管にどっと空気が流れこんできた。喉が軋《きし》み、タマラは咳きこんだ。ふたりの視線が絡み合う。

「放しなさい」咳をしながら言ったものの、たいした期待はしていなかった。「どいて」

「十秒前に殺されそうになったばかりだ。なぜ放せる？」ヤノシュは言った。「おれがそんなまぬけに見えるか？」

タマラはまた咳をした。「あなたは何者？」

「きみはもう質問する立場じゃない。おれのことは充分だ。きみのことを話そう。順番にやるのが公平ってもんだろ？」

胸のなかで恐怖が膨らんでいく。目の前に黒点がちらついている。こうして組み敷かれていると、あのときのことが……だめ。考えてはだめ。

タマラは懸命にもがいた。「放……し……て！」

「だめだ」ヤノシュはどんな動きも押さえつけ、力をゆるめようとしない。「さて、どこから始める？　きみはいろいろと言ってくれたが、おれはもっとふつうの人間だから、まず目につくところからだな。きみの美貌について」

「黙りなさい。あなたのたわごとなんか聞く耳は――」

「残念だ。きみは自分の美しさを恐れている。そうだろう？」

タマラは鼻を鳴らした。「不正解」

ヤノシュはかまわずに続けた。「しかし、また使うときが来るかもしれないと思うと、怖くて壊せない。完全に隠すには、うぬぼれが強すぎる。それでいて、望めばいつでも使えるということさえ怖がっている。その姿を見てみろ。全身黒ずくめで、肌を一切見せていない。髪はきっちりとまとめられ、化粧っけはない。きみは男を憎んでいる。男を振りまわし、困らせるのが大好きだ。きみを物のように扱う男がいれば、容赦なく罰し――」

激しく身をよじった。「悪趣味な男ね！　放して！」

ヤノシュはさらに力を加え、押しつぶしてきた。息もできず、身じろぎのひとつもできない。「近づいてきた人間に足場を崩されると思えば、相手が誰だろうと突っぱねる」話を続けた。「そうすることでしか、自分がしっかり立っていると感じられない。きみはいつでも攻撃に備えている。つねに怒っていて、つねに恐れている。がりがりに痩せて、目の下にくまを作って。よく眠れず、少ししか食べられない。夜の静寂《しじま》にこっそり泣く」

タマラは動くのをやめた。ヤノシュの超人的な勘のよさに、骨まで凍りつくような寒気をおぼえていた。「もういいわ」小声で言った。「いいから……やめて、ヤノシュ」

しかし、ヤノシュは容赦なくとどめの一撃に向かって進んでいった。「きみのジュエリーが多くを物語っている。だからこそ、あえて作っているのが驚きだよ。官能と暴力がぶつかり合い、美と猜疑《さいぎ》がぶつかり合う。その矛盾は血を流す傷のようだ。なぜなら、きみが傷ついているから。そうだろう？　おそらくは、致命傷だ。しかし、きみは緩慢な死を選び、最後の瞬間まで好きなだけ時間をかけようとしている」

ノー。タマラは唇の形で答えた。息が苦しくて、声が出なかった。

「きみが選んだ名前にまで、鉄壁を求める気持ちが表われている。鍛えあげられた鉄《スティール》のようでありたいと思っているんだろう？　きみが慰めを得られるのは、金属と戯れているときだけ。鋭利な刃、針、麻薬、毒。秘密はきみの鎧になる。傷ひとつつかない自分を夢見ているが、それは……ただの夢だ。きみは癒《い》えない傷に取り憑《つ》かれている」

まだ腕で首を押さえつけられていたが、タマラは喉の皮膚がよじれるのもかまわずに、無理やり横を向いた。「違う」声を振り絞った。「でたらめよ。そんなのはわたしじゃない。まるっきりの当てずっぽう」

ヤノシュは目をすがめた。「きみは子どもの陰に隠れている」いまわかったというような口調だ。「あの子を必要としているのはきみのほうだ。ほかに生きる理由があるか？　毎朝目を覚まし、食物を口に運ぶ理由は？　今日から明日へとよじのぼっていくために、子どもを引き取った。違うか？」

「あの子を巻きこまないで」タマラはきつく目をつぶった。両手を拘束されているので、わななく口や涙のにじんだ目を覆うことすらできない。

腿につけた非常ボタンに手を伸ばすこともできなかった。銃を携えたニックとデイビーを呼ぶためのものだ。そもそも、あのふたりは隠しマイクで会話を傍受させてくれと懇願し、説得を試み、説教までぶったのに、利口ぶった馬鹿なわたしは、深く首を突っこまれるのをいやがり、はねつけた。

「あの子もかわいそうに」ヤノシュがつぶやいた。「無邪気な子どもは自分がどうやって利用されているのか理解できない。それでもなお、真夜中に、きみは自分の所業に怯える。弱さに、作品に、時間に、物音に。どでかい責任に。生きつづけることにそれだけの価値があるのかどうか、迷いを感じたことはないか？　死のほうが怖くないんじゃないかと？　楽なんじゃないかと？」

のしかかってくる男の下で、タマラの体は震えていた。「ファック・ユー」小さくささやいた。

「そうするつもりだ」ヤノシュは言った。「ここで、まさにこの床で、きみが喜びの声をあげるまで。きみは強いものが好きだ。恐れながらも、思い焦がれている。おれにはその思いに応えられるだけの強さがある。それをすべてきみに捧げる。きみが恐れるもの、憎むもの、必死に戦っているもの、そのすべてを打ち倒し、喜びに変えてやれる」

ばかばかしい言い草に、タマラは目を丸くした。「やめてよ。甘ったるい台詞なんか聞きたくない」

「力ずくできみを奪うこともできる」ヤノシュは言った。「そうしたいという気持ちもある。しかし、きみはあまりにかよわい。完全に殻に閉じこもってしまうだろう。そうなれば、美しい人形を抱くのと同じだ」

タマラは笑った。「たいていの男にはそれで充分なのよ」小声で言った。「違いなんてわからない」

ヤノシュはタマラの目をじっと見つめた。「おれにはわかる」

脱力感に呑まれた。この重い体の下では、もう胸郭を広げることさえできなかった。それでもかまわなかった。べつに息なんかできなくていい。胸がいまにもくしゃりとつぶれそうな気がする。空気など吸いこんだら、たちまち肺に点火して、燃え落ちてしまうかもしれない。男の言ったことに対して、脳は懸命に返答を考えだそうとしているが、たとえ思いついたところで、唇がこれほど震えていては、うまく口に出せないだろう。どのみち、空気が入ってこないのだから、声も出ない。頭がぼんやりして、体は火照っている。タマラのなかのどこかに隠れた神秘の泉から、不思議な熱い力が湧きあがってくるようだ。鼓動が速まる。肌が妙に敏感になっている。うなじの毛が逆立つ。

これではまるで……嘘でしょう？　姑息《こそく》な男。よくもこんな真似を。何も知らないうぶな生娘みたいに扱って。心の奥に入りこみ、頭のなかを侵し、そしてわたしの体を——疼かせたのだ。タマラはもぞもぞと身じろぎした。ヤノシュはそれを予期していたように、腰の角度を変えて、熱く硬いものがタマラの脚のあいだにぴったりと挟まるようにした。腰で円を描きながら、ゆうゆうとそれを滑らせ、すりつけはじめる。

タマラは息を呑んだ。興奮していた。いつの間にか、そして、かつてないほど。ノヴァクのあとに、もう燃えつきてしまったと思っていたのに。

そうではなかった。タマラは燃えていた。体は熱く、とろけるようで、細かに震えている。ヤノシュの手管で……濡れていた。この男はまるで魔術師、まるで妖術師《ようじゅつし》だ。

ヤノシュは一意専心の表情を浮かべていた。「きみは感じている」

そのとおりだ。嘘をついても無駄だった。一瞬言葉につまったものの、こう返した。「それで？　だから？」声はかすれ、揺らいでいる。「だからなんなのよ、ヤノシュ？　これでご満足？　だったら、どいて。ジゴロとして落とした女の数に付け加えればいいわ。どうでもいいけれども」

「まだだ。おれはさらなる高みを目指している。数に加える前に、もっと大きな褒美がほしい。もっと気持ちよくさせたい」ヤノシュはタマラの手首をつかんだまま、両腕をさらに上のほうへ伸ばさせ、また腰をまわしはじめた。タマラの股間から乳首に快感が走った。顔が火照り、腿にも膝にも力が入って、つま先は丸まっている。

早くやめさせなくては。「あなたが気持ちいいんでしょう?」タマラはそう言い返した。

「なるほど」ヤノシュがつぶやいた。「おれはきみを満足させられるのに、きみはけっしてそうさせてくれない。心を開くことも、ガードをさげることもない。これまで恋人に恵まれなかったのか?」

ふん。最悪の冗談だ。ノヴァクが頭をよぎった。ゲオルグ、そしてステングルが。「わたしを満足させられるですって?」声が震えている。「男はみんな同じね。自分の股間にぶらさがっているもので、女の願いに応えられると思っている。だからこそ、男は哀れなほど操りやすいの」

ヤノシュの笑みが消えた。「きみは恐れている。虐待されたことがあったんじゃないのか? 誰に?」

「いいかげんにして、ヤノシュ」タマラは再びもがきはじめたが、ヤノシュはうまく体重をかけ直して、またその動きを封じてしまった。

「こんなやり方で女性を傷つけるのは大きな罪だ」

その声の優しさに、タマラは激昂した。屈辱だった。人を見くだして。よくも哀れみなどかけられたものだ。「下種《げす》のくせに、わかったような口をきくんじゃないわ」タマラは嚙みつくように言った。

ヤノシュは顔を曇らせた。「そうか、そのとおりだな。同情。何よりも大きな侮辱だ」

「あなたに同情心なんてないでしょう、ヤノシュ。冷血漢なんだから。適当な推測を並べたてて、わたしが引っかかり、飛びあがるのを待っているだけ。このゲームにはもう飽き飽きよ」

「飽きているとは思えないね」ヤノシュの声は低く響き、肌を愛撫するようだった。「きみの体は熱く柔らかい。興奮が伝わってくる。頰は染まり、唇は薔薇色。目は生気に満ちて、輝いている。きみは楽しんでいる」

およそ不釣り合いな言葉を聞いて、タマラは笑いだした。「楽しい？」甲高い声が出た。「楽しいですって？　これが？　筋肉むきむきの野蛮人に床に投げつけられて、下敷きにされ、心を弄ばれているのが？」

「ほかのところを弄ぶように誘ってもらえないからだよ」ヤノシュは澄まして言った。「それに、そう、きみのように複雑な女にとっては、楽しいはずだ。最後に誰かがきみに挑んできたのはいつだ？　本当に手応えのある挑戦を受けたのは？　相当強い刺激がないと喜びを得られないんじゃないか？　誰かにオーガズムを与えてもらってからどれくらいたつ？」

何年も。ヤノシュの腰の動きを感じながら、タマラは目を閉じた。飢餓感で体が震える。それとともに、悲痛と屈辱の渦巻く記憶がよみがえった。「やめて」タマラは言った。「こんなことは望んでいない」

「嘘だ」ヤノシュは言った。「きみはもう達しかけている。おれと戦ってみろ。打ち負かせばいい。きみは強い。おれの知るどんな女よりも。簡単に諦めるのか？」

「鼻持ちならない男ね」タマラは必死に身をよじった。はっとしたときにはもう唇が重なり、キスをされていた。なめらかで熱く、心地いい唇。筋骨たくましい体は揺るぎなく、ぴたりとタマラを覆っている。この男をはねのけ、押し倒して、全身をむさぼりたい。そんな思いに襲われたが、ヤノシュはあまりに大きく、重かった。操ることができない。それが悔しく、歯がゆいのに、体はどんどん熱くなっていく。

タマラはあらがった。死に物狂いで体をよじるたび、ヤノシュは腰と舌で応えた。低い声で淫《みだ》らな言葉をささやいて、さらにタマラを煽《あお》り……だめ、神経が損なわれているいまはこんなボルテージに耐えられない。爆発して、はじけ飛び、死んでしまう……だめ……ああ。

波が砕けて、体のなかを突き抜けた。恐れも、怒りも、脈打つ喜びと溶け合って、熱くとろけるほどの快感がいつまでも、どこまでも、揺らめく炎のように広がり……。

バンッとドアが開いて、気だるくたゆたっていたタマラはわれに返った。ヤノシュもタマラにまたがったままはっとして身構える。

「まいったな。いったい――どうなってるんだ、タマラ！」

声のしたほうに首をめぐらせた。ヤノシュに銃を向けたデイビーとニックが、口をあんぐり開けて、タマラを見おろしている。ヤノシュはタマラを見て、何も言わずに眉をあげた。手は放そうとしない。

タマラは唇を舐めた。「あの……ええと」意味のない言葉しか出てこなかった。

デイビーがゆっくりと銃を構え直す。「わかるように説明してくれ、タマラ」慎重な口ぶりだった。「非常ボタンを押したよな？　なのに、これは？」

非常ボタン？　そうだった。ボタン。タマラは腿に視線を落とし、非常ボタンが留めてあるところを見た。ヤノシュの脚に挟まれて、懸命にもがいているあいだに、ボタンがどこかに当たってしまったのだろう。おそらく、床に。洒落にもならない。

ヤノシュの体重を受けたまま、しゃべるのに必要なだけの空気を吸いこむのはひと苦労だった。「何かの拍子に押してしまったみたい。慌てさせてごめんなさい。迅速な対応には感謝するわ。心強いこと」

「それじゃ、あー、何も問題はないんだな？」デイビーは念を押した。「おれたちは、その……引きあげても？」

タマラは平然とほほ笑んだ。「ええ、大丈夫よ。気づかいはありがたいけど、万事うまくいっているわ」

デイビーは、ヤノシュにしっかりとつかまれたままの手首をちらりと見て、咳払いをした。笑みをこらえようとしているようだが、まったくうまくいっていない。「なるほど。なら、退散しよう。じゃあな」

そうしてデイビーはそそくさと出ていったが、ニックはあせらず、にやつきを隠そうともしないで、ヤノシュにこう言った。「あんたに敬意を表するよ。魔性の女と渡り合おうっていうんだから、たいした玉を持っているに違いない。刈り取られないように用心しろよ」

「まさか。だが、まあ気をつけよう」

「さっさと行きなさいよ、ニック」タマラはぴしりと言った。

ニックはにやついたまま逃げだしていった。ドアが閉まる。

タマラはしぶしぶながらもヤノシュと目を合わせたが、ひどく気まずい思いが胸に広がるばかりで、何を言っていいのかまったく考えられなかった。大地震並みのオーガズムで頭が真っ白になっている。

「非常ボタン?」ヤノシュはほほ笑んだ。「ということは、隠しマイクはないんだな? とりあえず、さっきの話を人に聞かれなかったとわかって嬉しいよ」

「もう手を放していいわよ」あろうことか、恥じらいらしき気持ちを感じていた。

「きみは殺しの道具を十六種類も身につけている」ヤノシュは言外に断わった。

「あなたを切り刻むつもりも、毒を吹きかけるつもりも、引っかいたり突き刺したりするつもりもないわ」タマラは言った。「ともかく、また挑発してこなければ」

ヤノシュは疑わしげな笑みを見せた。「きみが約束を守るという保証がどこにある?」

「どこにもない」タマラは言った。「危ない橋を渡るしかないのよ。あなたはたったいま、わたしの鎧をはいで、心を読み、イかせたばかりじゃないの? 自分の直感を信じられない?」

ヤノシュはうめくような声で言った。「ああ、おれは何も信じない。しかし、きみのことは信じてみよう、タマラ……いまだけは。ただそうしたいからだ。ほかに理由はない」

涙がこみあげた。馬鹿みたい。ヤワになっている。もう一段階深いゲームを仕掛けられているだけかもしれないのに。もしそうだとしても、ヤノシュのほうが一枚上手だった。「自殺行為ね」タマラはささやいた。

「わかってる」偽りのない声だ。ヤノシュはがっちりとつかんでいた手首を放し、タマラからどいた。

ひりひりする手をさすりながら、タマラは上半身を起こした。顔は火照ったままで、体もまだ燃えている。男の体重が乗っていないと、体がやけに軽く感じられた。ふわりと浮きあがってしまいそうだ。愚かで、浅はか。空っぽの女。

無力な女。そんなふうに思うのはやりきれない。

ヤノシュが立ちあがる。タマラも急いで続いた。このまま床に座りこんで、男の陰にとどまっていてたまるものですか。

タマラはよろめき、すぐさまヤノシュに支えられた。まるで踊るようになめらかな動きだったため、そのまま腕のなかに抱きとめられ、キスをするのは当然のように思えた。ヤノシュの唇は柔らかく、熱く、すがりつくようにタマラを求めている。ぴったりとよりそった体から、脈打つような精気が放たれ、全身を駆けめぐる。

欲望のうねりに呑まれかけたとき、タマラはふいに色を失って、無理やり唇を離した。

「だめ」息を乱していた。「あなたの幸運もここまでよ」

「おれの幸運？」ヤノシュの笑みはまぶしくて、白く輝く歯やえくぼに目がくらみそうだ。

「おれが求めているのはきみの幸運だよ、べっぴん《ベッラ》さん。きみの運を広げたい。この調子なら、どこまでも開けていきそうだ」

タマラは男の胸を小突いた。「やめなさい」声が震えている。「もうたくさん」

「お願いだ」ヤノシュは膝をつき、黒いシルクのブラウスの裾《すそ》から両手をするりとなかに入れてきた。「きみを喜ばせたい。何時間も」

手のぬくもりや、たこでざらついた指の感触を敏感なおなかの肌で感じて、タマラは身を震わせ、ヤノシュの顔を押しのけようとしたが、今度は、しっかりした骨格や熱いベルベットのような肌の手触りを強く意識することになった。「あなたの運は尽きたのよ。どれだけさかりがついていようとね。いいかげんにして」

ヤノシュは立ちあがった。とりあえずは諦めたような顔をしている。

「本当の名前を教えて。それから、誰に雇われているのか、何が目的なのか」タマラは強い口調で問いただした。「そもそもこうして会合を設けたのは、それが知りたかったから。答えを得るまで帰らないわよ。あなたのことも帰さない」

ヤノシュの顔から陽気な表情がすっと消えた。部屋の雰囲気も一変する。薄ら寒く、暗くなったように感じた。

ああ、やっぱり。この男にしゃべらせなければいけないことがなんであれ、聞いて楽しい話ではなさそうだ。そう直感したとき、胃がきりきりと痛みはじめた。

ヤノシュは笑みを浮かべようとしているが、虚《むな》しい努力だった。「おれを殺さないと約束してくれ」

タマラは笑みを返さなかった。「わたしはどんな約束もしない」

食事の残りを見つめて、ヤノシュは話しはじめた。「おれが名乗れるのは、ヴァル・ヤノシュという名前だけだ。本名はもう誰にとっても意味のないものだから、きみにもヤノシュで通してもらうしかない。仕事柄、いくつか持っている身元のうちのひとつだ」

タマラはつばを飲んで、気持ちを落ち着かせた。「いいわ。ヤノシュで通しましょう。で、仕事とは？　誰があなたをよこしたのかしら、ヤノシュ」

ヤノシュの喉仏が動いた。しゃべろうとしても、なかなか言葉が出てこないといったようすだ。タマラのうなじの毛は逆立ち、腕には鳥肌がたっている。これまでの疑いが、氷のように固い確信に変わった。もはや聞かなくてもわかる。

積極的にタマラを捜しそうな人間のうち、最も強い動機があるのはふたり。パパ・ノヴァクとゲオルグ・ラクスだ。ノヴァクはタマラを殺したがっている。ゲオルグは生きたタマラをほしがっている。そして、目の前の男はタマラを暗殺しに来たわけではないだろう。つまり……。

「ゲオルグ」タマラはつぶやいた。

ヤノシュは表情を変えず、視線を落とすこともしなかった。否定もしない。石のような無表情を貫いている。

「おれはＰＳＳの諜報員だ」ヤノシュは言った。「〈プライム・セキュリティ・ソリューション〉。ありていに言えば――」

「私設傭兵軍。ええ、ＰＳＳならよく知っているわ」感情をこめずに言った。「ＰＳＳを通じてゲオルグに雇われているのね？　それで、どうやってわたしを捜しだしたの？」

答えが返ってくるまでに間があいた。「マクラウド一族だ」しばらくして、ヤノシュはそう言った。「数週間前、それぞれの家の外に監視カメラを仕掛けた。ある日、コナー・マクラウドの家にきみが現われた。おれはそこに駆けつけ、きみのSUVに無線発信器を取りつけた。思いがけない運に恵まれたんだ」

タマラは片手で目を覆った。「信じられない」不注意だった自分を銃で撃ち殺してやりたい。皆を危険にさらしてしまった。とりわけレイチェルを。あの子に少しでもふつうの生活を味わわせてあげようと躍起になっていたからだ。そんなことは不可能だとわかっていたのに。あらゆる磁場を狂わせるタマラ・スティールと一緒にいて、叶うはずがない。もう〝ふつう〟なんてどうでもいい。まともな生活も、まっすぐな生き方も諦めなければ。努力するだけ無駄なのだから。

「多少時間がかかろうと、結果は同じだっただろう」ヤノシュはタマラのへまを慰めるように、おずおずと切りだした。「もしマクラウド家で見つけられなかったとしても――」

「うるさい。聞きたくないわ」歯を食いしばるようにして言った。そのとき、また不愉快なことに思い至って、ぎくりとした。「ちょっと、エリンは？」タマラは声を荒らげた。「エリンを利用したわね。わたしの友人たちには近づかないで。わかった？　ひとりにでも手を出したら、切り刻んでやる」

「エリンに迷惑はかけない。きみのほかの友人たちにも」ヤノシュはなだめるように言ったが、タマラの頭のなかには、胃がよじれるほど不吉な考えが浮かんでいた。「レイチェル」タマラはささやいた。「なんてこと。殺してやる。あの子に指一本でもふれようものなら、あなたの目玉をえぐりだし、体中の骨を粉々にして――」

「違う、違う」ヤノシュは慌てて言った。「あの子には何もしていないし、するつもりもない。もっとも、そういう命令は受けていたが。あの子を取り引きの材料にしろ、と」

「へええ？　取り引きなんかしないわよ、ヤノシュ。ゲオルグが何を求めているにせよ、わたしはお断わり。ファッキュー・ベリー・マッチとでも伝えて。あなたみたいなゲス野郎とも二度と会わない。どこへなりとも失せればいい」

勢いよくドアを開けると、デイビーとニックがぎょっとした顔で立っていた。「そこの嘘つきのくそったれをつまみだして」タマラは震える声でふたりに命じた。「もう一度あの顔を見ることがあったら、撃ち殺してちょうだい」

タマラは振り返りもせずに部屋を出た。目に怒りの涙が溜まっている。あんな男を相手にそそられた自分が許せなかった。あいつの目的は、変態野郎のゲオルグにタマラを渡すことだけだったというのに。

もちろん、商品を自分で味見したあとでだ。そうでないわけがある？

もし、この世で何が一番嫌いかと訊かれたら、馬鹿を見ることというのがタマラの答えだ。

8

失敗した。この世の終わりだ。

ヴァルは部屋の真ん中に立ちつくし、ついさっきまでスティールがいたところを見つめていた。あっと思う間もなく消えてしまった。空間を歪め、空気を吸い取るようにして。真空に残されたヴァルは、息もできず、肺が焼けるような感覚に苦しんでいた。この十年、嘘つきのプロとして生きてきて、自分ではなかなかのものだと思っていたのに、あの女は難なくヴァルを見通した。嘘とごまかし。はらわたを抜かれた空っぽの穴。長年にわたって訓練を重ねてきた結果、何も実っていなかったとは。どうしたらいい？

マクラウドが戸惑い顔で部屋に入ってきた。「おい、ヤノシュ」無愛想に言う。「ぐずぐずするな。聞こえていただろう。早く出ていけ」

ヴァルはただぼんやりと顔を向けた。喉が痛い。頭が働かない。

マクラウドはもどかしそうなそぶりを見せた。「あんたのここでの用は終わったんだ。どこへでも帰れ。もう戻ってくるなよ」

気力を振り絞って、ブリーフケースを取りに行った。控えの間で、ワードから無言でコートとナイフを渡された。ロボットのようにぎくしゃくとコートをはおり、ナイフを鞘に収めた。

ワードが咳払いした。「まあ、なんだ、そう落ちこむな」

ヴァルはぽかんとしてワードを見た。「なんだって？」

「タマラのような女は……」言葉につまって、手を払う。「ああいう態度を取ったのは、多少なりともあんたを気に入ったしるしだ」

どうしようもない笑いの衝動がこみあげた。「おれを気に入った？ 嘘つきのくそったれを？ そのうえ、きみたちは、またおれの顔を見たら撃ち殺せと言われてなかったか？」

「口の悪さはいつものことだ」ワードが励ますように言う。「少なくとも、おまえは彼女になんらかの印象を与えた。言っとくが、印象づけるのも難しい女だぞ」

「まったくだ」マクラウドが不機嫌そうな声で口を挟んだ。「まだ生きているんだから、なかなか見どころがある。さあ、もういいだろう。おれたちはセラピストじゃない」

マクラウドとワードはヴァルを挟んでエレベーターに乗り、一階におりて、無言で建物の外に出た。そのまま百五十メートルほど歩いたところでヴァルを残し、振り返ることなく、足早に立ち去った。

ヴァルは気力をかきたて、どうにか心を落ち着かせて、あたりを見まわした。通りの向かい側にバーがあった。数人しか客がいないさびれた店だ。スコッチの一杯でもやれば慰めになるだろう。〝ヴァル・ヤノシュ〟がやりそうなことでもある。ほかにましな人格はないのだから、この役に徹しよう。どのみち自分と呼べるものがないのは確かだ。

一番奥のブースに席を取って、背を丸め、傷だらけの木のテーブルに覆いかぶさるようにして、グレンフィディックをちびちびと飲みはじめた。その味で、きらめく切れ長の目を思いだした。クリスタルのカットグラス越しにヴァルを呑みこみ、とっくりと吟味していたあの目。

そうして、ヴァルを見抜いたのだ。

あの輝く瞳から隠れることができなかった。PSSのために人殺しと売春の真似事を重ねた末、ぺらぺらの紙人形に身を落としたことを見抜かれた。

ヴァルは顔をぬぐった。たいした女だ。無言で、そう認めた。おかげでこうしてバーに身をひそめ、がっくりと肩を落として、酒を舐めながら自分を哀れむはめに陥ったのだから。

しかし、いつまでも自己憐憫《れんびん》に浸っている暇はない。

あと四十八時間で、ノヴァクはナイフを振るいはじめる。負けを認めるわけにはいかない。いまはまだ。

ブリーフケースからノートパソコンを取りだして、折りたたみ式の液晶モニターを二十一インチの大きさに広げ、同じく折りたたみ式のキーボードを開いて、起動ボタンを押した。もうひと口スコッチを飲んで、食道を焼くような感覚を味わいながら、今朝スキャナーで取りこんでおいたノヴァクのファイルを呼びだした。

マトリックス化された画像が、モニターできらきらと輝いている。いつまでもながめ、考えにふけっていられるものだ。スティールの写真にはいつも新しい発見がある。ノヴァクに踏みつけにされ、のたうちまわっているときでさえ。

クリックを繰り返し、気になる写真を出した。ほかのどれよりも不可解で、謎めいた写真だ。黒いワンピース、悲しげな顔。青銅の記念碑、そこに捧げられた野生のデイジーとラベンダーの花束。ヴァルはその写真をマトリックスに収め、三歩さがって、輝きながら回転するさまを見つめた。

もやもやとした思いつきが形を取りだしたとき、背筋に寒気が走った。記念碑の部分を画面いっぱいに拡大した。花がほかにも山と積んであるため、記念碑に刻まれている文字は見えにくかった。ゼトリーニャという単語と一九九二年の日付はかろうじて読み取れる。銘文はヴァルの知らない言語だ。その下にずらりと名前が並んでいた。

名前の数は膨大だ。個々には判別できなかった。ともかく、画質の粗い写真を解析できるようなソフトはこのパソコンに入っていない。

銘板の雰囲気と名前の数から見て、どうやら慰霊碑のようだ。参列者は多かった。スーツ姿の男たち、テレビカメラ。

戦時下の凶行で亡くなった人たちを悼む慰霊祭だろう。ヴァルは記憶をあさった。一九九二年。セルビア・クロアチア紛争。ヴァルの専門地域ではないが、ヘンリーならバルカン半島にいた時期が長く、あちらの言語にも精通している。PSSはバルカン諸国に数々の諜報員を送りこんでいた。そして、今回のことを話せるのはヘンリーだけだ。

携帯電話を取りだして、ヘンリーにかけた。この諜報員仲間は目下パリ郊外のPSS支部に配属されている。

「勘弁してくれよ、ヴァル。朝の五時だぜ」ヘンリーがこぼした。

「頼みがある」ヴァルは謝りもせずに言った。

「いつもこれだ」ヘンリーはぼやいた。

「ゼトリーニャという地名に聞き覚えは？」

ヘンリーは考えこむような間をあけた。「あるな。クロアチアだと思う」

「資料をあたってくれ。一九九二年にそこで何があったのか。できれば、それに巻きこまれた被害者のうち、少女と若い女性のリストを作ってほしいんだ。そうだな、十歳から二十歳まで」

ヘンリーが口笛を吹いた。「スティールがクロアチア人だと？」

「もしかすると」ヴァルは言った。「だが、まったくの見当違いという可能性もある」

それからヘンリーは長いあいだ口をつぐんでいた。「そっちはどうなってるんだ？」おもむろに尋ねる。「面倒なことでも？」

ヴァルは返答につまった。ヘンリーをこの騒動に巻きこんでいいものかどうか、ブダペストを発ったときからずっと考えていた。救出作戦を決行するとしても、自分ひとりでは実現不可能で、援護が必要だ。信頼できる人間はヘンリーだけだった。

思いきって打ち明けることにした。「ああ、面倒なことが起こっている」

イムレが人質になっていることを簡潔に話した。そのあと、ヘンリーはむっつりと黙りこんだ。

「最悪の事態だな」しばらくして、ヘンリーが言った。「絶体絶命のピンチってやつだ」

「ああ、慰めてくれてありがとよ。元気が出た」

「で、どうするんだ？」

「さあ」ヴァルは言った。「行き当たりばったりでやってるんだ。とんでもなく危険でクレイジーなことを思いつくかもしれないさ。おまえを当てにしていいのか?」

「見くびんなよ。何せ危険でクレイジーなことが生きがいだ。なんだったら、そっちに——」

「いや、ヨーロッパにいてくれ。また頼みごとをするかもしれない。まずはゼトリーニャのことをできるだけ急いで調べてくれ。あの女を引っかける釣り針がほしい」

ヴァルは電話を切って、ほかの番号を呼びだした。

スティールにちょっかいをかけるときが来た。あと数時間のうちに、スティールは自分を煩わせるのが誰なのか、はっきりと悟るだろう。うまくいけば、ヴァルを見つけだして殺そうと思うくらい怒ってくれるかもしれない。いまのヴァルは好きな女の子を前にしたガキと一緒だ。つまり、意地悪をして嫌われても、まったく相手にされないよりはまし。スティールの気を引くためなら、なんでもやるつもりだ。どんなことでも。

話しておくべきだった。

そうしなかったことの後悔は、肉体的苦痛にも増してイムレを蝕《むしば》んでいた。深呼吸で緊張をゆるめようとしたが、できなかった。肺は縮こまり、こぶしのように硬くなっている。

イムレは硬くて小さな簡易式ベッドに座って、前後に体を揺らしながら、息をしようと喘いだ。

部屋は狭く、悪臭に満ちている。汚らしくて、わびしい。コンクリートブロックでできた箱のようなもので、自然光は一切入らない。昼と夜は人工的に作られていた。昼と見なされるあいだは神経に障るほどまぶしい蛍光灯で照らされて、それが十二時間たつとスイッチが切り替わり、漆黒の闇の十二時間が始まる。部屋のなかは、先住者たちが残した陰惨で絶望的な落書きで埋めつくされていた。そのほとんどは人間の血か、それ以上に厭《いと》わしいもので書かれているようだ。

イムレは落書きを見ないようにしていた。眼鏡がないので、さほど難しいことではなかった。

痛みは執拗に続いている。医者の診断を受ける前から痛みと疼きに苦しんでいたうえに、二度も殴られた。いま一番ひどいのは、体内で崩れかけている骨だ。

医者にもらったモルヒネの錠剤が恋しかった。痛みを耐えるための自分なりの特効薬が使えないのはもっとつらい。お気に入りはバッハだ。チェロ組曲。ヴァイオリン協奏曲。音楽は、衰えていくばかりの体から、心を飛びたたせてくれる。詩や哲学もそうだ。アパートメントの窓の外から聞こえる鳩《はと》の鳴き声や、夕陽《ゆうひ》に染まったピンク色の雲さえも。一杯のお茶、同じ階に住む古馴染《ふるなじ》みとのチェスの対戦。つつましい楽しみだ。それがいまはとても尊いものに思えた。

せめてもの慰めに、好きな讃美歌を思いだそうとした。祈りはもう試した。イロナに助けを求めもした。妻との幸せな思い出は、いつでも神の恵みのように感じられるものだ。しかし、イムレは聖人でも、超人でもない。

恐怖で震えあがっている。

誘拐される前から、差し迫る死という過酷な現実を突きつけられていた。膵臓癌《すいぞうがん》だと告げられたのだ。かなり進行している、と。通常の治療を勧められたが、イムレは医師たちの目を読み、浸潤《しんじゅん》、リンパ節、肝臓と骨への転移などに関する説明に耳を傾けて、戦っても無駄だと理解した。何もしなければ、余命三カ月。そう聞かされてからほぼ一カ月が過ぎた。

ヴァイダにはまだ話していない。

イムレが恐れているのは死そのものではなかった。なんといっても、もう八十になる。愛するイロナやかわいいティナのいない生活を三十年も送ってきた。心の準備はできている。そう信じてきた。あちらの世界でイロナとティナに会えることもほぼ確信している。とはいえ、死はまったく未知のものだ。達観するのは難しい。そして、すでに死人同然の老いぼれのために、かわいそうなヴァイダが悪魔のからくりのなかですりつぶされているという事実は、さらにイムレを苦しめた。

癌だけならば、ヴァイダも受け入れられただろう。しかし、育ての親にも等しい男が拷問されるところを見れば、心にひどい傷を負うことになる。ヴァイダは脆く、傷つきやすく、そして孤独だ。イムレ以外の人間と絆を結んだことがない。育ての親の目から見れば、鎧で隠しているとはいえ、本当に優しい子なのに。昔から、イムレはヴァイダの深い愛情を感じてきた。愛に飢えていることもわかっている。もっとも、誇り高きヴァイダはけっしてそう認めないだろうが。

イムレにとって、ヴァイダは息子も同然だった。すばらしい息子だ。その知性、才能がドブに捨てられている。ヴァイダという真珠は豚どもの手に握られている。

イムレは育ての息子を助けられなかった。この豚小屋から逃がしてやれなかった。昔から、ヴァイダが相応の世界で花開き、実を結ぶのを夢見ていた。それが、マフィアの手下として無為に生きてきたかと思えば、お次は金目当ての傭兵に身を落とす始末だ。ヴァイダが人生をずたずたに引き裂き、無為に費やしていることに、イムレは腹をたててきた。もうずいぶん前から我慢がならなくなっていた。

ヴァイダは、ノヴァクの下で働くほかに道はないと言いつづけていた。その理由がいまになってやっとわかった。あの子を叱りつけ、愚かだ負け犬だとけなした自分は、なんと無知で傲慢《ごうまん》だったことか。ヴァイダは尻込みしていたのではなく、生き抜くために、勝率の高いほうに賭けていていたのだ。わたしは謝らなければならない。

いや、謝るだけではすまない。ヴァイダはイムレの命を肩代わりしようとしている。だが、ヴァイダに払えるものではない。魂を差しだせと言われているのだから。

話しておけばよかった。しかし、イムレが病んでいると知れば、ヴァイダはそばにいると言い張り、頑として譲らなかっただろう。それが怖かった。ヴァイダにとって、ブダペストは忌むべき土地だ。苦く、痛ましい思い出があふれる街。できるだけ過去から距離を置くのがあの子のためだと考えてきた。しかし、過去は、予想もつかない速さでその距離を縮めてしまった。

イムレの死はヴァイダを解放する唯一の手段だ。だが、どうやって？　この部屋には、寝台、毛布、壁に取りつけられたトイレのほかに何もない。日に二回の食事はプラスチックの皿とトレイで出され、同じくちゃちなプラスチックのスプーンがついてくるだけだ。金属製品があれば、何かを削って尖《とが》らせることができたし、ガラスがあれば、それを割ることもできたのだが。

みずから命を絶つことを考えると身がすくむが、絶望ではなく、愛のために行うならば、きっと罪にはあたらないだろう。ヴァイダがイムレのために魂を差しだすことより罪が軽いのは確かだ。

わたしがなんらかの方法を見つけさえすれば、解決する。


山腹に隠してあるドアを開き、地中のガレージに入ったとき、タマラはまだ息巻いていた。運転しているうちに怒りは静まるだろうと思っていたが、まったくの見込み違いだ。いまだにはらわたが煮えくり返っている。怒りのあまり吐きそうだった。

ロザリアに残業手当をはずみ、土下座せんばかりにお願いすれば、あと二時間ほどの延長を承諾してもらえるだろう。それなら、すぐさまパソコンと首っ引きで今後の計画を練ることができる。

レイチェルの泣き叫ぶ声が聞こえたとき、タマラの希望はあえなくついえた。こうやって、脳天に釘を打ちこまれたかのような泣き方をしているときは、つきっきりで夜を明かしてやらなければならないのが常だった。なぜよりによって今夜なの？　まるで狙い撃ちだ。

バッグを置いたか置かないかのうちに、ロザリアは金切り声で泣くレイチェルをタマラの腕のなかに押しつけ、クローゼットに突進して、自分のバッグとコートを取りだした。

「ロザリア、ちょっと待って」レイチェルの叫び声を切り裂くように声をあげた。「今夜はもう少しいてもらえないかと思って。できればそのあいだに――」

「無理です！　いますぐ帰ります！　息子たちがオリンピアで逮捕されたんです！　三十分前に電話で知らせを受けて、すぐあなたに連絡しようと思ったんですが、この子が泣きどおしだったからその間がなくて。早く息子たちのところに行かないと！」

タマラははっとして自分の問題から目を離し、ようやくロザリアの真っ青な顔色に気づいた。ひたいには冷や汗がにじみ、目は赤くなっている。「でも――どうして……」声がしぼんだ。

空恐ろしい疑いが頭をもたげた。あの悪魔の仕業だ。疑念はたちまち確信に変わった。天罰をくだしてやる。

「知るもんですか！　息子たちがレストランで働いているところに警官がやってきて、あの子たちがキッチンの外で麻薬を売りさばいていると言ったって話ですけど！」ロザリアの声は怒りで震えていた。「麻薬！　嘘に決まってます！　うちの息子たちは麻薬なんてやりません！　あんなにいい子たちが！　ロベルトは来月結婚するんですよ！　フランシスコのほうはコミュニティカレッジの夜間コースに通っています！　薬剤師になるんだってね！　ふたりともいい子なんです！　ああ、もう行かないと！　すみません」

タマラの心が沈んだ。「ということは、しばらくのあいだ来られないわよね」

ロザリアは両手を投げだした。「見当もつきませんよ！　次にいつ来られるかなんて。申し訳ないですけど！　こっちをどうにかしなきゃなりませんから！　どのくらい時間がかかるのか――」

「ええ、そうよね」タマラは歯を食いしばるようにして言った。「よくわかったわ。少しだけ待って、ロザリア。まだ飛びだしていかないで。渡したいものがあるから」レイチェルをおろそうとしたものの、強力接着剤でつけられたみたいにくっついて離れなかった。仕方なく、首にしがみつかせたまま、小刻みに揺らしてあやしながら歩き、食料庫の棚の前まで行った。シリアルの箱や缶詰を乱暴に押しのけ、羽目板をはずして、壁に埋めこまれている金庫をあらわにした。暗証番号を押してドアを開き、緊急時用の現金の束をいくつかつかんだ。この事態がどう転んでも、働き者のロザリアを後押しするに充分であり、なおかつ、怖がらせるほどの大金ではない額だ。

タマラの落ち度によって、ロザリアにまで火の粉が降りかかったという恐れがある以上、これがせめてもの償いだった。

キッチンに戻ったとき、ロザリアはバッグを固く握り締めて待っていた。タマラは現金の束を差しだした。

「持っていって」ぶっきらぼうに言った。「入り用でしょうから。保釈金や何かで」

ロザリアは札束を受け取り、重さを測るようにそっと持ちあげて、目を丸くした。「これは……これは……きれいなお金ですか?」おずおずと尋ねる。

なるほど、ロザリアも馬鹿じゃない。言葉の壁を越えて、非合法な匂いを嗅ぎつける鼻を持っている。「まっさらよ」タマラはきっぱりと言った。「盗んだものじゃない。ジュエリーで稼いだお金。なんと税金まで払ってる。さあ、早く。息子さんたちのところに行ってあげて。あとで電話するから、どうなったか教えてちょうだい」

ロザリアは札束をバッグに突っこみ、タマラをぎゅっと抱きしめた。不意をつかれたタマラが身をこわばらせてもおかまいなしだ。それから、タマラのあごをちょんとつつき、ぐずつくレイチェルに熱烈なキスをして、階段を駆けおりていった。

すでに情緒のバランスを失っていたレイチェルは、ロザリアがいなくなったことでさらにうろたえた。また一から大声で泣き叫び、手足をばたつかせはじめる。しかも、超人的な耐久力とワーグナーのオペラの歌姫も顔負けの声量を持ち合わせていた。一時間が過ぎても泣き声は衰えを知らず、タマラは警報のブザー音に気づかなかった。ドアの上のランプが点滅しているのを見て、ようやく警報装置に何かが引っかかったのだとわかった。

ランプを設置したのは、ヘッドフォンで大音量のロックを楽しみながら敷地内の監視にも目を光らせるためであって、三歳児の癇癪に対応するために必要になるとは思ってもみなかった。人生とはかくもおかしなものだ。

泣き叫ぶ子どもを抱えてセキュリティ・モニターの前に行き、画面を見つめたとき、胃が沈みこむような感覚に襲われた。この家の私道への入り口は、朽ちかけた納屋にしか見えないもので隠されている。その前にパトカーが停まって、エンジンをアイドリングさせていた。乗車しているのは男ふたり。ひとりが携帯電話を耳に当て、しかめっ面で何かを話している。よくない兆候だ。そこが入り口だと知っているしるしなのだから。誰かが見破り、警察に告げたということだ。タマラは歯ぎしりをした。

あの薄汚い鼠野郎に聖域を侵された。またしても。

タマラは唇を噛んだ。レイチェルの泣き声さえほとんど耳に入っていなかった。ここで無視したら、警官どもは腹をたて、大勢の援軍を呼びに行くだろう。包囲網をかけられることだけは避けたい。勝ち目のないゲームになってしまう。

パトカーのすぐ横の木にインターホンが隠れている。タマラはそのスイッチを入れ、片手でボタンを操作して、レイチェルの泣き声を聞きながらでも話ができるように通話ボリュームをあげた。「こんばんは」マイクに向かって言った。「どんなご用件でしょう？」

運転席側の男、言い換えれば体格のいいほうの男が、突然聞こえたタマラとレイチェルの声に飛びあがった。窓ガラスをさげて、そこから上半身を乗りだし、眉をひそめる。「ミス・スティール？」

名前まで知られている。さらにまずい状況だ。「ええ、タマラ・スティールです。どんなご用件でしょう？」

「とりあえずお宅にあがらしてもらいたいんですがね」男が言った。「お話がありまして」

最悪。「どういったご用件かうかがえます？」もう一度尋ねた。

「ミス・スティール、お宅にお邪魔してお話ししたいんですが」男は一歩も引かずにそう繰り返した。

タマラはヴァル・ヤノシュの先祖を七代遡《さかのぼ》って呪いの言葉を浴びせかけ、納屋を開くボタンを押した。知力と財力を尽くしたカモフラージュももはやこれまで。たったいまから、公の見世物同然。セスのところの職人たちを呼んで、この無用の長物を撤去してもらったほうがよさそうだ。

あるいは、売り払えるかもしれない。暗殺秘密結社のガレージセールがあれば。

警官があがってくるまでに数分ある。のたうち、泣きわめくレイチェルにコートを着せて、靴を履かせた。ガレージでいったんレイチェルをおろして、腰にしがみついて泣くに任せ、パトカーを出迎えた。灰色の髪をした大柄の中年男とひょろっとした若い男が車から降りて、しきりにあたりを見まわす。

「こんばんは、ご苦労さまです」タマラのほうから声をかけた。「どんなご用件でしょう？」

「どうも、ミス・スティール。わたしは保安官のミーチャム、こっちは補佐官のリクトです」年配のほうが言った。「お邪魔してもよろしいかな？」

捜査令状の有無を訊こうかとも考えたが、逆効果だとすぐに判断した。それに、違法なものは何ひとつ見つけられまい。そういったところには慎重を期している。「もちろんです」仕方なく言った。「どうぞ」

レイチェルとふたりきりのときに、見知らぬ男たちが隠れ家に押し入ってくるとは、腹がたって仕方がない。仮に何かあったとしても、いつもなら男ふたりと互角に戦える。相手が武装していても負けない自信はあったが、それは両手が使えて、レイチェルが首にしがみついていない場合の話だ。

レイチェルがすべてを変えた。あらゆる型が崩れ、あらゆるルールが変わった。

何をするにも二倍の手間がかかる。レイチェルは見知らぬ人に会うと必ず取り乱した。とりわけ男は苦手だ。マクラウドの男衆に慣れるのに何カ月もかかった。いまは、この警官たちが安心できる男の一覧表に載っていないと大声で知らせている。その声がタマラの神経を引っかいた。本来、その場その場で不必要な知覚を遮断するのは得意だ。生理的機能のコントロール方法を体に叩きこんであるる。しかし、レイチェルはその能力を試すかのように、満身の力で挑んできた。

セキュリティ・ルームを抜けて、階段をあがり、二階のキッチンに警官たちを案内した。レイチェルの金切り声のあいだを縫って、テレビの音が聞こえてくる。くまのプーさんが、蜂蜜《はちみつ》大好きと歌っていた。

ありがたいことに、ロザリアがポットにコーヒーを入れておいてくれた。「コーヒーはいかがです？　クッキーは？」愛想よく尋ねた。

「いや、けっこうです」ミーチャムが答えた。「さっそく、本題に入らせていただきましょう。じつは、ここで規制物質が使われているという情報がよせられたもので。麻薬、爆薬……そのほか何やら得体の知れないものを使って、違法な武器を作っていると」

タマラはさも驚いたように目を見張り、首を振って、疲れた右腕からずり落ちていくレイチェルを左腕に抱え直した。「まさか。わたしはただのジュエリー・デザイナーです」

男は咳払いをした。「ふむ。なるほど。それじゃ、なぜこんな言いがかりをつけられたのか、何か心当たりはありませんかね？」

「嫉妬深い元恋人たちの名前をあげておいたほうがよさそうですわね」タマラは言った。「もちろん、彼らの奥さんたちも。人間、嫉妬に駆られると何をするかわかりませんから」

保安官がうめき声をあげ、レイチェルを見た。「ひょっとして、話のあいだこの子を見てくれる人が誰かいらっしゃるのでは？　なんというか、この騒ぎでは、おちおち話もできないもんで」

「いえ」タマラは言った。「誰もいません」

男たちは苦い顔で目を見交わした。「では、そのう、ほかの部屋のベビーサークルに入れておくとかなんとかできませんか？」若いほうが期待をこめて言った。

できるものですか。じつのところ、タマラも一度だけやってみたことはあるが、それで懲りた。振り返ってみれば、試そうと思った自分が馬鹿だった。レイチェルを囲いのなかに入れてひとりぼっちにするなんて無神経にもほどがある。生まれてから二年半ものあいだ檻《おり》に閉じこめられ、怯えることしか知らなかった子どもを。

もう二度としない。ましてや、そのほうが都合がいいからなどという理由では絶対に。

タマラはふたりににっこりとほほ笑んだ。「いいえ。できません」

リクトが顔を赤らめた。ごくりとつばを飲み、慌てて視線をそらす。そわそわと部屋を見まわして、どこかに目の落ち着けどころはないかと探すが、どうあってもタマラの顔に視線が戻ってきてしまうようだった。タマラはしばらくじたばたさせておいたが、退屈な前座をこれ以上引き延ばすのもばかばかしいと思い直した。

いやなことはさっさとすませるほうが楽なもの。タマラはため息をついた。「上階の工房をご覧になります？」

男たちはタマラに続いて、ドスドスと階段をのぼってきた。ふたりに見られて困るものは何もない。問題の規制物質は、この家をぶち壊して探すか、自白剤なり拷問なりでタマラからそのありかを訊きだすかしなければ、けっして見つからないようになっている。ミーチャムもリクトも電気責めや水責めが得意な人間には見えなかった。

いずれにせよ、たいしたものは置いていない。タマラが緊急時に自分で使うぶんを少し隠してあるだけ。そもそも、針やスプレーの中身、短剣、手榴弾、小型爆弾などは、販売時には装着していない。リスクが高すぎる。暴露される可能性も、何かあったときの責任も大きい。その代わり、パスワードで保護された非公開のウェブページに、武器の装着方法を掲載しておいた。あとは買った人しだい。そういった有害な情報を載せること自体、おそらくは違法なのだろうが、そこまではかまっていられなかった。タマラの良心にはたこができて、ごつごつと硬くなっている。一時期は酷使したものだ。

こういうときのために、一切のからくりを排したただのジュエリーをひと揃い作って、ダミーとしておもてに出してあった。本物の装飾型兵器は壁の奥の金庫に収まっている。タマラがレイチェルをあやしたり、なだめたり、抱きしめたりしているあいだ、警官ふたりは工房のあちこちを探った。彼らのためにテーブルに並べたダミーを見て目を細め、嚙みつかれるのを怖がるようにおそるおそるつついてみたり、戸惑った表情で機械を調べたり。タマラに対する男たちのいつもどおりの反応。ああ、退屈。

ほどなく、ふたりはいとまを告げた。錠剤や粉のつまったビニール袋も、ハシシのかたまりも、爆発物も見つからなかったからだ。ただの工房。タマラは、見られても差し障りのない〈デッドリー・ビューティ〉の名刺を礼儀正しくそれぞれに渡した。ミーチャムが名刺に視線を落とした。

「〝死を招く《デッドリー》〟というのは?」ミーチャムは強い口調で尋ねた。

タマラはまつ毛をはためかせて、思いきり謎めかした笑みを見せた。「ああ、それはちょっとしたジョークです。数年前の恋人との」ハスキーな声で答えた。「彼がわたしにつけたニックネームなんです」

リクトが少々大きすぎる声で笑った。「そりゃずいぶんとおもしろい関係だったんですね」

タマラは目を見開き、無邪気な視線をリクトに向けた。「ええ、そのとおりです」

リクトは真っ赤になって、再びそわそわと目を躍らせた。タマラはうめいたり顔をしかめたりしないように懸命にこらえた。うぶな坊やだ。

「ふむ。では、お邪魔しました。長期の旅行には出かけないでくださいよ。また連絡しますので、ミス・スティール」

「お待ちしています」タマラは言った。

レイチェルと一緒に警官たちを見送った。ふたりはそそくさとパトカーに乗りこんだ。泣き叫ぶ子どもという〝歩くサイレン〟から逃れられてほっとしているのだろう。タマラはむっつりとそう考えながら、闇に吸いこまれていくテールランプを見つめた。

それからレイチェルが落ち着きを取り戻し、パジャマに着替え、タマラによりそわれて眠るまでに、ほぼ一時間かかった。ヤノシュの悪魔の所業に怒り狂っていて当然なのに、この時点でタマラはもう疲れきり、その気力をかきたてることさえできなくなっていた。

たちの悪い冗談だ。警戒をゆるめれば、必ずひどい目にあう。学習能力はないの？　ええ、まったく。

過去の恋人たちのなかにも、タマラの鎧にひびを入れ、不意打ちを食らわせて、沸きたつような興奮を味わわせてくれた男はほとんどいなかった。そして、驚くことではないが、まれにそういう男に出会ったときには、例外なく大惨事に終わった。

前回はレインの叔父、ヴィクター・レイザーとのときだ。レイザーはタマラと同じ破滅型の人間で、謎の多い男だったが、とても強かった。強さがほとばしるさまは……ヤノシュによく似ている。そこに魅力を感じた。タマラは胸の内でつぶやいた。ヤノシュの言うとおり。わたしは力が好きだ。とても。

でも、レイザーは、タマラがろくに楽しむ間もなく殺されてしまった。当然の報いとはいえ、悲しかった。だから、レイザーを殺したやつを懲らしめたくなった。そうしてカート・ノヴァクを相手にした復讐劇が始まったのだ。

タマラは身震いした。どんなものにも立ち向かっていけるつもりでいたが、あの男はその上を行った。才気にあふれながらも、残忍極まりなく、常識では計り得ない男。そこに、ゲオルグという鳥肌もののオマケがついていた。

やめなさい。あんなやつらを誘いこむまでもなく、悪夢の材料には事欠かない。

キッチンに行って、窓の外をながめ、シングルモルトを舐めながら漠然と計画を練りはじめたとき、留守番電話のライトが光っているのに気づいた。珍しい。ここの番号を知っている人間はほとんどいなかった。タマラは再生ボタンを押した。

「ミス・スティール？　養子縁組斡旋所のエマ・カルーです。手続きの過程でちょっと問題が生じまして。近々直接お会いしてお話ししなければならないのですが、じつは、今回の養子縁組が再調査にかけられそうなんです。こうして事前にお知らせしていいのかわかりませんけど、あれだけ話し合ったあとですから、わたくし個人の立場としてもご説明するのが筋かと……申しあげづらいんですが、憂慮すべき情報がよせられました。ご家庭内で犯罪活動が行われていることと、その、あなたご自身の精神状態が不安定だということを示唆する内容で。調査結果とあなたの精神鑑定結果が出るまで、レイチェルをこちらで保護することになるかもしれません。もちろん、疑いが晴れるまでですが——」

バリッ。タマラは電話機を壁から引きはがし、反対側の煉瓦《れんが》の壁に投げつけた。ガシャッ。粉々に砕けて床に落ちる。タマラは顔を真っ赤にして、鼓動を轟かせ、電話機の残骸を見つめた。

——お見事ね、タマル。立派な大人かどうか、親としての資格があるかどうか、そうして示しているんですから——教師然としたそっけない声がタマラの頭のなかに響いた——いつ精神鑑定を受けても大丈夫というわけね？

母の声だった。胸が締めつけられた。もうずいぶんと長いあいだ、この言語で考えたことはないし、夢を見たことすらなかった。その言葉の響きを覚えていたのが驚きだ。十五のときから一度も耳にしていないのに。

——そうでしょうとも。あなたのおふざけに対して、わたしがどう言うのかわかっているんでしょうから、聞く気にならないのも当然ね。しっかりしなさい、タマル。

余計な口出ししないで。タマラは心のなかで言い返した。そして、声は聞こえなくなった。これもまた母のずるいやり口だ。澄ました顔で引きさがってしまう。だんまり戦術。

たちまちに、心のなかの亡霊を追い払ってしまったことを悔やんだ。いくら辛辣とはいえ、亡霊の言葉さえ聞こえない部屋は、やけにがらんとしているように感じられた。

タマラはこれまで孤独に苛《さいな》まれたことがない。孤独感とは無縁だ。むしろ、ひとりのほうが安心して、静かに、穏やかに過ごせた。他人から強欲で身勝手な要求を突きつけられずにすむからだ。ひとりでいれば、すっきりと、自由に生きられた。そういう生き方を心から望んできた。

だから、金属と宝石を愛しているのだ。金細工師の父親から自然に受け継いだ思いもあるけれども、それだけではない。光り輝き、水も空気も通さない物質。汚れは染みつかず、腐ることもない。タマラはそこを愛した。焦がれるほどに。

ヤノシュはそこまで読んでいた。はっきりと言い当てた。それが、あの下劣なゲオルグにタマラをあてがうために送りこまれてきた人間だなんて。あの男は、タマラを肥溜めに投げ戻すという仕事を負っている。

人でなし。あいつのせいで、レイチェルの身の安全が脅かされた。骨を砕いて、はらわたを引きずりだし、串刺《くし》しにしてやりたい。タマラはヤノシュの電話番号を叩いた。

この遅い時間でも、すぐに応答があった。「ミス・スティール?」

「くそったれからミス・スティールなんて呼ばれたくない」イタリア語で嚙みつくように言った。「よくもこんな真似ができたわね」

「ミス・スティール?」楽しんでいるようなゆったりとした口調が、タマラを激昂させた。

「こんなにすぐにまた声が聞けるとは、じつに嬉しい――」

「うるさい」タマラは語気を荒らげた。「今度わたしや娘にちょっかいをかけてきたら、ただじゃすまさない」

意味ありげな間があいた。「どうか落ち着いてくれ」イタリア語で穏やかに言う。「会って話そう。冷静に——」

「ファック・ユー」タマラは怒鳴った。「あなたにはうんざりよ」

受話器を置いたとたん、わっと泣き崩れた。

9

タマラは熱に浮かされたように家中を駆けずりまわった。めそめそ泣いたり、考え直したりする時間はない。一連の手順は、頭のなかで何百回と繰り返し、武術の型のように機械的にできるまでになっている。

まずは、大きなスーツケース。これはつねに荷造りがすんでいて、しかも、毎週日曜日のレイチェルの就寝後、絶えず変化する子どもの身体状況に応じて、必需品を入れ替えてあるものだ。鼻用の吸入器、抗アレルギー薬、緊急用抗生物質、アレルギー用軟膏《なんこう》、おしり拭《ふ》き、石鹸、アレルギー対応のバス用品。衣服、おむつ、下着。すみのほうにはタマラの必要最小限のものが入っている。タマラはそのスーツケースを引いて廊下に出た。

キッチンに運んで、子ども用のお菓子をつめこんだ。クラッカー、キャロットスティック、ヨーグルト、チーズスティック、パックのフルーツジュース。食品庫の奥の金庫からありったけの現金と無記名債券を取りだした。残りは袋に入れて、何冊ものパスポート。そのなかから気に入っているものを抜きだした。残りは袋に入れて、スーツケースに隠した。忍び足で寝室に入り、レイチェルの情緒面でのサバイバルキットをかき集めた。毛羽だったピンク色のブランケット、スヴェティからもらった巻き毛の熊《くま》のぬいぐるみ、ぼろぼろの水色のおしゃぶり。

あの悪魔。あいつのせいで、レイチェルは大好きなスヴェティに二度と会うことができないだろう。涙が頬に流れていることに気づいて、タマラはぎょっとした。ここに築いたものをどれほど大事に思っていたのか、いままで意識していなかった。安心に近い気持ちで過ごせる快適な家。目を見張るほど美しい太平洋のながめ。ここからは直接おりられるけれども、それ以外はボートでしかたどり着けない入り江。キッチン、リビング、工房、寝室のどこからでも見られる神々しい夕焼け。これまでで一番の高機能を誇る工房。愛する仕事。

そして、友人たち。どれほどいらいらさせられようとも、たしかに仲間のようなものだった。そのつながりを断つのはつらい。ある程度にせよ、ありのままのタマラを知ってなお受け入れてくれる人たち――そんな人たちにはもう出会えないだろう。たぶん、一生。レイチェルのことを思うとなおさら悲しかった。おじさんもおばさんも、いとこたちも、みんな失ってしまう。

何もかもあの悪魔のせい。でも、あいつのことを考えている暇はない。裏をかかれたときの対処法はわかっている。かわいそうなレイチェル。習慣に従って暮らすことで、ようやく精神のバランスが取れてきたのに。家も名前もベビーシッターも諦めなければならない。落ち着く先によっては言葉を一から覚え直すことまで強いられる。そして、心の不安定な三歳児を連れた不法出国の旅が、楽なものにならないことは確実だ。

でも、タマラの人生が途方もなく複雑なのは、ほかならぬ自分のせいだ。文句を並べたてても仕方がない。

〈デッドリー・ビューティ〉の商品をできるだけたくさんつめた。〈シブミ〉に持っていったのとちょうど同じぶんだ。もちろん、こうなっては商品そのものを売ることはできない。トランペットを吹き鳴らして敵に居場所を知らせるようなことになってしまう。処分方法は車で空港へ向かうあいだに考えよう。飛行機に持ちこもうとするのは無謀だ。とりわけ武器を装着してあるものは。預け入れ荷物にしたところで、X線にかけられるのは同じだし、万が一、空港の職員に詳しく調べられるはめに陥ったら、ただではすまない。

とくに気に入っている作品は携帯用ケースに入れた。選《え》り分けながら、爆発物を仕込んであるものは捨てた。空港と爆発物は相性が悪い。結局、ケースに入れたのは、麻酔薬や毒針タイプ、スプレー式の品など、接近戦で使えるものばかりだった。それぞれについている危険物質は総量にしてもたいしたことはなく、持ったまま空港の保安検査を受けても問題ない。わざわざそのようにデザインしたのだから。

旅行には危険がいっぱい。いつだって女には備えが必要だ。

それから、パソコン。頰に涙の跡をつけたまま、タマラはとにかく一番早く乗れる便の席を電子チケットで確保した。シアトルからハワイ、ハワイからニュージーランドのオークランドへ。とりあえずは遠くまで行ければよかった。暖かい砂浜でレイチェルと戯れ、キーウィを気取ってみるのもいいかもしれない。ノートパソコンを閉じて、それも荷物に入れた。

そして、すべてをベージュ色のフォードに積んだ。この時代遅れで不格好な車は、マクラウドの仲間のコンピューターオタク、マイルズから少し前に譲り受けたものだ。目立たない車はときに重宝する。

さて、ここからがたいへんだ。レイチェルを起こし、温かいベッドから引きずりだし、服を着せ、無理やり車に押しこまなければならない。真夜中にそんな目にあわせられれば、誰だっておもしろく思わないだろうが、幼児ならばなおさらだ。

予想どおり、レイチェルは機嫌を損ねたが、チャイルドシートに縛りつけたところで、ひとまず山を乗り越えた。そして、耳をつんざくような怒りの泣き声ほど、女の眠気を覚まし、しっかりと道路に目を向けさせてくれるものはない――と同時に、うしろ髪を引かれる思いをまぎらわせてくれるものも。そうでなければ、タマラはちらりと振り返り、十五の年からいままでで初めて得た〝わが家〟らしきものが、遠ざかっていくのを見てしまっただろう。

ゼロからやり直しだ。うんざりする。それなのに、あの虫けらに復讐を誓うことすらできないのだ。

胃が燃えて、胸が疼き、喉が締めつけられる。何ごとにも距離を置いて生きてきたはず。でも、いまはボルトカッターで無理やりすべてを切り離しているような気分だ。バチッ、バチッ。血まみれだ。

三十分後、レイチェルは泣きつかれてまどろみ、車内はありがたい静寂に包まれていた。フライトまであと二時間しかないのに、ジュエリーをどうするか、まだうまい方法を考えだしていなかった。この車は長期駐車場に乗り捨てるつもりだが、そのトランクに置いていく以外に何も思いつかない。しかし、手間取っていては飛行機に間に合わなくなる。

いずれ取りに戻ってこられるだろうか。いや、諦めよう。純金だ、プラチナだ、高価な宝石だといったところで、元手はたかだか数十万ドル。独自のデザインで作りあげたものにせよ、たった数年を費やしただけだ。たいしたことではない。ボルトカッターの出番だ。バチッ、バチッ。諦めなさい。

空港の駐車場に着いたとき、レイチェルはまだ眠っていた。ベビーカーに乗せて、シャトルバスを待ちながら、白い息に包まれた小さく青白い顔を見つめた。人の少ない時間なので、バスはなかなか来なかった。

ターミナルもそれほど混んでいなかった。保安検査場までレイチェルが眠っていてくれますように。この先、ベビーカーから降ろし、靴を脱がせ、金属探知機をくぐり抜ける段階になっても眠っていることはあり得ないだろうが、いまその時点のことまで考えられるのだから、ラッキーなほうだと見なすべきかもしれない。

電子チケット発券機でレイチェルの予約情報を入れるまではうまく運んだが、タマラのところで引っかかった。発券カウンターまでお越しくださいというメッセージがスクリーンに現われたとき、タマラは舌打ちした。いつしかカウンターの前には流れの悪い長い列ができていた。それを見て、うなじの毛が逆立った。

並んでいるあいだ、視界に入ったすべての人間を目で測り、敵かどうかを見極めようとした。職員も含めて全員だ。誰が敵かわかったものではない。変装する時間がなかったのが悔やまれたものの、考えてみれば、そんな手間をかけても無駄だろう。レイチェルが目印になる。この子をバックパッカーやユダヤ系の銀行員に変装させるわけにはいかないのだから。

列の先頭に来たとき、レイチェルが目を覚ましてぐずりはじめた。リンゴのような頰をしたカウンターの女が、タマラとレイチェルのパスポートに目を通し、パソコンのキーボードを叩いて眉をひそめる。

女はさらにキーボードで何かを打ちこみ、ちらりとこちらに視線を向けた。そして、慌てて目をそらした。タマラの胃がよじれた。

またやられた。ヤノシュがここのパソコンにアクセスして、データを改竄《かいざん》したのだ。要注意人物のしるしをつけられてしまった。くそったれ。この旅券に費やした数万ドルをひと息で吹き飛ばされた。これからいったいどうしたらいいの？

つまり、ヤノシュはタマラの現在地を正確に把握している。ほかに誰に知られているかわかったものではない。鼓動が速まった。うしろを振り返り、先ほど観察した人たちの顔をもう一度見直した。

「あの、お客さま？　申し訳ございませんが、パスポートに少々問題がありまして」カウンターの女は、びくびくしたようすでまばたきをした。まるでタマラに角が生えるのを案じているみたいだ。「恐れ入りますが、保安部の者とお話しいただかないと」

「保安部？」タマラはいかにも驚いたように目を丸くして、レイチェルをベビーカーから抱きあげた。たちまちレイチェルはタコみたいに首に巻きついてきた。

「あの、システム上の誤りだと思います」カウンターの女は安心させるように言った。「でも、ちょっとそちらのわきでお待ちいただけますか？　すぐに保安検査員を呼んで問題を解決させますので」

タマラは〝これだからコンピューターって〟の顔を作って、にっこりと笑みを交わし、女が指差すほうに歩いた。ベビーカーも、使い物にならないパスポートも、薬やおもちゃやその他もろもろがつまった緊急避難用スーツケースも置き去りにして。おむつ入れとレイチェルだけを抱えて。バチッ、バチッ。またまたボルトカッターの出番だ。指示された場所を過ぎても歩きつづけた。

「お客さま？　そこでお待ちください」女が不安そうに呼びかけてきた。「係員がすぐまいりますので！」

「ごめんなさい、娘がトイレに行きたがっているの」タマラは叫び返した。「早く行かないとたいへんなことになるわ。すぐ戻るからいいでしょう？　さあ、急がなくちゃ！」

さっと角を曲がった。疲れた顔の添乗員からチェックインカウンターの列に追いたてられている日本人観光ツアー客のうしろをまわって、エスカレーターを駆けおり、一階のバス・タクシー乗り場に走った。タクシー乗り場には数人が並んでいて、タクシーが来る気配はない。待っていられない。もういつ敵が駆けつけてくるかわからなかった。

ほかのターミナルや駐車場をまわる巡回バスが反対側の車線に停まっていた。タマラは道路を突っきってバスに乗りこみ、なるべく外から見えにくいように、シートにもたれるようにして座った。一分ほどたったとき、背の高い男が乗ってきた。アーミーコート、使い古しのナップザック、濃いあごひげ、もじゃもじゃと伸びた茶色の髪。ターミナルでも、椅子に座って脚を大きく広げ、口を半開きにして眠っている姿を見た。ジョン・レノンのような丸い眼鏡をかけていて、目つきはよくわからない。

男はどさりと腰をおろし、すぐまた眠ってしまった。インドを思わせるパチョリの香油とマリファナの匂いがバスのなかに満ちていく。アジアのどこかへ行くところなのだろう。ヒマラヤでハッパを吸って日がな一日夢を見るつもりなのか、プーケットの砂浜で日光浴にふけるつもりなのか。いいご身分だ。

「このバスはもう出ます？」声が刺々しくなるのを抑えられなかった。

「二分後」運転手が答えた。

二分が永遠のようだ。次の乗客も背の高い男だった。大柄、角張ったあご、太い首。むくんで赤らんだ顔からすれば、筋肉増強剤の常習者なのは明らかだ。三十代の後半。レイヤーの入った長いブロンドの髪。大きな白い歯。がっしりとした肩。荷物はスーツケースではなく、ナップザックのみ。赤ら顔の男は通路の反対側の席にドスンと座った。太い腿が筋肉で盛りあがり、ぴっちりとしたジーンズをさらに押し広げている。

タマラは寒気をおぼえた。銃もナイフも持っていない。飛行機に乗ろうとしていたのだから、どちらも論外だった。頼みの綱は、トパーズをちりばめたバレッタだけ。ごく少量の睡眠薬が仕込んであり、スプレーで噴射できる。しかし、一回ぶんしかない。運がよければ、二回。

レイチェルがタマラのコートの裾を引っぱって、何か訊いてきていたが、気持ちを集中できず、ちゃんと答えられなかった。また男がふたりバスに乗ってきた。どちらもやけに若く、体格がよくて、荷物が少ない。ひとりはすらりとした黒人で、パーカーをはおり、ダッフルバッグを肩にかけている。もうひとりは競馬の騎手を思わせるような角刈りの白人で、厚手のフリースを着て、リュックを背負っている。どちらも冷たく硬い表情をして、タマラにちらりとも目を向けない。

そのこと自体が奇妙で、警戒をかきたてるに充分な理由だった。たとえ明け方近くの空港であっても、ふつうなら、同性愛者でない限り、男の目はタマラに吸いよせられる。いったん離れたとしても、また戻ってくる。うぬぼれではなく、事実だ。三人続けてそうしなかったということは、かなり不吉な前触れだった。

怪しい男たちが発する不穏な空気に身を投じているよりも、空港職員の慈悲にすがったほうがましだと決めたとたん、バスががくんと揺れて発車した。

タマラは飛びあがった。「ちょっと待って！ やっぱり降ります！」

運転手はバスを加速させ、ターミナルの前を通り過ぎて、出口の誘導路に入った。もう逃げられない。

「遅かったな」運転手の声にはどことなく勝ち誇った響きがあった。「次のターミナルで降りるか、一周するかだ」

タマラは崩れ落ちるようにして再びシートに座った。歯を食いしばり、湧きあがる恐怖と闘った。ぶつぶつと意味のない言葉をつぶやかずにいられなかったが、赤ちゃん言葉でしきりに話しかけてくるレイチェルはそれでなだめられたらしい。タマラはおむつ入れのなかに手を入れ、ジュエリーのケースをつかんだ。手は冷たく、震えている。

レイチェルをこんな状況に置いてしまうとは、なんて馬鹿だったのだろう。こんなことになる前に、もっと早く決断をくださなければならなかったのに。ケースには役立ちそうなものがいくつか入っている。でも、この閉ざされた空間のなか、レイチェルのそばで毒物を噴射することは避けたい。ひとつずつ指で確認しながら、毒性の高いものはふるい落としていった。結局、いまつけているバレッタが一番無難だった。量はわずかで、毒性や腐食性はなく、もし誤ってレイチェルが吸っても眠くなるだけだ。

タマラはバレッタを髪からはずして、指のあいだに挟んだ。

もしかすると、気にしすぎなのかもしれない。この男たちはイラクやアフガニスタンに派遣される傭兵だということもあり得る。それなら、険しい顔つきも不審なようすも合点がいく。

きっとそうだ。それでも、胃はむかついている。レイチェルはタマラの緊張に気づいて口をつぐみ、べたべたする手でコートの襟をぎゅっとつかんでいた。

そのとき、赤ら顔の男が横滑りに席を立ち、通路のこちら側へ来て、ふたりのうしろに座った。タマラたちの席の背もたれに身を乗りだしてきて、にやりと笑う。

アドレナリンが噴きだし、ささくれだった神経が沸きたつ。手はバレッタを握り締めていた。男はレイチェルに向かって関節のごつごつとした赤い手を振った。「やあ、お嬢ちゃん」しゃがれた声で言う。

タマラは男の息の根を止めるほど甘い笑顔を見せた。レイチェルはタマラの膝に突っ伏した。男はそのさまをとっくりと見つめる。「嫌われたようだな」

「知らない人が苦手なのよ」タマラは言った。

「慣れれば、おれのことも好きになる」

なるわけないでしょ、ボケが。タマラは目でそう伝えた。「そこでそうしていられると邪魔なんだけど？」とろけるような声で言った。

地獄への序章は当たり前のように始まっていたため、サイレンサー付きのシグが現われ、背もたれの上を越えて、レイチェルの後頭部に狙いをつけたとき、タマラは驚きもしなかった。

男はチッチと舌打ちした。「失礼な女だ」低い声で言う。「おれの言うとおりにしろ。ゆっくりと、音をたてずに動くんだ。言うとおりにしなければどうなるかは、てめえで想像しろ。おれだってこのかわい子ちゃんの前で言いたかない」

タマラは車内に目を走らせた。赤ら顔のあとに乗ってきた男たちは、無表情でこちらを見つめている。マリファナの匂いをさせている男は夢のなかだ。だらりとこうべを垂れ、しまりのない口をして眠っている。

「いいか、そのガキをゆっくりと席におろせ」赤ら顔がささやいた。「それから、立つんだ。おれに背を向けて、両手を頭のうしろで組め。ゆっくり、ゆっくりだぞ。おい、バーカー、こっちに手錠を持ってこい。いやはや、おめえがこんなに美人だとは聞いていなかった。見ろよ、このおっぱい。こりゃあ、よく知り合わなきゃならねえな。そのおっぱいはたまんねえよ」

タマラはレイチェルを席におろし、髪を握っていた小さな手を放させた。「いい?」ウクライナ語でささやいた。「この男たちはとっても悪いやつらなの。椅子から床におりて、そこでじっと伏せていて。ママのためにそうしてくれる?」

「黙れ、くそあま。英語でしゃべりやがれ」赤ら顔が怒鳴った。

「黙って、英語でしゃべれ?」タマラはつぶやいた。「たいした芸当ね」

男は顔を歪めた。「黙れと言ったんだ!」

レイチェルは黒い目を見開いて、タマラの顔を見あげ、それから小さなウナギのようにするりとシートからおりて、席と席のあいだの暗い空間にうずくまった。そう！　いい子ね！　お利口さん！　タマラは心のなかで褒め称《たた》えた。レイチェルの脳に障害があるかもしれないなんて、医者たちはやっぱり何もわかっていない。この子はものすごく賢いんだから。自慢の娘だ。

「ガキは何をしてやがる？」赤ら顔が凄《すご》むように言った。「下におろせなんて言ってないぞ。席に戻せ。早くしろ！」

その怒鳴り声ではじかれたかのように、マリファナ男がいきなり動いた。サイレンサー付きの銃を発射する——プシュッ。赤ら顔ははっとしてそちらに目を向けた。その隙をついて、タマラは赤ら顔が銃を持っているほうの手を突きあげ、すかさず顔にバレッタを向けて睡眠薬を噴射した。

赤ら顔の銃が火を吹く。すぐそばの窓ガラスが割れた。バスが大きく右にそれて、ガードレールにぶつかり、こすれて、横滑りした。「なんの騒ぎだ？」運転手はタイヤを軋ませて、がくんとバスを急停止させた。振り返り、ぽかんと口を開ける。

「ばかやろう！　停めるな！」フリースの男が怒鳴った。「走らせろ！」

プシュッ。再び、サイレンサーの音。赤ら顔は馬鹿みたいに目をぱちぱちさせながら、崩れ落ちていった。これでひとり片づいた。

「伏せろ！」マリファナ男が逆上したように叫ぶ。タマラはぎょっとした。こいつも銃を持っている。「伏せろって言ってるだろ！」《メッティティ・ジョ・カッツォ》

なんてこと。ヤノシュだ。再び引き金を絞り、さっとかがんで、フリース男が撃ってきた弾を避ける。また窓ガラスが割れた。タマラは通路にダイブして身を伏せた。運転手が驚いた顔で首に手を当てている。穴があいているのだろう。指のあいだからどっと血があふれでる。腰からがくりとくずおれ、ギアの上に人形のように倒れた。

銃声がさらに二回。それから、自分の荒い息の音しか聞こえなくなった。永遠にも感じられるあいだ、タマラはビニールの敷物にへばりついていた。

「立て、スティール。運転してくれ」

かすかに訛りのあるヤノシュの声は、まるで揺るぎなく、落ち着き払っていた。

タマラは深い安堵《あんど》に包まれた。が、そんな自分を心のなかで蹴飛ばした。いまの状況がどうあろうと、この男は友人でも救世主でもない。それどころか、おそらくはこの苦境を生みだした元凶だろう。殺すのが正解なのかもしれない。

口で言うのは簡単だ。

タマラは震える息を吐き、座席の下の暗がりをのぞきこんだ。レイチェルが小さく体を丸めているのが見えた。そちらにぐっと手を伸ばして、レイチェルのコートをつかんだ。

「みんな死んだの？」タマラはヤノシュに尋ねた。自分の耳にも、頼りなく、馬鹿みたいで、怯えたような質問に聞こえた。

「これから確かめる。きみはバスを運転するんだ」

「あなたが運転してよ、ヤノシュ」タマラは言い返した。「わたしはレイチェルを見ていないとならないの」

ヤノシュはローマの方言で罵《ののし》りの言葉を吐いた。タマラの祖先のなかでも聖人と目されている者がじつは性的に堕落していたとかなんとか。タマラは無視して、シートの下を這っていき、レイチェルを腕のなかに抱きしめた。

人間の首が折れる不快な音が響いたとき、タマラは身を固くした。しっかりしなさい、タマラ。自分を戒めた。どうにも心が脆くなっている。

ヤノシュはかがみこみ、みっともない丸眼鏡の奥から、座席に斜めに倒れている赤ら顔を見つめた。「スプレーで噴きかけた薬はどれくらいもつ?」

「そんなに長くはないわ」タマラは答えた。「十分か、十五分くらい。たいした量じゃなかったから」

ヤノシュは男の首筋に銃を当てた。

タマラはぎょっとして体を起こした。「やめなさい!」

いぶかるような視線が返ってきた。「なんだって?」

「少しは考えて!」タマラは小声で叱りつけた。「子どもの前なのよ! どうかしているんじゃないの?」

ヤノシュは顔をしかめたが、赤ら顔をそのままにして、運転席に向かった。血まみれで突っ伏す運転手の体を優しく起こし、目をのぞきこむ。手首を取って脈を測る。タマラのほうをちらりと見て、首を振った。

それから、重そうな運転手の巨体を腋の下から持ちあげ、苦もなく一番前の席へ移した。通路に脚が出ているのがやけに目についた。タマラはレイチェルの顔を胸に抱きよせた。たとえこの子がまわりで起こっていることを理解していなくても、見せたくない。レイチェルは自分の心の世界に閉じこもっていた。顔つきからすれば、そこもまた楽しい場所ではないようだった。

ヤノシュが運転席に座って、ギアを入れた。バスはタイヤを軋ませて走りだし、すぐにスピードをあげた。

「どこに行くつもり？」

「きみが車を停めた駐車場」

「わたしがどこに駐車したのかなぜ知って――」

「あとにしてくれ」ヤノシュはぞんざいにタマラの言葉をさえぎった。「考えごとをしているんだ」

へええ、そう。どうせろくなことは考えていないくせに。タマラはそう言いかけたが、すんでのところで思いとどまった。今後の状況を読むまで、口を閉ざしていたほうがいいということぐらいはわかる。

ともかく、一時的には。

気がかりなのは、レイチェルがしゃべりもせず、目も合わせようとしないことだ。怯えたときにはいつでもタマラの首にしがみつくのに、それもしない。手足はだらりとして、体はじっとりと冷たく、顔は青白い。こんなふうに殻に閉じこもってしまうくらいなら、身をよじって泣き叫んでくれたほうがどれだけいいことか。割れた窓から冷たい風が吹きこんできた。

バスが速度を落として、急カーブを切り、ガタガタと車線境界線を越えて駐車場に入った。入り口のバーは勝手にあがってバスを通した。小屋の窓から見えた男は雑誌を読みふけっていて、まったくこちらに目を向けなかった。

ヤノシュは待合所の前でブレーキをかけた。待っている人はいない。予想外の幸運だ。バスが停まったら大騒ぎになるだろうと思っていた。避けられるならそれに越したことはない。

ヤノシュがこちらを向いた。「降りろ。きみと子どもがバスを離れたら、最後のひとりを片づける」

タマラはおむつバッグとハンドバッグを肩にかけて、レイチェルの顔を胸につけさせたまま、運転手の脚をまたいだ。

ふたりは死臭に満ちたバスから降りて、すがすがしい朝の空気のなかに出た。もうすぐ夜が明ける。タマラは深く息を吸った。

プシュッ。サイレンサーの音が胃に響いたように感じた。ヤノシュが赤ら顔の首に銃を当て、仕事を終わらせたしるしだ。

ほどなくヤノシュもバスから降りてきた。あごをしゃくるようにして、ついてこいと示す。

タマラはレイチェルをさらに強く胸に抱きよせた。「のこのことついていって、ゲオルグ・ラクスに引き渡されるのはごめんだわ」ふいに、どっと疲労が押しよせた。「死んだほうがましよ」言っても意味のないことだったが、宣言せずにはいられなかった。

ヤノシュはタマラを見つめ、目をすがめた。「ゲオルグに渡すつもりはない」

タマラは目をぱちくりさせた。吹きあげる風で目がひりひりする。「え……違うの？　それなら、あなたはここで何をしているわけ？」

「きみの手助けをしている」そっけない口調だ。「ついてくるんだ。急いで」

つかの間迷ったものの、ほかにいい手もなく、タマラはヤノシュのあとに続いた。「今朝一番にあのバスに乗ろうとした人は、とんでもない光景を目にすることになるわね」

ヤノシュは足早に歩き、振り返りもしなかった。「おれたちの問題じゃない」

「警察が車内の指紋を採って、さっき置いてきたパスポートと照会したら、わたしの問題になるのよ」苦々しい口ぶりで言った。「よりによって、殺人容疑。わたしは銃さえ持っていなかったのに。問題は山積みだと思っていたけど、まだ足りないのかしら」

「いいから、急いでくれ。世界の半分がきみの命を狙っているいま、それを警察に話したいか？　あとでいいだろう？」

タマラはよろめきながらも歩調を速めた。レイチェルはまったく重くなかったが、アドレナリンの噴射を繰り返したつけがまわってきたのか、体が言うことをきかなくなっている。

「あとでけっこうよ」タマラは言った。「もしかしたら、来世で」

「意見が一致したな」

ふたりは先を急いだ。息が切れて、脚はぐらつき、腕の筋肉は震えはじめている。でも、ここで倒れるわけにはいかない。「どうしてわたしたちの居場所がわかったの？」強い口調で尋ねた。

ヤノシュは鋭く息を吐き、いらだちのまなざしをよこした。「無線発信器。きみのジュエリー・ケースに仕込んだ」

タマラはその場で立ち止まって、口を開いた。「どうやって——」

「あとにしてくれ。行くぞ」タマラの腕をつかみ、ぐいと引いて歩かせる。

しかし、気づくと時代遅れの車を通り過ぎようとしていた。「待って」タマラは言った。

「その車は使わない」とヤノシュ。「急げ。ぐずぐずしている暇は——」

「レイチェルのチャイルドシートを取ってこないと」

ヤノシュの不審そうな顔つきを見て、タマラは逆上した。

「法律で決まっているの」声を張りあげた。「子どもはきちんと座らせておかなきゃいけないの。車のなかで勝手に動きまわらせていたら、危ないでしょう」

さらに、ヤノシュが〝冗談だろ?〟と言いたげな表情をしたことで、ささくれだっていた神経がぷつんと切れた。「よく聞きなさい。わたしは何もかもを捨ててきたのよ!」金切り声だった。「家も、私物も、友人も、ベビーカーも、レイチェルの解熱剤も、おしり拭きも、アレルギー薬も! あなたのおかげで、身元もすべて失ったわ! レイチェルのチャイルドシートは絶対に置いていかない。わかったら、そこをどいて!」

ヤノシュは両手をあげ、おかしな眼鏡の奥で目を丸くした。「落ち着け《カルマティ》」小声でつぶやく。

「取ってくればいいさ。ただ、急いでくれ」

こんなふうに髪とひげを生やし、汚いニット帽までかぶっていると、ヤノシュは別人みたいだ。タマラはつかの間ヤノシュを見つめてから、その腕のなかにレイチェルを預けた。ほかにどうすればよかったの? この子がいま自分の足で立てるとは思えない。

ハンドバッグからキーを取りだし、こわばった手でドアを開けたあと、ひとしきりベルトや金具と格闘してチャイルドシートをはずした。

それからトランクを開けて、ジュエリー・ケースをつかんだ。邪魔にはなるまい。飛行機に乗ることは当分なさそうだし、いくつかは身につけていたほうが心強い。もし必要に迫られれば、いつでも溶かして金と宝石に戻せる。いずれお金が足りなくなるのは目に見えていた。

どこかで銃を手に入れなければ。一丁では心もとないくらいだ。マクラウド一派に頼めばなんとかなるが、巻きこみたくなかった。あの人たちは口も手も出さずにいられないだろう。彼ら家族を危険な目にあわせたくない。でも、レイチェルのためならば、きっとやむを得ないときも出てくる。そう、レイチェルのためなら。

つねに三歳児とふれ合っている暮らしを始めてから、銃を携帯するのをやめていたが、あのバスでの出来事で目が覚めた。だらしなくなっていた自分に気づいた。重いチャイルドシートを手に、小走りでヤノシュの横につき、タマラは心のなかで自分に平手打ちを食らわせた。

レイチェルは人形のように生気がなかった。ヤノシュの広い胸で丸くなっている姿は、とても小さく見える。ヤノシュは色付きガラスのはまった黒いヴァンの前で足を止め、キーを使わずにドアを開けた。「あなたの車？」タマラは尋ねた。

ヤノシュは意味ありげな目つきでタマラを見た。「いいや」

タマラはうしろのドアを開け、チャイルドシートを取りつけた。「盗んだの？」

ぼさぼさのかつらの向こうから、またうんざりとした視線をよこす。「借りたんだ」ヤノシュは言った。「こいつが停めてあったショッピングモールに、いまから返しに行く。持ち主の負担は鍵とステアリング・コラムの修理代だけだ。そのぶんの金を置いていってもいい」

「善良な市民ってわけね」タマラはヤノシュの腕からレイチェルをもぎ取った。「礼儀を心得た泥棒や人殺しにお目にかかれるなんて、珍しいこと」

ヤノシュは片方の眉をあげた。「できるだけのことをしている」

「ここからターミナルまでどうやって来たの？　行きの巡回バスでも、駐車場でも姿が見えなかったけれども」

「ヴァンのうしろにオートバイを積んでいたんだ」ヤノシュは言った。「とりあえず、答えられるのはここまでだ。もう何も訊くな。ヴァンに指紋を残すなよ。これ以上ことを面倒にしたくない。子どもはまだシートに乗せないほうがいい。道路に出るまで床に座らせておいてくれ」

そのほうが利口だろう。タマラは後部座席の床にレイチェルを座らせ、その横にうずくまった。車がいったん停止して、窓ガラスがさがり、精算が終わった。そして、再び走りだし、道を曲がり、スピードをあげた。安堵で体から力が抜けた。

「もういいぞ」ヤノシュが言った。

タマラはレイチェルをチャイルドシートに乗せ、ベルトを締めた。それから、冷たく湿った小さな手を取り、両手でこすって温めはじめた。頭をだらりとさげているのが不安だ。小鳥みたいに脈拍が速い。タマラはどうしようもない無力感に襲われた。

「ヤノシュ、今後の計画はたててあるの？」つい声が尖った。「それに、さっきのことをわたしに説明する気はあるんでしょうね？」

「どっちもイエスだ」いつものように冷静極まりなく、揺るぎのない口調だ。「まずショッピングモールの駐車場にヴァンを返して、おれの車に乗り換え、快適なホテルに直行する。安心して休めるところだ。そこで、きみも興味を持ちそうなことを長々と話す。これが、今後の計画だ」

「わたしも興味を持ちそうなことっていうのを先に聞いてから、あなたと一緒にホテルに行くかどうか決めたいんだけど」

「だめだ」ヤノシュは言った。「運転中だからな。話はできない」

「下手な言い訳ね」タマラは鋭い口調で言った。「いくつものことを同時にこなすのは大の得意でしょうに。すぐに知りたいのよ。あとではなく」

「あとからでも知りたいはずだ。子どものようすは？」

ふん。話をそらそうってわけね。タマラはレイチェルのじっとりとした頬を撫でた。「氷みたいに冷たくて、鼓動は早鐘のよう。わたしにしゃべりかけてこないし、目も合わせようとしない。ショック状態ね。だったら何？　心配しているふりはけっこうよ」

ヤノシュはバックミラーでタマラの視線をとらえ、咎めるように眉をひそめた。「そんな言い草はないだろう」

不満そうな声を聞いて、タマラはかっとなった。「へえ、そう？　あなたがわたしたちの人生にちょっかいを出してこなければ、逃げまわることもなかったのよ。それなら、こんななことも起こらなかった」

「起こったさ。外に出ていてくれてよかった。きみの家じゃ、おれが手を貸せなかったから
な」

「まさか感謝しろっていうの？　勘弁して。レイチェル、ねえ、レイチェル？　ほら、ママよ。お返事して？」タマラはまたレイチェルの頬を撫でて、涙をこらえた。泣いている場合ではない。

ふとヤノシュのほうを見ると、コートの袖の上腕部に赤黒い染みがついていた。前に身を乗りだして、間近で見てみた。

「ちょっと、撃たれてるじゃない」タマラは非難するように言った。

ヤノシュは煩わしそうに言った。「たいしたことはない」

これだから男って。強がってもしょうがないでしょうに。「具体的には？」タマラは問いただした。「弾が腕に食いこんでいるけど、たいしたことはないという意味？」

「食いこんではいない。かすっただけだ。だから、たいしたことはない」ヤノシュは硬い声で繰り返した。「心配するふりはしてくれなくていい」

言ってくれる。「していないわよ。するつもりもない」タマラはそう返した。「勝手にすればいいわ、ヤノシュ。好きなだけ血を流して。運転は替わったほうがいいかしら？」

「いや」うめくように言う。

「いいこと？　わたしの子どもを乗せているときに、気を失うような真似だけはしないで」

タマラは声に重みをきかせて言った。「そんなことになったら、首を引きちぎってやる。わ

かったわね？」

ヤノシュはいらだたしそうな声を出した。「静かにしてくれ。話はあとだ」

そのあとは何を話しかけても一切答えず、ヤノシュはだんまりを押し通した。タマラは頭をかきむしりたくなったが、それほど時間を置かずに、ヴァンは小さなショッピングモールの駐車場に着いた。ヤノシュはBMWのSUVの隣に停車し、タマラがチャイルドシートのベルトをはずしてレイチェルを抱きあげるあいだに、おむつバッグやハンドバック、ジュエリー・ケースをそちらに移しはじめた。

わたしたちがついていくのが当然とでもいうように。鼻持ちならない男。

ヤノシュはヴァンのドアを開け、レイチェルのほうに両腕を伸ばした。タマラは子どもを胸に抱きしめ、シートに座ったままあとずさりした。「バスでのことにはお礼を言うけれども、わたしとレイチェルはここであなたとお別れするわ」タマラは言った。「さよなら、ヤノシュ。もう一生関わらないで」

黒い目の険しさは、マリファナ男の変装とまったくそぐわなかった。「きみには助けが必要だ」

「あら、もしかしてわたしたちを助けているつもりなの？」タマラは火を吐くように言った。「うちのベビーシッターを困らせたことも？　わたしに警官を差し向け、養子斡旋所に誤解を抱かせたことも？　パスポートを紙くず同然にしてくれたことも？」

「あのバスのなかでは、きみと娘のためにできるだけのことをした」ヤノシュは言った。「どんな結論を出そうと勝手だが、よく考えるんだな。ここでおれと戦えば、きみは負ける。

きみは強いが、おれはもっと強い。きみの武器は毒入りのアクセサリー、おれの武器は銃とナイフだ。きみには子どもがいる。その子を休ませなければならないし、おそらく薬も必要なんだろう。考えろ、スティール。おれがその気なら、きみはもうとっくに死んでいる。浅はかな真似はするな。さっさと車に乗って、これ以上おれを困らせるのはやめてくれ」

タマラはすばやく考えをめぐらせた。マクラウド一族に応援を頼むことはできるが、近しい関係だからこそ、敵にもそのつながりを知られている可能性は高い。つまり、マクラウドの誰に預けても、レイチェルの身の安全は保証されない。

ほかにレイチェルを任せられるような家族の当てはなかった。

しかし、タマラひとりで、しかも武器のひとつもなしに、この件を解決できる見込みもない。幼児を抱えていてはお手あげだ。それは今朝の出来事でいやというほど思い知らされた。

ひどく疲れ、打ちのめされていた。助けになりたいというヤノシュの言葉が本物であってほしいと願うものの、自分の直感を信じることはできない。なんといっても、ゲオルグ・ラクスに雇われている男だ。おまけに、どでかい下心を隠している。タマラには、それが地の奥で轟くマグマのように感じられた。そして、ヤノシュがどんなもくろみを抱えているにせよ、聞いて嬉しいものでないことは確かだろう。

それでも、タマラは疲れきっていた。身も心も。ひとりでいることにも、自分の力と気力だけに頼ることにも倦《う》んでいた。おまけに、アドレナリンの泉さえ涸《か》れている。心のどこかでは、もう危険が去り、ここで気を抜いても大丈夫だと納得してしまったかのようだ。

タマラはあたりを見まわした。夜明けが迫っていて、凍えるほどに寒く、ひと気はなかった。ショッピングモールの店はあと数時間たたなければ開かない。レイチェルは腕のなかで震えている。

ヤノシュは無言で待ちながらも、視線で挑発している。嘘があるかどうか、この目の奥をのぞいてみろ、と。タマラは涙のにじむ目をまたたいて、ひたと見返した。

嘘は見えなかった。どうにでもなればいい。ヤノシュが元凶とはいえ、命を救ってもらったのもまた事実だ。タマラはぎこちなく深呼吸をして、レイチェルをヤノシュに渡した。

「わかったわ」小さな声で言った。

10

ヴァルはベッドの横の椅子にぐったりと背中を預けて、ホテルの部屋の暖かさと静けさを噛みしめていた。スティールは子どもと一緒に毛布にくるまっている。

暴力に訴えずにすんで、心底ほっとしていた。スティールを傷つけたくなかった。しかし、身ごなしがすばやく、力も強い女に抵抗されたら、こちらも手を出すしかなかっただろう。すでに心に傷を負っている子どもにとって、愉快なことではない。

スティールはまだ元気になったとは言えなかった。唇は青く、目の下にはくまができて、顔色も悪い。子どもをしっかりと抱きよせて、軽くさすりながら、小声で何かつぶやいている。レイチェルのほうも青白くしぼんだような顔をして、閉じた目がやけに奥まって見えた。

ヴァルといえば、血がついているにもかかわらず、長いコートを脱げないでいた。勃起《ぼっき》を隠すためだ。戦闘の緊張により、否応なしに起こる生理現象。スティールは驚かないだろうが、いまのようすだと、喜ばないのも明らかだ。これを見てなんと言うのか、ヴァルとしても聞きたいとは思わない。想像するだけで充分だった。

「レイチェルの具合は？」ヴァルは尋ねた。

「だいぶいいわ。気分も落ち着いてきたし、呼吸も深くなった。もうすぐ眠りそうだから、ちょっと黙っていて」刺すような口調だ。

ヴァルはため息をついて、頭を振った。接着剤で肌が引きつり、かつらのせいで頭がかゆい。鼻のなか、唇の裏、頰の内側につめた脱脂綿を取りたくてたまらなかった。マリファナとパチョリの匂いにも辟易《へきえき》しているが、裸になって熱いシャワーを浴びるのはまだまずい。そのあいだにスティールが逃げだしたら、あとを追う手段がなくなる。ジュエリー・ケースにつけてあった無線発信器はもうない。ホテルの部屋に入って、スティールが真っ先にしたのは、ケースから発信器を引き抜いてトイレに流すことだった。

ヴァルは立ちあがってバスルームに向かった。廊下や部屋の出入り口が見えるようにドアは閉めないでおいた。バスで襲ってきたやつらはどうやってスティールの居所をつかんだ？　つけひげをはがし、石鹼で顔を洗いながら考えた。これまでのところ、ノヴァクが取り引きを反故《ほご》にしたと見なす理由は何もない。ＰＳＳのヘーゲルが新たなチームを送りこんできたと考えるのが妥当だろう。

口の奥から脱脂綿をかきだし、便器のなかに吐き捨てて、水で流した。これでＤＮＡを採取される心配がなくなった。口をゆすいで、さらに考えた。スティールのベビーカーと車に発信器を取りつけたのはヴァルで、その周波数を知っているのもヴァルだけだ。ヘーゲルもスティールの住まいは把握していたものの、なぜ空港に行くことがわかった？　しかも、地元のチームを派遣できるほど早くに。スティールが乗っていたベージュの車に発信器がつけられたことはない。スティールに尾行がついていたとも思えない。ほとんど車の通らない夜のハイウェイで追われたら、スティール本人が気づいただろう。

唯一考えられるのは、ヘーゲルがヴァルをマークしていたということだ。つまり、Bチームはヴァルを尾行することで、スティールの所在を知った。それにしても、どうやって？ブダペストを発つ前に身のまわりのものを処分した。ノートパソコンも携帯電話も書類ケースも新品だ。バッグや靴、服のたぐいもすべて買い換えた。

追っ手がかかっている場合に備え、ありとあらゆる手を使って自分の痕跡を消し、尾行がついていないことを何度も確認した。病的なくらいに念を入れたはずだ。

ヴァルは鏡を見つめ、マトリックスを作ろうとしたが、どうにも疲れすぎていた。鏡のなかの顔はげっそりとやつれ、頬はこけて、無精ひげに覆われている。ブダペストに行く前から眠っていない。それが顔に表われていた。

ホテルのなかは暑かった。子どもを温めるために、スティールが暖房を最大にしたらしい。コートを着込んだヴァルは汗をかいていた。

勃起がなんだ。スティールだって初めて見るわけでもあるまい。

傷の手当てをしなければならなかった。弾は上着の袖を引き裂き、二の腕の肉を削っていた。痛みはあったが、軽傷ですんだほうだ。

コートと血に染まったシャツを脱いで、歯を食いしばりながら、石鹸と湯で傷口を洗った。洗面台にピンク色の水滴がついたが、血はもうほとんど止まっていた。

いったん部屋に戻って、救急医療キットをバッグから取りだした。見たところ、スティールと子どもは眠っているようだ。それでいい。

傷の処置をすませたあと、再び椅子に身を沈めた。温風が吹きつける部屋で、新しいシャツを着る気にはならなかった。銃を手に取り、その手を膝に置いて、眠っているふたりを見つめた。

スティールはしきりに身じろぎしている。一度何かをつぶやいたが、ヴァルの知らない言語だった。口調からすれば、嘆願のようだ。ヴァルは寝ずにいるつもりだったが、遮光ブラインドと暑さに眠気を誘われた。腕の傷は鈍く疼いている。

小さな手が膝にふれたとき、ヴァルははっとして目を覚ました。大きな目をした女の子が、グロックの銃身に手を伸ばしている。

くそっ《カッツォ》。ヴァルは慌てて銃を子どもの手の届かないところに振りあげた。「だめだよ」小声で言う。「さわっちゃだめだ、おちびちゃん《ビッコラ》。危ないからね」

当然のように、レイチェルはこれを遊びだと考え、嬉しそうに笑いながら、銃をつかもうと飛び跳ねた。昼寝したのがよかったようだ。もう元気そうだった。

笑い声でスティールが目を覚ました。がばっと起きあがり、ひと目で状況を呑みこんで、ベッドから飛びおり、子どもの手首をつかんだ。「レイチェル！　こういうものは絶対、絶対、さわっちゃだめ。わかった？　ヤノシュ、そんなものを放りだしておくなんて何を考えているの？」

「放りだしていたわけじゃない」むっとして言った。「手に持っていた」

「この子の手が届かないところにしまっておいて！」スティールが怒鳴りつける。

それにびくっとして、レイチェルが泣きだした。スティールは仕方ないという表情で子どもを抱きしめた。「ショック状態を脱したしるしね」

レイチェルは金切り声で三十分ほど泣いたあと、スティールが黒いバッグから取りだした小さなオモチャや色とりどりの小物、それに絵本で機嫌を直した。ヴァルは新しいシャツを着て、ショルダー・ホルスターを身につけた。今後は上半身にしっかり固定しておこう。

ほどなく、レイチェルはオモチャよりもヴァルのほうがおもしろそうだと思ったらしい。小さな人形をふたつ持って、ちょこちょことそばに歩いてきた。ひとつをヴァルに差しだす。

ヴァルは人形を受け取った。困った。生きているように動かせばいいのだろうか。それとも褒めればいいのか？　子どもと接したことがなかった。例外はジュリエッタの赤ん坊だが、当時のヴァルは若かった。そして、あれは恐ろしい結末を迎えて終わった。いまだにあのときのことを夢に見てうなされることがある。

レイチェルがヴァルのジレンマを解決してくれた。自分で手に持った人形をヴァルの人形に押しつけ、胸と胸を合わせたのだ。硬いプラスチックの小さな腕を動かして、抱き合うような格好にする。

「ハグ」レイチェルは生真面目な口調で言った。

胸に温かなものがこみあげて、ヴァルは落ち着かない気持ちになった。どうにかその奇妙な感覚を呑みくだし、レイチェルの人形の抱擁に応えた。プラスチックの人形は関節で曲がるようにはできていなかったので、できるだけということだが。「ハグ」ヴァルは素直に繰り返した。

レイチェルは、はっとするほどかわいい笑顔で報いてくれた。今度は人形たちの顔と顔をくっつける。「キス？」レイチェルが尋ねた。

ヴァルはレイチェルの求愛に口もとをほころばせた。「あせらずに行こう。何しろシャイでね。それにおれたちはまだ知り合ったばかりだよ」

レイチェルは顔をしかめ、人形の顔を強く押しつけた。「キス」今度はきっぱりと言う。

「レイチェル、ミスター・ヤノシュにうるさくしてはだめよ」スティールがたしなめるように言った。

「うるさくなんかないさ」そう言ったとたん、本心だということに気づいて、自分でも驚いた。人形の顔をあげさせた。「キス」おとなしく従った。

レイチェルは再び輝かんばかりの笑みを見せてくれた。レイチェルの人形はヴァルが少々戸惑うほど熱烈なキスをはじめている。そして、スティールはあからさまに冷ややかな目でヴァルを見ていた。

「なんだよ?」ヴァルは訊いた。「人形がキスをしただけだ。というよりも、されたんだ。おれの人形からキスしたわけじゃない」

スティールは怪訝そうに首を振った。「おかしいわ。どうしてあなたを気に入ったのかしら。見知らぬ男がそばにいたらいつも泣き叫ぶのに」

「たぶんきみより直感力が優れているんだよ」

スティールは嘲るように言った。「いいえ、この子にはまだまだ学ぶべきことが多いというだけ。顔がよくて、社会的地位があって、数カ国語を操り、テーブルマナーを知っている男には気をつけろって教えてあげないと。さあ、レイチェル、ママとお人形遊びをしましょう」

レイチェルはスティールを無視して、ヴァルに人形を掲げて見せた。「スヴェティ、おにんぎょうくれたの」真剣な口ぶりで言う。

「へえ?」ヴァルはにこやかに言った。「スヴェティって誰かな?」

「スヴェティとけっこんしき!」レイチェルは飛び跳ねた。「あかいドレス! あたしの! かわいいの!」

「結婚式?」ヴァルはちらりとスティールを見た。「結婚式に行くのか?」

「きょう、けっこんしき! きょう、けっこんしき! スヴェティとあうの! ママのやくそく!」レイチェルはそう言いながら、確認するようにちらちらとスティールを見る。「やくそく!」

スティールは眉間《みけん》にしわをよせていた。「レイチェル、騒がないで」硬い声で言う。

「あかいドレス! スヴェティ! やくそく!」

スティールは指でこめかみを揉んだ。「赤いドレスは持ってきていないの」疲れきった声で言った。「おうちに置いてきちゃったのよ。スヴェティもここにはいない。ごめんね」

レイチェルの顔がくしゃりと歪んだ。ヴァルは救急車並みの叫び声を覚悟した。今日、結婚式。三歳児の時間感覚がどれほどのものかはわからないが、レイチェルのおしゃべりで、スティールが気まずい表情を見せていることからすれば、今日なんらかの催しがあるのは確かだと思われた。家を逃げだすようにヴァルが仕向けるまでは、参加するつもりでいたのだろう。

「マクラウドの誰かが結婚するのか?」ヴァルは尋ねた。

「あなたには関係ない。そもそもどうしてマククラウド家のことを知っているのよ？」

「スヴェティとあうの！」レイチェルが泣きだした。「けっこんしき！」

「その結婚式には、少しのあいだでも、きみが安心してレイチェルを預けられる人がいるのか？」

「それも、あなたには関係ない」スティールが立ちあがった。「もう行くわ。バスでのことにはお礼を――」

「座るんだ」有無を言わせぬ口ぶりで言った。「おれはきみの子どもの命を救おうとしている」

その声に、レイチェルの叫び声さえしぼんで、小さなすすり泣きに変わった。スティールはむっつりと唇を結び、再びベッドのはしに腰をおろした。

「今日、結婚式があるのか？」ヴァルは尋ねた。「シアトルで？」

スティールは肩をすくめるだけだ。

「行くつもりだったのか？」ヴァルは質問を重ねた。

「この国から出ようとする前は、ええ、そのつもりだったわ」スティールは苦々しい口調で答えた。「ゆうべの出来事が予定をつぶしてくれたけど。今朝のことが追い打ちね」

「いや、行こう」ヴァルはきっぱりと言った。「完璧なタイミングだ」

スティールは目を見開いた。「〝行こう〟って何よ？　あなたとはどこにも行かないわよ、ヤノシュ。友人たちをあなたに会わせたくないし、あなたの自殺的計画にも巻きこみたくない。それに、着るものもない」

「インターネットで注文すればいい」ヤノシュは言った。「すぐに届けてもらえる」

　スティールは首を振った。「よく聞いて。ヴァル・ヤノシュか何者か知らないけど、あなたはいま何が起こっているのか事情を説明しようともしないのよ。どういうことなのか聞くまでは絶対に――」

「話せない」意味ありげにちらりとレイチェルを見た。

　レイチェルは人形たちをまたハグさせている。小首をかしげながらこちらを見て、誘いかけるように、にこっと笑う。

「レイチェル、お風呂の時間よ」スティールはきびきびと声をかけた。「お湯を入れてあげる」ヴァルをにらむ。「これで話せるわ。この子がお風呂に入っているあいだに、小声で、バスルームの外からしゃべって」

　数分後、レイチェルは黒い魔法のバッグから出てきたお風呂用のオモチャを持って湯船に入り、浅いお湯を楽しそうにパシャパシャさせはじめた。スティールは子どもが見えるようにバスルームの入り口に腰をおろし、向かい側に座れと身振りでヴァルに示した。

「さあ、話しなさい」そう命じる。「あの連中は何者？」

「尋問する暇がなかったから、はっきりとはわからない」ヴァルは言った。「だが、ＰＳＳがよこした地元のチームだと思う」

「ＰＳＳ？」スティールは戸惑い顔で聞き返した。「あなたがＰＳＳの人間なんじゃないの？」

「つい最近までは」ヴァルは言った。「意見の不一致があってね。あくまで推測だが、上司はおれが任務をきちんと遂行するかどうか疑って、べつのチームを動員したんだろう。今朝の一件で、おれは裏切り者だと確定したはずだ」

「意見の不一致？　どんなことで？」

「きみたちのことだ」言葉を飾らずに言った。「上司から、レイチェルを人質にとってきみを操るようにしろと命令されていた」

　スティールの白い顔は、すべてを拒む仮面のようだった。「なぜ従わなかったの？」

　答えはいくつか用意してあった。不穏で、妥当性を欠いた答え。しかし、それを口にする腹構えができていなかった。スティールが聞き入れられるとも思えない。

「子どもを傷つけるのは好きじゃない」ようやくそう答えた。「ＰＳＳの仕事ではそれが足《あし》枷《かせ》になることも多かった。今回それで衝突したとき、こう言ったんだよ。くそくらえ《ヴァッファンクーロ・ア・トゥッティ》と。もともと乗り気じゃなかった。子どもを盾に取って女を捕らえ、ラクスのような腐った豚に引き渡すなんて、下劣そのものだ。おぞましい《ケ・スキーフォ》」ヴァルは肩をすくめた。「上司は、おれのような立場の人間が良心の呵責を持つのはおこがましいと言った。そのとおりだ。だから、その立場を変えることにした」

「なるほど」スティールは自分の爪をためつすがめつしている。「つまり、まとめるとこういうことかしら。あなたがわたしとレイチェルを尾行して、バスで助けてくれたのは、ひとえに騎士道精神の表われだと？」

「あー、その……」ヴァルは言葉につまった。

「わたしを感動させるための物語をかいつまんで話したというように聞こえたけど？　いま

のは泣かせどころよね？　それでわたしをチョコレートみたいに溶かしたかったんでしょう？」

ヴァルは心のなかで三歩さがって、スティールの嫌味に対する怒りが消えるのを待った。

「物語じゃない」ヴァルは言った。「真実だ」

「ふん」バスルームのなかに目を向け、娘がご機嫌でお湯と戯れるさまを見つめる。「なら、その新たなチームは、あなたが集めた情報をすべて引き継いで、わたしを追っているということ？」

「いや」ヴァルは言った。「そこが腑《ふ》に落ちないんだ。やつらもきみの家は知っている。人工衛星の目からは隠せないからな。しかし、今朝、なぜきみが空港にいると知られたのかわからない。きみにつけた発信器の周波数は誰にも教えていない」

スティールは考えこむような表情を見せた。「やつらはわたしを見つけたのに、あなたにはその理由がわからない。臭うわね。少々手荒な〝飴《あめ》と鞭《むち》〟の作戦に思えるわ。やつらが悪い刑事役、あなたが良い刑事役で、わたしを丸めこもうという腹でしょう？」

ヴァルはあごが軋むほど歯を食いしばっていた。「そういう手を使うとき、ふつうは良い刑事が悪い刑事を殺したりしない」

「利害の大きさによるわ」スティールは言った。「どれだけの報酬を得られるのか。手段を選んでいられないほど過酷な状況なのか、役者がどれだけ非情になれるかにもよる。殺人という要素が加われば、心理的効果は抜群ですもの」

ヴァルはスティールを見据えた。「そんな腹づもりはない」

スティールは視線をそらした。「そう」小さくつぶやく。「なら、見事な騎士道精神だったということにしておきましょう。それでも、あなたがなぜいまわたしたちと一緒にいるのか、その説明にはなっていない。まともに考えれば、あなたはとっととアメリカ大陸を逃げだして、どこかのビーチでトロピカルドリンクでも飲みながら、不愉快な出来事を頭のなかから追い払おうとしているはず。いまの話が本当なら、あなたがどれだけわたしたちの自由を奪おうが、報酬を払う者は誰もいないということになるわ。なぜここにいるの？」

急所をえぐられた。ヴァルとしては、しばらくのあいだ危険地帯を避けて、徐々に信頼を得ていきたかったのだが、そうはいかないようだ。スティールは核心に向かってぐいぐいとヴァルを突きあげている。

「ほかにも……理由がある」どうにか言葉を押しだした。

スティールは前かがみになっていた体を起こし、ふうっと息を吐いた。「ようやくまともな話が聞けそうね」

ヴァルは、スティールに取り引きを持ちかけるためのシナリオをいくつか用意していた。綱渡りを強いられるような筋書きばかりだったが、それさえも頭のなかから消えていた。残ったのは、見苦しい真実だけ。

「おれはブダペストで育った」声が揺らいでいた。

スティールは眉を片方あげた。「それがどう関係あるの、ヤノシュ？」

「おふくろは……」言葉を切って、つばを飲んだ。「おふくろは、ルーマニアから流れてきた娼婦だった。ブダペストの売春宿で働いていた。ウクライナのマフィアが元締めの店だ」

スティールは目を見張った。「パパ・ノヴァク」

ヴァルはうなずいた。「おふくろが死んだとき、おれはまだほんの子どもだった。結局、ノヴァクの下部組織に拾われて、何年かそこで働くことになった」

「なるほど」スティールの声はガラスのように硬かった。「それで、あなたが過去にマフィアと関わっていたことが、わたしとどう関係しているのかしら？」

目を閉じて、考えをまとめようとした。うまくいかない。自分でも支離滅裂なことを言っているように思えた。「それをいま説明しようとしている」力のない声で言った。「ある老人が……おれには、昔から支えになってくれた友人がいる。よくしてもらったんだ。おれに教育を施し、組織から抜けさせようとしてくれた。後者は失敗したが、それは彼のせいじゃない。おれはその友人を大事に思ってきた。ノヴァクはそれを知っている。その人を人質に取られた。言うとおりにしなければ拷問すると脅されている。もし……きみを連れてこなければ、殺すと」

ヴァルはスティールの顔を見られなかった。ふたりのあいだには重い沈黙が落ちて、子どものはしゃぎ声と水音だけがバスタブのほうから響いている。

スティールの顔は土気色だった。衝撃が大きすぎて、嫌味を言ったり、食ってかかってきたりすることもできないようだ。「ノヴァクはレイチェルのことを知っているの？」ささやき声だった。

「おれが見聞きした限りでは、知らないと思う。あの子のことは何も言っていなかった」

「知られたらおしまいだわ」スティールは火を吐くように言った。「必ず手を出してくる」

ヴァルはうなずいた。

スティールは自分の手を見おろした。目に見えて震えていた。その両手をぐっと握り締める。「なぜわたしに話したの、ヤノシュ？　その友人を助けたいのなら、うまい手だとは言えない。わたしをぶちのめして、差しだせばいい話でしょう？」

ヴァルは首を振った。「もっといい解決法を探したい」そう打ち明けた。「おれが地獄に落ちなくてすむような方法を」

スティールは不審そうな顔をしている。「そんな方法があると思うの？」

「あると願っている」ヴァルは言った。「きみを犠牲にしたくないんだ。きみを差しだす代わりに、死と苦しみをまぬがれたと知ったら、イムレは喜ばない」

「ふん」スティールは鼻を鳴らした。「ノヴァクに捕らわれてもそんなふうに理性を保っていられるなんて、そのイムレというのはずいぶん徳の高い人なんでしょうね」

「ああ、まさにそのとおりだ」ヴァルは熱意をこめて言った。「ガキのころからずっと、イムレの道徳心はおれの悩みの種だったよ」

スティールは話の続きを待ったが、ほどなく両手を投げだした。「それで？」続きをうながす。「出し惜しみされるといらいらするわ。もっといい解決策のことを話して」

「まだ計画はできあがっていない」正直に言った。「だが、取り引きを持ちかけたい。きみがおれの問題に手を貸し、おれがきみの問題に手を貸す」

スティールはじっくり考えるように目をすがめた。「続けて」

「ノヴァクをこの世から消すのを手伝ってくれれば、きみもきみの娘も助かる。援軍を雇って、ノヴァクに罠を仕掛けるつもりだ。きみが餌だ。おれに騙されて、やつに引き渡されたというふりをしてほしい。人手を集め、電子機器を駆使して、きみを四方から援護する」

「なるほど」ぎらつく目の奥は見通せなかった。「それで、あなたはお返しに何をしてくれるの？」

「ゲオルグを引き受ける。もう二度ときみを煩わせないようにする」

「殺すということ？」両方の眉をあげる。「野心家ね」

ヴァルは肩をすくめた。「どうにかなるさ」

スティールが首を振るのを見て、ヴァルの心は沈んだ。「損な取り引きだわ」スティールが言った。「五分五分とは言えない」

「なぜだ？」もどかしさで口調が刺立つのを抑えられなかった。「きみの問題が一挙に解決できる」

「いいえ、解決するのはあなたの問題よ、ヤノシュ」スティールは指摘した。「わたしの問題よりずっと大きい」

「そうか？」ヴァルは言い返した。「バスのなかでの一件は、たいしたことじゃなかったと言うんだな？　ゲオルグ・ラクスなどどうってことないと？」

スティールは片手を払って、ヴァルの言葉をいなした。「あれがＰＳＳの連中で、ゲオルグの依頼を受けていたのだとしたら、最初からわたしを殺すつもりなどなかったはず」反論の余地はなかった。「それに、ゲオルグの問題はわたしが一から十まで対処できる」

「へえ？　レイチェルを守りながら？」ヴァルは声を荒らげた。「仮にうまくゲオルグを殺せたとしても、昼夜ノヴァクから逃げまわったあげく、短い人生を終えることになったら、母親としてどうなんだ？　きみが生きているとわかった以上、ノヴァクはけっして諦めない。きみが安心して眠れる日は来ないんだ」

スティールは首を振った。「どうせよく眠れないもの」

ヴァルは両のこぶしを握り締めた。「よくわかった。報酬を出すと言ったら、考えるか？」

スティールは数回まばたきをした。「どれくらい？」

「少なくとも三百万ユーロ。たぶん四百万近く」衝動的に言っていた。「おれの全財産だ。ただし、計画の実行にあたってはそこから経費を差し引く。それに、株の名義を書き換えたり、ローマのアパートメントを売ったりするのに少し時間がかかる」

スティールは目を丸くして、それからレイチェルを見た。バスタブのなかでお湯を跳ねさせ、何か歌っている。「ずいぶん気前のいい申し出だけど、お断わりするわ」静かに言った。

ヴァルはできることなら大声で叫び、壁に殴りかかり、電気スタンドを粉々に砕きたくなった。「だが、ノヴァクとゲオルグの両方が――」

「あなたの提案を受け入れた場合、わたしが生き残る確率はかなり低い」スティールは言葉を挟んだ。「正直に話してくれたのはありがたく思うし、あなたの友人はお気の毒だけれども、わたしには、まず誰よりもレイチェルに対して責任がある」

「だからこそ、考え直してほしい」ヴァルは必死に食いさがった。「きみたちふたりがよりよい生活をできるように――」

「何が懸かっているのか、言われなくてもわかってるわ」スティールはぴしりと言った。

「それでも、答えはノーよ。もう話し合うべきことは残っていない。レイチェルに服を着せたら、すぐに出ていく。もちろん、あなたがわたしたちを監禁したり、殺したりしなければだけど。どちらにしても、レイチェルの髪を洗うから、しばらく失礼するわ」

ヴァルはバスルームのドアの外にじっと座っていた。言いようのない疲労感、暗澹《あんたん》たる思い、そして敗北感に襲われた。バスタブのそばに膝をつき、ぴんと背を伸ばしたスティールを見つめた。それから、ヴァルは黒いおむつバッグを見て、〈セイフガード〉製のX線スペクトラムの発信器を手で弄んだ。もし機会に恵まれれば、またスティールの荷物につけるつもりで、隠し持っていたものだ。スティールのハスキーな声がバスルームから響いている。いまヴァルはスティールの視界の外にいた。

一番小さな発信器を出して、バッグの底の縫い目に忍ばせた。完了。少なくともあと二十四時間、スティールの居所を把握できる。まだ負けを認められなかった。世界の終わりも。

パソコンをたちあげて、インターネットにつないだ。数分後、大きなバスタオルのなかでもがくレイチェルを抱えて、スティールが出てきた。少々手こずりつつも、レイチェルに服を着せる。レイチェルが床に座って、また人形で遊びはじめたとき、ヴァルはノートパソコンをベッドに置き、画面をスティールのほうに向けた。「ほら」

スティールは眉をひそめて画面を見た。「何が?」

「さっきのショッピングモールに入っているデパートのオンラインカタログだ」ヴァルは言った。

まだスティールはわけがわからないという顔をしている。「それで？　だからなんなの？」

「結婚式用のドレスだよ」ヴァルは言った。「ホテルに配達させればいい」

スティールは口もとをこわばらせた。「わたしの話を聞いていなかったの？　あなたは結婚式には行かないのよ、ヤノシュ。だめと言ったらだめ。わかった《カピーシ》？」

ヤノシュは歯を食いしばった。「結婚式用の服はいらないのか？　いるのか？」

スティールはヴァルをねめつけていたが、どうしたことか、唐突に晴れやかな顔を見せた。

「必要なものはなんでも買っていいということかしら？」

「なんでもだ」ヴァルはきっぱりと言った。

気づいたときには遅かった。スティールは満足げな表情を浮かべると、ノートパソコンを引きよせ、オンラインショッピングの達人らしく、軽快にクリック音を重ねていった。

くそっ《カッツォ》。まずいことになりそうだ。

そのあいだにも、スティールはヴァルの支払い額をどんどん増やしていた。


化粧品はすばらしい。タマラはメイク用のスポンジで目の下にコンシーラーを重ね塗りした。くまはまるで殴られたあとのように色濃く、ファンデーションなしでは正視に耐えない。効果のほどをながめ、仕上げにもうひと塗り。さらに、こってりとマスカラを塗ってあるまつ毛にも仕上げを施し、ブロンズ色の口紅の上に透明のグロスを重ねてつやめかせ、何もしなければぎょっとするほど白い顔にチークを入れた。

悪くないできばえだ。地獄の一日だったにしても。

いる。そう、たしかに散財した。タマラがインターネットで注文した品の明細書と首っ引きになってしたのだから、お仕置きは当たり前だ。悪いことをしたのだろう。しかし、ヤノシュだって悪さをめてやらなければ気がすまない。そのうえ、パスポートと養子斡旋所と警察のことまである。

ヤノシュは押し黙り、タマラがインターネットで注文した品の明細書と首っ引きになっていた。こちらがいくらの損害を受けたかなんて、計算したくもなかった。

だから、ヤノシュが合計額を見て顔を青くしたとき、タマラは自分の権利としてその表情を存分に楽しんだ。ふん。ゲス野郎《テスタ・ディ・カッツォ》には当然の報いよ。

タマラは部屋に入って、いくつものショッピングバッグをかきまわし、身につけるものを一式集めた。ヤノシュはタマラが靴を箱から出すのを見つめ、念のためといったようすで明細書に目を走らせた。

「マノロ・ブラニク」ヤノシュが不満げに言った。「八百ドル？」

「セール品よ」タマラは猫撫で声で応じた。「お買い得だったわ」

「それに、プーさんの子ども用便座？　キャデラックのベビーカー？　化粧品だけで五百八十ドル？　ハンドタオルより布地の小さそうなドレスに千四百ドル？」

「見栄えをよくすることは、ひとつの投資なのよ」タマラはそう言って、淡いブロンズ色のストッキングを広げ、うしろ側に入ったレトロなシームをうっとりとした手つきで撫でた。

「必要なものはなんでもって言ってくれたでしょう？」わざとらしく狼狽の顔つきを作った。「もしかして予算オーバーだった？　たいへん！　小切手でお返しするわ！　ああ、でも……残念ながら、返せないかも。ほら、わたしには殺人容疑がかかっているでしょう？　そろそろ資産が凍結されているんじゃないかと思うの。ごめんなさいね！」

ヤノシュはうめいたが、タマラはおかまいなしにストッキングと靴とジュエリー・ケース、それにドレスを抱えてバスルームに入り、着替えはじめた。

ストッキングとガーターベルトは文句なしで、ドレスはカタログで見たよりもさらにすてきだった。伸縮性があり、くしゃっとしたブロンズ色の生地が、体の線をいささかも損なうことなく、ふんわりと肌にまとう。肩の出るデザインで、胸のパットが入っていたけれども、タマラはめったにつけない。スカートの丈は腿のなかばまで。パンティを嫌っている女にとっては危うい長さだが、タマラは危険な生き方が好きだ。

ある程度は。今朝のことを思いだして、心のなかでそう言い直した。そう、ある程度までだ。危険な生活の第一線を退いたのだから。

髪を王冠のように高く結いあげ、〈デッドリー・ビューティ〉の髪飾りをいくつも使って留めた。すべて、武器を装着ずみのものだ。トパーズをさげたイヤリングもドレスによく映えている。こちらにも、万が一のときには、即座に敵を気絶させられる皮下注射が仕込んであった。それから、ネックレス。これはとっておき《ピース・デ・レジスタンス》だ。

鏡からこちらを見返す目は暗然として、痛ましかった。でも、いまは情けなど無用だ。すばやくことを決しなければならない。ためらわずに行動すること。

ぐずぐずと先延ばしにするのはやめなさい。

「レイチェル、どこ？」タマラは呼びかけた。「こっちにいらっしゃい。出かける前におトイレをすませないと」

バスルームのドアの横から、レイチェルがぴょこんと顔をのぞかせた。黒いひだ飾りのついた赤いベルベットのワンピースを着て、とてもかわいらしい。三歳のフラメンコダンサーだ。

「おしっこ、ない」小声で言う。

タマラは便器にプーさんの子ども用便座をのせ、タイツをおろしてから、レイチェルをそこに座らせた。「がんばって」タマラは言った。「ママはレイチェルのおしっこの音を聞きたいの。できる？」

レイチェルがこくりとうなずいたので、タマラは大きく深呼吸したあと、胸を突きだし、ゆったりとした足取りで部屋に戻った。

ヤノシュが目をあげた。明細書がばさっと膝に落ちる。

タマラはポーズを取り、ドレス姿をじっくりと見せた。それから、あえてゆっくりと、ひけらかすようにターンした。「お気に召《シ》して？」ハスキーな声で言った。

ヤノシュは咳払いをした。「ああ、きれいだ」

そして、立ちあがる。タマラはそちらへ歩いていって、目の前に立った。ヤノシュに買わせたばかりの高価なフェイスクリームやボディクリームの香りが、確実に鼻腔をくすぐるほど近くに。

「ドレスをありがとう」優しく言った。「すてきなものを着られて嬉しいわ」

「投資したかいがあったよ」ヤノシュは負けを認めて言った。

タマラはそっとまつ毛を伏せた。「優しいのね。そこまで言ってくれるなんて」打ち出し細工の金のネックレスを掲げた。大きなペンダントは南京錠《なんきんじょう》をかたどったもので、ムーンストーンがいくつもはめこんである。「留めてくださる?」

ヤノシュは留め金を片方ずつ指でつまみ、タマラの頭に覆いかぶさるようにかがんだ。香りを吸いこみ、さらに身をよせてくる。タマラはヤノシュの温かな息を感じた。いい匂いがする。息も爽やかだ。体は熱く、パチョリの香油の残り香と、わずかな汗の匂い、それに男の匂いが立ちのぼってくる。

歯を食いしばった。片手でペンダントをつかみ、もう片方の手をあげて表面に指を走らせ、三つめの玉を探った。ムーンストーンを集めて作った玉に指を置き、ペンダントをヤノシュの裸の肩に押し当てて――ボタンを押した。

そのとたん、ヤノシュはびくっと背をのけぞらせ、喉を締めつけられたようなうめき声をあげた。タマラの与えた電気ショックが神経系統をかきまわしているあいだ、けっして動けないだろう。持続時間は長めに設定しておいた。腹いせではない。すべての荷物を車に積み、レイチェルを抱えて、ヤノシュが追ってこられないところまで逃げるには、それなりの時間が必要だ。

ヤノシュは背中からベッドに倒れた。大きな体がマットレスに沈みこんだとき、かなり大きな音が響いた。すぐにレイチェルが廊下に出てきた。タイツはぐらぐらする足首におりたままで、まるで柔らかな足枷のようだ。

レイチェルは痛ましいほど困惑していた。「ヴァル、おびょうき?」心配そうに尋ねる。

「おくすり、のむ?」

レイチェルにとってこの男はもう〝ヴァル〟なの？　タマラは奥歯を噛みしめて、スタンガンならぬスタンネックレスをジュエリー・ケースに戻した。「お昼寝しているのよ」

うめきながらも、ヴァルは何か話そうとしていた。まいったわね。思ったより時間の余裕がないらしい。頑丈な男だ。タマラは舌打ちをして、レイチェルのパンツとタイツを急いでたくしあげ、やはりヤノシュの金で買った赤いスキージャケットを着せた。散らばっていたオモチャとショッピングバッグをかき集め、レイチェルに支離滅裂な説明をして、やっとの思いで部屋を出た。身をくねらすレイチェルを片腕で抱きあげ、真新しいベビーカーに乗せた。もう片方の腕にかけていたおむつバッグやハンドバッグ、ショッピングバッグ、子ども用便座も積んだ。

ようやくタクシーに乗ったとき、ふっと気がゆるんだ。大粒の涙がぽろぽろとこぼれて、なくてはならないコンシーラーをにじませていく。罪の意識を感じさせるなんて、ますます憎たらしい。タマラは軽く叩くように涙をぬぐい、洟をすすり、心のなかで呪いの言葉を吐いた。もう一度、自分の行いを正当化しようとした。

ヤノシュの望みを叶えてやることはできない。ほんの一瞬でも信頼するわけにはいかない。もしさっきの話が本当なら、ヤノシュは死に物狂いだということになる。そういう人間は手負いの獣と同じで、近づいては危険だ。

そして、もしもあの話が嘘なら、危険はさらに大きい。

友人たちが飲んで、騒いで、踊って、そのまわりをよちよち歩きの子どもたちがうろついているところを、ヤノシュ本人やそのまわりの組織の目にさらすことはできない。タマラが誰にレイチェルを預けるのか、知られるわけにはいかない。ヤノシュだって、タマラがそれをおとなしく許すとは思っていないだろう。もし反対の立場なら、断固として阻止するはずだ。まともにものを考えられる人間だったら、誰でもそうする。腹いせで置き去りにしたと思うなら、ヤノシュは馬鹿だ。しかし、ヴァル・ヤノシュは馬鹿とはほど遠い。

それでも、涙はあとからあとからあふれでて、地盤のゆるんだファンデーションとマスカラをすっかり洗い流そうとしていた。

11

ポケットのなかで衛星携帯電話が振動している。呼出音が二十回鳴ったが、ヴァルはただぐったりとベッドに横たわっていた。いらいらしながら待つことだけだ。筋肉に力を入れることができない。できるのは、ぴくぴくと全身を引きつらせ、いらいらしながら待つことだけだ。スティールに隙を見せた自分が腹立たしかった。ミニスカート、長い脚、つやめく唇、つんとたった乳首でノックアウトだ。

悪戦苦闘の末、細かに震える手足を弱々しく動かし、やっと上半身を起こすことができた。ベッドのはしに座って、背中を丸めた。また電話が鳴った。

七回めの呼出音で、のろのろとしか動かない手がようやくポケットのなかの電話をつかんだ。ディスプレイにはヘンリーの名前が表示されている。

ヴァルはなるべく急いで電話に出た。「何かわかったか？」

ややあって、ヘンリーが答えた。「ヴァル？　おまえだよな？」

「ほかの誰がこの電話に出るんだ？」ヴァルは言い返した。

「声がへんだぞ」ヘンリーは怪訝そうに言った。「どうした？　酔っ払ってるのか？」

「スタンガンを食らった」しぶしぶと打ち明けた。「逃げられたよ」

「おっと」

それからしばらくヘンリーは何も言わなかったが、笑いをこらえている姿はありありと目に浮かんだ。それでこちらの気分がよくなるはずもない。

「つまり、また行方がわからなくなったということか？」やがてヘンリーが尋ねた。

「いや、おむつバッグに発信器を仕込んである」ヴァルは言った。「いまごろは結婚式に向かっているはずだ。追いかけるよ。歩けるようになったらな」

「おれがモニターしてやろうか？」ヘンリーの声は気づかわしいものだったが、少々度が過ぎた。「今夜は手があいてるんだ。それに……ビビッとくるほどいい女なんだろ？」スタンガンとかけた洒落にくっくと笑う。「周波数を教えてくれたら、おれが——」

「いや、いい」ヴァルはそっけなく言った。「ありがたいが、自分でやる」

「そうだろうとも」とヘンリー。「で、ゼトリーニャについてわかったことは聞きたいか？それとも、なんだ、いまは都合が悪い？」

高揚感が湧きあがり、ヴァルに力を与えた。「聞かせてくれ」

「一九九二年、八月二十四日」ヘンリーが話しはじめた。「ユーゴスラビア人民軍のドラゴ・ステングル大佐が秘密警察を率いて、ゼトリーニャに住むイスラム教徒の男性及び少年たちを急襲、射殺した。死者三十七名。女性及び少女たちはトラックにつめこまれ、スレムスカ・ミトロヴィツァの強制収容所に送られた」

あちらでは珍しくない話だ。ヴァルも数えきれないほど耳にしてきた。「裏を取ったのか——」

「もちろんだとも。役所に電話をかけ、当時の記録にも当たってみた」ヘンリーが請け合った。「その日に死んだ男性及び少年たちの身内で、当時十歳から二十歳までの少女は五人。そのうちのひとりに、金細工師ペタール・ザドロの娘がいる。名前は——よく聞けよ——タマルだ」

ヴァルの背筋に寒気が走った。

「喜ぶのは早いぞ」ヘンリーが釘を刺す。「おれにはただの偶然としか思えないね。これまでありとあらゆる偽名を使ってきた女が、ここにきて本名に近い名前を選ぶか？　現地に飛んで、学生時代の写真を追わないことには——」

「彼女だ」ヴァルは言った。直感でわかった。スティールがリスクを冒してまで本名を名乗るようになった理由は、完璧に理解できた。まっさらな石版のような人生を送ってきた者にとっては、どんなにささやかだろうと、そこに何かしるしをつけて、さらさずにいられなくなるときがある。それに、金細工師の娘なら、金属を加工する仕事を選んだのも不思議ではない。

これだけの根拠があれば、ヴァルは確信できた。「タマルはその後どうなった？」

「母親と妹は同年の九月末にその強制収容所で死んだ」ヘンリーは言った。「典型的なバルカンの悲劇だな。それ以降のタマルの消息は不明だ。煙のように消えちまった」

ヘンリーの皮肉めいた口調に、いらだちをかきたてられた。「射殺命令を出した男だが」

ヴァルは尋ねた。「ドラゴ・ステングルと言ったか？　聞き覚えのある名だ」

「ああ、九十年代にＰＳＳの諜報員を雇い入れているからな」ヘンリーが答えた。「十中八九、汚れ仕事をさせるためだろう。やつは現在潜伏中だ。クロアチアでの戦争犯罪の容疑を山のようにかけられている。忌まわしい病気で死にかかっているという噂だが。天罰ってやつかね?」

「潜伏先はわからないのか?」

「やつの娘の居所ならわかる」ヘンリーが言った。「ステングルに関するファイルがPSS内に残っていた。アナ・サンタリーニ。イタリアのアマルフィ海岸で暮らしている。夫のイグナチオ・サンタリーニはマフィアともつながりのある裕福な貿易商だ。おまえ、ツテがあるんじゃないか? 数年前、PSSの命令でイタリア・マフィアの奥方と寝てただろ? またそういうふうに奥方と、あー、よしみを結んで、アナと知り合えるように仕組めばいいじゃないか」

うめくような声で、曖昧に応じた。「そうかもな。できたら、おまえにイタリアへ行ってもらえると――」

「じつはもう来ているんだ」ヘンリーが言った。「サレルノからかけてる。きっとアナ・サンタリーニを追ってくれと頼まれるんじゃないかと思って。勝手にやらせてもらった」

感謝の念で、言葉もなかった。「恩に着る」少ししてから言った。「頼む、調査を続けてくれ」

「たいしたことじゃないさ」とヘンリー。「ちょうど手もあいていたし、イタリア女はなかなかのもんだからな。今朝こっちに着いて、ずっとアナをつけてる。いいケツしてるぜ。午後になって、アナは私立病院を訪ね、二時間ばかり出てこなかった。ステングルがそこに入院しているんだと思う。なんにせよ、おまえは電気女に逃げられるなよ。動けるようになったか?」

「たぶん。じゃあまたな」ヴァルは携帯電話をポケットに戻し、ちらりと鏡を見た。ひどいありさまだが、シャワーを浴びたり、ひげを剃《そ》ったりする時間はなかった。のろのろと黒いTシャツを着て、ホルスターをつけ、灰色のアルマーニのジャケットをはおる。デパートからスーツを取りよせようかとも思ったが、どれくらいフォーマルな式なのかわからない。めかしこんで人目を引きたくなかった。アメリカでは、下手に着飾るよりは、くだけすぎているほうがよしとされる。黒いジーンズなら許されるだろう。スタンガンで撃たれたとき、小便を漏らさずにすんだのは幸いだった。

ＳＵＶに荷物を積んで、スティールのバッグに忍ばせた発信器の周波数を拾った。州間高速道路五号線を南に向かっている。

スティールが乗ったタクシーに追いつくのは難しいことではなかった。出発からほんの二十分しかたっていない。ヴァルは車を飛ばし、一時間後にはタコマ郊外に着いた。常緑樹林のなかを走っているうちに、リゾートホテルの看板が見えてきた。〈ハクスリー・リゾート＆スパ〉とある。発信器の現在地を知らせるアイコンは、スティールが数分前に到着したことを知らせていた。ヴァルは玄関前でいったん停止し、タクシーが走り去るのを待ってから、駐車場へ向かった。式場に入っていくタイミングが重要だ。スティールが席につき、出口は招待客で埋まり、式が始まったあとが望ましい。それなら、ヴァルが姿を現わしても、式をぶち壊したり、子どもを興奮させたりするような真似はできないはずだ。

最初に見えたのはレイチェルだった。赤と黒のいでたち。タイツ、ワンピース、靴、コートのすべてがどちらかの色で揃えられ、黒い巻き毛にも深紅のリボンが結んであった。暗い灰色と茶色で覆われた冬枯れの森を背景に、スティールに抱っこされてホテルに向かうレイチェルは、柊《ひいらぎ》の実のように輝いていた。興奮しているらしく、背中をのけぞらせ、口を大きく開けている。子どもをあやすスティールの低くハスキーな声が聞こえてきそうだ。

ヴァルはふたりを視界に入れたまま、ほかの招待客たちに混じってホテルのほうへ歩きはじめた。ただし、スティールを見つめるどころか、考えることすらしなかった。追われることに慣れている生き物は、捕食者の気配を感じとる。ヴァルはスティールを周辺視野にとめながらも、頭のなかを真っ白にして、無意味な雑音で埋め、ただマトリックスが回転するのをながめた。

透明人間になれ。諜報活動における古典的な技法だ。無言の呪文《じゅもん》でバリアを張るようなの──おれはここにはいない、誰にも見えない、何者でもない。ヴァルはこれが得意だった。やりすぎてしまうほどに。声に出さずに唱えても、同様の訓練を積んだ者には気取られてしまうことがある。大きく唱えれば、スティールは聞きつけるだろう。たとえ心の声だったとしても。

スティールと子どもは式場のなかへ消えた。透明人間のヴァルは入り口付近の集団に溶けこみ、何気なくぶらついていた。ちらりとなかに目を向けると、スティールは子どもを膝にのせ、一番うしろのはしの席に座っていた。驚きではない。レイチェルが見ず知らずの人間を怖がり、とりわけ男性を苦手にしていることは、児童精神科医の診察を盗み聞いて知っている。ああして安全地帯を作り、式の前に人と接することを最小限に抑えたうえで、子どもが痼癪を起こした場合の抜け道を確保しているのだろう。

式場の正面のあたりに、〈シブミ〉でスティールの護衛役を務めていたブロンド男の姿があった。デイビー・マクラウドは少々疲れた顔をしていた。燃えるような赤い巻き毛の丸々とした赤ん坊が、抱っこ紐《ひも》のなかでむずかっている。もうひとりの護衛役のニック・ワードを捜したものの、見あたらなかった。ほどなく、正面を陣取っていたタキシード軍団が半円状にばらけ、中央通路のほうに顔へ向けた。

そのひとりがニックだった。一団の中心に立ち、いかにもそわそわとして、しきりに蝶ネクタイを引っぱっているようすからすれば、どうやら彼が新郎らしい。そのニックが式場の入り口にひたと視線を据えているということは、そこから花嫁が登場するのだろう。

透明人間、透明人間。ヴァルは扉の陰に身をひそめた。おのれの長身を呪うのはいまに始まったことではない。椅子を見つけてすばやく腰をおろし、ニックの視線の下に身を沈めた。そして、ついに新婦のご登場だ。参列者がさざめき、次々にうしろを振り返る。ヴァルもちらりと目をくれた。きれいだ。黒い巻き毛を肩まで垂らし、愛情と花嫁ならではの緊張で大きな緑色の目を潤ませている。レースのウエディングドレスに包まれた姿は、忘れがたい輝きを放っていた。そのうしろから、赤茶色のシルクのドレスを着た愛らしい黒髪の少女ふたりが続く。外見から言って、ひとりは花嫁の妹に違いない。もうひとりはもっと若く、まだ十四かそこらの華奢《きゃしゃ》でたおやかな少女だった。

弦楽四重奏曲が流れだし、全員が立ちあがった。清らかで美しい花嫁と少女たちが通路を進んでいくのに合わせて、人々の視線が移ろい、遠ざかっていったとき、ヴァルはほっと胸を撫でおろした。

その瞬間、頭の片すみがざわつきはじめ、誰かに見られていると注意をうながした。周囲を二度見まわして、視線の持ち主を認めた。

レイチェルだ。スティールの首にしがみつき、虹色に光るくしゃくしゃのスカーフに顔をうずめている。くるんとした巻き毛と、ほどけかけた真紅のリボンの下から、目もとだけがのぞいていた。大きな黒い目をフクロウみたいに丸くして、ヴァルをじっと見つめている。生真面目で、利口そうな目つきだ。

ヴァルは手を振った。レイチェルはスカーフに顔を押しつけたが、すぐまた目をあげた。今度は笑いかけてみた。何回かそれを繰り返したあと、スカーフから顔をあげたレイチェルはふいに目を輝かせた。ヴァルにほほ笑みかけている。えくぼを見せて、誘いかけるように、小首をかしげて。

不思議な感覚に包まれて、ヴァルは笑いだしたくなった。牧師は延々と話を続けているが、その声は耳を素通りしていった。

よし、いまだ。ヴァルは椅子をまたいで、スティールのそばににじりよった。隣に腰をおろし、にっこりと笑って、レイチェルの顔をのぞきこんだ。「やあ《チャオ》」

子どもは甲高い声をあげてまたスカーフに顔を隠した。スティールが息を呑んだ。

「ここで何をしているのよ？」スティールは声を落とし、イタリア語で嚙みついた。

ヴァルは笑顔を崩さなかった。「きみを追ってきたんだ」同じくイタリア語でささやき返す。「諦めろ。おれはきみの連れだよ。誘ってくれたじゃないか」

「とんでもない。誘ってなんか――」

「シーッ」参列者の女性がふたりに向かって顔をしかめた。ほかにもちらほらと怪訝そうな視線をよこす者がいる。

ヴァルはスティールのほうに身を乗りだした。「友人の結婚式を台無しにしたければ、大声でわめき散らして、おれを追いだしてもいいんだぞ」穏やかに言った。「きみの娘も加勢してくれるだろう。忘れられない式になること請け合いだ。その髪飾りでおれを殺そうとすることもできる。それはそれで皆の胸に焼きつくことだろう。あるいは、にっこり笑って現実を受け入れるという手もある。好きなほうを選ぶんだな。ホテルであんな目にあわされたからには、こちらとしても遠慮はしない」

「くそったれ《ヴァッファンクーロ》」スティールが小声で毒づく。「ゲス野郎《ストロンツォ》」

「ダンスは得意だ。あとで踊ろう」ヴァルは何食わぬ顔で言った。

「豚《マイアーレ》。ここにいられては迷惑よ。わたしが本当に殺す前に、さっさと消えて《ヴァ・テ・ネ》」

レイチェルがぐずりだした。「ママ?」

スティールはヴァルを憎々しげにねめつけてから、何かをささやいて子どもをなだめた。勇気を得たように、レイチェルがすぐまたはしゃぎだした。そのかたわらでスティールは口を引き結び、式の進行を見つめている。激怒しているものの、暴力に訴える気はないらしい――いまのところは。

まあ、いいだろう。ヴァルはレイチェルにウィンクをしてみせた。とりあえず、子どもの気持ちだけはつかめた。夜はまだ始まったばかりだ。

進歩だと受け止めることにしよう。

なんとも知恵のまわる男だ。現況を何ひとつ漏らさずつかんでいる。ここでタマラが動揺を見せては、レイチェルが怯えてしまう。それで騒ぎになったら、ベッカは一生許してくれないだろう。そもそも信用されていない。臓器泥棒にさらわれた子どもたちを助けたことで、タマラにも少しはましなところもあるかもしれないとしぶしぶ認めたとはいえ、〝少し〟にすぎないのだから。あの騒動が落ち着く前に、タマラがベッカの恋人を悪しざまに罵ったことをまだ根に持っている。ベッカを見くびってはいけない。悪夢のようなゾグロの一件にどうけりをつけたのか考えれば、怒らせないほうがいいのは確かだ。タマラもそこには一目置いていた。

でも、あれくらいで怒るのは馬鹿げている。ニックのような大まぬけにはあれくらいはっきり言ってやったほうがいい。本人はきちんと受け止めて、なんのわだかまりも残していなかった。

とはいえ、それは関係ないのだろう。ベッカはいまもタマラのことを無礼で乱暴な性悪女だと思っている。もちろん、そのとおりだ。反論する気はない。それでもニックは、ベッカとタマラの双方に、歯を食いしばってでも友人同士のふりをしてくれと言い張っている。

知るもんですか。どうでもいいわ。

何にせよ、ベッカの結婚式はぶち壊せない。このジゴロ崩れのろくでなしが、恐ろしいもくろみを持ってまとわりついてくるんだから仕方がないと思っても、もし本当にぶち壊そうものなら、どんな事情も聞き入れられず、花嫁みずからがタマラを八つ裂きにするだろう。文字どおりに。皆が不愉快な思いをする。レイチェルにとっても望ましくない。そういう事態はできる限り避けるべきだ。

レイチェルを抱きしめ、この子はどう受け止めているだろうかと小さな娘の顔を見おろせば……いったいどういうこと？　ヤノシュに笑いかけている！　気取った豚野郎と楽しそうに笑みを交わしているなんて！　ヤノシュのほうはいつものように、白い歯をきらめかせ、目を細めて、罪作りな笑みを浮かべていた。一撃必殺の笑顔だ。タマラはその仮面を手の甲ではたき飛ばしてやりたくなった。

人でなし。レイチェルを使って、わたしを追いつめようとするなんて。

牧師の話はまるで耳に入らなかった。ベッカの妹のキャリーと並び、ブライズメイドのドレスに身を包んだスヴェティは、楚々《そそ》として愛らしかった。ただ、悲しげな顔でベッカの弟のジョシュをちらちらと見ていることは、いやでも目についた。二十二歳のジョシュに対し、スヴェティはすでに十四歳。叶わぬ恋だ。生真面目で、塞《ふさ》ぎがちなところがあるとはいえ、スヴェティはすでに美しく花開こうとしている。しかし、あと四、五年のあいだは、ジョシュが少しでもおかしな目でスヴェティを見ようものなら、ニックとタマラのふたりが、一瞬のうちにぶちのめすことになるだろう。スヴェティはまだまだ若いし、すでにひどすぎるほどひどい目にあってきた。もう傷ついてほしくないけれども、恋はどうにもならない。

いずれにしろ、ジョシュはほかで手一杯だ。少なくとも十人のガールフレンドをとっかえひっかえしている。

あとでスヴェティと話をしよう。かわいそうに。一度でいいから、ほしいものをそのまま手に入れるということを体験させてあげたい。ああいう子にこそ、人生のご褒美があるべきなのに。臓器密売事件を耐え抜いただけでなく、レイチェルにしてくれたことを思えば、いい目を見ても当然だ。レイチェルがあの地獄を生き延びたのは、スヴェティが愛情をもって世話してくれたからにほかならない。

盛りのついた犬のようなジョシュを修道院に閉じこめ、スヴェティが大人になるまで、力ずくでも清らかな生活を送らせたっていい。

でも、人生はそんなふうに運ばない。人の生き方も、感情も、他者が意のままに操ることはできないのだから。タマラも昔はそうは考えていなかったが、レイチェルと暮らしはじめてからの数カ月で、人間は思いどおりにならないとつくづく納得するに至った。

良い意味でも、悪い意味でも、人が当然の報いを受けることはめったにない。苦い顔でヤノシュをにらみながら、タマラはそう思った。この男はタマラを蝕もうとしているのに、レイチェルはそうとも知らず熱心に手を貸している。そして、タマラに連れがいることに皆が気づきはじめていた。長身で浅黒い肌をした、ハンサムなエスコート役に。

デイビーがヤノシュの姿を認め、腕のなかで赤ん坊のジーニーをあやしながら、こちらをじっと見つめる。困惑と警戒の表情だ。

目で問いかけてくる――困ったことが起きているのか？

その瞬間、タマラはすべて自分で対処しようと改めて腹を決め、軽く顔をしかめて、同じく目で答えた――大丈夫、ちょっとうんざりさせられているだけ。それが本当ならいいのに。

デイビーのためにも、いや、ここにいる皆のためにも、パーティを台無しにしたくなかった。

ああ、いやになる。マーゴットがぽかんと口を開け、目を皿のようにしてこちらを見ていた。数秒のうちに、隣の人間をつついてはタマラを指差すという動きが広まり、マーゴットのまわりの者は全員がこっちに首を伸ばすことになった。セス、レイン、リヴ、ショーンが次々と視線をよこし、にやりと笑ってみせてはまたひそひそ話を始める。

コナーもしかり。エリンに至っては、息子のブロンドの頭越しに、訳知り顔で笑みをよこした。浅はかとしか言いようがない。どうせ、あの山の隠れ家でもようやく熱く激しいセックスが夜ごと繰り広げられるようになった、とでも思っているのだろう。いいことをしたと乙に澄ましているに違いない。そして、相応の男につなぎとめられていれば、タマラも棘が取れ、満ち足りて、今後は誰に対しても優しく、当たりが柔らかくなると考えているのだ。思いどおりにはならないわよ、お嬢ちゃん。タマラは心のなかでエリンに言った。

とはいえ、デイビーとニックに〈シブミ〉でのことを見られたのだから、皆があれこれ憶測するのは仕方ないとも言える。ひそひそやっているようすからすれば、ここにいる全員があのときのことを知っているのかもしれない。

タマラはやけに顔が熱いなと思っていたものの、あまりになじみのない感覚で、数分たつまでそれがなんなのか気づかなかった。そして、気づいたときには愕然とした。赤面しているのだ。神経過敏の兆候は多々あるが、決定打が必要なら、これだ。もしかすると、早めに更年期が始まったのかもしれない。それゆえの火照りだというほうが、ただの赤面よりも受け入れやすかった。

しかし、三十一歳で更年期を迎えるというのも無理がある。インフルエンザ？　発熱？　ただし、タマラは風邪ひとつひいたことがなかった。

だいたい、わたしはいつから人の目を気にするようになったの？

物思いにふけっていたタマラは、歓声と拍手の音に飛びあがった。オルガンが鳴り響いたとき、ニックが新妻を抱きよせ、身をかがめ、誇らしげに熱烈なキスをした。タマラはレイチェルの温かい巻き毛に顔をうずめて、義務的な人付き合いと強制的なおしゃべりに身構えた。毎度の拷問だ。

なら、どうして出席したの？　もちろんレイチェルのためだが、それだけではなかった。あんな人たちは大嫌いだと思っても、正直に認めれば、心のどこかに、皆を嫌いになりたくないと思う自分がいる。

心の一部では、何もかも憎くてたまらないという自分に嫌気がさしている。

しかし、いまはそんな気持ちになれなかった。人が押しよせてきて、こぞって攻め入り、いらいらさせようというのだから。タマラは大きな笑みを張りつけて、歯を食いしばり、レイチェルを床におろして、どっとやってくる人たちに対峙《たいじ》した。

真っ先に近づいてきたのは、勝ち誇ったような笑顔のエリンだ。「タマラ、今日もきれいね。すてきなドレスだわ。レイチェルは真っ赤なお人形さんみたい。ミスター・ヤノシュ、まさかここでお目にかかれるなんて！」

「こちらこそ嬉しい限りです」ヤノシュはエリンの手を取り、横目でタマラにウィンクしてから、ドラキュラ伯爵といった風情でうやうやしく口づけた。

このウィンクだけでも死に値する。タマラは無言で断罪した。コナーと目が合った。女たらしのドラキュラ伯爵をよく思っていないことを見て取り、タマラは心のなかでほくそ笑んだ。しかし、エリンも赤ん坊のケヴィンも楽しそうだ。この男は子どもに好かれる。いったいなぜ？

釈然としないものの、考えている暇はなかった。新たな余興の開幕を聞きつけ――おいおい、タマラが男を連れてるぞ！――皆がひと目見ようとつめかける。抱きしめようとする者や頬にキスをしようとする者、そして歓声の輪のなかに、タマラはとらわれてしまった。

レイチェルが腿をつかみ、脚の森に置き去りにされていると訴えた。タマラは手を伸ばそうとしたが、その前にレイチェルの体がふわりと宙に浮き、一瞬、真っ赤な細い脚をばたばたさせるところしか見えなくなった。

慌てて振り返り、息を呑んだ。ヤノシュがレイチェルを肩車している。レイチェルはとても嬉しそうな顔をして、目を見開き、頬を薔薇色に染めていた。

「その子をおろしなさい」タマラは吐きだすように言った。「人でなし《フィツリヨ・ディ・プッターナ》」

ヤノシュはいかにも無邪気なようすでまばたきをした。レイチェルはキャッキャと笑い、ヤノシュのひたいに腕を巻きつけている。「どうして？　こんなに喜んでいるのに」

タマラはレイチェルを奪い返そうとしたが、そのとたんに金切り声が飛んできて、ため息まじりに手をおろすしかなくなった。

「まだちゃんとおむつが取れていないの」タマラは言った。「興奮するとお漏らしをすることも多い。でも、この世は危険なことだらけよね。せいぜい危ない橋を渡ってちょうだい。

今日はおむつをつけていないわよ。ふつうのパンツだけ。それも薄いコットンニットのね」

ヤノシュは臆《おく》するふうもなく視線を返してきた。「つまり？」

タマラは肩をすくめた。「レイチェルの下着とタイツの替えはバッグに入っている。でも、もしこの子がお漏らししても、アルマーニのジャケットの替えは持っていない」タマラは言った。「同情する気もさらさらないわ。逆に、よくやってくれたと思うでしょうね」

ヤノシュの白い歯がきらめく。「レイチェルを肩に乗せている限り、毒のついたナイフで刺されたり、ネックレスで感電させられたりする可能性は低くなる」ヤノシュは言った。「こうしているほうが安全だよ。リスクは承知の上だ」

「なら、頭にでも肩にでもぶちまけられればいいわ。大きいのも小さいのも背中に流れ落ちるときが楽しみ」ふと気づくと、ふたりに吸いよせられるように人垣ができていた。「いい加減にして」タマラはぴしりと言った。「祝福のキスをすべき人はほかにいるでしょう？花嫁を褒めに行ってきなさい。皆の注目を横取りしたなんてわたしが恨まれる前に、早く行って！　さあ！」

皆がしたり顔で笑みを交わしながら退散したあと、タマラはおむつバッグを肩にかけて、パーティ会場のほうに移動した。ヤノシュがついてくる。レイチェルのべたべたした手で耳や鼻をつかまれ、髪を引っぱられても、にこやかに応じていた。

はしのほうのテーブルが目に留まった。そのわきの長椅子にはすでにおむつバッグが鎮座している。マーゴットとエリンのものだろう。子ども用の椅子も用意してあった。

そのテーブルに近づいてみると、やはりそこにタマラの名前があった。ヤノシュは子ども用の椅子を挟んで隣に座り、レイチェルを抱きあげて、膝の上であやしはじめた。レイチェルは大喜びではしゃいでいる。こういうちょっとしたことで心を奪われるのは危険だ。タマラは苦々しい思いで胸につぶやいた。「そこはエリンの席よ」ヤノシュにそう教えてやった。

「ひとりくらい増えても平気さ」とヤノシュ。「彼女は、きみがおれを連れてきたことを喜んでいた。もうひとつ席を作ってくれるよ」

「彼女の夫のほうは、招かれざる客がなんの許可もなく妻や息子のそばに座ることを喜ばないでしょうね」

「きみの許可がある」ヤノシュが言った。

タマラはバスケットからロールパンをひとつ取って、レイチェルに渡した。「生きて明日を迎えたいでしょう？　わたしをつけまわしても無駄だとわかっているはずよね、ヤノシュ。あなたの提案は絶対に受け入れられない。絶対よ。おわかり？」

「もちろんだとも」

タマラは顔をしかめてヤノシュを見た。アルマーニがパンくずだらけになっても、気に留めるふうもない。ずっと歯を食いしばっているせいで、あごが痛くなってきた。こういう催しで神経が尖るのはいつものことだが、今朝からごたごた続きで、しかも驚きの事実を明かされたばかりとあっては、ぴんと張りつめたものがもう切れそうなところまで来ている。そうなったら、本当に人殺しも厭わないだろう。調子のいいときでさえ、パーティは苦手だ。とはいえ、結婚パーティの最中に、ステーキナイフで人をばらばらにしたり、エスカルゴ用のフォークで目をくり抜いたりすることをベッカが喜ぶとは思えない。行儀よくしなさい、タマル。さあ、深呼吸して。

テーブルの真ん中に手を伸ばし、ほのかな香りを漂わせている赤ワインの瓶をつかんで、グラスについだ。交通事故に群がる野次馬のように、また皆がまわりに集まりだしていた。

タマラは目を閉じた。ストレス性の頭痛がする。

時間がたてばよくなるどころか、ひどくなるばかりだろう。

　ヴァルは笑みを浮かべ、握手をして、礼儀正しく雑談しながら、マトリックスをデータで満たしていった。スティールの予想どおり、エリンの夫ににらみつけられているが、テーブルから追いだされるには至らなかった。いまのところは。ほかの男たちも、不信感をほとんど隠さずにこちらを見ている。そのようすからすれば、おそらくは全員が警備のプロだろう。女たちのほうは好奇心を見せまいとしているものの、まったくうまくいっていなかった。スティールはあごをこわばらせ、宙を見つめていた。メイクの腕前は見事だが、その下で顔が青ざめているのは見て取れた。

　ワインのおかわりをついでやると、冷ややかな視線をよこす。「肩の力を抜いて」ヴァルは小声で話しかけた。

「望むところよ」スティールも小さな声で応じた。「あなたがわたしの人生に干渉するのをやめてくれたらね。干渉といえば、ロザリアの息子たちにかかった疑いはもう晴らしてくれたんでしょうね？」

　ヴァルは言葉につまった。「ええと……」

「なんとかして。いますぐ。さもないと、あなたの正体ともくろみをこの場でぶちまけてやるわ。ちょっとやそっとの目ですむと思ったら大間違いよ」

「はい《シ》、はい《シ》。すぐに」ヴァルはPDAを取りだし、短いメールを打って、スティールにほほ笑んだ。「完了。おれの善意がわかってもらえたかな」

「とんでもない」スティールは疑わしそうに眉をひそめた。「それだけなの？」

「二十分だけ待ってくれ」ヴァルは言った。「ゆっくり効果が出てくる」

「一秒だって待てないわよ」スティールが険しい声で言う
ヴァルはワインをすすり、グラスのふちから目をあげて、笑みを見せた。スティールは小さく悪態をつき、視線をそらした。

若いほうのブライズメイドがやってきて、身をかがめてスティールの頬にキスをした。外国語でささやきかける。ウクライナ語だとわかって、ヴァルは驚いた。ノヴァクとウクライナのつながりは太く、そのため、若いころ必要に迫られてその言語を学んだのだ。

「スヴェティ！　スヴェティ！」レイチェルが歓喜の声をあげた。ヴァルのことなどすっかり忘れたようすで、宙に身を乗りだす。

少女がレイチェルをとらえて、ぎゅっと抱きしめ、柔らかな声で愛情のこもった言葉をかけながら、顔中にキスの雨を降らせた。

「ウクライナの生まれかな？」ヴァルはその国の言葉で尋ねた。「レイチェルも？」

少女のはにかんだような笑みは、なぜかひどく悲しげに見えた。「レイチェルとわたしは牢獄《ろうごく》でのルームメイトだったの」予想外の答えが返ってきた。少女はレイチェルをあやしている。「あっちでほかの子たちと遊ばせてあげてもいい？」訛りの強い英語でスティールに尋ねた。

「もちろん」とスティール。「この子にも食べられそうな料理が出てきたり、相手をするのに疲れたりしたら、こっちに戻してちょうだい。ありがとう、スヴェティ。あなたは天使だわ」

スヴェティは興奮した幼子のほうに顔をかたむけ、片言のおしゃべりを聞きながら歩き去った。

ヴァルは眉をひそめてスティールを見た。「牢獄？」

スティールは肩をすくめた。「あの子が言ったとおりよ。あのふたりは臓器泥棒にさらわれ、何カ月ものあいだ、汚い地下室に監禁されていた。それ以来、レイチェルにとって本当の家族に一番近い存在は、スヴェティなの。だから、できるだけ頻繁に飛行機で来てもらっているのよ。ちょっと失礼。スヴェティがレイチェルを見ていてくれるから、いまのうちに化粧室に行ってくるわ」

ヴァルは視界から消えていくスティールの背中を見送った。目を離したくはないが、レイチェルの姿が見えているうちは大丈夫だろう。スティールが子どもを置いて逃げるはずはない。

テーブルの面々に向き直った。「臓器泥棒というのは？」誰にともなく尋ねた。

「レイチェルを引き取ったいきさつを聞いていないの？」デイビー・マクラウドの隣に座った赤毛の美女が目を見開いて言った。「信じられないような話よ」

ヴァルは首を横に振った。女たちは先を争うようにして、かの救出劇について話してくれた。スティールが銀色のミニスカートで死地に乗りこんでいったこと。ストリッパーに扮《ふん》して、独身さよならパーティに行く途中で道に迷ったとひと芝居打ち、まんまと敵の気をそらして、仲間の男たちが敵陣に忍びこむ時間を稼いだこと。スティールひとりで四人の警備員をやっつけ、そいつらが警報を鳴らすのを阻止したおかげで、ニックとほかの男たちがすばやく侵入し、スヴェティの心臓を取りだそうとしていた悪党どもをすんでのところで取り押さえられたこと。

その顛末《てんまつ》はすでに知っていたが、女たちの話ぶりから、また質の違う情報が手に入った。この面々はスティールに一目も二目も置いている。好意を持ち、信頼さえしている——おそるおそるではあるが。

「すごいな」ヴァルはつぶやいた。

「うん、まったくだよ」ブロンドの男が応じた。ヴァルは長いあいだスティールの周囲を監視していたため、ひと目でショーン・マクラウドだとわかった。「タマラは特別なんだ。気安くちょっかいを出していい女じゃない」

ヴァルはその無遠慮な警告に応じてうなずいた。「夢にも思いませんよ」何食わぬ顔で言った。「これほど絆の深い友人に囲まれているのではなおさらだ」

ぎこちない沈黙が落ちた。皆が意味ありげに視線を交わし合う。ヴァルは気づかぬふりで笑みを浮かべ、ワインのグラスを口に運んだ。

「ミスター・ヤノシュはヨーロッパで〈デッドリー・ビューティ〉を売りだせないかと考えてらっしゃるのよ」エリンが口を開き、うまく沈黙を破った。

それをきっかけにして、皆が先ほどよりずっと感情を抑えて会話を始めた。ヴァルは脳の十分の一だけ使って当たり障りなく受け答えていたものの、大部分では今夜の計画を練るのに必死だった。

自分のことから話題が移るとすぐに中座して、パーティ会場を離れた。今夜の上演場所を確保しておかないと。小型カメラは腋の下にテープで留めて持ち運んでいる。今日のうちにやるしかない。さもないとイムレが……。

だめだ。イムレのことは考えるな。物柔らかに、ゆったりと構えるんだ。絶望的になってはいけない。あの女は数キロ先からでも絶望の匂いを嗅ぎ取る。

何層もの魅力で隠し、絶対に悟られるな。それでもなお、まぶしいストロボのように、ひとつの言葉が頭のなかで明滅していた。急げ、急げ、急げ。

管理事務所が占める薄暗い廊下は見込みがありそうに思えた。ヴァルはつかつかと廊下を進み、すべてのドアノブに手をかけていった。鍵のかかっていないドアがひとつだけあった。従業員用のキッチンだ。シンク、コーヒーメーカー、電子レンジ、従業員の食事がしまってある小型冷蔵庫。

ここだ。ムードには欠けるが、ここしかない。もっとましな場所を探している時間はなかった。

冷蔵庫の上に分解されたドリップ式のコーヒーメーカーが置いてあるのを見て、そこにしようと思いついた。ガラス容器のなかにビデオカメラを突っこみ、それを隠すために引き出しからこまごまとしたものを少し取りだした。砂糖や低カロリー甘味料の小袋、ティーバッング。はっきり映るようにレンズの向きを変えた。スイッチは光で作動するようにプログラミングしてある。

神のご加護を。イムレの唯一の希望は、肩の力を抜くことを知らず、神経質で、怯えきった女の気まぐれにかかっている。過去を振り返っても類を見ないほどの美女を誘惑するにしては、ずいぶん風変わりな状況だが。ブルースの調べが遠くから聞こえてきた。ダンスが始まった。これでやりやすくなったかもしれない。

会場に戻る途中で、化粧室から出てきたスティールと鉢合わせした。顔色が悪い。「大丈夫か？」ヴァルは尋ねた。

「元気よ。最高にいい気分。ご心配なく」

「踊ろう」スティールの腰に手をまわして会場に戻り、くるりと向きを変えさせて両腕のなかに閉じこめた。

スティールは身をこわばらせた。「放してよ。卑怯《ひきょう》な手ばかり使って」そう言って、歪んだ笑みを浮かべる。「ヘアピンで頸動脈を切り裂いてやるわよ」

「やめたほうがいい」ヴァルは自分のペースに巻きこもうとした。「うまくいっているじゃないか。きみだって友人たちを心配させたくないだろう？　見てごらん。みんなが喜んでくれている。きみがようやく人生を楽しむようになったと考えて。皆はそういう頃合いだと見なしていたんだろう？」

スティールは咳払いで異を表わし、硬く身をこわばらせた。ヴァルの胸を押しのけて、ふたりのあいだに距離を置こうとする。「あの人たちにはほとんどわかっていないのよ」

ぐいと引きよせると、スティールがよろめいた。「後生だから、リラックスしてくれ」

「簡単に言ってくれるわ」スティールがつぶやいた。「できるはずもないことを。わたしはちらちら見られるのも、じろじろ見られるのも、したり顔で見られるのも嫌いなのよ」

ヴァルはまわりに目を向けた。ダンスをしているカップルの何組かは、横目でふたりを盗み見ている。「臓器泥棒を相手どっての大救出作戦の話を聞いたよ。友人たちはきみをスーパーウーマンだと思っているようだな」

「ああ、そう」スティールは顔をしかめた。「皆、大げさに話すのが好きなだけ」

「あんなふうにきみを信頼しているのは不思議だな」ヴァルは言った。「とくに女性陣は」

スティールは気分を害したようだ。「何が不思議なのよ?」

「男を盗《と》られやしないかと思うのがふつうだろう」ヴァルは答えた。「きみのような美女には疑いの目を向けるものだ。それが自然界の掟《おきて》と言ってもいい。ほかの女たちにとって、きみは脅威にしかなり得ない」

スティールはうめくように言った。「ばかばかしい。彼女たちはそれぞれに美しいわ。心配する理由なんてない」

「そうか?」ヴァルはおれのものだと言わんばかりに、スティールを強く抱きしめた。「まさかこの会場にいる男たちの誰とも付き合ったことがないとでも?」

スティールは唐突に足を止め、ぽかんと口を開けた。「わたしが? 誰と? このなかに妻を欺く男がいたら、わたしがこの手で睾丸を刈り取ってやるわ」

ヴァルはぎょっとした。「そいつは過激だ」

「あの男たちは大事にされているのよ」スティールは熱っぽい口調で言った。「不満などないはず。あったとしても、わたしに手を出そうなんて夢にも思わないでしょう。ひとり残らず心底怖がらせてあげたから」

ヴァルは熱い体にスティールを引きよせ、もたれかからせようとした。「しかし、そうそう清く正しく生きられるものかな」ヴァルはからかうように言った。「結局のところ、ただの男なんだから」

「あの人たちなら清く正しく生きていけるのよ。すばらしい女に恵まれて、どんな男にとっても身に余るほどの信頼を捧げてもらっているんだから。その幸運に対する感謝をほんの一秒でも欠かしたら、わたしが乗りこんでやる。大バサミを手にして」

ヴァルは咳払いをして笑いをこらえた。「どうやら全員が……ええと、なんとか無傷のようだ。ということは、これまでのところ、羽目をはずすやつはいなかったんだな?」

スティールがうなずいた。「ひとり残らず妻の尻に敷かれてるわ」そっけないが、満足そうな口調だ。「そしていまはあっちもこっちも子どもだらけ。悪さをする元気があるとは思えないわね。それだって、たいていの男には歯止めにならないのはわかっているけど。男なんて、雌と見ればケツを追いまわして、ヤることしか考えていないような犬にすぎないんだから」

ヴァルは自分の性に対する辛辣な憎まれ口を聞き流し、スティールがセクシーなポーズを決められるように、その体をくるりとまわした。「いまの話を聞いて、いろいろなことがわかったよ」

スティールがヴァルの足につまずきそうになったので、背中からすくいあげるようにしてまた抱きよせた。「何が？　なんの話？」

ヴァルはにっと笑った。「まずは、きみがじつはロマンティストだということ」

驚きの笑いが返ってきた。「わたしが？　まさか！」

「そのまさかだ」ヴァルは耳もとでささやいた。「友人たちにはお互いに忠実でいてほしいんだ。真実の愛を体現する生きた証として」小声で言った。「なぜなら、きみ自身、この世に真実の愛があってほしいと願っているから。そうだろう？　あり得ないのを確信しながらも、自分が間違っていますようにと祈りつづけている。これもまた痛ましい矛盾のひとつだ。きみは矛盾に満ちている、タマラ・スティール」

「わたしは……べつに……」スティールはヴァルをにらみつけた。「適当なことを言わないで。心理ゲームは二度とごめんだわ。それから、わたしのヤワな部分を探して、そこをピンで突こうとするのもやめなさい。突き通せるはずがないんだから」

「好きなように言えばいいさ。おれは自分なりに結論を出す」

「そっちこそ好きにすればいいわ」スティールはうなるように言った。「それでも、事実は事実よ。レイチェルのようすを見てくるから、その大きな前足をどけて」

スティールは身をよじってヴァルの腕から抜けだし、つややかな床に切れのよいヒールの音を響かせて、会場のすみのほうに向かった。スヴェティがレイチェルと遊んでやっているところへ歩いていく。すらりとした体はこわばり、怒りを放っていた。

ヴァルたちのテーブルは、つかのま無人になっていた。ほかのカップルはダンスをしたり、子どもの相手をしたりしている。待ち望んでいたチャンスだ。ヴァルはぶらぶらとテーブルに戻り、携帯電話を取りだして、メールを打つふりをしながら、ポケットの内側にテープで留めておいた無味無臭のR55トリプレックス錠剤を出した。四分の一錠だ。

さり気なく自分のワイングラスに手を伸ばし、スティールのグラスに錠剤を落とした。

これでよし。ワインをぐっとひと口飲んだ。緊張感は耐えがたく、残りの四分の三錠を自分で食いたいという誘惑に駆られた。だが、できない。バスルームの床に倒れた母の姿は心に刻みこまれている。ドラッグがヴァルの逃げ場になることはけっしてなかった。それに、とりわけ今夜は、頭が鈍くなるような真似をするわけにはいかない。

固形剤でそれなりの効果を出すなら、四分の一錠は最小の服用量だ。誰にも見られずに液体を飲ませる好機などないだろうと判断して、こちらを持ってきた。R55トリプレックスは、まさにこういうときのためにPSSの科学者たちの手で開発された薬だ。大量に飲めば、一般的な錠剤型麻薬〝エクスタシー〟にも引けを取らない。ただ、もっと発覚しにくく、副作用もない。頭痛も喉の渇きも起きない。四分の一錠でも、幸福感をもたらし、気持ちをほぐし、性欲を刺激するはずだ。アルコールを一緒に摂取すれば効果が強まり、食物では弱まる。だが、スティールはほとんど食べ物を口にしていない。ワインをもう少し飲ませることができれば……スティールが自分の変化に疑問を持たなければ……うまくいくかもしれない。

ヴァルはワインをもうひと口飲んだ。デイビーとマーゴット・マクラウドがぴたりとよりそい、ゆったりと踊りながらそばを通っていったので、ほほ笑みかけ、うなずいて挨拶した。デイビーは考えこむような顔つきで少しのあいだヴァルに目を向けていたが、妻に何かを話しかけられると、そちらに注意を戻した。ほほ笑みかけ、キスをする。ダンスフロアにいるというのに、そのキスでたちまちふたりは燃えあがった。唇を離したとき、赤毛の妻は頰を上気させ、とろんとした目つきを見せていた。

感動的だな。ヴァルは苦々しく胸の内でつぶやいた。健全な夫婦。なんの障害もなく、嘘をつくことも裏切ることもなく抱き合える。嫌味なくらいほほ笑ましい。

スティールを操る方法を模索し、あれこれと調査する過程で、マクラウドの誰かに何か利用できそうな弱点はないかと探したこともあった。しかし、この一族には弱点も亀裂《きれつ》もない。利用できそうなものは一切なかった。とりわけ仕事に関しては、全員が清廉潔白。それがマクラウド一族の特徴だ。銀行口座、株式ポートフォリオ、所得申告を調べて、ヴァルは途方に暮れた。もしこれがイタリアなら、こんなふうに明朗公正なビジネスを展開しようとすれば、たちまちにつぶれてしまうだろう。しかし、どう見ても、マクラウドたちは大いに稼いでいる。謎だ。

ふと気づくとスティールの姿が見えなかった。ヴァルはパニックに陥りかけた。不安に苛まれて、ブロンズ色の服、白い顔と腕、美しく結いあげられたこげ茶色の髪を求め、人々のなかを歩きまわった。

スティールの姿が目に入ったとき、ようやく息をつくことができた。

タマラはテーブルの向こうに手を伸ばし、デイビーとマーゴットの幼い娘、ジーニーの柔らかな赤い巻き毛をそっと撫でた。かわいい赤ちゃん。灰色がかった青色の大きな目。口を開いて、満面に浮かべた笑み。真珠みたいに小さな四つの歯は、上下に二本ずつ、ピンク色の歯肉からひょっこり顔を出している。

マーゴットがぽかんと口を開けていた。タマラはその表情にくすくすと笑いそうになったものの、かろうじて抑えた。そう、妙に気持ちがほぐれていた――わたしにしては。空っぽの胃袋に赤ワインをかなり流しこんでしまったが、おかげでようやくリラックスできた。さっきまでは、自分が鋼鉄ケーブルでできていて、ちぎれそうなほど引っぱられているような気分だったのに。強い緊張は、ときおり解放してやらなければならない。それが物理の法則。重力と同じだ。無視すれば、痛い目にあう。

ようやく頭痛が治まり、こうした集いでマクラウド一族をながめるのがどれほど楽しいのか、やっとわかってきた。ニックがよく言うとおり、目に心地よい。タマラは両手を組んで頬杖《ほおづえ》をつき、みんなに温かな目を向けた。セスは妊娠中のレインのおなかに優しく手を当て、耳もとで何かをささやいて、妻を赤面させている。

甘い光景。悪くない。鼻を鳴らす気にはならなかった。それどころか、賞賛の笑みを浮かべていた。セスがそれに気づき、まじまじとタマラを見返した。

「ヤノシュの身元調査をした」デイビーが小声で話しかけてきた。

あらそう、お馬鹿さん。わたしだって、名前がわかった時点ですぐに調べたわよ。なぜか、声に出してそう言うのは控えた。「それで？」愛想よく聞き返した。

「まともな男のようだ」デイビーが重々しく答えた。「おれから言わせれば、まともすぎるくらいに」

タマラはくるりと振り返って、話題の男を見つめた。ヴァルは混雑したビュッフェカウンターに並んで順番を待っている。タマラのお皿に食べ物を盛りつけに行ったのだ。広い肩、すっきりとした輪郭を描く頭、仕立てのよいジャケット、すばらしい形のお尻。

「でもね」タマラは言った。「おいしそうな男じゃない?」

マーゴットが吹きだし、喉をつまらせた。デイビーの困惑はあからさまな警戒に変わった。

「大丈夫か、タマラ?」

「ええ」明るい声で答えた。「ちょっと飲みすぎたのかもしれないわね」

「じゃあ、その、少し横になるとか何かしたほうがいいんじゃないか?」

ばかばかしい提案とはいえ、その気づかいに心を動かされた。

テーブルに向き直ったとき、エリンと目が合った。「大丈夫」慎み深く、スカーフで胸元を隠して息子にお乳を飲ませている。この聖母と幼子の心温まる光景が気に障らなかったのは初めてだ。

「スヴェティに聞いたわ。結婚式に来られるように、飛行機を手配してあげたんですってね」エリンが言った。

タマラはうなずいた。「アメリカの高校に一年間留学させるかもしれない。あの子が母親を説得できたらね。わたしたちと一緒に住む予定よ」

「わたしがあの子の母親なら、一年も離れているのはとてもつらいと思うわ」エリンは熱をこめて言った。「手錠でつないででも引き止めてしまうかも」

スヴェティの母親が去年経験した悪夢のことを慮《おもんぱか》っているのだろう。夫を殺され、娘をゾグロにさらわれて、行方も生死もわからずに数カ月間苦しんだ。

「母親と言えば」タマラは言った。「わたし……頼みたいことがあるの」

エリンは目を丸くした。「なんでもどうぞ」

「レイチェルのこと」タマラはゆっくり息を吸いこんで、自分を奮いたたせた。「わたしに何かあったら――あなたとコナーで――」

「ええ」エリンは皆まで言わせなかった。「もちろんよ。頼む必要なんてないわ」

自分でも予想していなかったほどほっとして、タマラは椅子に背中を預けた。「あの子にお金を遺《のこ》せるように遺言状を作ってあるけれども、わたしにはまだ親権がない」そう打ち明けた。「養子縁組の手続きが終わっていないの。いくつか問題があって。解決する前にわたしに何かあったら、あなたたちがあの子のために戦うしかなくなるのよ」

「あの子のために戦うわ」エリンが言った。「任せてちょうだい」

きっぱりと力強い声に勇気づけられた。涙がにじみかけている。「ありがとう」かすれ声で答えた。「それなら、ええ、よかった」

ヤノシュがかたわらに現われ、目の前に皿を置いた。数種類の料理が少しずつ、おいしそうに盛りつけられている。ヤノシュはタマラのグラスにワインのおかわりをつぎ、まばゆい笑みを浮かべた。お得意の笑顔だ。すっきりとした頬に刻まれる笑いじわ、あごに影を生みだす無精ひげ、楽しそうにきらめく目……それに、危険の匂い、未知の魅力、不屈の精神を加えれば、ほら。まるで自然の脅威を目の当たりにしているみたい。

ノヴァク。ゲオルグ。タマラは義務的に敵を思い起こしたが、心のなかの警報はかすかなこだまにしか聞こえなかった。ヴァレリー・ヤノシュは嘘つきで、スパイで、殺し屋だ。それでも――とびきりの男だ。

今夜はすべてが妙に美しく思える。テーブルの上で揺れる白く細長いキャンドルの明かりが、水とワインのグラスを輝かせている。グラスの曲線に沿ってきらめく光を見ていると、なんだか嬉しくなった。白ワインやシャンパンを収めるアイスバケットも同様だ。とろけるような黄金色の明かりがあらゆるものに反射し、屈折して、何を見ても、誰を見ても、柔らかな光に包まれているようだった。息を吸いこんだとき、肺に合わせて胸郭が自然と広がってくれるのは、なんて心地いいのだろう。鉄板に押しつぶされている感じがしない。空気を求めて喘いだり、鉄の檻から逃げだそうともがいたりしなくていい。窮屈でやるせない笑顔の仮面をかぶりつづける必要もない。

幸せに浸れることが、こんなに楽しいなんて。

食欲まで湧いてきたような気がする。タマラは皿を見おろし、スモークサーモンとクリーム和《あ》えの蝶々型パスタをひと口ぶんだけフォークで突き刺した。口のなかにおいしい味が広がった。炭水化物と飽和脂肪とカロリーをとっていることも気にせずに、嚙んで、飲みこんだ。かまうものですか。なんといっても、パーティなのだから。さらにパスタを口に入れ、ワインで流しこんだ。

顔が火照っている。お酒のせいだろう。もうワインを控えたほうがいい。でも、とても気持ちがよくて、心が和んでいる。これで最後と思って、もうひと口飲んだ。そして、もうひと口。

「踊らないか？」ヤノシュが穏やかな声で誘ってきた。

この男に近づいてはならない理由が、自動的に頭のなかに並べたてられたけれども、タマラは頓着《とんちゃく》しなかった。この柔らかな光に包まれた世界にいるのが楽しくて仕方ない。ずっと続くはずがないとわかっているから、余計にすべてが貴重に思える。

こんな気分は久しぶり……ううん、初めて。あのころのわたしはあまりに若くて、無垢だった。当時のわたしはまだ心のなかにいるものの、有刺鉄線と割れたガラスを頂く血まみれのコンクリートの壁に閉じこめられている。

あのときといまを隔てる壁。

再び気が張りつめ、タマラは緊張にとらわれそうになった。だめ、振り払いなさい。ほんの一瞬でも元に戻れば、この気分は消え去り、もう二度と味わえない。

ワインをもうひと口飲んで、椅子を引いた。

ちょっと踊るだけ。人目の多いダンスフロアで悪さができるはずもない。この大きな男の腕のなかで、音楽に合わせて体を揺らしたい。わたしにふれる勇気のある男は、この部屋にはほかにいないのだから。

ヤノシュはわたしを恐れない。だからこそ近づかないほうがいいのに、なぜかあらがえなかった。タマラはヤノシュを見つめ、危険と魅惑を秤にかけた。

「レイチェルのようすを見てくるわ」

ふわふわとした足取りで歩いていくと、ヤノシュはジャングルの肉食獣のように音もなくついてきた。その大きな存在を感じて、体がぞくぞくしている。タマラは無言の問いを発し、固唾《かたず》を呑んでヤノシュの答えを待った——もう答えはわかっているけれども。

そんなふうに、男というのはたやすく読めるものだ。でも、どういうわけか、今夜はそのことにまったくいらだちを感じなかった。

レイチェルはブロケード織りのナプキンを何枚も巻いて、子ども用の椅子に座っていた。顔はトマトソースまみれで、口いっぱいにパスタを頬張っている。スヴェティは根気よくレイチェルに食事をさせながら、ときおり憧れに満ちたまなざしをダンスフロアに投げていた。

タマラは身をかがめて、レイチェルにキスをした。「たくさん食べた？」

「トマトソースとチーズのパスタ、フライドポテト、野菜、チキン」スヴェティは得意そうに言った。「それに生の果物も！」

よかった。レイチェルはべたべたの両手をあげて、タマラをつかもうとしている。タマラは身をかがめ、パスタソースなど気にも留めずにハグを受け入れた。この幼い少女に対する怒濤《どとう》のような愛はいつもと変わらない――でも今夜はひとつ違うところがあった。恐怖と警戒で心が痙攣を起こすことも、それによって衝動を抑えつけられることもない。小さな腕で懸命に抱きついてくるさまがいとおしい。この子を愛しすぎていて、胸が痛むほど。ナイフで刺され、えぐられるような痛みだ。とはいえ、いまは痛みがあってもかまわなかった。むしろ気持ちがいいくらいだ。苦痛とは言えない。何かべつのものだった。

でも、こんなに気分が高揚しているときには、分析などしたくなかった。そもそも愛情には疎《うと》い。わたしにとっては目新しい感情だ。

スヴェティが背筋をしゃんと伸ばし、またもや憧れのまなざしでダンスフロアを一瞥《いちべつ》するのが目に留まった。視線の先にいるのは、ジョシュ・キャトレル。〝本日のガールフレンド〟

と踊って、笑いながらそのお尻をつかんでいる。馬鹿な男。

タマラはスヴェティのほうに身をかがめ、ウクライナ語で少女の耳にささやきかけた。

「あの男はだめよ」はっきりと言った。「あと何年かようすを見るまで、あの男はどんな女にもお勧めできないわ。それに、あいつが撫でまわしている小娘よりも、あなたのほうが十倍も頭がよくて、きれいで、強い。数年もすれば何十倍になるわ。それまでにあの男が成長して、あなたにふさわしくなるなら、それもけっこう。そうでなくても、あなたの前には男たちが鼻息を荒くして列を作るようになるわよ。ひざまずいてね。そのなかから選べばいいだけ」

スヴェティは笑顔をこしらえようとした。衝動的に、タマラは少女の頬にキスをして、ひたいの髪をかきあげてやった。それから、自分の感情に驚いて、思わずあとずさりをした。

そのとき、ヤノシュがタマラの手を取り、優しく、しかし有無を言わせずにダンスフロアへ引っぱりだした。タマラはその腕のなかで体の力を抜き、思いきり首をのけぞらせて、天井の中心からさがっている豪華なシャンデリアを見あげた。光が渦を巻いて、まるで銀河みたい。緊張を解いて、ヤノシュの腕にもたれ、全身を支えてもらうのはとてもいい気分だった。タマラはその感覚に浸っていたけれども、つかの間の夢にすぎないことはわかっていた。

それでも、すてきな夢だ。甘い降伏——間違いなく、ワインの飲みすぎだわ。

レイチェルを守らなければならないのに、こうして酔っ払っているなんて言語道断だ。ましてや今朝あんなことがあったばかりだ。そう自分を叱りつけてみたものの、胸にこたえなかった。爽やかな森の香りに包まれて、恍惚《こうこつ》としていた。スギの木、潮、雨、苔、夏の日差しが混じり合ったような芳香。それが、ヴァル・ヤノシュの香りだ。ヤノシュの肩は広く、腕はたくましい。硬くよりあげたような筋肉にふれていると、全身に指を走らせたくなった。起伏のひとつひとつをなぞり、屈強な男の体をあますところなく探りたい。ヤノシュに寝そべりたい。日差しで温まった岩に横たわる雌ライオンのように、体を伸ばして毛づくろいをしたい。

本当に緊張がほぐれていた。強いて言えば、激しい運動のあとで熱いシャワーを浴びたときの感覚が一番近いだろう。でも、こちらのほうがもっと気持ちいい。魔法だ。タマラは男の腕のなかで漂い、頬を染めていた。夕陽を映す雲のように。

ダンスだけでは物足りない。体が疼いている。ふだんは硬い鎧で締めつけられ、抑えこまれていた飢餓感が、猛然と襲いかかってくる。

この男の正体を思いだして。こいつが何を求めているのか。ノヴァクとゲオルグを思いだしなさい。

あえて傷跡を押すように、敵のことを考えた。理性を取り戻すための必死の作戦だったが、それもうまくいかなかった。ここは毒にまみれたあの荒地から遠く離れている。男の無言のいざないに屈してしまいたい。等身大の美しいオモチャだと思えばいいのよ。何がいけないの？ 屈しようがそうでなかろうが、たいした違いはないでしょう？

やっぱり、だめ。なぜなら、ほしくてたまらないから。これほど強い気持ちで何かを求めれば、大惨事で終わるのが常だった。ヤノシュと寝たら、ただの過ちではすまされない。まさしく自殺行為だ。

しかし、気づけばその自殺行為に向かっていた。ゆらゆらと踊っているうちに、いつの間にかパーティ会場を出ていた。ヤノシュのなすがままダンスフロアを突っきったことさえ気づかなかった。さらに急きたてられ、ロビーにいた招待客たちから好奇の目を向けられたとき、タマラは腕のなかで身をよじった。

「ちょっと!」険しい口調でささやいた。「どこへ行くつもり?」

「ふたりきりになれるところだ」ヤノシュは答えた。「最後まで終わらせるために」

人前で派手なカンフーを披露するのはためらわれた。騒ぎを起こしたくない。「最後までって何を?」

ヤノシュがこちらに向けた表情を見て、とぼけた自分が馬鹿みたいに思えた。同時に、男の厚かましさに怒りがこみあげた。

「ダンスの誘いに応じただけよ、ヤノシュ。セックスではなく」冷ややかに言い放った。

「では、ダンスをしよう。ふたりきりで」ヤノシュはタマラの体の向きを変えさせて、ひと気のない廊下に入った。

タマラはヤノシュの手首をつかんだ。心づもりとしては、腱《けん》がねじれるまでひねって、苦悶の悲鳴をあげさせ、床に投げ飛ばしてやるつもりだった。しかし、ヤノシュは水のようにタマラの手をすり抜け、こちらの動きをすべて予測して、難なくタマラをはじき飛ばした。

あっと思ったときには、壁に背中が当たっていた。

そして、大きな体で壁に押さえつけられた。足が床についていない。唇が近づいてくる。もう少しでふれるところまで。体がぴたりとくっついているせいか、全身の細胞が振動して、荒々しいエネルギーを生みだしているようだった。体内にたいまつが灯ったみたいだ。気持ちいい。それがさらにいまいましかった。

タマラはどうにか気持ちを立て直そうとした。「どういうつもりなの、ヤノシュ？　電気ショックを受けただけじゃ物足りない？」

ヤノシュはにっと笑った。「まさか。ただ、きみには……痺《しび》れる」

タマラはうめいた。「下手な洒落なんか聞きたくない。放して」

「いやだね」ヤノシュは鼻でタマラの耳をくすぐり、熱い吐息を吹きかけた。「洒落は下手かもしれないが、おれは聞き上手だ。きみが怖くて口に出せないでいる言葉もすべて聞こえる」

「女に欲情したあげく、そこに卑《いや》しい妄想を投影することしかできない男ほど哀れなものはないわ」

ヤノシュは笑った。「卑しい妄想？　きみにとってセックスはそれだけのもの？」

タマラはしっかりと押さえつけられながらも身をよじった。ふれ合っているところはただでさえどくどくと火照っていたが、その脈拍は摩擦によってさらに高まるばかりだった。

「セックスとは何か教えてあげる」タマラは震える声で言った。「セックスは、経済交流の一形態にすぎないものよ。あるいは、穢らわしい権力闘争ね」

ヤノシュは軽く眉をひそめ、ひたいにしわをよせた。「それだけ？」

「それだけよ」タマラは言った。「それ以上のものだと納得させてくれる人はいなかったわ」

黒い瞳に憂いの表情が浮かぶ。ヤノシュは目をそらし、むきだしの肩にキスをした。柔らかな唇がゆっくりと首にのぼってくる。

「かわいそうに」ヤノシュは静かな声で言った。

その声は胸に突き刺さった。「同情はけっこうよ。カモにならずにすむ方法を学んでからは、うまくやってきたんだから。いまではどんな相手でも負かせる」あなた以外は。ああ、本当に姑息な男だ。

「だろうね」タマラのお尻を下から両手で包みこみ、体を押しあげて、胸の谷間に唇を這わせる。乳首がたっていた。さらにヤノシュは谷間に顔をうずめ、乳房にゆうゆうと頬をすりつけた。「この体とその美しい顔を見れば、疑うべくもないな」

タマラは甲高い笑い声をあげた。「そもそもこの体と顔がトラブルのもとなのよ」

そう言ったとたんに、寒気が走った。これではまるで、哀れみや情けをねだる泣きごとのようだ。

しかし、ヤノシュが顔をあげとき、その目に軽蔑の色はなかった。あるのは欲望だけ。タマラは息を呑んだ。

「お願いだ」ヤノシュはささやいた。「きみが間違っていると証明させてくれ」

足が床についた。ヤノシュは両手を腰からおなかに滑らせ、親指でそっと乳首をかすめた。感じやすくなっている体に快感が走ったとき、難なく両手を使えたことにようやく気づいた。殴りかかろうとも思わずに、ただただ身を震わせ、吐息を漏らしていたのだ。ぞっとする。自分が意識の外に置かれているのだから、まさに正気を失ったと言っていいだろう。現実感がぐらぐらと揺れて、崩れ落ちていった。

でも、屈するわけにはいかない。蹴り飛ばし、引っかき、悲鳴をあげ、何がなんでも抵抗しなければ。

息を吸いこみ、歯を食いしばって、その一歩を踏みだした。「ずる賢いジゴロの手管を使っても無駄よ、ヤノシュ。わたしには通用しない」

「そうか？」ヤノシュの手がお尻に滑りおりてきて、その丸みをそっと包みこむ。「なぜ？」

「あなたのゲームに乗るつもりはないわ」

「なぜ？」いったん手がおりたあと、ドレスの裾からまたもぐりこみ、パンティを穿いていないのを確かめるようにお尻を撫であげる。指先は優しく円を描きながら、下のほうに這っていく。

タマラは懸命に声の震えを抑えた。「勝っても、得るものが何もないから。やる気が起きないのは当然でしょう？」

ヤノシュは軽々とタマラを持ちあげ、互いの股間をぴたりと合わせた。ヤノシュのものの長さや硬さ、そして熱さが伝わってくる。「まだまだその気になれないわ」そう聞くと、ヤノシュはタマラを壁に押しつけたまま、少し体を離して、視線を誘うように自分の腿を見おろした。ジーンズが濡れて、てらてらと光っている。

タマラは顔を赤らめた。いつもなら、赤面するのは男であって、タマラではないはずなのに。釣り針にかかった魚みたい。闇雲にぴちぴちと跳ねてみても、なすすべもなく、もうどうされてもいいという気持ちになっている。かぶりを振ったが、ヤノシュの腿に巻きつけた脚をおろすことはできなかった。両脚に震えが走っている。

「嘘つきのプロで、詐欺師として鳴らしてきた女のイくふりを見たいのかしら、ヤノシュ？」タマラは言った。「わたしのほうは、プロの男がそこでどんな手を使うのか、前から不思議に思っていたわ。機能の面から考えると、どうしても腑に落ちなくて。それを見せてもらえるの？　プロならではの秘訣を教え合わない？」

ヤノシュの両腕に力がこもった。じわりとお尻に手を這わせ、うしろから割れ目に指を伝わせて、とうとうひだにふれた。熱く、ものほしげに濡れている。そこを撫でさすり、なかに指を入れた。

すでに熱くとろけていることがわかっても、ヤノシュが嘲らなかったことは、褒めてやってもいいだろう。ヤノシュの笑顔は妙に優しかった。「わかった《ヴァ・ベーネ》」ヤノシュがささやき、タマラの唇にそっと唇をかすめる。「好きなだけ演技すればいいさ、お嬢さん《ベッラ》。おれもそうする。だから、きみもできる限りの名演を見せてごらん」

タマラはぱっと顔をそむけて、唇から逃れた。「からかうのはやめて」

「からかってなんかいない」片手でタマラの後頭部を包み、怒ったようにまたキスをする。唇でうまくタマラの口を開かせ、それと同時に指をぐっと奥まで差し入れ、すみずみまでかき乱す。

タマラはすぐさま達してしまった。苦しいほど激しく、ヤノシュの手を締めつけるようにびくびくと痙攣して。体が跳ねるたびに、喉から喘ぎ声が漏れた。

ヤノシュはじっと待っていた。耳を澄まし、タマラのオーガズムを体で感じている。やがて、唇でふわりと唇を撫でて、ごく軽く舌でふれたかと思うと、タマラの乳首に胸板をすりつけながら、舌の先を口のなかに滑りこませてきた。あせることなく、恐れもせずに。まさに熟練の技だ。タマラは息を継いで、何かしゃべろうとした。言えることは何もなかった。ヤノシュの勝ちだ。

ヤノシュの唇が頬にふれ、まぶたに、眉にキスをしていく。「迫真の演技だった」耳もとでささやく。「いいことを教えてあげよう。おれにも手伝わせてくれれば、演技にますます磨きがかかる。少しぐらいは手を貸してもいいだろう？　ただ、次はもうちょっと待ってくれ。さっきはクリトリスにさえふれなかった」

タマラは乾いた唇を舐めた。「ファック・ユー」そう言葉を吐きだしたものの、息が苦しくて、ほとんど声にならなかった。

かすかな笑みがヤノシュの顔に灯った。「そうしようと思っていたところだ」ヤノシュは言った。「だが、まずは演技をもう一度見せてくれ。今度は、クライマックスをもっと引き伸ばしてくれるかな？　おれの出番も作ってほしい」

タマラは身をよじって抵抗したけれども、ヤノシュの指がもう一本、するりと入ってくるのを誘っただけだった。そうして二本の指がしとどに濡れたところを撫でさすり、かきまわし、心に入りこんだかのように性感帯をたどっていくあいだ、タマラは大きな手を腿で締めつけることしかできなかった。

言葉どおり、ヤノシュは時間をかけた。頂を越えてみろとばかりに煽ったかと思えば、のぼりつめようとするたびに、すっと引きおろす。やがてタマラは、このままでは叫びだしてしまうというところまで追いつめられた。身悶えし、懇願する寸前だった。奥へ奥へと駆りたてられて、いつもと違う自分を見出していた。心と心を重ね合わせるという衝撃的な感覚に呑まれている。体のなかに侵入し、愛撫する手に合わせて、腰をくねらせている。全身が、稲妻と、熱と、蒸気でできているようだ。あられもない声をあげていたけれども、心臓の鼓動と頭のなかに轟くうなりで、ほとんど聞こえなかった。そしてようやく、絶頂に導かれた。

その瞬間、タマラの殻が砕けた。

崩れた壁の向こうに、そこにあるとは知らなかったものが現われた。心の一部では、とっくの昔に死んだと見なしていたものだ。儚く、とらえどころがなく、名づけようもないもの。その真っ白な輝きがタマラの目をくらました。

そこで気を失ったらしい。はっきりとはわからないけれども、気にもかからなかった。ただ、はっと思ったときにはヤノシュの腕に抱きあげられ、廊下を進んでいた。ヤノシュは廊下に並ぶドアの鍵をひとつひとつ確かめていった。一カ所、鍵のかかっていないところがあった。ヤノシュは勢いよくドアを開け、電気をつけた。従業員用のキッチンだ。

タマラをおろすと、すぐさまドアを閉め、じっと目を見つめながら、うしろ手に鍵をかける。カチリと小さな音が響いた。

タマラの笑い声は震えていた。「いいなんて言った覚えは――」

「きみの許しは求めていない。いやなら、おれをぶちのめし、つばを吐き、その尖ったヒールで踏みつけて、好きに立ち去れるんだろう？」

怒っていいはずなのに、思わずくすっと笑いそうになった。「詭弁《きべん》よ」

ヤノシュはいたずらな笑みを浮かべた。「きみの好みはわかっている。礼儀正しく誘ってくるような、ひよわな意気地なしじゃ物足りないんだ。タマラ・スティール、そこのところは互いに了承ずみのはずだ」

わかった気にならないで。そう言いたかったが、その間もなく唇をふさがれ、気づけば夢中でキスをしていた。

むさぼり合うような荒々しいキス。そうなるように焚《た》きつけたのはタマラだ。ヤノシュは手に力をこめて、あごに唇を這わせ、柔らかな喉に軽く歯をたてた。ほどなく両手を髪に差し入れて、クリップやピンやバレッタをはずしはじめた。無造作にキッチンカウンターに放っていく。ホテルであんなことをされたにもかかわらず、ジュエリーを怖がっていないようだ。タマラが自分を傷つけるはずがないと確信しているようでもあった。

少なくとも、タマラがほしいものを手に入れるまでは。

結いあげてあった髪はほどかれ、癖のついた毛が肩に広がった。髪をおろしていると、若く、かよわかったころに戻ってしまう気がする。ヤノシュはうなじに顔をうずめ、髪を握った。髪までもが喜びを感じているようで、するりと撫でられるたびに、頭皮がぞくぞくしている。

ヤノシュはドレスに手をかけ、伸縮性のある身ごろを肩からはずし、胸まで引きおろした。手の動きを追うように、飢えた唇が、鎖骨から胸に向かって這っていく。両手は腿を撫であげ、ストッキングから素肌へと伝う。

ヤノシュが一歩引いてベルトをゆるめたとき、タマラの脚はくずおれそうになった。革が軋み、ボタンがはずれる小さな音を聞いて、甘美な期待がさざ波のように肌を走っていく。

タマラはこらえきれずに腕を伸ばし、おぼつかない手つきで、黒のジーンズと、ぴったりした黒のブリーフを脱がせた。そして、ペニスをつかんだ。

ヤノシュの手が重なり、しっかりと握らせる。そのまま上下に動かしはじめた。

心ならずも、タマラは猫が喉を鳴らすような声をあげていた。ヤノシュのものは長く、ずっしりとして、岩のように硬く、ビロードみたいになめらかだ。鼓動は手のひらにはっきりと伝わってくる。太いへさきを手のなかで転がした。火傷《やけど》しそうなほど熱い。ものすごく大きい。

すごい。サイズなど気にしたこともなかったけれども、ヤノシュのものが大きいのは嬉しかった。やるならとことんまで。そう、威力の高いものは好きだ。

思えば、ずいぶんと長いあいだ飢えていた。さあ、かかっていらっしゃい。

ヤノシュが身震いして、手探りでポケットからコンドームを取りだした。熱い肌を直接に感じたくて、タマラはゴムを叩き落としたくなったけれども、わずかに残っていた理性のかけらが手を止めた。ノヴァクの破滅後、もう避妊の心配とは一生無縁だろうと思って、ピルを飲むのをやめていた。飲んでいなくても妊娠しやすいたちだとは思えなかったが、人生は落とし穴だらけだ。それに、病気のことも考えなければならない。

いまはものを考えられる状態ではないけれども。まともな思考は、体のふれ合いによる甘美な衝撃で、残らず溶けてなくなった。ヤノシュが太いペニスの先をタマラの脚のあいだに当て、ゆっくりと滑らせて、角度を調整する。タマラはもう喉を鳴らしていた。

そして、ひと息に貫かれた。信じられないほど奥まで、いっぱいに満たされている。こんな感覚は初めてだった。過去を振り返っても、照らし合わせられる体験がない。まったく新しい体を得たかのようだ。秘密の花園に春が訪れ、蕾《つぼみ》が一斉にほころぶなかで、ただ身を震わせているとしかできない。

ヤノシュが軽く腰をひねらせながら、奥まで押し入ってくるたびに、新たな発見があった。タマラはみずからも求めて腰を押しだし、ひと突きごとに高まっていく激しいうねりに乗って、ひたすら喘いでいた。体の内で熱くとろけているところが、ますます熱く沸きたっていく。なんてことだろう。終わりが見えず、操ることもできない。たしかにイくふりは得意で、どんな男でも騙せる自信はあったけれども、本物の快感をどう乗りきればいいのかわからない。急流に揉まれるカヌーのようなもので、どうしたら転覆せずにいられるのか、どうしたら溺れず、気絶せず、正気を失わずにいられるのか、見当もつかない。ヤノシュは大きな体でゆうゆうとタマラを突きあげ、腰をくねらせ、内側からかき乱している。タマラはいつしかすべてを忘れて身悶え、淫らな声をあげていた。

オーガズムに押されて、タマラはさらに深くまでもぐり、魔法の場所にたどり着いた。前にもちらりと見たことがある場所だ。ヤノシュも同時に絶頂を迎えた。その力が体にこだまして、タマラの力と響き合い、豊かな調べを生みだす。耐えがたいほど甘やかに、いつまでも鳴りつづけていた。ヤノシュもここにいる。魂をふれ合わせ、ひとつになって。

時間は止まり、永遠の至福のなかで、魔法のような夢にたゆたい……やがてそこに現実が忍びこんできた。いつでもタマラの頭は独自にデータを処理して、冷静に検討を重ね、結論を導きだす。望もうが、望むまいが。

いまは望んでいなかったが、逃げられるものでもない。ヤノシュが何をしたのか、はっきりと悟ったとき、毒針で刺されたような痛みに襲われた。苦しいほどの緊張から一時的に解放されたことが楽しくてたまらなかったから、真実を見ないようにしていただけ。でも、真実は最初から目の前にあった。あの火照り、夢うつつ、おめでたいほどの気分の和らぎは、数杯のワインでは説明がつかない。

事実は明白。わかりきったことだ。

ドラッグ。何もかも、薬物によって引き起こされたこと。気づかないうちに何かを盛られ、ゆっくりと少しずつ気分をほぐされて、ついには降伏してしまった。自分ではうまく立ちまわれるつもりでいたのに、ヤノシュからいいようにあしらわれた。

数分間、口もきけなかった。ふたりは互いを支えるようにして、ドアにもたれていた。まだつながったままで。そこから、獣のように交わったあとの匂いが立ちのぼっている。ヤノシュはタマラに腕をまわし、張りつめた体を小刻みに震わせていた。ペニスは楔《くさび》のようにしっかりと差しこまれ、子宮を圧迫するほど奥まで入っている。快感は頑固なまでに、タマラの手足に広がっていた。わたしの体にはプライドがない。汚い手で惑わされても、薬を盛られても、騙されても、まったくおかまいなしだ。快感は、快感。長いあいだ飢えてきた体は、貴重なチャンスに飛びつくだけ。

自己嫌悪で声が震えた。「具体的にはどんな薬物を飲ませたのかしら？　やっぱりあなたは最低の嘘つきね」

ヤノシュがわずかに視線を揺らし、口もとをこわばらせたことで、裏づけは取れた。心のどこかで、自分が間違っていればいいと思っていたのに。お決まりの被害妄想ならいいのに、と。

うんざりする。希望を持つ自分が憎く、騙された自分が憎く、騙したヤノシュが憎く、すべてを憎らしく思う自分が憎い。

ヤノシュが咳払いをした。「その……すまない」錆《さ》びた釘を抜くように、ぎこちなく言葉を引きだす。

すまない？　無神経な言葉に啞然とした。

「すまない？」タマラは繰り返した。「すまないですって？　よくもそんなことが言えたわね。どきなさい。わたしから出ていって」広い胸を押しやった。大きな体がのしかかり、同じく大きな分身が自分のなかで脈打っていると、この男に捕らわれ、自由を奪われているような気がした。侵略されているように感じた。

ヤノシュは黙って引きさがった。太いペニスが滑りでていく感覚は、この期に及んでも気持ちがいい。体の内側の筋肉は、行かせまいとして締めつけている。不随意の反応は屈辱的だった。

ヤノシュはふと動きを止めて、目で問いかけながら、太いペニスの頭を少しだけ押し戻した。爆発するようにイッたばかりなのに、次の喜びを与える準備がもうできている。まさに世界級のセックスマシンだ。

でも、わたしは何を期待していたの？　結局のところ、この男はプロなのだ。

タマラはヤノシュの顔につばを吐きつけ、泣き崩れた。

13

ヴァルは顔からつばをぬぐって、輝かしいピンクの花びらがペニスにまとわるさまを見つめながら、しっとりとした絹のような体から身を引いた。コンドームは愛液でつやめいていた。

タマラ・スティールは手で涙を隠している。ヴァルはそちらに目を向けないようにした。見られたくないと思っているのがわかるからこそ、見たくない。鼻柱が強く、気位の高い女だ。涙を武器として使うようなタイプではない。何せ、武器ならほかにいくらでも持っている。

望みを遥かにうわまわる結果を得られたにもかかわらず、ヴァルは打ちひしがれていた。これであと数日はイムレの時間を稼げたというのに、達成感も安心感もない。底なしの穴にどこまでも深く滑り落ちていくような、胸の悪くなる感覚があるだけ。

行為の最中、本当にわれを忘れてしまったことにも動揺していた。ノヴァクの存在も、イムレの存在も頭から消え去っていた。隠しカメラがあることさえ失念していた。すべてを忘れて、ただただ腰を振っていたのだ。

そして、もう一度抱きたいと思っている。いますぐに。喜び勇んで。ひと晩中でも。

ヴァルはコンドームを捨てて、勃起したままのペニスをどうにかしてジーンズに収めた。

無言のすすり泣きを聞いていると、おかしくなりそうだ。

「やめろ」かすれた声のイタリア語が飛びだしていた。「頼むから、泣くな。耐えられない」

「うるさいわね《ヴァッファンクーロ》」即座に言い返す。「止まらないんだからしょうがないでしょう。情緒不安定なのは、あなたのせい。自業自得なんだから、耐えなさいよ」スカートをおろす。ストッキングの片方がガーターベルトからはずれて、腿のなかばまでさがっていた。ヴァルはひざまずき、ストッキングをあげていった。腿の上のほうは熱く、見事なまでになめらかな手触りだ。百合《ゆり》の花のように柔らかい。疵《きず》ひとつないとはこのことだ。脚は震えていた。八百ドルの華奢なハイヒールの上でぐらついている。

こうして膝をついていなければ、ヴァルの脚も震えていただろう。

顔を見られたくなかったから、前に身をかがめ、脚のあいだにキスをした。無言の謝罪だ。払いのけられるのはわかっていたが、自分を止められなかった。立ちのぼる女の香りをもっと吸いこみたいという衝動を抑えられない。もっと。いつまでも。ひそかな涙をこっそりとスカートににじませて。

猫の威嚇のような声とともに、平手打ちが飛んできたが、それほどの力はこもっていなかった。ヴァルは哀願の体勢から顔をあげ、彼女の顔を見た。頬は上気して、しっとりと濡れている。アイメイクが黒くにじんでいるせいで、涙の溜まった目はいっそう輝いて見える。

胸がよじれるほどきれいだ。

できることならスカートをたくしあげ、舌で許しを乞《こ》いたかったが、今度こそ殺されるだろう。ヴァルには責められない。それでも、ヴァルは腰に腕をまわし、子どもみたいにしがみついた。愚かなのはわかっている。あえて隙を見せているようなものだ。ヴァルが髪からはずした一連の武器を使えば、百通りもの方法で殺せる。それどころか、素手でもやってのけるだろう。

べつにかまわなかった。殺したいというのなら、甘んじて受ける。当然の報いだ。ヴァルは息をつめて、待った。

しかし、死の一撃は降ってこなかった。毒針で刺されることもなかった。ただ、両手が髪にふれたかと思うと、ぐっとつかまれ、うしろに強く引っぱられた。頭皮に爪が食いこんでいる。

「あなたはこれまで仕事の一環として、とくに抱きたくもない女と大勢寝てきてたのよね、ヤノシュ?」

底なし沼に引きずりこまれるような気がして、ヴァルは身構えた。「そうだ」警戒の口ぶりで答えた。

「いやいやながらだったの?」声がこわばっている。「薬を盛って、わたしをイかせたのは、つらい仕事だった?」

答える勇気を出すのに、優に一分はかかった。ありのままの真実を口にしようとしていたからだ――たとえ信じてもらえないとわかっていても。

「いいや」低くしゃがれた声で言った。「つらいのはいまだ。あとはすべてがすばらしかった。きみを求めたような強い気持ちで何かを求めたことはない」

涙まじりの笑い声が響いた。「わたしを? 違うわ。あなたが求めたのはわたしじゃない。

わたしの一部よ。誰も彼もがわたしの一部だけを求める。きれいなところだけ、賢いところだけ、利用できるところだけ。それに、脚のあいだね。残りは粉々に砕けたガラクタの山。誰も見向きもしないわ」

ヴァルは腰をつかんでいた手に力をこめ、ウエストのくびれに指を押し当てて、温かな肌としなやかにうねる筋肉の感触を味わった。

「残りもきれいだ」ヴァルはささやいた。「たとえ粉々に砕けていても、きみのすべてがきれいだ」

スティールは両手で顔を覆い、苦い笑いで肩を揺らした。「やめてよ」小声でつぶやく。「甘い言葉をささやいてもらう必要はないんだから。かえって傷つく。はっきり言わせてもらうわ、ヤノシュ。わたしがあなたの望みを叶えることはない。何をされても、考えは変わらない。わかった？　だから、わたしを苦しめるのはやめて。黙って消えてちょうだい。お願いよ」

ヴァルは体から手を放し、立ちあがった。「おれを追い払わないほうがいい。心休まる日は来ないぞ、スティール。おれがまとわりつかなくなっても、ほかの誰かがそうするだけだ」叱りつけるようにぴしりと言った。「おれよりひどいやつが」

「あなたよりひどい？」怒りの涙で目がぎらりと光った。目の下を叩くようにして、涙と一緒にマスカラの汚れをぬぐう。「あり得ない」

「あり得るどころかほぼ確定だ」石のように硬い声で言った。「ＰＳＳに居所をつかまれたら、やつらはレイチェルを奪い、どこかに閉じこめて、きみを思いのままに操ろうとする。

ましてやノヴァクにつかまったら、きみと……レイチェルの運命がどうなるか、想像したくもないはずだ」

スティールは身をこわばらせ、震える手で、つやめく髪をアップにまとめはじめた。「警官を差し向け、ロザリアを困らせ、養子縁組を邪魔したのは、レイチェルを使ってわたしを操ろうとしたことに当たらないっていうわけ？」

ヴァルはその言葉を払いのけるように手を振った。「馬鹿なことを言うな」語気を荒らげた。「比べものにならない。おれはあの子を守るために最大の努力をしている」

「あら、そう。感激ね」スティールは髪をまとめるのを諦め、頭を振ってふわりとおろしながら、散らばった髪飾りを両手で集めだした。「すてきなヒーローだこと」

ヴァルはスティールの手首をつかんだ。「きみが考え直すべき理由がもうひとつある」奥の手だ。「これが最後の申し出だ」

「へええ？」髪をうしろに振り払い、涙のにじんだ目をあげて、ヴァルをにらみつける。「言ってみれば？」

「ドラゴ・ステングル」

五、六個の髪飾りが硬い音をたてて床に落ち、四方に散らばっていった。スティールの顔は唇まで真っ青だ。

「そのことは誰も知らないはず。どうして……？」かすれたささやき声で尋ねる。スティールの目のなかの変化を見て、ヴァルはうろたえた。たったいま心臓にナイフを突き刺したのだという気がした。

「ノヴァクから預かったファイルのなかにきみの写真があった」正直に話した。「ゼトリーニャの虐殺で犠牲になった人たちを悼む慰霊祭で、数年前に撮られたものだ。調査の結果、虐殺の命令を出したのが誰なのかわかった。彼の……近況については、きみも興味を持つんじゃないかと思う」

「近況？　父を殺した男の？　わたしがほしいのは近況以上のものよ」なんの感情もなく、血も通っていないかのような声だ。「あの男の心臓から血が流れるところを見たい。拷問台に張りつけにしてやりたい。断末魔の叫びを聞きたい」

勝った。ヴァルはそう気づいた。スティールを手中に収めたのだ。しかし、満足感はなかった。その正反対だ。こんなふうに彼女を利用する自分がどうしようもないクズに思える。古傷をナイフでえぐっているのだから。

「あいつはどこにいるの？」

「まだはっきりとした場所はつかんでいないが、有力な手がかりがある」曖昧にぼかして答えた。「その手がかりを追うのに協力しよう。その代わり、おれの計画に手を貸してくれ」

スティールは笑った。「計画？　そんなふうに言える代物じゃないわ。手がかりとはどういう意味なの？　でたらめだったら、今度こそ本当に殺すわよ」

「彼の娘の居所を知っている」ヴァルは言った。

白く柔らかな喉が動いた。「アナ」スティールはつぶやいた。

「そう、アナだ。イタリアで暮らしている。夫はマフィアともつながりのあるイタリア人貿易商だ。人に頼んで、すでにアナを尾行させている。おれの客筋にイタリア・マフィアのボスの奥方がいるから、そこから渡りをつけることができる。もしきみが望むなら」

「もし……わたしが……望むなら」虚ろな声で繰り返す。目はこちらに向けられているが、ヴァルを見ていなかった。ヴァルがいることすら忘れているようだ。過去を振り返り、ヴァルには見えない何かを凝視している。あるいは、ヴァルの知りたくない何かを。苦痛に満ちたまなざしからすれば、その光景は、いまここで起こっているかのように鮮明に見えているのだろう。

ヴァルにはよく理解できた。自分の人生にも、脳裏に焼きついて、以降一日たりとも忘れられない出来事がいくつかある。「それで?」返事をうながした。「取り引きするか?」スティールは喉のつまったような音をたて、口に手を当てると、よろめきながらドアの外に出ていった。硬いハイヒールの足音がすみやかに遠ざかっていく。

ヴァルはドアの枠を満身の力でつかんでいた。取り引きは成立したのか? あの女のすることは何ひとつ簡単に読めない。

三歩さがれ。心にそう言い聞かせたが、まったく効かなかった。これまで、あらゆる感情を抑えこむすべを学んできたが、いまの思いはかつて覚えのないものだった。ままならぬ欲望と罪悪感。そして、悲嘆。

イムレ。ヴァルは髪飾りを拾いあげ、ビデオカメラを回収して、廊下の先のドアから外に出た。近道をするために森に入り、駐車場へ向かった。凍りつくほど寒い。コートを取りに戻ることはできないが、どのみちタマラ・スティールとの逢瀬《おうせ》でまだ体は火照っていた。いまなら南極の万年雪でも溶かせそうだ。

氷結した木の葉や小枝をザクザクと鳴らしながら、滑りやすい靴で森を駆け抜けて、車のなかに飛びこんだ。ここがワイヤレスのサービスエリア内であることを祈る。入らなければ車を出すしかないが、タマラとレイチェルから離れたくなかった。いまこうしてふたりが視界から消えていることさえ落ち着かないくらいだ。

ノートパソコンを立ちあげた。ああ、よかった。電波が入っている。まずはインターネットに接続した。それから、小型ビデオカメラをパソコンにつなぎ、モニターに映しだして、デジタルの映像を取りこんだ。

編集中は動悸が治まらなかった。ビデオは、逆に期待を裏切るほどよく撮れていた。アングルも完璧で、タマラが頰を紅潮させ、目を閉じて天井を仰ぎ、ヴァルの腿に美しい脚を絡ませているところまで、何ひとつ逃さずきれいに映っている。

胸が痛んだ。これはふたりだけの大切な時間だ。それをノヴァクのような鬼畜に与えなければならない。獣をおとなしくさせるための肉のかたまりだ。

タマラの涙とふたりの会話の部分は切り取った。無意味なのはわかっているが、せめてもの配慮だ。完成した動画データに暗号化を施し、メールに添付した。送信ボタンにカーソルを置いたまま、数分が過ぎた。目を閉じて、イムレの手を思い浮かべた。

〝送信〟をクリックした。

暗闇のなかで両手に顔をうずめ、十分以上がたった。そこでようやくウェブカメラを起動する心構えがついた。

画面がちらつき、アンドラーシュのにやけ顔が映った。「ああ、おまえか。楽しませてもらってるぜ。運のいい野郎だ」

「イムレを出せ」ヴァルは硬い声で言った。

「待ってろ」アンドラーシュが消えた。ヴァルは誰もいないスクリーンを見つめた。彫刻を施されたアンティークの椅子の背だけが映っている。数分が過ぎた。

ノヴァクがカメラの前に現われた。やはり頬をゆるめて、紫がかった唇をしきりに舐め、てらてらと光らせている。

「よくやった、ヴァイダ」ノヴァクが言った。「待たせて悪かったが、何せビデオに目が釘づけだったからな。おまえとスティール嬢のショーはなかなかのものだった。これほど情欲をかきたてられたのは数年ぶりだ。あの女への罰を遂行する部屋に大型スクリーンを用意して、いまのビデオを繰り返し流そうじゃないか。あれが、あの女の最後に見るものになる。わたしが目をえぐる前にな。完璧だろう?」

ヴァルはすぐさま頭のなかを無意味な雑音で埋め、そのイメージを締めだそうとした。うまくいかない。「イムレと話がしたい」力なく要求した。

「そうだろうとも。おまえからビデオが送られてきたとき、こちらに連れてこさせた。特別に、上映会に参加させてやったんだ。では、席を替わろう。わたしはもう一度ビデオを見たいからな」

画面が揺れて、ノヴァクは消えた。乱れが収まると、ノヴァクが陣取っていた椅子に、イムレが座らされるところだった。

少しのあいだ画面がちらついていたが、やがてはっきりとイムレの顔が像を結んだ。

ヴァルは歯を食いしばった。イムレは生気を失い、ひとまわり縮んで、とても小さくなったように見えた。目は落ちくぼみ、頰はげっそりとこけている。四日間で十五歳も老けたかのようだ。

両の手をこぶしに握り締めた。「ひどい目にあっていないか？」こんなことしか言えない自分が憎たらしい。状況を考えれば、ばかばかしく、意味のない質問だ。

イムレは皮肉めかして眉をあげた。昔からの癖だ。「殴られたり、切り刻まれたりしていないかという意味なら、いまのところは無事だ」

「食事は？」ヴァルは食いさがった。「ちゃんと食わないとだめだ」

いらだちもあらわに、イムレは顔をしかめた。「馬鹿なことを言うな」

息苦しく、どうしようもない沈黙が続いた。何かしゃべりたい一心で、ヴァルは口を開いた。「必ずそこから出してやる」

「気の毒な女性を犠牲にして？　拷問と死が待ち受けているとわかっているのに、彼女を連れてくるのか？　わたしをそんなことに荷担させないでくれ、ヴァイダ」

抑えきれない怒りがヴァルの喉もとにこみあげた。「おれを……頭ごなしに……批判するな」歯ぎしりするように言った。

イムレはちらりと左のほうを見た。騒々しい笑い声や下品なやじが聞こえてくる。「あの男は悪魔だ」イムレは静かな口調で言った。「できるだけ多くの人間を地獄の道連れにしようとしている。なかでもおまえのことは、無理やりにでも連れていくつもりだろう。引きずられないように気をつけるんだ」

「おれは精一杯やってる！」爆発するように言葉が飛びでた。「なるほど」ようやく、ヴァルのよく知る、そっけない辛辣な口調が出てきた。「あれがおまえの精一杯か？　神の慈悲を願うばかりだ。あの映像は、年寄りのやもめには少々度が過ぎたよ、ぼうず」

咎めだてるような声を聞いて、ヴァルは口もとをこわばらせた。「信じられない」ヴァルは言った。「あんたが手足を切断されたり、殺されたりするのを止めるために、盛りがついた猿みたいにかけずりまわったっていうのに、お説教を食らうのか？」

イムレの唇が冷ややかに歪んだ。「わたしが見たところ、盛りのついた猿というのはまさにいまのおまえの姿だ。そして、そう、説教をしているのだよ。昔からの習慣は変えられないものだ。おまえがこの苦境を脱するためには、精一杯ではまだ足りないらしい。神のご加護を、ヴァイダ」

画面がちらつき、プツッと消えた。ヴァルはがくりとうなだれ、ズキズキするひたいをハンドルに叩きつけた。

頑固なじいさんめ。何が〝精一杯では足りない〟だ。ほかにどうすればよかった？　おれは不可能を可能に変えようとしているんだ。ノヴァクのくそったれ、イムレのくそったれ、どいつもこいつもくそったれだ。近場の崖《がけ》から車ごと飛び降りたくなった。あとはどうとでもなればいい。

だが、できない。その道は選べない。ヴァルの信条に反する。

もうひとつ、仕込んでおくことがある。無謀な賭けだ。ステングルが娘の近くにいることが大前提で、そこに、ドナテッラがステングルの娘に渡しをつけてくれるという前提が加わる。しかも、うぬぼれが強く、気まぐれなドナテッラが、何年も電話一本よこさなかった男と口をきいてくれるかどうかさえ怪しい。あの女には死ぬほどうんざりさせられたものだが、こうして必要になってみると、顔をつないでおくことを怠った自分が恨めしかった。ヴァルは腕時計に目を落とした。イタリアでは朝の六時。電話をかけるには非常識な時間だが、待っていられない。

　ヴァルの心は破裂寸前だった。

　携帯電話をポケットから取り、目を閉じて、ドナテッラの番号を記憶から引きだした。サン・ヴィートで密輸組織に潜入していたころから五年が過ぎている。そのうえ、あの女は、イタリア・マフィアのボスの妻として気の抜けない人生を送るかたわら、夫には内緒で複雑な人間関係を築いていた。電話番号を変えている可能性は高い。仮につながったとしても、眠りを妨げたという理由で、目玉をくり抜かれるかもしれない。しかし、当時、ドナテッラの機嫌を取るのはまったく難しいことではなかった。

　またドナテッラを抱くことになると思うと、口もとが引きつった。美しい女性だが、身勝手で、ひとりよがりなうえにやかましく、ときおり背筋が寒くなるほど残忍な一面を見せる。

　イムレ。ヴァルは大きく息を吐いて、電話をかけた。

　三度目の呼出音で、ドナテッラが応えた。「誰《チ・カッツォ・セイ》よ？」怒鳴り声だ。

「ドナテッラ。ヴァレリーだ」声で愛撫するように言った。

「ヴァレリオ！　アモーレ。わたしのことなど忘れてしまったんだと思っていたわ」

「忘れるものか、美しい人《ベリッシマ》」ヴァルは言った。「長いあいだ放っておいたことを許してほしい。しばらく前からごたごた続きでね」

「そうでしょうとも」不満そうだ。「はっきり想像がつくわ。それにしても、こんな時間に電話をかけてくるなんて、何を考えているの？　わたしがエトレと一緒に寝ていたら、と思わなかった？　どう言い訳したらいいのよ？」

「夫と一緒に寝ているなら、あなたは絶対にこの番号の携帯には出ない」ヴァルは言った。「ほかの誰かがベッドにいるんだろう？」

「気になる？　ヴァレリオ」わざとらしく甘い声を出す。

「おれを一番に愛してくれるなら、かまわないさ」ヴァルはそっとささやいた。

「相変わらず優しいのね、あなた《カリッシモ》。とはいえ、ここにいる若くてかわいいジュゼッペもなかなかのものよ」くすくすと笑って、電話の向こうにいる男に小声で何かを言った。「いずれ三人で夜を過ごしてもいいかもしれないわね。このベッドはとても大きいの。それに、ジュゼッペも……んん、そう《シ》……待ちきれないって顔をしているわ」

「あなたが喜ぶならどんなことでも」ヴァルはひるまずに言った。「しかし、その前に、ひとつ頼みがあるんだ。おれが贈ったイヤリングを覚えているかな？　あの毒入りのやつだ」

「もちろんよ、アモーレ。大事にしているわ。あなたみたいな男が恋人に贈るにしては、大胆極まりない代物よね。わたしがやきもちを焼いたら、あれであなたを殺すかもしれないって思わなかったの？」

「ああ、それは頭をよぎったが、おれは死ぬのが怖くないんだ」ヴァルは言った。「明後日《あさって》、あのイヤリングのデザイナーが、美しいジュエリーをひととおり携えてイタリアに来る。毒物や麻薬や爆発物が隠され、武器として使えるものばかりだ。真っ先にあなたのことが思い浮かんだ。あなたのように、美しく危険な女性にこそふさわしい装飾品だからね」

「まあ、ヴァレリオ。嬉《テ》しいわ《ツロ》」ドナテッラは喉を鳴らした。「わたし、そんなに危険かしら？　だから何年もわたしから離れていたの？」

「心はいつでもあなたのそばにいたよ」穏やかな声でさらりと言った。「ただ、こういったはからいのためには、おれが隠れ家から出ていかなければならないが。デザイナーに会って、彼女の作品を見る気はあるかな？」

「もちろんよ。すべて見てみたいわ」

「そうだと思った」なめらかな口調で言った。「その代わりに、頼みがあるんだ」

「あなたの頼みを断われないのはわかってるでしょう？　なんでも言ってちょうだい」

「アナ・サンタリーニという名前の女性を知っている？」

「イグナチオ・サンタリーニのつまらない奥さん？　あんな愚図な女になんの用があるのよ？　まさかあの女と寝るつもりじゃないでしょうね！」

「いや、そんなつもりはまったくない」ヴァルはきっぱりと言った。「しかし、件《くだん》のジュエリー・デザイナーに紹介しなければならないんだ。手はずを整えてもらえないか？　サンタリーニの家のほうが望ましい」

ドナテッラの頭のなかでカチャカチャと鳴る計算機の音が聞こえてきそうだ。「できないことはないけれども……あなたがまた付き合ってくれるならね」

ヴァルは聞こえないようにため息を漏らして、顔をしかめた。「喜んで、かわいい人《ピッコラ》。明後日にデザイナーを連れていくから、その日のうちに場を設けてほしい」

「そんなにすぐ？ 無茶を言わないで！ あの女が街にいるかどうかもわからないのよ！」

「ジュエリーを見に来るように誘ってくれ」ヴァルは引かなかった。「それなら乗ってくるだろう」

「そんなことをしたら、わたしが買うジュエリーの秘密がすべてあのサンタリーニの雌豚に知られてしまうじゃないの。みんなに言いふらすに決まってるわ！ いったいなんなの？」

ヴァルはこぶしを握り締めた。「頼むよ《ティ・プレゴ》」声を抑えて言った。「お願いだ。おれのために引き受けてほしい」

ドナテッラはいらいらと鼻を鳴らした。「近々、一週間ほどパリへ買い物に行く予定よ」高らかに言う。「一緒に来てくれるわね？」

「待ちきれないよ」歯を食いしばるようにして答えた。

「丸々一週間よ？ 覚悟を決めておいて。存分に楽しませてもらうから」

「受けてたとう」ヴァルは臆さずに言った。「サンタリーニに会う場所と時間が決まったら、メールで送ってくれ。いいね《ヴァ・ベネ》？」

ドナテッラは一瞬間を置いてから、チッチと舌を鳴らした。「心配そうね、ヴァレリオ？」猫撫で声で言う。「何かあるの？ 困ったことになっている？ それなら、このドナテッラに話してごらんなさい、ぼうや《バンビーノ》。助けてあげられるかもしれないわ」

あごの筋肉が引きつってきた。ドナテッラのような牝牛《ヴァッカ》にさえ、ぴりぴりしていることを悟られるのだから、いまのヴァルは相当にひどい状態なのだろう。「もう助けてもらっているよ」ヴァルは穏やかに言った。「あなたは天使だ」

「二月七日に、パリで」ドナテッラは念を押した。「忘れないでよ」約束を破ったら許さないという意思が聞き取れた。

「忘れるものか。楽しみにしている《ドーポ・ドルチェッサ》」

そのあともひとしきり、くだらない愛の言葉をくだくだしく述べ合ってから、ようやく電話を切った。ゆっくりと、落ち着いて息を吐く。

三歩さがれ。一週間、パリの高級ホテルで奉仕することぐらい、イムレの命のためだと思えば安いものだ。必要なことなら、やってのけるまで。それでも、苦々しい思いはつきまとっていた。シャワーを浴びたくなった。

ああ、悩むのもばかばかしい。どのみち二月七日には死んでいるかもしれないのだから。自分を奮いたたせるための鞭のなかでは、これが一番ましだった。

ヴァルはホテルに戻った。このいまいましい用事をすませているあいだに、スティールが逃げだしていることをなかば覚悟していた。

しかし、パーティ会場をのぞいてみると、スティールはちゃんとそこにいて、荷物のぱんぱんにつまった黒いおむつバッグを肩にかけ、あいているほうの手で、ぐずつくレイチェルにコートを着せようとしていた。同時に、エリン・マクラウドと何やら話し合っているようだ。いま、エリンのほうが不安そうな表情を浮かべ、何かをまくしたてている。その返答として、スティールは首を横に振った。エリンがスティールの肩をぽんと叩く。スティールがうなずき、子どもを抱きあげて、出口に向かって歩きだした。白い顔は張りつめ、目は苦悩に取り憑かれている。髪をおろしていると、いつもと感じが違って見えた。つややかな毛先が、形のいい尻をかすめている。スティールがそばを通りすぎれば、誰もがまじまじと見つめた。

噂話のひそひそ声がその背後を追っていたが、スティールは一顧だにしなかった。ヴァルはロビーに戻って、目につかない場所でスティールを待った。どちらに向かうのか、その方向だけ見極めて、すぐさま階段に隠れた。

安堵で膝から力が抜けた。駐車場に近い正面玄関ではなかった。この本館と宿泊棟をつなぐ屋根付きの通路のほうに向かっている。ヴァルから逃げなかった。今夜のところは。ありがたい。もう追いかける力が残っていなかった。すでにあらゆる手を使い果たし、万策尽きたと言っていい。もう何も思い浮かばない。もしもいまスティールが逃げたら、二者択一を迫られることになる。

スティールか、イムレか。どちらかが悲惨な死を迎える。

適当な距離を取って追いかけ、タマラとレイチェルが消えたドアの部屋番号を確認し、屋根付きの通路のほうに戻った。

タマラの部屋のおよそ向かい側に大きな木が立っていて、その下に錬鉄製のベンチが置いてあった。そこに座った。骨までくたくたで、千歳も年をとったような気がする。金属の冷たさが服を貫き、肌を焼くようだった。ここに長く座っているつもりなら、コートを取ってくるべきだが、動きたくなかった。

あのドアから目を離すわけにはいかない。

何かを強要されるのは好きじゃない。自分の心に駆りたてられたことであっても、そうでなくても。ノヴァク、ヘーゲル、ドナテッラからいいように操られているだけでも充分に腹立たしい。さらに、ボロ雑巾《ぞうきん》みたいな自分の精神に悩まされ、その影の部分に小突きまわされているのは我慢がならなかった。

それでも、こうしてベンチに根を生やし、ケツを氷に変えている。しかも、ドアを見張っているのは、スティールの逃走を防ぐためではない。逆に、近々必ずや訪れる脅威から守りたいからだ。

ギリシャ悲劇みたいなこの騒動で、ヴァルは不似合いな役を割り当てられている。

通路を過ぎゆく人々は、暗闇にじっと潜んでいるヴァルに気づかなかった。やがて、ひと組のカップルがぶらりと出てきた。背の高いブロンドの男の顔が、木々の枝の向こうから差しこむ光で明らかになった。ショーン・マクラウドと妻のリヴだ。ショーンはヴァルに目を留め、通路をはずれてこちらに歩いてきた。妻を伴い、凍った芝生を突っきって、目の前に立つ。

鋭い目つきで見つめられ、ヴァルはもじもじと身をよじった。どんな光景に見えるのか、はっきり自覚している。この寒空の下、女から締めだされ、コートも着ずにぽけっと座っている男。スティールの武器たる髪飾りを両手に持って。腹をすかせ、部屋のなかに入れてもらえるように哀れな声で鳴いている犬だ。

残飯をねだって鳴く野良犬。

「こんな寒いのに、おもてで何をしているんだ?」マクラウドが強い口調で尋ねた。

ヴァルのため息は、真っ白な蒸気になって、目の前でのぼっていった。「見張り番だよ」

ブルネットの髪をした肉感的な妻は、控えめに疑わしそうな視線をよこした。「自分で自分の面倒を見られる女をこの世でひとりだけあげろと言われたら、それはタマラよ」

反論せずに、肩をすくめた。「念のために」

マクラウドはうめくように言った。「そりゃまたたいへんな仕事だ」困惑顔で、いったん言葉を切った。「まあ、がんばれ」そして、こう付け足す。「と言っていいのかわからないけどな」

ヴァルは軽く会釈した。ふたりはきびすを返し、立ち去った。マクラウドが気づかわしそうな表情でちらりと振り返った。ふたりの低い話し声は闇のなかに吸いこまれていった。

嘘をつくのは得意だった。自分が演じる役になりきり、嘘ではなく本当だと思いこむのが秘訣だ。しかし、スティールに言ったことは嘘ではない。あのとき、掛け値なしの真実を思わず口にしていた。誰にも、イムレにさえ、あそこまで心を打ち明けたことはない。曖昧な真実をより合わせたものだが、それでもだ。

——きみを求めたような強い気持ちで何かを求めたことはない。この言葉の赤裸々な響きがヴァルのなかで鳴り渡り、爆発を起こしている。世界に対する自分のありようを吹き飛ばされ、照準をずらされた。危険な秘密だ。

——それに、危険な秘密は美しいもの。そう思われません?〈シブミ〉で、スティールがそう言うのを聞いたときには、他愛のない文句だと思ったが、いまは頭のなかで、真理として響いている。昔からイムレは〝危険な秘密〟だった。壊されたくないから、そっと隠していた宝物だ。

秘密というとき、たいていの人間が隠しているのは、うしろ暗く、恥ずべきものばかりだ。しかし、ヴァルにとっては正反対だった。ヴァルは美しいものを隠している。

そうでなければ、かなりの確率で、バスルームの床で死んでいるのを見つけることになるのだから。

皮肉なものだ。おれのような男が、スティールを利用するのではなく、守りたいという不合理な欲求に突き動かされている。たしかに、危険な秘密だ。宝石のちりばめられたイヤリング型爆弾と同じ。ペンダント型スタンガンとも。これだけは、スティールから隠しておかなければならない。

おれの勘では、スティールはまず間違いなく喜ばない。


重そうな金属のドアの鍵がガチャガチャと鳴って、イムレははっと物思いから覚めた。心のなかでウフィツィ美術館を歩き、思いつく限りの絵画を見てまわっていた。つまり、全部だ。好みははっきりしているが、あそこに展示されている作品はすべて覚えている。

想像の建物は崩れ落ちた。気を失いそうな感覚と恐怖の波が押しよせる。

また来たのか。ガボール・ノヴァクはイムレのようす、というよりも衰えぶりを観察し、それをくどくどしく談ずることをお気に入りの遊びにしていた。人の弱みをつつき、ほじくり、精神的な拷問ならば許されているとばかりに、存分に楽しんでいく。ノヴァクはその悪魔の術に長けていた。

イムレが自分を守るには沈黙を貫くしかなかったが、盾としては心もとない。すでに、殴られたり焼かれたりするのを怖がるように、小さく身をすくめている。大柄な男がふたり入ってきた。ひとりはイムレに銃を突きつけ、もうひとりが折りたたみの椅子を運び入れる。最後にノヴァクが現われ、椅子に腰をおろした。満面の笑みだ。

イムレはノヴァクの肩の先にぼんやりと焦点を合わせ、震える指を尻の下に隠したいという衝動をまぎらわすために、手を開いたり閉じたりしはじめた。

怖がるなと自分に言い聞かせた。どのみち死にかけている。そうだろう？　ほどなく、失うべきものはすべて失う。その一部、たとえば指が、少し早く失われたからといってなんだというのだ？　痛みとももうすぐ無縁になる。

虚しい言葉だった。いくら胸の内で繰り返しても、恐怖には勝てない。

ともかくも、眼鏡をかけていないことはありがたかった。レンズの片方はまだ無傷だが、もう片方は二度目に殴られたときに割れてしまった。一方の目だけよく見えて、もう一方はぼやけているという状態で長くいると、ひどい頭痛に悩まされることがわかった。すでにひどい痛みに悩まされているとき、これ以上の苦痛は受け入れられず、イムレは眼鏡を諦めて、マットレスの下に隠しておいた。それに、おかげでノヴァクのおぞましい顔もぼやけ、黄色くてかる肌も、飛びだしそうな眼球も、ぼんやりとした悪霊のものにしか見えなくなった。

ただし、この男のひどい口臭はまだはっきりと嗅ぎ取れる。

「最近はよくおまえのことを考えているのだよ、イムレ」ありがたく思えと言わんばかりの口調だった。「どうやらわたしとおまえには共通点があるようだ」ノヴァクは朗らかにしゃべりつづけた。

　そんなはずはない。イムレは心のなかで応えたが、口には出さず、しきりに動いている両手に視線を落とした。そこに注意を引かないように、意志の力を振り絞って手の動きを止めた。

「その顔色、瘦せた体から、消耗性疾患で死にかけているとわかる」ノヴァクが言った。「癌かね？」

　驚きで思わず顔をあげ、ノヴァクと目を合わせてしまった。

　イムレはすぐに視線を落としたが、ノヴァクは満足そうにくっくと笑っていた。

「やはりな。肝臓、胃、脳？　もうたいして時間が残されていないんだろう？　わたしにはわかるんだ、イムレ。ヴァイダにとっては皮肉な話じゃないかね？　すでに死にかけた男のために血まなこになっているとはな。余命はどれくらいだと言われた？」

　イムレはつばを飲もうとしたが、口のなかはからからだった。咳が出た。一度始まるとなかなか止められない。

「いくばくもないというわけかね？」ノヴァクはまた笑った。「三カ月？　医者はたいてい三カ月と言うんだ。決まり文句だな。わたしは七カ月前にそう言われたが、ほら、まだ生きているだろう？　内側から腐っているのはたしかだが、まだ命はある。あの女の死という喜びが、寿命を少なくともあと一カ月延ばしてくれるだろう。おまえも参加したいか？　同じ効果があるかもしれないぞ」

イムレはもう一度ノヴァクの目を見た。「断わる」しゃがれた声で言った。

ノヴァクは目をぱちくりさせ、口もとをゆるめた。イムレから新たな反応を引きだしたことに満足している。「ならば、そのときには観客として招いてやろう。もうすぐだ。ヴァイダは仕事が早い。昔から使えるやつだった」

イムレはベッドのはしをつかんだ。恐怖で視界が暗くなる。いまにも気を失いそうだった。暗く深い穴のふちに、ぐらつく脚で立っているようなものだ。

「気の毒に」ノヴァクが猫撫で声で言った。「おまえの気持ちはよくわかる。何せわたし自身、老いて体の弱った男だ。痛みがひどいんだろう？」ポケットに手を入れて、カプセル錠の入った小瓶を取りだした。カシャカシャと鳴らしてから、ふたを開けて、一錠を手のひらにのせる。「持続時間の長い強力なアヘン剤だ。ひとつやろうか？　瓶ごとは置いていけないが。一度に全部飲まれたらかなわないからな。しかし、わたしが昔から不思議に思っていたことを説明するなら、この一錠をやろう」

ノヴァクはイムレが手を伸ばすのを待っている。頼むからくれと懇願し、不思議に思っていたこととは何かと尋ねるのを待ち受けている。しかし、もししゃべりたかったとしても、イムレは何も話せなかった。凍りついていたのだ。恐怖のあまり、塩の柱と化していた。

ノヴァクはぎらつく目をすがめ、目尻にしわをよせた。「おまえのペットについて、知りたいことがある。あいつはなぜいつまでもおまえに忠誠を尽くしているんだ？　子どもの時分、食べ物と寝床で釣って、わたしをペットにした男がいた。おまえとヴァイダの関係と同じだ。わたしが成長したあと、その男をどうしたか知りたいかね？」

やめてくれ。聞きたくない。イムレは目を閉じて、バッハのブランデンブルク協奏曲第一番を頭のなかで奏で、ノヴァクの言葉をそこに埋めようとした。

ノヴァクの声は、バターをカットする熱いナイフのように、バッハの調べを切り裂いた。「少しずつ皮をはいでやったんだ」優しささえ感じさせそうな声で言う。「あの女にもそうしてやってもいいかもしれないな。こうしようじゃないか、イムレ。今後、おまえが質問に答えるのを拒むたびに、あの女の皮をはぐ回数を増やしていく。おまえが見ている前で」

ノヴァクはイムレの寝台を覆う毛布に錠剤を置き、立ちあがった。

「取っておけ」寛大ぶって言う。「わたしとて、無理ばかり言うわけではない。相手が無理を言わなければ。わたしはおまえと同じく、孤独な男だ。おまえがもう少し気位を落としてくれれば、おもしろい会話もできるだろうに。なんといっても、われわれは老いた者同士で、しかも同じ運命を目の前にしている。おまえに興味があるのだよ。ヴァイダはおまえの導きで、あれだけの教養と知識を身につけたのだろう？　そう、あいつはおまえのおかげで、わたしのような人間の下で働くには立派すぎる男に成長したんだからな」ノヴァクは笑って、イムレの肩を叩いた。

イムレはびくっと体を引きつらせた。

「ヴァイダがうまくあの女を連れてこられるように本気で願っているんだ」ノヴァクはつくづくと言った。「失敗すれば、おまえに罰を与えねばならん。しかし、正直に言わせてもらえば……すでに痛みに苦しんでいる老いぼれを拷問しても、なんのやりがいもない。痛みはもうおまえの一部だからな。それではおもしろみに欠ける。だが、心配するな。アンドラーシュはおまえのような死にかけからも、生き生きとした反応を引きだすだろう。あいつの手腕は見事だ。そのときになればわかる、そのときになれば」

イムレはぎゅっと目を閉じた。意に反して、涙がこぼれ落ちる。

手下のひとりがドアを開け、もうひとりが椅子をたたんだ。ドアのそばに立ち、ボスを先に通す。

「せいぜい薬を楽しむといい」ノヴァクはもう廊下を歩いていたが、嘲るような声はここまで漂ってきた。

乱暴にドアが閉まり、鍵がかけられた。イムレは再びひとりになった。

恐怖に呑まれていた。全身が麻痺して、長いあいだ動けなかった。

どうにか落ち着いたあとで、錠剤を取り、マットレスの下に忍ばせた。いまよりも、あとで本当に必要なときが来るかもしれない。

壊れた眼鏡のフレームが指先をかすめた。

イムレはフレームを出した。それから、割れたレンズのなかから一番大きなかけらを選び、慎重に取りはずした。古いレンズは、プラスチックではなく本物のガラスでできている。かけらは厚く、ほぼ三角形に割れて、先端はぎざぎざに尖っていた。そこを親指の腹で押してみた。

赤黒い血が一滴、湧きあがる。

そのまま何時間もじっと座ったまま、ガラスのかけらを一心に見つめていた。やがて、電気のスイッチが切り替わり、部屋は漆黒の闇に包まれた。

14

タマラはベッドのはしに座って、目を見開いたまま、白い壁を見つめていた。目は開いていても、閉じていても同じことだ。頭のなかの光景を締めだせない。それに、音も。ライフルの銃声は遠くのほうから何度も何度も響いてくる。苦悶の悲鳴はスレムスカ・ミトロヴィツァの地下牢からいつまでも立ちのぼっている。拷問が行われた地下牢だ。

両手で耳を覆いたくなったけれども、音が頭のなかから聞こえてくる以上、効果はないだろう。タマラは関節が白くなるほど強く、ベッドカバーを握りつづけていた。そうして〝現在〟にしがみついた。清潔で安全なホテルの部屋。ここはハクスリーの高級リゾートホテルで、隣にはレイチェルが眠り、まわりは友人たちに囲まれている。汗まみれでうめく人たちと一緒に閉じこめられているわけじゃない。苦痛、悪臭、シラミ。床に横たわることもできないほどぎゅうぎゅうに押しこめられるつらさ。

レイチェルはようやく眠ったばかりだ。夜遅くまでスヴェティやほかの子どもたちと遊んでいたために、いつになく興奮して、しかもチョコレートのウエディングケーキでハイになったレイチェルを寝かしつけるのは、いつもの三倍たいへんだった。それでも、今夜に限り、ひとり取り残されて、おのれの心と向き合うしかなくなるのは嬉しくなかった。

できることなら、この静かな時間を、気ぜわしくて騒がしい時間と交換したいくらいだ。今夜なら、癇癪を起こしてくれても、泣き叫んでくれてもいい。過去を断ち切ってくれるなら。

お気の毒さま。レイチェルには睡眠が必要だ。だから、タマラはひとりで、ジンジンする目で壁を凝視し、胃の差しこみに耐えている。目を見開いたままの母とイリーナにシャベルいっぱいの土がかぶせられていくのを見つめている。

記憶が押しよせてきたせいで、ふたつの世界を同時に見るような感覚に陥っていた。過去と現在が重なり合って、どちらがより現実らしいのか、もはやわからない。この部屋は暖かいのに、全身に鳥肌がたっていた。十六年前、ティトグラードのあの部屋で体感した寒さを、いまもまた感じている。

タマラはたわんだベッドに座っていた。色褪せたブロケード織りのベッドカバーは冷えきっていて、お尻が冷たい。着ているものは娼婦めいた赤いシルクのシュミーズだけ。男の目的を果たすには、それだけで足りる。そうステングルは言った。ほかの服は一着も持っていなかった。靴も、コートも。一定の間隔を開けて、白い息があがる。息をするたびに、冷たい空気が鼻のなかを凍らせる。

ホテルの部屋の窓は大きく開けてある。タマラが自分で開けた。雪が吹きこんでいた。ベッドのそばに置いてある金メッキの目覚まし時計が一秒ずつ時を刻んでいく。部屋には鍵がかかっていて、窓には鉄格子がはめてある。吹きつける雪が、絨毯の上で渦を巻く。部屋のなかでも、雪は溶けない。チクタク、チクタク。

タマラはじっと座って、寒さに震え、ステングルが戻ってくるのを待っている。そうして……いつものとおりのことをするのを。

それまでに凍死できればいいのにと思う。

タマラは無理やり意識を過去から引き離し、現在に向けさせた。寒さの記憶で体が震えている。底なしの記憶の穴に落ちてしまったことに軽く腹をたてていた。わざとではなくても、無意味だし、無責任だ。タマラは立ちあがり、温度調節器の前に歩いていって、室温をあげた。寒さなんて吹き飛ばしてやる。

ベッドに横たわり、ブランケットをかけた。小さなレイチェルの骨張った背中に手を置き、呼吸に合わせて小さく上下するのを手のひらで感じた。

幼い少女のぬくもりと生気に慰められた。

これから数日いなくなることをレイチェルに話すのは気が重かった。ありがたいことに、そのあいだの世話はエリンが引き受けてくれたし、スヴェティもレイチェルについていってエリンを手伝うと申しでてくれた。それでも、しばしの別れを告げれば修羅場になるだろう。くたくたなのに、目は冴《さ》えていた。薬の影響かもしれない。

ヤノシュの最後の提案は、タマラを足もとから揺さぶった。いったいどうやって調べあげたの？　何よりもがっちりと守ってきたはずの痛ましい秘密――ヤノシュはそれをたやすくむしり取り、タマラの顔の前にぶらさげてみせた。いとも無造作に。

ヤノシュがステングルの名を口にしたときから、タマラの頭のなかでは過去の光景が延々と繰り広げられている。まるで追体験するようにまざまざと。

タマラは、悲嘆に暮れる十五歳の少女に戻っていた。なんの力もなく、誰もが好きなように遊べるオモチャ。そう、あの忌まわしい日々、タマラはそうして弄ばれた。反撃することを覚えるまでは。

長いあいだ、世界中に触角を伸ばして、あの社会病質者のステングルを捜してきた。戦犯法廷という比較的安全な避難所に囲われてしまう前に、どうにか見つけだしたかった。

この手で殺してやりたい。タマラに取り憑き、眠りを妨げる亡霊たちをなだめるには、それしか手立てがない。

復讐。唯一、タマラがあらがえない餌だ。

ヤノシュはどこにいるのだろうか。パーティ会場を出るとき、タマラは努めて左右に目を走らせないようにしていた。うっかり目が合って、馬鹿みたいに赤面するのはいやだった。それだけならまだしも、泣きだしたり、叫びだしたりしたら、目も当てられないことになる。ただでさえ、ぼさぼさの髪や血走った目、崩れたメイクで、噂話の種をたっぷりと振りまいたのだから。

ヤノシュは立ち去っていない。それだけは確信できた。近くで見張っている。

衝動的に、タマラはベッドから滑りでて、はだしのままドアに向かった。ドアノブに手をかけたところで数分間立ち止まり、胸のざわめきの正体を判じようとした。恐怖か……期待か。

ドアを開けたとき、目の前にヤノシュがいたことには驚かなかった。ヤノシュのような魔術師は、壁の向こうを見られるのだろう。なんといっても、タマラの心の壁を見通した男だ。

分厚い壁を。

ふたりはじっと見つめ合った。言葉が出てこない。

ヤノシュが沈黙を破った。「今夜は冷える」そう言って、部屋のなかに目をやり、キングサイズのベッドで小さく丸まっているレイチェルをちらりと見る。「なかに入れてくれ。そうしたら、ドアを閉めて、子どものためにも部屋を暖かくしておける。話をしよう」

タマラは反射的にきつい言葉を返そうとしたが、ぐっとそれを呑みこんだ。ヤノシュを通し、ドアを閉めて、部屋のなかに戻った。バスルームから漏れる細い明かりを背に受ける位置に立ち、自分の顔を影に隠した。ヤノシュの顔には光が当たっている。

しかし、無駄な試みだった。ヤノシュの表情は読めない。影の濃淡だけがくっきりと浮かんで、まるで彫像のようだ。

タマラはヤノシュを手招きして、バスルームに入った。「大きな声は出さないで」ささやき声で言った。「レイチェルは眠りが浅いの。今夜はいつもの就寝時間を過ぎても遊んでいたけど、いったん起きたら一時間でも泣きつづけるわよ。いまは勘弁してほしいわ」

ヤノシュはうなずき、小さいながらも黒い大理石でできた豪華なバスルームに入ってきた。

ふたりは見つめ合った。互いに身じろぎひとつしなかったが、ふたりのあいだでは力がうねりをあげている。決闘する者同士が、隙をうかがって、じりじりと円を描くようなものだ。

ヤノシュの匂いがする。熱を感じ取れる。

「きみはおれと一緒に来る」ヤノシュが言った。質問ではなかった。

タマラは目を閉じて、つばを飲んだ。「おめでとう、ヤノシュ。あなたは当たりを引き当てた。ただし、ひとつだけ条件があるわ」

「言ってみろ」

「ステングルを先に片づけること」

ヤノシュの目に拒絶の色を読み取って、タマラは首を振った。「交渉の余地はないわ、ヤノシュ。まずはステングルよ。いやなら、わたしを力ずくでノヴァクに引き渡し、勝手に取り引きすればいい。でも、言っておくけど、そう簡単にわたしを打ち負かせると思わないことね」

ヤノシュは険しい顔で首を振った。「だめだ。ステングルはいつでも追えるだろうが、イムレのほうは一刻を争う。おれはいまでさえ居ても立ってもいられないんだ。ノヴァクは期限を設けていて、それを過ぎればイムレを切り刻むと——」

「イムレのことも、あなたのことも気の毒だと思うけど、わたしの問題じゃないわ」タマラはヤノシュの言葉をさえぎった。大声ではないが、凛と響いている。「あなたの冗談みたいな計画で、わたしが死ぬ確率はかなり高い。ステングルがもう死んでいるなら、それには向き合えるわ。でも、あの男が死ぬ前にこの世を去るつもりはないの。絶対よ。これだけは譲れない。わかった？」

ヤノシュはあごの筋肉を引きつらせていた。軽く鼻の穴を広げて、長々と大きなため息をつく。タマラの知らない言語で悪態らしきものを吐いてから、うなずいた。「わかった」

タマラはくるりと振り返り、鏡のなかでヤノシュと目を合わせた。じかに見るよりもずっと楽だ。圧倒的な存在感がほんの少しだけ薄れる。それでようやく息がつけた。

キッチンで起こったことを思い起こした。焼けつくような快感を。ヤノシュは力強く、ひたむきで、少なくとも体をひとつに重ねているあいだは、タマラを現実の世界につなぎとめてくれた。あのときは、朽ちかけたホテルの部屋も、薄っぺらな赤いシュミーズも見えなかった。いやらしいステングルの顔も、舌なめずりも。

胃がのたうち、吐き気がこみあげた。タマラはきつく目を閉じて洗面台にかがみこんだ。氷のように冷たい水で顔を洗った。

息が苦しくなって体を起こしたとき、顔は冷えきって痺れていた。ヤノシュがふんわりしたハンドタオルを一枚取って、こちらに差しだしている。それを受け取り、顔を押さえるようにして水滴を吸いこませると、タオルにマスカラの跡がついた。何度洗っても完全には落ちない。

タマラは鏡のなかの自分を見た。顔は真っ青だが、頬骨のまわりだけはまたしても赤く染まっている。ヤノシュは背後にそびえ立っていた。笑顔ではない。怒りといらだち、それに欲望がどくどくとほとばしり、渦を巻いている。

わたしを求めている。熱いまなざしがじりじりと肌を焦がすようだ。タマラはその熱と、火照りと、引力を感じた。ヤノシュがほかにどんなもくろみを秘めていようとも、これだけは嘘じゃない。欲望は本物だ。

男の欲望を感じることには慣れているけれども、ここまで操りづらい男を——そしてタマラをこれほど恐れない男を相手にするのは初めてだった。

この男の内面の力は強大で、とうてい推し量れない。そこに惹かれた。

ヤノシュは、女を自分の魅力で惑わすような態度をかなぐり捨てていた。そんなものはもう的外れだ。おふざけの時間はとうに過ぎている。タマラは震える息を吸って、耳の奥で轟く鼓動と悲鳴のような理性の声を聞いた。こんなことをしている余裕はない。いままでもなかったし、これからもない。しっかりしなさい。

それでも、心の内で腹をすかせ、騒ぎたてる何かが、ヤノシュに手を伸ばしたがっていた。ヤノシュを小突きまわし、挑発したかった。取っ組み合い、蹴りつけ、殴りかかりたい。そういう血潮のたぎるようなやり方で一戦交えたい。

ふたりがセックスを意識していることはあまりに明らかで、空気はとろりとした熱気を帯び、肌を圧迫するまでになっていた。目に見えない力が押しよせてくるようだ。容赦ない力に息もつけず、タマラは圧倒されかかっていた。

「勘違いしないでよ」くるりと振り返り、ヤノシュに向き合った。「ドラッグの効果はもう消えているんだから」

「もちろんだ」ヤノシュは言った。「よかった」

「そう？　でも、あなたのことだから、持続時間を秒単位で計算していたんじゃないの？」

「いや、そこまで正確には測れない」ヤノシュは答えた。「変化の要因が多すぎる。おれとしては十五分程度を予想していた。しかし、きみは思ったよりも多く食事をとった。それで効果は薄まったが、持続時間は延びたんだ」

「だから、わたしもなかなか気づかなかったのかもしれないわね」タマラは言った。

「そうだろうな」

さらりと肯定されたことで、タマラはかっとなった。難なく手中に落ちた女を慰めようとしているの？　恩着せがましいにもほどがある。

タマラは両のこぶしを見つめた。「どうせもっとほしくてここに来たんでしょう？　勝ったと思っているわけ？　わたしの弱点を見つけたから、セックスで服従させる権利があるとでも？」

ヤノシュの表情は変わらなかった。「おれがここにいるのは、きみがそう望んだからだ」ヤノシュは言った。「きみがそれで自分を憎く思っていても。そうでなければ、おれをそばに近づけないはずだ」

淡々と無遠慮に述べられた言葉は、多くを語っていながら、ほとんど何も明かさないに等しい。「うぬぼれないで」

「いや」ヤノシュは言った。「うぬぼれる必要もない」

「麻薬の力を借りなくても、わたしを満足させられると思っているの？　おあいにくさま。あなたの汚いやり口はもうよくわかっているわ」

「ダイニングクラブではできたじゃないか」ヤノシュは〈シブミ〉でのことを指して言った。「さっきとはまるで状況が違った。きみは床に仰向けになっていたが、その直前まで、おれの喉に毒のナイフを突きつけていた。ドアのすぐ外には、きみのためなら殺しも厭わないボディガードがふたりもつめていた。おれはきみの服さえ脱がさなかった」

タマラは鼻を鳴らした。「そうやって自画自賛していればいいわ」

ヤノシュは肩をすくめた。「そうしよう」

あっさりと挑発をかわされて、タマラはさらに激昂した。強いて口をつぐんだ。自尊心に従って、視線を落とさず、目を合わせること自体が挑発だとばかりににらみつけた。

しかし、ヤノシュの黒い目は多くを見通してしまう。心を読まれているような気がした。

「きみはいまの自分の感情に耐えられない」ヤノシュはささやくように言った。「おれが忘れさせてやれる。少しのあいだなら」

「どうやって?」タマラは語気を荒らげた。「ひと晩ハイになれる薬でも持ってるとか?」

「方法はわかっているはずだ」

タマラはヤノシュの虚栄心の大きさにぽかんと口を開けた。「信じられない! ヤノシュ王子と魔法のペニスのご登場? あなたのとんでもない計画に手を貸すご褒美として、恍惚のひとときを賜《たまわ》ってくださると言いたいのかしら? なんて気前がいいんでしょう。一夜のお情けね。感激ですわ、王子さま」

ヤノシュはタマラが言葉を終える前から首を振っていた。「おれがどれくらいきみを求めているのか、よくわかっているだろうに」咎めるように言う。「もし隠したくても、隠せないほどだ」

「まさか。あなたはどんなことでも思いどおりに隠せるし、見せたいものを見せられる」タマラは言った。「そうじゃないなんて説得しようとしても無駄よ。わたしだって同じことができるんだから。似たような訓練を積んでいるわ」

「説得するつもりはない」ヤノシュが言った。「真実は真実だ」

「真実なんて言葉は聞きたくない」タマラはぴしりと言った。「プロの嘘つきの口から聞いても、気分が萎《な》えるだけ」

ヤノシュは小首をかしげた。「一理あるな。たしかにそうなんだろう」

なんだかそわそわとして、タマラは視線を引き離したものの、目はまたヤノシュに吸いよせられてしまった。腹立たしい。いままでこんなことは一度も起こらなかったのに。

「おれはきみを求めている」ヤノシュが穏やかに言った。「きみもおれを求めている。それを認めることになぜ屈辱感をおぼえるんだ？　なぜいつでも必死にあらがおうとする？」

思わず両手をあげて熱い頬を押さえたとたん、女々しいしぐさを見せたことを悔やんだ。

「あなたがわたしを利用しているから」タマラは言った。「いいように使われることは屈辱だわ」

ヤノシュは否定しなかった。それから長いあいだ、口をつぐんでいた。「すまない」やがてそう言った。消え入るような声だ。「できるものなら、そんなことはしたくなかった」

そう。奇跡中の奇跡だ。そこだけは嘘をつかなかったのだから。

しかし、タマラは嫌味で返さなかった。喉に石がつまったみたいに声が出なかった。唇は震えていた。顔が熱い。ヤノシュが近づいてくる。動いているようには見えないほどゆっくりと。でも、はっと思ったときにはもう真うしろにいた。タマラはヤノシュが発する熱を求めていた。

切望している。骨まで冷えきった体を温めてほしかった。凍りついた部屋、赤いシュミーズ、絨毯に舞い落ちる雪を打ち負かしてほしい。

タマラは慎重に言葉を選んだ。「レイチェルを……起こさないで。いい？」

淡いほほ笑みがヤノシュの唇によぎる。「なら、今度はなるべく声を出さないようにするといい」

そう言うと、ジャケットを脱ぎ、うしろのドアのフックにかけた。ぴっちりとした黒いTシャツも脱ぎ捨てる。

タマラは感嘆の目で見ないように心がけた。それでなくてもヤノシュは自信家だ。でも、見つめずにいるのは難しかった。だって……。

息を呑むばかりの体だ。大きくて、たくましく、筋肉のひとつひとつが固く引き締まっている。ジムで鍛えた作り物ではなく、実戦で叩きあげた肉体。服の上からふれたときにも、タマラは内に蓄えられた力を感じていた。〈シブミ〉で組み敷かれたときには、信じられないほどの反射能力を体感した。柔軟で、俊敏な筋肉。いざというときには、思うままに使えるだろう。

こういう肉体は好きだ。その力に惹かれる。

胸毛は下半身に向かってしだいに細くなり、ローウエストのジーンズのなかに消えていた。ヤノシュはじっと立って、タマラが満足するまでながめるのを待っている。斜めに切れあがった太い眉、すっきりとした頬、浅黒い肌、厚い肩。上腕には腱がうねっている。かすかに見える静脈は、小麦色の肌の下で目に心地よい模様を織りなしていた。タマラはそれを指でなぞりたくなった。すべて記憶したい。

そして、傷跡。予想よりもずっと多い。肉体を酷使してきたのは明らかで、最近のものはとくに目を引いた。かさぶた、すり傷、緑色や黄色のあざ。二の腕には血のにじんだ包帯が巻かれている。今朝、タマラとレイチェルを助けるときに負った傷だ。バスルームの鏡の上にはめこまれているライトが顔に当たって、造作がくっきりと見えている。小さな傷跡までも。この深い沈黙のなか、仮面は脱ぎ捨てられていた。洗練されたビジネスマンでも、やり手のジゴロでもない。いまのヤノシュは、手強《てごわ》く、危険な、百戦錬磨の戦士だ。目は黒く、口は真横に引き結ばれている。えくぼも、笑みもない。このことを極めて真剣にとらえているようだった。タマラのような女と肌を重ねるのに、何が懸かっているのか考えれば、それも当然だろう。

ヤノシュはタマラの髪を手でひとつにまとめ、そこに顔をうずめた。そして、うなじにキスをする。唇は熱く、柔らかかった。

唇が肌にふれた瞬間、タマラはぴくっと身をこわばらせ、震えを走らせた。

ヤノシュは一瞬ためらってから、焼けつくような体をタマラの背に押し当てた。氷が溶けていく。タマラはきつく目を閉じて、ゆっくりと息をした。努めて肩の力を抜き、ヤノシュの生気を受け入れた。

ヤノシュはそのまま動かなかった。熱い息を肩にかけ、両手で腕をつかんでいる。じりじりと数分が過ぎた。時間はタマラの浅い息で刻まれていった。

それから、ヤノシュはドレスの肩に指をかけ、伸縮性のある身ごろを引きおろし、つんと立った乳首があらわになったところで手を止めた。あのひたむきな目でしばらくのあいだじっと見つめたあと、一気におろした。ドレスは足首のまわりまで落ちた。

タマラはエロティックなガーターベルトとストッキングだけの姿で立っていた。けっして背が低いほうではないが、ヤノシュの前に立っていると、小さく、かよわくなったように思えた。壊れやすくなったように感じるのが気に食わなかった。幽霊のように肌が白いことも。もつれた髪をおろしていると、なぜかやけに若く見えることも。世間知らずの小娘。安っぽい娼婦みたいに飾りたてられている。

ヤノシュは両手を肌に滑らせ、乳房を包んだ。その手のなかで、タマラの体は震えていた。喉を鳴らさないようにぐっとこらえた。ほんの少しふれられただけなのに、肌はもうじんじんするほど感じやすくなっている。傷つきやすくなっている。

「どうしてあんなことをしたの？」声を押し殺して尋ねた。

ヤノシュは鼻で肩をくすぐり、親指で乳首を弄んでいる。「何を？　ドラッグのことか？」

タマラは首をめぐらせて、ヤノシュの目をとらえた。「ほかに何があるっていうのよ？」

ヤノシュは眉をあげた。「今朝、ホテルでおれにあれだけのことをしておいて、それでも怒るのかい？」

タマラはいらいらと手を払った。「質が違うわ。わたしはまず丁重に、失せてくださいと頼んだ。それから、とにかく失せろと言った。それでも聞き入れてくれないから、倒すしかなかったのよ。残念ながら。私心はないわ。でも、わたしに薬を盛ってまで抱こうとするのは話がべつでしょう。それこそ私心というものよ」

乳房を揉みしだいていた両手が落ちて、腰をつかみ、おなかを撫ではじめる。ヤノシュは目をそらした。

「きみと親しくなる必要があったんだ」ヤノシュは言った。「しかし、きみの守りは堅かった。そうやすやすとは打ち破れない。それでも時間をかければ、崩せたと思うが——」

「うぬぼれ屋ね」つんけんと口を挟んだ。

「時間をかければ」ヤノシュは頑として繰り返す。「崩せたと思う。〈シブミ〉ではできた。しかし、イムレには時間がない。よって、おれにも時間がない」

「じゃあ、何もかもイムレのためということね？　そうだと思ったわ」不条理な衝動が湧きあがる。このままでは、べそをかき、わめき散らし、ヤノシュを突き飛ばしてしまいそうだ。

「わたしがどうということじゃないのよね」

「違う」ヤノシュは顔をしかめた。タマラの体に腕をまわし、胸に抱きよせる。勃起したものがお尻に当たった。「違うんだ。おれはきみがほしい。それは疑わないでくれ」

　タマラはぎゅっと目をつぶった。もちろんそう言うに決まっている。それを信じるようなら、わたしは都合がいいだけの馬鹿女だ。そう思っても、温かな腕に抱かれて立っていると、心が溶けていった。

　こうしているのが心地いい。渇ききっていた全身の細胞が、必死にぬくもりを飲みこもうとしている。生気も、存在感も、あふれんばかり。格別の味わいだった。

「そうだとしても、筋が通らないわ」タマラはかたくなに言葉を続けた。「イムレとセックスになんの関係があるの？　ヤりながらノヴァクの要塞に乗りこむわけじゃないでしょう」

　ヤノシュはタマラの肩に顔をうずめて、またキスを始めた。「見抜かれたな」ヤノシュは言った。「おれはきみがほしかった。なかなかガードを崩せなくて、待ちきれなくなった。許してほしい。おれは薄汚いすけこまし《ポルコーネ》だ。これが真実だよ」

「その言葉を使うのはやめて」タマラはぴしりと言った。

ヤノシュは顔をあげ、眉をひそめた。「どの言葉？」

「真実」はっきりと、切りつけるように言った。「いらいらするわ」

ふいにヤノシュは真剣な面持ちを見せた。「いらいらするに決まっている。きみが何よりも求めているものだからだ。自覚があるのかどうかはわからないが、きみが切望しているものだ」

タマラは鼻を鳴らした。「どうしてわたしも知らないような望みがわかるのよ？」

「おれも求めているから」ヤノシュは答えた。「おれたちは似た者同士なんだ」

低く優しい声の響きが、魔法みたいに鎧を越えて、心にふれた。タマラはヤノシュにも、自分自身にも逆らうのをやめた。体は痛ましいほどにふれ合いを求めている。タマラはヤノシュの腕に爪を食いこませ、巧みな手つきで肌をさすられるたびに、息を呑んでいた。

ヤノシュは片手をタマラの脚のあいだに滑らせ、濡れたひだのあいだを指先で撫ではじめた。あせらず、なかに指を入れる気配もない。いざなっているのだ。タマラの全身の細胞に呼びかけ、そっと目覚めさせている。指先がクリトリスにふれて、軽く、ゆるやかに円を描きだす。何度も……何度も。ずっとここにふれたかったのだと思わせるように。まだ始めたばかりだと知らせるように……ああ……。

背筋から脚に震えが走る。そっとふれられただけで、長年にわたって蓄積され、凝り固まっていたものが、ぎしぎしと音をたてながら開き、体中に広がっていく。

目に涙がにじんだ。タマラはまぶたをぎゅっと閉じてそれを抑えた。

「まだほとんどふれていないのに、きみはもう花開きそうになっている」ヤノシュがつぶやいた。「きれいだ」

しかし、きれいだと言われるような気分ではなかった。丸裸にされているような気がする。愚かで、哀れな女。馬鹿みたいな気分だ。

これほど早く、またしても道化になるのは耐えられなかった。かといって、ヤノシュを押しのけることもできない。

だから、タマラは第三の道を選んだ。

本能的に、頭のなかのスイッチを切り替えていた。まだ少女といってもいいころに学んだテクニックだ。これまでずいぶん重宝してきた。男を惑わす悪女としての人格だ。快感で男を身悶えさせながらも、心のなかでは買い物のリストを作れる女。カート・ノヴァクを成敗したあと、もう二度と使うまいと決めたものだ。でも、その人格が待ち構えていたように現われ、みるみる力を得るのを感じたとき、タマラは救われる思いを嚙みしめていた。自分の美貌と、男を喜ばせる熟練の技術。このふたつの自信によって支えられた力だ。

これで失敗したことはない。カートはべつだが、あの男は多かれ少なかれ人間ではなかったのだから、特例だろう。

しかし、すばらしいことに、ヤノシュは人間だ。ぺしゃんこにしてやれる。タマラがそうされたのとまったく同じように。これよ。そのときが待ちきれなかった。

くるりと振り返り、ヤノシュを壁に押しつけた。ふいに攻撃的になったことで、ヤノシュは虚をつかれたようだ。タマラは熱く硬い胸に両手を広げた。それとは対照的に冷えた手がパキパキと音をたてそうだ。

ヤノシュはタマラの変化に目をすがめている。タマラは胸のおうとつをあますところなく指先でなぞり、そして唇で味わった。熱く潤んだキスで肌をたどり、硬くうねった胸筋にぽっちりと浮きでている乳首を舐めたときには、ヤノシュが身を震わせ、息を呑むのを舌で感じ取った。ほんのりと塩辛い味が舌に心地いい。いくつもに割れたおなかとなめらかな毛に手を滑らせて、ジーンズのウエストにふれた。ボタンをはずし、ジーンズを腿まで脱がせてから、もう一度おなかに手を当て、下に向かって細くなっていく毛をなぞる。股間で再び豊かに茂っているところへ指をもぐりこませる。

そして、ペニスをつかんだ。太く、ずっしりとした感触だ。頭の切れこみにはとろりとしたしずくが光っている。それを塗るようにして撫でまわし、竿《さお》を握って、ゆっくりとしごいていった。ヤノシュは目を閉じて、首をのけぞらせ、息を荒らげている。

そう、これよ。このほうがずっといい。主導権はわたしにある。とびきり淫らな夢を叶えてあげるのも、官能の女神になるのも、ヤノシュの心を吹き飛ばし、世界をぐらつかせてやるのも思いのまま。タマラはじらすようにゆっくりとひざまずき、かすかな塩気と熱い男の匂いを吸いこんだ。

ヤノシュのペニスは長く突きでていたため、もてなすためには、少しうしろにさがらなくてはならなかった。どくどくとした鼓動を感じながら、紫がかった太い幹を根もとから舐めあげ、その赤い頭に舌で円を描いた。そして、口に含んで、しっとりと柔らかく吸いあげた。タマラの唇を見れば、どんな男も夢想することだ。その夢を叶えるように、なまめかしい舌使いで、舐めて、しゃぶって、奔放な女になりきり、淫らにむさぼる。同時に両手をお尻に這わせ、そのくぼみや丸みを手でなぞるように愛撫していった。

それから、ぐっと顔をさげ、できるだけ奥までくわえて、重い玉の下を指でくすぐった。ヤノシュはタマラの髪に指を巻きつけ、せがむように引っぱっていた。ときおり、挿入なしでイくのを防ごうとして、動きを止めさせる。それが三度あった。この男の自制力はたいしたものだった。

でも、その力を打ち砕いてやりたいのだ。タマラの人生を壊したことに罰を与えなければ気がすまない。ヤノシュがほしいという気持ちにさせたことにも。こんなにも強くて、操りがたく、頑固だということそのものにも。この男をはじき飛ばし、べそをかかせ、すがりつかせたい。身のほどを知らせてやる。

ヤノシュは両手でタマラの頬を包み、そっと自分の体から引き離した。「いやだ」声が震えている。

タマラはきょとんとして顔をあげ、口もとをぬぐった。「何が？　まだイくのはいやだ？口のなかではいやだ？　どういう意味？」

「セックス人形とはいやだ」ヤノシュは言った。「本物の女性のほうがいい」

頬を張り飛ばされたようなものだった。痛みが胸の奥底まで響く。拒絶されるとはまったく予想していなかった。一瞬、ショックで動けなかったが、タマラはほどなく立ちあがり、狭いバスルームのなかでできるだけ遠くまであとずさりした。「気に食わないなら、さっさと消えてよ」

ヤノシュは鼻白んだ。「違う、そういうことじゃないんだ。きみは誤解している」

タマラは自嘲《じちょう》ぎみの笑みを浮かべた。「そうみたいね。ここまでお高くとまった男だとは思わなかったわ。あれに文句を言われたのは初めてよ」

「そうだろうとも」ヤノシュは心を見抜くような鋭い視線をこちらに向けた。タマラはこの目つきを恐れるようになっていた。自分がガラスでできているような気になってしまう。「安全地帯に逃げたんだろう？　おれはそこには行きたくない。きみがほかの恋人たちをもてなした場所には」

無神経極まりない言いように、タマラは息を呑んだ。「ほかの恋人たちって……ああ、そう！　汚れた女は相手にしたくないってことね？」

「馬鹿なことを言うな」ヤノシュは応えた。「おれはただ、ありのままのきみのほうがいいと言ってるんだ」

なるほど。傷つきやすく、身を守るすべも知らず、悲嘆に暮れていたかつてのわたしがいいということ。お断わりよ。

「無理よ」声に涙がにじんでいることに気づいて、タマラはぎょっとした。

ヤノシュが手を伸ばし、タマラの顔にかかった髪をそっとうしろに払った。「おれを信じてくれ」優しい声でうながす。「おれはきみを傷つけない」

タマラはヤノシュの手から身を振りほどき、震える口を手で覆った。「もう傷ついてるわ」

タマラは言った。「わたしがほしくないなら、出ていって」

もどかしげに、ヤノシュはふうっと息を吐いた。「こうなるような気はしていたんだ。遅かれ早かれ、きみが心のなかで逃げだして、隠れてしまうんじゃないかと。気づけばおれは美しい人形を抱いているというわけだ」

「娼婦でしょう、人形じゃなくて」タマラは吐き捨てるように言った。「はっきり言いなさいよ。おかげさまで、娼婦みたいな気分にさせてもらっているんだから」

ヤノシュはタマラの髪をひと房だけ手に取り、そこにキスをしてから、自分の頬にすりつけた。「よりによっておれが、娼婦を悪く言うものか」静かな声だった。「生き抜くために死ぬ気で耐えるというのが、どんなことなのか、おれにはよくわかっている」

タマラはヤノシュの手からばっと髪を引き抜いた。「どうしてわかるのよ？　物のように扱われて、用済みになったらゴミみたいに捨てられるのがどんなことなのか、あなたにわかるっていうの？」

「わかる」ヤノシュは言った。

ヤノシュの雰囲気から、鞭で鍛えられたような力を感じて、タマラは言葉を止めた。ふいに、傷だらけで超然とした、美しい顔に見入っていた。「あなたが？」タマラの声はかすれていた。「まさか。冗談でしょう。諜報員としてジゴロのふりをしていたことを言っているなら、見当違いよ、ヤノシュ。だって、見てよ。あなたは男で、身長は百九十センチ以上、体重だって相当あるわ。あなたをゴミみたいに放り投げられる人はいない。あなたにわかるはずがないのよ」

「きみの思い違いだ」ヤノシュは自分の体を見おろしてから、顔をあげて、奇妙に歪んだ笑みを浮かべた。見た者の胸が張り裂けるような笑みだった。「きみは男をひどく憎んでいるから、男も弱者になり得るとは考えたことはないんだろう？　おれだって、生まれたときからでかい図体をしていたわけじゃない」

タマラは唇を噛んだ。「そう」小声でつぶやいた。

「まだ子どものころに、おれは……そういう目にあった」ヤノシュが言った。「昔のことだが、忘れられるものじゃない」

ぎこちない沈黙が続いた。ヤノシュはすっぱりとタマラの怒りを断ち切ってしまった。その手腕は恐ろしいほどだ。

嘘かもしれない。でも、ヤノシュが言葉少なに語ったようすや、そのときの顔つきから、おそらく真実だろうと思えた。

真実。またこれだ。儚く、移ろいやすく、危うい言葉。どこまでもタマラにつきまとう。すべての中心に鎮座している。

「それで……もう平気なの？」タマラは尋ねた。「乗り越えられた？」

ヤノシュは肩をすくめた。「どうにかして自分の力を取り戻すしかないからね」

「ええ、まさにそうよ。自分の力を取り戻すこと」タマラはつぶやいた。「わたしがしようとしたのもそれなんだわ」

ヤノシュは眉をひそめた。「きみと力比べのゲームをするつもりはない」

「じゃあ、いったい何が望みなの？　わたしが知る限り、男がほしがるものをすべて捧げるつもりだったのに、あなたはそれをはねのけたのよ。何がほしいの？　はっきり言って！」

途方に暮れたように、ヤノシュは両手をあげた。「なんていうか……何かの感情だ。うまく説明できない。一度も感じたことのないものなんだ。心の目で見るというか。五感を超えた何か。しかし、すばらしいものだ」

この言葉を一語一句信じて、蜜のたっぷり滴る罠に飛びこみたいという思いに、タマラは危うくさらわれそうになった。でも、ヤノシュは信じられないほど頭の切れる男だ。たやすく胸の内を読み、タマラが何に惹かれるのか、どうしたら骨抜きにできるのか、はっきりと悟ってしまう。

タマラは怒りの涙をぬぐった。そして、虚ろな笑い声をあげた。「あなたは存在しないものを求めているわ、ヤノシュ。あるいは、とうの昔に死んだものを」

ヤノシュは頑固な表情を見せた。「きみが口でする前には、ちゃんと感じていた。それまで一緒にいたのに、突然きみがいなくなり、気づけば、おれは高級娼婦《コルティジャーナ》にフェラチオされていた。彼女の心は百万キロのかなたにあった。すまない。きみの気持ちを傷つけるつもりはなかった。ただ、寂しい気分にさせられたんだ」悲しげに肩をすくめる。

タマラは呆れ顔を作った。「ふざけた話よね。女にしゃぶられているとき、気が滅《め》入《い》って寂しくなる男なんて、世界中でひとりしかいないでしょうに、よりによってその人に当たったんだから」

「わかってる、わかってるよ。あれをいやがるのが贅沢なのは」ヤノシュはいらいらと口を挟んだ。「不満を述べる理由はない。おれは快感で吹き飛びそうだった。だが、一度よりいいものを体験したあとには、物足りなく感じるんだ」

「ねえ、キッチンでのことなら、あのときわたしはハイになっていたのよ。覚えてるかしら？　もう二度と薬なんか盛らせないわ。あなたが感じたことは本物じゃない。化学作用による幻にすぎないのよ」

「おれは薬を飲んでいなかったから、ドラッグが生みだしたものということはあり得ない」

ヤノシュはかたくなに言い張った。「薬の影響で、きみの鎧がはずれたということだよ」

「だとしても、同じことよ」タマラはきっぱりと言い返した。「わたしはもう鎧を着ている。二度とはずす予定はない。だから、堅物ぶって高望みをするなら、さっさと服を着て、わたしの部屋から出ていって――」

「断わる」ヤノシュは言った。

「断わるってどういう意味？」

「服を着て、きみをひとり残し、今夜この部屋から出ていくことはおれの選択肢に入っていない。残る選択肢はひとつだ。諦めろ」

頑とした口調が、タマラの怒りに火をそそいだ。「偉そうに、何さまのつもりなの？　たしかにあなたは強いけれども、わたしは誰にも屈しないわよ。いい？　仮に無理強いしても、わたしはそのつけをたっぷりと払わせるから、必ずあなたの損になるわ」

ヤノシュの目がきらめいた。「そうかな？」

「死にたいの？」タマラは尋ねた。「ただの脅し文句じゃないのよ、ヤノシュ」

今度はぱっと顔が輝いた。「よかった！」満足そうに言う。「嘘の笑みを投げかけられるより、本気で命を脅かされたほうがずっといい」

「どうかしてるわ」タマラは勢いよくドアのほうに足を踏みだした。そのとたん、うしろからひょいと抱きあげられた。ヤノシュはたくましい腕を胸の下にまわして、熱い体にぴたりとタマラを抱きとめている。タマラはヤノシュの足首を引っかけ、脇腹に肘鉄を食らわせ、鰻《うなぎ》のように身をよじったけれども、ヤノシュの力は途方もなかった。「いいかげんにして」小さな声に怒りをこめて言った。「おろしなさい」

「シーッ」ヤノシュはつぶやいた。「子どもが起きてしまうよ」

タマラはパニックに陥りかけた。「おろして！　これがネックレス・スタンガンの仕返しなの？」

「いいや、まさか」ヤノシュはなだめるように言った。「恨みには思っていないさ。気をゆるめたおれが悪かったんだ。二度と同じ過ちは犯さない」

落ち着いた口調を聞いて、タマラはますます腹をたてた。「へええ、そう」息を切らして言った。「怒っていないっていうのね。わたしを放そうともしないうえに、無理やりセックスしそうなようすを見せていても、まったく怒っていないと言い張るの？　よくわかったわ」

ヤノシュは首筋にキスをした。「そういうことじゃない。おれが強くなかったら、それこそ用なしだろう。ほら、落ち着いて。そんなに暴れていたら、どこか痛めるぞ」

「違う」タマラはうめき、身をよじった。「わたしがあなたを痛めつけるのよ」

「そうはさせない」穏やかな声が返ってきた。「たしかにきみはネックレスでおれを出し抜いたが、いまはおれがきみをとらえているし、ほしいものを手に入れるまでは放さない」

もどかしさのあまり、涙がにじんできた。「もう言ったでしょう、わからず屋《ストロンツ》。あなたの求めているものは存在しないのよ!」

「そうか?」ヤノシュはタマラごと半回転して、ふたりとも鏡に向き合うようにした。「きみの顔をごらん」ヤノシュは言った。「ようやく顔色がよくなった。目は輝いている。きみは熱くなっているんだ」

「当然よ」タマラは切りつけるように言った。「激怒しているんだから!」

「それでもいいさ。効果はある」とヤノシュ。「きみの好みはわかっている。きみは強さが好きだ。今日の午後、おれが豚みたいにあっさりやられたときには、きっとがっかりしたことだろう。だが、埋め合わせはする。もう二度ときみに勝たせない。安心してくれ。おれを信じてほしい」

ヤノシュを信じる? とんでもない冗談だ。ヤノシュは前かがみになって、タマラの腕を洗面台につかせた。鏡のなかで、ふたりの目が合う。タマラの息は切れていた。怒りと――興奮で。

ヤノシュは膝を使って、タマラの脚を広げた。

そのあいだに手がもぐりこんできたとき、タマラは唇を噛んだ。ヤノシュの指がそっとひだにふれる。するりとかき分け、ゆっくり、優しく撫でさする。上に、下に、上に、下に

……そして、クリトリスのまわりで円を描く。何度も、何度も。タマラは息を呑んだ。「ああ。いまはきみが一緒にいる」ヤノシュはしゃがれた声で言った。「おれが求めていたのはこの感じだ」

「そうでしょうとも。いまのわたしは無力で、身動きもできない」タマラは語気を荒らげた。

「そんなのが好みだなんて最低よ」

「無力？　きみが？」ヤノシュはタマラの耳たぶを噛んだ。「無力という言葉がきみほど似つかわしくない人間には、お目にかかったことがない。きみはジャングルにひそむ人食い虎だ。あとで喉を食いちぎられるかもしれないが、こうしているのにはそれだけの価値がある」首に向かってそっと歯を滑らせながら、とろりと濡れたひだのなかに二本の指をゆっくりと、奥まで差し入れる。

タマラは声を押し殺した。押し入ってきた指を、体が内から締めつけている。

「きみのクリトリスを舐めて、口でイかせたい」ヤノシュは肌に唇をつけたままささやいた。「しかし、きみはまだ身構え、ぴりぴりしている。存分に舐めさせてもらうには、きみの手足を一本ずつどこかに縛っておかなければならないだろうな。いずれ、そうする。ふたりきりになれたら。ベッドを使う機会があれば」

縛られる？　たいへん。

ヤノシュは二本の指をうごめかせ、性感帯を探って、タマラの喉から喘ぎ声を引きだした。そうしてどこよりも気持ちのいいところを突き止めると、指の腹でそこを何度となくまさぐった。地から湧きでるような快感は、すぐさま急流となって、全身のすみずみにまで広がっていった。

タマラはたくましい腕のなかでぐったりと力を抜き、息を荒らげていた。腿は濡れ、もつれた髪は大理石の洗面台にかかっている。タマラは上唇の汗を舐めて、ヤノシュがコンドームの包みを歯で開ける音を聞いた。

いまがチャンスだ。コンドームをつけているあいだ、ヤノシュの両手はふさがっている。ここで隙をつけば——

でも、そうはしなかった。体を震わせて、これから起こることをひたすらに待ち望んでいた。

それが来たとき、タマラはぎゅっと目を閉じた。膝がくずおれそうだ。太く大きなペニスの頭が、タマラのなかに押し入ろうとしている。壁を破るように。そして、信じられないほど硬く、長いもので奥まで貫かれた。

タマラはお尻をうしろに突きだした。小さな筋肉のひとつひとつが、体の内側で脈打つ大きな存在を包みこんでいる。全身が熱く火照り、神経は研ぎ澄まされている。

はじめはゆっくりと腰を振った。数度で互いのテンポが合い、はずみがついた。ほどなく、ふたりは鏡のなかで視線を絡ませ、激しいリズムに体を揺らしていた。ヤノシュはうしろから覆いかぶさって、冷たい大理石でタマラの手に手を重ね、指を絡ませて、関節が白くなるほどぎゅっと握っている。ひと突きごとに、タマラの乳房がぶるんと揺れる。

ふたりとも息を切らして、必死に声をこらえていた。タマラは喘ぎ声を抑えるために、血がにじむほど強く唇を嚙んだ。とうてい信じられなかったけれども、ヤノシュの言ったことは本当だった。ふたりは境界線を越え、どこか見知らぬ場所に踏みこんでいた。とても美しい場所に。

危険地帯だ。

タマラは他人をこれほど近づけたことがなかった。ここでなら、ヤノシュはいともたやすくタマラを滅ぼせるだろう。でも、たくましい腕のなかで、タマラは心を許し、喜びを受け入れて、忘我のかなたへ飛びたとうとしていた。こうしているのは、もしかすると間違いなのかもしれない。

それでもかまわなかった。嘘や、幻や、死の罠かもしれない。タマラは押しよせる波にあらがわず、高みにのぼっていった。ヤノシュがすぐうしろからついてくる。

ふたりは同時にはじけ飛んだ。

それから数分間、互いに言葉を失い、肩で息をして、ただ見つめ合っていた。ようやく、ヤノシュが体を引き、コンドームをはずした。それから、タマラの体を起こさせて、汗に濡れた顔からそっと髪を払った。

タマラは体のわきに腕をだらりと垂らして、ヤノシュの肩にもたれ、鏡の前に立っていた。裸の自分を見つめ、赤くなった胸や、首、顔に目を凝らした。唇は真っ赤だ。ヤノシュが腕をまわしてきたとき、その熱を歓迎するように、全身の肌にさざ波がたった。大きな手でおなかやヤノシュのぬくもりや肩に落ちた優しいキスを喜んで受け入れている。タマラの体は腰を撫でられるのを待ち望んでいる。なんの抵抗感もない。不思議な感覚だった。

でも、この感覚には慣れていけるかもしれない。ほしくてたまらなくなるような気さえする。そして、いつか得られなくなったときには、夢にまで見るのだ。

そのいつかは、遠からず訪れるに決まっている。

「それで？　おれは偉そうにした罪で死刑を宣告されるのかな？」ヤノシュが尋ねた。

タマラは唇を舐めて、返答を考えた。「執行猶予よ。いまのところは」ゆったりと構えて言った。「今日は疲れすぎていて、あなたを殺す気になれないの。でも、あとのことはわからない。気を抜かないことね」

ヤノシュの顔に笑みがはじけた。タマラの喉にキスをする。「一緒にシャワーを浴びるか？」

タマラは首を振った。「まさか。レイチェルが寝ているのに。わたしが先にシャワーを使うから、あなたは戸口に立っていて、もしレイチェルが起きたら教えて。それから、どんな場合だろうと、下半身をさらしたまま部屋に出ないで。まだ眠っているけど、念のため――三歳で人体の構造を学ぶ必要はないわ」

ヤノシュはおとなしくうなずいた。タマラはシャワーの下に立ち、髪を頭の上にひねりあげて、体を洗いはじめた。

体の感じがいつもと違った。肌はまだ敏感で、脚のあいだはどくどくしている。使いすぎで、ひりひりするくらいだ。快感の余韻で火照っている。腿をすり合わせただけで、オーガズムの名残りが、膝へ、ふくらはぎへ、そしてつま先へと伝っていく。

外に出たとき、ヤノシュはふんわりとした大きなバスタオルを持って待っていた。タマラはヤノシュが体を拭くのを許した。両手をあげ、くるりとまわる。従者に世話をさせる女王のように、堂々と、優雅に。とはいえ、もしヤノシュがお返しを期待しているなら、鼻を明かされることになるだろう。

タマラはヤノシュをバスルームに残し、部屋に戻って、ショッピングバッグのなかをかきまわした。ヤノシュのクレジットカードで買ったナイトシャツを見つけた。値札を取って、するりと身につけた。なかなかいい。それから、ベッドに入り、レイチェルの隣に寝そべった。起こさないように距離を置きながらも、手を伸ばし、レイチェルの小さな背中が上下するのを感じられるように。

ぐっすり眠っている。よかった。

数分後、バスルームのドアが開いた。ヴァルの見事な体が戸枠のなかでシルエットになっている。なかから湯気が漂ってくる。ジーンズを穿いていた。慎重な手つきで、腕の傷に新しい包帯を巻いている。

ヤノシュはバスルームの明かりを消した。闇のなかで、その姿は色濃い影にしか見えなくなった。

「今夜はここに泊まりたい。きみたちを守るために」

物は言いようだ。タマラが正気に返って、逃げだすのを防ぐために決まっている。これほど疲れているのに、またしても生死を賭けた判断をくださなければならないのは、ひどく腹立たしかった。でも、小さなことにこだわってどうするの？　精神面でも、肉体面でも、ヤノシュは防壁をことごとく壊してしまった。

これまで見てきた限り、レイチェルとタマラに危害を加えることは、第一の目的ではないらしい。その気なら、もうとっくにやっているだろう。

なるようになれ。どのみち、ヤノシュを追いだす気力も残っていない。

「どうしてもというなら、床で寝てもいいわよ」タマラは冷ややかに言った。「クローゼットに予備の枕とブランケットが入っているはず。勝手にどうぞ」

暗い部屋のなか、無言の影はほとんど見えなかったけれども、タマラはヤノシュがほほ笑んでいるのを感じた。肘をついて、上半身を起こした。「ベッドに入ろうなんて思わないでよ」タマラはささやき声になるべく力をこめて言った。「体は許したかもしれないけど、あなたとは一日前に知り合ったばかりで、しかも、今日はあなたが三人殺すのをこの目で見た。わたしのかわいい娘の隣で眠らせるなんてとんでもない」

「もちろんだとも」低い声には、笑いをこらえているような響きがあった。「この子と同じ部屋に泊めてもらえるだけで光栄だ。感激だよ」

タマラは鼻を鳴らした。「ふん。そこまで言われるとかえって嫌味よ、ヤノシュ」

ヤノシュはクローゼットの前に行って、枕とブランケットを取りだし、一枚をドアの手前に敷いた。そこに枕を放って、無言で寝そべり、もう一枚のブランケットを体にかける。

タマラはすぐに寝つけるだろうと思っていたけれども、神経が高ぶっているせいで、眠気はどこか別世界に飛んでいってしまった。様々な考えや不安が頭のなかに渦巻いている。思考はからまわりするばかりだった。

ひとつだけ、気づけば繰り返し考えていることがあった。そわそわして眠れないのは、これが一番大きな理由かもしれない。どうしても、そのことについて、あれこれと考えをめぐらせてしまう。

「ヤノシュ？」タマラはささやいた。

ヤノシュはあくびをした。「おれたちはもう多くのことを一緒に乗り越えてきた」眠そうな声で言う。「そして、二度、愛を交わした。ヴァルと呼んでくれないかな？」

「愛を交わしたというのは違うし、もし本当の名前を教えてくれるなら、その名前を呼ぶわよ」

しばしの間があいた。「ほかの名前と同じく、ヴァルも本物の名前だよ、タマル・ザドロ」

子ども時代の名前を聞いて、寒気が走った。「わたしのことはタマラ・スティールと呼んで」こわばった声で言った。「ひとつ教えてほしいの、ヤノシュ」

「話せることなら」とヤノシュ。「ただし、ヴァルと呼んでくれればだ」

「いくつのときだったの？」タマラは尋ねた。「そういう目にあったのは」

ヴァルはわからないふりをしなかったが、口も開かず、やがて、タマラは答えてもらえないものと諦めた。

「最初のときか？」しかし、ヴァルは答えた。「十一だ」

タマラは暗闇のなかで身をすくめた。「そう」

静寂の数分が過ぎた。ヴァルは上半身を起こし、いらだったようにため息をついた。「そのことを考えるのはやめてくれ」しゃがれ声で言う。

タマラは虚をつかれた。「え？　どういう意味？」

「きみがそのことをぐるぐる考えているのが、聞こえてくるんだ。頼むからやめろ。おれ自身、なるべく考えないようにしている」

思わず吹きだしかけた。「努力するわ」

一瞬の間を置いて、ヤノシュが尋ねた。「きみは？　いくつのときだった？」

「十五」正直に答えた。

い？」

「そうか」

さらに少しして、今度はタマラがぴしりと言った。「そのことを考えるのをやめてくれない？」

ヤノシュは小さく笑った。「自分のことは棚にあげたな」

「いけない？」むくれ顔で言った。「さあ、おしゃべりはもう充分。その口を閉じて、わたしを少し眠らせてちょうだい」

「きみが話を始めたんだ」ヴァルはもっともなことを言った。

「うるさいわね、ヤノシュ」

「ヴァルと呼んでくれ」うんざりしたように言い、タマラに背を向けて横たわった。

タマラは何も考えないように努めながら、長いあいだ暗闇を見つめていた。

15

くたくたに疲れているのに、ヴァルはまるで眠気をおぼえなかった。電気が通ったかのように全身がざわついている。タマルの近くにいると、脳に化学反応が起こり、とにかく発奮してしまうようだ。

そばにいる限り、もう睡眠など必要なくなるかもしれない。

タマルとレイチェルはぐっすり眠っている。タマルはレイチェルを抱き、子どもの背中をぴたりと腹に当て、黒い巻き毛にあごを添えていた。小さな少女が、大事な人形を奪われまいとして抱えているように見えた。

おれは奪わない。ヴァルは無言で誓った。絶対に。それくらいなら死んだほうがましだ。

ポケットのなかで、携帯電話が振動した。ヴァルは携帯を取りだして、ドナテッラからのメールを開いた。用件のみの短いメールだ。

火曜の朝十時半、サンタリーニ邸で会いましょう。

パリでの逢瀬を楽しみにしているわ。D

安堵のあまり、涙が浮かびかけた。ヴァルは大きく息をついた。苦しいほどの恐怖と緊張がひとつほどけた。とはいえ、体内でうごめく不安なら、ほかにもよりどりみどりだ。

ふと、レイチェルのピンク色のブランケットが椅子にかかっているのが目に留まった。そこではっと思いついた。ジャケットから、小型の追跡装置を収めたケースを取りだした。どこへ行くにも持ち歩いているものだ。タマルのジュエリー・ケースに仕掛けたのと同じタイプのうち、もう少し電池が長くもつ大きなサイズのものを選んだ。

説明書によれば、なんと、三日間は確実にもつらしい。おそらくは、それ以上。

いつも使っているPSS製の発信器ではなかった。マクラウド一族とセス・マッケイのことを調査したとき、ヴァルは〈セイフガード〉製品のオンラインカタログに興味を引かれた。ひと通り取りよせ、試してみて、単純に驚いた。〈セイフガード〉の製品はPSSのものよりずっとできがよかったのだ。洒落ていて、使い勝手のいいデザインも気に入った。この無線発信器は、カタログによれば〝小型X線スペクトルGPS追跡器〟といい、一番小さなものは天然芝より細い。小さな針がついているので、どこにでも取りつけやすく、たとえばかばんの縫い目をほどいて仕込むような手間がかからない。極小の電子部品と電池は細いプラスチックのカプセルに収まっている。布の裾や縫い目に沿って差しこめば、それで完了だ。

ヴァルはしばしタマルを見つめ、眠っていることを確かめた。もし仕掛けているところを目にすれば脅威と見なすだろうが、万が一追跡器が必要な状況に陥ったら、よかったと思うはずだ。

すばやく、速やかに。ヴァルはひとつをレイチェルの熊のぬいぐるみに差しこみ、もうひとつを新しいベビーカーに、最後のひとつをスキージャケットに仕掛けた。やりすぎだが、かまわない。この子を危険にさらしたのはおれだ。タマルとヴァルがヨーロッパにいるあいだ、この子に何か起こった場合のために、あらゆる手を打っておきたい。電池が三日以上もてば、さらによかったのだが。

ヴァルは物音をたてずに、カンフーの練習を始めた。できればマトリックスを作って、考えにふけりたいところだが、これほど心がざわついていては、精神統一など無理な話だ。

この先は一瞬たりとも気が抜けない。タマルに押しよせる敵に対してだけでなく、タマル自身に対しても。何をするにせよ、この女性が一緒のときには、つねに細心の注意が求められる。タマルは驚くほど頭が切れ、怒りっぽく、好戦的だ。そして、いらだたしいほど美しい。

ヴァルの回路をめちゃくちゃにする雷雨のようだ。

虎のポーズを取ったとき、首筋に視線を感じた。くるりと回転しながら、ベッドに視線を飛ばした。タマルが片肘をついて体を起こし、眠そうな顔に怪訝な表情を浮かべ、ヴァルに向かって目をすがめていた。

ヴァルは視線を合わせず、無言で一連の動きを終わらせた。

練習をやめたとき、タマルはヴァルに背を向けて立ち、携帯電話のボタンを押していた。小さな声で、ポルトガル語を繰りだす。「ロザリア？　ええ、タマラよ……ええ、どうなったかと思って……本当？　よかったわ、ロザリア。早く解決して何よりね……いいえ、じつはレイチェルを連れて、旅行に出ていて……そう、あと数日は。いつになるかわからないわ。

休暇だと思って、ゆっくり休んで。戻ったら、また連絡するわ。いいのよ、本当によかった。じゃあね、ロザリア」

パチンと携帯電話を閉じて、ヴァルをにらむ。ヴァルは〝おれの言ったとおりだろ〟とばかりに肩をすくめた。

「そのとおりだけど、だから何？」タマルはぴしりと言った。「そのしたり顔はやめなさい。そもそも下劣なことをしたのはあなたなんだから。善良な女性を死ぬほど怖がらせたのよ。当の息子ふたりがどう思ったかは言うまでもないわよね。不眠と精神的苦痛に対して、損害賠償金を払うべきよ。わたしを困らせるために、なんの関係もない人たちを職場で逮捕させるなんて。許しがたいわ」

ヴァルはまた肩をすくめた。「きみがそう言うなら、すべてにかたがついたあとで、賠償金を払おう。しかし、その件はとりあえずここまでだ。アナ・サンタリーニと会える場を設けた。二日後に約束してある」

タマルは眉をひそめた。「そんなに先なの？　丸二日も時間を無駄に――」

「イタリアにいるんだ」ヴァルはいらだちを抑えて指摘した。「あちらに着くまでに一日つぶれるし、ローマからも数時間かかる場所だ。客にジュエリーを見せるという体裁を取るんだが、家に帰らなくても、それなりの数は揃っているか？　家によるのは危険だと思う」

「〈シブミ〉であなたに見せたのとそっくり同じものと、それ以外にもいくつか持ってきているわ」タマルは言った。「もちろん、武器は装着していないけれど、多少ならべつに包んでケースに入っている」

「よし。じゃあ、出発だ」

「ねえ」タマルは甘い声を出した。「ひとつ、大事なことを忘れているわよ。あなたはわたしのパスポートをつぶしてくれたわよね。ほかにも持っているけど、どうせもうすべて使い物にならないんでしょう?」

「べつのパスポートを用意してある」ヴァルはそう言って、地雷をひらりと避けた。「今日のきみはアニタ・ボルグ、ベルギー人だ」

「PSSに管理されている身元を使うのはいやよ」タマルが言った。

「やつらには知られていないものだ」ヴァルは言った。「数週間前に、おれが費用を出して、ひそかに作っておいたんだ。念には念を入れよ。これがおれの信条でね」

タマルは口もとをこわばらせ、ベッドで眠っているレイチェルに目を向けた。「シアトル・タコマ国際空港には近づけないわよ」

「そのとおりだ。ポートランドから飛ぶ。最低でもここから車で二時間ほどかかるから、そのぶん早く出発しなければならない。つまり、もう出かける支度をしないとまずい。いますぐ」ヴァルは含みを持たせてレイチェルを見た。

タマルの表情が曇った。「もう少し寝かせてあげないとだめよ」反抗的な口調で言う。「ゆうべは遅くまで起きていたから。くたくたなのよ」

ヴァルは口もとをこわばらせた。「おれは車からノートパソコンを取ってくる」険しい口ぶりで言った。「戻ってくるまでに、準備をすませておくんだ」

「そのあとで、朝食よ」タマルはきっぱりと言った。「エリンとコナーとケヴィン、それにスヴェティがいれば、精神的打撃も和らぐでしょうから。なんの下準備もなくこの子を渡して消えるわけにはいかないのよ、ヤノシュ。だから、そのことも考慮に入れて、フライトの予約を取ってちょうだい」

「ヴァルと呼んでくれ」歯を食いしばるように言った。タマルははなも引っかけなかった。

ヴァルはやけに高揚した気分で、空気のぴりっとした朝の森を駆け抜けた。ほとんど地に足がついていない。この幸福感がどこからきているのかわからなかった。激しいセックスの余韻があるのは間違いない。二度目はビデオに収めなかった。だから、あれはふたりのものだ。ふたりだけの秘密。イムレの命を購《あがな》うためには撮っておくべきだったが、ゆうべは耐えられなかった。

次の機会がある。次も、その次も、そのまた次も。あの女性が近くにいる限り、誘惑せずにいられないのだから。彼女の鎧を脱がせたいという欲求は、自分でも手に負えなくなっていた。

こんなに興奮しているのは褒められたことではなかった。ちょっとしたことで、毒殺されたり、刺し殺されたり、撃ち殺されたりするかもしれない。しかし、ゆうべの記憶は五感のすみずみにまで焼きついている。言葉のひとつ、しぐさのひとつまで。みずみずしく、死ぬほど危険な女性のすべてが。

ヴァルは冷えたＳＵＶに乗りこんで、かじかんだ手をこすって温め、血のめぐりをよくしてからインターネットに回線をつなぎ、アトランタ経由のローマ行きの便を予約した。午後の便だが、タマルがあれだけうしろ髪を引かれ、子どもを置いていくことをしぶっているようすからすると、それでも間に合うのかどうか疑わしい。ヴァルは座席の下のケースに銃を入れた。置いていきたくはなかったが、たとえ預け入れ荷物にしたところで、飛行機に乗るとき、銃は不審の目を招きやすい。

部屋に戻ったとき、どうやらタマルはヴァルがいなくなったとたんにきびきび動きだしたらしいとわかって、ほっとした。レイチェルは風呂と着替えをすませ、もうコートまで着ていて、タマルは昨日買いまくったものをショッピングバッグにつめているところだった。カジュアルな格好をしている。デザイナーブランドのジーンズに、ざっくりと編まれた大きめのベージュのセーターだ。

「下着や化粧品を紙のショッピングバッグに入れたまま飛行機に乗るなんていやよ」タマルはいかにも不満そうに言った。

「そう言うだろうと思って、昨日のうちにスーツケースを注文しておいた」ヴァルはさらりと応えた。

「ああ、そう」タマルは礼のひとつもなしに、ヴァルが車から持ってきたスーツケースに荷物をつめ直し、コートに袖を通した。

そして、レイチェルを抱きあげたが、子どもはヴァルのほうに両手を伸ばした。ヴァルはレイチェルを抱きあげ、肩車にして、足早にホテルの本館へ向かった。タマルはむっつりとしてあとからついてくる。

大勢が集まったにもかかわらず、朝食の席は賑《にぎ》やかとはいかなかった。ヴァルはコーヒーを飲みながら、しかめっ面で腕時計をにらみ、刻一刻と時間が過ぎていくのを見つめていた。スヴェティはスクランブルエッグとパンケーキをレイチェルに食べさせようと奮闘していたが、幼い子どもは母親の出発のときが迫っているのを悟り、なかなか言うことを聞かない。タマルの友人たちは揃って冷ややかな視線をヴァルに投げつけてきた。タマルは留守にする目的も行き先も話していなかったが、それでも皆、何か深刻な事態が起きていると感づき——それがヴァルのせいだと言わんばかりだ。

一方で、タマルは、ホテルの便箋《びんせん》に書きだした膨大な数の注意事項で、エリンとその夫のコナーをたじろがせていた。小児科医から勧められたレイチェルの食事療法やアレルギーに関する留意点。さらに、毎晩、理学療法に基づいた運動をさせ、足首と臀部をマッサージして、喘息《ぜんそく》の薬、アレルギーの薬を飲ませ、耳の薬をつけてやること、などなどだ。数分が過ぎた。二十分、三十分。

その半分ほどのところで、コナー・マクラウドはもうどんよりと目を曇らせていた。エリンのほうはかなりはじめのうちに自分の子どもを義理の姉妹たちに預け、不安そうな表情で、便箋のはしにメモを取りつづけている。タマラの口は止まることを知らず、消防車のホースの放水にも負けない勢いで言葉をほとばしらせていた。両手はこぶしに握られ、口もとはこわばり、目は真っ赤だ。

心配でたまらないのだ。子どもを置いていくのがやりきれないのだろう。つらそうな姿を見るとヴァルの胸も痛んだ。

ヴァルは道理を並べて罪悪感を押しやった。計画が成功すれば、タマルとレイチェルの生活の質は格段によくなる。ヴァルの申し出は、ふたりが長生きするための唯一の望みかもしれない。

ヴァルではなくヘーゲルかべつの諜報員が乗りだしていたなら、タマルはもういまごろゲオルグ・ラクスの手中に落ちていた。レイチェルはひとりぼっちでどこかに監禁されることになっただろう。ましてや、ノヴァクに子どもの存在を知られれば……。

その考えを頭から追い払った。

しかし、仮にタマルとレイチェルがおととい のうちにどうにか逃げだしていたなら、ヴァルが手を貸さずとも、世界のどこかで名前を変え、ふたりで生き延びたかもしれない。誰にもわからないことだが。

その場合、イムレは時間をかけて苦しめられながら死ぬという悲運に見舞われていた。

ヴァルは濃いブラックのコーヒーをごくりと飲んだ。やけに苦く感じる。いまさら考えても仕方がない。ヴァルは決断をくだし、すべてを始動させたのだ。もう取り消しはできない。

「三滴よ。書き留めた？　それと二ミリリットルの蒸留水を吸入器に入れて。吸わせるときは、エルモかプーさんを見せないとどうにもならないわ。わかった？」

レイチェルが泣きはじめた。

「ええ」エリンはメモを取りながらつぶやいた。「三滴、二ミリリットル——エルモ、プーさん」

「薬代を置いていくわ」タマルはバッグのなかに手を入れて、財布を取りだそうとした。レイチェルの泣き声を切り裂くように、甲高く、ぴんと張りつめた声で言う。

エリンが顔をしかめた。「冗談言わないで」

「冗談なものですか」タマルは食いさがった。「あの薬はかなり高価なのよ。払ってもらうわけには──」

「おい、タマラ」コナーがぶっきらぼうに口を挟んだ。「おれたちを侮辱するなよ。さあ、あの子を抱きしめてやってくれ。ホテルの平穏を乱した咎《とが》で追いだされる前に。フライトの時間があるんじゃないのか？」

タマルは言葉にならないというように、喉から耳障りな音を漏らして、泣き叫ぶ子どもを抱き、膝にのせた。レイチェルの髪に顔をうずめて、耳をつんざくような悲鳴のなかで何かをささやいている。

この時点で、ヴァルは食堂から退散した。同じく引きあげた者は大勢いたが、ヴァルは建物から出ることまではできず、悲嘆の声からは逃げられなかった。居たたまれないのひとことに尽きた。

最後のさよならの言葉が交わされ、荷物を車に積み、座席を組み替え、注意事項の追加があり、さらにまた、最後の最後のさよならの応酬が続いた。そして、あごが砕けそうなほどヴァルが歯ぎしりをしたあとで、ありがたい静寂のなか、SUVは州間高速道路に乗った。タマルはこぶしを握り、背をぴんと伸ばして座って、石のように黙りこんでいる。非難めいた沈黙は、一キロごとに重さを増して、ヴァルの肩にのしかかってきた。

ポートランドまであと半分の距離まで来たとき、ヴァルは耐えられなくなった。「いつまでそうしているんだ？」ついに口火を切った。「娘が悲しんでいることは気の毒に思うが、永遠の別れじゃないだろう。早く解決できれば、それだけ――」

「わたしたちが命を落とさなければね」タマルがずばり言った。「というよりも、わたしが生きて帰れれば。囮《おとり》として身をさらすのはわたしなんだから」

ヴァルは鋭く息を吐いた。「きみにとって、やるだけの価値があるように手を尽くしている」せがむように言った。「レイチェルにとってもだ。ほんの数日の別れなんだから、レイチェルも無事に――」

「ねえ、いまのわたしの気持ちはあなたにもわからないわよね？　だったら、わたしにかまわず、好きにふくれっ面をさせておいてくれない？」

ヴァルはむっとして黙りこみ、道路を見つめた。とはいえ、もっともな言い分だ。いまのタマルの気持ちはわからない。知りたいとも思わなかった。

それから一時間以上、冷ややかな沈黙に包まれて、車はハイウェイを飛ばした。二〇五号線とポートランド国際空港の標識が見えるころ、ヴァルは自分でも思いがけない妙な考えにふけっていた。

ヴァルはタマルのこわばった顔と赤い目にちらりと視線を走らせた。タマルがいわゆる優しい母親像にそぐわないとしても、ひとつだけ確かなことがある。この先、タマルの子どもが母の愛情を疑うことは絶対にない。

過去に何をしてきたにせよ、タマルはその牙と鉤爪で子どもを守ろうとしている。ヴァルは自分の子ども時代に思いをめぐらせた。結論は明らかだ。

レイチェルは幸せだ。そして、あの子はそれをわかっている。自分の痛ましい体験から、ベッドの下のお化けたちが現実にいるということを知りすぎるほど知っているのだ。あの子が選んだ母親は、化け物退治の適任者だろう。

　数キロ過ぎるまで待ってから、ヴァルは口を開いた。

「きみはいい母親だ」

　タマルはいぶかるようにヴァルを見た。「あなたみたいな人がなぜその手のことを判断できるのよ？」

　侮辱されたような気がする。「おれみたいな人というのはなんだ？　何か悪いか？　誰もと同じく、おれにも意見を述べる権利がある」

　タマルは嘲るように言った。「あなたは誰とも同じじゃないわよ、ヤノシュ。おまけに、あの子は昨日、さらわれたり殺されたりしていたかもしれないんだから。覚えてる？　あえて言うなら、あなたのせいでね」

　いらだちがつのった。「そうか？　おれとしてはきみたちがさらわれたり殺されたりするのを防いだつもりだが――」

「わたしの素性を考えれば、そもそもレイチェルを引き取ったのが無責任だった」タマルは苦々しい口調で言葉を続けた。「〈シブミ〉であなたが言ったとおりね。わたしはあの子を利用している。とんでもなく身勝手で、イカレた女なのよ」いったん間を置いて、つばを飲む。「そういう女の行為としても、こんな無茶な計画に乗ったのは、かつてないほど身勝手で、イカレたことだわ。口当たりのいい理屈は聞きたくない。とことん正直にいきましょうよ。わたしは復讐のためにこの計画に乗った。ほかにはなんの理由もないわ」窓の外に目を向けタマラはヴァルの目から視線をそらさずに、自分のジーンズのボタンをはずして、椅子に座ったまま腰を揺すって少し下におろし、なかにもぐりこんでいる手に余裕を持たせてやった。

「仕事にかかって」タマラは言った。「うまくやらないと、からかったことを後悔するわよ」

ヴァルはタマラの誘いに乗り、なかに指を入れてきた。もうびしょ濡れだった。あまりにも気持ちよくて、タマラは指の動きに合わせて腰を振り、腿で手を締めつけていた。

タマラのなかで、ヴァルがそっと指を曲げて、喜びの期待に沸きたつところをさすり、同時に親指をクリトリスに当てて小さく震わせ……ああ、同時進行とはよく言ったものだ。

ヴァルはシートの仕切りをあげて、タマラの唇を唇でふさいだ。

舌使いも指使いも巧みだが、タマラをかき乱すのは技巧ではなかった。ヴァルの目つきだ。勝ち誇った表情も、にやつきも、悦に入ったところもない。ひそやかで真摯《しんし》なまなざし。

目を閉じると、夢の心臓がヴァルの優しい手のなかで輝くのが見えた。指のあいだから光がこぼれている。

夢で感傷的になるのはやめなさい。夢には必ず裏切られる。頭のなかに叱咤《しった》の声が響いた。

邪魔しないで。タマラは応えた。ほんのわずかな喜び。めったに得られない喜びを享受して何が悪いの?

キスの作法もセックスのテクニックもよく知っているけれども、キスひとつにこれほど激しい欲望を感じたことはない。これこそキスの本質。貴重な霊薬を口から与え合っているようなものだ。なければ死んでしまうけれども、それをもたらすことができるのは、互いにすがりつかんばかりの熱情だけ。

薄闇のなか、タマラは身をよじり、悶えていた。ヴァルは最高だった。完璧だ。いまこの瞬間に、喜んで変えたいことがあるとすれば、指ではなく、あの太いペニスで貫いてほしいということだけ。ジーンズなど脱いでしまって、ヴァルの腰に脚を巻きつけ、根もとまで受け入れて、力強く、息を呑むばかりのリズムでわたしを乱してほしい。ふたりきりになれる部屋と大きくて柔らかいベッドがあれば、ヴァルもその肉体が賜ったものを存分に発揮できるのに。

でも、不満を示す間もなかった。タマラは頂を越え、ヴァルの指を内側から締めつけた。五感がさざめき、感情が湧きあがる。

それはまたたく間にあふれだし、ほとばしった。タマラは自然と押し流されていた。やがて、ヴァルがゆっくりと顔をあげた。言葉を交わす必要はなかった。タマラの脚のあいだに置かれたままの手の力や、ヴァルのジーンズの膨らみや、燃えるような目がすべてを物語っている。

タマラがジーンズの前を開けたとき、ヴァルはどさりとシートの背に体を預けた。窓のブラインドの下のほうからピンク色の光が漏れている——つまり、いつフライトアテンダントがやってきて、カーテンを開き、コーヒーやペストリーを勧めに来るかわからないということだ。

それでもかまわなかった。タマラはヴァルの肌にぴたりと張りついたブリーフをさげて、大きく膨脈打つような竿をつかんだ。ふっと吐息がこぼれた。きれい。岩みたいに硬くて、大きく膨

「誰もそう呼んでいないというところがいい」ヴァルは声を和らげて答えた。「本物の名前だというところも」

「本物ね」タマラは鼻を鳴らした。「本物って何？」

ヴァルが手を伸ばし、指先でタマラの上唇を撫でた。それから、その内側を。唇が震える。ヴァルの指先はタマラ自身の匂いがした。

「これが本物だ」ヴァルはささやくように言った。「安全地帯に逃げこんでいない。そこが好きだ」

タマラは馬鹿みたいに顔を赤らめていた。「へえ、そう。どうでもいいわ。わたしはシャワーを浴びたいだけ。ジゴロばりに甘くささやかれたって、それが叶うわけじゃない。サン・ヴィートのバスルームはまだ五千キロのかなたにあるのよ。それに、また自分のクレジットカードをわたしの好きに使わせていいのかしら？」

「まさか」ヴァルは勢いよく言った。「今度は、何を買うのかおれが選ぶ」

タマラは思わずくすっと笑い、そのことに茫然とした。ヴァルはそうしてガードがさがっている隙をとらえ、タマラの手を握った。

身がこわばった。熱いものにふれたように、とっさに手を引き抜こうとしたものの、意志の力で自分を止めた。それでも、神経は尖っている。

ふたりの手はそれぞれに少しべたついていたけれども、互いに文句があるはずもない。じつのところ、男と手をつないだのは生まれて初めてだ。体のほかの部分ならある。しかし、手はない。

妙にむつまじく、なんだかくすぐったい。気持ちがいい……ような感じさえする。セックスとはまたべつの意味で危険だ。

でも、甘ったるい夢に浸たることの何が悪いの？　たとえ目の前でパチンとはじけたとしても、傷つくのは誰？

わたし。タマラは心のなかで答えた。傷つくのは間違いない。体どころか心まで許したら、最終的な結末は目をそむけたくなるようなものになるだろう。

タマラはそれを過酷な現実として受け入れ、納得した……が、手を放しはしなかった。

16

イムレの身をこれほど案じていなければ、そしてこれほど時間に追われていなければ、ヴァルもタマルとの旅を満喫していたはずだ。あの毒舌ぶりや、すがすがしいほど率直な物言いを存分に楽しんでいただろう。ヴァルはあらゆる意味でタマルに刺激されていた。

サン・ヴィートで、ふたりはバロック様式の美しいホテルにチェックインした。ヴァルはあせりを隠さずに、タマルを大階段に急がせ、天井の高い廊下から部屋まで追いたてた。この部屋に、とんでもない額の宿泊料を支払った。テラスの代わりに三つのアーチからなる開廊《ロッジア》が設けられている。景観はすばらしく、紺碧《こんぺき》の海のふちから山の傾斜に沿ってのぼっていく街並みや、ラ・ロッチアと呼ばれる巨岩群がその街をふたつに分断しているさまを見渡せる。

とはいえ、そうした景色をながめる間は与えなかった。バタンとドアを閉めたとたん、獣のようにタマルに襲いかかったからだ。当然ながら、力強く押しのけられた。この細い体のどこにこれほどの力があるのかと、毎度びっくりさせられる。

「当たり前のようにわたしを抱こうとしないで！」

ヴァルはタマルに迫った。「していない」きっぱりと言った。「ただ単に抱くだけだ」

「原始人ごっこも度が過ぎたら興ざめよ、ヴァル」

ああ、やっとヴァルと呼んでくれた。ヴァルのなかの何かが嬉しさで跳ねまわっている。

「おれの目的に適うならそれでいい」殴られてもかまわずにタマルをつかみ、ベッドに押し倒した。

揉み合いになったが、もしタマルが本気なら、ヴァルは逆に押し倒され、命懸けで戦うはめに陥っていただろう。実際のところ、タマルは目をきらめかせ、顔を上気させていた。相当の力でヴァルに突きを入れ、こぶしを振るい、平手打ちを食らわしてきたが、殺気はまるで感じられなかった。ヴァルの体はその違いを認識できる。

思いきってタマルから手を放し、ジーンズのボタンをはずすあいだに、二度ばかり頰を張り飛ばされた。ヴァルは改めてタマルの両手をつかみ、その体に馬乗りになった。顔はジンジンとして、むしろ気持ちがいいくらいだ。ベッドが揺れ、大きくはずむ。そのまま両方の手首を押さえつけて、怒った顔に向かってにっと笑った。

「ようやくベッドにありつけた」ヴァルは言った。「一生叶わないのかと思ったよ」

「だからってすぐにがっつくなんて、豚《ポルコ》以外の何物でもないわ」タマルが言い返す。「二十四時間も旅をしてきて、お風呂にも入らずに始める気？　冗談はやめて！」

「二十四時間の前戯だ」ヴァルは切り返し、タマルのジーンズを引きおろした。「風呂なんかあとでいい。どのみち、あとで入りたくなる。絶対だ」

ふたりはそのあとも、くんずほぐれつのつかみ合いを演じた。ヴァルはジーンズのなかでイきそうになりながらも、やっとのことでタマルを裸にして組み敷いた。自分のパンツをおろすために片手を放したときには、二本の指で喉を突かれた。まともに食らえば致命傷だが、タマルはあえて力を抜いていた。これほど害のない急所突きをもらったのは初めてだ。

「ひとつ問題がある」ヴァルは言った。「両手を使わなければコンドームをつけられないが、いまきみを放したら、おれは喉を食いちぎられることになる」

「へえ、そう。それはあなたの問題であって、わたしには関係ない」タマルはそう言い捨てた。

「そうか。おれに任せてもらえるなら、解決は簡単だ」ヴァルははちきれそうな分身を握って、タマルのなかにねじこんだ。

しとどに濡れ、ふっくらとして、それでいて引き締まっている。そのうえ、この驚くばかりの熱を鈍らせるゴムがない。ヴァルは腰を押しだし、ひと息に貫いた。一瞬で悶え死にしてしまうかと思うほどの快感だ。殴られ、横面を張られ、引っかかれたぶんの見返りはあった。愚弄《ぐろう》の言葉を投げつけられたかいも。

タマルは息を呑み、身をこわばらせた。「ちょっと！　解決になってないわよ！」

「おれはなんの病気も持っていない」安心させるように言った。「いつでも気をつけているし、定期的に検査を受けている」

「わたしもだけど、そういう問題じゃないわ」タマルは言った。「わたし、避妊していないのよ」

ヴァルはぎょっとした。「あー、なるほど」

「だから、早く出ていって。あなたの子どもはほしくない」

すぐに引き抜こうとしたが、体が言うことを聞かなかった。気づけば、再び身を沈め、内側から愛撫するように腰を揺すっていた。あと一度だけ……そして、もう一度。「なかではイかない」ヴァルは請け合った。「あと数回だけ……こんなふうに」ひねりを加えながら、奥まで突き入れた。

タマルはあっと声をあげて、背をのけぞらせ、腰を押しだしてヴァルを迎え入れた。赤らんだ唇を噛み、ヴァルの胸に深く爪を食いこませる。「たった一回で妊娠することもあるのよ！　この手のことでは男の自制力なんか信用できない。何においても、男なんて信用できないの。わかったら、出ていって！」

ヴァルは眉をひそめた。「聞いて驚くかもしれないが、その不信感には気づいていたよ」

皮肉めかして言った。

「そう？　だから？」輝く目がヴァルに挑んでいる。

「だから、きみが間違っているという証拠を見せる。おれはきみの願いどおりにするよ」甘やかなつながりを惜しみながら、柔らかくまといつくような鞘から少しずつ身を引いた。「こうして騎士道精神を発揮するのに、おれがどれほどの思いをしているのか、きみには想像もつかないんだろう」

「かわいそうに」タマルは体を起こし、〝妖婦〟に変身しようとしなを作りはじめた。

ヴァルは慌ててコンドームを取りだし、手早くつけて、タマルに迫った。股間のものも待ちきれなさそうに身を伸ばしている。

「またゼロからやり直せとは言わないでくれ」ヴァルは懇願した。

タマルがよこした笑みはまるで氷の刃のようだった。「何をどう考えたら、一歩でも前進していると思えるのかしら？」

もどかしさが火炎のように広がった。ヴァルは深呼吸をして、やっとのことでそれを静めた。「ほんの少しでも素直になるまいと決めているんだな？　本心ではそうしたいと願っていても」

嘲りの笑みが揺らぎ、そのとき、一瞬だけタマルの鎧がはずれて、ヴァルは目の奥に何かを見た。罠にかかった野生の動物みたいに、身動きが取れず、半狂乱になっているタマルの姿だ。「できないの」タマルはこわばった声で言った。「ただ……そうはできないのよ」

ヴァルは不意をつかれた。率直な告白に胸を打たれたが、同時に、猛烈な怒りにも襲われた。タマルの欲求と鬱憤《うっぷん》を感じる。痛ましいほど張りつめている。鉄のケーブルがきりきりと引っぱられ、軋む音が聞こえてきそうだ。

女性に対してこれほど優しくしたいと思ったことはなく、ここまで切実に優しさを必要としている女性に出会ったこともない。しかし、それが本人には耐えがたいのだ。どうあっても受け入れられないだろう。いまはまだ。

ならば、タマルが受け入れられるようになるまで、黙って目をつぶり、深く息を吸って、本能に従うまでだ。

「わかった、それでいい」ヴァルは言った。そして、ベッドに飛び乗った。

タマルは四つん這いになって逃げようとした。そこにのしかかった。苦しげなうめき声が聞こえたが、全体重をのせて、絶対に逃げられないように圧力をかけた。

そうして手を下にやり、わななく尻を揉みしだき、そのあいだに指を滑りこませた。動けないように押さえつけたまま、うなじや背筋にキスをしながら、クリトリスを弄び、濡れた花びらを愛撫した。

タマルが最初のオーガズムを迎えたとき、ヴァルは華奢な体がびくっと引きつるさまや、喉から漏れる喘ぎ声を味わい、そして、侮蔑の言葉を投げつけられるものだと思って身構えた。

しかし、見当はずれだった。タマルはシーツに顔をうずめ、身を震わせていた。言葉もなく。

ヴァルはまださざ波のたつ体のなかにペニスを差し入れた。タマルがはっとして顔をあげたとき、あのうねるような鞘に深く身を沈め、そっと腰をくねらせて、合図を待った。

「いつか、おれがきみに優しくするのを許してもらえる日が来る」ヴァルはささやいた。髪を揺らし、タマルは首を振った。「期待しても無駄よ」息せき切って言う。「わたし自身、自分に優しくすることができないんだから」

「おれは辛抱強い」ヴァルは言った。「いつまででも待つさ」

「やめて。もう仕事にかかってよ、ヴァル」タマルはぴしゃりと言った。「あなた、おしゃべりだわ」

それが合図だった。タマルはうしろに体を揺すって、ヴァルをもっと奥まで受け入れた。ヴァルは全力を尽くし、自制心をかきたて、テクニックを駆使して、タマルが受け取って当然のものをすべて与えるつもりでいたが、ふいに何かがはじけた。気づけば、ふたりともわれを失い、汗だくになって腰を振っていた。ヴァルは肌にあざが残りそうなほど強くタマルの腰をつかんだ。タマルはシーツをぎゅっと握っている。もうあらがおうとしていない。

未知の驚きに満ちた、すばらしい危険地帯。

タマルが振り返った。「前を向かせて」息を切らしながらも、強い口調で言う。「あなたが本物かどうか見ていたいの」

「もちろん本物だ」いったん落ち着くまでは、その言葉の真意を尋ねることさえできなかった。ヴァルは身を引き、タマルを仰向けにして、脚を開かせ、膝を折り曲げさせた格好で、ピンク色のきれいな花びらをまじまじと見つめた。タマルの体はしなやかで、ダンサーのような柔軟性がある。肌は開いたばかりの若葉みたいに柔らかい。なだらかな曲線を描く肢体のどこを見ても、目に新鮮な驚きをもたらした。

タマルの気が変わらないうちに、もう一度ひとつにつながり、顔を向き合わせてリズムを合わせていった。タマルはじっとヴァルの目を見つめ、溺れるように身悶えしている。しだいに深く食いこむ爪は、絶頂に押しあげられていっているしるしだった。

そのとき、タマラの顔に恐慌の色が浮かんだ。狼狽しきって、自分でも抑えられないといったようすで、でたらめにヴァルを叩きはじめ、怒りの涙で目を光らせている。「憎たらしい」小声で嚙みつくように言う。「あなたなんか大嫌いよ」

手をつかもうとしたが、タマルは身をよじってかわし、うなり声をあげた。ヴァルは無理に押さえようとするのをやめた。そうして好きに叩かせているあいだにも、ふたりの体は必死に互いを求めていた。それでも、タマルは支配権を求めて戦わずにいられないのだ。ヴァルは自分が勝つことがタマルのためになると感じていた。しかし、いまは何をされても、まるで痛みを感じない。ヴァルはうねりをあげる高波に乗っていた。

それからどれくらい時間がたったのかわからないが、気づくと、タマルと向かい合って、横向きでベッドに寝ていた。ふたりとも汗に濡れ、まだ相手の体にしっかりと腕をまわしている。タマルの脚はヴァルの腰に巻きついていた。

ヴァルは力を抜こうとしたが、震える筋肉はすぐには言うことを聞かなかった。ふたりの心臓が鼓動を響かせ合っている。

どうにか腕の力をゆるめた。汗でくっついた体を引き離し、柔らかくなったペニスを抜いた。それぞれ仰向けに転がって、涼しい部屋の空気で汗が乾いていくあいだ、身を震わせながらもぐったりと横たわっていた。

隣の部屋の誰かが壁を叩いた。「エイ、アウグーリ、アミコ」冷ややかながらも感心したような声が聞こえた――よお、お盛んだな、兄弟。

ふたりのどちらにも、返事をするような気力はなかった。

ためらったすえ、ヴァルが横に目を向けたとき、タマルは視線を避けて、のろのろと起きあがり、ベッドのはしに座った。ヴァルは腕を伸ばし、ほっそりとした背中にふれた。タマルはまるで肌を焼かれたように飛びのき、慌てて立ちあがった。よろめき、足をもつれさせて、壁に手をつく。

はっとして、ヴァルも跳ね起きた。「どこか具合が――」

「平気よ」言葉を吐きだすように言う。「気にしないで」

ヴァルはすがりつかんばかりに手を伸ばしていた。「タマル——」

「やめて」タマルが言う。「お願いだから。シャワーを浴びてくる。少し時間がかかると思うけど、邪魔しないで」

ヴァルはタマルの背中を見送り、バタンと閉じたドアの音に鼻白んだ。真鍮《しんちゅう》の鍵がまわり、アンティークの錠が閉まった。大理石を打つシャワーの音が響きはじめる。ヴァルの心臓はまだ鼓動を轟かせている。そして、その下では、これからすることへの罪悪感で、胃が冷たい石のように沈みこんでいた。

いましかないんだ。唯一のチャンスだろう。それでも、ヴァルはベッドに座ったまま、動けないでいた。みじめだ。

イムレ。ノヴァクのゲームは続いている。イムレが切り刻まれるのを防ぐためには、明日までにまた卑猥《ひわい》な動画を送らなければならない。胸をむかつかせたり、ためらったりしている余裕はない。突きつめれば、ビデオを撮ったところで、直接的にタマルを傷つけるわけではないし、裏切るわけでもない。神に誓って、ヴァルは本気でタマルを抱いている。いままでどんな女性にも、これほど率直に、真っ向から向き合ったことはなかった。今回が初めてだ。だとしても、たいした差異はない。

そう自分を諫めようとしたが、うまくいかなかった。それでも、するべきことをするしかない。子どものころ、キュストラーの命令で指定の家やアパートメントを訪ねたときに学んだことだ。いわゆるお得意さまを相手にしたときに。あるいは、予約がない日に、路上で客を取れと命じられたときに。車が停まるたび、ヴァルはある仕組みを働かせた。自分の一部をちぎり取るのだ。そうすれば、車に乗り、仕事をこなすあいだ、心をどこか遠くへ漂わせておけた。麻痺させておくことができた。

そうやって生きてきた。時間がたつにつれて、昔ほどにはつらくなくなった。しかし、今回のこれは、どういうわけか、やりきれない。

インターネットを通じて地元の花屋に注文しておいた鉢植えのセロファンをはがした。大きなシダだ。きれいに広がった二枚の葉の陰にビデオカメラを仕込んだ。ベッドが映るようにレンズの角度を調整する。カメラの本体が隠れ、レンズが妨げられないように葉の位置を直した。この件について、タマルにはあとでうまく取りなすしかない。というよりも、一生知られずにすめばそれに越したことはない。

しかし、この運の悪さだと、儚い望みなのだろうが。

一時間ほどシャワーを浴びつづけたころ、ばかばかしくなってきた。これでは湯気のなかに隠れているみたいだ。でも、タマラはいまの気持ちに茫然としていた。顔中に感情が現われている。けっして言うつもりのなかった真実、あるいは、自分でも気づかなかった真実が、唐突に飛びだす。おまけに、あの情熱のこもった目で見つめられると、顔を真っ赤にして、思慮を失い、ただ爪を立てるだけの猫に変身してしまうという現象まで起こっている。

いつまた変身してもおかしくない。いますぐにでも。何かちょっとしたきっかけがあれば、裸で部屋に飛びだし、両手両足をついて、ヴァルに襲いかかってしまうだろう。

タマラはシャワーを止めて、タオルで体をぬぐった。鏡が蒸気で曇っていたのはありがたかった。いまは鏡なんか見たくない。自分に対してこれほど怒っているときには。

髪をとかしているあいだに、また二十分ほど過ぎた。いくらなんでも時間がかかりすぎだが、わざとぐずぐずしていたのではない。また、あえてスタイリングしたわけでもなかったけれども、髪はいつしかまっすぐになっていて、それがここ最近の苦い気分によく合っていた。いつものようにジェルでうしろに撫でつけ、きっちり編みこもうかとも思ったが、その考えをはねのけた。自然乾燥で、このままおろしておこう。すべてをことこまかに押さえておくことに、飽き飽きしていた。もううんざりだ。

目も同じだ。長旅で赤くなったトパーズ色の目を鏡で見つめ、睡眠不足のところにまたカラーコンタクトを課すのはいやだと思った。本物の瞳の色をヴァルに知られたら、どうだっていうの？　どうせ重大なことは逐一知られている。目の色だけ隠してどうするの？　鎧なんてはずしてしまえ。そこにずいぶんエネルギーを吸い取られている。

タマラは大きなバスタオルを体に巻きつけて、勢いよくドアを開けた。ヴァルは裸でベッドに座り、タマラを待っていた。というよりも、バスルームがあくのを待っていたのかもしれない。長旅のあとにこれだけ待たされて、さぞいらいらしていることだろう。ただし、同情はまったくおぼえなかった。厚かましくも、ふたりでひと部屋しか予約しなかったこの男が悪いのだ。

しかし、底意地の悪い心の声は、黄金色の彫刻みたいなたくましい体としかつめらしい顔つきを見たとたんに、しぼんで消えた。股間のものは、黒い巻き毛にくったりともたれ、しおれているときでさえ目を引く。それをつかみ、撫でたくなって、タマラの指先がうずうずした。

あえて背を向け、ヴァルが注文してくれたスーツケースのなかをかきまわした。タマラは高級なフェイスクリームを顔にすりこみ、同じようにとんでもなく高価なデオドラントを全身に塗りたくった。オンラインカタログでこうした商品を頼んだときには、つかの間にせよ、たっぷりと邪《よこしま》な喜びに浸ることができた。取捨選択の基準は極めて明快だった。ただ一番高いものを選んでいったのだ。

どのみち、タマラが復讐好きの性悪女だということは、ヴァルも承知しているだろう。タマラとしても、それを隠すつもりはなかった。

「おれもシャワーを浴びてくる。そのあと、食事に出かけよう」ヴァルが言った。

へええ。まさか、サン・ヴィートくんだりで、この男とキャンドルの明かりに照らされ、ロマンティックなディナーをとるのが、わたしの気持ちをほぐすとでも思っているのだろうか。逆に、とどめの一撃のつもりなら、さもありなんだけど。

「おなかはすいていないわ」タマラは言った。「ひとりで行って。わたしは部屋で休んでいるから」

「とんでもない《ストロンザテ》」ヴァルの口調は硬かった。「きみはハクスリーで朝食をとらず、ポートランド空港でも何も食べず、飛行機でもコーヒーと水しか口にせず、ローマ空港でも途中のカフェテリアでも食事に手をつけなかった。きみが最後に食べたのは、ウエディングパーティでの四口ぶんのパスタだろう。数えていたんだ。それじゃあ体がもたないぞ。無責任で、プロらしからぬふるまいだ。おれと一緒に来て、食事をとるんだ」

タマラはかっとなった。「わたしに命令しないで」

ヴァルはため息をつき、忍耐心とひらめきを求めるように、小首をかしげた。「タマル、愛しい人《ベリッシマ》」疲れきった声で言う。「頼むよ。無茶を言わないでくれ。ここはイタリアだ。食べ物を怖がることはない」

「そういうことじゃないわ」タマラはぴしりと言った。

ヴァルは眉を片方あげた。「ああ、おれが怖いんだな？」

「まさか！」

「じゃあ、なんだ？　摂食障害か？　人生をきっちり支配しようとする試みのひとつ？　だとしたら、悲しいことだ。きみの気持ちを話し合い、その問題の根底を探ろう。そうすれば、倒れる前に何か食べられるようになるだろう？」

タマラは思わず笑っていた。「ねえ、想像してみてよ。セラピーよろしく、わたしがドクター・ヴァルに情緒面の問題を打ち明けているところを。あなたがどんな治療を施すのか、目に見えるようだわ」

ヴァルの目がきらめいた。口のはしがくっとあがる。股間のものも、出番だとばかりに頭をもたげた。

顔をしかめて、タマラは両手をあげた。「わかった、わかったわよ。ディナーね。あなたがそれで満足するなら、一緒に行ってあげる」

「満足どころか有頂天だよ。五分待ってくれ」とヴァル。

タマラはセーターとジーンズを引っぱりだした。アマルフィ海岸沿いに曲がりくねった道を走る途中、小さな町により、そこの大通りに建つブティックでヴァルに買わせたものだ。そこに、昨日カタログから選んだスエードのハーフブーツを合わせ、必携のアクセサリーをつけた。睡眠薬入り皮下注射を仕込んであるイヤリングに、ショーンの妻、リヴ・エンディコットの名を冠した刃付きの指輪だ。

武器とは呼べない小さなものだが、何もないよりはましだ。化粧をするのはやめておいた。幻影を生みだす気力はない。今夜、大事なのは真実だ。本物であること。

タマラは開廊《ロッジア》に向き合って腰をおろし、ティレニア海に沈む夕陽をながめながら、携帯電話を取りだして、コナーとエリンの家にかけた。

エリンが出た。「もしもし?」

タマラは眉をひそめた。電話の向こうから、レイチェルの泣き声が——泣き叫ぶ声が聞こえる。「エリン、わたしよ。いまこちらに着いたところ。そちらはどう?」

エリンは観念したような口調で言った。「どうにかやってる。あの子は手強いけど、いずれ音をあげるはずよ」

そうとは思えなかったが、タマラは言葉を控えた。希望を砕いても仕方がない。「あの子、ちゃんと寝てる? 少しでも食べてる?」

「どちらもノーよ。ストライキ中。ちょっと待って。あなたと話したいか訊いてみる。しゃべるのも拒んでいるのよ。ほら、レイチェル、泣きやんで。ママとおしゃべりしたい?」

レイチェルは驚いたように黙りこみ、それから、置いてけぼりにされた怒りをこめて、再び胸が張り裂けそうな叫びをあげはじめた。

ああ。タマラはがっくりとうなだれ、両手で顔を覆った。レイチェルはかわいそうだし、自分も悲しいが、何よりエリンとコナー、そしてスヴェティに申し訳ない。三人ともいまごろはあまりのことに目を丸くしているだろう。癇癪を起こしたときのレイチェルがどれだけのストレスをもたらすか、タマラほどよく知る者はいない。

エリンが受話口に戻ってきた。「おしゃべりする気分じゃないみたい」疲れきった声で言う。「でも、機嫌がいいときもあるのよ。かわいい子だわ。ただ、あなたが恋しいのね」

「エリン、ごめんなさい」タマラは途方に暮れていた。罪悪感でいっぱいだ。わたしもレイチェルが恋しくてたまらない。離れ離れでいるのは大きな苦痛だった。

「あなたのせいじゃないわよ。子どもってそういうものだし、わたしたちなら平気よ」

レイチェルが大泣きしているそばで長く話はできず、早々に電話を切ることになった。タマラは両手に顔をうずめ、この腐りきった旅にあとどれくらい時間がかかるのだろうかと考えた。レイチェルはその間を切り抜けられるだろうか。

強い子だもの。胸にそう言い聞かせた。きっと大丈夫。

肩に手をふれられて、タマラは飛びあがった。「驚かせないで！」

「すまない」ヴァル《ベルドーナミ》がつぶやいた。「悪い知らせか？」

タマラは滅入った気分で肩をすくめた。「レイチェルが哀れな状態なのよ」言葉を飾らずに言った。「まわりの人たちも全員。びっくりよね」

ヴァルは一瞬黙りこんだ。「すまない」

タマラは立ちあがり、ヴァルに背を向けた。「でも、あなたはそこから何千キロも離れていられて嬉しいってことでしょう?」

ヴァルはタマラの気持ちを察し、物思いに沈むに任せて、着替えはじめた。タマラはそのすばらしい体が服に包まれていくさまを見ないようにした。風呂に入り、ひげを剃り、髪に櫛《くし》を入れて、いい香りを漂わせ、デザイナーブランドの服に身を包んだ姿だけでも、充分にそわそわしてしまう。裸を見ていたら、頭の回路が吹き飛んでしまっただろう。

案内されたレストランは、どうやらヴァルのなじみらしい。ホテルから急勾配《きゅうこうばい》の坂をおりたあと、入り組んだ道を迷うことなく進んでいったことや、店で丁重に出迎えられたようすからそうとわかった。大通りからはずれた小さなレストランで、目立たないながらも美しい店だ。料理もワインも上等だった。しかし、サラダ、野菜のロースト、魚のグリルというタマラの注文に、ヴァルは強い不満を示した。「まだ足りないね」叱るように言い、〝きこり風タリアテッレ〟と血の滴りそうな〝牛肉のタリアータ〟の大きなひと切れを食べさせようとする。

根性は認めるけど。タマラは内心でつぶやいた。目の前の皿には、オイルとにんにくたっぷりの生パスタ、それにピンク色の柔らかそうな肉が盛られている。でも、食べる気にはなれなかった。ワインのほうはそれなりに進んだので、ヴァルはせっせとタマラのグラスを満たしていた。

「わたしを酔わせようとしているの?」タマラは尋ねた。

ヴァルは肩をすくめた。「肩の力を抜いてほしいだけだ。効果はあるかな?」

「ないわ」タマラはきっぱりと答えた。「肩の力を抜くことなどないの。ついでに、いま言ってておきたいことがあるわ。しっかりと理解してちょうだい。今夜はもうセックスしないわよ。前戯もなし。忘れないで。いいわね？　その顔つきもやめて。見たくない」

しかし、ヴァルは従わなかった。魅惑的な笑みが消える気配もない。タリアータをナイフで切って口に運び、おもむろに嚙みながら、目を細めてタマラを見つめ、ナプキンで口もとをぬぐった。「だめかい？」

「だめよ」もう一度はっきりと言った。何度でも否定したかったが、どうにか踏みとどまった。ふわふわの羊が鳴くようにぺちゃくちゃとしゃべっては、一語ごとに言葉の重みが減っていってしまう。

ヴァルはワインを飲んだ。「いやそうには見えないが」

「いやかどうかは問題じゃないのよ。わたしは疲れているの。あの猛攻をもう一度迎え撃つことはできないわ。眠らせて。穏やかに、静かに、ひとりで」

「べつにあんなふうにする必要はないんだ」ヴァルはさりげない口調で言った。「おれは優しくできる。遊び心を持てる。きみの望みどおりにできる」

「それが怖いのよ」そう口走っていた。

ヴァルはタマラの目をのぞきこんだ。「自分の本当の望みを知るのが怖い？」

慇懃《いんぎん》ながらも、上に立つような口調にいらいらさせられた。「セラピーごっこはいい加減にして、ヴァル。あなたは殺し屋であって、精神科医じゃないんだから」

「殺し屋ではないよ」ヴァルは穏やかに言った。「だが、セックスの話で、訊きたかったことを思いだした」

タマラは身構えた。「訊いてみれば？」きみのような女性はどんなことにも備えておくものかと思ったが」

「避妊をしていないのはなぜ？　きみのような女性？」おもむろに繰り返した。「いったいどういう意味なのかしら？」

タマラは気色ばんだ。「きみのような女性？」おもむろに繰り返した。「いったいどういう意味なのかしら？」

ヴァルは、ほらと言いたげに腕を振った。「使命感が強くて、現実的。大胆な女性」

ヴァルは、ほらと言いたげに腕を振った。女々しさを感じさせずにこのジェスチャーができるのはラテン系の男だけだ。ワイングラスを指でつまむように持って、タマラは真新しい発想を弄んでいた。醜い事実をありのままに話す。とにかくくたくたで、ぴりぴりしているうえに、時差ぼけがひどく、質問をかわすのも億劫《おっくう》だった。

「ここ数年、禁欲生活を送っていたからよ」タマラは言った。「今後一生、それを変える気もなかった。無駄なホルモンを生みだして、体に満載するなんてごめんだわ」

ヴァルは控えめな驚きを見せていた。「本当に？　きみが？　宝の持ち腐れじゃないか。考えただけでも嘆かわしいよ。いったいなぜなんだ？」

うるさい、あなたには関係ない、ともう少しで言いかけた。しかし、その言葉はどこかでつまって消え失せ、結局、沈黙が続くことになった。「カート・ノヴァクを知っている？」

しばらくして、タマラは尋ねた。

ヴァルは不愉快そうに口もとをこわばらせた。「残念ながら、知っている」ヴァルは言った。「胸の悪くなるようなやつだった」

「ええ、そうね。ゲオルグは？」

「よくは知らない」とヴァル。「カートの腰巾着だろ」

「そのとおり。あんなやつらに関わるべきではなかったけれども、わたしはあえて近づいたの。カートに殺された人の敵討ちのために。生やさしいことではなかったわ」

「だろうね」ヴァルはつぶやいた。

タマラはヴァルの目を見られなかった。「あのふたりがわたしにとどめを刺してくれたのよ。男はもう懲り懲り。カートが死んだ日、ふたりとも息絶えたと思った。ゲオルグをもっとよく確認しなかったことが悔やまれるわ。喜んで息の根を止めてやったのに。わたしにはその権利があったのよ。あの男が何をしたか……まあ、どうでもいいわ」

「そうか」ヴァルはあえて感情を排した口調を心がけているようだ。

タマラは真っ白なテーブルクロスを見つめ、努めて沈黙に耐えた。もしも大げさな同情を示されたなら、顔に皿を投げつけていただろう。しかし、ヴァルは単純な事実として理解してくれたので、まだ我慢できた。呼吸を整え、なんとかもちこたえた。一分かそこらのあいだは。突然、意味ありげで濃密な沈黙に耐えられなくなった。

自分から口を開いて、がらりと話題を変える頃合いだ。

「今度はわたしが質問で襲う番ね」タマラはきびきびと言った。「さあ、答えてもらうわよ、ヴァル。いまのあなたになるまでに、どんな道のりがあったの？　好奇心でうずうずするわ」

ヴァルはおもしろがるような顔をした。「いまのおれとは？」

「如才がなくて、洗練されていて、話し方にも教養が感じられる」タマラは答えた。「数カ国語を操り、心理操作にも長けている。そういうことが自然と身につくような環境で育ったとは思えない。マフィアのごろつきとしてもそぐわないわ」

ヴァルは目をそらし、タリアテッレをフォークに巻きつけた。「PSSで集中訓練を受けたんだ」やがて、そう答えた。「相当の投資をしてもらったよ。しかし、何より重要なのは……イムレのおかげだということだ」

今度はタマラが、言葉の合間に相手のワインを満たし、話をうながす番だった。「あなたの友人ね？　例の……」怪物を刺激するのは気が進まず、言葉をにごして、ヴァルにあとを引き継がせた。

「そうだ」ヴァルが言った。「おれが助けようとしている友人。子どものころ、おれを温かく家に招き入れてくれたんだ。鉄の心臓だよ。おれは無学で、乱暴で、手癖が悪く、しらみだらけの十二歳の男娼だったんだから。そんなガキに食事をとらせて、ピアノを聞かせ、アパートメントで眠らせてくれた。とうてい真似できない」

「並みはずれた人なんでしょうね」タマラは言った。

「ああ」昔を懐かしむような笑みがヴァルの顔に浮かんだ。「頭の使い方を教えてもらった。外の世界のことも。おれにもいくらかの価値はあるんじゃないかと思わせてくれたんだ。そうじゃなければただの……」ふいに言葉を切り、小さくかぶりを振る。「スリを働き、煙草を売り、麻薬の取り引きをするだけの人間になっていた。あるいは、橋の下に停めた車のなかで、ペニスをしゃぶるだけしか能のない人間に」

タマラは目を見開いた。みずからの過去に対して、ヴァルが苦々しい思いをわずかにでも吐露したのはこれが初めてだった。ほんの少し垣間《かいま》見せただけだが、底が深いことは感じ取れた。「つまり、あなたが破滅をまぬがれたのは、彼のおかげなのね」

「ああ」ヴァルは占い師が水晶を見つめるような真剣な目つきで、ワイングラスに目を凝らしている。「おれの拠りどころだった。彼は……」そこで声がついえた。顔をそむけ、ごくりとつばを飲んだ。

見られたくないだろうと気づかって、タマラは視線を落とした。ちらちらと光るキャンドルの明かりを見つめ、ヴァルが自分で沈黙を破るのを待った。

「イムレがいて、おれは幸運だった」自分に言い聞かせるように、つっかえながら声を絞りだす。「だが、あれだけのことをしてもらっても、おれは過去を断ち切れなかった。十トンの重しを引きずっているようなものだ。もしおれのせいでイムレが死んだら……」

そして、わたしのせいで。タマラはその考えを頭のなかから追い払った。イムレのことまで背負えない。すでに重責を担っているのだから。

「〝重し〟の意味はわたしにもわかるわ」タマラは言った。

雪のように白いテーブルクロスで、ヴァルの手はタマラの手から数センチ離れたところに置かれていたが、ふっと近づいてきた。指先がかすかにふれ合う。ほんのわずかにかすめただけなのに、タマラの全身に衝撃が走った。どうしようと思う間もなく、互いの指が一本ずつあがって、自然と手のひらを合わせていた。

そっとふれ合ったところから、きらきらと光が輝くような感覚だった。ふたりともそちらに目をやらず、そのことは言葉にも出さなかった。この小さな奇跡は、こちらが近づきすぎれば、恥ずかしがって顔を隠してしまうだろう。

「きみは？」ヴァルがタマラの目をとらえ、真剣な表情で挑むように言った。「おれが知る限りできみの過去を考えれば、同じ質問をしたくなるね。ゼトリーニャのあと、いまのきみになるまでに、どんな道のりがあった？」

タマラは笑って、さっきのヴァルと同じ言葉を返した。「いまのわたしって？　うんざりするほどの性悪女だということはべつにして？」

ヴァルはからかいに取り合わなかった。「才気煥発《かんぱつ》で創造的、金持ちの成功者。それに、侮りがたい力の持ち主だ。きみも破滅をまぬがれている」

いまはまだ。ノヴァク、ゲオルグ、ステングルのことを考え、暗然として胸につぶやいた。タマラはその考えを押しのけ、ヴァルに訊かれたことを検討した。あれだけ率直に答えてもらったあと、どう返答すればいいか。

「以前に持っていたものから力を得ているのよ」タマラは言った。「わたしの家族から。そりゃあ欠点もあったけれども……すばらしい家族だった。自分に価値があると思えるのは、両親がそう思わせてくれたから。もう全員逝ってしまったけど、いまでもそれにしがみついている。そうやって耐えてきた」

ふたりとも互いの目を見られなかった。いまは無理だ。でも、ヴァルはふたりの指を絡ませ、手を握った。ぬくもりが広がる。控えめな親愛の情は、なんとも心地よかった。

「きみは幸運だ」ヴァルは言った。

タマラはそれが真実だと気づいた。不思議だ。すべてがつながっている。かつて、タマラは大切なものを持っていた。ヴァルには得られなかったものを。

「そのあとは……」タマラは首を振った。「行き当たりばったりだったのよ。とくに頓着せず、詐欺を働き、銀行から金を奪い、男と寝てきた。お金持ちになりたいという気もなかった。たまたまそうなっただけ。テレビゲームのようなものね。スリルを求めるロボット女。退屈したら、即行動よ。独裁者を倒すのも、二千万ユーロを盗むのも、ただの退屈しのぎ。でも、わたしも年をとったわ。本当に退屈でたまらなくなってきた。そのころは……大事なものもなかった」

「いま大事にしているのは？」ヴァルが尋ねた。

タマラは考えをめぐらせた。「レイチェル」真っ先に浮かんだ。「友人たち。自由。プライバシー。それに、仕事。ええ、仕事はとても大事ね」

「ジュエリーかい？　きみがそういう職を選んだことは不思議な気もするが」

「そうでもないのよ」タマラは答えた。「わたしの父は金細工師だから。わたしはその見習い。父は芸術家だった。あれだけの才能があれば、世界に名を轟かせていて当然だったけれども、父は名声など気にかけなかった。ただ仕事を愛していたの。稼ぎにさえ無頓着だった。母は手を焼いていたわ」タマラは思い出にほほ笑んだ。

「美しさのみを求めた作品？」ヴァルは優しい声で言った。

「だと思うわ」とタマラ。

ヴァルはふたりがつないだ手にかがみこみ、手首にキスをした。「きみの家族はイスラム教徒だった?」

タマラは肩をすくめた。「異宗結婚よ。母はウクライナの出身で、正教会の信者だった。宗教を重んじていたのは母のほうね。イースターやクリスマスを家族で祝ったわ。父は美を崇めていた。そして、妻を。母をこよなく愛していたの」

ヴァルはもう一度手にキスをして、口を挟まずに話の続きを待った。

「両親の出会いはパリ」理由はわからないけれども、タマラは言葉を続けていた。「父は血気盛りの若者で、冒険を求めて放浪していた。母は不法な移民で、いつかソルボンヌ大学で学ぶことを夢見ながら、衣類を扱う搾取工場で働いていた。父は二十一、母は十九。父も母も美しくて——」

「それは不思議じゃない」ヴァルが言った。

「ふたりはたちまち恋に落ちた」タマラは話を続けた。「そして、わたしが生まれた。お金はなかった。そのうちに、祖父が病気にかかり、父を故郷に呼んだ。わたしたちはゼトリーニャまで祖父に会いに行き、結局、二度とそこから離れなかった。ユーゴスラビア人民軍のドラゴ・ステングル大佐と秘密警察が進軍してくるまでは」

ヴァルはタマラの手を強く握った。タマラはそこにしがみついた。

「本当に皮肉だったわ」タマラはつぶやいた。「わたしは父ほど優しい人を知らない。子どものころは、父が声をあげたところさえ見たことがなかった。それなのに、処刑されたのよ。民兵組織の一員だという理由で。信じられる? 何が民兵組織よ」

脈拍があがり、胃が引っくり返る。タマラは皿のオイルとパセリのみじん切りを見つめた。

赤い肉汁の滴るヴァルのステーキを。血圧がさがっている。

もういい。すでに、誰にもしゃべったことがない話までしてしまった。

タマラはヴァルの手から手を引き抜き、魔法を解いた。「このことはもう話したくないわ」こわばった声で言った。「仕事の話に戻しましょう。このあたりで、まともな火器がそろうところを知っている？　人間のくずと同じ大陸にいるのに、銃のひとつもなしなのは困るわ。二丁、三丁あってても足りないくらいよ」

「まったくもって同感だな。サレルノにいる友人が手配してくれる」ヴァルが言った。「明日会う予定だ」

「けっこう。わたしには九ミリ口径のグロックか三五七のシグ、それに弾薬をたっぷりと予備のカートリッジを調達してちょうだい。もう一丁はルーガーがいいわね。それに、ショルダー・ホルスター、アンクル・ホルスター、もしあれば腰のストラップも。プラスチック爆弾用の薬品もほしいわね。少量でいいから」

ヴァルはうなずき、ワインを飲んだ。「できるだけそろえよう」

「そうして」過去の話をしたおかげで、ささやかな食欲は消え失せていた。食べ残しの皿をわきに押しやった。「食事はもういいわ」

ホテルに帰るあいだ、ふたりとも黙りこんでいた。心のどこかでは、ヴァルがまた手を握ってくるはずだと思っていた。当てがはずれたことで、ほっとしていいのか、がっかりしていいのかわからなかった。

部屋に戻ったあと、タマラはさっさと寝支度をすませ、くしゃくしゃのブランケットの下にもぐりこんだ。「明日の予定は？」

「朝十時半に、ドナテッラ・アマトとアナ・サンタリーニと約束している」ヴァルは言った。「ポジタノ近くのアナの自宅だ。それから、そのときのようすとヘンリーからの報告を考え合わせて、次の計画を練る」

過去の冷気に当てられて、体に震えが走った。ゾンビの指先が首筋にふれたようなものだ。そのとき、ヴァルが服を脱ぎはじめ、タマラの思考は千々に乱れた。

「ちょっと！」タマラは声をあげた。「ヤノシュ！」

ヴァルはシャツをひねり、太くたくましい腕を袖から抜いた。「頼むから、ヴァルと呼んでくれ。いいね《シ》？」

「わたしはひとりで眠りたいのよ」タマラは切りつけるような調子で言った。「そう言ったでしょう」

わざとらしく狼狽の顔つきを作って、ヴァルは部屋を見まわした。「だが、ベッドはひとつしかない」

「誰のせい？　この部屋を予約したのはわたしじゃないわよ」

ヴァルはズボンを脱ぎ、黒いブリーフ一枚の姿になった。股間の形がくっきりと浮きでている。タマラは視線を引きはがした。

「でも、この部屋がよかったんだ。美しい景色と開廊《ロッジア》をきみに見せたくてね」悪びれたようすもなく、文句をつけても無駄だと言いたげな笑みを浮かべる。そして、タマラの隣に横たわった。「安心して休んでくれ。今夜はもう襲わない」長い体を伸ばし、頭のうしろで腕を組む。「ゆっくり眠るんだ。サンタリーニとの顔合わせに備えて、頭をすっきりさせておいてもらわないとな」

タマラは上半身を起こし、ヘッドボードにもたれて、膝を抱えた。「会ったことはあるわ」

ヴァルはがばっと起きあがった。「会ったことがある？」憤慨の口調だ。「いったい何を言っているんだ？《チェ・カッツォ・ディシ》 計画が台無しになるぞ！ なぜ言わなかった？」

「訊かれなかったから」タマラは言った。

「しかし、きみだと気づかれたらどうする？」ヴァルは語気を荒らげた。「その恐れがあるなら――」

「いいえ。気づかれないわ。十六年前のことよ。そのころのわたしはもっと太っていたし、髪は短く、鼻の形も違った。あれから何度か整形手術を受けているのよ。目の色も変えていく。雰囲気も以前とはかけ離れている。それに、アナは自分しか見ていないような女だから、見破られることは絶対にない」

ヴァルは気を静め、ヘッドボードによりかかった。「なるほど。どうしてアナを知ってるんだ？」

この話題は、何があっても人に聞かせたくないことのひとつだが、答えないのもばかばかしかった。レストランで、すでに過去をだいぶ明かしている。ありがたいことに、わっと泣き伏しもせず、フラッシュバックを引き起こしもせずに。

タマラは覚悟を決めた。落ち着いて話せる、と自分に言い聞かせて。冷静に、順序よく。誇張せず、同情を請わず、起こったことの順に話していけばいいだけ。

「数カ月のあいだ、わたしはステングルの愛人だった」タマラは言った。

ヴァルは身をこわばらせた。ゆっくりと振り返り、タマラを見つめる。目を見張っていた。

「愛人？」ヴァルは言った。「例の事件のあと——きみの家族が——」

「あの日、父は、ほかの男性や少年たちと一緒に射殺された」タマラは感情を排して、淡々と事実を述べた。「母と妹、それにわたしはスレムスカ・ミトロヴィツァに送られた。強制収容所よ。臭くて汚い場所だった。まずは妹のイリーナが死んだ。インフルエンザか何かだと思う。下痢がひどくて。それから、母が死んだ。ただ、死因はインフルエンザだったかどうか。母にはもう耐えられなかったのよ」

「ああ、タマラ」ヴァルがささやいた。「知らなかった。気の毒に」

「なぜか、あいつはわたしに目を留めた」タマラは険しい口調で続けた。「あのときのわたしはとにかく汚れていたから、誰にせよ、気を引かれるやつがいたのは不思議だけれども。あそこではお風呂に入らせてもらえなかった。でも、とにかくあいつはわたしに目をつけた。そして、チトーグラードへ連れていった。わたしをホテルの部屋に閉じこめて、暇なときに遊べるようにしたの。わたしに何が起ころうと、心配してくれる人はもう誰も残っていなかった。皆、死んでしまったから」タマラは両手がシーツをねじるのを見つめた。「数週間、その部屋に監禁されたわ。数カ月かもしれない。外界から切り離されて、わたしは時間の感覚を失っていた」

ヴァルはこちら側を向いて横たわり、肘をついて、手で頭を支えた。「それから？」静かな口調で先をうながす。

「あの地方での目的を終えても、あいつはわたしを手放そうとしなかった」タマラは言った。「ベオグラードの自宅に連れ帰ったの。アナはそこに住んでいた。当時、十九歳。アナはわたしを嫌った。嫉妬深い妻のようだったわ。あいつはあえて娘にやきもちを焼かせて、意地の悪い楽しみをおぼえていたんだと思う。アナは、いかにもそんなふうに利用されそうな女だった。奥さんは数年前に亡くなっていた。あいつはそういう男だったのよ」

「胸くそが悪い《ケスキーフォ》」ヴァルはつぶやいた。

タマラは顔をそむけた。「わたしはべつに平気だったわ。実際、アナのおかげで、装飾型兵器というアイデアを得たのよ。あの女がきっかけになった」

ヴァルは恐怖に近い表情を浮かべた。「どういうわけで?」

「わたしを追いだすために、アナが浅はかな悪だくみをした」タマラは言った。「ボーイフレンドのひとりをそそのかして、わたしとセックスさせ、そこを写真に撮るというもの。父親にその写真を見せて、ふしだらな女を囲っているんだと告げたかったんでしょう。まずい計略よね。創造力のある女とは言えないわ。とにかく、アナの計画は裏目に出た」

ヴァルはベッドで身じろぎした。真剣ながらも興味津々といった目つきだ。「ほう《シ》? どんなふうに?」

「わたしは母のピン付きブローチを持っていた」タマラは言った。「ジルコニアの安物よ。でも、閉じこめられているあいだは、ずっとそれを握っていたの。アナとボーイフレンドが部屋に入ってきたときも手に持っていた。レイプされかかったとき、わたしは反撃した。運よく、そいつの陰嚢《いんのう》にピンが刺さった。あのときの悲鳴は、ちょっと想像できないようなものだったわ」

ヴァルが恐怖で身を引きつらせるのが、ベッドの振動で伝わってきた。

「そいつは敗血症にかかった」タマラはほくそ笑んだ。

ヴァルはヒッと息を吸いこんだ。「そいつはまさか……玉を失った？」

「わからないの。そうだといいけど」タマラは言った。「当然の報いよ。それから、アナはわたしにかまわなくなった。その一件があったあと、ステングルはすぐわたしに飽きた」

「そのあとは？」

「いつまで質問すれば気がすむの？」タマラはぼやいた。「静かに寝かせてくれない？　明日は大一番よ」

「頼むよ、タマル」ヴァルは穏やかに言った。

タマラはため息をついた。

「ステングルはわたしを部下にさげ渡した。ぼんやりとしか覚えていないのよ。そのあたりまでのことは。でも、そこからわたしは意識を研ぎ澄ましていった。どの男の愛人になるか、自分で選べるようにしなければまずいと気づいたの。さげ渡されるのではなく、のしあがっていかなければならないんだと。そうじゃなければ、わたしは低いほうへ流されるばかりで、相手が変わるたびにセックスの対象としての価値を失っていくことになる。それはまずいわ。いずれ吸いつくされて、ゴミの山に捨てられるってことですもの」

ヴァルは完全に理解したようすでうなずいた。「それで、選びはじめたんだな？」

「もちろんよ。こちらの態度ひとつでがらりと変わるものね。すぐに学んだわ。男は単純な生き物だから、難しくはなかった」タマラはいったん言葉を切って、ヴァルを見つめてから、訂正するように言った。「ともかく、大半は。さあ、もういいでしょう。しゃべりすぎで喉が痛いわ」

ベッドサイドの電気をパチッと消した。しんと静まった暗闇のなかで、一瞬の間を置いて、ヴァルがそばによってきた。腕のなかに抱きしめられ、タマラはぎょっとして身をこわばらせた。どんなに心地よくても。ヴァルのぬくもりと力強さが伝わってきても。

「やめてよ、ヤノシュ」うめくように言った。「無理強いしないで。さっき言ったとおり──」

「ああ。それから、ヴァルと呼んでくれ」

「今夜はもう──」

「わかってる。ちゃんと聞いていた。きみをその気にさせようというんじゃない。いまの話を聞いて、ただ抱きしめていたくなったんだ。どうしても」

「気づかいはありがたいけど、そうしていられると落ち着かないから──」

「少し試してみてほしい」ヴァルはなだめるように言った。「きみにはできる。そうして眠っているところをこの目で見たからね。おれをレイチェルだと思えばいい」

タマラは笑った。「ねえ、ヴァル？　あなたとレイチェルでは、ものすごく大きな違いがふたつ三つあるわ。とうてい見逃しようはない」

「そうかもしれないが、基本原則は変わらない」さらにしっかりとタマラを抱きよせ、肩をマッサージする。「抱っこと同じだ」ヴァルの声にはからかうような甘い響きがあった。「おれをくるむように抱きしめ、背中をさすってくれ。おれが夜中に目を覚まし、怖がっていたら、甘く優しい言葉をかけてやってほしい」

タマラはまた笑ったが、今度は声がうわずっていた。「無理よ。今日は長い一日だったから、冗談に付き合えるような気分じゃないの。やけにいい香りのする裸の諜報員にべったりくっついていられたら――」

「シーッ。おれはただこうして抱いていたい。レイチェルのことを考えるんだ。あの子を抱きしめるのは難しくないだろう?」

「まったく違う話よ」タマラはぴしりと言った。「わたしはあの子を愛してるもの」

タマラのなかで大きな穴が口を開いた。唐突な告白で、レイチェルを危険にさらしてしまったという気がする。内心で顔をしかめた。ああ、もうめちゃくちゃだ。恥ずかしかった。

「じゃあ、それがコツだな」ヴァルは励ますように言った。「おれを愛しているというふりをすればいい」

アイスピックで突き刺されたように、その言葉はタマラのどこか奥深くに当たった。

「やめてよ」タマラはささやいた。「コツも何もない。そんなふりはできないし、あなただってそれはよくわかってるでしょう」震えた声がしだいに小さくしぼんでいった。まただ。枕に顔をうずめ、涙を止めようとしたが、無駄だった。地滑りのように堰《せき》を切ってあふれてくる。

大きな動物みたいに、ヴァルは泣き崩れたタマラを包みこみ、背中を撫で、うなじにキスをした。「許してくれ」小声でつぶやく。「考えなしにしゃべってしまった。すまない。何もかもおれのせいだ」

「あなたのことで泣いてるんじゃないわよ」タマラは怒鳴りつけたつもりだったが、声は涙に呑まれた。そして、じつのところ、ヴァルのことで泣いているのだと気づき、愕然としていた。喜ばしいことではない。思いのつまった涙だ。いまのふたりには、この涙の意味を考える時間がなかった。ほかにやらなければならないことが多すぎる。

ああ、もう。もしかすると、これで恐れをなして、ヴァルはベッドから出ていくかもしれない。心のなかで、タマラは嘲るようにつぶやいた。ヴァルが過去を引きずりだしたのだから、自業自得だ。わたしを怒らせた罰。土足で踏みこんでくるような真似をしたほうが悪い。

しかし、ヴァルは出ていかなかった。無言でタマラを抱きしめている。体全体ですっぽりとくるみ、背中をさすり、何カ国語も織り交ぜて、甘く優しい言葉をささやいていた。

ようやく涙の洪水が引いたとき、タマラは地に倒れているような気分に陥っていた。ぐったりとして、文句を言う元気もなかった。これだけ泣いて、愁嘆場を演じたにもかかわらず、この姑息な男はまだわたしを愛するふりをしているのだ。

17

ふわりと目を覚ましたとき、目の前には絶景が広がっていた。自分がどこにいるのかわからず、タマラは何度かまばたきした。バロック時代の絵画のなかに入りこんでしまったみたいだ。アーチ、空。朝焼けで淡いピンク色に染まった雲。上空では、水色と金色を背景に、明けの明星が輝いている。足りないのは、空に舞う天使の姿だけだ。

体がやけに柔らかく、温かく感じられる……ああ。そのわけは説明がつく。厚いウールのブランケットの下で、タマラはヴァルの腕にくるまれていた。

男の腕のなかで目覚めたときに、びくっとすることもなく、できるだけ早く自分の空間を確保しようとすることもなかったのは、生まれて初めてだ。

今朝、タマラはまったく急がなかった。このまま喜んでよりそっていられる。こっそりと味わうつかの間のやすらぎだ。いつまでも、いつまでもこうしていたい。

タマラはヴァルの寝顔を見つめた。眠っていると、ストレスや緊張の跡がほぐれ、いつもの険しさが和らいで見える。無防備な顔つきだ。

ヴァルには無防備でいてほしくなかった。ただでさえ問題は山積みだ。だから、有刺鉄線や鉄のスパイクや安全靴のようにしたたかであってほしい。警戒心で目をぎらつかせているくらいがちょうどいい。

しかし、タマラの手はヴァルの顔の上をさまよい、ふれないようにして、造作のひとつひとつをたどっていった。傷跡、骨格、力強いあご。輪郭、髪。タマラの指先は、産毛にふれかけ、体温を感じるまでに近づいた。

寝顔は若く見えた。タマラはヴァルの寒々しい子ども時代に思いを馳《は》せた。その気概や辛抱強さに胸を打たれた。寄る辺もなかったというのに。

——おれだって、生まれたときからでかい図体をしていたわけじゃない。

かつてかよわい少年だったころのヴァルを誰かが傷つけたと思うと、あごが痛くなるほど歯噛みせずにいられなかった。

タマラはさらにぴたりとヴァルによりそった。肌が敏感になっていて、ふれ合った箇所のひとつひとつがキスや愛撫みたいに感じる。おなかも胸も熱く、どくどくして、喉は締めつけられるようだ。目に熱いものがこみあげている。いまのわたしの表情は、きっとこれまで顔に浮かべたことのないものだ。もし鏡を見たら、自分だと認識できるかどうかおぼつかない。見るのが怖かった。

この気持ちを幸福感とは呼びたくない。それではタマラの愚かしさを示す証拠になってしまう。血迷っていると言ったほうが近いかもしれない。でも、とても心地よく、温かな気持ちだ。

踏みつぶしてしまうべきだ。痛ましい気持ちを抑えこむ方法ならよくわかっている。美しい思いを殺すのはもっと簡単だろう。なんといっても脆いものだから。そうしてしまえという衝動はほとんど機械的に湧きあがってきた——けれども、タマラは衝動に逆らい、深呼吸をして、その思いをそっと引きよせた。かすかなスミレの香りを嗅ぐように。たやすく消えてしまうものを優しくつかむように。

そして、指先が誘惑に負けた。タマラはやっとヴァルの頬にふれて、柔らかく温かな肌を愛《め》でた。喉のくぼみや首の筋を見つめた。ぐっと切れあがった眉は、毛の一本一本がペンで書かれたように男の美しさを際立たせている。

肩の前面では、最近できたばかりの醜い傷跡が肌を引きつらせていた。バスで追ったのとは別物で、銃の傷だ。タマラの指はふわりとその上を漂った。もう怪我は治っているけれども、感覚はまだ過敏かもしれない。

いつの間にか、ヴァルの目が開いていた。タマラは何かいけないことを見咎められたようにはっとした。

でも、ヴァルの目に嘲りの表情はなかった。タマラ自身の目を映している。同じ不思議の念に満ちていた。

ヴァルが息を吸いこんだ。考える前に、タマラはヴァルの唇に人差し指を当てて、言葉を止めた。何を言っても、この瞬間が壊れてしまうかもしれない。雪のひとひらや細く渦を巻く煙みたいに儚い一瞬だ。消えてしまったら、たぶんもう二度と訪れない。まるでうたかただ。

ただその息吹に耳をかたむけ、花開くのを見つめて。にべもない言葉や現実で価値を落とすことなく、わずかなあいだだけでも、あるがままの姿を受け入れて。お願い。ピンク色と金色に染まった夜明けの夢。望みすぎだとは思わない。胸のなかで、タマラは反抗的につぶやいた。これから一生、こんな気持ちにはならないかもしれない。それどころか、あとわずかで人生が終わるかもしれないのだ。そう、望みすぎではない。

いままで、どれだけ恵まれなくてもなんとかやってきた。文句ひとつ言わずに。

指でふれたヴァルの唇は柔らかかった。そこからぽっと立ちのぼるぬくもりは自然の奇跡だ。ヴァルはタマラの手をつかみ、自分の手で包みこんでから、指にキスをした。そして、裏に返し、手のひらに唇をつける。うやうやしく。タマラの手がこの世にふたつとない聖なる宝だといった雰囲気。キスすることで、大いなる力を得て、罪の贖いができるとでもいうように。

ふたりの唇がふれ合った。そっとかすめるだけのキスは、あまりに優しくて、まるで幻みたいだ。そして、ゆっくりと、蕾がほころぶように、キスは咲いていった。ふたりの体が溶け合う。

恐怖がタマラの内側に爪をかけたけれども、すぐに消えた。ヴァルとひとつになりたい。わたしのなかに入ってほしい。ヴァルを見て、知りたい。わたしを見て、知ってほしい。ヴァルのすべて、わたしのすべてを。苦くても、甘くても。

タマラはヴァルに乗って、ナイトシャツを脱ぎ捨てた。火照った体に夜明けの冷気が気持ちいい。冷たい空気も愛撫みたいなものだった。それに、ヴァルは下から熱を放っている。大きく、たくましい体から。ヴァルにまたがって、硬いペニスを入り口に当て、慎重に角度を調整してから、目を閉じて、ぐっと腰を落とした。天井を仰ぎ、喜びの吐息をつきながら、並みはずれて大きな美しいペニスを包みこみ、奥まで受け入れた。いっぱいに満たされて、はじめは動くこともほとんどできなかったけれども、間もなくひとつに溶け合って、とっかかりをつかんだ。

ぎこちなさも、怒りもなかった。互いの手を握ってバランスを取り、完璧な角度と完璧なリズムを求めて、押しては引く波のようなダンスにふけった。全身の細胞が快感に浸り、喜びの炎が躍る。タマラはヴァルの顔にふれ、指先で探った。ヴァルも手を伸ばして、タマラの顔にさわった。ふたりはじっと見つめ合っている。

ふたりとも、この瞬間の麗しさに目を見張っていた。思いがけない贈り物だ。

タマラはなだらかにのぼりつめ、溶けていくようなオーガズムを何度か味わったあと、まだ一度もヴァルがイッていないことに気づいた。コンドームはつけていなかった。

どれだけ長くかかろうと、タマラが満足するまで、筋骨たくましく美しい男の体を黙って差しだしてくれたのだ。その自制力がありがたかった。タマラは硬いままのペニスからするりとおりて、非の打ち所のない体を下に伝い、与えてもらったものをいくらかでも返すために、ヴァルのものを口に含んだ。

それほど時間はかからなかった。期はすでに熟していた。ヴァルはびくっと全身を引きつらせて達し、口のなかに種を放った。ヴァルが快感にさらわれて身をよじり、やがてぐったりと手足の力を抜くまで、タマラは口にくわえたものを放さずにいた。

それから、這うようにしてヴァルの上に戻り、胸に胸をつけてもたれた。

ヴァルが口を開いた。「タマル、おれは——」

「だめよ」とっさにヴァルの言葉を止めていた。

ヴァルはもどかしそうな表情を見せた。「しかし、予想外のことが――」

「ええ、そうね。でも、そのことについて話はできない。いまはまだ、話せることは何もないわ、ヴァル。なんの約束もできないし、今後のことは考えられない。劇的な告白などしてはだめよ。わたしたちにはすべきことがある。だから、何も言わないで。ひとことも」

ヴァルは口もとをこわばらせた。反抗的な顔つきだ。「しかし、おれたちは――」

「だめ」タマラはヴァルの口に人差し指を当てた。その感触が気持ちよくて、少しのあいだ離さずに、柔らかく温かな唇を撫でていた。タマラは言葉を継いだ。「いま起こったことについてはあとで話しましょう。とりあえずは保留にして、このままの状態で箱に入れ、暗号化された鍵をかけておくの。すべてが終わるまで、箱は安全なところに隠しておく。もし、ふたりとも生きて帰れたら、箱を開けて、まだ何か生きているかどうか見てみましょうよ。それから改めて考えればいいわ」

ヴァルは顔をしかめた。「そういうものは箱に入れておいたら死んでしまう」

「強いものならしばらくのあいだ耐えられるはず」タマラは小首をかしげ、茶目っ気のある笑みを浮かべた。「それに、あなたの逃げ道もできるのよ。本当にほしいのかどうか考えて。わたしとレイチェル。わたしたちが離れられないのはもうわかっているわよね。ふたりともひと筋縄ではいかない女よ。悩みの種は二倍になるわ。気難しいし、お金がかかる。手もかかる。ぞっとするような過去を背負っている。慌てず、じっくり考えて。じっくりね」

ヴァルは黒い目をすがめた。タマラの壁をすべて見通すあの目つきだ。「おれを脅そうとしても無駄だぞ」ヴァルは言った。「退屈なだけだ」

まさか。タマラは鼻を鳴らしたが、内心では笑みを浮かべていた。ヴァルを脅せないことがひそかに嬉しかった。

タマラはヴァルからおりて、ベッドを出た。「さあ、もう準備の時間よ」ヴァルに背を向けた。「箱はもう閉まったの。この話はこれで終わり」

限られた衣装のなかから、甘ったれのダメ女、アナに会うのにぴったりの服を選んだ。ともかく、十六年の歳月が過ぎても、アナはいやな女のままだと思う。時間がたったからといって、そうそう性格が変わるものではない。とりわけ、たちの悪い人間は。

シックで、ぱりっとして、ほどほどにセクシーなものがよいだろうと結論づけた。光沢のあるグレーのスーツだ。ウエストの絞られたジャケットに、裾の広がったスラックス、それに黒いシルクのブラウス。ヴァルのカードでせしめたものだった。角型のネックレス、刃のついた〝リヴ〟の指輪、睡眠薬入りのイヤリングがよく引きたつ。運よく銃を入手できれば、ジャケットの下に隠しておくこともできる。カラーコンタクトを入れて、目の色をくすんだ灰色に変えた。それから、きりっとした装いとジュエリーの披露という場に合わせて、白い顔にパウダーをはたき、黒のアイライナーとマスカラをたっぷりとつけた。最後はすてきな黒のショートブーツ。手持ちの素材でベストを尽くし、支度をすませた。

ヴァルの身支度は目に入らないふりをして、ひげを剃っている姿にも視線を向けないように気をつけた。ヴァルはバスルームのドアを開け放し、裸で鏡に向かっていたけれども。しかもまるで恥じ入ることなく、ひけらかすように。

タマラがようやく目の保養を自分に許したのは、ヴァルがきちんと服を着たあとだった。いつもどおりの黒ずくめだ。チャコールグレーのシャツ、黒のジーンズ、黒のジャケット、つやめくブーツ。相変わらずいい香りがする。がっしりとしたあごは赤ちゃんの肌みたいになめらかに見えた。タマラは懸命にこらえて、ヴァルの顔を撫でたり、匂いを嗅いだりしないようにした。そんなことをすれば、またベッドに戻る羽目になりかねないが、もう時間がない。

ヴァルの主張で、ホテルの食堂によった。タマラがエスプレッソをするあいだに、ヴァルはコルネやサラミとチーズのサンドウィッチ、ゆで卵、コーヒーケーキ、そのほかにももろもろの食べ物をつめこんだ。またしても、きちんと食べろというお説教が始まった。タマラは顔をしかめて聞き流していたが、ありがたいことにヴァルの携帯電話が鳴って、小言は中断された。ヴァルはメールを開いた。

「高速道路《アウトストラーダ》のパーキングエリアでヘンリーと会うことになった」ヴァルは言った。「ここからだいたい三十キロのところだ」

車のなかはひどく静かで、ふたりとも言葉少なく、必要最低限のことしかしゃべらなかった。恋人同士ではなく、同僚のようなふるまいだ。ヴァルの態度は丁重だが、他人行儀で、からかってくることも、おどけることもなかった。タマラは寂しさに襲われた。

でも、ほかでもない自分のせいだ。愛情を箱にしまって、鍵をかけておこうと言い張ったのはタマラなのだから。とはいえ、それを殺すためではない。絶対に違う。むしろ、守るためだ。流れ弾の当たらないところに、できるだけ長く隠しておきたかった。そうして、かすかな望みを託したつもりだ。

どちらにせよ、消えてしまうかもしれないけれども。タマラは胸のなかで苦々しくつぶやいた。よくあることだ。

ヴァルの友人、ヘンリー・バーンは、パーキングエリアのカフェでカプチーノを飲みながら待っていた。ふたりに気づいて立ちあがり、タマラをさっと品定めすると、感嘆したように目を見開いた。角張ったあご、分厚い胸板、青い目の大柄な美男子で、アメリカン・フットボールの花形選手を思わせる。ヴァルよりさらに数センチ背が高い。タマラと握手を交わし、自己紹介をした。アクセントからすれば、アメリカ中西部の出身らしいが、訛りが本物だとは限らない。人を騙すときにはタマラもよく使う手だ。

三人とも席についた。一瞬の沈黙が落ちたとき、バーンはまだタマラをながめていたが、ほどなく本題に入った。探るような目つきでタマラの顔をのぞきこみ、同じ視線をヴァルに向ける。

「おまえのホテルで会ってもよかったんだぜ」バーンは何気ない口ぶりで言った。「神経質になってるようだな、ヴァル？　友だちにさえ寝床を知られたくない？　おれを信用できないのか？」

ヴァルは気を悪くしたふうもなく、肩をすくめた。「慎重を期しただけだ。おまえがどうということじゃない。気分を害したわけでもないだろ？」

「おれが？　まさか」

「けっこう」ヴァルはそっけなく言った。「それで、わかったことは？」

「たいして多くはない。たった二日の監視じゃな。だが、ステングルが金持ち専門の病院で死にかけているって噂はすぐ耳に入ってきた。娘の近くにいると考えるのは妥当だろう。しかも、それらしい病院があるんだ」バーンはぼろぼろのブリーフケースからファイルを取りだし、テーブルのこちら側によこした。ファイルを開き、数枚の写真を見せて、そこにクリップで留めてあるメモをトントンと叩く。

「昨日も、おとといも、娘は夕方五時ごろにこの住所を訪ねた」バーンは言った。「私立病院だ。関係者以外は立ち入り禁止で、広告もなし、インターネット上の情報もなし」写真を一枚引きだし、今度はそちらを叩いた。「これが玄関。生体認証のセキュリティだ。おれが見たところ、手のひらと五本の指の指紋スキャン、網膜スキャンの機械が備わっている。アナと一緒じゃなければ入れないだろうな。目玉ひとつと手をひとつ持っていかない限りは」

「厄介だな」ヴァルが言った。

「ああ、少しな。アナは二度とも一時間以上なかにいた」

タマラは写真を見つめた。遠くから撮られたもので、カメラに背を向け、指紋認証の機械に手をのせている女がアナかどうかははっきりしない。しかし、違うとも言いきれなかった。

本物なら、過去の悪夢のなかでも最悪のものが目の前に現われたことになる。それでいて、カメラにとらわれた女を見ても何も感じなかった。おかしなものだ。

男たちの会話に意識を戻した。

「気をつけろよ」バーンが声を落としてそう言っていた。「おまえが好ましからざる人物になったという通達があった。おまえの居所や目撃情報にさえも懸賞金がかけられているんだ。

ひとところに長居するなよ」

ヴァルは表情を変えなかった。「それぞれの場所ですべきことはあるが、ぐずぐずととどまるつもりはない」

バーンはべつのメモをヴァルに渡した。「今日のうちに、サレルノのその住所に行ってくれ。飛び道具の手配をしておいた。予算はデカく見とけよ。おれが紹介する男はお安くないぞ」

「問題ない」ヴァルはジャケットの内ポケットにメモをしまった。「恩に着る。この件にかたがついたらすぐに、次の冒険について連絡する」

「待ちきれないね」バーンはタマラに目を向け、訳知り顔で笑みを見せた。いらいらする。何さまだと思っているわけ？　ちょっと色目を使っただけで、わたしのことがわかるとでも？　タマラはあでやかな笑みで迎え撃ち、バーンがぼうっとするのをながめた。

気に食わない男だ。とはいえ、深い意味はない。タマラは押しなべて男が好きではないのだから。ただし、マクラウド一派は除く。彼らにどれだけいらいらさせられるか考えれば、〝好き〟という言葉はそぐわないかもしれないけれども。信頼はしている。そこには好意が含まれるはずだ。

そして、ヴァルのことは本当に好きだ。そこには信頼が含まれる。

そう、タマラは本気でヴァルを信じるようになっていた。そう思うと体に震えが走った。この感情というやつは、わたしのような冷たい性悪女にとっては複雑すぎる。

「……に行くか？　そろそろ時間だ、タマル」

タマラははっとして注意を戻し、不思議そうな顔でこちらを見ている男たちふたりに目を向けた。バーンが席を立ち、ヴァルの背中を強く叩いて、タマラのほうをあごで示した。

「気をつけろよ、相棒」小声で言う。

なんのつもり？　何を気をつけろっていうの？　タマラは冷ややかな目つきで、バーンが店から出ていくのを見つめた。

「信用できるの？」声を落として、ヴァルに尋ねた。

ヴァルは眉をひそめ、横目でタマラを見た。「ああ。あいつには一度ならず命を救ってもらった。おれのほうがそのお返しをすることもある。友人になってもう何年もたつ」

「でも、どこのホテルに泊まるのか教えなかった」

「あいつを疑っているわけじゃない」ヴァルは肩をすくめた。「慎重になるのは習慣のようなものだ。それに、できるだけことを単純にしておきたい。こうしておけば、消去法が楽になるからな。ヘンリーを守るためでもある。ＰＳＳはあいつの命だ」

「ただし、あなたの命じゃなかった？」

ヴァルは笑みのひとつも浮かべずに、まっすぐタマラを見つめた。「そのとおりだ」

くねくねとしたアマルフィ海岸沿いをドライブするにはもってこいの陽気だった。タマラはおかしな誘惑を感じていた。時の流れの一歩外に出て、つかの間の現実逃避に浸りたいと願っていたのだ。深呼吸をして、この土地でこの男のそばにいることを楽しんでみたい。冬だというのに、空気はきらきらと輝いている。ここは光に満ちているように見えた。ごつごつとして白っぽい岩、そこに引っつくように生えている銀色がかった草の葉、緑に覆われて段々をなす庭、急斜面に並んで海を見渡す昔ながらの白い家の数々。

しかし、時間は容赦なく進んでいった。あっという間に、車はアナ・サンタリーニの家に着いていた。見事に修復されたルネッサンス時代の荘園邸宅《マッセリア》が海を見おろす丘の上に建っている。錬鉄の門が自動で開いて車を通し、その先には古い石細工に挟まれた道が続いていた。片側は海から垂直に切り立った絶壁だ。反対側にはオリーブの果樹園が広がっている。数世紀前からのものらしく、どの木もゴブリンの彫像みたいにふしくれだっていた。

あの女、アナはうまくやったようだ。タマラは胸のなかでつぶやいた。もっとも、マフィアの夫を持つことがどれだけ割に合うかは考えどころだろう。

私道が終わったところで、いかめしい顔つきの大男が待っていて、ふたりに目を走らせてから、駐車場所を示した。それから、タマラたちは家のなかに通され、広々としてすてきなサロンに案内された。天井には貴重なフレスコ画が残っていて、部屋のあちこちに値のつけようもないアンティークの品々が飾られている。広大なベランダは海に面していた。

窓辺に女が立っていた。くっと尻を突きだすような格好で、芝居がかったポーズを取っている。ふたりが入っていくと振り返り、値踏みするような目をタマラに向けてから、ぱっと歓迎の笑みを浮かべた。アナじゃない。三十代の派手な女。偽物の赤毛。こってりとしたメイク、偽物の胸、くるくるとよく動く大きな緑色の目。これがドナテッラだろう。

タマラはひと目で嫌いになった。どうやらお互いさまのようだが。

魔物のような女はヴァルに身を投げだした。「ヴァレリオ！　アモーレ。やっと会えたわね」甘い声を出す。「相変わらずすてきよ、あなた《テソロ》」ちらりとタマラを見てから、ヴァルに視線を戻した。「それに……やっぱりいい香り。んんん、おいしそう《デリッツィオッソ》」

タマラの目の前で、ドナテッラはいかにもイタリア人らしく、ヴァルの左右の頬にキスをした。さらに顔を両手で包み、うっとりと目を見つめ、いったん首をのけぞらせるようにして見あげてから、追加で三度キスをする。チュッ、チュッ、チュッ。

タマラのうなじの毛が逆立った。ヴァルとドナテッラの親密ぶりはよくよく伝わってきた。昔なじみ。どういう意味か、一目瞭然《りょうぜん》だ。いらだちがぐんぐんとつのりかけたが、そのとき、ふたりめの女が戸口に現われて、タマラは気をそらされた。ふいに胃がよじれた。

ああ、やっぱり。今度こそ、アナだ。タマラはできればアナが醜く年をとっていてほしいと願っていたが、そうはいかなかった。黒い髪は上品に巻かれ、ぴったりとしたシンプルなワンピースでグラマーな体形が強調されている。お尻はやや大きすぎだが、豊胸手術で乳房を膨らませているため、バランスは取れていた。ひたいにも首にも手を入れているようだ。メイクで整えた顔の下で、首はやけにすらりとして、まるでテレビタレントのように見えた。

アナはタマラを完全に無視して、ドナテッラがヴァルにまといつくさまを見つめた。顔つきからすれば、人の注目の的でいることに慣れているらしい。ドナテッラに好感情を持っていないのは明らかだった。

ふん。そこにはタマラも同意できる。ドナテッラは独占欲丸出しでヴァルの胸に長い爪をかけていた。タマラの爪は手のひらに食いこんでいる。

このドナテッラという女とヤッていたなんて、ヴァルはひとことも言っていなかった。だからといって、タマラがいらつく権利も理由もないが、それにしてもだ。ひとりでに、唇が歪んでいた。見るからにわがままで、頭が悪そうで、整形お化けみたいなこの女と？　どうしたら、退屈で気絶せずに付き合えるわけ？

やはり男は見境のない犬ころだ。お決まりの紹介の段になり、タマラは女たちふたりと握手した。どちらの手も冷たくて、きれいにネイルが施され、ダイヤモンドでごてごてと飾られている。タマラは部屋中に飛び交う無言の〝死ね、雌豚〟を無視して、顔に笑みを張りつけた。

「……というわけで、こちらのミス・スティールが件のジュエリーのデザイナーだ」ヴァルがそう言って、何気なくドナテッラの触手から逃れた。

ドナテッラとアナはそれぞれ一分の隙もなくセットされた髪を揺らして振り返り、まったく同じ冷ややかな視線をタマラに投げつけた。

「ああ、ええ」アナが言った。「ジュエリーについては、ドナテッラから聞いているわ。興味深いこと。でも、デザイナーがあなたみたいな人だとはまったく予想していなかった」

タマラは目を丸くして、にっこりとほほ笑み、じゃあどんな予想をしていたんだという言葉を呑みこんだ。もとより、アナの空っぽ頭のなかの考えなどに興味はない。

そのとき、アナが眉をひそめ、まじまじと見つめてきて、タマラをぎょっとさせた。

「前にもお会いしたことがあって？」アナが尋ねた。

ヴァルの笑みが凍りついた。警戒の目つきでちらりとタマラを見る。

タマラは首を横に振った。「それなら、あなたを忘れられるはずがありません」

アナはお世辞を喜んだようだ。「そうよね」真っ赤な爪をさっと振って、この話題を終わらせた。

ドナテッラはほんの数十秒でも自分が座の中心からはずれることに焦れていたようだ。

「ヴァレリオ、わたしのためにあれこれ手を尽くしてくれて、あなたって本当に優しいのね」唐突に口を挟んだ。「しかも、個人的な展示会を開いてもらえるなんて。早くほかの作品も見たくてもう死にそうよ」

「死に見舞われるのは、ジュエリーの着用者ではありませんよ」タマラはやんわりと指摘した。「ただし、すべてがうまくいけば。不確定要素は考えておかなければなりません」

ドナテッラは一瞬ぽかんとしたあと、裏に〝ファック・ユー〟の意味をひそませてにこやかにほほ笑んだ。「そのとおりね」

「作品を並べられるテーブルはあります？」タマラは尋ねた。

そこからはスムーズに運んだ。アナの人間的な欠陥は目を覆うばかりだし、ドナテッラがヴァルにいちゃいちゃするようすには胃が引っくり返りそうになったとはいえ、この女たちふたりは理想の客だった。金持ちで、自分を甘やかすことには際限がなく、優越意識のかたまりで、そのうえ、互いに競争心をかきたてられている。売り上げはどこまでも高くなっていった。相手の一歩先を行こうという気持ちに突き動かされて、ひとりだった場合の三倍は買ったのではないだろうか。タマラには考えつかなかった販売テクニックと言える。

もっとも、二度と使うつもりはなかった。こういう女たちは不快でならない。こうして一緒に過ごすことをまた強いられたら、殺意が湧いてきそうだ。客を殺してしまってはまずいだろう。噂は広まり、買い手がつかなくなること必至だ。

マクラウド一派の女たちを高く評価する理由のひとつがこれだ。彼女たちはみんな美人だが、雌豚ではない。

タマラは、今回、本当に作品を売れるかどうか考えた。タイミングによりけりだ。売り上げは二十万ドルにのぼる。紆余《うよ》曲折が予想されるいま、現金があるに越したことはなかった。でも、真の目的はこの女の父親を殺すことだ。欲をかくべきではない。

「武器の装着法について、ふだんは、パスワードのかかったウェブページに掲載するだけですませています」タマラは女たちに言った。「ですが、おふたりのような特別なお客さまとなれば、話はべつです。爆発物や毒薬はこれから入手しなければなりませんが、それでよろしければ、後日またうかがって、わたくしみずから装着の方法をお教えしましょう」

「いつごろになるかしら？」アナが目をぎらつかせたのを見て、タマラはふとこの女と夫の仲はどうなっているのだろうかと考えた。

「明日はいかがです？」ヴァルが申しでた。「四時ごろは？」

アナは顔をしかめた。「四時は都合が悪いわ。五時に約束があるの。もっと早く来られない？」

「三時では？」タマラが尋ねた。

「ええ、それなら。三時にここで」美容整形でつくろった顔に笑みを浮かべる。「支払いは現金のほうがいいわね？」

「できれば。それと、ご家庭内の使用人も含め、人払いをしておいていただいたほうがよろしいかと」タマラは言った。「そのほうが気兼ねなくお話しできますから」

「そうするわ」アナが請け合った。

再び、〝ファック・ユー〟の笑みが交わされた。

ドナテッラが口を挟んだ。「わたしのジュエリーにはいつ武器をつけてくれるの？」すねたように尋ねる。「早く装着してもらわなきゃ困るわ」ここで声を落とし、ヴァルに流し目を送った。「背が高くて、色黒で、ハンサムなとある恋人を好きなようにするのに必要なんですもの。パリでね」

パリ？　いったいなんの話？

タマラはこの女と翌週に会う約束をしたが、まったく現実感が湧かず、予定の日時を書き留めることさえしなかった。口に出したと同時に、その情報は頭から出ていった。約束を守れるかどうかなんて誰にわかる？　その日までに、悲惨な最期を迎えるかもしれないのだから。

そう、こと死に関して言えば、一寸先は闇だ。あの暑い八月の朝、タマラの家族にあんな運命が振りかかるなんて、誰に想像できた？　いつもどおりの朝だった。いつもどおりに朝食をとった。笑ったり、からかったり、ちょっとした口喧嘩をしたりしながら。

それが一変した。最後の一日。最後の朝。最後の食事。誰にわかる？

女たちふたりが甲高い声で繰り広げるおしゃべりが、タマラの心のなかで霞んでいった。雌鳥の鳴く声や遠くで吠《ほ》える犬の声と同じだ。タマラ自身と世界との距離がどんどん遠ざかり、そこに異常な静寂が広がっていく。タマラはたったひとり、その内側に閉じこめられていた。

明日、復讐で何かが変わるのか、はっきりとした結果を得られる。亡霊たちはタマラのまわりに群がっていた。母、父、妹。イリーナはすぐそばに立ち、幽霊ながらもぽっちゃりとした手でタマラの膝にしがみついている。潤んだ黒い目は、薄気味悪いほどレイチェルの目に似ていた。あのとき、イリーナはまだ二歳で――

だめよ。いまはやめなさい。取り乱すわけにはいかない。アナとドナテッラの前では。

タマラは目を閉じたが、母と妹の見開いた目に土がかかる光景が見えただけだった。耳鳴りがしはじめ、鼓動が轟きだす。

何か拠りどころがほしくて、雌鳥の泣き声や犬の遠吠えに耳をかたむけようとした。何かほかのことに集中して。なんでもいいから。

「……だから、あとで食事に出かけましょうよ」ドナテッラがヴァルの耳もとでささやいていた。甘ったるい調子からすれば、タマラに聞かせるつもりはないらしい。「十一時過ぎでも、〈ラ・キャンティノーラ〉のシェフはわたしたちのために喜んで料理を作ってくれるわ。懇意にしているから。それに、〈ラ・キャンティノーラ〉の上にはすてきな部屋があるのよ。海が見えて……」

恥知らずな女。ヴァルをディナーに誘い、一発ヤろうとそそのかしているのだ。

さしあたり、ヴァルはのらりくらりとかわして、あからさまなお世辞と当たり障りのない褒め言葉を繰り返していた。しかし、雌豚はヴァルの体にべたべたとさわりまくっている。そして、ヴァルはそれを押しのけなかった。

怒りが役にたった。どこまでも沈んでいくようなあの重苦しい気持ちが押しやられていく。

それでいい。怒りが有用なら、それにしがみつくまで。ろくでなし。犬ころ。尻軽《ポルコーネ》。ヴァルには血で償ってもらう。

サン・ヴィートへ戻る車のなかの空気は氷点下にまで冷えこんでいた。タマルはこちらを見ようともせず、まっすぐに前を向いて、骨まで凍りそうなほどの冷気を放っている。女からここまで徹底して邪険に扱われたのは初めてだ。あるいは、ヴァルがこれまで気にかけてこなかっただけかもしれないが。

「おれの罪状を教えてくれないか？」サン・ヴィートの出口が近づいてきたころに、ようやくヴァルは尋ねた。

「罪状なんてないわ」タマルは抑揚のない声でそっけなく言った。「あなたがどうしたらあれに耐えられるのか、想像がつかないだけ」

「あれって？」ヴァルは語気を強めて尋ねた。もっとも、言わんとしていることはわかっている。

タマルはヴァルがとぼけていることを見抜き、素知らぬふりは感心しないと言いたげな視線をよこした。

ヴァルはため息をついて、生贄《いけにえ》を捧げた。「数年前のことだ。おれは潜入捜査中だった。密輸団を調べていたんだ。彼女の夫が関わっていた。彼女は夫に腹をたてていた。おれには情報が必要だった。避けて通れない道だ」

「へえ、そう？　必死に抵抗したんでしょうね？」

「いいや、おれは仕事をしたんだ」ヴァルはこわばった声で言った。「きみがいつもしていることと同じだ」

「つまり、娼婦と男娼のなじり合いを始めたいの？」

ヴァルは首を振った。「あれはとりたてていい思い出じゃない」感情をこめずに言った。「かといって、とくに不愉快だったわけでもない。もう一度繰り返したいとは思わないが。仕事が楽になるから、そうしただけだ」

「わたしにも同じことをしているんでしょう？　おなじみの手よね、ヴァル。標的をセックスで骨抜きにして、思いのままに操る」

「くだらない」ヴァルは吐きだすように言った。「今朝のことがあったんだから、そうじゃないのはきみにもわかっているはずだ」

「なぜわたしにわかるのよ？　あなたみたいに口がうまくて調子もいい美男子が相手なのに、どうしたらそう確信できるの？　ジゴロのヤノシュね。パリであの女と会う予定なんでしょう？　今夜〈ラ・キャンティノーラ〉のディナーに行って、ついでにあの女も食べてきたいなら、ご自由にどうぞ」

ヴァルはホテルの駐車場に車を停めて、小声で罵りの言葉を吐きながら、タマルのジュエリー・ケースをつかんだ。「行くぞ」声を荒らげた。「ホテルの部屋まできみを送ってから、おれはサレルノに向かう」本当は片時もそばから放さないつもりだったが、こんな調子では無理だ。

タマルはジュエリー・ケースをヴァルの手から奪い取った。「わたしが頼んだものを覚えているわね？」

「もちろんだ」

「なら、人の多い駐車場を通るのに、わざわざ送ってくださらなくてけっこうよ」叩きつけるように車のドアを閉める。「ひとりで充分」

ヴァルは駆け足でタマルのあとを追い、肩をつかんで振り向かせた。「阿呆《あほう》の真似事はするな」

「どうして？　以前は、馬鹿女にも平気で付き合えたようじゃない？」

ヴァルは改めてタマルの両肩をつかんだ。「あえて怒りをかきたてようとしているな、タマル。やめろ」

「しつこいわね。その手を――」

「過去に仕事上で付き合った女のことでそんなふうに怒るのは馬鹿げているし、きみらしくない。こじつけなんだろう？　何かわからないが、いまの本当の感情に向き合うよりも、ドナテッラのことでおれにやきもちを焼いたり、怒ったりしているほうが楽なんだ。違うか？　きみの過去や家族のことか？　アナやステングルのことだな？」

タマルの意気がくじけた。顔から血の気が失せていく。「違うわ」タマルはささやき声で答えた。「精神分析はやめてよ」

「だったら、診断をうながすようなことを言うな。子どもみたいだぞ。いまの感情から気をそらしたいなら、おれが一緒に部屋にあがって、うってつけの気分転換をさせてやる。そうすれば、ほかのことなど考えられなくなる」

タマルはぐらりとあとずさりして、ホテルの玄関に続く石細工の手すりをつかんだ。「お断わりするわ」息が乱れていた。「ほかにやるべきことがあるんだから」

「なら、すべきことをしてくれ」ヴァルはかすれた声で言った。「気分転換は、おれが帰ってからだ。たっぷりと時間をかけて。覚悟しておけよ」

足早に階段をのぼり、タマルはホテルのロビーに消えた。ヴァルは顔を真っ赤にして、そのうしろ姿を見送った。なかば本気で、あとを追い、すぐさま約束を果たしたくなっていた。いつものとおり、タマルはあらがい、引っかき、嚙みついてくるだろうが……そのあとは……至福の時が待っている。

ヴァルは駐車場に戻って、両手を握っては開き、緊張をゆるめた。そして、罪悪感を。また新しい動画を編集して、ノヴァクに送らなければならない。今朝のむつみ合いだ。心が押しつぶされそうだった。日ごとに耐えられなくなっていく。

車に乗りこみ、パソコンを立ちあげ、細いケーブルでビデオカメラとつないだ。動画を取りこむ。再生された画面を見ながら、追体験していた。タマルの動きに合わせて、光の濃淡が揺れる。タマルの手がヴァルの髪や手にふれる。カメラに背を向ける格好だ。ほっそりとした背中をぴんと伸ばし、申し分のない尻をさらして、ヴァルにまたがる。

ヴァルの顔はカメラに映っていた。感情がむきだしだ。タマルの美しさに驚嘆している。動画をできるだけカットしながらも、あの薄汚いじじいが満足できる程度には残し、インターネットに回線をつなごうとしたとき、ヴァルははっとした。ほかに誰もいないはずの車内の空気が動いたのだ。ごくわずかな気配で、光と影のかすかな揺らめきにすぎなかったが、何かがおかしい。ヴァルは凍りついた。

小さな物音がした。まずい。銃に手を伸ばしたが、いつもの場所になかった。

手遅れだ。冷たい金属の口が首筋に押しつけられた。

「よお、ヤノシュ」ヘーゲルが言った。

18

ホテルの入り口を行き交う人々のなかで、タマラはドアのそばに立ち、ヴァルの背中を見送った。背が高く、肩幅の広い姿が、きびきびとした足取りで駐車場に戻っていく。不安が胸に忍びこんだ。いやな予感がする。追いかけて、手を握り、そばにいてくれと請い願いたかった。

大人になりなさい。ドナテッラのことで馬鹿みたいに癇癪を起こした件については、ヴァルがああ言うのも当然だった。タマラは見透かされたのだ。またしても。

ヴァルがドナテッラに対してしたのは、タマラ自身が何度もやってきたことだ。セックスを利用して、何にせよ、本当の目的を達成する。たとえば、自分の命を守ることとか。ともかく、気を取り直して、すべきことをすませよう。アナとの茶番に備えて、毒物や睡眠薬などを用意しなければ。そして、病院にもぐりこむ方法を考え、なかに入ったあとどうするのか決める。油断せず、集中して、冷酷非情でいなければならない。

タマラは階段を駆けあがった。廊下に出ると、そこに男ふたりが待ち構えていた。あっと思う間もなく、ふたりの手に銃が現われた。

「動くな」男たちのひとりが言った。

ふたりはタマラの両側に立ち、それぞれが腕を取った。腰のくびれにあざができそうなほど強く銃を突きつける。タマラは声をあげないようにこらえた。男たちの表情は読めない。

「誰が――」

「黙れ」ひとりが小声で言った。

ふたりはタマラを廊下のはしまで引きずっていき、非常階段に出て、ふたつ上の階にのぼった。もう一度なかに入り、最初のドアの前で止まる。ひとりがノックをした。

「入れ」聞き覚えのある声が応えた。ドアが開く。

ゲオルグがベッドに座っていた。真正面を向いて、脚を開き、膝に手をのせている。砕けた歯にはかぶせものがしてあった。不自然に白く輝く歯のせいで、いまにも人を取って食いそうな笑顔は、この世のものではないように見えた。

ゲオルグはハンガリー語で怒鳴り、男たちふたりに退出を命じた。ひとり残されたタマラは、ブリーフケースとバッグをつかみ、ゲオルグと向き合って立っていた。強いて笑みを浮かべた。長年の厳しい訓練のおかげで、恐怖を隠すことはたやすくできる。

四年前よりも、ゲオルグの見た目はましになっていた。タマラがカート・ノヴァクのところに仮住まいしていたころ、ゲオルグは恐ろしい怪物そのものだった。しかし、四年の歳月と手術のおかげで、顔の傷跡はきれいになっている。赤いミミズが顔中にのたくるようなありさまだったのに、いまではくすんだ色の肌に白っぽい線が残っているだけだ。とはいえ、一度顔をばらばらにされて、それをいびつに組み直したように見えた。口の片はしがつねにあがっていて、作り笑いをしたまま固まってしまったみたいだ。眼窩《がんか》の片方はもう片方より小さく、まぶたがやけに引きつっている。髪は丸刈りに近い。痩せていて、頬骨が突きでている。青い目は深くくぼんだ眼窩の奥でらんらんと光り、まるで暗闇にひそむ車のヘッドライトのようだ。

タマラを轢《ひ》こうとしている車だ。

狂気に根ざした凶暴性がひしひしと感じられる。ゲオルグの目つきにも、笑みにもその毒が表われていた。タマラと出会う前に生まれ、それ以降、熟したものだ。鳥肌がたった。口のなかはからからだ。

「ゲオルグ」タマラは嬉しそうな口調で言った。「思いもよらない喜びだわ。あなたがまだ生きていたなんて」

そう、たいした驚きだ。銃を突きつけられ、ここまで引きずられてきた時点でわかっていたことだが。

「死にかけた」ゲオルグが言った。「刑務所病院に一年近く閉じこめられていた。老ノヴァクが出してくれたんだ」

「親切ね」タマラは言った。「知らなかったわ」

ゲオルグの笑みが大きくなった。「もちろん知っていたはずがない。知っていれば、おまえはどうにかおれのところに来ようとしただろう。おれたちのこれまでの歩みを考えれば、それは固く信じられる」

タマラは怖気をふるったが、うまくそれを隠し、嬉しくてたまらないという口調を再び作った。「どうしてそう確信できるの？」

「おれのために、おまえがあれだけのことをなし遂げてくれたからだ」言わずもがなの口ぶりだ。

そう？　これは謎だ。タマラとしては、この青白く痩せこけた男を殺そうとできるだけの努力をしてきたつもりだ。とはいえ、現況で正直にそう言うのは得策ではない。イカレた幻想を打ち砕いたら、タマラの命運が決してしまう。何も急ぐことはない。

「具体的に、わたしは何をしたのかしら？」あえてふたりだけのゲームを楽しんでいるかのように、秘密めかした笑みをつくろった。

ゲオルグはほほ笑み返してきた。「おれが気弱だったばかりにできなかったことをおまえがやってくれたんだ。カートの力は強大だった。あいつの力に目がくらんで、おれは自分の力を見られずにいた。しかし、おまえには見えていたんだな。おれの真の力を見抜いていた」

「ええ」タマラは話を合わせた。「ええ、そのとおりよ」

「すべてがおれのものになる運命だったのだ」ゲオルグは片方の腕を広げた。「金、権力、一大帝国！　だが、おまえがおれを自由にしてくれなければ、カートの召使いで終わるところだった」

ひとつ深呼吸。タマラは思いきって踏みこむことにした。「大きな賭けだったわ」おもむろに言った。「でも、やはり賭けてよかった。ほら、いまのあなたを見て」

「感謝する」ゲオルグは重々しく言った。「おれの命も危うかったが、おまえのおかげで、死んだのはカートだった。それに、おまえはカートの未亡人のようなものだろう。おまえは皇帝のかたわらで人を支配するべく生まれついているが、カートの伴侶ではなく、おれのものになるのが正しかったのだ、タマラ。わかるか？　おまえもそう感じるか？」

タマラは目を見開き、感嘆の表情を作った。運命を悟った瞬間だ。「ええ。いまやっとわかったわ」

ゲオルグは立ちあがり、ゆっくりとこちらに歩いてきて、タマラのまわりを歩きはじめた。

「知らなかっただろうが、おれはもう何年もおまえを守ってきたんだ」

タマラはレイチェルのことを思い、膝を折りかけた。「わたしを？　本当に？」

「おまえは死んだとノヴァクに言った。おまえの血まみれの死体を見た、とな」

大げさなくらい驚いたふりをして、タマラは口をぽかんと開けた。しかし、長いあいだ無事でいられた理由がこれでわかった。前々からあり得ないことのように思っていたのだ。老ノヴァクがいつまでもタマラを放っておくなんて、信じられなかった。

「知らなかったわ」タマラはささやいた。「わたしの居場所は誰にも見つけられないと思っていたの。でも、心のどこかでは、あなたから身を隠すことはできないとわかっていたような気がする」

「養子を取ったらしいな」ゲオルグが言った。「それが気がかりだ。おれは国際的組織を牛耳っている。おれのそばによりそい、そうした組織の運営を手助けするために、どれほどの時間と労力がかかるのか理解してくれているといいんだが。言うまでもなく、組織はこれから拡大の一途をたどろうとしている」

タマラはいかにもそっけなく肩をすくめてみせた。「わたしがどちらを優先するかは心配ご無用よ」そう請け合った。「子どものことはどうにでもできるわ。ごたごたする心配はない」

ゲオルグは満面に笑みを浮かべた。「おまえならわかってくれると思っていた。では、タマラ……おれが何年も……何年も待ちつづけていたものを与えてくれ」

「あの、それは何かしら？」タマラは身構えた。

色素の薄い唇が笑みをかたどり、人工の歯がのぞいた。「おまえだ」

タマラの胃がよじれた。ブリーフケースを床におろし、笑みを浮かべ、顔を輝かせ、しなを作りながら、頭のなかでは超特急でいまの状況の分析を進めた。ふたりきりなのは好材料だが、ゲオルグが武器を持っているのは間違いない。それに、戦いとなれば、身のこなしがすばやく、容赦のない男だ。痩せているといっても、体重はタマラの三割増し以上で、リーチも長い。背は高く、百九十センチ近くある。おそらく気はふれているが、馬鹿ではない。用心しているはずだ。

イヤリングを使うのが一番だが、確実に仕留めるにはゲオルグがタマラの上で腰をくねらせ、快感でほかのことに頭がまわらなくなっているときのほうがいい。きちんと意識を奪ったあとでなら、好きな方法で、のんびりと殺すことができる。

ただし、肌を重ねているあいだ、吐いたり気を失ったりせずにいることが難点だ。タマラはそういったことに対して、もうプロらしく冷静に対処できなくなっていた。ヴァル・ヤノシュとその分身のせいだ。地獄の入り口に立ったときには、輝かしい楽園の存在など知らないほうが足を踏みだしやすいのに。腹立たしい限りだ。

そうした考えを頭から追い払った。いまは命をつなぐことが第一だ。その他もろもろはあとで処理する。

ゲオルグは堂々と手を差し伸べた。「さあ。こっちに来い」

タマラはうしろから押されたように、よろりと前に出た。ゲオルグの手がタマラの手首をつかむ。じっとりとしていた。ぐるぐると獲物を締めつける蛇みたいにべたつき、恐ろしいほど力が強い。

「何が望みなの？」タマラは消え入りそうな声で尋ねた。

ゲオルグは肉食の恐竜のような笑みを見せた。「服を脱げ」


「その動画はなかなかおもしろいな」ヘーゲルは卑しい笑い声を漏らした。「おまえがなぜぐずぐずしていたのかわかった。あの女とまだヤッていたいからだろ？　そして、その体験を永遠のものにしたいからだ。最後のところまで巻き戻せ。女がおまえにかがみこんだときのケツの形がいい。あそこを剃ってるのもたまらんな。すべすべだ。おい、巻き戻せよ」

「うるさい」ヴァルは言った。

銃口が首筋に食いこんだ。「巻き戻すんだ」ヘーゲルはしつこく繰り返した。

ヴァルはパタンとノートパソコンを閉じた。「断わる」

ヘーゲルは、ヴァルが生温かい息を感じられるほど近くまで身を乗りだした。「ふざけるなよ、ヤノシュ。おまえの勝手な行動のせいで、おれの面目は丸つぶれだとわからんのか？　おれがいまどれだけ怒っているか、少しでも想像がつくか？　わからなくても、これからたっぷり教えてやるがな」

ヴァルは振り返りかけた。銃口がさらに強く食いこむ。「おかしな真似をしたら」へーゲルはささやくように言った。「喜んで鉛弾を食らわせてやる」

三歩さがれ。ヴァルはいつもの措置を講じ、マトリックスを頭のなかに浮かべて、それを少し離れたところでながめはじめた。いや、ながめようと努力したと言ったほうがいいかもしれない。不安に押しだされて、ヴァル自身が許可しないうちに、口から質問が飛びだしていた。「彼女はどこだ？　いまどうなっている？」

「ホテルでゲオルグと一緒にいるはずだ。もっとも、あの変態は大勢の手を借りなきゃことを始められんがな。なんにせよ、あの女も最後には、おれがこうして決着をつけてやったことに感謝するだろう」

タマルが聞いたらなんと言うか、ヴァルにははっきりと想像できた。「そうか？」ぼんやりと言った。

「そうだとも。世界で有数の金持ちに囲われるよりひどいことはいくらでもある。たとえその金持ちがイカレた野郎でもな。あの手の女はすぐに現実を悟るさ。おまえもそれなりにうまくやってきたが、ヤノシュ、麻薬と売春と兵器の密売で稼ぎだす億単位の金にはかなわないんだよ。しかも、あの野郎がいまもくろんでいる計画がうまくいけば、ゲオルグ帝国はさらに拡大する。それを成功させるために、おれはできることをなんでもするつもりだ。こういうやつにこそ媚《こ》びておくんだよ。おまえがあの野郎の女に手をつけたのはいただけなかったな、ヤノシュ。ゲオルグは許さんだろう。あんな性癖があるのにおかしな話だが」

ヘーゲルに満足感を与えるのは気に食わなかったが、恐怖のほうが勝り、思わず訊いていた。「性癖？」

「ああ、たいしたもんじゃない」ヘーゲルは軽い口調で答えた。「ただ、あの野郎は見られるのが好きなんだ。フェラチオひとつ取っても、そばに誰かが立っていないと、あいつのモノは萎えちまう。なんなら、おれが見ていてやってもいい。何せ、ことをすませたあとのゲオルグは気前がいいからな。時々なら、使いまわしの女でもいいさ」

ヘーゲルからセックスについて打ち明け話をされるとは――胃がむかつく。ヴァルは話題を変えた。「シアトル・タコマ空港にいた男たちは何者だ？」

「おまえに全滅させられたやつらか？　ありゃただの保険だ。オリンピアを拠点にしている地元チームだよ。おまえを当てにできないとわかったとき、あいつらを動員しておいた。役にたたんやつらだったが、何より驚いたのは、結局のところ、おまえがきっちり仕事をしたということだな。おまえのおかげで、おれたちはガキを使わずに、あの女を手に入れることができた。しょっちゅう三歳児のケツを拭いてやらなきゃならない羽目に陥っていたら、たまったもんじゃなかった。よし、車を出せ」

「どうやっておれを見つけた？」

「おれはきちんと手を打っておいたんだよ」ヘーゲルが言った。「おまえはな、自分で思うほど賢くないんだ、ヤノシュ。はっきり言っておいてやろう。おれはいますぐにでもおまえを殺せる。執着心がいかに危険な代物か、口をすっぱくして教えてきただろうが？　口だけの説教じゃなかったことを身をもってわからせてやる」

「そうだろうとも」ヴァルはつぶやいた。

「おれはおまえに執着心など持っていない。そりゃあ、おまえの訓練には大金をつぎこんだが、それはかまわない。かけた金以上の働きはあったからな。どのみち、どれほど高級な機械でもいずれは壊れるもんだ。修理代はかさむばかりだし、おまえの利用価値はどんどん小さくなっていっているから、ゴミ捨て場行きは妥当だ。車を出せと言ってるだろ。後頭部から撃つぞ。誰も見ていない。誰も気にかけない。あの女はもうおれたちが手に入れた。おめでとう、クソ野郎。おまえはもう用なしだ」

ヴァルは神経を研ぎ澄まし、超警戒体勢に入って一瞬の隙をうかがいながらも、ギアをバックに入れて、駐車場から出た。

ヘーゲルの指示に従って街を抜け、穴だらけの曲がりくねった道に入って、山腹をのぼっていった。道路わきに小さく開けている場所が見えてきた。ぼろぼろの石の壁で仕切られて、絶壁の向こうをながめられる展望スポットだ。道の山側には、雨の侵食でできた深い溝がついている。

人目につかず、恋人たちが逢い引きしたり、ジャンキーが一発打ちに来たりする場所だ。事実、地面にはコンドームや注射器が散らばっていた。

「そこで停まれ」ヘーゲルが言った。「右手をあげろ」

ヴァルはためらった。ヘーゲルは車ごとヴァルを崖から落とそうとしている。時間を稼がなければならない。マニュアル車で幸いだった。「どうやってギアを変えればいい？」

「つべこべ言わずに右手をあげるんだ。左手はハンドルから離さず、おれに見えるようにしておけ。逆らうなら脳みそを吹っ飛ばす」

ヴァルは右手をあげた。ヘーゲルは首筋に銃口を押しつけたまま、片手でヴァルの右手首に手錠をかけた。

そのとき、携帯電話が鳴った。短い着信音からすれば、メールのようだ。ヴァルの携帯ではない。

ヘーゲルが笑った。「あの野郎もせっかちだな」

ヴァルは怖気をふるった。「つまり？」

「つまり、ゲオルグはすぐにでもあの女をヤりたがっている。妬《や》けるか？」ヘーゲルはくっくと笑った。「部屋番号だけ送ってきやがった。今日の観客に選ばれたラッキーな男はおれだってことだ。おまえらふたりを捕らえたご褒美だな。あの野郎がすませたあと、おこぼれにあずかれるかもしれない。あの変態は見られるのも、見るのも好きなんだ。そのうえ、一発ヤッたあとには物惜しみしなくなる。おれがあのあばずれを身悶えさせられるかと思うと――」

ヴァルは右手首にかかっているだけの手錠をさっと振り、自分の意識を遥かに超えたところで何かが爆発したような力をこめて、ヘーゲルの顔に叩きつけた。それから、とっさに横に身をかがめたとき、銃声が響いた。

間一髪だ。フロントガラスが砕け散った。ヴァルは体をよじり、ギアをバックに入れ、力いっぱいアクセルを踏んで、山側の溝のほうに突っこんでいった。スローモーションのように感じる。ヘーゲルの怒鳴り声がした。再び銃声が響き、ヴァルは身をすくめた。ダッシュボードに穴があく。ヴァルの肩のすぐ横で、シートの詰め物がぱっと飛びでた。車体はがたがたと揺れながら猛スピードで逆走し――

前輪が浮いた。ぐしゃっと音をたてて、車はケツから溝に着地した。そのまま横に転がって、跳ねあがり、引っくり返る。ガラスが割れ、金属が軋む。ヴァルの全身の骨がばらばらになりそうだった。

自分がまだ生きているとわかるとすぐに、ヴァルはひん曲がったドアを押し開け、そこから這いでて、溝をのぼった。脚は震え、力が入らない。大きな岩のうしろに隠れて、車の割れた窓から銃弾が飛んでくるのを待ち構えた。熱い血が顔を流れていく。

しんとしている。

ノートパソコン。動画。イムレ。置いていけない。

這うようにして車に戻った。人の気配も物音もしない。車のなかをのぞいた。ヘーゲルは意識を失い、体を丸めるようにして倒れていた。こめかみから血が流れ、顔を伝って首に落ちている。

ヴァルはへたりこんだ。心底ほっとして一瞬だけ気がゆるんだものの、すぐにまたわが身を蹴りつけるように立ちあがった。タマル。タマルを助けなければ。

車の屋根にのぼり、開いたドアからなかに入った。まずはノートパソコンを回収した。ありがたいことに、壊れてはいないようだ。それから後部座席に移って、手探りでヘーゲルのヘッケラー&コッホと携帯電話を取った。どちらもヘーゲルの血でぬるぬるしている。ポケットに次々と手をつっこんでいき、フルで装填ずみの弾倉を見つけた。ヘッケラー&コッホをズボンの尻ポケットに入れ、携帯電話を開いてメールを読んだ。

三四八。暗号でなければ、これが部屋番号だろう。どちらにせよ、ホテル中の部屋のドアを蝶番《ちょうつがい》から引きはがしてでもふたりを捜すつもりだ。

ヴァルは血まみれのヘーゲルの顔を見つめ、太い首に指を押し当てた。脈はしっかりしている。真っ向から戦っているあいだなら躊躇《ちゅうちょ》なく殺しただろうが、意識のない男を手にかけるのは気が進まなかった。

仕方がない。このままにしておいて、あとは運を天に任せよう。イムレなら、ヴァルが二トンの岩の下に隠しておいた良心を掘りだしたと言いそうだ。ヴァルはてこの原理を応用して車から出た。車はぐらぐらと揺れている。息を切らし、ノートパソコンをしっかりと持って、そのようすを見つめた。

まともな乗り物が必要だ。

都合よく、ニキビ面の若者がスクーターに乗ってカーブを曲がってきた。壊れた車と、血だらけでふらふらと道路を歩くヴァルを見て、急ブレーキをかける。

「なんか手を貸そうか《アイ・ビゾーニョ・ディ・アイウト》？」若者は目を丸くして尋ねた。

渡りに船だ。「ああ《シ》。そのスクーターを貸してくれ」ヴァルは言った。「降りろ」

若者はぽかんとしてヴァルを見つめた。「え《コーメ》？　なんだって《スクーザ》？」

「そのベスパだ。ほら」ヴァルはポケットから札束をつかみ取った。バイクの値段の五倍にものぼる金額だ。「レンタル料として取っておけ。明日になったら、盗まれたと警察に届ければいい。それでバイクも戻ってくる」

「でも、おれは——でも——」

有無を言わさずシャツの胸ポケットに金を突っこみ、若者をドンッと座席から押しのけ、尻もちをつかせた。荷台に取りつけてあったボックスにノートパソコンを入れ、出発した。若者は大声でわめき、走って追ってきた。小さなエンジンも抗議するようにうなりをあげている。ヴァルはできるだけスピードをあげた。しかし、スクーターでは限界がある。

変態野郎のゲオルグは観客がいなきゃナニがたてられない？　いいだろう。やつが一生忘れられない見物人になってやる。

19

ゲオルグはアンティークの鏡にショルダー・ホルスターをかけて、こちらに近づいてきた。

「まわってみせろ。ゆっくりと」そう命じる。

タマラは妖艶《ようえん》な笑みを顔に張りつけ、つま先立ちでなまめかしくまわった。

ゲオルグが手を伸ばしてきた。じっとりとした両手が素肌でうごめき、乳房をまさぐり、お尻を揉みしだく。タマラは吐き気をこらえた。

「髪形はもとに戻せ」ゲオルグは顔をしかめて言った。「前のほうが好きだった。もっと短く、くるくるとして、赤い髪。おれは赤毛が好きなんだ」

「ええ」タマラはつぶやいた。「どんなことも、あなたのお好みどおりに」

ゲオルグはばっとシャツを脱ぎ、筋張った胸をあらわにした。筋肉質で、色白だが、歪んだ傷跡でまだらになっている。「おれにさわれ」

タマラはそばによって、肋骨のあたりに指を滑らせた。官能的なしぐさを見せたかったが、震える指先が湿った肌にくっついてままならない。金属や石、宝石のことを考えなさい。タマラは自分に言い聞かせた。冷たく、硬く。針や毒、イヤリングのことを考えるのよ。いつものように、成功するか否かは一瞬のタイミングに懸かっている。ゲオルグは裸のタマラをしっかりとつかみ、顔に息を吹きかけていた。横に結ばれ、ひくついている唇のはしから、つばの泡が流れていった。タマラは強いてそれから目をそらした。そして、この男もかつては美男子だとされていたことを考えないようにした。

ゲオルグは靴を脱ぎ捨て、ベルトをはずし、ズボンをおろした。

なかば頭をもたげたピンク色のペニスがぴくぴくと揺れている。ゲオルグは自分で何度かしごいて四分の三程度までに伸ばしたが、手を放すとすぐにもとの状態に戻ってしまった。おもしろい。これでタマラの貞操が守られるか、あるいは命を落とすことになるのかは風向きしだいだろう。タマラはつばを飲み、下腹に力をこめて、現実を受け入れた。こういう場合、よい娼婦がすべきことはわかっている。

胃のなかのものはせりあがってきていたが、タマラは魅惑的な笑みを浮かべて、膝をつこうとした。「もしよかったら……？」

「いや」ゲオルグはぐいとタマラを引きあげて立たせた。「おれはいつもこうなんだ。誰かに見物させなければならない。やつが戻るまで待とう」

「見物？　やつって？　誰のこと？」

「ヘーゲル」ゲオルグはズボンをつかんで、ポケットから携帯電話を取りだし、短いメールを送った。「ＰＳＳの諜報員。あれこれと面倒を起こしてくれたあの不良諜報員、ヤノシュの調教係だ。今日の見物人になりたいと言うんでね。おまえとヤノシュを見つけたのだから、報いてやってもいいだろう」

タマラはぎょっとした。「何を見るの？」

「おれたちだ」ゲオルグは、わからないふりは不快だと言わんばかりにいらいらと答えた。「見物人がいなければうまくいかない。カートがおれたちを見ていたときのように、人に見られるのが好きなんだ。ヘーゲルはすぐ戻ってくるだろう。少し待て。もし時間がかかるようなら、おれの部下に見させることにする」

困ったことになった。タマラはこっそりとゲオルグの股間に目をやり、すぐに視線をそらした。もうすっかり萎えている。ペニスはブロンドの陰毛のなかで縮こまっていた。タマラとしては、歓声をあげたいという気持ちもあった。そう、それでいいのよ、と。身を隠しているのが正解。わたしはとても危険な女なんだから。

しかし、下半身に引きずられていないとき、男というのはおかしな行動を起こすものだ。操ることも、気をそらすことも、考えを読むことも難しくなる。「待っているあいだに、いまの続きを――」

「黙ってろ」とゲオルグ。

タマラはベッドにどさりと腰をおろし、セクシーなポーズを取った。内心では愕然として、考えはからまわりしている。まずい。ゲオルグが快感で恍惚となっている隙に、イヤリングに仕込んだ針で刺す予定だったのに、しっかりと武装したPSSの諜報員がベッドのそばに立ち、銃を手にして、目を光らせていては何もできない。

タマラにも限度はある。いますぐ殺すしかない。選択の余地はなくなった。

「そうそう、おれのあと、おまえはヘーゲルとヤるんだ」ゲオルグの目はぎらついていた。「おまえを捜しだした褒美だ」

全身の血がふいに凍りついた。「でも……わたしはあなただけのものなのに」タマラは目を見開き、懇願するように言った。「どうしても――」

「おれの言うとおりにするんだ」ゲオルグはわざとらしいほど優しい声で言った。「おまえは支配者側の人間としておれのそばに立つことになるが、タマラ、主導権が誰にあるかけっして忘れてはならない。おれは見るのが好きだ。おまえを見たい」ゲオルグは唇を歪め、ねじれた笑みを浮かべた。そこにはなぜか憎しみが見え隠れしていた。「おまえが喜ぶのはわかっている。毎日、満足できるように計らってやる。当然、おれが満足したあとでだが」

タマラの笑みが嫌悪感でこわばった。カートのときにも最悪だと思っていたけれども、こういうことに底はないものだ。

へーゲルが来るまえにゲオルグを殺さなければならない。

自分を奮いたて、笑みを絶やさずに、手を差し伸べた。「わたしのことをよくわかっているのね」ハスキーな声で言った。「たいていの男はそれで怖気づいてしまうのに、あなたは違う。女の本当の欲求を恐れずに受け入れられるのは、自分の心を完全に支配しているしるしですもの」

ゲオルグは胸を張った。得意げに目をきらめかせている。「そうだ。おれはおのれを支配している。そして、タマラ、おまえを支配する男だ」

タマラはさらに手を伸ばし、まつ毛をぱちぱちさせた。「ええ」ささやき声で応えた。「ベッドに来て。ずいぶん長いあいだ、あなたを待っていたのよ」請い願うように両腕を広げた。支配されることを求めるポーズだ。

ゲオルグのまぶたがひくついた。脳の根底では罠だと悟っているのだろうが、うぬぼれと狂気が勝ったようだ。

ゲオルグはベッドに腰をおろした。タマラはそこにまたがり、脚を巻きつけて、肩に頭をもたせかけ、両腕で首に抱きついた。魚の腹みたいな肌からなんとも言えず酸っぱい匂いがする。湿った肌にタマラの髪がべったりと張りついた。

「いま見つけられただけでも運がよかった」ゲオルグは言った。

「もっと早く見つけてくれたらよかったのに」タマラは小さくつぶやいた。「わたし、ずっと寂しかった」

「おまえが生きていることを老ノヴァクに知られたとき、捜索をより強化したのだ。ノヴァクはかんかんだった。おれの使いを段ボール箱に入れて送り返してきた。そいつの一部ということだが」

「なんて恐ろしい」タマラはささやいた。

「問題ない」ゲオルグはきっぱりと言った。「避けられないことが早く起こるだけだ」

タマラは顔をあげ、好奇心いっぱいの表情でゲオルグを見つめながら、髪で隠れたイヤリングをつかんだ。「避けられないことって?」興味はなかったが、ゲオルグをしゃべらせておくためにそう尋ね、留め金をはずして注射器を出し、すぐさま首に突き刺せるように構えて――

「ノヴァクは生ける屍だ」ゲオルグはほくそ笑むように言った。「癌に冒されているくせに、死ぬのを拒んでいる。だが、それももう終わりだ。おれには計画がある」

注射器の針があとほんの少しで首の肌にふれそうなところで、タマラの指が凍りついた。

「そうなの？」何気なく尋ねた。「どんな計画？」

ゲオルグは笑った。「自然に死ぬのを待っていてもいいが、先に殺しておけば、やつの事業はおれが乗っ取るとはっきり知らしめることができる。新しいボスが誰なのか、世に広める頃合いだ」

イムレ。はっとすると同時に、それが自分にとって何を意味するのか悟り、タマラの胸に絶望の矢が突き刺さった。でも、イムレのチャンスなのは確かだ。「いつ？　もうすぐ？」

ゲオルグは口もとをゆるめ、にんまりした。「なぜそう知りたがる？」

タマラは上目づかいでゲオルグを見あげ、いたずらっぽい表情を見せた。「だって、あの男はわたしを殺そうとしているのよ」

ゲオルグはタマラの髪を撫でて、ひと房つかんでこぶしに巻きつけ、目に涙がにじむほど強く引っぱった。「今後あいつのことを恐れる必要はない」きっぱりと言う。「もうおれのそばにいるのだから。おまえに手を出せるやつなどいない。何者もおまえに近づけさせない。おまえはおれのものだ」

「ええ、もちろんよ。でも、お願い、教えて？」タマラは甘えた声を出した。「近いうちのことなの？　わたしも一緒に行っていい？　参加させてくれる？　お願いだから、その手の冒険ではわたしも仲間に入れてほしいわ。わたし、おとなしく待っているタイプの女じゃないのよ」

ゲオルグは笑った。「おまえのそういうところも好きだ。血に飢えたヴァンパイアの女王だな。もうすぐだ。おまえが望むなら、すぐにでも行動を起こしてやろう」

「ええ」タマラは顔を輝かせ、勢いこんで言った。「すぐのほうがいいわ」

その代償にしなければならないことに対して、心の一部が抗議の叫びをあげている。それでも、タマラは注射器を持った手をおろし、小さな道具を中指と薬指のあいだに隠した。

いや、いや、いやよ。タマラのなかにいる十五歳の少女が泣いている。わたしにそんなことをさせないで。もういや。

しかし、やらなければならない。完璧な筋書きだ。運命の贈り物――タマラにとっては違うかもしれないが、ヴァルとイムレにとってはそうだ。とはいえ、息の臭い憎むべき化け物に体を許すばかりか、ほかの男がそれを見て、よだれを垂らしながら自分の番を待っているというのは――そこまですると約束した覚えはない。

ああ、やっぱりだめ。どうしても向き合えない。そんなことは二度としたくない。いまはもういや。

いっときだけ我慢すればいいのよ。タマラは自分に言い聞かせた。初めてでもあるまいし。でも、それはまやかしにすぎない。時間というのは直線的に進むものではなく、どれだけ願っても、タマラは金属や宝石でできているわけではない。カート、ゲオルグ、ドラゴ・ステングルはそれぞれいっときの存在だったが、あの三人のせいで、タマラの人生はもはや取り返しがつかないほどに歪められてしまった。

愛のためならできる？　タマラはイムレのことを語ったときのヴァルの表情を思い起こした。

愛、愛？　仮にヴァルがタマラを愛してくれているとしても、ここで一線を越えたあと、同じ気持ちを持ってもらえると思うの？　やっぱりできない。女には耐えられないこともある。

それでも、やるしかない。レイチェルに母親というものが必要なら――たとえタマラのような母親でも――生き抜くためには、これが絶好の機会だ。ノヴァクへの攻撃陣に加わり、内部で得た情報をヴァルに伝えて、イムレ救出のための隙を作る。最高の流れだ。完璧な作戦だ。その過程でゲオルグを殺せればなおさらよい。

タマラはさらに強くゲオルグの首に抱きついた。「ヘーゲルという人はどうしてこんなに遅いの？」不満そうに言った。

「そろそろ来るだろう。やつは例の諜報員を片づけているんだ。ヘーゲルの予想より、ヤノシュの始末に時間がかかっているのかも――」

バンッ。ドアが大きく開いた。ヴァルがベッドの光景を見て取り、ゲオルグに襲いかかった。怒りのあまり、一瞬ヴァルだとわからないくらいに形相が変わっている。

ゲオルグはしゃがれた叫び声をあげて、タマラを自分のそばから押しのけた。タマラはベッドから転がり、床に落ちた。

ヴァルはゲオルグに飛びついた。手に持っていた拳銃の台尻でゲオルグの顔をしたたかに打ちつける。血しぶきがあがり、二、三本の歯がベッドカバーに散った。ゲオルグは脚を振りあげ、ヴァルのあごを蹴った。ヴァルは回転するように吹き飛び、壁に叩きつけられたが、すぐにまた咆哮《ほうこう》をあげながら戻ってきて、ゲオルグに体当たりを食らわせた。男たちふたりはベッドから転げ落ち、床で取っ組み合った。ヴァルが上になっている。

鼻に見舞った痛烈な一発で、ゲオルグはぐったりと倒れた。意識はなく、鼻血が口やあごにだらだらと流れている。ヴァルはとどめを刺そうと手をあげて——

「だめよ！」タマラは飛びかかり、ヴァルの腕をつかんで、最後の一撃を止めた。「やめなさいよ、馬鹿！」

ヴァルはまじまじとタマラを見つめた。「やめろとはどういう意味だ？　こいつを片づけるつもりだったんじゃないのか？　予定どおりだろう？」

「だめ！　ゲオルグはノヴァクを殺そうとしているのよ！」タマラは火を吹くようにささやいた。「もうすぐ！　数日のうちに！　絶好のチャンスよ、ヴァル！　イムレを助けるための！　よく考えなさいよ！」

ヴァルは肩で息をして、タマラを見つめつづけていた。敵を始末するという強い本能を抑えようと心のなかでもがいている。困惑と苦悩の表情が目に表われていた。

「殺してはいけないわ」タマラは一語ずつはっきりと言った。「いまはまだ。まずは利用するのよ！　ゲオルグがどうしてまだ死んでいないと思うの？　わたしがここまでやったのは、健康のためだとでも？」

ヴァルは意識を失っている男に視線を落とした。大きなこぶしが震えている。「ノヴァク？」途方に暮れたようすで、名前を繰り返した。それだけ理解するのがやっとのようだ。

「ゲオルグがノヴァクを殺そうとしているの。もうすぐ！　わたしたちはそれを利用すればいいのよ」タマラは言った。「わたしはゲオルグのもとにとどまって、決行日をあなたに伝え——」

「だめだ」ヴァルはタマラの腕をつかんだ。「置いていく気はない」

「落ち着いて、ヴァル」タマラはなだめるように言った。「素人じみたことを言わないで。この状況を活かすのよ。プロ意識を持ってちょうだい。この作戦なら、わたしが内部で情報を集めて――」

「だめだ。黙って服を着ろ」

憤怒の声に、タマラはあとずさりした。ヴァルの険しい顔を見たときには、頬を張り飛ばされたような気分になった。この顔つきの意味はよくわかる。タマラを押しのけ、〝娼婦〟となじる表情だ。

結局のところ、この醜いゲス野郎とはヤらなかったのに、みずから進んでそうしようとしたというだけで、そのツケを払うことになりそうだ。それがイムレのためであっても。わたしが馬鹿だった。どうしようもない愚か者だ。

もうどうでもいい。ヴァルのことも。何もかもどうでもいい。

タマラは体を起こし、あえて裸をひけらかしながら、ゲオルグに命じられて脱いだ服を着ていった。鏡からゲオルグの自動拳銃とショルダー・ホルスターを取り、弾倉を確かめた。満杯――十五発入っている。何もないよりはいい。銃をバッグに収めた。

着替えをすませ、ブリーフケースとバッグを持ったとたん、ヴァルに腕を取られ、部屋の外に引っぱられた。廊下には三人の男たちが伸びていた。三人とも気を失っている。ヴァルは全員を部屋のなかに引きずっていき、血まみれの体の山を作った。

ヴァルはタマラを階段のほうへ引っぱっていった。ふたりは足が床につく間もないほどのスピードで階段を駆けおりた。一階には横道に出られるドアがあった。その外に小型の青いベスパが停まっていた。ヴァルはそれにまたがり、タマラがうしろに乗るのを待った。タマラを見やり、嫌味のひとつでも言ってみろとそそのかすような表情を見せる。

タマラは大声で笑いたくなった。流血沙汰騒ぎを起こしたあとで、空色のベスパ？ 小さなスクーターでサン・ヴィートの坂道を走りまわるなんて、腰砕けだ。これは、恋に浮かれた十三歳の少年と少女がキスする場所を探すための乗り物だろう。

しかし、雷を落としそうなヴァルの表情を前にして笑うことはできなかった。

アンドラーシュはピッキングの道具を大きな手に隠して、ホテルの部屋の前で腰をかがめた。古いホテルの旧式の錠は、笑えるくらいお粗末なものだった。

サン・ヴィートに着いてすぐここに来た。予想どおり、老ノヴァクは痺れを切らし、事態の把握のためにアンドラーシュを遣わした。ゲオルグのもとに送りこんだスパイ、フェレンツと腹を割って話すことから始めるのが妥当だろう。相当の報酬を与えているにもかかわらず、あの男の無能ぶりは目に余るほどになってきた。ヤカブの血まみれの頭が段ボール箱で送られてきたことで、すっかり平静を失っているらしい。フェレンツをリサイクルにまわし、何か新たな利用法を見つけるべきときはぐんぐん近づいてきている。だが、いまではない。

大きくドアを開けたとき、フェレンツはベッドに横たわり、氷嚢を顔に当てていた。顔はあざだらけで、ひどく腫れている。赤い目を見開く。

「おいおい」フェレンツはうめいた。「あんたかよ」

「ああ、おれだ」アンドラーシュはゆったりとした足取りで部屋に入った。

「ここに来るなんて、どうかしてる！」フェレンツは声を落としながらも、勢いよく言った。「おれがひとりじゃなかったらどうするつもりだったんだ！　ほかのやつらがいつ戻ってきてもおかしくないんだぞ！　正体に気づかれたら、おれがラクスからどんな目にあわされると――」

「だが、まだ気づかれていない」それに、フェレンツがどんな目にあおうがかまわない。

「あんたはわかってないんだ」フェレンツはせっぱつまった口調で言った。「ヤカブが殺されてからというもの、ラクスはおれたち全員に疑いの目を向けている。ノヴァクがＰＳＳと女のことを知ったのは、おれたちのなかに裏切り者がいるせいだと――」

「小切手を現金化したとき、そういう事態は想定しなかったのか？」アンドラーシュは猫撫で声で尋ねた。「かなりの小切手を渡したはずだが、一度も？」

「でも……殺されちまうよ」フェレンツは泣きごとを言いだした。「きっと――」

「うるさい」アンドラーシュは机の前から椅子を引きだし、細い脚に巨体をあずけた。「その顔からすると、ヤノシュに会ったんだな？」

フェレンツは苦い表情を浮かべた。つらそうなようすでベッドからおりる。

「不意打ちを食らった」むっつりと言った。「あんたにもあの野郎の戦いぶりを見せてやりたかったよ。イワンは肋骨と鎖骨を折られたし、ミクロスは頭部と首の怪我で入院することになった。ヘーゲルも。ヘーゲルなんか、生きているのが不思議なくらいだ」

「ヘーゲルが入院？」アンドラーシュはぎょっとした。くだらないおしゃべりをこぶしで止めてやる寸前だったが、それを思い直すほどの驚きだ。ノヴァクもPSSとは付き合いがあるので、アンドラーシュ自身、ヘーゲルのことはよく知っている。あの男を負かすには相当の力が必要だ。「どこの病院だ？」

フェレンツは記憶をたどるように顔をしかめた。「サンタ・メディチ病院」言いよどんだ末、曖昧な口調で答える。「だと思う」

「病室の番号は？」

「知るはずないだろ？」フェレンツはうめいた。「花を贈るわけでもあるまいし。それより帰ってくれよ。もうすぐラクスが――」

「どんな名前を使っている？」

フェレンツはぽかんとしている。「誰が？」

「ヘーゲルに決まってるだろうが」アンドラーシュは聖人にも等しい忍耐力を発揮して言った。

フェレンツは氷嚢で顔を隠した。「アメリカのパスポートだった。マイクなんとか。ファウラーだったと思う。マイク・ファウラー」

アンドラーシュはそれを記憶に収め、絨毯の床につま先をトントンと打ちつけながら考えをめぐらせた。「それで、やつはどうやって女とPSSの諜報員の居所をつかんだ？」

「どっちかひとりにGPS発信器を仕込んでいたんだよ。どちらなのかは知らない。ああ、いてえよ。あの野郎、鼻を折りやがった。ヘーゲルがノートパソコンで追跡プログラムを立ちあげて、やつらの居場所の確認をしているのを何度か見た」

「ヘーゲルのホテルの部屋は？」アンドラーシュは立ちあがり、一歩ベッドに近づいた。

「この部屋の一階上」フェレンツはむっつりと言って、うなだれた。「階段の隣の部屋だったはずだ。早く帰ってくれよ。ラクスが――」

ガッ。アンドラーシュはフェレンツのすでに折れている鼻を殴った。床に転げ落ちたフェレンツはうずくまり、息を荒らげて、べそをかきはじめた。アンドラーシュは指の関節を撫でながら、考えこむような表情で、床の男を見おろした。鼻を押さえ、しゃくりあげている。指のあいだから血が滴っていた。

「あと一度でも泣きごとを並べたら、おれがラクスに電話をして、誰がスパイなのか教えてやる」アンドラーシュは冷静な口調で言った。「おれに殺されないだけでもありがたいと思え」

そのまま部屋を出て、バタンとドアを閉じ、ヘーゲルの部屋を探すために階段のほうへ向かった。昏睡《こんすい》状態でなければいいのだが。これから病院に行って、話を聞きださなければならないのだから、たとえ数分でも意識を保っていてもらわないと困る。そう、ほんの数分あれば用は足せる。そのあとは……好きにして何が悪い？　何せヘーゲルはゲオルグと手を組むという愚を犯したのだから……。

おれが多少お楽しみにふけってもいいだろう。ずいぶんと久しぶりだ。

ベスパのいいところは、会話ができないことだった。いまはタマルにどんな言葉をかけようとも、事態が悪くなるだけだ。

タマルに咎がないことはわかっている。仕方がなかったのだ、と。しかし——気持ちは収まらない。タマルをそんな状況に追いやったゲオルグを殺してやりたかった。ゲオルグだけではない。それでは不充分だ。こうなった原因を作ったほかのやつらにも命で償わせたい。やつらのせいで、長年のあいだタマルはただ生きていくために、残酷な運命に耐えなければならなかった。

それにもかかわらず、タマルはどこまでも強かった。輝かんばかりに美しい。向かい風が、ヴァルの目のはしににじんだ怒りの涙を吹き飛ばした。ステングルまで遡ってこの手で殺してやりたかった。タマルの家族を殺し、タマルをオモチャとして扱い、まだ悲しみに暮れる子どもでしかなかったタマルをなんの援助もなく放りだした異常者を。

ヴァル自身の姿が重なる。

これまでずっと、ヴァルは過去を完全に振りきれたと信じて、ほとんどなんの影響も受けていないことを喜んできた。しかし、タマルとともに過ごすうちに、かさぶたがはがれ、自分でも気づかなかった傷のただれがあらわになった。

かつてその痛みを感じたことは一度もなかったが、いまはじくじくと疼いている。そう、はっきりと感じられる。ヴァル自身ではなく、タマラの痛みではあるが、どちらだろうと関係ない。

ふたりは同じ痛みを抱えているのだから。

タマルとのセックスは、これまでの経験では一切測れないものだった。テクニックにおいては達人並みで、喜びの職人であると自負していたが、タマルはヴァルの技術の正体を暴いてしまった。中身のないごまかしで、手練にすぎない。タマルに喚起される焼けつくような熱情のなかでは、たやすく忘れられ、消えてしまうものだ。

そう考えただけで体が疼いた。股間のものは硬くなっている。タマルの髪は風に舞い、ふたりの顔に打ちつけていた。雨も降りはじめている。タマルはヴァルにふれるのを恐れるように、おずおずと腰につかまっていた。

タマルが前に体を乗りだし、耳もとで叫んだ。「どこに行くの？」

ヴァルは肩をすくめた。「知るもんか」叫び返した。言葉は口から出たとたん、風に吹き飛ばされた。「きみに名案があるなら、喜んで従うよ」

これでタマルは口を閉じた。黒々とした雲が空にたちこめている。雨脚が強くなってきた。

ふたりは同時に錆びた看板を目に留めた。弾痕らしきもので穴だらけだが、〝アグリトゥリースモ〟という文字は読み取れた。地元の食料を売る農場で、なかには部屋を貸しているところもある。〈レ・シンクエ・クエルチェ〉。五本の樫《かし》の木という意味の名前だ。ここから五・二キロ。タマルが看板を指差した。

ヴァルはうなずき、未舗装の細い道に入った。頭上には高低様々な木の枝がせりだし、道の片側は茨《いばら》だらけの深い渓谷になっている。

でこぼこ道を走り、歪んだ手書きの看板が現われるたびに種々の果樹園を抜けて、最後に私道と呼べなくもないような道に出た。オリーブの果樹園のなかを通る一キロ半ほどの泥道だ。オリーブのほかにときおりイチジクやレモン、オレンジの木も見えた。

母屋はサーモンピンクの古民家で、壁はまだらになり、数百年のあいだ雨風を受けてきたしるしとして、黄色や灰色のすじが縦に入っていた。そのまわりには小さめの農地が開けて、強烈な家畜の匂いを放っていた。羊や山羊《やぎ》、鶏が好き勝手にうろついている。土を叩く雨の甘い香りがヴァルの鼻腔をくすぐった。松の木や、道沿いの壁に張りついているハーブ類の匂いも漂ってくる。家の前に敷かれた石畳のスペースには水たまり大の油の染みがいくつもついて、そこにたくさんの農具と錆びきった車が置いてあった。

とうてい宿泊施設には見えない。

ふたりが眉をひそめて目を見交わしたとき、軋んだ音をたててドアが開いた。冷蔵庫みたいにがっしりして、柱並みに太い脚をした女性が出てきた。前世紀から抜けだしてきたような姿だ。白いものの混じった細い髪をひとつにまとめ、ほくろだらけの頬をもじゃもじゃのもみあげで覆っている。足首にまで届く丈の黒いワンピース、血の染みがついたエプロン、重そうな十字架。片手で死んだ鶏を持っていた。

「何か《シ》？」いかにも疑わしそうに尋ねる。

「ここが〈レ・シンクエ・クエルチェ〉？」ヴァルはあたりを見まわして、樫の木を探した。どこにも見当たらない。パタパタと打ちつける雨は一秒ごとに強さを増して、ふたりのジャケットから肩に染み、そして髪から顔へと滴りはじめていた。

「ああ《シ》」女性はゆっくりと言った。顔をしかめて、ヴァルの血だらけの手にさがっている手錠を見つめている。

「ふたり泊まれる部屋はあるかな？」ヴァルはひるまずに尋ねた。

女性はうなり声を出し、鼻に深くしわをよせて、目をすがめた。「掃除しなきゃならないね。きれいになるまで待ってもらうよ」

ヴァルは降りしきる雨に向かってちらりと目をあげた。「どれくらいかかる？」

女性は肩をすくめた。「二、三時間」

二、三時間？　勘弁してくれ。「きれいじゃなくてもかまわないよ」ヴァルは口説きにかかった。「頼むよ、セニョーラ。そんな手間をかけてもらわなくてもいいんだ」

女性は再びうなって、呆れ顔を作ると、うっすらとひげの生えたあごをしゃくり、ついてこいと示した。

三人は母屋の裏手にまわった。敷石のまわりには雑草がぼうぼうに生えて、小道はぬるりとした落ち葉で覆われ、何かわからないものがつまったズック袋の列で仕切られていた。窓の少ない建物の裏は、鶏の囲い場と、枯れ枝の山が積まれた休閑中の庭に面していた。歪んだ木の古いドアが中世風の大きな蝶番で留められている。ドアの高さはヴァルの肩までしかなかった。

セニョーラは手についた鶏の血をエプロンでぬぐってから、ドアノブを握った。錆びた蝶番と歪んだ木がギギーッと鳴って、小さなドアが開いた。白い漆喰《しっくい》のかけらが床に降りそそぐ。鍵はなく、掛け金とかんぬきがあるだけだ。

ふたりの先に立って、セニョーラは丸天井の部屋に入り、二枚の雨戸を開けた。ひどくカビ臭い。半透明の小さな蠍《さそり》たちが、唐突に差しこんだ光に驚いて、先を争うように窓枠を走っていった。雨戸の一枚は壊れた蝶番に斜めにぶらさがっている。たわんだ鉄のベッドが部屋のすみに置いてあった。四柱式で、ヘッドボードには、哀れをそそるような〝嘆きの聖母〟の絵が描かれている。聖母の顔は青白く、悲しげで、涙に濡れた目の下にはくまができていた。黒いレースのベールをかぶって、空を見あげ、十字架にかけられた息子を哀惜《あいせき》しているのだ。ほかの三方の壁を見れば、大理石の天板の鏡台や白蟻《しろあり》に食われた戸棚など、不ぞろいな家具がごたごたと並んでいた。傾いたテーブルがあり、ちぐはぐな木の折りたたみ椅子が二脚備えられている。もちろん、テレビも電話もない。ヴァルはヘーゲルの携帯電話を出した。圏外だ。

「部屋はここだけだよ《クエスト・エトゥート》」セニョーラは重々しく言った。

ヴァルはタマルに目で問いかけた。タマルは肩をすくめた。「もっとひどい場所に泊まったこともあるわ」

セニョーラに向き直り、ヴァルは言った。「ここでかまわない《ヴァ・ベーネ》。夕食を用意してもらえるかな？」

「八時からうちの家族と一緒に食べてもらってもいい」セニョーラが言った。

ヴァルはタマルの目に恐怖そのものの色が浮かぶのを見て、セニョーラに愛嬌《あいきょう》たっぷりの笑みを振りまいた。「部屋で食べてもかまわないかい？　簡単なものでいい。パンとチーズ、それにワインなら？」

セニョーラは不満を示すように、痰の絡んだ咳払いをした。「何か持ってこよう」鶏を持った手をたんすのほうに突きだした。死んだ鳥の羽がひび割れたタイルの床に落ちる。「あのなかにも枕とブランケットが入っている。食事はあとでここに運んでくるよ。あたしはセニョーラ・コンチェッタだ」

最後に名乗ってから、セニョーラはのしのしと部屋から出て、ドアを開けたまま立ち去った。

雨風と羊の糞の匂いが吹きこみ、薄暗い部屋のカビくさくよどんだ空気が一掃される。

ふたりは長いあいだ見合っていた。

「ともあれ」タマルがきびきびとした口調で言った。「ここなら誰にも見つからないでしょうね」バッグと〈デッドリー・ビューティ〉のジュエリー・ケースを置いて、小さなドアを引き開ける。なかは狭いバスルームで、茶色のすじが入った陶器の備品は一世紀以上前のものに見えた。「タオルはあるわね」タマルは言った。「トイレットペーパーなんてなくても平気よ」

タマルが明るくふるまおうとすることは逆効果だった。ヴァルはベッドに腰をおろした。埃があがり、ドアから入る光のなかで躍る。ヴァルはタマルを見つめた。タマルも見つめ返す。窓から差しこむ光は、おもてでうっそうと茂る緑の枝葉でまだらになっていた。

吹きすさぶ風が母屋のまわりでヒューヒューとうなりをあげ、小さな木のドアを外の壁に叩きつけている。雨はとうとうどしゃ降りになっていた。その甘くかぐわしい香りは刻一刻と強くなっていく。

タマルは一歩前に出て、胸もとで腕を組んだ。「どうぞ。はっきり言いなさいよ。どのみち顔に書いてあるんだから」

「なんて書いてある？」ヴァルは尋ねた。「おれが何を言うと思うんだ？」

「娼婦」タマルが答えた。

ヴァルは自分の血だらけの手を見おろし、手首についたままの手錠を弄びながら、しばらく雨音を聞いていた。「そうは思わなかった。だから、言わない」

「嘘で追い打ちをかけないで」タマルの切れ長の目に涙が光っている。

「あまり無茶を言わないでくれ」ヴァルはつぶやいた。「おれは自分の女が麻薬王のマフィアと裸で抱き合っているのを見たんだぞ。それで不機嫌になるな？」

タマルは笑った。「あなたの女？　くだらない！　わたしはわたしのものよ、ヤノシュ。さっきはふたつの道しか選べなかった。殺すか、ヤるか。真っ先に選んだのは殺すほうよ。あとほんの少しで手をくだすというときに、ゲオルグから計画のことを聞かされたの」

ヴァルは苦い味を呑みこみ、締めつけられたような喉から言葉を絞りだした。「それで？」

「ゲオルグを殺したら、イムレを殺すことになると気づいたのよ」タマラはささやき声で答えた。「ともかく、あなたがイムレを救う絶好のチャンスをつぶすことになる、と」

タマルが言葉をひとつ発するたびに、ヴァルの理不尽な怒りは大きく膨れあがっていった。

「へえ。じゃあ、裸であいつの腕に抱かれていたのは、おれのためだっていうのか？」

タマルはうなずいた。「ええ。あなたのためよ。それに、イムレのため」

ヴァルはこぶしを握り締め、あごをこわばらせた。心臓が轟いている。「おれがそれに感謝するとでも？」

炎が宿ったかのように、タマルの目がぎらついた。「そうよ！　ひざまずいて感謝するものだと思っていたわ！　ほかにどんな理由があるっていうのよ、ヴァル？　あなたたちのためじゃないのなら、どうしてわたしが進んであんなことをするの？　わたしに得られるものは何もないのよ。何ひとつ！　わたしはね、あなたなんかの手を借りなくてもゲオルグを殺せたし、ステングルのことだって自分で解決できるの。あなたとはすっぱり縁を切って、面倒で危険な問題に二度と関わらないようにしてもよかった。でも、そうしなかった。われながら呆れるけれども、そうしなかったのよ」

「あいつの巨万の富は？」ヴァルは尋ねた。「それだけでも、やつと寝る価値はあるんじゃないのか？」

タマルは目を見開き、傷ついた表情を浮かべてあとずさりした。「あなただったら、十億ドルのためにゲオルグと寝る？　五十億ドルなら？」

ヴァルは首を横に振った。

「だったら、どうしてわたしなら寝ると思うのよ？」

ふたりが言い合っていることも、いま起こっていることも、すべてを否定したくて、ヴァルは再び首を振ったが、タマルは硬い声で話を続けた。

「わたしにどんな運命が待ち受けていたのか、あなたには想像もつかないでしょうね。あの男は手下どもに毎日わたしをまわして、それを見て楽しむつもりだったのよ。もちろん、そのあとは女であることを罰するつもりでね」

ヴァルは両手で顔を覆った。「もういい。やめてくれ」

「信じられる？　わたしみたいに身勝手な女が、犠牲的精神に駆られたなんて。あなたの友人が拷問で殺されるのを阻止できるなら……その価値はあると本気で思ったのよ。あなたなら理解してくれると信じていた。わたしからの贈り物だとわかってもらえると」

「タマル――」

「もう二度と同じ過ちは犯さない」タマルはバッグを肩にかけ、ジュエリー・ケースをつかんだ。「いまこのときをもって、わたしたちの契約は解消させてもらうわ。ひとりで友人を助けたらいい。あなたは、わたしが手を貸すに値する人間じゃなかった。さようなら」

ヴァルは立ちあがり、タマルがドアにたどり着く前に両腕で抱きしめた。

「おかしな真似をしないで」タマルがもがき、腕のなかで半回転したかと思うと、ヴァルはあごの下に銃を突きつけられていた。ゲオルグの銃だ。

「タマル。だめだ。やめてくれ」喉に銃口が食いこんでも、ヴァルは強いてそっけない声を出した。

「止めようとするなら、殺すわよ。わかったら放しなさい、ヤノシュ」

ヴァルはタマルを抱きしめたまま、腕を下のほうにおろした。タマルは木彫りの彫像みたいに硬く身をこわばらせている。

銃がさらに強く押しつけられた。「本気よ」タマルの声は震えていた。

「なら、撃てばいい」ヴァルは言った。「やれよ。終わらせてくれ」

タマルは目をすがめた。「前にも同じ手でごまかしたわよね」

「あのときはうまくいった」

「わたしも学習したの」とタマル。「もううまくいかないわよ」

「いいや」ヴァルは静かな口調で言った。「今度はごまかしじゃないからだ。おれはもうきみを知っている、タマル。きみはおれを撃たない。銃をおろすんだ」

固唾を呑むなか、一秒一秒がひどくゆっくりと過ぎていった。どしゃ降りの雨の音が四方から迫って耳をふさぐ。遠くから雷のかすかな音が聞こえてきた。

水晶のような涙がタマルの目にあふれ、迫る夕闇のなかできらりと光った。「憎たらしい」タマラがつぶやいた。

ヴァルはあごの下に押しつけられていた銃口をのけて、無抵抗のタマルの手から銃を取り、バッグに戻した。

そのバッグをそっと床に置き、そしてタマルに手を伸ばした。

20

当然ながら、タマラはあらがった。自分でもどうしようもないのだ。考える間もなく、機械的に体が反応してしまう。でも、この戦いは、わが身で沸きたつすさまじいエネルギーをどこかにぶつけるためのものだった。ヴァルがほしくてたまらず、ヴァルなしではいられなくなってきているからこそ抵抗した。悲しいまでの切望に苛まされているのが怖くて仕方ないからこそあらがった。

ヴァルの美しさや情熱、それに並々ならぬペニスだけではない。タマラは命を与えてくれる霊薬のようなキスを求めていた。ヴァルという名の無限の原野にさまよい、そのなかで溺れてしまいたかった。むさぼり、飲みつくしたい。そして、むさぼられたい。

わからず屋。ゲオルグの件で、ヴァルがあれほどかたくなになったことには激しい怒りをおぼえたが、同時に、あの毒を飲むのを止めてくれたことは涙が出るほど嬉しかった。

ヴァルはタマラを救ってくれた。ゲオルグから。タマラ自身から。よくそんなことができたものだ。

タマラは壁に押しつけられ、後ろ手に腕をねじられていたが、野蛮なやり方で力をぶつけられても、どういうわけか腹がたたなかった。かつての恋人たちのなかにも、戦士気取りでタマラを征服しようとする男はいた。タマラは内心でそれをおもしろがっていたものの、そそられることはなかった。ましてや心が乱されることなど一度もない。男にありがちな弱点のひとつにすぎず、そこを盲点として利用できればそれでよかった。タマラは男の虚栄心とみずからに抱く幻想を弄んできた。その気になれば、いつでも思うままに動かせた。操り人形。道化。ひどく退屈な男たち。

しかし、ヴァルは道化ではない。虚栄心も幻想も抱いてない。ヴァルは自分の思うままに動く。退屈とはほど遠い男だ。

そして、これからタマラをベッドに押し倒し、抱こうとしている。待ちきれなかった。爆発寸前だ。この熱くかぐわしい香りで、ゲオルグの不快な体臭やひどい息の匂い、湿った手でつかまれたときの感触を洗い流してほしい。悪夢を見たあとだけに、どうにかなりそうなほどヴァルを求めているものの……抵抗をやめられない。ぴりぴりとした欲望で全身の筋肉が震えている。

ヴァルは大きな体でタマラの動きを封じ、壁に押さえつけていた。「おれがほしいと言ってくれ」

一瞬ぽかんとして、タマラは目をすがめた。「なんですって？」

「おれがほしいと言ってくれ」ヴァルは繰り返した。「きみの心を読む自信がない」

タマラはつかまれた手首を引き放そうとした。「どういうわけで？」

ヴァルはいらだたしそうに言った。「きみがほしくてたまらないからだ」ヴァルの口から言葉がはじけた。「どうしてもほしい。だが、前にきみが言っていたようにはなりたくない。

どう言っていた？　おれの卑しい妄想をきみに投影する？」

タマラはヒステリックな笑い声をあげ、ヴァルの体で押さえつけられながらも、全身に力をこめた。「唐突に自信を失ったのはなぜ？」

薄暗い部屋のなかで、ヴァルは顔を引きつらせ、頑固なまでの自制心を表わした。「あいつのようになりたくないんだ」はっきりと言う。

タマラは驚いて息を呑んだ。あまりに突飛な考えで、すぐには意味をつかめなかったほどだ。「あいつ？　ゲオルグのこと？　まさか！」声がかすれていた。「似ても似つかない！まるっきり！」タマラは言葉を強調するようにヴァルの胸を叩いた。「正反対よ！」

ヴァルは口もとをほころばせた。「なら、よかった。勇気づけられたよ」

腹の底からうなり声をあげて、タマラは身を乗りだし、ヴァルの首に歯をたて、痛みを与えるつもりで嚙みついた。「やめてよ、ヴァル」歯を離したあと、吐きだすように言った。「甘い言葉なんていらない。いまこの瞬間には。野蛮な征服者はどこに行ったの？　そんなふうにくだらないことを言いつづけるなら、わたしがあなたを討伐しなきゃいけなくなるわ」

ヴァルは笑い声をあげた。自然にこぼれた明るい笑いだ。再びタマラを壁に押しつけたとき、漆喰の粉やはがれたペンキのかけらがタイルの床に落ちた。ヴァルはタマラのジャケットを肩から脱がせ、ブラウスのボタンに取りかかった。

タマラはヴァルを押しやり、ほんの数センチだけ退かせた。「ちょっと。着るものはこれしかないんだから、万が一にも破くようなことがあったら、神に誓って殺してやるわよ。たっぷり時間をかけて、苦しめながら」

ヴァルは握っていたこぶしをゆっくりと開き、シルクのブラウスから手を放したが、うしろには引かなかった。「脱げ」

言われたとおりにタマラがボタンをはずしたものの、そこまでがヴァルの我慢の限界だったようだ。ヴァルが袖をおろし、ブラウスを脱がせて放り投げた。

そして、乳房を見つめた。熱いまなざしをそそぎながら、指先でそっと乳首のまわりにゆるやかな円を描く。優しくゆるりとふれられたところが熱く輝くようで、神経のひとつひとつがヴァルを求めはじめる。もっとほしいと訴えている。乳首が疼いた。ヴァルは頭をかがめたとき、無精ひげの生えた頰や柔らかな唇が軽くふれただけで、タマラは息を吞んでいた。ヴァルは乳首を口に含み、舌で舐めまわした。そうしてタマラを上半身裸にして、震える体を壁に押さえつけたまま、タマラの緊張が解けて柔らかくなるまで乳房を愛しつづけた。

やがてヴァルはタマラを腕に抱きあげ、ベッドにおろした。ドアから差す淡い光を背に受けて、そびえ立つヴァルの広い肩がシルエットになっている。顔は影に隠れ、恐ろしげな雰囲気をかもしだしていた。ヴァルはタマラのブーツとスラックスを脱がせた。両方ともうしろに放る。ヴァルの服がそのあとに続いた。

ヴァルも裸だ。肌を重ねたとき、その体はたくましく、力強く、熱く感じられた。片方がからの手錠は不気味なアクセサリーのように手首からぶらさがり、ぎらりと光りながら揺れている。

タマラが力一杯押すことのできるもの。初めて出会った晩から、ヴァルはそれを差しだしてくれている。まさにタマラの求めるものだった。押して、押して、ついには壁を破り、しっかりとこの足で立てる場所に出ること。そこでなら、タマラの神経も恐慌を起こしたあげく炎上することはない。そこでなら、肩の力を抜いて、素直に感じることができる。

ヴァルがその望みを叶えてくれる。それだけの強さがある。度胸がある。

ヴァルはベッドに膝をつき、タマラの両脚を高く持ちあげ、自分の肩にかけた。腿の内側の敏感な肌に手を這わせる。のしかかるようにして秘所にふれたとき、そこはもうとろりと濡れていた。

しかし、ヴァルのもので楽に貫けるほどではなかった。

タマラは悲鳴をあげ、血が出るほど深くヴァルの胸を引っかいた。ヴァルはただ波打つベッドでバランスを取り、タマラを押さえつけて、じっと見おろしている。

「もう二度とあんなことをするな」ヴァルは言った。

タマラはヴァルを強く叩いた。「大きなペニスを持っているからって、わたしに命令する権利ができたと思わないで」言葉を吐き捨てるように言った。

ヴァルはタマラの両手をつかみ、それぞれを頭の外側に押さえつけた。「二度と……するな」しゃがれ声で繰り返し、言葉に合わせて腰を押しだし、ぐっと深く身を沈める。

タマラはもがき、身をよじり、太い竿をなかから締めつけた。「まだわからないの？　あするよりほかになかったのよ！」

そこで動きを止めて、ヴァルは痛いくらいに強くタマラの手を握り締めた。「わかるつもりはない」ヴァルは言った。「耐えられない。無理なことを望まないでくれ」

タマラはヴァルの腰に脚を巻きつけ、体の内側の小さな筋肉に精一杯の力をこめた。腰を浮かせ、奥までヴァルに満たされているという甘い感覚を味わった。「いまわたしが望んでいるのはこれだけよ」タマラは熱っぽい口調で言った。「いい加減に黙って、望みを叶えてちょうだい」

ヴァルはそのとおりにした。深く激しく貫かれるたびに、タマラは快感に揺さぶられ、求めてやまないあの場所に近づいていった。ひと突きごとに、熱くとろけ、より強くその次を求めるようになっていく。肌を舐めるような炎、耐えられないほどの愛しさをもっと感じたい。まばゆく輝き、胸をえぐるような喜びをもっと与えてほしい。

ベッドはギシギシと軋んでいた。ヴァルは息をはずませている。タマラも息が苦しく、しきりに喘いでいた。しかし、開いたままのドアの外では、どしゃ降りの雨と遠い雷、木々の葉を揺らす風が広大で分厚い音の壁を作っているので、ふたりのたてる音など小さなものだった。冷たい風に乗って、雨の甘い香りが漂ってくる。ふたりの体は絡み合い、その真ん中で、ひとつに溶けた感覚の核を抱きしめていた。

それがぱっと花開いた。どくどくと脈打ちながら全身をとろけさせるようなその甘い感覚は、いつまでもいつまでも続いた。タマラは無限の領域を漂っていた。このうえない喜びに満たされて。

ヴァルは時間をかけてそのあとに続き、タマラの髪をひと房握って、深くうなだれた。絶頂を迎えた瞬間、激しく身を震わせる。最後に一度、強く腰を突きだした。

そのあとしばらく、ふたりは汗ばんだ体をぐったりと横たえていた。部屋は寒かったけれども、絡み合った体は互いを包みこむような熱を発している。青く淡い光のなかで、ふたりは苦痛と混乱と危険に満ちた外の世界から切り離され、形のない雲のように横たわっていた。できることならずっとこのままでいたかった。儚い泡のような静寂を打ち破りたくない。でも、やるしかなかった。

タマラはヴァルの顔をこちらに向けさせ、あごをあげさせて、目を見られるようにした。知っておいてもらわなければならないことがある。

「ゲオルグとヤらなかった」タマラは言った。「しようとしたのは確かだけれども、実際にはヤらなかった。それはわかっているでしょう？」

ヴァルはうなずいた。「ああ、わかってる」

「なんにせよ、できなかったのよ。見物人がいなければだめだって。そういう性癖らしいわ」

「知ってる。ヘーゲルに聞かされた」ヴァルは言った。

「カートから受け継いだものね」タマラは言った。「カートはそういうのが好きだった。なら、ゲオルグが同じことに執着するのは当然だわ。ゲオルグにとって、カートは神にも等しい存在だったから。ゲオルグが本当に求めているのは、そう、カートなんじゃないかと思う。真似ることで……近づこうとしているのよ」

ヴァルはたじろぎ、タマラの腕のなかから体を離した。「頼む、もうそれ以上聞きたくない。おれには耐えられない」

タマラはなぜかその言葉にかっとなった。「どうして？　受け止められない？　わたしに愛想が尽きた？」

　ヴァルはぐるりと首をめぐらせた。「うるさい」声を荒らげる。

　激しい口ぶりに不意をつかれた。タマラは体を丸め、両腕で膝を抱えた。「わかったわ」ぼんやりと言った。「なら、おしゃべりはもうおしまい」

　ヴァルはタマラの両肩をつかみ、一瞬がくがくと揺さぶった。

「誰かがきみを傷つけたと考えるのが耐えられないんだ」ヴァルは言った。「現在だろうが、過去だろうが、未来だろうが。タマル、きみにとってはそれがそんなに腹立たしいことか？」異議があるなら言ってみろとばかりに、視線でタマラの目を穿つ。

　タマラは息を呑み、気持ちを和らげた。「あの、わかったわ」咳払いをして、ぱっと頭に浮かんだことをそのまま口に出した。「ヴァル？　その手錠をはずせないの？　なんだか気になるのよ。社会の窓を開けて歩きまわっているのを見るような感じで」

　ヴァルはいらだちの声をあげて起きあがり、薄闇のなかをはだしで歩いて、床に脱ぎ捨てたジャケットのなかを探った。煙草の箱より小さな道具箱をポケットから取りだした。小さな道具がいっぱい入っている。

　ベッドに戻ってきて、そのわきにある蛍光灯のスイッチをつけ、ちらちらする明かりのなかで、眉間にしわをよせて鍵を開けはじめた。

　タマラはヴァルにすりよって、たくましい太腿の曲線を指でなぞった。ほんの一分程度でヴァルは鍵をはずし、手錠を開いて身を乗りだすと、ヘッドボードについている鋳鉄製の輪にカシャンと引っかけた。

「〝嘆きの聖母〟の下に手錠だなんて、なんだか悪趣味ね」タマラは言った。「冒瀆《とく》しているみたい」

ヴァルは電気を消した。闇がずっと深くなったように感じられる。「おれはふさわしいと思うね」ヴァルは言った。「現状を考えれば」

その話はしたくなかった。タマラはベッドからおりて——凍りついた。熱い精液がとろりと腿に伝っていた。

衝撃に打ちひしがれた。「わたしたち……」タマラの声はしぼむように途切れた。

ヴァルの黒い目には謝意も驚きの表情もなかった。「ああ」そっけなく言う。「避妊しなかった」

タマラは腹に手を当てて、彫像のように立ちつくした。言えることは何もない。ヴァルの押しが強かったとはいえ、責めることはできない。不注意だったのはお互いさまで、ふたりともそれをよくわかっていた。もしヴァルが襲ってこなければ、タマラのほうが飛びかかっていただろう。わが身を守ろうなどとは考えもせずに。

恐怖が冷たい風みたいに全身をめぐり、手足から力が抜けた。ふいに闇が濃度を増し、ドアから渦を巻くように入ってくる空気は、汗で冷えた肌により冷たく感じられるようになった。

怖くてたまらない。

「危険な時期か？」ヴァルは強いて平静を装ったような声で尋ねた。

タマラは咳払いをした。「わかるわけないでしょう？　ここにいるのはわたしよ、ヴァル。

タマラ。月経の周期を気にするような女に見える？　わたしにひとつでも規則正しいところがあると思う？　現実を見て」

　ヴァルは胸を揺らして乾いた笑いを漏らした。「そうか《シ》？　規則正しい女っていうのはどんなふうに見えるんだ？」

　タマラは肩をすくめた。「わたしみたいじゃないのは確かね」小さくつぶやいた。「わたしは食事さえまともにとらないんだから。数カ月も生理が来ないことだってある。どこをとってもふつうじゃないのよ」

「ああ、それはよくわかる」ヴァルは遠慮なく同意した。

　タマラはヴァルに冷ややかな視線を投げつけて、バスルームに急いだ。

　ビデの水は氷のように冷たく、石鹸さえなかったものの、それでもかまわなかった。無駄だとわかっていたけれども、タマラは冷たさであそこがひりひりするまで洗った。それから、ほころびだらけのタオルを巻きつけた。バスルームから出たとき、ヴァルは先ほどと同じ格好で横たわっていた。

「ひとつ約束してくれ」ヴァルが言った。

「わたしはどんな約束もしないわ」タマラは言った。「誰にも」

「脅してでも約束させるぞ」ヴァルの声がこわばった。

「好きにすればいいわ」タマラは答えた。「ご自由にどうぞ。そうしたところで、事実は変わらないけれども」

　しかし、ヴァルは引かなかった。「あんなことは二度とするな、タマル」

「あんなことって？」タマラはあえて軽い調子で尋ねた。「最近は許されないことばかりしているの。はっきり言ってちょうだい」

「体を取り引きの材料にするな」

怒りがマグマのように湧きあがった。なんて言い草だろう。ヴァルなら誰にも増して理解できるはずなのに。「これまでに一度でもわたしが望んでそうしたと思うの？」タマラはまじまじとヴァルを見て、声を荒らげた。「あなたは望んでしたことがあるっていうの？　何が言いたいのよ？　この世のすべての男たちの欲望と残忍な気質から守ってくれるとでも？たった十分だけ命をつなぐために、体を差しださなきゃならないこともあるのよ。たとえば今日みたいに。二度とそういうことが起こらないと確信できるとでも思うの？　馬鹿を言わないで！　腹がたつわ！」

「いいから……約束するんだ」ヴァルはひとことずつゆっくりと言葉を吐きだした。

「いやよ」タマラは言った。

ヴァルはタマラの体からタオルをはぎ取った。ペニスが長く伸びている。暗い部屋のなかでヴァルの目だけがぎらぎらと光っていた。ああ、なんてこと。この大きなペニスがあれば、どんなことでも思いのままだと示すかのようだ。

タマラは歯を食いしばった。「あなたに嘘をつきたくない」

「嘘をつけとは言っていない」ヴァルの声には強い感情がこもっていた。「事実を変えてくれと頼んでいる」

涙とも笑いともつかないもので体が小さく揺れた。「へえ？　簡単に言ってくれるのね。

事実は事実よ、ヴァル。変えることはできない。思いどおりに操ることはできない。悪運というものに底はないのよ。それを認めれば、人は強くなれる。そうすれば、生き抜けるかもしれない。それ以上のことは望めないわ」

「おれはきみの強さが好きだ」ヴァルは抑えた口調で言った。「きみの強さにそそられる。しかし、残酷な仕打ちには付き合いきれない」

タマラは首を振った。「嘘をつくのは簡単よ」どうあがいても声が震えてしまう。「こんなふうに言ってもよかったのよ。『わかったわ、約束ね。ヴァル、わたしはいままでどんな男にも与えたことのなかったものを捧げているのよ。石頭のあなたにはわかってもらえないようだけど、誰かに差しだすなんて想像もしなかったものを贈ろうとしているの。それを残酷な仕打ちだと言われるなんてね」

タマラはきびすを返そうとしたが、その前に腰をつかまれ、引きよせられた。ヴァルはタマラの股間に顔をつけた。熱い唇でむさぼるようにクリトリスをとらえ、舌を力強く突きだして、タマラを溶かそうとする。

びくっと体が引きつり、膝から力が抜けるほどの快感が走ったけれども、いまのタマラはぴりぴりとして、感情に揺さぶられていたため、とうてい耐えられなかった。ヴァルの顔をはたいた。「やめて」

部屋はもう闇に包まれていて、ヴァルの表情を読むことはできなかった。「きみのノーは口だけだ」ヴァルの声は低く、シルクみたいになめらかだ。タマラのことはわかっていると言いたげな口調だった。不思議な力に満ちていた。

タマラは自信たっぷりの声に身を震わせた。「勘違いよ。放して」

「いやだね」ヴァルはタマラをベッドに押し倒し、片腕をヘッドボードのほうにあげさせた。気づいたときには手遅れだった。抵抗する間もなく、手首にカシャリと手錠をつけられていた。タマラはのたうち、自由なほうの手を振りまわしたけれども、ヴァルはベッドの下のほうにさがって、タマラの体を引っぱり、ぴんと伸ばしてしまった。タマラにふれられるのはヴァルの髪だけだ。ひと握りつかんで、ぐっと引いたものの、ヴァルはびくともしなかった。

ヴァルはタマラに口をつけ、すがるように唇で愛しはじめた。吸いつき、しゃぶり、舐めて、どうしようもなくタマラをとろけさせる。体を震わせ、身悶えするしかなかった。すすり泣いたり哀願したりしないようにこらえるので精一杯だ。

ひねくれた意味で、手錠が役にたった。ガチャガチャと鳴らして引っぱっても、手首に食いこんで痛くても、そこが拠りどころになった。そこにしがみついていれば、あとは自由に……感じることができた。

タマラは本気で感じていた。こんなのは初めてだ。これまでいつも、クンニリングスをしたがる愛人たちに対しては、そうされるのが好きだというふりをしなければならなかった。しかし、タマラにとってはあまりに親密で、みずからをあらわにするような行為だ。演技も楽ではなかった。

いまは演技などしていない。ヴァルの舌がクリトリスの上をひらひらと舞い、ひだを開き、その奥に押し入ってくるのに合わせて、自然と腰をくねらせていた。ヴァルはタマラの性感帯を探りだし、そこを攻めたてている。

いつしか、時間の枠を超えていた。タマラは飛び散った。何度も何度ものぼりつめ、気づくともがくのをやめて、ぐったりと横たわり、汗に濡れた体を小さく震わせていた。

ヴァルはベッドわきのちかちかするランプをつけて、手錠をはずしてから、赤くなった手首を撫でさすり、キスをした。

タマラは目の高さで揺れている大きなペニスをちらりと見て、咳払いをした。「ええと、それをどうにかするつもりはあるの？」

「きみが望むなら」ヴァルは押し殺した声で言った。「いやだと言われつづけるのにうんざりしてきた」

「今度は聞かなくてすむわよ」タマラは片手でペニスを撫で、もう片方の手で睾丸を包み、指先でそっとくすぐった。ヴァルを引きよせ、脚のあいだに導いた。腰を押しだし、くねらせて、なかにいざなった。

奥まで貫かれたとき、しっくりと溶け合うような感覚に涙がにじんだ。ふたりは軋むベッドでゆるりと腰を振り、互いにしがみつき、吐息を漏らして、穏やかにうねる波に乗っていた。あせることなく。ただただ喜びを感じていた。申し分ない。ヴァルは完璧だった。

もしこれほど疲れていなければ、タマラは怖気づいていただろう。

ふたりとも疲れすぎて動けなくなったとき、ヴァルはじっとタマラの顔を見おろした。この暗闇のなかでもちゃんと見えるようだ。「いつか、きみは約束する」

タマラはヴァルの頬に両手を置き、角張った輪郭をなぞった。無精ひげが少しだけちくちくする。「嘘の約束はしない」穏やかな声で言った。「あなたにはね、ヴァル」

ヴァルは横を向いて、あの柔らかく温かな唇でタマラの手のひらにキスをした。「いいや」かたくなに言い張る。「本物の約束だ」

タマラは首を振った。「あなた、どうしようもないロマンティストだわ、ヴァル。わかってる?」

「まあな」ヴァルは言った。「きみに出会ってから、そうなったんだ」

「こう言うのは心苦しいけれども、わたしはこの地上の誰よりもロマンティックなものと無縁の人間なの」タマラは言った。「だからといって、気にかけないわけじゃない。気にかけているからこそ、ああしたのよ。あなたにわかってもらえればよかったけれども」

「わかっているとも」ヴァルはタマラの手を取って、頬にすりつけた。「だが、拒否する。おれの愛する女にそんなことはさせられない。おれのためにも。異論は受けつけない」

愛。信じがたい恐怖でぞくぞくした。それと同時に、甘く危険で、名づけようのない何かが木の葉を揺らす風のように全身をざわめかせていった。

タマラは本能的にその感覚を押しのけた。「強くなりなさいよ、ヴァル」

「その話はもうやめてくれ」ヴァルはうなるように言った。「いまさらどうしようもない。ありがたいことに、取り返しはつかないのだから」

「そんなことはないわ」タマラはきびきびと言った。「ゲオルグから見れば、あなたが押し入ってきて、わたしをさらったのよ。わたしから接触して、あいつの虚栄心をくすぐってやれば――」

「だめだ!」

タマラはため息をついた。「ねえ、ヴァル、イムレを助けたくないの?」

「話を置き換えるな。とにかくその考えには耐えられない。後生だから、おれにきみを守らせてくれ。頼むよ」

タマラは虚をつかれ、心を動かされていた。「守ってもらう必要はないわ」それでも言い返した。

「もちろんそうだろうとも」ヴァルはうんざりとした口調で言った。「必要かどうかなんてどうでもいいんだ。どちらにせよ、おれはきみを守りたい」

タマラは首を振った。

ヴァルはまたタマラの肩をつかみ、ぎゅっと握って、揺さぶった。「愛しのタマラ」疲れきった声で言う。「もし誰かに守りたいと言われたなら、おれはその人の顔につばを吐きつけたりしない。小躍りするね。それどころか……感動するかもしれない」

「わたしたちのあいだで感動なんて言葉が出るなんて思わなかったわ」タマラはつぶやき、暗闇のなかでほほ笑んだ。「あなたは守ってもらう必要があるのかしら、ヴァル?」

「いいや。だが、それだけ誰かに気にかけてもらえるのは嬉しいものだよ」

タマラはヴァルの肩に顔をつけて、肌を舐め、乾いた汗の塩気を味わった。温かさと力強さにほっとする。タマラは息を吸いこみ、そのとき、胸がこわばっていないことに気づいた。深く息を吸っていた。ごく自然に息ができている。

ヴァルが言ったことは本当だ。タマラのような女を守ろうとするのは、悲劇的なくらい虚しいことだろう。

でも、たしかに、ヴァルがそうして気にかけてくれるのは嬉しかった。

いきなり天井の電気がついた。ヴァルもタマラもぱっと起きあがった。タマラはバッグに飛びつき、銃を……。

ああ、心配はいらなかった。セニョーラ・コンチェッタがスイッチに手を置いたまま、目を丸くしていた。十字を切っている。

タマラは床に落ちていたタオルをつかみ、体に巻きつけた。ヴァルには身を覆うものが何もなかった。立ちあがり、ズボンを拾って穿きはじめる。物憂げに、慌てることなく。

セニョーラはヴァルの体をまじまじと見て、咳払いをした。痰が絡んだような音だ。顔つきはややこわばっていたものの、笑みをこらえているようにも見えた。

「すみません《スクサテミ》ね。夕食がほしいって話だったから」おずおずと言う。

「そのとおりだよ」ヴァルは穏やかに応えた。「さっきよりさらに腹ペコだ」

善良なこの女性は、ワインとパンとチーズでいいというヴァルの言葉を挑戦と受け取り、食べ物攻めにすべしととらえたらしい。攻撃は自家製ワインの瓶と厚い陶器のカップふたつから始まった。お次は皮のぱりっとしたパンとひとかたまりのチーズ。表面は枯れ葉で包んであったかのような緑色で、なかみはとろりとして黄色がかったクリーム色、強烈な山羊の匂いがするチーズだ。それから手作りのサラミ一本が続く。

「チンジアーレ」セニョーラは自慢気に言った。「猪《いのしし》だよ。あたしの息子が仕留めたんだ」

そして、入り口の外に戻って腰をかがめる。そこでようやく、タマラとヴァルはセニョーラが大きな手押し車で食事を運んできたことに気づいた。セニョーラは陶器の壺《つぼ》を運びはじめた。それぞれがふきんでうまくくるんであり、温かい焼き物や煮込み料理の香りをさせている。

セニョーラは傾いたテーブルに食べ物を並べ、また外に出た。再び現われたときには、ビネガーとオイルとニンニクで漬けた野菜の壺をいくつも抱えていた。ドライトマト、ナス、唐辛子、オリーブ。摘みたてのオレンジのかごが続いたときには、タマラもヴァルもまさに心づくしの品だと思ったが、セニョーラはさらにポケットのエプロンに手を入れ、コルク栓がされた細い瓶を取りだした。淡い黄色の液体が入っている。

「リモンチェッロ」セニョーラは誇らしげに告げた。「あたしのレモンで作ったリキュールだ。おいしいよ」

ヴァルはセニョーラの手を取り、その甲に熱っぽくキスをした。ありがたいことに、鶏の血はもうついていない。

「セニョーラ、あなたは神から遣わされた天使だ」ヴァルは言った。「心より感謝を」

作り笑いを浮かべて、セニョーラは手を引き抜き、惚れ惚れとした目つきでヴァルの裸の胸と半分までジッパーのあがったズボンをとっくりと見つめた。「このくらいは必要だろうからね。たんと召しあがれ《ボナペティート》」

「ああ、ありがとう」ヴァルは心のこもった口調で言った。

セニョーラはタマラを見て顔をしかめ、腕をつねった。「あたしの煮込み料理《ブラチオラ》を食べなさい」諭すように言う。「痩せすぎだよ。それじゃあそこの彼に押しつぶされちまう」

セニョーラが出ていったあと、ふたりは食べ物でいっぱいのテーブルの両はしに陣取り、白蟻に食われた椅子におそるおそる腰かけて、ごちそうに取りかかった。

驚いたことに、この食事はタマラの胃にすんなり収まりつづけた。いくら食べても満杯にならないかのようだ。ものを食べたり、食べようとしたときのいつもの感覚とはまったく違う――食べようにも、喉にぴっちりとふたをされているみたいで、何も通らないように感じるのが常なのに。

今夜は違った。ふたは開き、いくらでも入っていく。

それに、いつもなら味の強いものは受けつけない。それが今夜は妙においしかった。タマラはふだんどうにか口にする量の三倍は食べた。ヴァルのほうはふだんの十倍は食べているようだ。

ようやく満腹になって、食べるのをやめたあと、タマラは椅子の背にもたれ、ヴァルが食べて食べて食べつづけるのを驚異の目でながめた。

「ねえ、あなた、命に関わるものを食べているのよ」タマラはヴァルに告げた。ヴァルはドライトマトと猪のサラミ、チーズ、真っ赤な唐辛子を重ね、オイルの滴るパンにのせている。

「サルモネラ菌、ボツリヌス菌、そのほかにも致命的なバクテリアの名前を十はあげられるわ」

「教えてくれなくていい」ヴァルは白い歯でパンにかぶりつき、目を閉じて、おいしそうに噛みしめた。「だいたい、二十種類もの毒を美しいジェエリーにつめて持ち歩いている女性が言うことかい？」

タマラはオレンジを取って皮をむきはじめた。果物なら、だいたい無菌だろう。「それとこれとはべつよ。わたしが扱っているのは、マサチューセッツ工科大やスタンフォード大で学位を取った人間が厳重に管理された研究所で合成したものですもの」

ヴァルはまたパンをひと切れちぎって、恐れることなく具を盛りはじめた。「だが、味はうまくない」そう指摘する。

タマラはオレンジを口に入れた。甘酸っぱい味がはじけ、思わず息を呑んだ。「鶏の血だけでも、命を奪うに充分よ」警告の口調で言った。

ヴァルはスパイスのきいたトマトソースの壺のなかにフォークを入れ、香りのいいチーズ、パセリ、ニンニクを肉で巻いたものを突き刺した。物怖《ものお》じせずに噛みながら、誘いかけるように目をきらめかせて、タマラの顔を見つめる。

「それだけのニンニクを食べたあとでわたしにキスしようだなんて、ちらりとでも考えないでよ」タマラは戒めた。

「おれを拒めるなんてちらりとでも考えるなよ」ヴァルは何食わぬ顔で言い返した。「おれはきみよりガタイがいい。動きも速い」

「でも、わたしのほうが裏切り行為は得意よ」タマラはからかうように言った。

ヴァルの顔から笑みが消えた。手に持った食べ物を見つめ、それをどうしたらいいのか忘れたという表情を見せる。「それを試してみたいとは思わないね」

タマラはつかの間の軽妙なやりとりが終わってしまったことを惜しんだ。一緒に笑ったり、ジョークを言ったり、小突きまわしても懲りずに戻ってきてくれたりする男は、タマラの人生ではめったに現われない。こうして楽しいひとときを過ごせるなんて、珍しいことなのに。いかにもわたしらしい。うっかり何かをつぶしてしまうことは大の得意。そう、概して、どんなものもつぶしてしまう。ふいにそういう自分が憎くてたまらなくなった。「あなたのことは、できるだけ裏切らないようにする」タマラは言った。軽い雰囲気を取り戻そうという下手な試みだ。

「おれもだ」ヴァルは静かな口調で応じた。「誓うよ」

オレンジはおいしかったけれども、ほとんど食べないうちに食欲を失ってしまった。タマラはオレンジを差しだした。「これでニンニクの匂いを消せるわよ。そうしたら、ベッドに戻りましょう」

これは効いた。男はいつだってセックスに動かされる。ヴァルの顔が輝いた。

ヴァルはオレンジをたいらげ、ズボンを脱いで、すでに勃起しているものをあらわにしてから、シーツに滑りこんだ。ブランケットを持ちあげて、タマラを誘う。犬みたいに従順で、読みやすい男の行動が、なぜか今夜はいつもより気に障らなかった。タマラはブランケットのなかにもぐりこみ、熱い体によりそった。

もちろん、ヴァルはやる気満々だったが、タマラは不思議と気分がほぐれていて、ヴァルがのしかかってきたときでさえ、嫌味のひとつも言う気になれなかった。

先ほどの余韻でまだとろりと濡れていて、体は感じやすくなったままだ。ヴァルは大きなものをゆっくりと押し入れてきた。タマラはヴァルの肩に腕をまわし、身をよじって、完璧な角度を探した。

「もう二度となかでイかないで」険しい口調で言った。

「イかなくてもかまわないんだ」ヴァルは安心させるように言った。「もう何度もイッたからね」

タマラは疑わしそうな声をたてた。ヴァルは両手でタマラの頬を包み、じっと目をのぞきこんだ。「信じてくれ。お願いだ」

意地の悪い返答が唇からこぼれかけたけれども、どうにかそれを押しとどめた。ヴァルの目つきや言葉に真摯な思いが表われていたからだ。

からかったり、騙そうとしたりしているのではない。ヴァルのどこか深くから立ちのぼってきた懇願だった。セックスの枠さえ超えている。

タマラはごくりとつばを飲んで、馬鹿を見るのではないかという強い恐怖を押しこめた。賭けてみることはできる。たぶん、この一度だけなら。

「わたしなりに……努力はする」タマラは口ごもりながら言った。

ヴァルは頭をかがめ、うやうやしくひたいにキスをした。

「ありがとう」ヴァルは言った。「おれはきみの信頼にそむかないように努力する」

これ以上は耐えられなかった。「芝居がかった真似はやめて」タマラはぴしゃりと言った。

「わたしを相手にお涙ちょうだいを演じないでよ、ヴァル。付き合いきれないわ」

ヴァルは息が止まるほど強くタマラを抱きしめ、その熱い抱擁で、言葉を使わず、かつ雄弁に気持ちを表わし……そして、完璧に満足させてくれた。

アンドラーシュはサンタ・メディチ病院の暗い廊下をのんびりと歩いていた。ここの警備はまるでざるだ。都合よく開けっ放しになっていたドアからなかに入れた。ひと気のない廊下や階段をうろつき、いまのところまだ誰も殺さずにすんでいる。理不尽な時間に勤務中の医師や看護師たちは、どこかほかのところにつめているのだろう。ナースステーションでおしゃべりしているのか、空きベッドで仮眠を取っているのか。大きな幽霊のようにさまようアンドラーシュに気づく者はいなかった。

午後のうちに花を送っておいたため、行き先は正確にわかっている。ひょろりとした若者に花の配達を頼み、病室の番号を確認させたのだ。ああ、あった。カラーとゴクラクチョウカの大きな花束。看護師はそれをほかの花と一緒にして、廊下のはしに立つセラミックの聖母像の足もとに飾っていた。暗闇のなか、電気の通った聖母の冠が不気味に光っている。

渋い表情をした老人がパジャマと緑色のローブ姿で病室の外に座っていた。腕に点滴をつけ、そのラックを手に握っている。同室の患者のうめき声か腸の張りにうんざりして出てきたのは間違いない。老人は曇った目でこちらを見た。目撃者。気の毒に。アンドラーシュは病室の番号を覚えておいた。老人にとっては運が悪かったが、どう見てももう八十過ぎで、人生を謳歌《おうか》しているとは言えない。へーゲルを片づけたあと、数分ほど鼻をふさいでやるのはむしろ親切というものかもしれない。

へーゲルの部屋も個室ではないとわかって、アンドラーシュはいらだった。今夜は大殺戮《だいさつりく》をするつもりはない。とりあえず、同室の男は眠っていた。痩せ細り、鶏のような首をして、口をぽっかりと開け、歯がないところを見せている灰色の生き物だ。

ヘーゲルも目を閉じていた。頭には包帯が巻かれて、片腕はギプスで固められている。アンドラーシュはまず、ビニールのコードの先にぶらさがっているナースコールのボタンを取って、ベッドわきにあった点滴のラックの上に引っかけた。ヘーゲルに届かないようにするためだ。それから椅子を引いて、腰をおろした。

椅子が床をこする音で、ヘーゲルはぱっと目を開き、誰が座っているのかを見てたちまちに警戒の表情を浮かべた。アンドラーシュはあらかじめ用意しておいたゴムのボールをヘーゲルの口につっこんだ。そのうえで、同じくゴムの猿ぐつわを顔に巻きつけてボールを押さえ、頭のうしろで結んだ。ギプスがはまっていないほうの手をつかみ、金属のベッドの枠にケーブルで巻きつけ、血液の循環が止まるくらいにきつく縛った。

それから、ヘーゲルの喉に手を置き、容赦なく圧力をかけた。「訊きたいことがある」アンドラーシュは言った。「はじめは、数分間おまえの肌を切り刻むか焼くかしてから、おれの方針を示そうと思っていたが、いまのおまえは痛み止めを大量に投与されているだろう。それじゃあ、おれの腕が無駄になる。それでも、たとえば、こういうものでおまえの目玉を突き刺すことはできる」ぎらりと光る長い針を掲げた。「あるいは、どちらかの耳をこいつでそいでやってもいい」二枚刃のポケットナイフのうち、ノコギリ状のほうの歯を見せた。

ヘーゲルは目をひんむいた。喉をごぼごぼと鳴らす。

「もしくは、そこのところを飛ばして、タマラ・スティールとヴァル・ヤノシュの話をしてもらってもいい」アンドラーシュは問いかけるように言った。

ヘーゲルは必死にうなずいた。

「猿ぐつわを取ってやる」アンドラーシュは言った。「ささやき声より大きな声を出したら、もう一度黙らせ、耳をそいで、目をつぶす。わかったな？」

再び、ヘーゲルは熱心にうなずいた。アンドラーシュは手を伸ばし、ゴムの猿ぐつわをゆるめて、口のなかからボールを取りだし、シーツでよだれをぬぐってやった。

ヘーゲルは咳きこみ、目を見開いて同室の男を見た。えらの張ったあごは苦痛と恐怖の汗で光っている。

アンドラーシュはブリーフケースを開き、フェレンツと話したあとでヘーゲルのホテルの部屋から取ってきたノートパソコンを出した。スクリーンを開いて、ヘーゲルの胸に置き、ベッドにつないであった腕の止血帯をはずした。「まずは、パスワードだ」

細かに震えるずんぐりとした指が一連の文字や数字、記号を打ちこむ。アンドラーシュはそれを注意深く見つめ、パスワードを記憶した。

「次は、おまえがどうやってヤノシュとスティールを監視していたのか教えてもらおうか」

ヘーゲルが咳払いをした。「ヤノシュの体には無線発信器が埋めこまれている」くぐもったかすれ声で言う。「本人は知らない」

アンドラーシュは忍び笑いを漏らした。「見さげ果てたやつだな、ヘーゲル。そりゃあ詐欺だ。周波数と追跡プログラムの操作方法を教えろ」

ヘーゲルはつばを飲み、唇を舐めた。「だが、おれには――」

すぐさまボールを口のなかに戻し、ヘーゲルの歯が唇に食いこむように、大きな手で押さえつけた。「おれに逆らうような言葉は二度と聞きたくない」アンドラーシュは言った。「最初は目玉。次が耳だ。ラクスのクソ野郎にそこまで義理立てするのか?」

ヘーゲルはぎゅっと目を閉じて、首を横に振った。

アンドラーシュは口から手を放した。ヘーゲルは舌でボールを押しだし、ひとしきり咳きこんだ。アンドラーシュはノートパソコンを指差した。「すべて話してもらおう」穏やかに言った。

技術的な情報をすべて聞きだすのに二十分かかった。発信器の周波数、プログラムの操作方法、保存された記録の引きだし方、リアルタイムでの監視の仕方。しかし、似たような器機を何度も扱ったことのあるアンドラーシュにとっては、比較的簡単だった。

スクリーンを見つめ、ヤノシュが今夜潜んでいる場所を記憶に入れた。山のなかの辺鄙《へんぴ》なところで、海岸沿いのハイウェイから数キロ離れている。そこなら安全だと思っているのだろう。アンドラーシュは自分に力があるという感覚を楽しんだ。

けっこう。たいへんけっこうだ。やりがいが感じられないほど簡単な仕事になりそうだ。アンドラーシュはわずかに楽しみを奪われたような気持ちで、胸につぶやいた。だが、やりがいよりもスピードが重要だ。仕事は早くすませたほうが高い評価を得られる。そして、ここでの仕事はもう終わりだ。

ノートパソコンを取りあげ、ブリーフケースにしまって立ちあがった。ヘーゲルを見おろし、こいつを殺さないでおくべき理由がひとつでもあるだろうかと考えた。ヘーゲルはアンドラーシュの目に死を見て、それをかわすように手を払った。アンドラーシュがこれまで何度も見てきた典型的なしぐさだ。

「話はまだある」ヘーゲルが慌てて言った。

アンドラーシュはポケットのなかでナイフを弄んだ。「まだある？　どんな話だ？」

「殺さないでくれ。ここからおれを連れだして、ゲオルグから守ってくれたら、すべてを話す——」

「おれと取り引きしようとするな」アンドラーシュは言った。「知っていることをいますぐすべて話すか、一物をちょん切られてそいつで窒息させられるかどちらかだ。何を知っている？」

ヘーゲルは繰り返しつばを飲んだ。「子どもだ」しゃがれた声で言う。

アンドラーシュは眉をひそめて見おろした。「子ども？」

「子どもがいるんだよ、スティールには。養子だ。三歳の女の子」

顔に笑みが広がった。こいつはいい。パパ・ノヴァクは大喜びするだろう。「どこにいる？」

「正確には知らない。三日前、シアトル・タコマ空港の保安用カメラに映っていた。あの女とガキの居所をつかむため、おれの部下にヤノシュをつけさせていたんだ。ヤノシュは部下たちを殺し、スティールとガキを連れて空港を離れたが、おれの知る限り、ポートランド発の飛行機に乗ったのはヤノシュとスティールだけだ。シアトル・タコマ空港とポートランド空港のあいだのどこかで、子どもを誰かに預けたんだろう。その間の発信器の位置情報は記録に残っているし、やつがタコマとシアトルの途中にあるリゾートホテルで一夜を過ごしたことはわかっている」ヘーゲルは勢いこんで話した。「ハクスリーという土地だ。ともかく、空港間のどこかでガキを誰かに預けたのは確かだが、それ以上のことは調べていない。ラクスがスティールひとりしか求めなかったからだ。ガキには興味も示さなかった」

アンドラーシュは椅子に座り直し、下唇を吸いこんだ。

「ええと、黒い巻き毛の女の子だ」ヘーゲルが言い足した。せっぱつまった口調は、切り札を使いつくした証拠だ。「年のわりには小さくて、痩せている。それから――」

プシュッ。サイレンサー付きのグロックがヘーゲルの眉間に穴をあけた。ヘーゲルはどさりと枕に頭をおろし、うつろな目で空《くう》を見つめる。

「礼を言うよ」アンドラーシュは穏やかな声でささやいた。

つかの間、自分の仕事ぶりを見つめた。ベッドにぐったりと横たわる死体には劇的な効果が足りない。少々の芸術性を加えるべきだろう。真の創造力を発揮するまでの時間はないが、パパ・ノヴァクはいつもアンドラーシュ独特の味つけを喜んでくれる。

血の染みがつかないようにジャケットを脱いで、道具箱を開き、小さなノコギリと工業用のしっかりとしたゴム手袋を取りだした。数分後、アンドラーシュはヘーゲルの頭に施した芸術的効果のほどにそれなりの満足感をおぼえていた。頭は血まみれの枕に休《やす》らい、切断された両手は祈りを捧げるようにあごの下で指を組んでいる。携帯電話で写真を撮り、暗号化して、ノヴァクに送信した。ボスには景気づけが必要だ。待たされると逆上しはじめる。

くぐもった音に振り返ると、同室の男が目を丸くしてアンドラーシュを見つめていた。

機械的に銃を掲げ、ひたいに狙いをつけたところで、男の歪んだ口としゃべろうと試みてはもごもごと喉を鳴らすようすに気づいた。卒中。アンドラーシュが子どものころ、祖父が同じような後遺症に苦しんでいた。よじれた顔、どうにもならないいらだちに対して、恐怖を感じながらも魅入られたことをいまでも覚えている。意思の疎通を図ろうと無駄な試みを繰り返すようすを。

懐かしいような気さえした。年老いた哀れなじいさん。

もう一発撃つ必要はないだろう。サイレンサー付きとはいえ、一発ごとにリスクは高まる。このじいさんがアンドラーシュの人相を誰かに伝えられることはない。アンドラーシュは拳銃をジャケットにしまって、老人のベッドにかがみこみ、笑みを浮かべて唇に人差し指を当てた。

「シーッ」アンドラーシュはささやいた。「誰にも言うなよ? おれたちだけの秘密だ」

男の目も口も広がりつづけていった。白目に浮かんだ赤い点がどんどん大きくなっていく。まぶたに血がにじんだ。みるみる溜まって、青白い頬に流れる。血の涙を流す奇跡の聖母像のようだった。アンドラーシュの目の前で、手の施しようのない卒中を起こしている。

アンドラーシュはこの皮肉に笑みを抑えられなかった。こういうめぐり合わせのときがあるものだ。死の大波に乗っている。心が躍った。

ああ、そうそう。思いだした。緑色のローブの男。細部まで怠らないこと。

アンドラーシュはそっと十四号室に入った。緑のローブの男も同室のふたりも眠っている。アンドラーシュはあいているベッドの枕を取って、男の顔に押しつけ、忍耐力を発揮して数を数えながら、記憶をたぐってシアトル地区のその道のプロをひとりずつ並べていった。タマラのガキの居所を捜しだし、ひそかにさらえる人間だ。ボスは絶対にガキをほしがる。甘やかされた子どもがオモチャやチョコレートをほしがるようなものだ。

やはり、ぐずぐずしている時間はない。

このプレゼントを運ぶのはアンドラーシュでなければならない。長年にわたって忠義を尽くしてきたのに、カートの死後、その後釜にアンドラーシュではなくゲオルグを選んだのは間違いだったとわからせるためにも。

無音のまましばらく過ぎたとき、ローブの男の脈拍は途絶えた。同室の病人たちふたりはまだ眠っていた。

アンドラーシュは銃の台尻に手をかけたまま、また影のようにするりと廊下に出た。運命に願う。ナースステーションから誰かが出てきて、何度も何度も撃つしかなくなるようにしてくれ。おれの通ったあとに死体の山を——うずたかくそびえる血まみれの死体の山を築けるように。

いったん波に乗ったら、けっして止まりたくない。

21

ハリー・ウェランにとっては、ストレスの多い一日だった。本日の〈ハクスリー・リゾート&スパ〉では二件の結婚式と晩餐会《ばんさんかい》が開催され、副支配人たるハリーも大忙しで、そのためぴりぴりしていた。だから、受付係のナンシーが、宿泊客について質問があるという警官の応対を頼んできたとき、ハリーはぶっきらぼうに応えた。

「客の個人情報は教えられないと伝えろ」ぴしゃりと言った。「セキュリティ上の方針だ、と。きみも知っているだろう」

「もちろんです。でも、しつこくて――」

「令状はあるのか？　令状を取ってこいと言えばいい」

「ハリー、そう言ったけど、聞いてくれないのよ。応対してもらえないかしら？　あなたの言うことなら聞くはずよ」

ハリーはうめいたが、大きな青い目をしたナンシーはとても愛らしく、豊かな胸は制服の緑色のベストを破らんばかりだった。ホテルマンとしてふさわしいかどうかはぎりぎりといった女性だ。じつのところ、職場の女とは付き合わないという自分のルールを曲げて、デートに誘おうかどうか真剣に考えている。ハリーは肩を怒らせ、フロントに向かって廊下を急いだ。

あごひげを生やしたたくましい男が待っていた。こちらに笑顔を向けてきたが、ハリーは笑みを返さなかった。時間を無駄にさせられているときには、愛想など振りまけない。「どんなご用件でしょう?」

男は手を差しだし、ハリーと握手をした。「FBIのレイモンド・クライヴです」男は言った。「あなたが支配人ですか、ミスター・ウェラン?」

名札を見ればわかるだろうに。ハリーは頭のなかでつぶやいた。「副支配人です」そう訂正した。

「内密に話をさせていただいても?」クライヴが尋ねた。

「はじめに申しあげておきますが、〈ハクスリー〉の基本方針として、顧客の情報は誰にも漏らさないと――」

「お願いしますよ、ミスター・ウェラン。内密にお話しできませんか?」男はカウンターに身を乗りだし、声を落とした。「人に聞かれてはまずい話なんです」

ハリーはため息をついた。よりによって今日話さなくてはならないことか? 六部屋ぶんの予約を取りすぎ、晩餐会のシェフが行方知れずで、客室の裏では下水道設備に厄介な問題が起こっている今日? 「こちらへどうぞ」ハリーはぞんざいな口ぶりで言った。

オフィスに戻り、自分は机のうしろに腰をおろして、クライヴに向かい側の席を示した。男はべつの椅子をつかみ、それを机のこちら側に引きずってきて、ハリーの隣に座った。膝がふれ合うほどの近さだ。ハリーはぎょっとして身を引いた。「ちょっと窮屈ではありませんか？」こわばった声で言った。「あちらの椅子にかけていただければ——」

「重大事件なんですよ、ミスター・ウェラン。時間との勝負です。幼い女の子の命が懸かっています。誘拐されたんです」クライヴが言った。「こういった状況では、ルールを曲げることも許されます——〈ハクスリー〉の基本方針でも」

「令状はあるんですか？　もしないなら、情報を漏らすことは——」

「取ってくることはできますが、それでは時間が無駄になる。子どもの誘拐事件では、一分一秒が貴重です」クライヴは言った。

いまだに副支配人でいることの唯一の利点は、責任転嫁が可能なところだ。支配人は煩わしく思うだろうが、ハリーはこういった責任を負うほどの給料をもらっていない。「上司と相談してみます」ハリーは言って、インターコムに手を伸ばした。「公開捜査ですか？　もしそれならまずは——」

驚いたことに、クライヴはさっとハリーの手をつかんだ。強く。指が軋むほどの力で。

「ちょっと待った、ミスター・ウェラン」クライヴは言った。「待つんだ」

ハリーは手を引き抜こうとしたが、太く毛深い指はますます力を強めた。ハリーは息を呑んだ。「あの、ええと……痛いんですが」

「そうだろうとも」ぐっと手を引かれたとき、ハリーのオフィスチェアは勢いよく前に飛びだした。クライヴの膝に膝がぶつかる。ハリーは青ざめた。クライヴに股間を握られていた。まるで握りつぶすように、力強く。想像したこともないレベルの痛みだった。玉が破裂してもおかしくない。

「声をあげたら、こいつをちぎり取る」男の黒いひげのなかで、白い歯が光った。「おれの見えるところに手を置いておけ」

男の手にナイフが現われた。黒っぽく、変わった形で、刃の根もとの部分がノコギリ状になっている。切っ先は鋭い。

「よく聞くんだ、ミスター・ウェラン」クライヴは穏やかな口調で言った。「すぐに態度を変えないなら、こいつでおまえのズボンを切り裂き、いまここで去勢するぞ。おれの腕前は外科医並みでな。しかるべき箇所にナイフを入れ、最低限の出血量で、おまえの睾丸を床に落とすことができる。シュッ、シュッ、ボトリだ。おれは現場を汚すのが嫌いでね」

「やめろ」ハリーは喘いだ。「やめてくれ」

「やめろ？　そうか。幸い、ほかの選択肢もある。〈ハクスリー〉の基本方針についてもう一度話し合おうじゃないか」

ハリーはぜいぜいと息をしながら男を見つめた。痛みで失神しそうだ。「ＦＢＩというのは嘘だな」

「おれが何者だろうとおまえには関係ない。大声は出すなよ、ミスター・ウェラン。勇気を持て」ナイフが睾丸のわきに食いこんだ。風船から空気が抜けるように、苦痛の声が喉から漏れた。「黒い巻き毛の三歳の女の子がおとといここで一日過ごした」クライヴは言葉を続けた。「その子が誰と一緒に帰ったか調べろ」

ハリーは息をしようとした。肺が広がらない。肋骨は凍りついている。溺れかかったみたいに、ハリーは机をつかんだ。「ぼくは――ぼくは――」

「考えるんだ、ミスター・ウェラン」クライヴは励ますように言った。「考えろ」

「お、おとといの午後、結婚式があった」言葉を押しだした。「大きなパーティで、泊まり客も大勢いた」

「なるほど。なら、客のリストから始めればいいだろう。さあ、パソコンのモニターを見て、手をマウスにのせるんだ。おとといの午後にチェックインした客を見せてくれ。赤ん坊や小さな子どもがどの部屋に泊まっていたか、すべて見せろ」

ハリーはデータをたちあげた。男がモニターをのぞきこんだとき、ナイフがさらに深く食いこんだ。ハリーは悲鳴を呑みこもうとした。

「うるさいぞ、ミスター・ウェラン」クライヴが上の空で言った。「ふむ。子連れは女が四人とカップルが六組か。このうち、あんたは誰か見かけたか？」

「い、いや」ハリーは喘いだ。「ぼくはフロントにはいなかった。受付業務はやらないんだ。ここにつめていた」

「そうか。あんたもツイてないな」ナイフが突き刺さる。「誰か見たやつはいないのか？少しのあいだこのナイフを離してやったら、あんたも部下に訊けるだろう？行儀よくできるだろうな、ミスター・ウェラン。当てにしていいよな？」

ハリーはがくがくとうなずいた。

「おかしな真似をしたら、後悔することになるぞ。おまえの部下も。わかるな？」

「ああ」ハリーは息を切らして言った。「ああ、わかった。部下のひとりを呼ぶ。放してくれ」

クライヴは手の力をゆるめた。安堵の涙がハリーの頬に流れ、鼻がつまった。ハリーはその両方をシャツの袖でぬぐい、あの日のフロントに誰がいたのか思いだそうとした。そう、ナンシーだ。内線のボタンを押した。「ナンシー？　ちょっとこっちに来てくれるかい？」ハリーの声は涙でかすれ、うわずっていた。

「わかったわ、ハリー。いまお客さまのお相手をしているから少しだけ待って」

果てなく思えた二分ののち、ナンシーは大きな目に戸惑いの表情を浮かべて現われた。机の下で、クライヴのナイフは股間のすぐ上に掲げられ、ハリーを脅しつづけている。「ナンシー、おとといの結婚パーティのことを覚えているね？」

「もちろんです」ナンシーは答えた。「ベッカ・キャトレルとニック・ワードの結婚パーティね。ねえ、ハリー？　大丈夫？　なんだかようすがへんよ」怪訝そうな目つきでひげの男をちらりと見た。

ナイフの先がまた玉に突き刺さった。ハリーは息を呑み、弱々しい笑みを顔に張りつけた。「大丈夫だ。少し頭痛がしてね。あのパーティの受付をしていたとき、三歳の女の子を見かけたかな？　黒い巻き毛の女の子だ」

ナンシーは顔をしかめた。「覚えていますとも。ホテル中に響き渡るような声で泣き叫んでいたんですもの。翌日の朝、食堂で。保育園で働いていたことがあるから、子どもの泣き声には慣れているけれども、あんなのは初めて聞いたわ。避妊って大切だと思わされたくらいよ」

「両親の名前を覚えているかい？」

ナンシーは考えこむように眉をひそめた。「母親と一緒だったのは覚えているけれども。トップモデルみたいにゴージャスな女性。わたしがチェックインを担当したんです。チャーリーもいたけれども、彼女、今日は病欠で。モデルみたいな母親はすてきな外国人男性と帰ったわ。だから、子どもが騒いでいたのよ。母親が自分を置いてけぼりにしてどこかに行かなければならなかったから」

「どの男だ？　名前は？」ハリーは拝むように尋ねた。

ナンシーは肩をすくめた。「さあ。あの人が自分の部屋を予約していたとは思えないわ。チェックインの手続きをしたなら、誰かが覚えているでしょうから。なんていうか、映画スターみたいにハンサムな男性だった。あのふたりが連れだなんて、現実とは思えなかったほど」

ハリーはうまい返答を考えられなかった。ナイフを押しつけられたところが焼けるように痛くて、吐き気をこらえるので精一杯だ。

クライヴが尋ねた。「それで、子どもと一緒に帰ったのは？」

ナンシーの顔がぱっと輝いた。「それならわかります。マクラウド家の男性のうちどなたかが連れて帰りました。名前を覚えているのは、同じ名前のかたが三人もいたから。フロントの女の子は皆、浮き足立っちゃって。三人とも思わず見惚《みと》れてしまうくらいすてきだったんです。兄弟だと思います。忘れようにも忘れられないわ」

「三人のうち誰だ？」ハリーは声を荒らげた。「くだらないことはいいから、誰が子どもを連れていったのか教えてくれ！」

ナンシーはハリーの語気に目をぱちくりさせた。「赤ちゃんを連れていたかたです」おずおずと答える。「三人のうちふたりには赤ちゃんがいたわ。とってもかわいかった。でも、どちらだったのかは覚えていないの。ねえ、鎮痛剤を持ってきましょうか？　それか、コーヒーは？　ちっとも大丈夫そうに見えないわ」

「いや、いいんだ」ハリーは言った。

クライヴがナイフを離した。ハリーにできるのは、この場で泣き崩れないように耐えることだけだった。「これでいいか？」哀願のまなざしでクライヴを見た。

男はにっこりとほほ笑み、うなずいた。「充分だ」

「手間を取らせたね、ナンシー」ハリーは言った。「もう戻っていい」

ナンシーは立ち去りかけたが、部屋から出る前にちらりと振り返り、心配そうな視線をよこした。「鎮痛剤がほしくなったら声をかけてくださいね」

ドアがカチリと閉まった。ハリーは声を押し殺して泣きはじめた。

「もう少しの辛抱だ、ミスター・ウェラン」クライヴが子どもをあやすように言った。「件のふたりの支払いの記録を調べて、クレジットカードの番号をプリントアウトしてくれ」

ハリーはどうにか命令をこなした。クライヴはその紙をポケットに突っこんでから、バトンガールのようにくるくるとナイフをまわして、刃をきらめかせた。「おかげで助かったよ、ミスター・ウェラン。よく役にたってくれた。しかし、万が一今日のことを誰かにしゃべりたくなったら……上司や警察、マクラウドに告げ口しようものなら——」

「しゃべらない」ハリーはわななく声で言った。「約束する」

「おまえの母親」クライヴは続けた。「あるいは、いまおまえを心配していたかわいい部下。おれはな、仲間たちと下調べをしてからここに来たんだ。たとえば、おまえの住所。おまえはタコマで母親と一緒にヴィクトリア様式の家で暮らしている。きれいな家だが、ああいう古い建物は火に弱い。家に帰ってみたら、母親が火事で焼け死んでいたなんてこともあるかもしれない。火災報知器の電池は切れやすいものだ。悲しいことだな?」

「約束する。ぼくは絶対に——」

「それに、看護婦ごっこが好きなかわいいナンシーもいる。優しい子だ。彼女の住まいは公園の向こう側のアパートメントで、部屋番号は八D。家にいるのは猫だけ。深夜、ひとり暮らしの若い女性が悲劇に見舞われるのはめずらしくない。恐ろしい世の中だ。おまえのせいで、そんな目にあわせたくないだろう?」

ハリーは首を横に振った。驚いたことに、いったん振りだすと止まらなかった。右に左に揺れつづけている。やめろ、やめろ、やめろ、と。

クライヴは笑みを浮かべてハリーの頭をつかみ、力ずくで動きを止めた。「それならば、問題ない。これで話はついたな」ごくふつうの話し合いを終えたとでもいうように、握手を求める。

ハリーはこの男の言いなりになっていることにぞっとしながらも、気づくと震える手を伸ばし、握手に応じていた。クライヴは手を取り、あの馬鹿力でまた痛いくらいに強く握り締めた。ハリーは身を縮め、鞭で打たれた犬のような声を漏らした。

「ごきげんよう、ミスター・ウェラン。ご協力に感謝する」

ドアが閉まった。ハリーは机に身を伏せた。喉が破裂したように感じていた。股間はズキズキしている。まるでレイプされ、切り裂かれたような気分だ。体の内から出血している。致命傷を受けるのがこれほど簡単だとは知らなかった。

そのとき、パソコンにぱっと現われる広告バナーみたいに、ふと疑問が生じた。ぞっとする疑いだ。

ああいう男が三歳の女の子をどうするつもりなんだ？

これ以上考えたら感電死しかねないというように、ハリーはその疑問を押しやった。もう耐えられない。何もしてやれないのだから。その女の子のことはぼくの責任ではない。どうなろうと、ぼくのせいではない。ぼくの落ち度でこうなったわけではないのだ。

控えめなノックの音がした。ハリーは慌ててファストフード店のナプキンで目と鼻をぬぐった。「なんだ？」ぴしゃりと言った。

ナンシーが顔をのぞかせた。「ハリー？　ええと、あの男が帰るのが見えたものだから。あなたのようすを確かめてみようと思って。さっきのは……なんだったの？」

混乱した頭のなかで、ハリーは何もかも話してしまいたいという誘惑に駆られた。つい先ほどの恐ろしい十分間の重圧を誰かと分け合えたらどんなに気が楽になるだろう。しかし、猫を抱え、ひとりきりで八Dの部屋にいるナンシーの姿が思い浮かんだ。

だめだ。話すな。

ハリーは鼻をかんだ。「微妙な立場にたたされてね」鼻をぐずぐずいわせながら、弁解がましい口調でしゃべる自分がいやになった。「こういう仕事では、思いきった決断を迫られることもあるんだよ」

「そうですか」ナンシーは言った。「ええと、それならいいんですけど。でも、ハリー、本当に大丈夫――」

「大丈夫だと言っただろう！　たまに鼻炎気味になるだけだ。アレルギーだよ。たいしたことじゃない。心配は無用だ」

「わかりました」ナンシーは顔を真っ赤にしている。ドアが閉まりかけた。

「ナンシー？」声は震え、すがるように響いた。ナンシーがもう一度ドアを開いて、顔をのぞかせたとき、ハリーは深呼吸をして、声の震えを抑えた。「その……このことは誰にも言わないでほしいんだ。いいね？」懇願するように言った。「誰にもだ」

ナンシーの顔がいくぶん青ざめた。「そうおっしゃるなら」小さな声で言った。

ドアが閉じた。何かが断ち切られたような奇妙な響きがあった。ハリーがいつかこうなりたいと願っていた自分像への道を閉ざされたみたいだ。

ハリーは切り刻まれ、永久に成長できないように刈りこまれてしまった。今後、太鼓腹をどうにかすることも、トレーニングを積んで地元のマラソン大会に出場することもない。ナンシー・ウェアをブルースのコンサートに誘うこともない。母の家から出て、自分の住まいを構えることもない。支配人になることもないだろう。

ハリーはゴミ箱をつかみ、そこに顔を突っこんで、鼻水が滴るまで吐いた。それから、鼻をぬぐい、玉にさわってみた。取り返しがつかないくらい傷ついていたらどうしようかと考えた。

今夜、仕事が終わったあと、車で川に飛びこんだらどれほど気が楽になるだろうかと想像した。このおぞましい気分に終止符を打てるなら、それでもいいのではないか、と。

「足で蹴りあげるのよ」スヴェティはそう言ってレイチェルを励ました。「前後に。そうしたら、ひとりでももっと上までこげるから」

レイチェルは果敢に励んでいたものの、細い脚をばたばたさせるばかりで、ブランコの動きに合わせることはできなかった。それでも、とにかく夢中なようすで、バスケット型のブランコのなかで釣りあげられたばかりの魚みたいに跳ねながら、しきりに笑っている。

あたりはもうだいぶ暗くなり、灰色の空の一方には夜のとばりが落ちていた。おまけにひどく寒かったけれども、ふたりともまだ帰りたくないと思っていた。なんにしても、公園沿いの道路の向こう側にはコナーとエリンの家があり、窓には明かりが灯って、ここなら安全だと思わせてくれる。ママを恋しがって数日間泣いたあと、レイチェルはようやく落ち着きを取り戻していた。いまもあまり食べないし、たまにしゃべるときにも口ごもりがちだけれども、どうやらいいほうに向かっているようだ。いま、レイチェルは楽しそうに笑っている。スヴェティもそんなレイチェルを見るのが嬉しかった。楽しい時間を終わりにしてしまうのは気が進まない。

今日の午後はそれまでに比べればずいぶんと平和だった。レイチェルは近所の図書館のお話会を楽しんでいたようだし、その英語のレベルはスヴェティの理解度にもちょうど合っていた。じつのところ、スヴェティは英語の勉強をするために、エリンの図書カードを使って、トートバッグいっぱいに子ども向けの本を借りてきた。早く言葉を覚えたかった。

ジョシュのためだけじゃない。スヴェティは胸のなかできっぱりと言った。ジョシュのことなんて忘れなきゃ。あの緑色の目や輝くような笑顔は思いだしちゃだめ。

これは自分のため。アメリカで勉強して、アメリカの大学に行きたい。将来は小さな子どもに関わる仕事がしたい。教育、子どもの発達、心理学について学ぶのだ。いつかは医学部に入って、小児科のお医者さんになるのもいいと思っている。

レイチェルがすくすくと育ち、うまく歩けるようになっているのを見るのは嬉しくてたまらなかった。頬を薔薇色に染めているのを見るのは。もこもこの赤いスキージャケットときらきらした赤の帽子にくるまれた姿は、まるでクリスマスのライトみたいに輝いている。ぽっちゃりしているとは言えないけれども、あの恐ろしい日々、しおれた子猿みたいだったころに比べれば、ずいぶんとよくなった。

ときどき、すべてが幻のように思えることもあった。現実が引っくり返っちゃったみたい。天国の夢のなかにいるような気がする。こうして自由になって、空や木々を見られるなんて。レイチェルが愛情いっぱいに育って、幸せそうにしているところを見られるなんて。新しい母親を得て。

それでも、あの臭い地下室は心から消えなかった。おしっこの染みがついたマットレスも、虚ろな目をした子どもたちも。恐ろしい運命にとらわれ、恐怖につきまとわれた日々も。あれが現実であり、これは夢なのだと思えてならなかった。ふと目を覚ましたら、まだあそこにいるんじゃないかと。

消えない悪夢だ。スヴェティは、本当にあんな場所があり、あんな残酷な現実があるということを知っている。自分のことしか考えない化け物がいることを。一度知ってしまったら、知らなかったことにはできない。考えずにいるのも難しかった。

スヴェティにできるのは、赤いコートにくるまれ、公園のブランコに乗る女の子の笑顔を楽しみ、暗い記憶をできるだけ押しこめようとすることだけ。

それでも、そうした暗く悲しい記憶のせいでぞっとするような寒気に襲われ、すぐにでもレイチェルを連れて、安全なマクラウド家に帰りたくなった。大勢の人がいるから、おしゃべりと笑いが絶えない夜になるだろう。コナーの兄弟がふたりとも奥さんと一緒に夕食に呼ばれてきていた。みんな、とてつもなく親切にしてくれるけれども、全員がとにかく賑やかで、アメリカ人らしい活気にあふれ、よくわからない英語を早口でしゃべるから、スヴェティはどうしようもなく引っこみ思案になってしまう。

いつものようにしていよう。控えめに、でもお手伝いはちゃんとして、赤ちゃんたちと遊んであげること。そうしているのは苦ではないし、皆も喜んでくれる。

レイチェルは帰りたがらず、騒ぎはじめた。結局スヴェティが折れて、もう一度回転ジムに乗せてやり、ごくゆっくりとまわしてあげた。小さなレイチェルはキャッキャと笑っている。それから、一度だけロープのネットでできた遊具にのぼらせ、三度も滑り台をせがまれるころには、あたりは真っ暗になっていた。

首筋がぞわぞわしている。

ふたりは林のなかを歩きはじめた。突然、スヴェティは不安に駆られた。レイチェルの足首が悪いのもかまわずに、手を引いて歩調を速めた。レイチェルは身をくねらせて泣きだした。

スヴェティはレイチェルを両腕で抱きあげ、明かりの灯った家の窓を見ながら走りはじめた。でも、走ったのは間違いだった。頭のなかでパニックのスイッチが入り、走る速度はどんどん速くなっていった。いまやスヴェティは飛ぶように駆けていたけれども、脚は恐怖でがくがくしそうだった。

黒いセダンが目の前で停まったとき、スヴェティは悲鳴をあげ、慌てて足を止め、膝をついた。レイチェルを押しつぶさないように身をよじって、片手を地面についた。手首に痛みが走り、霜で覆われた草に図書館の本が散らばった。

車の両側のドアが開いて、男たちが飛びだしてきた。黒いスキー帽をかぶって黒のジャケットを着た大男たちがこちらに向かってくる。そんなはずない。こんなことが起こるはずがない――またもや。

男たちのひとりが、泣きわめくレイチェルをつかんだ。スヴェティは男のブーツにしがみついた。男は何か叫び、スヴェティがつかんだほうの足で地面を踏みつけ、もう片方の足で肋骨を蹴りつけてきた。

痛みは大きく、肺が麻痺したようで、手の力がゆるんだ。男は足を引き離し、おまけとしてスヴェティの脚を蹴った。レイチェルは男に抱えられて、手足をばたつかせ、かぼそく甲高い恐怖の悲鳴をあげている。バタンバタンと車のドアが閉まった。スヴェティはよろめきながらも立ちあがり、ウクライナ語で叫んで車に飛びついた。かつての監視員、ユーリとマリーナから聞いて覚えた汚い言葉を、知っている限りわめいた。怒りに任せ、これまで一度も口にしたことのない言葉を吐きだしていた。車はタイヤを軋ませて発車し、スヴェティは振り落とされて、血のにじんだ膝を再びつくことになった。

車がスピードをあげて走り去るころになって、ナンバープレートを見ておくことを思いついたものの、プレートは泥だらけで、スヴェティの目は涙でにじんでいた。あとを追いかけ、必死で目を凝らしたけれども、最初のAの文字とワシントン州レーニア山のプレートだということしかわからなかった。

テールランプは、魔物の赤い目のようにスヴェティをにらみ返している。嘲っているようだった。そして、車は角を曲がり、見えなくなった。

ヴァルは目を開き、昨日の明け方、しっとりとエロティックに愛を交わしたのは思わぬ幸運だったのだという事実を嚙みしめた。ああしようと思ったわけではない。願いさえしなかったことだ。

22

タマルはしばらく前から起きていたようだ。ヴァルの眠りを妨げなかったのだとしたら、幽霊みたいにひそやかにしていたということだろう。洗面も着替えもすませ、髪をうしろに編んで背中に垂らしていた。ぼろぼろの格子柄のブランケットを敷いて、そこにあぐらをかいて座り、ジュエリー・ケースを開けて〈デッドリー・ビューティ〉の付属品を広げている。ガラス瓶や何かの粉や液体をじっと見つめていた。

美しい顔は冷静で、目の前のものに集中していることは、ひと目見ればわかった。死の錬金術師。ヴァルの危険な女妖術師だ。

ヴァルの視線を感じたらしく、タマルはふと顔をあげた。驚いたことに、はにかむような笑みを小さく浮かべたが、すぐにまた皮肉めいた仮面をかぶり、距離を置いてしまった。

ヴァルはため息をついた。おれは馬鹿だ。タマルはかつてお目にかかったことのないほど複雑な構造の壁で感情を覆い、その奥深くに荒ぶる魔法を隠している——狂気に駆られることもなく、麻薬に溺れることもなく。しかし、ヴァルはその魔法に溺れてしまった。

ヴァルの人生はもう生やさしいものにはならないだろう。だが、そんなことはどうでもいい。どのみち、楽な人生じゃなかった。生まれたときから。ややこしい人生は大歓迎《エヴィヴァ・ル・コンプリカツィオーニ》だ。

重いノックの音が響いた。「おはよう。朝食をドアの外に置いておくよ」セニョーラ・コンチェッタだ。「コーヒーはすぐ冷めちまうからね。熱いうちに飲んでおくれ」

「ありがとう《グラッツェ・ミレ》」ヴァルはドアの向こうに叫んだ。「すぐ取りに行くよ」

タマルはからかうような笑みを浮かべた。「ああ、そうよね。急いだほうがいい。どうせあなたは見せびらかしたいんでしょうから。セニョーラだって、あなたの男たる象徴をもうひと目見ようとしてぐずぐずしているわよ。でも、彼女のことは責められないわよね？」

ヴァルはブランケットを払いのけ、〝男たる象徴〟を旗のように立ててベッドから出た。

「誰も怖がらせたくはないんだが」

タマルは思わず惚れ惚れとした笑みを浮かべかけ、すぐにそれを引っこめた。「へえ、そう」そっけなくつぶやく。「わたしは怖くないわ。でも、残念ながら、いまは忙しいの。だから、あなたのソレで煩わせないでちょうだい。セニョーラだってそんなにうぶじゃないわよ。ほら、朝食を取ってきなさいよ。今日はツイてると思わせてあげればいいわ。働き者のセニョーラにはいいご褒美になる」

手錠を鳴らして、ヴァルはベッドの柱にかかっていたタオルを取り、腰に巻きつけた。股間のものが滑稽《こっけい》なテントを作っている。タマルは鼻を鳴らした。「臆病者」

ヴァルは取り合わず、ドアのボルト錠をはずした。脳震盪《のうしんとう》を起こさずに外へ出るには、頭をかがめて戸枠をくぐらなければならない。

淡い冬の日差しと、雨に洗われ、ハーブの香る朝の空気が目と鼻に襲いかかってきた。鳥たちは木々のなかでしきりにさえずっている。

セニョーラは夕食の皿とワゴンをもう片づけていた。テラスの落ち葉まで掃いてくれたらしい。ヴァルの姿をちらりと見て、股間の膨らみに目をきらめかせながらも、十字を切る。

「聖母マリアさま《マドンナ・サンティッシマ》」小声でつぶやいた。

ヴァルはかがんで朝食のトレイを取り、にっと笑ってみせた。「おはよう《ボン・ジョルノ》、セニョーラ。夕食はすばらしかった。本当にありがとう《グラッツェ・ヌオヴォ》」

「あたしのパスティエラもきっと気に入りますよ」善良な女性はそう言った。「あたしのはカンパニア地方一だからね」

「パスティエラは大好きだ」ヴァルは言った。「じゃあ、またあとで、セニョーラ」トレイを手に、またひょいと頭をかがめて、ふたりきりの部屋に戻った。

　黒ずんだポットからたちのぼるエスプレッソの香りに、タマルさえも引きつけられ、立ちあがってテーブルについた。はしの欠けた大きな赤い陶器の皿には、パスティエラが数切れのっていた――リコッタチーズ、卵、フルーツの砂糖漬け、茹《ゆ》でた麦、オレンジのパイだ。ゆうべ、ベッドで力を使い果たしたあとだけに、喜びもひとしおだった。ヴァルはすぐさまひと切れ取ってかぶりついた。

　タマルは甘くないコーヒーをすすり、金色の目を丸くしてこちらを見ていた。「そのパイひと切れで千キロもカロリーを取っているかもしれないわよ」恐れ入ったように言う。

ヴァルはふた切れめをつかんだ。「ああ、まあね」ため息をついた。

トレイには牛乳の入った背の高いボトルものっていた。タマルはコルクをはずし、匂いを嗅いだ。ヴァルの予想に反して、目を輝かせ、グラスについでひと口飲む。

「新鮮な本物のミルク」タマルは言った。「ここで牛を飼ってるわね」

ヴァルはパスティエラを頬張ったまま笑った。「低温殺菌されていない牛乳？　きみが？　その手で自分の寿命を縮めているんじゃないのか？」

タマルはさらに牛乳を飲んで、唇を舐めた。「子どものころ、乳牛を飼っていたのよ」そう打ち明けた。「同じ味のミルクに出会えたのはあれ以来だわ。甘くて、花の香りがして」

「こいつもだ」ヴァルは言った。「甘くて、花の香りがする」食べかけのパイをタマルの口もとに差しだした。

タマルは疑わしそうな目つきでそれを見つめた。「甘ったるいものは好きじゃないのよ」警告するように言う。

「食べてみてくれ」ヴァルは食いさがった。「頼むよ、タマル。おれのことを少しでも気にかけてくれるなら。きみが食べているところを見るのが好きなんだ」

タマルはいまにも断わりそうに見えたが、そこで考え直したようだ。何者をも拒む心の要塞の奥深くで何かを分析しているらしい。ヴァルにほほ笑みかけ、ふっくらとした唇を開いて、パスティエラを受け入れた。

「おいしいわよ」タマラはおそるおそる言った。「ほんの小さなひと切れなら食べてもいいかも。そのあと仕事に戻らなくては。だから、男の象徴でわたしを釣ろうとするのはやめるのね。その手には乗らないわ」

腰に巻いていたタオルはとっくに床に落ちて、あらわになったペニスは期待をこめてタマルの腰をつついていた。ヴァルはため息をついた。「食事で満たされるようにするよ」いかにも物足りないという調子で言った。

「そうして。アナをどう攻めるか考えるので忙しいの」小さなパスティエラを数口に分けて上品に食べてから、またブランケットにあぐらをかいた。

「おれが戻ったら、すぐにアナのところへ行こう」ヴァルは言った。「まずはレンタカーを借りてくる」

タマルは様々な毒物から顔をあげなかった。「それはだめよ」穏やかな声で言った。「ついてこないで、ヴァル。これはわたしひとりでしなければならないことなの」

背筋に冷たいものが走り、ヴァルの頭のなかで何かがカチリとはまった。

「それこそだめだ」ヴァルは言った。「おれたちはもう手を組んでいるんだ」

「ゲオルグとノヴァクの件に関してはそのとおりね」タマルは言った。「でも、ステングルとアナのことは違う。わたしの務め、わたしの過去、わたしの悪夢よ。あなたは関わらないで。そのほうが筋が通る」

「いまはもうそうじゃない」ヴァルは引かなかった。「だいたい、おれがまともな乗り物を調達してこなければ、きみはどこにも行けないだろ。ベスパでサンタリーニの家に乗りつけるわけにはいかない。あのアナにも、何かおかしいと嗅ぎつけるだけの頭はあるだろうからね」

「そう」タマルは目をそらし、ガラス瓶をガチャガチャとやりはじめた。

これでヴァルは落ち着きを失った。なんの手応えもなく、黙って身を引き、ヴァルの手からすり抜けてしまうときのタマルは一番危険だと感じる。ヴァルが何を言おうと、何に反対しようと、好きに計画を練っているのだ。

気が気ではなかった。

引きずってでもサン・ヴィートまでタマルを連れていきたいという衝動を呑みこんだ。それはできない。あのビデオを送信しなければならなかった。

「ひとりではどこにも行かせない」ヴァルは語気を強めた。「やつらが昨日どうやっておれたちを見つけたのか、まだわからないんだ。シアトルの空港でのことも同じだ。それが判明するまでは――」

「へええ。わたしがひとりきりでここに座ってやつらを待つのがいいと本気で思っているの？　もってこいの標的ね」

「車がいらないのか？」ヴァルはうなるように言った。

「もちろん、いるわよ」タマルの口調は淡々として、どことなく上の空だ。

ふたりとも声を荒らげることなく話はついたが、およそ二十分後にベスパで出発したとき、ヴァルはまだ不安につきまとわれていた。腹立たしいことに、蚊の鳴くような音をたてて走るこのバイクはいいところ時速五十キロ、下り坂でも六十キロのスピードしか出ない。サン・ヴィートに着いたらまずはレンタカー店によろう。この三日間で、すでに何度も危険な目にあい、使える身元が急速に尽きつつあった。サン・ヴィートでやつらに見つかったことが気がかりでならない。ヘンリーでさえ、ホテルは知らなかったというのに。

多少の時間をかけて山腹を流し、そのあたりに停まっている車や人通りを調べてからレンタカー店に近づいていった。見張っている人間はいないようだ。半時間後、意を決して店に入った。

車高が低いぴかぴかのオペルのスポーツカーを選んだ。タマラ・スティールのようなファム・ファタールにはこれでも役不足なくらいだが、ベスパよりはましだろう。

次に取りかかったのは、呪われたビデオをノヴァクに送ることだった。今日は二度目の締切り――正確に言えば、今日の夕刻が期限だが、それまでに何が起こるのかわかったものではないのだから、いまのうちに送っておくに越したことはない。ラ・ロッチアの北側の海岸にひと気のないところを見つけ、そこに車を停めた。ラ・ロッチアはサン・ヴィートを二分する巨岩群で、そこの洞窟は密輸業者たちに利用されている。

山の傾斜に沿って並ぶ観光客向けのホテルからも近いためか、電波を拾うことができた。パソコンをたちあげ、インターネットに接続した。

ヴァルは胸の重苦しさを無視して、動画を送り、どんよりとうすら寒い気分でそのまま座っていた。あの豚どもが卑猥な声をあげ、下劣なお楽しみにふける時間が過ぎるまで、テレビ電話は待ったほうがいいのかもしれない。

やつらがビデオを見ているときの声を聞きたくなかった。

イムレは男たちふたりに両腕を取られ、そのあいだにぶらさがるようにして、廊下を引きずられていた。自分の足で歩こうとしてもろくな目にあわないともう学んでいる。そういう努力は男たちをなおさらいらだたせるようだった。足が絨毯に引っかかるたび、痛い思いをした。

男たちは何も言わなかったが、ヴァルとのテレビ電話の時間なのだろうと当たりをつけていた。ヴァイダが例のビデオでノヴァクの悪の装置に燃料を投下したことも。父親代わりの男が生きているのを見るというわずかばかりの慰めのために、あの子は異様な代価を払わせられている。しかも、当のイムレはかろうじて生きているにすぎない。だが、ヴァイダはもうすぐ自由を得られる。あの子の魂は救われる。

もっとも、イムレは魂のことも、救いのことも、あるいは救いを失うことも考えたくなかった。たったひとり、暗闇のなかに閉じこめられているあいだ、繰り返し自分を奮いたたせようとしたものの、この最後の手段に訴える勇気はまだかき集められないでいる。毎度、新たな疑念にとらわれるのがオチだった。

イムレはぼろぼろになったズボンの内側の縫い目を開き、腿の動脈の位置を確認していた。不意をついてそこに大きな傷をつけ、できるだけ早く出血多量になるという計画だ。あつらえ向きに、体が痩せ衰えているから、動脈はたやすく見つかった。骨と皮ばかりのこの体なら、解剖学の図解にも使えそうだ。筋肉はないにせよ、骨格と血管の位置はひと目でわかる。

チャンスは一度きりだ。そして、手っ取り早いのは腿の動脈だった。そこを切り裂けば、二分以内に死ねる。この知識をどこで学んだのか思いだせない――どうせ、一時の気の迷いで読んだくだらない探偵小説からだろうが、イムレの脳は役立ちそうな知識をがっちりとつかまえていた。あとは、それが事実であることを神に祈るだけだ。

気を失いそうな感覚に襲われて、イムレは両側で腕をつかむゴリラたちのあいだで、さらに低くうなだれた。痛みと恐れで失神しそうだ。自殺という罪を犯したら、イロナとティナが天使たちと待つところへ行けないかもしれない。

言うまでもなく、悪臭のたちこめる小部屋で真っ暗な闇に包まれているときには、イロナとティナに再会できるかもしれないという希望さえも、甘ったるく、ばかばかしく思えることもあった。

しかし、孤独に苛まれながらも、イムレは希望を捨てなかった。

いまは血圧が低すぎる。手早く出血多量になるには都合が悪い。血などたいして残っていないのではないかという気さえした。しなびたオレンジや干からびたレモンみたいなものだ。中身はすかすかで、搾り取れるものなど何もない。

許してくれ、イロナ、ティナ。イムレは目を閉じて、心のなかで何度も唱えた。割れた眼鏡のかけらは口のなかに隠してある。舌で舐めてみて、先端の鋭さを感じた。血の味がする。わたしのためでなく、ヴァイダのためにするんだ。虫のようにイムレのまわりで飛びまわる疑いの悪魔たちをなだめるように、内心でそうつぶやいた。どのみち、避けられない死を少し早めるだけのことだ。そうだろう？

だが、本当にヴァイダのためなのか？　恐怖や苦痛に耐えられないだけでは？　こういう状況であれば、大罪は許されるのだろうか？　一方通行の会話のなかで、ノヴァクはお気に入りの拷問術を発揮し、イムレに最大限の苦しみを与えつづけていた。死のほうがいい。吐き気がこみあげた。失神するわけにはいかない。してはならない。チャンスは一度。一度きりだ。

イムレはノヴァクの書斎に引きずられていった。毒々しいステンドグラスの明かりが木の羽目板に投げかけられている。力ずくでパソコンの前に座らされ、がたのきている骨にその衝撃が響いて、イムレの喉からかすれた苦痛の声が漏れた。

ノヴァクが待っていた。イムレの隣に腰をおろし、笑みを浮かべる。「おまえのかわいい友だちからまたおいしいごちそうが届いた。おまえもまた見たいだろう？　若かったころを懐かしもうじゃないか。われらのヴァイダは本当に有能だ。さあ、友よ、見よう。グレゴール、再生しろ」

グレゴールが何度かマウスをクリックすると、大きなスクリーンに映像が現われた。

イムレは歯を食いしばってスクリーンに視線を向けた。前回、目をそむけても無駄だとわかった。ノヴァクのぞっとするほど力強い指と分厚く黄色い爪のせいで、イムレの腕にはまだ血腫《けっしゅ》ができている。

朝の淡い光に照らされた薄暗い寝室。男と女がゆっくりと動きを合わせ、古典的な愛のリズムを奏でている。女が男にまたがっている格好だ。カメラは女の愛らしい姿をはっきりと映しだし、すらりとした背中や、ヴァイダの頬を両手で包む優しいしぐさまでもが見て取れた。

ヴァイダの顔には、イムレの想像を超えた表情が浮かんでいた。女の両手を自分の両手でそっと覆い、口もとに運ぶ。

じわじわと広がる驚きを噛みしめながら、イムレはヴァイダを見つめた。これはポルノではない。

実際、前回のものもポルノとは言えなかったが、今回はその差がさらに顕著だ。しぐさのひとつひとつにそれが表われている。ピアニストとして、イムレは本物の感情を伝えることに人生をかけてきた。身振りのひとつ、音節のひとつに本当の優しさをのせることに。だから、本物を見ればそうとわかる。胸で、腹の底で感じる。これは掛け値なしの愛情だ。悪漢にかどわかされ、ゆすられている愛情。

おぞましい皮肉に涙がこみあげかけた。ヴァイダはよりによってこの女性を愛したのだ。しかし、これはヴァイダにとってまたとない幸運だ。イムレがイロナと分かち合った短いながらもすばらしい日々をヴァイダも味わえるかもしれない。七年間の幸せ。その後は孤独と静寂に苦しめられたが、それでも、イムレは短い幸せに感謝を捧げつづけた。そして、待ちつづけた。

かわいそうなヴァイダからこの幸せを奪わせてなるものか。あの子はすでに多くのものを盗まれている。

強く、優しいヴァイダ。心の息子。イムレの目に涙があふれ、頬にこぼれ落ちた。ここで感傷に流されては、悪漢どもに気づかれるかもしれないというのに。しかし、涙をぬぐう気にもなれなかった。

顔をあげたとき、パソコンのテーブルの向こうからイロナがほほ笑みかけていた。この場所でも穢されることのない天使だ。昔の青いワンピースとカーディガンを着ている。美しい顔は誇らしげに輝いていた。イロナの姿を見て、イムレの心臓は飛び跳ねた。もう待たせない。

深く息を吸った。神よ、わが魂に救いの手を。

ノヴァクがモニターの前に座り、カメラの焦点が合うと同時ににやにやとした笑みが現われた。

「動画を受け取ったか？」ヴァルは機械的に尋ねた。

「ああ、もちろんだとも。じつに感動的で、ロマンティックだ。わたしとしては、前回の激しいまぐわいのほうが好みだが」ノヴァクが言った。「次回はもう少し趣向を変えてもくれんかね？」

ヴァルはじっと座ってモニターを見つめ、憤怒を静めようとした。ノヴァクは、動画の猥《わい》褻《せつ》さが欠けていたことに対する謝罪を待っている。ヴァルは無表情でカメラの黒いレンズを見返した。

ノヴァクはいらだちの声をあげた。「まあいい。友人と話をさせてやる。わたしはこの男に興味をそそられていてな。話嫌いだというのに。さあ、椅子を少しこっちに。交替してやろう」

ノヴァクが合図を出すと、モニターが揺れ、ノヴァクの隣に座るイムレも映しだされた。

イムレは前回よりもさらに小さくなっていた。しなびた幽霊のようだ。両目だけが生き生きとしている。涙で輝いていた。

ヴァルの目にも涙がこみあげ、喉がつまって、舌にのっていた無意味な問いかけを固まらせた。元気か？ 痛めつけられていないか？ あと少しだけ耐えてくれ。

「ヴァイダ、よく聞きなさい」イムレはフランス語で穏やかに言った。「これからおまえに贈り物をする。息子よ、それを受け取って、自由になるんだ」

イムレは口もとに手をやり、ガラスの破片らしきものを取りだした。

ヴァルは恐怖に襲われた。「イムレ、やめろ！ いったい何を――」

「さらばだ」イムレはさっと手を下に振った。誰かの叫び声がした。大勢がイムレに飛びかかり、椅子が引っくり返る。血が高く噴きあがった。イムレが真っ赤に染まった手をあげ、左右に振る。ノヴァクはわけのわからない言葉を怒鳴っている。モニターのなかで、血の飛び散った壁が回転した。

誰かがこぶしでキーボードを叩きつけた。画像が消えた。

23

アンドラーシュは海岸沿いのカフェバーに座って、六杯目のエスプレッソを飲みながら、ヤノシュの現在地を示すモニターを見つめていた。やつは車を借りたあと、当てもなく海岸を歩きまわっている。

残念ながら、この遠足に例の女の姿はない。できれば今朝のうちに仕事を片づけ、早々に発ちたかったのだが。アンドラーシュはヤノシュがスティールと絆を取り結んでいるかどうか考えをめぐらせたが、甚だ疑問だった。美しい女を抱けば、軽率な男ならそういう罠に陥る。しかし、ヤノシュは軽率とはほど遠い男だ。ベテランの諜報員であり、ノヴァクの支配力も大きい。

ノヴァクは今日にもスティールを渡せとヤノシュに命じ、それで一件落着になるかもしれない。プロらしく速やかに人質を交換して終わりだ。

そうでなければ、ゆっくりと時間をかけ、手を尽くした拷問が必要になるという可能性もある。ヤノシュを痛めつけるには相当の時間と手間と防音設備を要する気がした。だが、アンドラーシュのほうが上手《うわて》だ。

携帯電話が振動した。発信者の表示をちらりと見て驚いた。ボス本人からの電話だ。すぐに出た。「はい？」

「ふたりを捕らえたか？」

アンドラーシュはパパ・ノヴァクのせっぱつまった口調にぎょっとして、間を置いてから答えた。「ヤノシュは現在も監視下にありますが、スティールはまだです」

「ふたりとも連れてこい」ノヴァクは大声で言った。「今日中だ。急げ。何がなんでも捕らえろ。予定が変わった」

「何があったんです？」

「人質を失った」ノヴァクが言った。「あの老いぼれは自殺した。わたしが気に入っているトルコ絨毯のすぐ手前でな。ヤノシュとのテレビ電話の最中に」

アンドラーシュは椅子にもたれ、いまボスの目に自分の姿が見えないことを喜びつつ、悦に入った笑みを浮かべた。「ご心配なく。やつは連れていきますよ。女も。それに、新しい贈り物があります」

「なんだそれは？」ノヴァクは不機嫌な声で尋ねた。

アンドラーシュはこの瞬間をとっくりと楽しんだ。「スティールの娘。三歳です。あなたに手折られるべき愛らしい花。もうシアトルからこっちに向かっています」

驚きの間があいて、それから、ぜいぜいとしゃがれた笑い声が響いた。「アンドラーシュ、おまえは天才だ」

わかっているとも、くそったれのじじいめ。ならどうしてラクスの後釜《あとがま》におれを据えない？「おれはあなたに仕えるために生きていますからね、ボス」

「ふたりを捕らえたら、連絡しろ」

アンドラーシュはどんな手立てを取るか考えた。ヤノシュがいつ女と合流するのか、見当もつかない。女がいま何をしているかもわからない。未知の要素が多すぎる。女がひとりで逃げて、全員をコケにするということもあり得る。

いますぐヤノシュからスティールの居場所を引きだし、不測の事態が起こる可能性を小さくしておくのが一番だろう。アンドラーシュは間に合わせの地元チームにメールを送り、ヤノシュのところに集まるように命じた。あいつが簡単に吐かなかったとしても、地元の連中の誰かが人里離れたガレージや倉庫を知っているはずだから、そこでアンドラーシュの特別の才能を存分に発揮すればいい。


ヴァルはノートパソコンをそっと助手席にのせた。むやみに動かせない怪我人を寝かせるように。そして車から出て、岩だらけの海岸を歩きつづけ、ごつごつとした小さな入り江までおりていった。

そこでがっくりと膝をついた。何も考えられない。もう動けない。命綱を絶たれ、くるくると宙でまわりつづけている。

心のなかに記憶がよみがえった。黄昏どきのチェス、ふたりで飲んだ紅茶。哲学、訓戒、議論。お説教を食らったときには、顔をしかめながらも、気にかけてもらえることをひそかに喜んだものだ。バッハとショパン、ダンテとソクラテスとガリレオ。ヴァン・ゴッホ、ピカソ、レンブラント。イムレが見せてくれた世界。ヴァルがはまっていた底なし沼の外の世界はとても美しかった。たとえそこに出られなくても、とてつもなく美しかった。いつまでも人を嘲る砂漠の蜃気楼《しんきろう》のように。

波が海岸を洗うたびに、小石が騒がしく音をたてている。かつて麻薬組織に潜入中、ドナテッラと関係があったころ、仲間のドミニコに案内された場所だと気づいた。

密輸入者たちの洞窟につながっているところだ。

世界中から訪れた観光客たちが海岸をそぞろ歩き、カプチーノを飲み、ボートを借りて、洞窟の内できらめく神秘の泉を見物する。その美しい仮面の奥では、どれほど残忍で、暴力的で、欲深いことが行われているのかつゆとも知らずに。

イムレ。ヴァルは両手で顔を覆い、肩を揺らして泣きはじめた。イムレと知り合った十二のころに戻ったみたいだ。あのとき、信頼というものを教えてもらった。優しくされるのがどういう気分なのか味わわせてもらった。

そもそも、優しさを知ったのはあのときが初めてだった。それまで、本当の意味では知らなかったのだ。ヴァルの母親は冷たい人間ではなかったが、弱くて、打ちひしがれていた。麻薬でぼろぼろになり、信頼どころではなかった。絶望が大きすぎて、人に優しくするなどとうてい無理な話だった。

それでもヴァルは必死に母親を愛したが、その当時でさえ、母の心が壊れていることはわかっていた。人に優しくするには、強さと勇気が必要だ。しっかりとした心が。

こういった考えはヴァルにはなじみのないもので、そのせいかひどく胸が痛んだ。初めて目を開けたとき、まばゆい光に耐えられず、ぎゅっと目を閉じて涙を押し流すようなものだ。

タマルはこれまでに出会った誰よりも強く、勇気のある女性だ。人を信頼できるという強さがある。優しくできる強さも。本人が気づいているかどうかはわからないが。タマルの優しさは本物だ。ヴァルがふれられるもの、この手でつかめるものだった。ともに生きていけるものだ。

ヴァルはぼんやりと漂うような感覚に襲われていた。オールもなく、どこへ行く当てもなく、方向もわからない。早く進路を見つけなければならない。本物の人生を送る最後の望みを殺さないように。おれとタマルとレイチェル。三人でこの世の果てまで逃げよう。そして、煙のように消え失せる。

イムレが最後に命を懸けて与えてくれたものを無駄にしてはならない。

タマルのところへ戻ろう。逃げるのだ。手を尽くせば、不可能ではない。いますぐ腰をあげ、震える膝と力の抜けた脚を動かせるなら。涙を止められるなら。

地の果てで隠れ家を築いたあと、いくらでも泣けばいい。家族に囲まれて。

家族。胸が爆発するかのようだ。ああ、イムレ。

ヴァルがもう一度涙をぬぐったとき、やつらが目の前に現われた。光り輝くほどに磨かれ、つま先の尖った、イタリア製のハンドメイドの黒い革靴。その上にかかった仕立てのよいズボンの裾。黒いカシミヤのロングコートは潮風に吹かれてはためいている。

ヴァルはさらに視線をあげ、サイレンサー付きの大きな拳銃を見た。分厚い肩、太い首。むっつりと引き結ばれた唇。黒い蛇のような目。

アンドラーシュ。ほかに五人の男たちを引き連れている。全員が筋骨たくましい。見た目からすれば、地元のイタリア人だろう。五人はすっとヴァルを取り囲んだ。

「帰宅命令だ」アンドラーシュが言った。「女はどこだ？」

ヴァルは立ちあがろうとした。すみやかに銃があがり、ヴァルの顔に狙いをつける。ヴァルは座り直した。視界のすみに、海岸を散歩中の観光客たちの姿が見えたが、通りかかるにも、助けを呼ばせるにも、目撃者になるにも遠すぎる。アンドラーシュの手下たちのひとりが追跡装置を持っていた。

追跡装置？　いつおれに発信器をつけた？　どうやって？

ふたつの考えが頭のなかで火柱をたてた。正反対の考えだ。ひとつは、イムレの贈り物を受け取ったのだから、ようやく自由に死ねるということ。タマルは頭がよく、悪知恵も働くから、ひとりで逃げだし、自分で自分の身を守れるだろう。

もうひとつは、やつらにはおれを殺せないということ――いまはまだ。その前にタマルの居場所を聞きだそうとするはずだ。

だから、銃は無視しろ。何年もつらい訓練を積み、座っている体勢やしゃがんでいる体勢から戦うすべも身につけている。立っている男六人と渡り合うのは楽ではないが、だからなんだ？　やるしかない。その気になれば、いつ死んだっていい。

だめだ。ヴァルはタマルのことを考え、突然、まったくその気になれなくなった。

ヴァルは両手をついてはじけるように身を起こし、脚をあげて、一番近くにいた男のあごにブーツのかかとを叩きつけた。グシャッ。男は回転しながらうしろに倒れ、ごぼごぼと咳きこんだ。ヴァルはもう片方の脚を鞭のように繰りだし、次の男の脚に引っかけて、無理やり転ばせた。

動きだしたとたん、ヴァルのなかで何かが爆発した。この数日間の怒り、恐れ、屈辱が、唐突に抑えきれない憤怒に変わった。ヴァルは三人めの男の鼻にこぶしを没め、男の手から力が抜けた隙に銃をもぎ取った。その銃を掲げ、四人めの男の腹を狙って撃った。

五人めの男が飛びかかってきた。プシュッ。男は腿に銃弾を食らい、がくりとくずおれて、こちらに倒れた。さらにもうひとりがのしかかり、ヴァルはでこぼこの岩場に倒されて、大男ふたりの体重に押しつぶされそうになった。

必死にもがき、どうにか這いでた瞬間、横に転がって、アンドラーシュの蹴りを尻に受けた。背中を蹴られていたら、背骨が折れていただろう。蹴りの力を利用して、ヴァルは一回転してから立ちあがった。

痛みをこらえ、咆哮をあげながら向かってくるアンドラーシュに対峙した。首をめがけたこぶしをかわし、手首をつかんで腱にひねりを加えたうえに、くるりとまわしてから、アンドラーシュを五人めの男のほうに叩き飛ばした。男はよろめき、尻もちをついた。

アンドラーシュは男の上で怒りの声をあげている。

逃げろ。ヴァルはその隙に駆けだした。タマルがいないのだから、やつらにおれを撃てるはずがないという楽観的予測に賭ける。ともかく、致命傷は与えられないだろう。

銃声が二度響いた。どちらもはずれだ。アンドラーシュが訛りのひどいイタリア語で怒鳴った。「やめろ、阿呆！　撃つな！　生け捕りにしなければならないんだ！」

ヴァルは岩場の斜面を転げ落ちるようにして、その下の小さな洞窟におりていった。ドミニコから教えてもらった秘密の入り口がある——が、腹這いでしか入れない。ヴァルはそこで足を止め、ためらった。

ここは引き潮のときにしか使えない入り口だった。いまは満ち潮で、しかも冷たい風が吹きすさぶ冬の最中だ。海は荒れ、小さな洞窟の入り口は、うねりをあげる冷たい泡の下に沈んでいる。

ヴァルは飛びこんだ。


リビングルームは人でいっぱいだが、誰も口をきけないようだった。言うべきことはすでに何度も繰り返されたあとだ。いまは全員が爪を噛む思いで、コーヒーをすすり、むっつりと黙りこんでいる。

スヴェティは冷めたハーブティーのカップを見つめ、前後に体を揺らしていた。テープで固定された肋骨は息をするたびに痛み、ギプスのはまった手首はズキズキして、包帯の巻かれた膝と手は焼けるようだけれども、それで当然だ。もっとひどいことになっていなければおかしいくらいだった。レイチェルをあんな目にあわせたのだから。またもや。

「もう一度電話してみた？」スヴェティは尋ねた。

コナーが首を振った。「十回以上かけているが、つながらないんだ」

顔がひとりでにくしゃりと歪んだ。両手に顔をうずめる。「わたし、タマラにものすごく嫌われちゃう」スヴェティはつぶやいた。

「まさか。そんなことはない」ショーンが勢いこんで言った。「誰ひとりとしてきみを責めていないよ、スヴェティ。タマラも同じだ。もっと用心しなかったおれたちのせいなんだから。もっと真剣に考えておかなきゃならなかったんだ。おれたち全員が気を抜いていたんだよ。なんといっても、きみは家のすぐ目の前にいた」

スヴェティは首を横に振った。「ナンバープレートさえ読み取れなかった」

「気にするな」デイビーがきっぱりと言った。「どうせ偽造だっただろうから、役にはたたなかったさ。誰にせよ、タマラを狙おうというやからはプロ中のプロに決まっている」

「デイビー！」妻のマーゴットが声を荒らげた。「スヴェティを追いつめるようなことを言ってどうするのよ？」

「すまない」とデイビー。

警察はもう帰ったあとで、公開捜査が始まっているけれども、警察にレイチェルの誘拐犯を割りだせると思うほど呑気《のんき》な者は誰もいなかった。マクラウド一族のほか、親しい友人たちも全員がコナーとエリンの家のリビングに集まっている。例外はハネムーン中のニックとベッカで、ふたりはいまごろ、メキシコのビーチでさんさんと降りそそぐ日差しを満喫しているはずだ。スヴェティはニックもここにいてくれたらいいのにと思った。

腫れた目をこすり、恐怖と悲しみを押して息をしようとした。悪者たちのなか、たったひとりでいるレイチェルはどれほど怖がっているだろう。そう考えたときの胸の痛みのほうがひどかった。心配せずにいられれば楽だろうけれども、どうしても考えてしまう。臓器泥棒に捕らわれていたときにも、先行きを気にしないふりをしようとしたものの、うまくいったことはなかった。ただのごまかしにすぎない。

やはり、こちらが真実なのだ。残酷な悪夢の影のほうが現実。自由や花や青い空——あちらは都合のいい夢。ずっと考えていたことに答えが出た。

いま、スヴェティは真実を知った。逃げ場所は怒りしかなかった。

「もう二度とこんなことはさせない」気づくと、そう声に出して言っていた。

部屋の全員がスヴェティを見た。重圧で心にひびが入ったのではないかと心配しているような顔つきだ。スヴェティは血走った目でみんなの顔を見返した。英語はうまくないけれども、なんとか理解してもらわなければならない。

「もう二度とわたしにこんなことはさせない。悪人どもに」スヴェティは言った。「絶対に。わたし、タマラみたいになる。悪いやつらのケツを蹴り飛ばせるようになりたい。小さな子どもたちを傷つけたり、怖がらせたりするやつらがいたら、わたしが……玉を刈り取ってやる。目をえぐりだして、はらわたを引きずりだしてやる」

皆はスヴェティを見つめつづけていた。その目に映るのが、体重四十キロの痩せっぽちだということはわかっている。手首は細く、体はひょろりとして、弱々しく、取るに足りない女の子だということは。怒りが燃えあがった。ぎゅっと手を握り、ダイヤモンドのように固いこぶしを作ったものの、やはりひどく小さい。

「わたしは小さいけど、それでも」スヴェティの声は甲高く、震えていた。「わたしは馬鹿じゃない。そっちのほうが大事よ。もっと強くなれる。銃だって、爆弾だって、ロケットランチャーだって使えるようになる。あいつらに仕返ししてやりたい」

マーゴットが隣に座り、スヴェティの腰に腕をまわした。「もちろん、強くなれるわ。でも、いまはこの件を解決しなくちゃね。あなたがどれだけ怒っているのか、よくわかる。どれだけ怖がっているのか。それに、どれだけ若いのかも」

男たちは見るからにそわそわと視線を交わしはじめた。女たちがそれぞれの夫をにらみつける。奇妙な緊張の一瞬が過ぎた。

ショーンが何気ない口調で言った。「うん、そういうことなら、法の番人になったらいいかもね。きみのお父さんと同じように。いつの日か」

コナーはがっくりとうなだれた。「信じられない」こう言うのはもう十回めだ。「うちのすぐそばで。おれがレイチェルをストーン島に送っておけば――」

「そこでボディガードをつけ、装甲車を用意して、おれたちのうち最低ふたりは張りついていればよかった？　過ぎたことを言っても仕方ないだろ」ショーンが語気を荒らげた。

「最悪だ」コナーがつぶやいた。「タマラはおれを信用して子どもを預けてくれたのに。裏切ることになってしまった。おれはどうしようもない唐変木だ」

「そこでやめておけ」デイビーが言った。「無意味だ」

コナーは顔をあげた。目がぎらついている。「ケヴィンがさらわれていてもおかしくなかったんだぞ。ジーニーでも。あの野郎はタマラだけでなくおれとエリンにも大きな恨みを持っているからな。おれたち家族が今後、安心して眠れるようにするには、あの人でなしどもに死んでもらわなければならない」

「そのとおりだな」とショーン。「おれたちの手でやるんだ。さあ、行動あるのみ」

「行動って何を？」コナーの口調は棘《とげ》を含んでいた。「なんの手がかりもない。東欧でも最悪の犯罪者ふたりに動機と手段があるとわかっているだけだ。だが、やつらはどこにいる？　そもそも、どっちだ？」

「そのうち犯人から連絡があるかもしれない。いまはじらしているだけでさ」ショーンが言った。「それか、タマラが手がかりをつかむかも。なんらかの突破口を。もう一度電話をかけてみろよ」

　コナーは受話器をあげ、リダイヤルを押して、待った。首を振り、両手のなかに受話器を落とした。行くべきところも、言うべきこともなく、全員がむっつりと黙りこんだ。

　やつらはいったいどうやっておれを見つけた？

　氷のように冷たい水からあがったとき、その問いがヴァルの胸を焼いていた。尖った岩で手のひらや膝が切れている。ありがたいことに、寒さでかじかんで、痛みはあまり感じなかった。

　前回、ドミニコに案内されてここに来たのは干潮時で、ふたりともウェットスーツに身を包み、合成ゴムの手袋をつけて、ヘッドライトを装着していた。五年前の夏の盛りのことだ。

　ヴァルはできる限り心を落ち着けて、どこで曲がればいいのか、どこが環状で、どこが袋小路になっているのか、この場所の構造を思いだそうとした。有名な洞窟《グロッタ》まで行くのに、充分な広さと明るさがある道筋はひとつしかなく、そこは観光客向けに開発されている。残りは海水に濡れた迷宮で、身をかがめていなければ、鋭い岩で首を落とされかねないところばかりだ。

いったいどうやっておれを見つけた？　いま身につけている衣類はすべて、二日前に空港からこちらに向かう途中のソレントで買ったものだ。

怖気をふるうような真実が浮かび、ヴァルの腹のほうへじわじわと這っていってから、心にたどり着いた。

服ではない。身のまわりのものではない。おれだ。おれ自身、ヴァル・ヤノシュの肉体のどこかに無線発信器が仕込まれている。

だから、ヘーゲルのシアトルの部下たちはタマルとレイチェルを空港で見つけられた——おれを追跡することで。だから、おととい、おれたちはホテルで捕まった。アンドラーシュも同じ方法で今日おれを見つけたに違いない。つまり、ヘーゲルは死んだのだろう。

自分が恥ずかしかった。思考能力に柔軟性が欠けているから、考えが及ばなかったのだ。どうしようもなく鈍かった。

とりあえずのところ、洞窟の奥深くにいるあいだは問題ない。ここまで追ってこられるはずがなかった。しかし、ここに永住して、蝙蝠の糞しか餌にしていないような白い魚を食って生きていくつもりでなければ、すぐに何かいい案を考えださなければならない。いまいる場所を知られているのなら、過去にいた場所も知られているということだ。もしアンドラーシュがここでヴァルを捜すのを諦めたら、それが次の動きになるだろう。

タマルがいまヴァルを待っている場所は、ほぼ確実に追跡装置の記録に残っている。もっとも、タマルがヴァルに見切りをつけて、すでに立ち去っているなら話はべつだ。その可能性もある。そうあってほしいと願うくらいだった。いつものように気難しく、人に頼るものかという気概をもって、あそこから離れていてほしい。

小石だらけの地下海岸には覚えがあった。足もとの岩はややなめらかで、岩は少し傾斜している。水のなかは見えないが、ここを覚えていたのは、まったくの暗闇ではないからだ。ラ・ロッチアに入った深い亀裂が細い渓谷を生みだしているため、外の明かりが間接的に差しこんでいる。どこか遠くのほうから波が砕ける音が聞こえ、くぐもった光が見えた。しかし、引き潮のとき、三メートルほどの海岸だった場所には、いまは三十センチ程度のぎざぎざの岩が見えているだけで、奇妙な形の鍾乳石《しょうにゅうせき》の天井が低く垂れこめている。高低差が小さすぎて、そこに座ることはできなかった。

ヴァルは寒さで激しく震えていた。切れた膝と手は潮水でジンジンと痛みはじめている。戦いのあいだには気づかなかったが、殴られた顔とケツも疼き、肩は――

肩。ヴァルは去年撃たれたときの傷跡にふれた。PSSの支払いで、何人かの医師から検査と治療を受けた。子どもを殺すことをためらったせいで、ヘーゲルやほかの数人を激怒させたあとのことだ。ボゴタにある闇の病院でヴァルの傷を縫ったのはあの医師たちだ。あれ以来、肩はわずかに熱を持っている。しかし、指先がかじかんでいるとはいえ、さわってみてもおかしな感じはしなかった。傷跡がいつまでも疼くのはふつうのことだと思っていた。鈍い痛みを伴う古傷はひとつではない。十年前より傷の治りが遅いのも当たり前だ。

そう考え、疑いもしなかった。いままでは。

発信器をつけたままこの洞窟を出て、タマルのもとに行くことはできない。ヴァルが囮になってやつらをタマルから遠ざけることもできるが、いずれは捕まり、口を割らされるだろう。こちらが頼みにできる手段は尽きかけているのに対し、ノヴァクはどんな手段でも取れる。

そして、不運にも、ヴァルはアンドラーシュが人から情報を得るためにどこまでするのか、この目で見たことがあった。あの光景はけっして忘れられない。自分があれにいつまでも耐えられるとは思えなかった。あれは無理だ。

肩をどうにかするというのが唯一にして最良の手だ。いまここでやらなければならない。洞窟《グロッタ》の観光客が集まるところのほかに、もっと明るい場所は思いつかなかった。ボートに乗ったイギリス人やドイツ人の旅行者たちの前でできることではない。

ヴァルとしても、氷のように冷たい海水につかったままこんな手術をしたくはないが、ほかに選択肢はなかった。マジックテープで足首に留めておいたナイフを取った。それだけでもたやすくはない。両手がうまく動かなかった。次の難題はびしょ濡れのジャケットを脱ぎ、シャツのボタンをはずすことだ。指は麻痺しているように感じる。肩の傷が体の前面にあるのは運がよかった。

運がいい？　こんな些細なことを幸運と呼ぶのなら、ヴァルはこの地上で誰よりもみじめな愚か者だ。震える切っ先を肩の傷跡の上に掲げて、深く息を吐き、勇気をかきたてた。これに懸かっているのは、おれのずたぼろの人生だけではない。このナイフで自分の体をえぐるかどうか、永遠に考えているわけにはいかない。

自己憐憫は無駄だ。待っていても体は温まらない。さらに冷えていくばかりで、いずれはショック状態に陥るだけだ。

だから、やるんだ、間抜け《テスタ・ディ・カッツォ》。刺せ。いますぐ。

筋肉が引きつるのを無視して、ナイフを刺した。そこが正しい場所であることを必死に願う――痛みが集中しているところだ。悲鳴をぐっと抑え、押し殺したうめき声までにとどめた。涙が頬に流れる。顔をしかめ、歯が砕けそうになるほど強くあごに力をこめて――イムレのことを考えた。あのガラスの破片が、あれだけの決意で振りおろされたさまを。イムレの勇気を。ヴァルが賜った贈り物を。

もう一度だ。ヴァルはまた突き刺した。熱く、ぬるぬるとした血があふれ、腕に伝う。傷口に塩が染みて、焼けるようだった。ナイフをさらに奥まで差しこみ、低い苦痛の声を漏らした。

もう一度。ヴァルは涙まじりの息を吸って、ナイフの角度を変えた。べつの方向から切りつけるんだ。

今回は痛みの悲鳴をこらえることができなかった。気を失いそうだ。意志の力で血圧を安定させようとしながら、ナイフの切っ先でぐりぐりとかきまわし――たしかな感触を得た。これだ。カツンという音とともに、無機的な何かに当たった。筋肉でも腱でも骨でもない何か。

ヴァルは二本の指を突っこみ、その何かの先端にふれた。硬くて、なめらかな物体。だが、さわったと思った瞬間、かじかんだ指先からするりと逃れてしまった。ピンセットがほしい。明かりも。ヴァルはそれがあった場所の両側に指を広げ、えぐられた肉から押しだそうとした。

何かがそこから飛びでてきて、真っ黒な水に落ちかけた。震える手が宙でそれをつかんだ。四度も取り落としそうになったが、奇跡的に、手のなかに収めることができた。

体を前後に揺らしながら、数分のあいだ、ただ必死にぜいぜいと息をしたあと、ようやく目を開き、それを調べた。

血まみれのちっぽけなカプセルだ。錠剤ほどの大きさもない。本当に小さなもので、プラスチックかセラミックでできているようだ。ほんの一瞬、どうやって電力を得ていたのか不思議に思った。おそらくは、ヴァル自身の体の電磁場からだろう。

それ以上考える気力はなかった。肩で息をして、吐き気と失神をこらえるので精一杯だ。もしいま気を失ったら、溺れてしまう。

また決断のときが来た。ここでこれを水に落とし、始末をつけることもできる。しかし、そうすると、追っ手はまけるだろうが、やつらの目をよそに向けさせるまでには至らない。ヴァルは時間を稼がねばならず、この発信器が唯一の手札だ。

発信器をポケットに入れた。

傷を覆えるようなものは何もなかったが、なんにしても、泳いでここを抜けなければならない。ヴァルは震える体を押して、ぐしょ濡れのシャツとジャケットをのろのろと着直した。海水を含んだ水が傷をかすったときには、危うく大声で叫びそうになった。塩気が消毒代わりになることを祈るしかない。ぎくしゃくとした動きで、奥に進みはじめた。

もがくように泳ぎ、数時間もたったかと思われたころ、まったくの偶然ながらも、前方に明かりがちらついているのが見えた。大きな岩の並びの向こうが広い洞窟で、そこから明かりが漏れているのだ。ヴァルは岩のほうに泳ぎだし、気がつくと、観光客用のボートを見あげていた。洞窟《グロッタ》を案内するためのものだ。ボートはヴァルの横を通り過ぎていった。一様に驚愕の表情を浮かべた顔がこちらを見おろすなか、ツアーガイドは歌うような調子の英語でこう言っていた。「……中央にある鉱物の形から、ここは〝蝶々の間〟とも呼ばれ……」

「いまのを見たか、ロンダ？」恰幅《かっぷく》のいい中年の男が、英語で叫んだ。「一月だぞ！　ドイツ人かスウェーデン人に違いないな」

ツアーガイドがヴァルに目を向け、息を呑んだ。「ちょっと《エ　イ》！　あなた《ト　ウ》！」女性ガイドが声をあげる。「洞窟《グロッタ》での遊泳は禁じられているのよ！」

喉から言葉を押しだそうとしたが、震えがひどくてなかなかうまくいかなかった。

「わかってるさ《ヴァ・ベニッシモ》」水滴を飛ばして言った。「本当のところ、セニョリーナ、もう出るところだったんだ」

出口手前の岩にようやく這いあがったときには、心底ほっとした。そこから動くこともままならなかったが、目を丸くした通行人たちに見つめられ、発信器が電波を飛ばしつづけるあいだ、ただここでうずくまり、体を震わせているわけにはいかない。やっとの思いで立ちあがって、帰りかけの一団のうしろに張りつき、混み合った港までついていった。つまずいたり、ゾンビみたいによろめいたりしないように気をつけながら。というよりも、倒れないように。

サン・ヴィートは冬でも観光客で賑わっている。イギリス人やドイツ人、スカンジナビア人にとっては、この凍てつくような天気もぽかぽか陽気であり、こうした淡い日差しも常夏の陽光に等しいのだろう。ヴァルは足取りを速め、ごった返す人波を縫っていったが、走ることは我慢した。いかにも追われているそぶりなど見せれば、その瞬間に死んだも同然だ。振り返ってラ・ロッチアを見あげることも許されなかったが、そうしないようにこらえるのはひと苦労だった。アンドラーシュか部下のひとりが、そこから双眼鏡でこちらを探っているのはほぼ間違いない。

近くの島々を巡回するフェリーが停泊して、客を乗せているところだった。車両甲板に乗りこもうとする車も列を作っている。ヴァルは車の列の向こう側で腰を落とした。肩を丸め、頭を引っこめて、列に沿ってよろよろと進んだ。ぐしょ濡れで、血を流し、体中にあざができていて、しかも低体温でショック状態に陥りかけているが、それでもできるだけ目立たないようにしようという試みだ。

ようやく、目くらましにうってつけの車を見つけた。三輪の農耕車で、白髪まじりの老人が運転席についている。匂いからすると、今朝は魚を積んでいたようだ。漁師が獲物を本土に売りに来て、これから島に帰るところなのだろう。

ヴァルは血のついたカプセルをポケットから出して、ボロ車のうしろに放り入れ、どんどん歩調を速めて、その場から離れた。ほどなく、じぐざぐの敷石道でできるだけの近道をしながら、急勾配の丘をのぼりはじめた。見つからずに自分の車までたどり着ければ、わずかながらもチャンスを得られることになる。

一歩ごとに肩がひどく痛んだが、ヴァルはとうとう急きたてられる気持ちに負けて、走りだした。どのみち、誰もがこちらを見ているのだから。

24

アンドラーシュは逆上していた。さらに、ラ・ロッチアのてっぺんまで、息を切らしながら延々とのぼっていくことを余儀なくされたとあっては、機嫌が直るはずもなかった。あの姑息な野郎は海にもぐり、いまは洞窟のなかをうろついている。当然、いつまでもそこにいられるわけがない。やつはびしょ濡れだ。凍死したくなければ、出てくるしかないのだ。しかし、何せしぶとい野郎だから、それまでにはしばらく時間がかかるかもしれない。

そのあいだ、仕事が早い男というアンドラーシュの信用が脅かされることになる。そして、老ノヴァクはあの黄色い爪を噛んで、結果を待っている。

役立たずの地元チームのなかに、密輸業者ご用達《ようたし》の洞窟までヤノシュを追っていこうとする者はひとりもいなかった。ほとんどは、一度や二度、なかに入ったことのある者ばかりだというのに。五人のうちふたりをラ・ロッチアの北側の出口にやって、見張りに立たせた。ひとりは海岸で腹を撃たれ、そのまま動けずにいる。もうひとりは少しうしろのほうの岩場に倒れ、腿の傷から血を流して、余計な注目を集めている。運がよければ、もうすぐ昏睡状態に陥るか、せめて気を失ってくれるかもしれない。

不運にも傷を受け、それから警察に事情を吐かされるようなやからがいれば、その者に何が起こるのか、アンドラーシュはあらかじめはっきりと説明しておいた。本気だということが、あのぼんくらどもにも伝わったことを願う。

結局、観光用に開いている洞窟《グロッタ》のもうひとつの出口を見張るため、自分自身と猿並みの知能しかないアンジェロが、ラ・ロッチアをのぼるしかなくなった。ふたりぶんの人手をなくしていなければ、アンドラーシュはこの間抜けを自分で殺していたかもしれない。ヤノシュを生け捕りにしろという指示を忘れて、銃をぶっ放したのだから。たしかに、こいつは腹を撃たれた男、マッシモの弟だが、それでもだ。プロらしからぬ行いの言い訳にはならない。命令は命令だ。

ラ・ロッチアの頂上で、アンジェロは息を切らし、平らなところで仰向けになって、アンドラーシュの急ぎぶりに無言の抗議をしている。アンドラーシュがヘーゲルの病室から取ってきた携帯用のモニターは、この男の手に握られていた。

「立て」アンドラーシュは怒鳴った。「ヤノシュはもう洞窟から出てきていてもおかしくない」

アンジェロはがっしりとした体を起こし、重い足を引きずるようにして、つづら折りの敷石の下り坂をついてきた。ラ・ロッチアをくだりきる手前で、ベンチに座って景色を見渡せるところに出たとき、アンドラーシュはそこで足を止め、パソコンを立ちあげて信号を受信していないかどうか確かめた。ようやくアイコンが明滅しはじめているのを見た瞬間、心臓が飛び跳ねた。クリックして、地図を拡大し、サン・ヴィートの港周辺の詳細を広げた。

見つけたぞ。悪知恵に長けたあの野郎は、水辺に潜んでいやがった。アンドラーシュの現在地から三百メートルも離れていないところだ。視認できるに違いない。観光客の群れる港に目を走らせたとき、口のなかにつばが溜まった。しかし、パソコンの画面でかすかな動きがあるのに気づいた。

はっとして視線をさげ、アイコンが岸から離れて海に向かっていくのを見つめた。これはいったい……?

アンドラーシュは手をかざして日差しをさえぎり、港に目を凝らした。フェリーの汽笛が鳴り響く。くそったれ。あいつは船に乗り、地中海の辺鄙な島へ向かおうとしている。

「立つんだ」猿野郎に再び怒鳴りつけた。アンジェロはまた座りこみ、ぜいぜいと息を継いでいた。「いますぐ、ボートを持っているやつを探して、あのフェリーの行き先におれたちを運ばせろ」

驚いたことに、アンジェロは馬力のあるモーターボートの持ち主をすぐに見つけてきた。フェリーに先回りして島に着けるほど高速のボートだという。持ち主は間違いなく密輸業者だろう。たちまちに交渉がまとまった。アンドラーシュは札束から七百ユーロぶんを抜きだし、男の汚れた手に押しこんでから、さっそく乗りこもうとした。しかし、ボートのふちに片足をかけたとき、ぴたりと動きを止めた。

身動きひとつせず、空気の匂いを嗅いだ。背筋がぞくぞくしている。アンジェロと強欲な密輸業者の友人は、田舎者らしい顔をぽかんとさせて待っていた。

なんといっても、急げと言ったのはアンドラーシュだ。だが、目の前で岸を発つフェリーを見ても、口のなかにつばは溜まらない。疑念に襲われた。

罠か？

しかし、発信器はあの男の体内にある。ごまかしようはないだろう？

アンドラーシュはボートから足をどけて、デッキに立った。「おまえひとりで行け」アンジェロに言った。「フェリーより早く島に行って、あいつが降りてくるかどうか見張るんだ。受信器を使ってあとをつけろ。やつを見つけたら、すぐに連絡をよこせ」

「はい《シ》、わかりました《チェルト》」アンジェロはふくれっ面で答えた。

「もしあいつを殺してしまったら、おまえの肝臓を引きずりだして、野良犬に食わせ、それをその目で見せてやるぞ。いいな？」

密輸業者は目をぱちくりさせた。アンドラーシュとアンジェロを見比べる。アンジェロはうなずいた。「あなたはどこへ行くんで？」

「やつがおれを騙し、反対方向に逃げていないかどうか確かめる」険しい声で答えた。「さあ、行け」

ビーチサイドから一番近くにあるホテルの前で、ちょうどタクシーがオランダ人観光客たちを降ろしたところだった。アンドラーシュは喜んで飛び乗った。「ラ・ロッチアの北側のビーチまで。十分以内に着けば、百ユーロ出してやる」

運転手は目を輝かせた。タクシーが飛びだし、跳ねるように敷石道をのぼっていく。

ラ・ロッチアの反対側におりるまで十一分かかったが、難癖をつけるつもりはなかった。

車はアイスクリームの売店の前で急停止した。ヤノシュのレンタカー、オペル・ティグラが停まっていた場所の近くだ。オペルは消えていた。つまり、直感は正しかった——言うまでもなく、誰かが車を盗んだのでなければ、だが。イタリア南部ではしょっちゅう起こることだ。アンドラーシュは百ユーロを運転手の手に押しつけ、タクシーから降りた。

スリムな体つきと黒い目をした、十七歳にもならないような娘が、アイスクリーム屋のカウンターの向こうに立っていた。カーディガンの前をわざと開けて、ピンクのタンクトップに包まれたかわいい胸をひけらかしている。淡い色合いの布地に、濃い色の乳首が浮きでて見えた。オペルを動かした人間を見ているかもしれない。アンドラーシュはできるだけ感じよくほほ笑んだが、娘はぎょっとしたようすで身をすくめた。

「少し前までそこに停まっていたオペルに誰かが乗っていくところを見たか？」

娘は薔薇色の口をぱくぱくさせてから答えた。「ええ《シ》。男の人よ」

「どんなやつだった？」アンドラーシュは尋ねた。

大きな澄んだ目をぱちぱちさせる。「よく覚えていないわ」

「なるほど」アンドラーシュはポケットに手を入れて二十ユーロ札を出し、カウンターの向こうに滑らせた。

「背が高くて」恩着せがましく言う。「色黒の男性」

アンドラーシュは続きを待った。娘が肩をすくめたので、さらに二十ユーロを引きだした。娘はまつ毛をはためかせて、紙幣をするりとしまった。「びしょ濡れ」ようやく答えはじめる。「びしょ濡れで、凍えていた。血を流していたみたい。肩から。腕にも血がついていたわ」

これで裏づけが取れた。ヤノシュは無線発信器を体からえぐりだし、アンドラーシュを出し抜いたのだ。しかし、それももう終わりだ。やつらのゆうべのねぐらは判明している。びしょ濡れで寒さに震え、怪我をした男がねぐらのほかにどこへ行ける？　スティールのもとのほかに？　探索は再び軌道に乗った。すべて問題ない。アンドラーシュは娘に残忍な笑みを向けた。娘の顔が蒼白になる。必要な情報は得られたが、この無愛想でがめつい小娘は、手間をかけさせた。気に食わない。アンドラーシュはカウンターの向こうに手を伸ばし、力任せに乳首をつねった。十日は痛みが消えないほど強く。

娘は悲鳴をあげ、胸を押さえて、アンドラーシュをまじまじと見つめた。

「ご協力に感謝するよ、セニョリーナ」アンドラーシュは朗らかに言った。

そして、自分の車に向かった。アイスクリーム屋の小娘は運がいい。これほど時間に追われていなければ、さっき渡した金を十倍にして返してもらったところだ。

あるいは、両手両足を。

「本当にこれしかないの？」タマラは三度《みたび》尋ねた。

セニョーラ・コンチェッタの末息子、パンタレーオはうなり声で返事をした。何度訊こうとほかの言葉は続かないので、このうなり声はイエスの意味だとしか考えられなかった。

タマラは錆びついた一九六五年式フィアットに目を凝らした。座席の布地は腐り、悪臭を放つ灰色の埃で覆われているかのようだ。天井の布の切れはしはまるで蜘蛛《くも》の巣みたいに垂れさがっている。もはや元の色はわからなかった。座席の布地からのぞいているスポンジはざらつき、くすんだオレンジ色に変色している。後部座席は取り除かれ、そこに農具が積んであった。三つの窓はテープで留められ、フロントガラスは傷だらけで、ひび割れている。バックミラーはダクトテープに引っかかっているだけで、もう落ちる寸前だ。サイドミラーはなかった。床の穴から地面が見える。

ベスパのほうがましだろう。俗っぽいけれども、ともあれ、爽やかな魅力はある。一方で、目の前のこれは大惨事を約束し、ほかにどうしようもないときの最後の手段としてしか使いたくない代物だ。いまの時点で何度となく、セニョーラの家族の誰かに五十ユーロを差しだし、一番近いレンタカー店まで送ってもらえるように頼もうかという誘惑に駆られていた。しかし、行き先を知られるのは避けたかった。タマラの仕事について、人に知られることはよくない。というよりも、タマラとヴァルがいること自体、ここの家族にとってはよくない。ここを出て、次の隠れ場所を探すべきときはとっくに過ぎている。

「心配いらない」パンタレーオが言った。「カミーナ、カミーナ――走る、走る。一リットルかそこらのガソリンも入ってる。六百ユーロでいいよ。七百なら、なかの農具も全部つける」

へええ。近い将来、わたしがオリーブの果樹園で収穫作業をするとでも？　タマラは内心の考えを顔に表わした。パンタレーオは隙間の開いた歯を見せて、〝多少は儲けようというチャレンジ精神は責められないだろう？〟と言いたげな笑みを浮かべた。

タマラはバッグに手を伸ばした。「三百ユーロ」きっぱりと言った。「それでも法外な値段よ。なかの道具はすべて出してちょうだい。いますぐ」

パンタレーオは笑みを広げた。うしろのドアを開けて、農具を両腕に抱え、地面にどさっと置く。タマラが差しだした金を受け取り、ポケットに手を入れて、キーを取りだした。

「公証人のところに行って、譲渡手続《パサージオ・ディ・プロプリエータ》をしないと」パンタレーオが言った。

　このがらくたに？　タマラはなだめるような笑みを見せた。「べつの日にできない？　それまでは、わたしが借りているというふりをすればいいでしょう？」じつは、できる限り早く、この車の残骸を乗り捨てるつもりでいるのだけれども。レンタカーを借りられたらすぐに。

　パンタレーオは疑わしそうな顔をしていたものの、その汚れた手からタマラがキーを取りあげ、自分のポケットに滑りこませたときにも、文句を言わなかった。

　タマラはこの状況全体に神経をぴりぴりさせられていた。レンタカーを借りれば、望ましくないほど姿をさらすことになる。ゲオルグもタマラとヴァルが車を必要としていることは推測しているはずだ。このあたりで、車を手に入れられるところはそう多くない。そのすべての場所が見張られているだろう。

　せめてもの救いは、タマラが埃しか積んでいない一九六五年式フィアットに乗るなどとは、誰も予想しないということだ。とはいえ、逆に、不釣り合いな車に乗っているだけで人目を引きやすくなるとも考えられる。

　ぐだぐだするのはやめて、早く行動を起こしなさい。タマラは自分を叱りつけた。

　じつのところ、本当に時間を引き延ばしていた。そんな自分に腹がたち、困惑もおぼえている。

　アナを襲うための準備とジュエリーの装備にある程度の時間が取られたのは本当だ。シャワーを浴び、心ゆくまで身づくろいをすることにも、それなりの時間がかかった。いまは舌用のピアスをそわそわと弄んでいるところだ。ファッションとしてのボディピアスは好きではないが、こういった仕事にはふさわしい。

このピアスは〈デッドリー・ビューティ〉のうちでも、自分だけの秘密のシリーズに属しているものだ。シリーズ名は〝アルティメット・ウェポン〟だが、タマラの頭のなかにしか存在しないも同然――その存在を人に明かしたことは一度もない。商品として開発しなかったのは、あまりに危険だから。それに、このシリーズの作品は美学と無縁のものがほとんどだ。

わたしひとりのためのジュエリー。妄想じみて、イカレているわたしのための。

タマラは武器にもなる作品をデザインするたび、自分で打ちたてたアルゴリズムに通し、身につけたときの危険度を割りだしていた。装着者本人に不慮の死をもたらす危険度が五十パーセントを超す作品は、すべて〝アルティメット・ウェポン〟に分類される。そんなものを売るわけにはいかない。

このピアスの危険度は七十五パーセント。

舌の力を抜いて、あれこれ心配するのをやめなければ。しっかりしなさい、スティール。ああ、感情に振りまわされるなんて、いままでなかったことなのに。

着替えと支度が終わったあと、少しのあいだ精神統一を試み、何ごとにも動じないプロとしての自分を引きだそうとした。

ロボット女。そう、そこがすべての元凶だ。なぜなら、ロボット女がどこにも見当たらず、彼女なしではどうしていいかわからなくて、迷走するばかりだから。ほかに言いようがない。

ヴァルが戻ってきたときに、自分が消えているという状況を作りたくなかった。最悪の方法で別れを告げるにも等しいという気がする。本当はヴァルの手助けを拒みたくないし、あろうことか、彼の気持ちを傷つけるのはいやだと思っている。ヴァルを怒らせたくない。いったいいつから、男が怒るかどうか気にかけるようになったの？

もっとも、頭に銃を突きつけられたり、喉にナイフを掲げられたりしているときはべつだ。何にでも例外はある。

そして、これも例外のひとつだ。なんてことだろう。みずからを縛り、大切な時間を無駄にするほど気にかけているのだ。ここぞと出発する前に、ヴァルが帰ってくることを願っている。それなら、しかるべき戦いを繰り広げ、気絶させるか薬を嗅がせるかしてヴァルを負かし、タマラがひとりで行きたいと言ったなら逆らうべきではないとわからせることができる。

口で言うのは簡単だが。気絶させるにせよ、薬を嗅がせるにせよ、そう楽にはいかない。認めるのは癪だけれども、ヴァルのほうが体は大きく、力は強く、身ごなしはすばやい。そして、とんでもなく頑固だ。おまけに、ひどく熱心にタマラを守ろうとしている。そういうところには胸を打たれ、嬉しくもあり、男らしさを感じるものの、不都合このうえないことも確かだ。

言い争うに足るだけの強さのある男を負かすには、こうして相手がそっぽを向いているうちに、争う隙も与えず、こちらの勝手に動くことが唯一の方法だろう。その結果にはあとで対処すればいい。それが、これまでのやり方だった。何が変わったというの？

気にしてはだめ。この問いをじっくりと考えることが怖かった。

何はともあれ、タマラは計算高い冷血の人殺しだ。自分がひとりで行けば、ヴァルはアナにもドナテッラにもマフィアの友人たちにも、そしておそらくイタリアの警察にも、それなりの言い訳をすることができる。

それに、病院に忍びこむ計画は、できるだけシンプルなほうがいい。ヴァルにとっても同じだ。イムレを救う手助けをさせるために、タマラが死なないよう目を光らせておきたいという気持ちはわかるが、この件はひとりのほうがすんなりとかたをつけられる。

それでなくとも、ヴァルは見た目がよすぎる。四方から人目を集めてしまう。ピンク色の象に宝石をごてごてとつけて連れ歩くようなものだ。人々はその姿を目に留め、はっとして、記憶に残す。とりわけ、女たちが。アクセサリーとしては、実用性に乏しい。ともかく、殺人者のアクセサリーとしては。

今日、タマラ自身の格好は地味なものだ。少しだけよれよれで、ややしわになったスーツを着て、髪はきっちりとうしろに編みこんである。ノーメイクだ。不必要な注目を浴びる心配はない。間違いなく、アナは昨日と同じ服だと気づくだろう。いらだたしいが、ショッピングに行くほかにその解決法はなく、いまのタマラにはそういうくだらないことにかまける時間もない。そんなことをしていては好機を逃してしまう。チャンスは今日しかないのだ。

だったら？　そう、動きなさい、スティール。タマラは強いて自分を急きたて、服を汚さないよう、フィアットの汚い座席を覆うためのブランケットを取りに部屋に戻った。それにジュエリー・ケースとバッグをつかみ、再び外に出た。まともな車を見つけて、この一件を終わらせよう。

すべてがうまくいき、早く帰ってこられたら、いつもの図太さでヴァルの激怒に立ち向かえるだろう。そのあとでハンガリーに同行し、取り引きをまっとうすればいい。

それに、ヴァルが怒りで猛れば、最高のセックスで終わるのが常だ。ゆうべの一回でもたらされた疼きと痛みは、心地のいいものだった。

母屋の角を曲ったとき、ヴァルとぶつかり、危うく倒しそうになった。衝突でよろめきかけたヴァルに、タマラはぎょっとさせられた。顔は青白く、血とあざだらけで、目は虚ろだ。ヴァルは建物の壁に手を置いて体を支え、がくっと膝をついた。

こんな姿を見るのは衝撃だった。タマラの息が止まりかけた。

「どうしたの、ヤノシュ！　何があったの？」

ヴァルは震えて、ひざまずいたまま体を揺らし、歯を鳴らしていた。潮の匂いがする。あろうことか、海でひと泳ぎしたらしい。山の冷たい風が吹いていた。タマラは両腕を伸ばし、ヴァルの腋の下に手を入れて立ちあがらせた。ジャケットは濡れて、べたべたしているうえ、片側は黒ずんでいる。血だ。「たいへん」タマラはつぶやいた。「怪我をしているじゃないの。いったい何があったの？」

「アンドラーシュ」ヴァルはつぶやいた。「ノヴァク」

最悪だ。あの悪党どもがよりによって今日襲ってくるとは。「とにかく、風に当たっていてはよくないから、なかに入って。ありとあらゆる災難に見舞われたようなありさまよ、ヤノシュ。ひとりで行かせるんじゃなかったわ。やっぱり下手《へた》を打ったわね。これだから男って」

青ざめて震える唇は、笑みを作ろうとしたが、体はよろめき、壁にぶつかって、口から苦痛のうめきを漏らすことになった。タマラは血が流れていないほうにまわって、肩でできるだけヴァルの体重を支えた。なるべくなら、一着しかない服をだめにしたくない。

部屋に入ってすぐ、タマラは自分のジャケットを脱ぎ、袖をまくってから、ヴァルをベッドに座らせた。まずは靴から始め、濡れたズボンやブリーフを脱がせた。ジャケットに取りかかったとき、ヴァルが苦痛のうめき声を漏らしたので、タマラはさらにゆっくりとした手つきを心がけて、よさそうな腕のほうから引き抜き、次に血だらけの袖をそっと脱がせた。そして、シャツも。

肩のぎざぎざの傷からまだ血が流れているのを見た瞬間、タマラは歯を食いしばるようにして息を呑み、すぐにバスルームへ行って、もっとも清潔そうなタオルを取ってきた。ヴァルの上半身を優しく押してベッドに横たわらせ、脚を持ちあげて、全身をベッドに寝かせた。たんすから一番厚いウールのブランケットを取りだして、ヴァルにかけた。

「あなたはそこで体を温めていて」タマラは言った。「わたしは消毒薬か何かをセニョーラからもらってくるわ」

息を継ぐ間もなく外に出て、オリーブの木の下につややかな小型のオペルが停まっているのを横目で見ながら、母屋のドアを叩いた。少なくとも、ひどい目にあう前に、まともな車を手に入れることはできたわけだ。

ドアが開いたとたん、タマラは消毒薬と包帯と乾いた服をもらえるように頼んだ。そのとき、自分の声が子どもみたいにかぼそく震えていることに気づいた。まったくもう。息をするのよ、スティール、息をして。

セニョーラは思いきり顔をしかめた。「彼に何かあったのかい？」

タマラは言わずもがなだと示すために肩をすくめた。「血の気の多い人だから《エウン・ティポ・フォゴソ》」きっぱりと言った。ヴァルはそういうタイプに見える。馬鹿な男にありがちな喧嘩に巻きこまれたのだと、セニョーラが信じてくれるように祈った。

セニョーラは首を振った。「男はしょうがないね」険しい顔でつぶやく。キッチンに続くドアを開き、タマラをなかに通した。

広々として清潔なバロック様式のキッチンには、五〇年代の家電が並んでいた。セニョーラは奥の部屋に引っこみ、すぐに戻ってきて、アルコール消毒液の瓶とガーゼ、そしてなんと、外科用の包帯を渡してくれた――アメリカでも薬局でしか買えないようなものだ。前の宿泊客が置いていったの？　奇跡だ。これなら傷をふさげるかもしれない。

さらに、男物の服も腕のなかに押しこまれた。

「あの人には丈が短いだろうけど」セニョーラは言った。「うちにはそれほど大きな服はないからね」

タマラは心から礼を述べたあと、急いでキッチンを出た。目を離していたらヴァルが死ぬか消えるかしてしまうとでもいうように、鼓動が鳴り響いている。

厚いウールのブランケットにくるまれていても、ヴァルは激しく震えていた。タマラは電気をつけて、肩の傷の手当てにかかった。

これはひどい。でたらめに肉がえぐられているかのようで、内からも外からも縫ったほうがよさそうな傷だ。タマラも経験と勘による応急処置ならできるけれども、可能ならばこちらの事情を気にかけない本物の医者に診てもらいたい。ともかく、傷口をなるべくきれいにした。ヴァルが消毒液の刺激で鋭く息を吸ったときには、同情で顔をしかめた。

箱の説明書きに従って包帯を巻き、外科用の接着剤が切り傷を閉じてくれるようにする。ほんの数秒しかかからなかった。ただし、このまま傷が開くことがないのかどうかはわからない。どこよりひどいのは肩だったが、ぼろぼろの両手と膝にも手当てを施した。それから、ひととおりの毒をしまってある箱を開け、そこに用意しておいた緊急用の薬を取りだした。局所麻酔薬がないのは残念だが、筋肉注射用の抗生物質はある。タマラはそれを注射器に入れて、いいほうの腕の上に掲げた。

「抗生物質にアレルギーは？」ヴァルに尋ねた。「アナフィラキシーショックでわたしを脅かすような真似はやめてよね。ただでさえ、神経がささくれだっているんだから」

ヴァルは首を横に振り、ぎゅっと目を閉じた。タマラは針を刺した。

まだひどく震えている。熱いシャワーは望めないので、考えられる唯一の方法を取ることにした。服を全部脱いで、ブランケットのなかにもぐりこみ、ヴァルに這いのぼった。

冷たいだろうと覚悟はしていたが、それにしても冷えきっている。全身が震え、肌は海水でべたべたしていた。タマラは両腕でヴァルを包み、自分のぬくもりをすべて与えようとした。もっと与えられないのがもどかしい。もっと大きく、もっと広く、もっと柔らかくなりたい。女の形をした羽根布団に。こんなに瘦せていて、筋肉質の女ではだめだ。鉄に有刺鉄線を巻きつけたような女では。

それでも、ありがたいことに、肌をふれ合わせたことが役にたったようだ。しだいに震えが収まり、息も深くなってきた。タマラは海水でべたついた髪に指を差し入れた。もう乾きかけ、つんつんと立っているさまは悪くない。ハリウッドの不良少年みたいだ。

「それで、いったい何があったの？」タマラは尋ねた。

ヴァルは目を開けた。ぎょっとしたのは、そこに涙が浮かんでいたことだ。

「イムレが死んだ」ヴァルはしゃがれ声でささやいた。「みずから命を絶ったんだ。おれはそれをウェブカメラで見ていた。イムレはガラスの破片を腿の動脈に突き刺した」幼い子どものように声がわなないている。「おれを自由にしようとしてのことだ」

タマラはゆっくりと注意深く息を吸った。「なんてこと」小さくささやいた。「ああ、かわいそうに」

言うべきことでもなかったが、言ってはいけないことでもなかった。どちらにせよ、この言葉でヴァルがたちまちに泣き崩れ、驚いたことに、もはや氷の女ではなくなったタマラも泣きだしていた。

ふたりで泣きじゃくり、しっかりと抱き合って、互いに身を震わせた。タマラはヴァルの悲しみと喪失感を自分のもののように感じていた。

ヴァルの胸で泣いているうちに、気づいた。そう、わたしの悲しみだ。ヴァルの悲しみはわたしのもの。ヴァルの心はわたしの心。ヴァルは少し前から静かになっていたが、タマラはこの事実にまだ向き合えなかった。二日前の晩、ヴァルを愛しているふりをすればいいと言われ、泣かされてしまったときに、気づくべきだった。あの夢のなかで、ピンクッションみたいな心を拾ってもらったときに、気づくべきだった。ヴァルは人形のように砕けたタマラのかけらのなかから心を救いだし、命を吹き返してくれたのだ。奇跡的に。

感情の嵐《あらし》が収まったあと、タマラは顔をぬぐって、腕にあごをのせた。ふたりとも恥じ入り、気まずい思いをしている。

タマラは鼻をくすんと鳴らして涙を押しこめ、いつものように攻撃的な態度を取った。

「それで？ 教えてちょうだい、ぼうや。そのあざ、その肩の傷、それに海でひと泳ぎしたわけは？」

「アンドラーシュだ」ヴァルは答えた。

あの男のことは知っている。できれば、知りたくなかった男だ。あれに狙われているとあっては、とうてい安心できない。危険度はカートやゲオルグに並ぶ。「アンドラーシュはどうやってわたしたちを見つけたの？」

「おれに仕込まれていた発信器を追ってきたんだ。ヘーゲルから奪ったんだろう」

胸の悪くなるような情報だった。「何を追ってきたですって？」

ヴァルは肩のほうにあごをしゃくった。「そこだ。去年、銃傷の治療を受けたときに、仕込まれたに違いない。あのころから、PSSはおれを信用しなくなったようだ。やつらはおれを支配したがった。受信器がアンドラーシュの手に渡ったということは、ヘーゲルはもう死んでいるな」

「だから、わたしたちをホテルで見つけられたのね。空港でも」

「ああ」ヴァルの声はしおれていた。「おれのせいだ。もっと早く気づいていなきゃいけなかった。すまない」

「あなたのせいじゃないわ」思わずそう言っていた。だが、ヴァルに責任があるのは間違いない。それでも、タマラは無意味な言葉が口から転げでるのを止められなかった。なんてざまだろう。それでわたしとレイチェルは死にかけたというのに、この男を慰めようとしている。感傷的で、おつむの弱い女になりさがってしまったようだ。考えるのも怖いけれども。

かちかちと鳴る歯のあいだから、言葉少なに、ぽつぽつと事情が明かされた。泡立つ海に死を賭《と》して飛びこんだこと、暗い洞窟のなかで海に浸かったまま、ポケットナイフの先端で自分の体から発信器をえぐりだしたこと。わたしだったら、そこまでできる？

「どうしてわたしに連絡を――」

ヴァルは首を振った。「できなかった」簡潔に言う。「やつにきみの居所を知られるわけにはいかない。それに、医者に診てもらうような時間もなかった。ぐずぐずしていたら、アンドラーシュに見つかってしまっただろう。ゲームオーバーだ」

「そう」タマラにはそれしか言えなかった。

ヴァルはいつものように肩をすくめようとしたが、なかばで凍りつき、痛みに顔をしかめた。

かわいそうだとは思っても、態度を和らげる気はなかった。男の意地など無意味だ。ヴァルの苦痛に、タマラの胸が痛む。ヴァルが不必要に苦しむなら、タマラも同じ苦しみを受けということだ。ただでさえ、人生は苦難に満ちている。だからこそ、意味もなく苦しんでいるいることに腹がたった。

しかし、ヴァルは全身を痛めつけられたのではなかったようだ。なんと、タマラの下で体がもぞもぞと動き、長く伸びた熱いペニスがおなかに当たった。タマラは信じられない思いで身じろぎし、その感触が本当かどうか確かめた。そう、本当だ。岩みたいに硬くなっている。こんなときだというのに。

「ヴァル」タマラは厳しい声で言った。

「悪いね」ヴァルは何食わぬ顔で返す。

「こうして裸で抱き合っているのは、治療のためであって、それ以外のなんでもないのよ。低体温症やショック状態のことを心配していたの。その気にさせようなんて思ってもいなかったわ。そんな時間はありませんからね」

「そうか?」とヴァル。「だが、きみはこんなにも美しい。温かくて、強くて、命に満ちあふれている」腕に力をこめて、タマラを抱きしめる。「それに、おれはきみを愛している」

タマラは鼻にしわをよせた。「甘ったるい言葉はごめんだわ」戒めるように言った。「そういうものには我慢ができないの。わかってるでしょう。だから、やめて」

「愛してる」ヴァルはひるまずに繰り返した。「今日、おれは死にかけ、きみにそう告げるチャンスを失うところだった。おれの気持ちはもう伝わっていると思うが、それでもだ。だから、言いたいときに言うし、きみにはそれを聞かせる。愛しているんだ。本気だぞ。愛してる、タマル」

目に涙がにじみ、頬が火照った。卑怯だ。今日言わなくてもいいのに。わたしも愛していると応えたかったけれども、喉が熱くよじれるようで、言葉はそれにさえぎられてしまった。タマラは怪我をしていないほうの肩に顔をうずめ、表情を隠した。喉が開き、うまく咳払いができるようになるまでそのままでいた。

「つまり」タマラは小声で言った。「それほどひどい怪我じゃないってことよね。勃起して、わたしに股間をすりつけ、永遠の愛を誓えるんだから。よかったと言うべきかしら。で、これからどうするの？」

ヴァルの顔にはおどけた笑みはあまりに美しく、タマラを粉々に砕きかねなかった。「きみは手強いな」ヴァルはつぶやいた。「世界中で、裸のきみの下よりもおれがいたい場所はないから、こう言うのはいやなんだが、一刻も早く逃げなきゃならない。遠くまで」

「でも、もう発信器は取り除いたんでしょう？」

「それをつけたまま、このベッドに十六時間もいたんだ」ヴァルは言った。「やつはここを調べに来るだろう。もうこちらへ向かっているかもしれない。フェリーのごまかしで時間を稼げていればいいが、楽観はできないからな」

タマラはヴァルの目を見つめ、必死に考えをめぐらせた。「あなたは車を手に入れてきてくれた。それに乗って、ほかの隠れ場所を探しに行きましょう。あなたがそこで体を休めているあいだ、わたしはアナとステングルの始末をつけてくる。それだけは終わらせないと。そのあとのことはすべて任せるから。一緒に逃げるわ。どこへでも、あなたの望むところに」

ヴァルは真剣な表情を浮かべ、長々とタマラを見つめた。「よく理解してもらえていないのかもしれないな」言葉を選ぶように言う。「計画変更だ。諦めるしかないんだ、タマル。一切合切。ステングルのことも」

一瞬にして、まわりのすべてが冷たく、遠く感じられるようになった。アナの家のサロンでおぼえた感覚と同じだ。心のなかで扉が閉まるのがわかった。そのうしろには、十五歳のまま残されたもうひとりの自分がいる。だめよ。タマラは深く息を吸った。

「いいえ、ヴァル」タマラは言った。「はるばるここまで来たのは、そのためなのだから。けりをつけるまで、諦められないわ。止めないで」

そう言いながらも、わかってもらえないことを見て取っていた。当然だろう。わかってもらえるわけがない。ヴァルの現実はすでに変わってしまった。そして、ステングルはヴァルの現実とは無関係だ。あれはわたしの現実。過去の悪夢と向き合わなければならないのは、わたしひとり。いまも、これからも。

それでも、ほんの数秒間、諦めることを想像してみた。過去に背を向けることを。しかし、もう引き返せないところまで来ている。長すぎるほどの年月、自分がドラゴ・ステングルの前に立ち、死が迫っていることを悟らせたときの表情を思い浮かべてきた。

タマラに何をしたのか、ついに理解したときの表情を。わたしたち全員に何をしたのか。そのつけを払うときが来たのだとわからせてやらなければならない。

それを手放すことなどできない。あるいは、タマラのほうが手放してもらえないと言うべきだろうか。大人になってからずっと、骸骨の鉤爪につかまれるように、そのことに取り憑かれてきた。いまさら鉤爪の力がゆるむはずもない。逃すものかとばかりにタマラを締めつけ、握りつぶしている。もう耐えられなかった。すべてが終わったあとでさえ、鉤爪から逃れられないのだとしても。

ヴァルは両手でタマラの頬を包み、のぞきこむように目を見つめた。「イムレがああしたのは、おれを自由にするためだ」せっぱつまった口調で言う。「イムレの贈り物を無駄にはできない。イムレ亡きいま、この世でただひとり大事に思っている人を危険にさらすのはごめんだ。おれはきみと人生を歩んでいきたい。こんなことを言うとは夢にも思わなかったが、きみがおれに夢を抱かせた。おれはどうしてもその夢を叶えたい」

「レイチェルは？」タマラは尋ねた。

ヴァルは当たり前のことを訊くなというように手を払った。「もちろん迎えに行く」きっぱりと言った。「おれだって馬鹿じゃない。あの子が最優先なのはわかっている」

ヴァルはタマラの心が動いていないことを感じ取り、いらだたしげに下から体を揺さぶった。「レイチェルのために諦めてくれ、タマル。おれたちのために。考えてみろ。きみは殺人を犯そうとしている。あの男が過去に何をしたにせよ、イタリアの警察はきみを追う。サンタリーニの義理の父親を手にかけたとなれば、イタリア・マフィアも追ってくるだろう。きみの問題は数倍に膨れあがる。そんな事態を招こうとするな。おれはきみを止めるぞ。唯一のチャンスをつぶさせるような真似はさせない。何より、きみを失うかもしれないなどとは考えたくもない。わかったな？　もはや検討の余地もないことだ」

タマラはヴァルの言葉を嚙みしめた。自分にとって重要なことと、なすべきことを考えた。

胸の奥でナイフがゆっくりとその身をよじる。「あなたがそう言うのは簡単よ、ヤノシュ」タマラはささやいた。「あなたはもう自由になった。わたしは違う」

ヴァルの顔がこわばった。枕から頭を持ちあげる。「家族と呼べるたったひとりの人間が、目の前で死んだんだぞ。簡単などと言うな」

タマラはヴァルの体からするりとおりて床に立ち、ベッドに背を向けて、次にしなければならないことをする気力をかきたてた。「ごめんなさい」抑えた口調で言った。「たいへんな朝だったのはわかっているわ」

ヴァルは手を伸ばし、タマラの腕を撫でた。「タマル。頼む」

タマラは振り返り、腕をつかんでいる手を見た。怪我をしていないほうの肩から伸びている手だ。がっしりとして、関節が傷だらけでも美しい。力を振るうことも、優しく愛撫することも思うままの手だ。

その手をつかみ、口もとに引きよせて、キスをした。無言のさよならだ。

そして、鉄の柵状《さくじょう》のヘッドボードからぶらさがっていた手錠にさっと腕を伸ばし、それをヴァルの手首にはめた。「本当にごめんなさい」タマラはささやいた。

ヴァルはぽかんと口を開けてタマラを見つめ、それからいきなり体を起こして、ローマの方言で悪態の言葉を爆発させた。手錠をガチャガチャと鳴らし、激しくひねったり引っぱったりする。肩の白いガーゼに新たな血がにじみ、広がっていった。その下の外科用包帯がはがれかけているのだろう。

「お願い、やめて。そんなふうに暴れないで」タマラは懇願した。「傷がひどくなってしまうわ」

「いったいなんのつもりだ、裏切り者」

タマラは身をこわばらせた。心の盾をおろしているいま、ヴァルの怒りによって、思いもよらなかったほど深く胸をえぐられていた。「ごめんなさい」もう一度言い、再び涙で目を曇らせた。ヴァルがタマラを捕らえようと勢いよく腕を伸ばしてきたので、よろめくようにあとずさりした。

「こっちに戻ってこい」ヴァルは怒鳴った。「このろくでもないものの鍵を開けるんだ。いますぐ!」

タマラは首を横に振った。「できないわ」小声で言った。「ごめんなさい」さっと前に出て服をつかみ、すぐにまたヴァルの手の届かないところまで飛びのいた。「あなたを傷つけるつもりはないの」

「へえ、そうか?」ヴァルは意地悪く言った。「だから、おれを真っ裸でベッドにつないだ? アンドラーシュが来たとき、生贄の山羊みたいに捧げられるように? ああ、タマル、きみの気持ちはよくわかったよ」

「その前にわたしが帰ってくれば――」

「そのころには、おれの玉は切り刻まれ、喉に押しこまれているだろうさ」ヴァルは大声をあげた。「最初からこういう計画だったのか? 自分で手をくだす勇気もないってわけか?」

涙が頬に流れていることに気づきながらも、タマラは首を振った。「違う。そう長い時間、あなたをこのままにしておく気は――」

「なら、早くこれを開けろ！」ヴァルは声を轟かせた。「ピッキングの道具をよこせ！」

「少し黙って、わたしの話を聞いて」タマラはすがるように言った。「オリーブの果樹園の外にぼろぼろのフィアットが停まっている。わたしのものよ」ポケットからキーを出した。

「セニョーラの息子、パンタレーオから買ったの。ほら、これがキーよ。だから、あなたがいつまでも足止めされることは――」

「車がなんだ！」ヴァルが吼《ほ》えた。「手錠をはずせ、くそったれ《プッターナ》」

「ちょっと口を閉じて、聞きなさいよ！」タマラも声を荒らげた。しゃがんで、床に丸まっている濡れたズボンのポケットから、オペルのキーを引き抜いた。

ヴァルは嘲るように言った。「なるほど。おれの車も奪っていくってことだな？」

「あなたにはフィアットを残していくから、ぐだぐだ言わないで」パンタレーオからもらったキーをベッドに放った。「ここに乾いた服もある。わたしの携帯電話も渡しておくわ。もしあなたがあとで――」

「携帯電話がなんだ！　手錠をはずせ！」ベッドの枠が軋み、揺れて、床にこすれた。ヴァルが力任せに動かしている。

タマラはぎょっとしてあとずさった。もういい加減に出発する時間だ。「あなたの手のすぐそばに、ピッキングの道具を置いていく」タマラは必死の思いで言った。「ゲオルグの銃も。どんな形であっても、あなたがひどい目にあうことはわたしの望みじゃない。その正反対よ。お願い、信じて」

ヴァルは片手を出した。「銃を渡せ」

「ええ」タマラはつぶやいた。長々と息を吐き、矢のようにすばやく腕を前に出して、ヴァルの顔をめがけ、バレッタから睡眠薬のスプレーを吹きかけた。「目覚めたら、銃を受け取って。わたしはそこまで馬鹿じゃない」

睡眠薬はごく微量だ。指の力をできるだけ加減した。「長くは効かないわ」タマラは急いで言った。「最大でも十五分程度。あなたの体格なら、もっと早く目覚めるかも。そのあと……あなたは自由になれる」

ヴァルは言葉を失ってタマラを見つめていた。肺の奥から一気に息を吐きだす。どさっとベッドに横たわり、まばたきをした。

目つきは暗然として、裏切られたという気持ちをありありと物語っていた。

「ごめんなさい」タマラはまたささやいた。奇妙にも声がかすれている。「少しだけ先にスタートを切りたいの。わたしに必要なのはそれだけ」

ヴァルは口を開き、何かをしゃべろうとして、声が出ないことに戸惑ったような表情を浮かべた。

「けりがついたら、新しい携帯電話を買う」タマラは言った。「一度だけ、あなたに電話をかけるわ。まだわたしとの未来を望むかどうか確かめるために。その気がないなら、失せろと言ってくれればいい。それをせめてもの楽しみにできるかもね」

ヴァルはぐらつきながらも、体を起こそうとしていた。タマラはヴァルをそっとベッドに押し戻した。手錠をかけられたほうの腕が、無理な体勢で伸びているのは忍びなかったけれども、仕方がない。

ヴァルの脚をもう一度持ちあげ、ベッドにのせた。腕が楽になるように、ぐっと足首を引っぱった。それから、ウールのブランケットをかけ直して、手の横に銃と携帯電話、ピッキングの小さな道具を置いた。

ひたいに、頰に、あごにキスをした。そして、唇に。殺される恐れなくヴァルにふれられるのは、これが最後になるかもしれない。もう憎まれているだろうから。

ヴァルは海の味がした。潮の味。まるで命そのものだ。タマラの胸がよじれた。

驚いたことに、ヴァルの目はまだ開いていた。タマラを糾弾するようなあの鋭いまなざしでこちらを見ている。死に物狂いで闘っているのだ。なんて強い男。

ああ、ヴァルのそこを愛している。わたしはヴァルを愛している。

頰に手を添え、再び飢えたようにキスをした。「わたしも愛してる」タマラは言った。なんの反応もできないとわかっているときなら、これほど簡単に告白できるとは、われながら呆れる。救いようもなく歪んだ女だ。「愛してるわ、ヴァル・ヤノシュ」声に力をこめて言った。「本気よ。いつか、このことを許してもらえるといいのだけれど」

衝動的に、刃の隠された指輪を親指からはずして、ヴァルの薬指にはめた。

タマラは荷物をつかみ、熱い涙を止めどもなく流して、部屋から飛びだした。

25

アンドラーシュは未舗装の道をはずれたところに車を入れた。セダンはでこぼこの地面で跳ね、バキバキと音をたてながら枯れた灌木《かんぼく》のあいだを抜け、オリーブの木の枝を折って進んでいく。ヤノシュのアイコンの記録から割りだした場所の手前に、車を隠すのにうってつけの松の木立があった。ゆうべ、あの男はここに泊まった。手下どもを連れてこられなかったのは残念だが、ヤノシュは手負いで、疲労も大きい。そして、スティールは結局のところ女だ。有能なのは確かだが、女なら、どれだけの力があろうとさばくことができる。

むしろ、ヤノシュが最初に送ってきたビデオを見たときから、あの女をさばくのを楽しみにしていた。あの見事な体がヤノシュと重なるのを見て、アンドラーシュの血がたぎった。味見したいものだ。

それに、スティールを手に入れれば、ついにヤノシュを滅ぼすこともできる。胸がすくのは間違いない。あいつには心底いらいらさせられている。

言うまでもなく、ふたりがここにいればの話だ。しかし、アンドラーシュは自分の勘が当たっていると確信していた。やつらの匂いを嗅げるようだ。胸が高鳴り、感覚が研ぎ澄まされ、股間が疼いていることからもわかる。アンドラーシュは唇を舐めた。

車から降りてドアを閉めた瞬間、ほかの車の音が聞こえた。さっとしゃがみ、ふしだらけで幹の太いオリーブの古木の木立の隙間から、向こう側をのぞいた。

ヤノシュが借りているオペルだ。なかに乗っているのはひとり。車が通過する直前、ほっそりとして女らしいスティールの横顔をどうにか確認できた。それが視界から消えるまで見送った。オペルはがたがたの道で車体を揺らし、海沿いのハイウェイに続く細い舗装道路に入っていった。

アンドラーシュは急いで自分の車に戻った。ここからの立ちまわりは難しい。気づかれない程度の距離を取り、スティールがハイウェイに乗ったあとには、どこへ向かうのか見逃さないくらいに近づいていなければならない。とはいえ、立ちまわりがうまくなければ、おれにはなんの価値もない。

ヤノシュは放っておけ。スティールに張りつき、捕らえて、今日のうちにノヴァクに届ける。その後、アンドラーシュがあの女の体から直接に褒美をもらっても、ノヴァクは気にしないだろう。

そのようすを目の前で見られるなら。お楽しみの一部だ。

「アンプリックス15は即効性が高いんです。とくにこういう濃縮液は」タマラはミニチュアの注射器に十滴の溶液を入れた。たったいま、溶液の測り方と混ぜ方をアナに教えたばかりのものだ。「猛毒です。この毒を使うときには、標的の痙攣によって自分が怪我をする可能性もあります。骨が折れるほど激しい痙攣になるから。その時点で標的がまだ生きているなら、出血が始まる。心臓が止まっていなければ。汚れることを覚悟しておいてください」

「解毒剤は？」アナの目が輝いている。思わず感心させられたという表情だ。

タマラはアナを見つめた。「ありません」そう答えた。「その時間もない。四十秒程度で死をもたらす毒です」筒に針をつけ、カチッと音がするまではめこんだ。宝石のついた金のイヤリングの形をしたシリンダーにそれを入れて、同じく宝石のより合った玉を針先にかぶせ、ひねってふたをした。

イヤリングをアナに渡した。受け取る前、アナはかすかに尻込みした。ふん。臆病な女。本来なら〈デッドリー・ビューティ〉をつけるに値しない。

「両方のイヤリングに仕込んでおくことを強くお勧めします」タマラは言った。「そのときになってみなければ、どちらの手が使えるかわからないから。その後の風向きがどちらに変わるのかも」

「毒の塗ってあるナイフのほうは？　これも同じくらいの時間で殺せるの？」アナはこわごわとへアクリップを取りあげ、ボタンを押して、異様に鋭い五センチほどのナイフを出した。誰かを殺すことを思い描きながら、オモチャの剣を持った子どもみたいにナイフを振りまわす。

タマラは顔をしかめるのをこらえて、アンプリックス15の配合を書き記した。「もう少し時間がかかります」アナに答えた。「原料が違うから。TR－8321の場合、一分二十秒くらいです」

「解毒剤は？」

タマラはしばらくのあいだアナを見つめ、謎めいた笑みを浮かべた。「ありません」同じ答えを繰り返した。「わたしの主義に反します。自分が何をしているのか、はっきりとした自覚がないなら、〈デッドリー・ビューティ〉の作品はつけるべきではない。最後に気が変わるのを恐れているせいで、解毒剤が必要だと思うなら、その道のプロを雇って汚い仕事を任せたほうがいいでしょう。そして、もっと一般的で、安全なアクセサリーをつけること。例えば、カルティエ」

アナが目をすがめると、厚塗りの肌にうっすらとカラスの足跡が刻まれた。「自分のしていることはわかっているわ」ぴしりと言う。

タマラはうなずいた。「けっこう。意志の強い女性なら大歓迎です。それから、これはペンダントに手榴弾を装着する方法の説明書。現物を用意してこられなくて申し訳ありませんが。ああいった品をこっそり手に入れるのが難しいのは承知しているのに」

「わたしにとっては問題にならないわ」アナは得意げに言った。「ツテがあるから」

「よかった。それぞれの作品を武器にして引き渡す場合、通常は十五パーセントの手数料をいただいているけれども、今回は免除ということで」タマラは説明書の束を重ね合わせた。「各武器に必要な原料のインターネットでの入手先をまとめておきました。注文するときに使えそうな口実も。それから、忘れないでください、ミセス・サンタリーニ。手順をはしょらず、材料を省かず、代用品を使わないこと。必ず、レシピどおりに、正確に作ること」

「わかったわ」アナはいらいらと言った。「悪いけど、これで終わりにしていいかしら、ミス・スティール。これからどうしてもはずせない用事があるのよ。昨日決めた時間より、あなたが大幅に遅れてきたから、今日一日の予定がめちゃくちゃだわ！」

　自分がかわいそうだと言いたげな口調が神経に障った。それでも、タマラは強いて申し訳なさそうな顔つきを作った。「すみません。今朝はごたごたしていたものだから」

「いつもならコーヒーを勧めるところだけど、あなたの提案どおり、今日の午前は使用人たちに暇をやっているから、飲み物を用意させることもできないわ」いかにも不満たらしく言う。「昼食さえとっていないんですからね」

　へええ。腹ぺこで、かわいそうなアナ。でも、その結果、大きく広がったお尻が少しは小さくなるかもしれない。タマラはこの場にふさわしいショックの表情を浮かべようとした。「まあ」小声で言った。「迷惑をかけてしまって、本当にごめんなさい」

「代金を」アナは引き出しを開けて、帯紙でまとめられた札束をいくつか取った。「昨日の取り決めどおり、十一万ユーロ。連番ではない五十ユーロ札と百ユーロ札で」

　タマラは札束をバッグにしまった。あって困るものではない。そもそも、計画が成功しても失敗しても、正真正銘の〈デッドリー・ビューティ〉を売ってやったことには変わりないのだから、詐欺とは違う。それに、この先、死に物狂いで逃げるには札束が役にたつ。

　ヴァルがいても、いなくても。

　タマラは胸の痛みを押しやった。いまのことに集中しなければ。

　アナはコートに袖を通していた。「ジャンカルロが帰る前に、車をまわしておくよう頼んでおいてよかったわ」ひとりごとのように言う。「本当に時間がないのよ、ミス・スティール。もう帰っていただける？」

「あとひとつだけ」タマラは、たったいまアンプリックス15の入れ方を教えたばかりの金のイヤリングを取って、ポケットに隠してあった複製品とすり替えた。「見せたいものがあります。ちょっとした警告です」

アナはコートについている毛皮の襟を直し、いらだちのうめき声をあげた。タイルの床にハイヒールの音が響く。「今度は何かしら?」

「すぐに終わります。でも、重要なことなので」タマラはイヤリングの玉をひねり、レバーを押して、なかで針を留めていたバネを解除した。溶液が一滴、針の先端で震えるまで押しつづけた。サロンの窓から差しこむ午後の光に反射して、ダイヤモンドみたいだ。「どんなふうに武器を使うことができるのか、実演してみせましょう」

アナは鼻を鳴らした。「必要ないわ。使い方ならもうわかって――ちょっと!」

タマラはアナの肘をつかみ、針を手首に押しつけていた。

たちまちアナは凍りついた。「あの……針を腕から離して」喉を締めつけられたような声で言う。「早く」

「だめ」タマラは言った。「さあ、歩きなさい。ドアのほうへ。まずは右足、そして左足。その調子。わたしの車でノチェラに行くのよ」

アナは目を丸くした。厚化粧の下で、顔が土気色に変わる。「どうしてわたしの行き先を……ああ、なんてこと。あなたは何者なの?」

「そう訊かれても、あなたのわがままぶりと馬鹿さ加減にはうんざりしているから、答える気にもなれないわ」タマラはアナを引っぱり、針が肌にちくりと刺さる感触を味わわせた。

「考えてごらんなさい。記憶をほじくり返して。これで、ドライブのあいだも退屈せずにすむわよね」

オペルまで引きずっていくあいだに、アナは騒々しく泣きはじめていた。「わからないわ」泣きながら言う。「お願い、ひどいことはしないで」

タマラは歯を食いしばった。泣きじゃくる声と洟をすする音は聞くにたえない。ロボット女になるのよ。胸にそう言い聞かせた。するべきことをしなさい。「車のドアを開けて、なかに乗って」

アナは助手席にどすんと腰をおろした。早くも目もとのメイクが落ちて、頬に黒い筋を残している。

「電動の門を開けるためのリモコンは、そのバッグに入っているんでしょうね？」タマラは強い口調で尋ねた。「あなたのために、入っていることを願うわ」

アナはうなずき、哀れっぽくしゃくりあげた。

「リモコンを出して、運転席に置きなさい」

アナは言われたとおりにした。タマラはほっとして息を吸い、ヘアクリップをつかんで、アナの顔に睡眠薬を吹きかけた。

ほとんどすぐに、アナの頭は横に傾いた。鼻水が流れ、口にかかる。タマラは静寂をありがたく思いながら、目をそらした。ここまでは順調だ。

運転席に乗りこんだ。アナはこちら側にかしいでいたので、不愉快なほど距離が近い。タマラはぐったりとした体を押しあげ、まっすぐに座らせて、シートベルトで固定した。

門がリモコンできちんと開いたとき、タマラは安堵の息を吐いた。これで門が開かなかったら、まるで道化だ。

山地のハイウェイに乗り、カーブの多い道でスピードをあげはじめると、だいぶ気分がよくなった。猛スピードで車を走らせていれば、運転に集中するしかなくなり、この件の一切に対してとんでもなく腐った気持ちでいることを忘れられる。

ロボット女は腐った気持ちなど持たないはずだ。そもそも、感情がないのだから。黙々と仕事をこなすだけ。

苦々しい思いで、タマラはかつてアナが自分に何をしようとしたのか思い起こした。アナの醜さと悪意を。そして、あのボーイフレンドの陰嚢に針を突き刺したときのことを考えた。自由と報復のために本気で立ちあがったのは、あのときが初めてだ。

あれから長い道のりを歩んできたが、いままた牢獄に這い戻り、みずからその扉を閉じようとしているように感じる。

復讐をすれば溜飲《りゅういん》がさがるものだと信じてきた。浄化されるのだと。でも、違った。むしろ、汚れていくように思えた。そして、ヴァルを手錠でベッドにつないできたことに対しても、同じように感じている。ただし、十倍も強く。

胸の内に、曖昧な恐怖が広がろうとしていた。取り返しのつかないところまで来てしまったような気がする。逃げ場のない道をくだろうとしている。破滅の運命が待っている。

タマラはその感覚を踏みつぶした。運命なんて、くだらない。疑いを持つ余裕はない。主義にも反する。

問題は、最近、それが少し窮屈に感じられてきたことだ。まるで、小さくなった靴をいつまでも履いているように。

くたびれ果てたフィアットは、時速四十五キロを超すたびに車体を震わせ、いまにも崩れ落ちそうになった。あろうことか、五十センチ四方の騒々しい小型エンジンを積んでいるベスパのほうが、まだ速く走れた。たった十分かそこらヴァルの気を失わせただけで、充分なリードになるとタマルが考えたのもうなずける。実際にその差を開くのは、おんぼろ車の速度だ。

ヴァルはしかめっ面で前に身を乗り出し、ひび割れて汚れたフロントガラスの向こうに目を凝らし、事故を起こさないように必死で道路を見ようとしていた。盗むか借りるかしてべつの車を手に入れたら、どれほどの時間を稼げるか、あるいは失うか考えつづけているものの、いいアイデアは浮かばない。最も近いレンタカー店はサン・ヴィートにあるが、あそこに戻るわけにはいかず、ほかの土地をまわっていたら、かえって時間を食ってしまう。これほど頭がぼんやりしている状態では、車泥棒も無理だろう。盗みの現場を見つかるのがオチだ。持ち主が八十のじいさんだったとしても、いまのヴァルなら半殺しにされかねない。そういう情けない目にあうに決まっている。

それに、もらった服は車にぴったりだった。セーターは毛玉だらけで、煙草の焦げがいくつもつき、腋の下は汗の染みで黄土色に変わっている。ズボンは毛羽立ち、腰からずり落ちそうなのに、裾は足首にも届かない。褒められるところがあるとすれば、濡れていないことだけだ。

ぼろ入れからこれを選んだとき、セニョーラは忍び笑いを漏らしたに違いない。怒りとわびしさに乗っ取られていなければ、ヴァルもセニョーラのちょっとしたジョークをおもしろく思っていただろう。

そして、痛みがなければ。どこもかしこも痛い。一番ひどいのは肩だが、体の内側にも外側にも、ズキズキしたりヒリヒリしたりしない場所はなかった。頭痛もひどい。タマルがどんな睡眠薬を使ったのか知らないが、そのせいなのは間違いなかった。

ヴァルは屈辱をおぼえていた。愛を告白した自分が馬鹿みたいだ。タマルはそれをあざ笑うかのようにして裏切った。間抜けな男には似合いの結末だ。

なら、なぜ彼女を追う？　背を向けて、立ち去ることもできるのに。意固地になっているだけだ。裏をかかれるのは好きじゃない。

ヴァルは薬指の指輪を見つめた。タマルの指輪だ。いったいなんのつもりで残していったのか、考える気はしない。

だが、はずすこともできなかった。

ポケットのなかで、携帯電話のお知らせ音が鳴った。ようやく通信圏内に入ったということだ。ヴァルは携帯を取りだし、ちらりと視線を落とした。

そして、もう一度見た。圏外にいたときの着信履歴が二十件。表示されている番号に目を走らせた。すべて同じ番号で、シアトルの局番が含まれている。シアトルの誰かが、ひと晩中、必死でタマルに連絡を取ろうとしていたということだ。

いい知らせのわけがない。ふいにレイチェルの顔が頭に浮かんだ。イムレが命を懸けて開けてくれた牢獄の扉が、再び閉じはじめるような感覚に襲われ、恐怖で背筋がぞっとした。

やめてくれ。タマルの大事な娘だけは。

履歴の番号にかけ直そうとしたとき、今度は着信音が鳴りはじめた。知らない番号だ。一瞬、ヴァルは馬鹿げた望みに駆られた。タマルからかもしれないと思ったのだ。

通話ボタンを押した。「もしもし?」

不審がるような間があいたあと、コナー・マクラウドのしゃがれた声が聞こえてきた。

「あんた、誰だ?」

「ヴァル・ヤノシュ」ヴァルは言った。「何があった?」

「レイチェル」コナーが答える。「レイチェルがさらわれた」

じわじわと胸に忍びこんでいた疑いが、たちまち恐怖に変わった。ヴァルはすぐさまそれを凍結して、わきに押しやった。その時間はない。行動あるのみだ。

「誰に?」ヴァルは尋ねた。「いつ?」

「誰になんてどうしたらわかる? あの子はうちのすぐそばの公園でスヴェティと遊んでいた。男三人の乗った黒いセダンがそのそばに停まった。スヴェティを足蹴にかけ、レイチェルをさらい、車で走り去ったらしい。午後六時ころの話だ」

「くそっ《カッツォ》」ヴァルは小声で言った。

「そうだな」コナーが同意した。「タマラはどこだ? なぜいつまでも電話に出なかった?」

ヴァルは張りつめたものを吐きだすように、勢いよく息をついた。「彼女はある人間を殺すために出かけている」険しい口調で言った。「そのことで意見の食い違いが生じた。おれは手錠でベッドにつながれ、睡眠薬を嗅がされた。ようやく手錠をはずしたばかりだ。彼女が捕まったり、殺されたりする前に追いつけることを願っているところだよ」

「なるほど」ぎこちない沈黙が落ちた。「まあ、ありそうなことだ。タマラらしい。タマラと付き合うのはなかなか楽しいだろう？」

「くだらないことを言うな」ヴァルは言った。

「そうだな。ともかく、あんたたちふたりが何か知っていないかと――」

「ノヴァクだ」ヴァルは感情を押し殺して言った。「レイチェルにつけた無線発信器から、現在地を確かめろ」

コナーは鋭く息を吸った。「なんだって？　信じられない。レイチェルに発信器をつけたのか？　どんなタイプのものだ？」

「〈セイフガード〉製だよ」ヴァルは言った。「熊のぬいぐるみにひとつ、ベビーカーにひとつ、ブランケットにひとつ、それからコートにもひとつつけてある。あのもこもこした赤いやつだ」

「コートはまだ着ているかもしれないな」コナーの声は興奮で震えていた。「周波数は？」

「いまはわからない」ヴァルは答えた。「おとといホテルで襲われたとき、書類をなくしてしまったんだ。だが、そっちのデータベースから調べられるだろ。二週間前に、ロバート・パーキンズの名前で注文した。タコマの住所に届けられたものだ。レイチェルには、二番めに小さなものを使った。針型の発信器を四つだ」

「おまえはたいしたやつだよ、ヤノシュ。こっちはいま空港にいるんだ。パリ行きのフライトを予約している。ヨーロッパに向かう便はそれが一番早かったからなんだが、そこからどこへ行けばいいのかわからない」

「まず間違いなくハンガリーだな。レイチェルの信号が見つかったらまた電話をくれ」ヴァルは言った。「おれはタマルを迎えに行く。できればだが。ブダペストで落ち合おう」

電話を切り、アクセルをぐっと踏みこんで、車が甲高い泣き声をあげ、抗議するように車体を揺するのを無視した。

レイチェルのために、この車には最後の踏ん張りを見せてもらう。


タイミングはばっちりだった。病院の前に車を停めたとき、アナのまぶたがゆっくりと開いた。タマラは車を降りて助手席側にまわり、勢いよくドアを開けて、シートベルトをはずしてから、アナの頬をぺちぺちと叩いた。

「起きなさい」歯切れのいい声で言った。「ショータイムよ」

アナはうめいた。目つきはまだぼんやりとしている。「何?」

タマラはバッグからメイク落としのシートを数枚取りだし、手鏡と一緒に渡した。「顔を直して」

アナはちらりと鏡を見たとたん、ヒッと息を呑み、たちまち目を覚ました。メイクを整えはじめてから二分ほどたったとき、タマラは時間稼ぎの意図を感じ取り、アナの肘をつかんで車から引きおろした。

アナは身をよじってタマラの手から逃れた。「いったい何を——あ!」注射器の針がアナのコートを突き通し、肌にまで達した。タマラはそうしながらアナの隣につき、いかにも仲がよさそうに腕を組んだ。

「気をつけて動いたほうがいいわよ」タマラは言った。「よく聞きなさい。わたしはドクター《ドットレッサ》・ティッチアナ・ガダレータ。あいつはなんの病気にかかっているの?」

「よ、よくはわからないの」アナは震え声で言った。「熱帯性寄生虫か何かに感染していると医者は考えているようだけど。神経疾患を引き起こすそうよ。体は麻痺しているのに、ひどい痛みはまだ感じられる状態で。本当に……恐ろしい病気。お願い。さらにひどい目にあわせたりしないで。ただでさえ父はひどく苦しんでいるの」

「では、わたしは熱帯性寄生虫の専門家だということにして」こちらには、うってつけの状態だ。一挙両得。麻痺しているのに、痛みが感じられているとは。

不思議なものだ。この十六年間、タマラは自分がそういう状態にあると感じてきた。

アナは足を踏ん張っていた。「父に何をするつもりなの?」

「黙って歩きなさい」タマラは切りつけるように言って、病院の玄関に向かわせた。

アナはまたべそをかきはじめていた。タマラはそちらに身をよせ、耳もとでささやいた。

「少しでもおかしな真似をしたら、針を突き刺すわよ。はったりじゃない。わたしには失うものなど何もないのだから」生まれて初めて、その言葉が嘘になっていることに気づいた。あまり嬉しくない認識だ。それどころか、自分がとんでもなく無力だと感じさせられる。

ああ、ロボット女が恋しい。

アナはゾンビみたいにぎくしゃくと歩いている。玄関わきのブースにいた警備の男が、ガラスの窓を開け、前に身を乗りだした。「こんにちは《ボナセーラ》、セニョーラ・サンタリーニ」男は言った。「お連れのかたのお名前は？」

「ドットレッサ・ティッチアナ・ガダレータ」アナの声はわなないていた。

男は目もあげず、記録簿に名前を記した。不注意なのか、それとも、この病院を訪れる金持ちの見舞客は動転しているのがふつうのことなのか。アナは網膜スキャンをのぞきこみ、指紋照合システムに手をかざした。

病院のなかは冷え冷えとして、いかにもモダンな造りだった。訪問者に優越感を味わわせながらも、同時に、かすかな威圧感を与えるような雰囲気。ふたりに目を留める者はいなかった。すばらしい。

アナは足をすくませている。タマラはにっこりとほほ笑み、針の先を使ってうながした。

「病室に案内して。いますぐ」

洟をすすりながら、アナは見るからに苦心して涙をこらえ、おとなしく歩きだした。廊下や階段をいくつか通ったあと、ある部屋の前で足を止めた。そのころにはもう涙が頬に流れだしていた。

「パパ」しゃがれた声で言う。「ああ、お願い。何もしないで。お願いだから」

タマラにとっても、まるで拷問だった。ロボット女のせいだ。いつにもまして必要としているときに、わたしを見捨てるなんて。「ドアを開けなさい」歯を食いしばるようにして命じた。

アナはドアを押し開けた。タマラはアナをなかに押し入れ、ベッドに寝ている男を見て、本人かどうか確かめた。

あいつだ。ベッドに横たわる長身の体と、こちらを凝視しているくぼんだ黒い目を見つめた。男はごくかすかに目を見開いた。

タマラは針を突き刺した。アナが恐怖の表情で口を開けるのを横目で見ながら、ピストンを押していった。

「心配無用よ。イヤリングをすり替えておいたから。これはただの睡眠薬」アナが意識を失う直前、そう教えてやった。それから、ぐったりとしたアナを床におろした。ウールと毛皮のかたまりとなって、ドアのわきで体を丸めるような格好だ。

そして、タマラはベッドの方に歩いていった。ステングルはこちらを見つめつづけている。息が苦しそうだ。鼻と口は酸素マスクに覆われている。

奇妙だ。人生が変わるこの残酷な一瞬を、これまで何度となく思い描いてきた。それなのに、何も感じない。赤の他人を前にしたように、心のなかは空っぽで、波のひとつも立っていなかった。

ステングルは貧弱に見えた。長身は変わらないが、骨と皮までに痩せている。タマラが覚えているのは大男だ。汗でべたつき、悪臭を漂わせ、タマラを押しつぶしそうなほど重い男だった。

いまは顔に血の気はなく、肌は紙のようで、かさかさの唇は青ざめている。

互いに言葉を発するまでもなかった。アナと違い、ステングルはタマラを覚えていた。それだけの満足感は得られた。ステングルの目に驚きの表情はない。むしろ、安堵の顔つきを見せている。自分を殺しに来たとわかっているのだ。もうすぐ苦しみが終わると思っている。

タマラはベッドのそばまで行って、かがみこんだ。充血し、潤んだ目をのぞきこみ、その奥にどんな男が潜んでいるのか考えた。なぜあんなことができたのか。頭のなかで、ライフルの銃声が鳴り響いた。地下牢から聞こえる悲鳴が。ママとイリーナの目に落とされる土が。

タマラは手のひらに爪が食いこむほど強くこぶしを握っていた。

ステングルは早く解放してくれと目で訴えている。

男の顔を見ながらも、心のなかではべつの光景が広がっていった。父が作業台にかがみ、にこにこしながら、親子二代で熱をあげることになった金細工の技術を教えてくれている。小さなイリーナと遊んでやっている。母がタマラのフランス語やロシア語、イタリア語、ウクライナ語の発音を細かく直そうとしている。長いあいだ夢見ていたとおり、いつかソルボンヌ大学で学ぶのだと嬉しそうに話している。

タマラが得られたかもしれない人生。幼い妹のイリーナが得られたかもしれない人生。どちらも粉々に砕け、塵《ちり》と化してしまった。

しかし、ステングルを見つめているのに、かつてのように怒りが湧きあがることも、それで息をつまらせることもなかった。怒りがあった場所は、大きく様変わりしていた。タマラはこわばっていた心をこじ開け、そこにレイチェルを受け入れたのだ。さらに大きく開いて、ヴァルのことも。タマラは生まれ変わった。

心のなかは、大空のようにどこまでも広がっている。

ここには、倒さなければならぬ怪物などいない。このベッドに横たわる生き物に、人を傷つける力はもう残っていない。燃えかすだ。こいつを殺したところで、手に入るものは何もなく――逆に、すべてを失ってしまうかもしれない。失うものは何もないと本気で言えたのは、もう過去のこと。いまのタマラは大切なものを両手で抱えている。守るべき存在、愛する存在を。

この男に、それと引き替えにするだけの価値はない。

つくづくとそう思ったとき、不可思議な感覚が胸に芽生え、心がまた大きく広がっていった。光のように、熱のように、音楽のように。甘く高々とした調べは、遠くから聞こえる子どもたちの歌声みたいだ。

この男を殺せば、つながりができてしまう。一生、こいつを引きずっていくことになる。愛する人たちのために必要な力を、ドラゴ・ステングルのために使うことを余儀なくされるのだ。命尽きる日まで。

これまでもう充分に長いあいだ、ステングルを引きずってきた。痛みがこの男の命を搾り取るに任せ、じりじりと死を味わわせてやればいい。急ぐことはないでしょう?

背を向けられる。ステングルを過去のものにできる。なんの心残りもなく。

ステングルは待ちに待った解放の瞬間が遠ざかっていくのを感じ、慌てたように、血走った目を見開いた。何かしゃべろうとしている。

タマラは首を横に振った。「いいえ」クロアチア語で穏やかに言った。「今日のあなたはそれほどついていない」長いこと使っていなかった言語は、口のなかに名状しがたい味を残すようだった。

きびすを返し、歩きはじめた。ドアの前で立ち止まり、アナを見おろした。かがんで、脈拍を確かめた。

強く、安定して打っている。あと数分で目を覚まし、すぐ元気になるだろう。

タマラは病室を出て、廊下を歩いていった。足取りを速め、ついには走りだした。やがて、ほとんど全速力で。

強いて速度を落とさなければならなかった。自制心はどこへ行ったの？　しっかりしなさい。

歩調をあげずにいるのは難しかった。新しい人生に向かって走りだしたくてたまらない。両腕を大きく広げ、新しい自分に向かって走っていきたかった。生まれ変わったこの女は、黒々とした毒にも、絶望にも冒されていない。

この新しいタマラは、幸せを求めることさえできるかもしれない。愛し愛されることも。もし豚が飛んだら。もし空が落ちてきたら。もしとてつもない幸運に恵まれれば。

そこまでの運がなかったとしても、心の平安はもたらされるだろう。

心の平安。望もうとも思わなかったものだ。望んではいけないものだと思っていた。胸のなかの幽霊たちに向かって、復讐を果たさなかったことを許してくれるかどうか尋ねた。皆がうなずいたとき、タマラの魂は軽やかに舞いあがった。

頭のなかで、子どもたちの歌声が聞こえる。タマラは幸福感に満たされていた。この場で踊りだしてしまいそうだ。

しっかりしなさい、スティール。もう一度自分を叱りつけた。まわりに目を光らせて。すべてが片づいたわけじゃないのよ。浮かれ騒ぐにはまだ早い。隙を作ってしまうことになる。出口で引き止めようとする者はいなかった。タマラは冬の夕方らしいぴりっとした空気のなかに歩いていった。沈みかけた夕陽が海をきらめかせ、松の木々のあいだを風が吹き抜けて、枝葉を揺らしている。

その景色の美しさに茫然とした。涙で目が曇る。壮麗なながめに心を吹き飛ばされた。胸が痛い。心地よい痛みだった。

大歓迎だ。わたしは大きくなった。こういう痛みも受け入れられる。

頭のなかで、最優先でするべきことをまとめた。まず、煩わしい舌のピアスをはずす。もういらないものだ。次に、プリペイド式の携帯電話の販売店を見つけ、ひとつ買う。マクラウド家にかけてレイチェルのようすを訊き、それから、ヴァルにかける。ヴァルが正しく、自分が間違っていたことを伝え、心から謝る。そして、愛していると言う。ヴァルが根負けするまで追いかける、と。ヴァルの怒りは大きいが、タマラの愛も大きい。

それに、わたしはちょっとやそっとじゃへこたれない。怒鳴られようとも、どれだけの怒りをぶつけられようとも。ヴァルの気がすむまで付き合う。ステングルなんか、腐らせておけばいい。ノヴァクとゲオルグには、殺し合いをさせておけばいい。

どいつもこいつも、知るものか。わたしの不幸を願うやつらを出し抜き、生き抜いてみせる。わが子とともに――恋人とともに。本気でそう思う。ああ、神さま。

早くここから離れたいという切迫感は、我慢できないほど強くなっていた。オペルのドアを勢いよく開け——その瞬間、背後でべつの車のドアが開く音が聞こえた。しまった。すぐさま振り返り、攻撃をブロックした。後頭部を狙われていたことは本能的にわかった。それを腕で防いだ。激痛が走る。

骨が折れた。右腕はもう使い物にならない。

タマラはうしろによろめき、自分の車にぶつかった。息を吸い、吐き気を催すほどの痛みをこらえようとした。当然の報いだ。愛の美しさと希望に酔い、地に足をつけていなかったのだから。

これから、そのつけを払わされる。アンドラーシュがこちらに迫り、狂気じみた顔に笑みを浮かべていた。ぬらぬらした唇と尖った歯があいまって、祖母が聞かせてくれたお話の邪悪なゴブリンみたいだ。

タマラはいきなり脚をあげ、敵の股間に思いきり膝蹴りを食らわせた。効いてる。アンドラーシュはうっと声を漏らして、息を吐きだした。その隙に逃げだそうとしたものの、アンドラーシュはすぐさま膝の高さで脚を振りまわし、タマラの脚を引っかけた。それでバランスを失い、よろめくことになった。見栄とファッションにかまけ、マノロ・ブラニクのスパイクヒールなんて履いているから——

再びオペルのほうへ倒れ、とっさに折れたほうの腕をついて、悲鳴をあげそうになった。そのせいで、次の攻撃を防ぐことができなかった。アンドラーシュの全体重がのしかかり、車とのあいだでタマラの体を押しつぶして、下へ下へとさげようとしている。まずは膝をつかされ、強く突き飛ばされて、うつぶせで地面に倒されることになった。

アンドラーシュはタマラの背に座り、肺の空気を押しだした。というより、何もかも飛びでてしまいそうだ。顔はアスファルトの地面にすりつけられている。小石が頬を引っかいていた。

「手間をかけさせやがって」アンドラーシュは息を切らしていた。「この借りは返してもらう。悲鳴でな」しゃがれて、耳障りな声だ。「いますぐ払ってもらってもいいんだぞ」じめっとした分厚い舌をタマラの耳に差し入れ、なかでうごめかせる。「こうしてしゃべっているあいだにも、どこの小さなお嬢ちゃんが、優しいノヴァクじいさんを訪ねるためにはるばるあちらへ向かっているのか、当ててみろ」

「嘘よ！」恐怖が胸で爆発した。本能的な拒否反応で、とっさに体が跳ねあがろうとしたものの、アンドラーシュの体重のせいでかすかな身じろぎにしかならなかった。

アンドラーシュは悪意たっぷりに笑った。「本当だとも。おれたちがあちらに着くのも、お嬢ちゃんの到着と同じころになるだろう。感動的な家族の再会ってやつだ。待ちきれない」濡れたガーゼをタマラの鼻と口に押し当てた。つんとした匂いがする。「小さな子どもは長くもたないが……」

血圧が落ちて、タマラは絶望の穴に引きずりこまれていった。その向こうには、地獄行きの高速エレベーターと暗い忘却が待っていた。

26

ヴァルがフィアットをオペルの横に停めたとき、その運転席側のドアは開けっぱなしになっていた。フィアットが車体を激しく震わせ、いまわの際の咳きこみを響かせたあと、あたりには不気味な静寂が広がった。

喉に心臓をつまらせたような思いで、ヴァルは硬いドアを軋ませ、押し開けて、目の前の光景を見つめた。オペルのキーが左の前輪のうしろからのぞいている。二台の車のあいだに、靴がひとつだけ落ちていた。黒いスパイクヒール。マノロ・ブラニクのパンプスだ。

ヴァルはフィアットから降りて、靴を拾った。タマルがはだしでいるかと思うと胸が締めつけられる。それほど無防備な状態でいるとは。

がくりと膝をついていた。息をしろ、考えろ。どうする？　どうすればいいんだ？

――立ちなさい、ヤノシュ。行動あるのみよ。メロドラマの優男みたいに嘆いている場合じゃないでしょう。タマルの凛とした声が頭のなかで響くようだった。

それで多少は落ち着いた。その声に刺激されて、タイヤのうしろからキーを拾い、重い体を地面から押しあげ、オペルに乗りこむだけの力が出た。ノートパソコンとヘーゲルの携帯電話は今朝から忘れられたまま、助手席の下の床に落ちていた。

ヴァルは携帯電話に手を伸ばした。まだ多少は電池が残っている。怒りで麻痺したように、長いあいだそれを見つめ、やがてどうにか気力をかきたてた。保存されているメールを開いていった。

三四八。部屋番号だ。ゲオルグからヘーゲルへの最後のメール。

三歩さがれ。いつもの呪文が頭に浮かぶさまは滑稽で、残酷ですらあった。三歩さがることなどもうできない。混乱も疲労も大きすぎる。ヴァルは怯えきっていた。

――この状況を解決するためには、ベストを尽くす以上のことをせねばならんのだぞ。今度はイムレの叱咤の声が聞こえる。

イムレのことを思い、ヴァルの胸がよじれた。ベストを尽くす以上でも、まだ足りないかもしれない。そもそも、へまをしてばかりいなければ、こんなことは起きなかった。イムレが死ぬことも。タマルとレイチェルが連れ去られることも。

こうなっては、おれよりゲオルグのほうが役にたつかもしれない。タマルが生き延びるチャンスを作るためなら、どんな手でも打っておきたい。迷いが生じないうちに、飛びこまなければ。タマルが生きているあいだに。ヴァルは通話ボタンを押した。

呼び出し音が八回鳴ったとき、応答があった。こちらから名乗るのを待つような沈黙が続いたものの、切られていないのは確かだ。

ヴァルは口を開いたが、懐疑の念に声をふさがれていた。

ゲオルグは根比べに飽きたようだ。「死んだ男からの電話に、好奇心を抑えられなかった」英語で言った。「おれはあの世の者としゃべっているのか?」

ヴァルは咳払いをした。「いや、ヤノシュだ」

「ああ、おまえか」ゲオルグはハンガリー語に切り替えた。「次に見かけたら殺すぞ。わかっているだろう?」

「いいさ。いつだろうと、あんたの好きにしろ」ヴァルはのろのろと言った。「その前に、教えておきたいことがある。タマラ・スティールに関することだ」

「なるほど。で、なんだ?」

最後の瞬間になって、ヴァルは再び迷いに襲われ、これがタマルのチャンスを増やすことになるのか、生き地獄を決定づけてしまうのか、自信が持てなくなった。

いや、タマルはけっしていつまでもかごのなかでしおれているような女ではない。おれの人食い虎は。おれのタマルは。

「早くしろ、ヤノシュ」ゲオルグが痺れを切らした。「おれは辛抱強い男ではない。彼女がどうした? タマラと話をさせろ」

ヴァルは目を閉じて、賽《さい》を投げた。「無理だ。彼女はいまノヴァクの手の内にある。アンドラーシュにさらわれたんだ。まだ一時間とたっていない」

ゲオルグは電話越しにも聞けるほど強く息を吸った。「この役立たずが」ヘビが威嚇するように言う。「よくも手をこまねいて、そんなことを起こさせてくれたな」

「彼女はおれから逃げて、隠れ場所を出たところで見つかったんだ」ヴァルは力なく言った。

「あんたのもとに戻ろうとしていた。彼女は……あんたを求めていた」

ゲオルグは黙りこんだ。

「八時間以内に、タマラはノヴァクのところに連れていかれるだろう」双方無言のまま、のろのろと一分ほど過ぎたあと、話を続けた。「それから二十四時間以内に殺されるのは、ほぼ確実だ。もっと早いかもしれない」

「そんなことになったら、おまえがどうなるかわかっているだろうな、ヤノシュ」

ヴァルは暗然として水平線を見つめた。「ああ」小声で答えた。本当だ。わかっている。

「苦痛」ゲオルグは声をひそめて言った。「できる限り長く、おまえに苦痛を与える。想像もつかないほどの痛みを。それを考えてみろ」

ヴァルは通話を切った。考えても仕方がない。脅しにはほとんどなんの効果もなかった。もしタマルとレイチェルがノヴァクに殺されたら、そのあとでゲオルグがヴァルに何をしようと、ただの蛇足でしかない。痛みに気づくかどうかさえ疑わしい。その時点で、おれは死んだも同然なのだから。

ゲオルグは片手で携帯電話を閉じた。手は興奮で小刻みに震えている。心臓は欲望と怒りで轟いていた。

タマラがおれを求めている。昔からずっとおれを求めていたのだ。心の奥底で感じ取っていたとおり、やはりふたりは結ばれる運命だった。彼女の持つ闇や秘密、淫らな欲望を受け入れ、理解できるのは、このおれしかいない。そして、おれを包みこめるのもタマラだけだ。

タマラの忠誠心に報い、血に飢えた化け物のノヴァクから救ってやろう。タマラは命の借りを作ることになる。それも悪くない。

だが、しっかりと先を読み、すばやく動かなければならない。冷酷非情に。

サン・ヴィートに借りている瀟洒《しょうしゃ》なアパートメントのなかで、ゲオルグは細い螺旋階段をおり、部下たちの控え室代わりの部屋に入った。そこにいる五人に目を走らせた。誰かが裏切った。タマラが生きていることと、ゲオルグが彼女を捜していることをあの老いぼれに告げたやつがいる。この部屋にいる五人のうちひとりだ。

裏切り者を囲っていることは腹立たしいが、泳がせておけば、嘘の情報をノヴァクに流すことができる。

それがすんで、密告者が誰なのか突き止めたら、たっぷりと時間をかけて、身の毛のよだつような死に方をさせてやる。

「これからすぐブダペストに戻る」ゲオルグは部下たちに言い渡した。「ノヴァクが公然と挑んできた。明日の深夜、攻撃をしかける」フェレンツに顔を向けた。「ほかのやつら全員に電話をかけろ。作戦会議を開く。テレビ会議にするしかない。急げ。決めることは山ほどある」

フェレンツは携帯電話を取りだし、仕事にかかった。

ゲオルグはゆったりとした足取りで、高級アパートメントのテラスに出た。渦巻く海にせりだす格好のテラスだ。自分の携帯電話の通話音量をあげた。激しい波の音が、話し声を隠す壁となってくれる。盗聴防止のボタンを押してから、いま契約しているＰＳＳの諜報員にかけた。

「もしもし？」男が応えた。死んだヘーゲルの副官だった男だ。

「明日だ」ゲオルグは前置きなしで言った。

驚きの間があいた。「明日？　そんなに早く？」

「おれの部下たちに知られるわけにはいかない」ゲオルグは言った。「やつらは餌にする。おまえのチームが攻撃を実行しろ。二時間以内にこちらからかけ直し、詳細を伝える。明日までに、八人のチームをブダペストに送りこんでおけ」

ゲオルグは電話を切って、うねる波を見つめた。裏切り者を割りだすための犠牲だが、代わりの人員を補充するのはそうたやすくない。高くつくことになる。

しかし、ゲオルグの心は今後の計画に占められていた。淫らで、熱く濡れた夢を叶えることで頭がいっぱいだ。股間も疼いている。

タマラを何度も何度も犯すという夢だ。全世界が見ている前で。

アンドレアが巻き毛の女の子に気づいたのは、ファーストクラスの客室でイヤホンを配ったときだった。親指をしゃぶり、父親の隣で天使のような寝顔を見せていた。アンドレアの二歳の娘、リリアナと同じくらいの背格好だ。家に残してきたリリアナは、いまごろおばあちゃんに甘やかされまくっているだろう。フランクフルト往復便は拘束時間が長く、つらい勤務だ。帰るころにはいつも、娘に会いたくてたまらなくなっている。

離陸前から、巻き毛のお嬢ちゃんが眠っているのは不思議だった。搭乗時の活気とざわめきで、小さな子どもはたいてい興奮してしまう。もしおとなしくなるとしても、高度がかなりあがり、比較的静かに真夜中の北極を越えるころまでかかるのがふつうだ。ポートランド―フランクフルト間のフライトは、子どもにとっても長すぎるものの、アンドレアはあやすのがうまかった。会社が用意しているクレヨンなどより、ずっといい方法を知っている。このお嬢ちゃんが起きたときにはそれを使うつもりでいた。

アンドレアは女の子を見て顔をほころばせ、父親に向かってほほ笑んだ。肌が浅黒く、あごひげを生やした大男だ。「お人形さんみたいですね」熱をこめて言った。「おいくつですか？」

男は何度かまばたきをしてから答えた。「二歳」

「わたしにも二歳の娘がいるんです」アンドレアはそう打ち明けた。「かわいい年ごろですよね。ほかの誰がなんと言おうと」

かすかに笑みを見せて、男はアンドレアがついだビールを受け取り、目をそむけてグラスに口をつけた。おしゃべりなタイプではないらしい。

それから、一〇Aと一〇Bの席を通るたび、アンドレアは女の子をちらちらと見た。昏々と眠りつづけている。つややかな脚を丸め、親指をしゃぶり、片方の腕を頭の上に投げだすという、まったく同じ態勢で。

数時間たっても、女の子は動かなかった。父親のほうは空を見つめるか、新聞を読むかするだけだ。アンドレアは男に食事を給仕した。男はそれをたいらげたあと、腕を組み、娘にふれることも、目を向けることもなく居眠りを始めた。

七時間が過ぎたとき、アンドレアは男に飲み物を運び、女の子のほうにうなずいた。「眠りの深いお子さんですね」男に話しかけた。「こんなに長いフライトでも、ずっと眠っていてくれるんですから、お父さまは運がよくていらっしゃるわ」

　男はちらりと顔をあげてこちらを見たが、すぐにまた目をそらした。「そうだな」

「お嬢さんが起きたときにはお知らせください。ヨーグルトやジュースを持ってきます」

　父親は何かをつぶやき、また新聞に目を戻した。

　十時間に突入するころ、アンドレアは不安を感じはじめた。自分でもよくわからない理由から、乗客名簿を調べた。ジョン・エスポジトとメリッサ・エスポジト。そう、もちろん親子に決まっている。ほかのなんだというの？

　もしかすると、よく眠るように鎮静剤を与えられているのかもしれない。静かなフライトを望む親のなかには、そういうことをする人もいる。でも、そんな薬を飲ませるには、あの子は幼すぎた。もともとよく眠るタイプで、あの子にとっては、十時間も目を覚まさないのがふつうのことなのかもしれない。親子は旅の途中で、飛行機に乗る前から疲れきっていたのかも。いや、乗客の事情を詮索《せんさく》すべきではない。

　それでも、さらに一時間後、父親が立ちあがって脚をほぐし、トイレに向かったとき、アンドレアは一〇Bの席まで行って、ようすを見てみた。

　同じ体勢だ。具合もよくないように見える。それどころか、アンドレアは、リリアナが去年の感謝祭にロタウィルス性胃腸炎にかかり、小児病院に入院して、小さな腕に点滴の針を刺されたときのことを思いだしていた。白くしなびた顔、くぼんだ目、青ざめてかさかさになった唇。脱水症だ。女の子の頬は冷たかった。手は氷のようだ。おしっこの匂いがする。

体の下に手を入れてみた。

やっぱり濡れている。シートに染みこむほど。冷えきっているのも不思議ではない。つまり、脱水症はまだそれほど危険な状態ではないということだ。とはいえ、脈拍を確かめたくなった。きちんと脈を打っているかどうか確認したい。

「おい、何をしてる？」

男の低い声にアンドレアは飛びあがった。くるりと振り返り、父親と向き合った。「あの、すみません。ただちょっと、お嬢さんのようすを見ようと――」

「必要ない」男は言った。

「でも、おむつが濡れています」アンドレアは引きさがらなかった。「体が凍えてしまいますよ。それに――」

「フランクフルトに着いたら、これの母親が替える」

フランクフルト？　アンドレアは男をまじまじと見つめた。まだ三時間もかかる。荷物を受け取り、列に並んで、あの巨大な空港を通り抜けるまでには、四時間はかかるだろう。

かわいそうな女の子をちらりと見て、アンドレアは航空会社の規則をおおっぴらに破った。

「おむつと新しい服を貸してくだされば、わたしが着替えさせてきます」

「いいや、けっこうだ。気にしなくていい」男はうなるように言った。

「面倒ではありません。どちらにせよ、一度は起こして、何か飲み物をあげないと」アンドレアは勢いこんで言った。「機内の空気は乾燥しているから、水分が――」

「なあ」男は耳もとにかがみこみ、ささやいた。「おれたちのことは放っておいたらどうだ? そうすれば、この空港会社を正式に訴えることもしなくてすむ。あんたが不適切な質問を浴びせかけたことや、おれがトイレから戻ってきたとき、娘の局部をさわっていたことを公にせずにすむんだ。わかったか?」

アンドレアはびくっと飛びのいた。鼓動が轟き、顔は真っ赤になっている。ショックと憤りで喉をつまらせながら、すぐにその場を離れた。

いましがたのことを同僚に打ち明けたものの、朝食を給仕する時間が迫っていた。この便はほぼ満席で、乗客は一斉に目を覚まし、脚を伸ばしはじめているうえに、同僚たちは誰もイカレた男とかかわりを持ちたがらなかった。着陸が近づいており、あと少しで要注意人物をこの飛行機から降ろせるのだからなおさらだ。

その後の二時間半はのろのろと過ぎていった。アンドレアは男を無視したが、じっと見られているのは感じていた。首筋が熱く、ぞわぞわしている。着陸の揺れと騒音のなかでも、あの女の子は目を覚まさなかった。ドアが開いたとき、ジョン・エスポジトは子どもを肩に担ぎ、頭も腕も自分の背中にだらりと垂らすようにして、出口に並ぶ人たちの列についた。

荷物はブリーフケースだけだ。

ブリーフケースだけ? 赤ちゃん用のバッグさえ持っていない。バッグもなしで、二歳児を十四時間のフライトに乗せるなんて、どういう父親なの? 絵本もオモチャもお菓子もない。ウエットワイパーも、哺乳瓶も、ストロー付きのカップも、ティッシュも。おむつと着替えについては言うまでもなかった。いったいなんなの?

何かがおかしい。何かがひどく間違っている。

胃がはためいた。アンドレアは同僚たちと並んで立ち、ぞくぞくと出てくる乗客に向かって、調教されたオウムみたいに「バーイ！　バーイ！」と甲高い声をかけていた。ジョン・エスポジトがぐったりとした〝荷物〟を担いで出てきたとき、アンドレアはそちらを見ないようにしたが、うしろ姿を目で追うことは止められなかった。凍りつくほど寒い乗降用通路で、男は空港のベビーカーを開き、そこに子どもをどさりとおろした。ベルトで固定することも、ブランケット代わりになるようなものをかけてあげることもなかった。

男は振り返り、こちらに目を向けた。アンドレが見ていたことを知っていたのだ。男の勝利の笑みは、こう告げていた——おれの勝ちだよ、臆病者の無能女。

「バーイ」男は小さな声で嘲るように言い、手をひらひらさせた。

そして、通路の向こうに消えた。アンドレアは見送りの列にとどまり、歪んだ顔にどうにか笑みを戻した。胸が痛いほど、リリアナに会いたい。

かわいい娘を抱きたくてたまらなかった。ぎゅっと抱きしめ、髪に顔をうずめたい。いますぐに。でも、リリアナは世界の反対側にいる。現在、ポートランドは夜中だ。電話をかけることすらできない。リリアナが起きるまでまだ何時間もある。

そのときまで、アンドレアは空港のホテルの部屋で天井を見つめ、待ちつづけることになるだろう。怯えながら。

タマルはもう死んでいてもおかしくない。

ヴァルは心を空っぽにしようと悪戦苦闘しながら、小さなゴムボートを太い蔦につないだ。

古い石造りの橋からぶらさがっているものだ。橋の先の道は、川沿いに建つ十八世紀の城に続いている。マクラウドたちはメールでレイチェルの発信器の周波数を送ってきた。そのアイコンがこのノヴァクの別荘に止まってから、数時間がたっている。復讐の宴がノヴァクの気に入りの城で行われるとわかったとき、ヴァルは驚かなかった。あの老いぼれはここで貴族になったような気分に浸る。虚栄心が満たされるのだ。

ヴァルもこの場所のことはよく知っていた。城のなかで、何年も孤独な日々を過ごした。コンピューターや情報機器に詳しいと知られたあとのことだ。あのころは、暇な時間に何もすることがなかったため、この古い城をすみからすみまで調べるのが日課だった。地下は牢屋や井戸、貯水タンク、下水溝などで蜂の巣のようになっている。ヴァルは図書室で城の建設当時の間取り図を見つけ、上品な筆記体で書かれたそれを長い時間をかけて調べたものだ。ただの好奇心から、実際に地下に入って、暗い水路や通路を何キロも歩き、穴という穴にもぐりこんでみた。情報は力になる。だから、自分が学んだことを同僚や雇い主に教えるのは、必要に迫られたときのみに限ると決めた。

とはいえ、そんなときは一度も訪れなかった。

あれ以来、ほかの者がこの城をああして調べつくしていないことを祈るばかりだ。その可能性は低いだろうが。真っ暗で鼠だらけの十八世紀の下水溝にわざわざ入ろうなどと思うのは、心の安定を欠いたティーンエイジャーくらいなものだ。

それと、言うまでもなく、運に見放されて自暴自棄になったおれだ。

ノートパソコンを開き、レイチェルのアイコンを確認した。まったく同じ場所にある。スクリーンには衛星写真が映しだされ、ヴァルがよく覚えている土地の全体像を見せていた。アイコンは母屋の外に位置していて、かつて厩《うまや》として使われていたガレージにあるようだ。ヴァルはパソコンを閉じ、リュックのなかに戻して、慎重にボートから降りた。

すべきことに集中しろ。いま、やつらがタマルに何をしているのかなどと考えては——だめだ。ヴァルは苔で滑りやすい岩に足をかけ、頭のなかを意味のない雑音で埋めた。揺らめく夕暮れの明かりのなか、橋の下で懐中電灯をつけて、壁に開いた排水溝の出口を照らした。そこにかかっている鉄格子の錆び具合からすると、これが取りつけられたのは第一次世界大戦のころだろう。ヴァルは格子をつかみ、揺さぶって、腐りかけたかんぬきを調べた。溶接機は必要なさそうだ。レイチェルのため、タマルのためと内心で唱えながら、かなてこで何度かねじあげ——痛みの声をこらえた。肩がまた熱く濡れている。傷を開いてしまった。だが、鉄格子はゆるんだ。

タマルはもう死んでいるかもしれない。あるいは、もっとひどい目にあっているか。ヴァルはその考えを踏みつけた。まっすぐに前を見ろ。そんなことを考えても何も生まれない。なんの役にもたたない。

そう、役立たずとはおまえのことだ、まぬけ《テスタ・ディ・カッツォ》。この二十四時間、ヴァルは糞にまとわりつく蠅のように、今回の問題をただつついているだけだった。貴重な時間の大半は、非効率的でいらだたしい移動に費やされた。武器を仕入れることも、チームを集めることも、すばらしい計画をたてることもできなかった。アンドラーシュはおそらくナポリ空港にプライベート機を用意していただろう。昨晩のうちにブダペストに到着し、夜明け間もなく、このノヴァクの城まで戦利品を届けたに違いない。やつらがその気なら、タマルを弄ぶ時間はすでにたっぷりあったということだ。もしノヴァクの気が急いていたなら、

一方で、ヴァルはローマ郊外のフィウミチーノにある国際空港まで、目の色を変えて車を飛ばし、レンタカーをタクシーの列に乗り捨てることを余儀なくされた。ドアは開けっぱなし、キーは差しっぱなしで。発券カウンターまで走り、いくつもの行列に並んで、必死に旅客機の席を確保しようとした。

ヴァルはPSSの潤沢な予算に慣れきっていた。胸くそ悪いほど儲かっている企業や、各国の軍部から依頼された任務の遂行中なら、どんな便宜も図ってもらえる。一般の人たちは、この悪夢みたいないらいらにどうやって耐えているんだ？

一般の人たちは、恋人をさらわれ、いましも拷問を受けているかもしれないなどと心配しなくていい。

最後のひとひねりと、心配ごとを一瞬すべて忘れてしまうほどの痛みで、下水溝の口についていた鉄格子がはずれた。ガシャンと重い音をたてて転げ落ち、濁った川に沈んだ。

ヴァルはペン型の懐中電灯を歯に挟み、何十年もかけて雨水に運ばれてきたゴミや小枝、枯れ葉、泥などをかきだした。鉄格子につまっていただけでなく、壁にまで張りつき、入り口が狭まって、人がもぐりこむほどの余裕はなくなっていた。

チームで動ければよかったが、人を集める時間はなかった。マクラウドの男たちは獰猛で、有能でもあり、しかも喜んで手を貸してくれるだろうが、大陸ふたつと海をひとつ越えて来なければならないため、ヴァルより数時間遅れになる。助けはあてにできなかった。マクラ

ウドたちが周波数を追ってここまで来るころには、いま何が起こっているにせよ、手遅れになりかねない。待つことはできない。

ヴァルはあごに力をこめて、懐中電灯をしっかりと歯に挟み、暗くじめじめした穴に頭からつっこんだ。自分の墓にもぐっていくようなものだ。

それでもかまわなかった。死は怖くない。直視できないのは、タマルのいない人生だ。虚しく、単調で空虚な人生を、ヴァルは穏やかな生活と勘違いしていた。あの孤独な生き方を。冷たく、粘りのある泥が指のあいだでべちゃべちゃと音をたてている。ゴム手袋を持ってくるべきだったが、とにかく急いでいて、必要最低限のものしか用意できなかった。リュック、ボート、かなてこ、溶接機、何丁かの銃、弾薬。黒い服は早くも臭い泥にまみれている。氷のように冷たい水に浸かっていないだけましだろう。しかし、夜はまだ始まったばかりだ。

二百メートルほど進んだところで、中心を走る通路に出た。もっと広くて、さらに時代の古いものだ。もう這う必要はなく、頭を低くさげればそれで足りる。ヴァルは走りだした。通路に溜まった水を跳ねさせ、歯に挟んだ懐中電灯の光を激しく揺らして。

通路は長く、様々な形の分かれ道や曲がり角がいくつもあった。この土地に点在する貯水池が雨であふれた場合、その水はすべてここに流れるように造られている。ヴァルは古い記憶を掘り返し、どの道が目的地に続いているのか、意識を集中して思いだしていった。イムレに施された厳しい訓練がありがたい。

目当ての排水管のなかに顔から入り、最後の数百メートルを這っていった。ぎりぎりで体が通る大きさだ。何年も前、最後にここにもぐりこんだとき、ヴァルの肩幅はいまほど広くなかった。

この排水管の出口は井戸につながっている。ヴァルはそっと頭を出し、真っ暗な空間をのぞいた。貯水池や井戸が使われなくなってから百五十年ばかりたっている。頭上の土地は、十九世紀のなかばごろ、温室に変えられた。温室の建物自体は、ヴァルがやつらの奴隷だったときにも残っていたが、すでに緑のひとつもなく、倉庫や武器の集積場として使われていた。ガボール・ノヴァクは、動物だろうと植物だろうと、自然に興味を持つような男ではない。

しかし、温室のあたりはセキュリティが甘い。

深い井戸の壁の上のほうに、この排水管の穴があいている格好だった。そこから頭をのぞかせれば、井戸の口はヴァルの頭上三メートルのところだ。鉄のふたにドリルで穴があけられていて、以前はそこから光が差しこんでいた。

いまはその小さな穴がほとんど見えない。夕方の日差しは薄れて、穴を突き通すほどの力がなかった。細い石造りの井戸の下には、かつての雨水の貯水池が広々と口を開けている。底は十メートルか十二メートル下だ。落ちたらひとたまりもなく、すぐに首の骨を折るだけの運に恵まれなければ、ゆっくりと孤独に死んでいくという末路が待っている。

暗闇のなかに手を伸ばし、壁に取りつけてある鉄のはしごを探った。井戸のふたに何がのっていようと、持ちあげられないほど重い物ではないことを祈った。そして、タマルがまだ生きていることを祈り——

だめだ。まっすぐ前を見ろ。進むんだ。

ヴァルは懐中電灯を挟んだまま歯を食いしばり、排水管から半身を出して、はしごをつかんだ。

はしごはピシッと音をたてて、壁からはがれた。支えを求め、大慌てで手を振りまわすあいだに、懐中電灯が口から滑り落ちた。ヴァルは震える手とこわばった指を反対側の壁についた。両脚を排水管のなかで広げ、肩の痛みをこらえて、そちら側の手でべつのはしごを探った。頭の一部は冷静で、鉄のはしごと懐中電灯が落ちるまでの音を聞いていた。どちらもボチャンと音をたてて落ちた。

なるほど。貯水池にはまだ水があるということだ。どのくらいの深さがあるのか、どこから流れこんできたものか、知りようはなかった。どうでもよかった。死に方に好みはない。もし落ちたら、首の骨を折るのではなく、溺れることになるのかもしれない。

腕を伸ばし、次のはしごをつかんだ。強度を確かめるためには、上半身を腰まで排水管から出さなければならない。下に落ちたものよりしっかりしていると信じる理由はなかった。

だからといって、引き返すのは問題外だ。

いつしか、口のなかで何かをつぶやいていることに気づき、ヴァルは戸惑った。幼いころ、まだルーマニアで暮らしていたときに、祖母から教わった古い祈りの言葉。そのあと、母はヴァルの父親と小さな村の生活に飽き、都会の恋人とともにブダペストへ逃げた。不運な息子を連れて。

祈りの言葉は、ヴァルが忘れかけていた方言だった。眠りにつく前、化け物やけだもの、ヴァンパイアを追い払うために唱えたものだ。

はしごに体重をかけた。わずかにたわんだものの――壁からはがれはしなかった。体を押しあげた。下半身も排水管から抜いて、そこにぶらさがった。そのまま動かず、落ちて死ぬのを待った。

だが、そうはならなかった。いまはまだ。最期のときではないらしい。あとでそのときが訪れるかもしれないが。

ヴァルは次のはしごに手を伸ばし、地上に向かってのぼりはじめた。

27

「アクセサリーはすべて体から取り除いたのだろうな、アンドラーシュ？」

冷ややかに言葉を引き伸ばすような声が、おぞましい夢と、夢のなかでさえつきまとう痛みを切り裂いた。声は消え入りそうになるかと思うとまた大きくなり、ガンガンする頭のなかで奇妙にこだましている。タマラはその言葉を無言で繰り返し、なんらかの意味を汲《く》み取ろうとした。ゆっくりと頭に染みこんでくる。

ハンガリー語。得意な言語ではないが、どうにか扱える。

「当然ですよ、ボス。手足を縛っているところです。何も心配ありません。それに、全身をくまなく調べました。何度も。生まれたままの姿で、ほかに何も身につけちゃいません」

「その女をあなどるな」そう言う声を聞いて、タマラは震えをこらえた。冷たく乾いた毒蛇がその鱗《うろこ》をすりつけながら、肌を這っているかのようだ。「そいつは極めて危険な女だ」

「わかってます」アンドラーシュは辛抱強く言った。「まだ玉がジンジンしてますよ。しかし、もう手間はかけさせません。こうしておけば――」

熱く腫れているほうの手首にロープを縛られ、ぐっと引きあげられた。ぼんやりとした痛みがふいに恐ろしいほどの苦痛に変わった。タマラは目を閉じたまま、気を失ったふりをしながら、なぜ腕が折れたのか思いだそうとした。

突然、脳を貫かれるように、記憶がよみがえった。アンドラーシュ。ノヴァク。レ、イ、チェ、ル。

ぱっと目を開いたとき、ちょうどアンドラーシュがロープの先を放り、壁の上部に打ちこまれている大きな鉄のフックに引っかけたところだった。

視線をおろし、タマラが目覚めているのを見て口もとをゆるめ、ぐっとロープを引く。

タマラは悲鳴をあげた。激痛が走る。両の手首でロープにぶらさがり、つま先がほとんど床につかないという格好になった。足首も縛られているため、脚を開けず、体のバランスを取ることも、折れた腕に体重をかけないようにすることもできない。歯を食いしばったまま悲鳴を漏らしつづけ、何度か体を揺すって、ようやく左手でロープをつかんだ。目の前が暗くなっていく。暗闇が口を開け、意識を失ってしまえといざなっている。いっそそのなかに飛びこんでしまいたかった。

しかし、そう簡単にいくはずがない。やつらは無理にでも意識を取り戻させるに決まっている。なんといっても、アンドラーシュはその道のプロだ。それに、何よりも――レ、イ、チェ、ル。

レイチェルはどこにいるの？　それだけは知りたい。

男たちふたりの姿が揺らめいている。タマラは涙を流していた。まばたきをして、洟をすすったとき、血の味がした。気を失っているあいだに殴られたらしく、顔が腫れている。心臓は、火がついたような細胞に血を送りつづけている。鼓動ひとつごとに、痛めつけられた場所がズキズキと痛んだ。

男たちのうちひとりはもちろんアンドラーシュで、処刑人らしい黒ずくめの服に身を包み、ロープをつかんでいる。コブラみたいな顔には表情がなく、生気のない目は妙に虚ろだ。そして、もうひとりは、醜悪な笑みを浮かべたパパ・ノヴァク。

息子のカートは、死後四年のいま、墓のなかで腐っているだろう。その死体は、目の前に立つ骸骨みたいなこの男とそっくりかもしれない。ゾンビの王さまだ。死んだ息子にそっくりの青白い顔やぎらつく目。毒に冒されているような不気味な顔色。

タマラは贅沢なバロック様式のサロンにさっと目を走らせた。窓の外は段々になった広大な庭で、その先に流れる曲がりくねった川は黄昏の向こうに消えていた。テーブルのいくつかには蠟燭《ろうそく》が灯り、柔らかな間接照明が天井のフレスコ画を照らしている。ぽっちゃりとした天使たちが、不気味に描かれた殉教者たちのそばでほほ笑む。何本もの矢に貫かれている者、生きたまま火あぶりにされている者、切り取られた乳房を盆にのせ、捧げ物のように掲げている女。不運な聖人たちのなかには、えぐりだされた両目を手に持って、眼窩から血を流し、大きく口を開けて悲鳴をあげている者もいる。両手に握られた目玉は血走り、衝撃と恐怖の表情を浮かべているようだった。まだ見えるとでもいうように。

ほかの絵が視界に入る前に、タマラは目をそらした。ノヴァクはその視線を追って、忍び笑いを漏らしている。

「美しいだろう？」訛りのきつい英語に切り替えて言う。「わたしのこよなく愛するフレスコ画だ。十七世紀の作品。有名な画家ではないが、わたしに言わせれば、たいへんな才能がある」

タマラから言わせれば、イカレているのひとことに尽きる。そのとき、自分の両側のテーブルに、大型の液晶テレビが置かれていることに気づいた。五十インチほどのテレビのどちらにも、何も映っていない。薄暗い部屋のなかはバロック様式の貴重な美術品や家具でいっぱいだから、二台のテレビは場違いに見えた。それから、震える体が空気の流れを感じた。金縁の大きな姿見を目の前に置かれたとき、タマラはまたひとつ嬉しくない事実に気づかされた。

わたしは裸だ。

驚きではない。裸にされた人間が、どれほど萎縮《いしゅく》し、どれほどたやすく操られてしまうのか、タマラは若いうちに学んでいた。サディストや暴漢にとっては、手っ取り早く使えるあくどい武器になる。そういうやつらには、いやというほど出会ってきた。しかし、タマラは簡単には屈しない。裸は問題ではなかった。そう、問題は折れた腕だ。

ノヴァクは鉤爪のような手を打ち鳴らした。「いつまでも目を覚まさないつもりかと思っていたところだ。おまえに会うのを待ち焦がれていたからな、タマラ・スティール。嬉しい限りだ」

そこで間があいた。まさか、わたしも嬉しいと言うのを待っているの？　しかし、たとえノヴァクのゲームに付き合う気があったとしても、ろくに息もできないほど激しく震えていて、とうていおしゃべりなどできなかった。喉を軋ませるように空気を吸いこみ、どうにか浅い息をすることだけで精一杯だ。

ノヴァクは目をなかば閉じ、考えこむようにタマラを見つめた。「おろしてやれ、アンドラーシュ。自分の足で立てるように」

アンドラーシュは顔をしかめ、ロープを引っぱって、さらにタマラを苦しめた。「しかし、この女は——」

「このままでは気を失ってしまう」老ノヴァクはしゃがれた声で言った。「意識を保たせておきたい。たっぷりと楽しみたいからな」

アンドラーシュが唐突にロープをゆるめたので、タマラはいきなり立たされ、よろめくことになった。体が横に傾き、ただでさえ痛い手首がまた引っぱられる。

タマラがなんとか自分の足で体を支えようとするさまを、男たちふたりは平然とながめていた。

「楽になったかね？」ノヴァクのわざとらしい心配の声色が、粘液みたいに張りついてくる。タマラの口のなかはカラカラで、いまにも窒息しそうだった。

つばを飲もうとした。咳をしようとした。咳のほうはすぐさま悔やんだ。全身が揺さぶられ、炎で焼かれたような痛みに見舞われた。

「何が望みなの？」タマラはささやいた。

ノヴァクはうっすらと口もとをゆるめた。「特別なもの。本質的なもの。おまえにしか与えられないものだ」

そうした言葉のほのめかすことを悟り、体がこわばった。「具体的には？」タマラは声を振り絞った。

ノヴァクがかがみこみ、強烈な口臭で吐き気を催させるほど近づいてきた。「苦痛だ」囁くように言う。

そうでしょうとも。驚くには値しない。タマラは苦笑いを浮かべたくなったものの、そういう反抗的な態度はさらにひどい運命を招くだけだろう。

最悪の場合、レイチェルの運命に影響を及ぼす。いま大事なのはレイチェルのことだけだ。

「これまで、拷問というものにさして夢中になったことはなかった」ノヴァクは言った。「目的のための手段でしかなかった。しかし、わたしは医者がさじを投げるほどの病に冒されていることを知った。ある日、わたしに不正を働こうとした男を痛めつけていたとき、おかしなことに気づいた。拷問によって、回復しているように感じたのだ。本当に力がみなぎってきた。そこで、もう一度試してみたら、同じ現象が起きた。拷問には効能があるのだよ。驚きだろう?」

タマラは言葉を失っていた。しかし、ノヴァクの自己陶酔の表情は驚きではない。まぎれもない異常人格者のしるしだ。

「本当だとも」まるでタマラが反論したかのように、ノヴァクは熱をこめて言った。「罰する対象となった人間から、命を力を吸い取っているということだ。とりわけ、おまえのように、わたしから何かを奪ったり、わたしを愚弄した人間に対しては容赦しない。申し分のない、理想的な方法だ。おまえはわたしの息子を死に追いやった。そしていま、わたしはおまえの娘を預かっている。釣り合いが取れただろう?」

タマラの鼓動が速まり、胃は引っくり返りそうになった。耳鳴りとともに、過去の亡霊たちが騒ぎだし、ほかにはもう何も聞こえなかった。遠くで響くライフルの銃声。地下牢で苦しめられている人たちの悲鳴。タマラは死に取り囲まれていた。

返答が得られなかったことで、ノヴァクは傷ついたような顔つきを見せた。「嘘ではないぞ」さらに言いつのる。「検査を受けるたび、数値は改善されていく。医者たちはわたしの秘密を知りたがっているが、教えてやったところで、やつらには理解できまい。三歳児を対象にしたら、わたしの病がどこまで回復するのか、楽しみでならんよ。最高の強壮剤になりそうだ」

ノヴァクはそう言いながらタマラの目をのぞきこみ、何がなんでも反応を得ようとしていた。苦痛と恐怖で心の盾を構える余裕がなく、タマラは無表情をつくろえなかった。ノヴァクが相好を崩した。

「よし、よし」喉の奥でしゃがれた笑い声をたてながらつぶやく。「これはいい。数カ月は寿命が延びるだろう。一年にもなるかもしれない。じつに喜ばしい」

タマラは震えあがっていた。いつもの虚勢がきれいにはがされてしまった。タマラはもうノヴァクのものだ。そして、互いにそれを承知している。舌のピアスももはや用をなさなかった。ノヴァクがレイチェルに飽きる前に、あれを使えるほどの距離までタマラに近づくことはないだろう。そもそも、レイチェルがまだ生きているうちは、あの子を犠牲にすることなどできない。

しかし、ノヴァクがレイチェルを手にかける前なら、チャンスはあるかもしれない。やにさがり、油断して近づいてくる可能性に賭けよう。

「あの子はどこ?」タマラは震える唇から質問を押しだした。

「近くだ。ごく近くにいる」ノヴァクは安心させるように言った。「目を覚ますのを待っていたのだよ。飛行機に乗せる前、阿呆が鎮静剤を与えすぎたものでね。小さな子どもに慣れていないのだから、仕方あるまい。ここに着いたときには昏睡状態も同然だったが、部下によると、二時間前に目覚めたあとは元気いっぱいだそうだ。元気も元気、悲鳴をあげつづけているらしい。あと数分で、アンドラーシュに連れてこさせるから、そこから始めようではないか」

胸の圧迫感は増すばかりだった。恐怖の鉤爪が肺にも心臓にも食いこんでいる。握りつぶそうとしている。これまで、タマラは自分が地獄を見てきたと思っていた。地獄を体験したことがあると。

なんて愚かだったのだろう。なんたる脳天気ぶり。なんたる想像力の欠如。

「おまえを捕まえたあと、監視には気をつかった」ノヴァクは話を続けた。「狡猾に人の手を逃れ、ひと筋縄ではいかない発想をするという評判だからな。喜んでいいぞ」

お世辞でも言ったかのような口ぶりだ。タマラの心に残っている理性のかけらは、この男のねじれた思考回路に驚いている。手首を縛られ、ロープで吊るされている女に褒め言葉を投げかけたの?　それで、わたしに作り笑いを浮かべろとでも?　まさか礼を言えと?

つばを吐きかけられるくらい近くに、ノヴァクをおびきよせなければならない。キスをして、口に直接押しこむほうが効き目は高いだろうけれども、病身ならば、顔に吹きかけるだけでも殺せるかもしれない。

タマラは息を吸いこみ、気力をかきたてた。唇は震えている。まずはそれを静めなければ。次に、つばを口のなかに溜めること。それから、ノヴァクを近づけさせること。あと少しだけでも。お願い。

「少なくとも、あんたとヤる心配をしなくていいのはありがたいわ」タマラはノヴァクを嘲った。「息が臭くって。喉の奥から死臭が漂ってくるみたい。頼むから、わたしに息を吹きかけないで。さがってよ。吐き気がしそう」

ノヴァクは目を見開いたが、その目つきは妙に虚ろだった。「なるほど」ささやくように言う。「おまえは強い。長く楽しませてくれそうだ。強いやつのほうが望ましい。先のことはわからないだろう？　おまえの娘が力を与えてくれれば、性欲をおぼえるかもしれない。結果を見てみようではないか」

しかし、タマラがどれだけ望もうと、ノヴァクは一歩も近づいてこなかった。もはやタマラになんの力もないと見なしていても、警戒心が強すぎて、簡単には引っかかってくれない。心理操作にかかるまいとする本能的な抵抗だろう。

おまけに、性欲は涸《か》れきっている。ほかの手を使うべきだった。しくじった。習慣の力に押されて、セックスに訴えてしまった。たいていの男には有効だが、こいつには効かない。タマラは失敗し、かわいい娘がそのツケを払うことになる。

ノヴァクはまたしゃべりはじめていた。

集中しなさい。意識を研ぎ澄まして。できる限り長く。レイチェルのために。

「……ヤノシュがおまえを連れてくるのを待っていたのだが」ノヴァクがそう言っていた。

「あいつがいつまでもぐずぐずしているから、アンドラーシュをやって、手早く片づけさせた。しかし、おまえも自分の熱い情事の思い出をビデオで見ることは楽しめるだろう」

つかの間、タマラはきょとんとした。ヴァルのことを話しているの？　そうだ。たしかに、ヴァルはタマラを捕まえるために送りこまれた人間だった。イムレが人質になっていた。その後、イムレが死んだから、ノヴァクたちは作戦を変えた。そう、筋が通る。

わたしの熱い情事の思い出？　なんなの？　テレビの画面がちらつき、何かの映像が映った。涙と汗で、よく目が見えない。両側のスクリーンはぼんやりと光っている。どうやら――このリズミカルで激しい動きは――いったいどういうつもりなの？　拷問の添えものにポルノ？　陳腐でばかげたアイデアは屈辱的だった。これほどの痛みと、これほどの恐れに直面しているときでさえ。

でも、どうでもいい。腕が痛すぎて、ゲスな男の思惑など考える気もしなかった。相打ちでノヴァクを殺すタイミングを計るのに忙しいのだから。集中しなければ。

「……よく見ろ！」ノヴァクは頑として言った。「自分の姿もわからないのか？　しっかりしろ、タマラ」

自分の姿？　タマラは染みる目をすがめ、改めて画面を見た。

じっと目を凝らした。あれは……まさか。あり得ない。

サン・ヴィートで泊まったホテルの部屋だ。海を見晴らす美しい開廊《ロッジア》から、夜明けの淡い光が差しこみ、部屋を柔らかなピンク色に染めていた。

そして、シダの葉らしき緑の向こうにベッドがあり、そこにタマラとヴァルがのっていた。

タマラがヴァルにまたがって腰を振り、首をのけぞらせて、小さな喜びの声を漏らしている。どういうこと？　あのホテルに到着後すぐに見つかっていたということ？　カメラを仕込まれる隙なんてあった？　夕食に出かけているあいだ？

もう片方のテレビに顔を向けて、背筋を凍らせながら、エロティックにのたくるぼんやりとした影に目を凝らした。焦点を合わせるには三十秒以上もかかった。もっぱら、この事実を受け入れたくなかったからだ。タマラの心は必死に抵抗していた。

〈ハクスリー〉の従業員用の小さなキッチンで、タマラがドアに押しつけられていた。ヴァル・ヤノシュに体を許し、盛りのついた猫みたいに喘いでいる。カメラは天の神みたいに上からそれを見おろし、タマラの愚かしさを裁いていた。ピントは顔に合っている。快感と興奮で頬を上気させていた。それに、ドラッグとワインで。

つらで胸を刺されたかのようだ。タマラはうろたえ、怖気をふるい、それから気持ちを引き締めた。自分を強いて、このことの理由を考えていった。一歩ずつ。

こいつらがヤノシュの先手を打ち、本人に気づかれずにカメラを仕掛けたとは考えられない。また、タマラがニックとベッカの結婚式に行くことを、事前に知られていたとも思えない。あのカメラを仕掛けられた唯一の人間は、ヴァル本人だけだ。

場所を選び、準備をしたうえでタマラに薬を盛り、そこに連れていって抱いたのだ。けだものの目を楽しませるために。それが真実だ。ほかに説明のつけようがなかった。

ノヴァクはむさぼるような目つきでタマラを見つめ、思考の道筋を一歩一歩追っていた。

「そうだ。ようやくおまえにもわかったようだな。ショックかね？　ヤノシュは雇い主のわたしに言われたとおりの仕事をした。おまえを惚れさせること。それがあいつの専門だ。わたしもPSSのことはよく知っている。昔、やつらを使った時期もある。セックスで人の信用を勝ち取る必要があるなら、あいつが最適だと勧められた。いやはや、大成功だ。不滅の情熱で、どんな女でも落としてみせる。おまえのように心の凍りついた女でも」

「嘘よ」タマラはささやいた。

「いいや、本当だ。おまえはとりわけ疑い深く、頭がいいと聞いていたがな。だが、落ちた。脚を大きく開いて。いとも簡単に」ノヴァクは喉の奥で笑い、ぜいぜいと息をした。唇とあごに血が飛び散る。

先ほどまで、タマラはこれ以上ひどい気分にはなれないと思っていたが、底はもっと深かった。またひとつ大事なものをはがされ、またひとつ血を流す傷が増えた。そして、かつてないほどの孤独を感じていた。たったひとりで、地獄に落とされた。

イムレ。タマラの心の片すみに巣くう愚かな小娘は、つまらない望みにすがっていた。万にひとつの可能性だけれども、ヴァルがああいうビデオを撮ったのは、イムレを拷問から救うためなのではないだろうか。強制されてしたことなのかもしれない。もしかすると……。

しかし、ノヴァクは首を振り、諭すように人差し指をたてた。「おまえの考えはわかっている」血の染みがついたハンカチで口をぬぐいながら言った。「ロマンティックな筋書きは忘れろ。あいつは痛ましい話を聞かせたんだろう？　親代わりの男を人質に取られ、おまえを連れていかなければ、その男を殺すと脅されている、と」

タマラは答えなかった。

「わたしと一緒に書いたシナリオだ。そして昨日、あいつはわたしの命令どおり、イムレが雄々しくも命を犠牲にしてくれたと話したのだろう？　一緒に逃げて、エーゲ海のどこかの島で幸せに暮らそうとおまえに懇願したか？　目に見えるようだ。こざかしいやつめ。約束どおり、報酬をたっぷりはずんでやらんとな。出し惜しむつもりはない」ノヴァクは一歩前に出て、タマラを生きたまま食らいたそうな目つきで見つめた。「ヴァイダがどの程度おまえを愛していたか、教えてやろう」アンドラーシュにちらりと視線を向けた。「ロープを引け。十秒間だ」

アンドラーシュは喜々として命令に従った。ロープに引っぱられ、足が床から離れる。喉を焦がすほどの悲鳴がほとばしった。悲鳴をあげてしまったことも、これほどたやすく痛めつけられていることも、腹立たしくてたまらない。ヴァルを愛してしまったことも、信じてしまったことも。こうして捕まったことも。何もかも。このすべてが。レイチェル。ああ、レイチェル。

タマラはもがき、左手でもっとしっかりロープをつかもうとした。十秒間。稲妻に神経を突き刺されたまま、十世紀もたったように感じる。

しゃくりあげ、どうにか耐えながらも、あまりの痛みに錯乱しかけ――

ドンッ。足が床につき、縛られた足首がくじけた。意識を失うまいと苦闘しつつ、もう一度自分の足で立つというつらい作業に取りかかった。

「おしゃべりはもう充分だ」老ノヴァクはふいにいらだちと疲れを声ににじませた。「アンドラーシュ、子どもを連れてこい。始めるぞ」

アンドラーシュは腰の高さについているもうひとつのフックにロープを巻きつけ、ぐっと力をこめて結んだ。そして、タマラとノヴァクをふたりきりで残し、わざとゆったりとした足取りで部屋を出ていった。

「女の愚かしさには、いつでも驚きを新たにさせられる」ノヴァクはつくづくと言った。「おまえはすこぶるつきの美女だが、本質は明らかだ。存在価値はな。おまえは使い捨てのオモチャだ、タマラ。そんな女に本気で愛を告げる男がいると思うか？　男はおまえのような女を愛さない。使い終わったら、ゴミとして捨てるだけだ」ノヴァクがまた一歩近づいてきた。「それでも、おまえがこう簡単に落ちたことは驚きだった」

タマラの一部は膝をつき——いや、地にひれ伏し、もがき、泣き叫んでいる。そのとおり、そのとおりよ。さっさと殺して、この苦しみを終わらせて。

べつの一部はこうささやいている。あと少しだけ近づきなさい、穢らわしいゲス野郎。

口のなかでピアスを動かし、毒のカプセルを嚙み砕けるように集中して、臼歯《きゅうし》のあいだに挟んで、つばを溜めようとした。乾ききった口では難しかった。一点に集中して、正確に飛ばさなければならないだろう。洟をすすって、無用な恐怖と苦痛の涙を飲みくだした。唾液の代わりになるかもしれない。

こっちに来なさい、老いぼれノヴァク。あと二歩。たった二歩で、あんたの内臓をぐちゃぐちゃに溶かしてあげる。

急がなければ。タマラはまた洟をすすった。ノヴァクが足を踏みだそうとしている。ストップモーションのように見えた。この瞬間に没頭するあまり、ノヴァクのごくわずかな動きも、自分の体のことのように感じられた。

　ようやく涙と唾液の混合物が溜まったとき、ノヴァクが近づいてきた。いまにもあごに力をこめ、勢いよく噴射させるために息を吸いこんだとき――

　ピンポン。柔らかな音のチャイムがこの瞬間を砕いた。ノヴァクは視線を離し、首をめぐらせて、テーブルの上のインターホンを見た。

　タマラは落胆の叫びをあげそうになった。あともう少しだったのに！

　ノヴァクはボタンを叩いた。「邪魔をするなと言っただろうが！」

「ラクスを捕まえました」男の声がインターホンから響き、そう告げた。

　ノヴァクの顔つきが一変した。「それはすばらしい。ここに連れてこい」

　再びタマラに向き合う。しかし、距離は遠すぎた。絶好のチャンスは失われてしまった。

　タマラは泣き叫びたくなった。

「ゲオルグは不心得者だ」ノヴァクが言った。「おまえがわたしにどれほどの害をなしたのかわかっていながら、おまえを自分でほしがった。そのうえ、わたしを殺して事業を乗っ取る計画をたてていたことまでわかった。信じられるか？　カートの地位を継がせようと数百万ドルをかけて仕立ててやったのに。恩知らずめ！　やつには気に入りのオモチャが壊れるさまを見させる。なんでもかんでもほしがる子どもへの罰だ。わたしはカートにも同じ教訓を与えた。幸い、早いうちに学ばせることができた。だからこそ、あれほど強く、人並みはずれた男に育ったのだ。カートがどれだけ強かったか、覚えているだろうな、タマラ？　ああ、ゲオルグ、来たか」

大男ふたりがゲオルグを部屋に押しこんだ。ゲオルグの顔は赤く腫れあがり、唇が切れていた。ホテルでヴァルとやり合ったときのあざも残り、両目の下が青や紫に変わっていた。目は怒りで血走っている。

この新たななりゆきを好機にする方法があるはずだ。しかし、あったとしても、タマラには見えなかった。怯えきり、痛みに打ちのめされて、状況を嚙み砕くことができない。

「お望みの女だ、ゲオルグ」パパ・ノヴァクは猫撫で声で言った。「おまえが焦がれている女。おまえの親友を殺害することを企てた女。だが、わたしたちが思うほど、おまえとカートは仲がよくなかったのかもしれないな？」

ゲオルグはうなり声をあげる犬のように、かさぶただらけの薄い唇を開き、歯をむきだしにした。

だめだ、助けにはならない。タマラは寒々とした気持ちでそう結論をくだした。ゲオルグは手足を縛られ、頭に銃を突きつけられている。タマラと同じく、なすべのない状態だ。そう、いま必要なのは奇跡だけ。大地震とか、噴火とか、竜巻とか、爆発とか、隕石《いんせき》クラスの奇跡――

「いまだ！」ゲオルグが叫んだ。両側から腕をつかんでいた男たちのあいだで身を伏せ――そして、部屋が爆発した。

すさまじい音をたてて窓ガラスが割れ、飛び散って、尖った破片がタマラの顔にも体にも降りそそぐ。鏡も割れて、うしろに倒れた。ゲオルグをつかんでいた男のひとりは、仰向けに引っくり返っている。あごを吹き飛ばされ、真っ赤な穴と化した口もとから裂けた肉をのぞかせて。砕けた骨や歯のかけらがそこで白くきらめく。男は手をばたつかせ、パニックで白目をむきかけていた。

バンッ。もうひとりの男が片手で喉を押さえた。吹き出した血が、蠟燭の明かりのなかでは黒く見えた。指のあいだから流れでている。銃が絨毯に落ちた。ふたりめの男も倒れ、びくっと跳ねて、ほどなく動かなくなった。

突然に落ちた静寂は鼓膜を刺すようだった。ゲオルグは急ぐようすもなく、ゆっくりと体を起こした。すぐそばに転がっていた銃を拾い、目を細めて部屋を見渡す。ガラスを失った窓から冷たい空気が流れこんでくる。燭台《しよくだい》に立てられた蠟燭の炎が一斉に、不気味なほど高く燃えあがった。タマラは目の前の光景に見入っていた。ショックと……予想外の望みで、心が震えている。

ノヴァクは床で丸まり、身をわななかせていた。衰えた体の下からたちまちに血が広がっていく。手は腹を押さえている。そこを撃たれたのだろう。

それでいいわ。意地の悪い思いがタマラの胸によぎる。苦しんで死になさい。

ゲオルグは口もとを吹き飛ばされた男に銃口を向けた。

「おまえだったんだな。裏切り者のスパイは。おまえの正体を暴くために、部下全員の命を犠牲にするはめになったぞ、フェレンツ。悲嘆にたえない」

男は喉からごぼごぼという音を漏らし、目を限界まで見開いて、めちゃめちゃになった口もとを見ようとしている。

「おまえの口を狙えと狙撃手《そげきしゆ》に命じておいた」ゲオルグは言った。「それが妥当だと思ったからだ。そうだろう？」

血のしぶきを飛ばしながら、男は首を振った。ゲオルグの足をつかむ。ゲオルグはその手を蹴って退けた。「本気で罰したいなら、その顔のまま生かしておくのが一番だ。だが、おまえにはそこまで手間をかける価値もない」

ゲオルグは引き金を引いた。バンッ。男の頭蓋骨《ずがいこつ》の中身が飛びだし、絨毯と壁にピンク色の扇を描いた。

分厚い防弾チョッキを身につけ、ヘルメットをかぶり、兵器類で武装した黒ずくめの男たちが、影のようにするりと部屋に入ってきた。ドアからひとり、ガラスのない窓からふたり。ガラスの破片がそこら中できらめいている。

ゲオルグはノヴァクのしなびた体にかがみこんだ。大きく開いた口に銃身を突っこみ、顔をあげさせる。

「スパイを放っていたのはおまえだけじゃない」ゲオルグは言った。「こっちにもいたんだ。ちょうどいいタイミングで、セキュリティを無力化してくれるやつが。おまえはヤワになったんだよ。隙だらけだ。さあ、死ぬがいい。オモチャは返してもらう。そのほかのすべてもいただく。もうおれのものだ。何もかも」

ノヴァクは苦しげに何かをしゃべろうとした。ゲオルグは銃身をぐっと突き入れ、またノヴァクを床に倒した。それから振り返り、タマラを見た。歪んだ唇のはしからは、やはり白いつばの泡が垂れている。タマラの体に視線を這わせ、邪な欲望で目をぎらつかせた。

そして、ぬらぬらとした唇を舐めながら、こちらに向かって歩きはじめた。

28

最初の見張り番が目を丸くする間もなく、ヴァルはそいつの頭を横からつかみ、力ずくで押しさげて、こめかみに膝蹴りを見舞った。見張り番はどすんと音をたてて床に倒れた。さらに容赦なく鼻を蹴りつけて、確実に失神させてから、飛ぶようにして先へと進んだ。

この地獄のような場所に忍びこみ、こうして再び廊下を通っていることが、現実だとは思えなかった。隙間風が吹くため、城のなかは冷え冷えとして、カビの匂いがどこまでも広がっている。若いころ、ここで暮らすことを強いられていた当時も、とんでもなく陰気な場所だと思っていたものだ。ヴァンパイアがいないのが不思議なほど気味の悪い城だと。静かな足取りで図書室の前を通ったとき、ヴァルは昔の自分に出くわすのをなかば本気で期待していた。腐りかけた蔵書をあさり、お宝ものの本を発掘している自分がいてもおかしくない。

ふと足を止め、耳をそばだてた。鼓動が遅くなり、時の歩みが遅くなる。戦闘準備完了。

ふたりめの見張り番が廊下の角を曲がってきた。ヴァルは顔を殴り、首筋をつかんだ。頭突きをして、肘で喉を刈り、股間に膝蹴りを沈めたところで、男は倒れた。うめき声やわずかな物音は響いたが、比較的静かに片づけることができた。

どちらに向かうべきか決めかね、ヴァルは階段の上で凍りついた。

そのとき、大きな物音が轟いた。銃声。ガラスが割れる音。ヴァルははっとわれに返り、階段を駆けおりた。下から音がしたということは、〝聖人の間〟だろう。ノヴァクは、あそこのバロック様式の華麗な雰囲気と、不気味なフレスコ画をとりわけ気に入っていた。いかにもあの男らしい。

ゲオルグが先に到着して、攻撃を開始したに違いない。その頃合いだ。あの血に飢えた化け物に対して、親愛の情めいたものがよぎりかけた。だからといって、できるだけ早い機会に殺そうという気持ちが変わるわけではないが。

行く手に死体や血溜まりが現われはじめていた。ノヴァクの手下どもが、ゲオルグの奇襲で殺されたのだろう。水漏れで腐りかけた壁には血が飛び散り、欠けたアンティークのタイルの床には赤黒い小川ができている。

最前線に立つチャンスを逃したらしい。かえって幸いだ。ノヴァクとゲオルグの戦いなどどうでもいい。

次の角を曲がれば、〝聖人の間〟の前に出る。第六感が働いた。ズボンの腿がすれる音とゴム底のブーツがタイルで軋む音。ヴァルは耳で聞こえないほど小さな音を感知していた。

次の瞬間、男が向こう側から角を曲がってきて、さっと銃を構え——

トスッ。ヴァルのナイフが男の目に突き刺さり、男の脳から〝叫べ〟という信号が喉の神経に伝わるのを阻止した。

男はよろめき、倒れた。ヴァルは前に飛びだして、そいつの腋の下に腕を入れて支え、角の向こうから見えない位置まで引きずってきた。黒ずくめ、重装備。死んだ男はヴァルより背が低く、痩せていたが、この防弾チョッキを着れば、わずかのあいだでも仲間のふりができるかもしれない。そのわずかな時間がものを言う。ヴァルは死んだ男からヘルメットをはずし――息を吞んだ。じっと死体を見つめた。

なんてことだ。おれはこいつを知っている。名前もわかる。PSSに雇われて五年にもならない若い諜報員だ。腕利きだった。いつでもプロ意識に徹していた。

残ったほうの淡い青色の目がこちらに向いていた。糾弾されているようで、ヴァルはのろのろと目をそらした。残念だが、もし殺していなければ、殺されていた。タマルのことを思えば、極限下での曖昧な倫理にかまけている余裕はない。

この男は覚悟を持っていた。危険性は承知していた。

防弾チョッキを脱がせるとき、マジックテープがバリッと大きな音をたてた。ヴァルは息をひそめ、物音を確かめようと角から顔をのぞかせる者がいれば、誰であっても撃とうと身構えた。

数秒が過ぎた。何も起こらない。誰も来ない。

ヴァルは布地に染みた血を無視して、防弾チョッキを着こみ、ヘルメットをかぶって、あご当てを留めた。頭部の角度を直し、できるだけ顔が影に隠れるようにしてから、〝聖人の間〟の前に立つもうひとりの黒ずくめのほうへ歩いていった。

部屋のなかで銃声が響いた。男は注意を引かれ、そちらに顔を向けた。

ヴァルは飛びかかり、男の体を力ずくでねじった。背骨がボキッと音をたてる。ほどなく、男は首の骨を折られて、倒れ、失禁した。

こちらは顔見知りではなかった。ありがたい。

〝聖人の間〟のドアはわずかに開いていた。ヴァルは銃口をドアに当ててそっと押し、もう少しだけ大きく開いた。そこからそっとなかをのぞいた。

息が肺で凍りついた。部屋のすみで、両手を縛られたタマルがロープで吊りさげられていた。もつれた髪が暗いカーテンのように顔にかかっている。わずかに見える美しい顔には殴られた跡があり、その表情から、ひどい苦痛に無言で耐えていることがうかがえた。まだ生きている。

胸のなかで何かがゆるんだ。悲しみ、怒り、そして、恐怖に縁取られた希望。これまで、タマルがもう死んでいるという事態については、覚悟しておけと自分に言い聞かせてきた。いくら言い聞かせても、聞き入れられなかったのだが。しかし、希望は絶望よりも残酷だ。

三人の男が床に倒れていた。四人が立っていて、そのうちひとりはゲオルグだ。ヴァルは一番近くにいた男の喉にナイフを投げた。男はガラスの破片を騒々しく踏み鳴らしながら、両腕を広げて回転し、そして床にくずおれた。

ヴァルは部屋のなかにダイブした。体を丸め、転がって銃弾をかわしたが、前転で体を起こしたとたん、防弾チョッキに覆われた胸を数発撃たれた。バンッ、バンッ。巨大なこぶしで殴られたかのように、うしろに吹き飛ばされた。背中から床に叩きつけられ、一瞬息が止まる。酸素を求めて喘ぎつつも、膝をついて体を起こし、銃をあげて狙いを——

ヘンリー。青い目、角張ったあご。ヘンリーがヴァルに銃口を向けていた。ほんのつかの間、筋肉が凍りつき——

バンッ。ヴァルの銃が手のなかからはじかれ、くるくると宙に飛んでいった。高い弧を描いて落ちると、床で跳ね、絨毯を転がっていく。

それから、冷たく痺れたような痛みが広がっていった。熱い血が流れだす。腕を撃たれていた。なんてこった。ヘンリーが撃ったのだ。親友が。

「ヴァレリー」ヘンリーの顔つきは苦々しく、悲しげだった。

ヴァルは銃口に目の焦点を合わせた。ヘンリーの顔がぼんやりと霞む。「おまえが？」低い声で言った。

「おまえはここにいるはずじゃなかったんだよ」ヘンリーは力なく言った。「おまえと対決する予定はなかった。理由がないもんな」ヴァルのうしろにいる誰かにちらりと目を向ける。声を落として言った。「だが、こうなってはどうしようもない」

「なぜだ？」ヴァルは険しい声で尋ねた。

「金さ」ヘンリーは当たり前のように答えた。「それも大金だ。ヘーゲルが言ってただろ。おまえさえその気なら、仲よく分けることもできたんだが、そうはならなかった。おまえは下半身でものを考えているんだよ。数百万ドルに値する女などいないのに」

ヴァルは視線をあげて、タマルの輝く目を見た。揺るぎのない、燃えるようなまなざしが返ってくる。ヴァルの筋肉にも、神経にも、心にも、たちまちに情熱と力がそそぎこまれた。

誰よりも美しい。誰よりも愛しい。この知性、この勇気、この女らしくしなやかな体に隠された不屈の精神。

その頬に涙がこぼれた。タマルは伸ばされた腕に顔を押しつけ、それをぬぐった。秘められた優しさ、それを包むこの強さ。

数百万ドルに値する。何を懸けてもいい。すべてを捧げてもいい。おれの命、魂、心。しかし、ヘンリーにはけっして理解できないだろう。

いままで一度として本当の顔を見せなかったヘンリーには。

「……イムレの救出に手を貸すこともできたんだぜ」ヘンリーはしゃべりつづけていた。「イムレは死んだ」ヴァルはそう教えた。「彼女のために来たんだ」

ヘンリーは首を振った。「誰も彼も救うことはできないぞ、ヴァル。すまない。おまえがここに近づかなければいいと願っていたが、いらないところに顔を突っこんできたのはそっちだ。仕事は仕事として片づけさせてもらう。おまえとの友情は本物だった」

ヴァルは当てつけるように銃を見た。「人を銃で狙いながら、友情がどうのとほざくな」

ヘンリーは唇が白くなるほど口もとをこわばらせた。「仕事は仕事だ」硬い声で、もう一度言う。「お別れだ、ヴァル」

ヴァルは顔をあげ、タマルの目を見つめた。これまで死を恐れたことはないし、いまも怖くない。ただ、タマルと歩めたかもしれない人生を思うと、悲しみに胸を突き刺された。叶うはずもない夢で、頭に銃を突きつけられて終わるのが妥当なのだろうが、それでもだ。あの儚い夢とかすかな望みは、ヴァルが一度も味わったことがないほど甘美で、すばらしいものだった。こんな状況でも、感謝の念が湧きあがるほどに。

ヴァルは覚悟を決めた。タマルから目を離さずに、最期のときを待った。

「やめろ」ふいにゲオルグの声が響いた。ガラスのかけらをブーツで踏み鳴らして、ふたりのほうに歩いてくる。

ヘンリーが驚いて、ゲオルグに目を向ける。「え？」

「撃つな」ゲオルグはゆっくりと言った。いいことを思いついたというように、ヴァルを見ている。「いまはまだ。まずはこいつに見せたい」

ヘンリーは眉をひそめた。「見せるって何を？　まさか……おいおい。嘘だろ。こんなときに？」

「そう、いまこのときだからこそだ」ゲオルグの目は興奮でぎらついていた。「こいつは理想的な観客だ。生涯忘れられない体験になるだろう。さあ、何もかも見えるように、そいつを近くまで連れてこい。押さえておけ。ちゃんと見せるんだ。おれがイッたときに殺せ。その瞬間だぞ」

ヘンリーの口もとが嫌悪感に歪んだ。べつの黒ずくめの男に向かってあごをしゃくり、こちらに呼ぶ。「こいつの頭に銃を突きつけておけ」そっけなく命令した。「もし動いたら、頭を吹き飛ばせ」

男はヴァルのこめかみに銃口を向けた。ヘンリーはヴァルの背後にまわり、まずは怪我をしているほうの腕を、次にもう片方の腕をうしろにねじあげた。えぐられた肩が限界まで引きつり、激痛をもたらす。

ヴァルは喘ぎ、息を乱した。血が流れ落ち、指先から滴る。肩の傷はまたしても開いていた。ジンジンとした痛みと熱を感じる。熱い血が広がっていくのがわかった。

ヘンリーは部屋のすみに向かい、タマルが吊るされているほうにヴァルを引ったてた。もうひとりの男がこめかみに銃を突きつけたまま、一歩ずつついてくる。

あと二メートル。うしろにはヘンリー、横には銃を持った男、前にはタマル。燃えるような目でヴァルを見つめている。

「いまから、これがおまえの人生だ」ヴァルはかつての友人に言った。「ぽん引き同然に、変態野郎の気まぐれに従う。金のためにひざまずき、そいつの臭いケツにキスをする。楽しめよ、ヘンリー。おまえにはお似合いだ」

「おれをこけにするな」いまいましそうに言う。「望んでこうしているわけじゃない」

「いいや、おまえが望んだことだ」ヴァルは言った。「おまえがもたらした結果だ。いずれそのツケを払うだろう」

しかし、ゲオルグが自分の股間をまさぐりながらタマラのほうに歩きはじめたとき、ヘンリーのことはヴァルの頭のなかから消え失せた。

まだ試練が足りないというの？　わたしにとっては、いままでの状況でさえおとなしすぎる、容易すぎるとでも？　ヴァルが現われ、その命が脅かされているのも必然だと？

ことを複雑にしてくれたヴァルがいらだたしい。わたしを助けに来たせいで、ヴァルが殺されるところを見るくらいなら、感情を傷つけられ、嘘つきの裏切り者だったと信じ、心底憎んだまま死ぬほうがましだった。そのほうがずっとよかった。

あとどれだけ心をむしり取られ、目の前で踏みつけにされなければならないのだろう？

終わりはまったく見えない。

ノヴァクが死んだことはせめてもの救いだ。レイチェルには奇跡が起こるかもしれない。とはいえ、まだアンドラーシュの手の内にある。あの男はただ楽しみのために人間を傷つける。おまけに、いまゲオルグが近づいてきている。欲望で張りつめた顔つきだ。タマラの体がびくっとした。試練はまだ始まったばかりだ。

想像してほしい。腕を骨折し、ロープで吊るされた女を見て、この男は興奮しているのだ。タマラは涙とヒステリックな笑いで体を揺らしはじめた。サディスティックな異常者たちとわたしのあいだには何かあるの？　なぜそういうやつらに限ってわたしに執着するの？　もしこれが前世の報いなら、そのころの自分はよほど悪い女だったのだろう。一度や二度ではなく、何度もこんな目にあうのだから。

もしもいまアンドラーシュがレイチェルを連れて戻ってきたら、また銃撃戦が始まり、わたしの幼い娘はそのただなかに置かれることになる。ヴァルは頭に銃を突きつけられ、身動きを封じられている。わたしは精肉店に保管されている牛肉みたいに吊るされ——なすすべもない。

ひとつのことを除いて。口のなかで舌ピアスを転がしたとき、ゲオルグが目をらんらんと輝かせて、乳房にふれた。べたべたと湿った手でわしづかみにして、ぎゅっとひねる。さらに、タマラの股間をまさぐり、痛いほど強く握った。

タマラは意志の力をかき集め、うっとりとした表情を顔に張りつけた。「キスして」とささやいた。「お願い。あなたはわたしを救ってくれた。始める前に、キスして。ずっとあなたのキスを夢見ていたの」

ゲオルグは手荒にタマラを引きよせ、またバランスを崩させた。腕、ああ、腕が……唾液を無駄にしないために、痛みの悲鳴を押し殺した。

顔が近づいてきた。どこもかしこもおぞましく、歪んだ面立ちが視界を占める。すえた匂いのする息がハアハアと顔にかかり、呼吸を止めておくしかなくなった。

毒のカプセルを臼歯のあいだに挟み、ふたりの距離とタイミングを計った。冷静に、狡猾に。ロボット女の登場だ。まだ早い……まだ……三……二……一……いまよ。

カプセルが割れた。

顆粒状の薬が出てきて、鉄のような苦い味が口のなかに広がった。ゲオルグの唇がタマラの唇にふれた。胸が悪くなるほどぬるぬるしている。口が開いた。

タマラはその奥に毒のかたまりを吐きつけた。

ゲオルグがうしろによろめいた。つばを吐き、口や舌を手でかくうちにも、腐食作用で内臓がただれはじめた。ゲオルグは前に飛びかかり、タマラの頰を張り飛ばした。痛みは感じなかった。二度、三度とはたかれても。頰の感覚は麻痺している。ゲオルグは悲鳴や怒声をあげたが、その声も耳に入らなかった。

頭のなかの計算機は、あと少しで、解毒剤を飲んでも手遅れになると告げている。残り十五秒……十三……十二……しかし、もう一度カプセルを嚙もうとしても、あごの筋肉を動かすことができなかった。体はぐったりして、力は使いつくされ……九、八……七……ぞわぞわする寒気と、差し迫った死による痺れが全身に絡みつき……五……四……鼻から血が垂れて……。

レイチェル。

タマラはもうひとつのカプセルを嚙み砕いた。解毒剤も苦かった。飲みくだすにはもっと唾液が必要だが、口のなかは砂と埃まみれで、からからに乾いている。タマラは首をのけぞらせ、鼻から滴る血が喉に流れこむようにした。

急いで、スティール。苦い薬を飲むのは得意でしょう?

ゲオルグは倒れ、全身をぴくぴくと引きつらせて、もがき苦しんでいた。タマラは望遠鏡を逆さからのぞきこむように、そのさまを見た。勝利を喜べなかった。遙か遠くで、遙か昔に起こったことみたいだ。誰かほかの人に起こったことみたい。

自分の血を飲みくだし、迫りくる暗闇と闘った。

最後にヴァルを救ってくれたのはイムレだった。頭を高性能の機械に見立て、そのように使う方法を教えてくれたのは、イムレなのだから。

ヴァルはハリケーンのように襲いかかってくる恐怖から心を切り離した。三歩さがって、マトリックスのなかに浮かびあがった。ヘンリーの汗の匂いはまだ嗅ぐことができる。ズキズキするこめかみに、冷たい銃口を押しつけられているのも感じることができる。傷ついた腕と肩が焼けつくように痛むのも。

ゲオルグがよだれを垂らし、ヴァルの愛する女を弄んでいるさまもまだ目に見えている。

しかし、ヴァルはべつの次元で浮いていた。心のなかに広がる静寂《しじま》で、好機がめぐってくるのを待っていた。つかの間の隙をつくチャンスは必ず訪れる。五感を研ぎ澄まし、穏やかな心持ちでいれば、それを感じ取って、どう活かせばいいのか見極めることができる。そして、すばやく行動を起こすのだ。

……あの野郎が彼女にキスしている。強姦《ごうかん》好きの豚が……。

だめだ。そんなことを考えていれば、集中力が途切れてしまう。ヴァルは考えを振り払い、意識をマトリックスに戻した。待つんだ。耐えて……待つんだ。

ふいにゲオルグがあとずさりをして、悲鳴をあげ、口もとをかきながら、奇妙なダンスを踊りはじめた。タマルに平手打ちを食らわせる。一度、二度。

「なんだ？　これはなんだ？　解毒剤はどこにある？」ゲオルグは怒鳴った。「解毒剤はどこだ？」

解毒剤？　毒だ。なんてことを。タマル、やめてくれ。

銃を掲げていた男はぎょっとして、ゲオルグたちのほうに目をやった。ヴァルの頭に情け容赦なく突きつけられていた銃が一瞬だけ向きをそらし――

ヴァルは痛みを無視して、背後のヘンリーにぐったりともたれかかった。ヘンリーが体重を移動させ、体勢を変えようとしたとき――

いまだ！

大股の三歩で壁際に走りより、改めてヘンリーに体を投げだした。ヘンリーは叫び、うしろによろめいた。ふたりは一緒に倒れ、その衝撃で、ヘンリーはヴァルから手を放した。

しかし、すぐにまたつかみかかってきて、怒声をあげながら体勢を引っくり返し、たくましい体でヴァルを組み敷いた。ヴァルはヘンリーを振り落とそうともがき……薬指につけていたタマルの指輪を親指で押して、刃を出した。小さなものだが、見るからに切れ味がよさそうで、刃先は異様に尖っている。

ヘンリーはヴァルの手首をつかんでいたが、血で手を滑らせた。ヴァルは大声で叫び、手を自由にして――ヘンリーの頸動脈にナイフを突き刺した。

血しぶきが飛び散る。何度も、リズミカルに。ヘンリーは息をつまらせ、痙攣して、裏切られたと言いたげな目つきでヴァルを見つめた。

ヴァルはヘンリーの体から這いだし、銃を奪って、どうにか立ちあがった。血まみれで、足もとはふらついている。

それから、さっきまでヴァルの頭に銃を突きつけていた男に銃口を向け、目で問いかけた。

男は首を横に振った。見開いた目がゲオルグの死体に飛び、それからヘンリーに、そしてタマルに移ったあと、またヴァルの握る銃に戻ってきた。部屋のなかは静かだが、ヴァルの息がぜいぜいと口から漏れる音と、吹きこむ風の小さなうなりだけは聞こえている。厚いブロケード織りのカーテンが膨らみ、翻《ひるがえ》る。蠟燭の炎が揺らいでいる。

男は自分の銃を上に向け、両手をあげて、割れたガラスを踏み、引きずるようにして、そろそろとあとずさりを始めた。同僚の血まみれの死体でつまずきかける。視線をさげることなく、体勢を立て直した。

「おれは消える」男は言った。「ここから出る。おれはここにはいなかった」

ヴァルはうなずき、男が静かに部屋から出ていくのを待った。走り去る足音が小さくなっていく。部屋は静寂に包まれた。

ヴァルはタマルに振り返った。ロープに縛られたままぐったりとしている。まぶたは閉じて、顔は死人のように青白い。鼻から血が流れでていた。口の両はしからも。ゲオルグはじっと動かずに倒れているものの、脚だけはまだひくついていた。口から血の泡を吹きだしている。顔は土色で、舌が突きでていた。

タマルはどうにかしてこいつに毒を盛ったのだ。相打ちの覚悟で。

これまでの人生で、おぞましいことが起こるたび、ヴァルは心を麻痺させて耐えてきたものだが、今回ばかりはそれも効かなかった。ヴァルは無力な子どもに戻っていた。バスルームの床にうずくまり、世界の終わりを見つめている子どもに。

そのとき、タマルがまばたきをして目を開け、ヴァルは息を呑んだ。タマルはヴァルのうしろに視線をさまよわせ、目を丸くした。湿った音をたてて息を吸いこむ。

「危ない！」タマルが叫んだ。

ヴァルが体ごと振り返った瞬間、弾丸が尻をかすめ、肌をえぐった。また新たな傷だ。ノヴァクが笑みを浮かべ、血溜まりから細い首を伸ばして、ワルサーPPKを持ちあげ、もう一度撃とうとしていた。

ヴァルはヘンリーのタウルスを老ノヴァクに撃ちこみ、弾倉が空になったあとも発作的に引き金を引きつづけた。

やがて、闇雲に部屋を見まわした。「ほかには？　まだかかってくるやつがいるか？」

誰も動かない。誰も答えない。

ヴァルは若い男の死体のほうへ慎重に歩いていった。ヴァルのナイフを喉に刺されたまま、仰向けで倒れている男だ。そのナイフを引き抜き、急いでタマルのところに戻った。

細い体に腕をまわしてから、上に手を伸ばし、ナイフをロープに当てた。数度、左右に振るっただけでロープが切れ、タマルの軽い体が両腕のなかに落ちてきた。全身に細い血の筋ができている。無数の小さな傷は、飛んできたガラスの破片でついたものだろう。

ヴァルはタマルを抱えあげ、ガラスの飛び散っていないところに寝かせようと部屋を見渡した。そんなところはどこにもない。

膝をつき、あやすようにそっとタマルを揺らした。

タマルの目がまた開いた。目つきはまだしっかりしている。「キスは……しないで」たどたどしく、苦しげなささやき声。「わたしは毒まみれだから」

ヴァルは絶望に打ちのめされた。「どちらにしても」声はかぼそく、震えていた。「きみが心配で死にそうだよ、タマル」

タマルの唇のはしがくっとあがった。「芝居がかっているわよ」かすれた声で言う。「馬鹿ね」

ふたりの目が合った。どちらのまなざしも、痛みと、胸を焦がす思いに満ちている。タマルがしゃくりあげるように息を吸い、小さな吐息混じりに娘の名を口にした。「レイチェル」さらにかすれた声で言う。「アンドラーシュがあの子を」

ぐずぐずするなと目でヴァルに訴えている。

「ああ」ヴァルはしゃがれた声で言い、汗でごわついたタマルの髪をうしろに撫でつけた。

「わかってる」冷たく湿ったひたいにキスをした。「どこもかしこもガラスだらけだ」途方に暮れて言った。「どこにきみをおろせばいいのかわからない」

「どこだっていいわ」タマルは声を振り絞った。「レイチェルを……助けて。急いで」

ヴァルは敷物の上のガラスをできるだけブーツで払い、そこにそっとタマルを寝かせた。

それから、震える脚に力をこめて立ちあがり、血まみれの殺戮現場となった部屋のなかをめぐって、装塡《そうてん》ずみの銃を集めた。

レイチェル。タマルのためにしてやれる最後のことだ。

29

コナーはフロントガラスの先を見つめていた。目は燃える石炭みたいにジンジンしている。

タクシーの車内は、時限爆弾の秒読みをしているかのような緊迫感に満ちていた。

話すことなど何もない。すでに皆が言いたいことを言い、そのたびにほかの誰かが粗探《あら》しをして、引き裂き、叩きのめし、踏みにじるということを繰り返したあとだ。とにかくぴりぴりしていて、誰が何を言おうと、ほかの全員が極限までいらだってしまうため、結局は皆一様に口をつぐみ、自衛手段としてむっつりと黙りこむことになった。

コナーは助手席に座って、衛星地図のモニターを握り締めていた。言葉の壁があるにもかかわらず、運転手は異様な雰囲気を感じ取り、コナーに不安そうな視線をちらちらと投げている。バックミラーに映るほかの者たちにも。セス、ショーン、デイビーが後部座席に大きな体を押しこんでいた。全員が赤い目をして、表情を曇らせ、重苦しい考えをはねのけようと苦闘している。しかし、レイチェルが十時間も先にこちらへ到着していることを思えば、すでに何が起こっていてもおかしくないと考えずにいられなかった。

いまできるのは、レイチェルの赤いコートに仕込まれていた発信器の示す場所へ行き、何が起こったのか確かめることだけだ。先ほどハンガリーに着いたとき、コナーはブダペスト在駐のＦＢＩ捜査官と連絡を取り、事情を話して、最悪の事態に陥った場合の追跡調査を頼んだ。すると、どこだろうとノヴァクのそばには絶対に近づくなと言われた。無駄な言葉だ。人に言われたとおりに行動することなど、できやしない男たちばかりなのだから。それに、レイチェルの無事を第一に願っているのはおれたちだけだ。誰よりも早く現場に行かなくてはならない。

もうすぐ着く。タクシーはがたがたと車体を揺らしながら、細くて古い石造りの橋に入り、小さな川を渡ったあと、石の壁沿いに続く道を走りはじめた。一定の距離を置いて監視カメラが備えられていることには、全員が気づいた。タクシーは鋳鉄製の大きな門の前で停まった。門は開け放たれている。おかしい。

「着きましたよ」運転手はおずおずと言った。

そのとき、ふたりの男が門の向こうから走りでてきた。タクシーをちらとも見ず、橋に向かって猛スピードで駆けていく。

ますますおかしい。

メーターには百五十五ユーロと表示されていた。コナーは百ユーロ札を二枚渡した。全員が降りたあと、タクシーはタイヤを軋ませて急発進した。無理もない。ここでよからぬことが起こっているのは、素人目にも明らかだ。

べつの男が門から飛びでてきた。デイビーがそいつをつかみ、太い腕で首を押さえこんだ。

「なかで何があった？」デイビーは声を荒らげた。

男はハンガリー語で早口にしゃべりはじめた。デイビーは男を揺さぶり、フランス語で同じ質問を繰り返し、それからドイツ語に切り替えた。しかし、男はもがき、甲高い声でわめくばかりだ。ついにはデイビーも、苦い顔で男を放りだした。

「失せろ」低い声で言う。

男はよろめいたが、両手を振りまわしてバランスを取り、そして走り去った。

「沈みかけた船から逃げる鼠だな」ショーンが言った。「レイチェルの発信器は？」

コナーはモニターを見た。「ここだ。早く行こう。監視カメラで見張っている人間ももういないだろう。やばい状況ではわが身が第一の男ばかりらしいからな」

四人は駆けだし、すみやかに、音もなく、曲がりくねった長い並木道を走っていった。行く手を阻む者は誰もいない。撃ってくる者もいない。朽ちかけた十八世紀の城が見えてきた。

発信器の信号を追って、城の横手にまわると、横長の平屋があった。かつては厩として使われていた建物だろう。発信器の場所が近づいてくる。あと四十メートル。三十メートル。

モニター上のアイコンが点滅して、コナーたちを急かす。

四人は平屋に飛びこみ、銃を手に、なかを見渡した。

人影はなく、駐車スペースが連なっているだけだ。十五メートル、十メートル、八メートル。建物のなかは静まり返っている。五メートル、三メートル……ここだ。ベンツのクーペ。

誰も乗っていない。全員がペン型の懐中電灯であたりをくまなく照らした。やはり誰もいない。車のドアには鍵がかかっていた。

四人は車のうしろに集まり、トランクを見つめた。発信器があるのはここだ。コナーは取っ手に手をかけた。もちろん、鍵がかかっている。

ごくりとつばを飲んで、トランクのドアを叩いた。「レイチェル？　そこにいるのかい？」

返事はない。セスが三人を押しのけ、錆びついた園芸道具を持って前に出た。生垣用の大バサミに似ている。「全員、どいてろ」

三人はうしろにさがった。セスは大バサミを振りまわして、悪態をつきながら車に襲いかかった。

車の後部の形が変わりかけたころ、ようやく鍵がはずれた。全員でトランクのドアをねじり取った。

子ども用の赤いスキージャケットが入っている。レイチェルの姿はない。尿の匂いがした。

コナーはジャケットの下に手を入れ、敷物の感触を確かめた。

やっぱり濡れている。小便だ。

「おしっこだ」コナーは言った。「やつらはあの子をトランクに閉じこめていたんだ。三歳の子どもを車のトランクなんかに」

およそ三秒ほど、全員が言葉を失った。沈黙を破ったのはショーンだ。

「行くぞ」凄むように言う。「狩りの時間だ。仕留めてやりたくてうずうずする」

「おれもだ」セスの声にも憤りがこもっていた。

そのとき、城のほうから銃撃の音が響いた。

四人はまた一斉に走りだした。

どこにいようと、レイチェルの悲鳴ならわかる。銃撃戦だろうが、空襲だろうが、どんな騒音でも突き通す声なのだ。耳鳴りのひどい耳でさえも。ヴァルはその声を追って、足を引きずりながらも、アドレナリンだけを頼りによろよろと走っていた。血の跡を残しているが、気にしていられない。アンドラーシュを殺すときまでの血液が足りるなら、それで文句はなかった。

ふいに音の方向がわからなくなって、ヴァルは足を止め、耳を澄ました。どの傷もどくどくと響き、焼けるようだ。古いものも、新しいものも。荒い息をするだけでも痛かった。防弾チョッキに受けた銃弾のせいで、肋骨が折れていた。

ヴァルは角を曲がった。甲高い悲鳴はまだ遠いが、少し大きく聞こえるようになった。ヴァルは再び前進を続けた。尻の傷から流れる血が脚を伝い、ブーツのなかに溜まっている。一歩ごとに足音はビチャッと鳴った。

城の間取りも頭のなかに戻ってきていた。音は頭上から聞こえているようだが、幻聴という可能性もある。ヴァルは大階段に向かって走り、恐怖に駆られて、二段飛ばしにのぼっていった。タマルのために、できるだけ長く意識を保っていたいが、これだけの怪我をしているいま、自分の体にできることとできないことがあるのはわかっている。この感じには覚えがあった。めまい、寒気、何かが体を這うような感覚。

体が機能しなくなるまであと数分しかないだろう。

もう一度立ち止まって、耳をそばだてた。何も聞こえず、胃が沈みこむ。いや、聞こえた。しかし、悲鳴は一瞬で途絶えてしまった。ヴァルはこっそり近づくのを諦めて、音のしたほうへ向かってよろめくように廊下を走った。

アンドラーシュが廊下の角を曲がってきた。のたうつレイチェルを片腕に抱え、もう片方の手に握った銃を大げさに振りかざしている。

ヴァルを見てぴたりと足を止め、すぐさまレイチェルを持ちあげて、胸、首、頭を覆う盾代わりにした。

ヴァルが手近の戸口に飛びこんだ瞬間、アンドラーシュの銃が火を吹き、腐りかけたドアを錆びついた蝶番から引き裂いた。ヴァルは息づまるような暗闇のなかをじりじりと進んでいった。銃弾は壁に、床に当たり、木やタイルや漆喰のかけらを飛び散らせている。

最初に銃声がやんだとき、ヴァルは耳鳴りに負けじと声を張りあげた。「終わりだ、アンドラーシュ。皆、死んだ。その子をおろせ」

「誰が死んだ？」アンドラーシュが怒鳴り返してきた。

「全員だ」ヴァルは答えた。「死んだか、逃げだした。銃声が聞こえなかったのか？」

アンドラーシュは一瞬黙りこんだ。ふたりの動く音が聞こえたものの、ヴァルはどうしていいかわからなかった。「いつ終わらせるかはおれが決める」やはり怒鳴り声が返ってきたが、口調に迷いがにじんでいる。

レイチェルがまた高音の悲鳴をあげはじめた。全身の細胞が揺さぶられそうだ。平手打ちの音と低い罵り声がした。「黙れ、うるさいチビめ、さもないと――」

アンドラーシュの言葉は、さらにけたたましい悲鳴でさえぎられた。ヴァルはぱっとドアのほうに戻り、戸口から外をうかがった。

ビュンッ。弾丸が耳をかすめかけ、髪を揺らした。ヴァルは慌てて首を引っこめた。もがきつづけるレイチェルの体が、まだ急所をすべて覆っているのかどうかは、見極められなかった。くそっ。これではまるで、罠にかかった鼠だ。撃ち返すことも、追うこともできない。おれは役立たずだ。

「いま、このチビの頭に銃を突きつけている」アンドラーシュは嘲るように言った。「おまえの銃をすべて廊下に投げてから、両手を前にあげて、部屋の外に一歩出ろ。ボスと話をしに行くぞ」

「やつは死んだ」ヴァルは疲れきった声で言った。

「そうだろうとも」アンドラーシュがつぶやいた。「このキーキーうるさいガキもすぐに死ぬ。こっちは、早くやりたくてうずうずしてんだ」

「もう終わったんだ。ボスが死んだ。皆、死んだ」ヴァルは繰り返した。

「本当か？　ボスが死んだ。ノヴァクは死んだ。チビをいますぐ殺しちゃいけない理由もなくなったわけだな？　まずは体の一部を吹き飛ばしてやったほうがいいかもしれない。手か、足か。こいつにはさんざん手を焼かされたから、さぞ胸がすくだろうよ。この角度なら、膝から下を吹っ飛ばすのが簡単だろう。見たいか？　目の前で見せてやろうか？」

「やめろ」ヴァルは慌てて言った。「やめてくれ」

「ほう？　やめてほしい？　なら、銃を捨てろ。何度も言わせるな」

銃は乾きかけた血で手にくっついていた。それをはがした。死んだＰＳＳ諜報員から集めたベレッタとシグだ。

「聞こえないのか、男娼？」アンドラーシュの声がぴりぴりしはじめている。「五つ数えるうちに従わないなら、こいつは足を失う。一、二、三――」

ヴァルは銃を落とした。タイルの床にガチャッと響く。

「蹴って、廊下に出せ」アンドラーシュはレイチェルの悲鳴に張り合って、大声で命じた。

「それから、両手を前に出すんだ」

言われたとおりに銃を蹴った。軽い音をたててタイルを滑っていく。

手は血だらけだった。両方とも戸口の外に出し、指を広げ、裏表に返して何も持っていないことを示した。

「姿を見せて、両手を頭に置け」

ヴァルはゆっくりと廊下に出て、腕をあげ、言われたとおりにした。

アンドラーシュはレイチェルの胴体を抱え、強すぎるほどの力で押さえつけていた。レイチェルはひるまずにもがきつづけている。不屈の精神は母親譲りだ。ヴァルは沸きたつマグマの上で綱渡りをしているような気分で、倒れないように体のバランスを取り、アンドラーシュをにらんだ。喝采《かっさい》を送りたくなった。

腕を伝っていく血は熱く、ゆっくりと肌を舐めている。

チェックメイトだ。しかし、心の一部はこう叫んでいた――三歩さがれ、阿呆。浮かびあがれ。チャンスを待つんだ。

レイチェルはのたうち、手足をばたつかせて叫んでいる。アンドラーシュは子どもを押さえておくのに苦労していた。「膝をつけ」こちらに怒鳴りつける。「じっとしてろ、くそチビ。ブドウみたいに皮をはいでやるぞ」

ヴァルはそろそろと腰をかがめ、ひざまずいた。そして、待った。五感を研ぎ澄まし、心を穏やかにして、好機を探った。待つんだ。

アンドラーシュは少し上の位置にレイチェルを抱え直した。そのとき、まるでキスをするかのように、レイチェルがアンドラーシュの顔に飛びかかった。すぐさま、アンドラーシュがレイチェルを顔から引き離し、床に放り捨てた。頰に赤い嚙み跡がついている。傷ついた皮膚。血。

いまだ！

レイチェルが四つん這いで逃げてきて、戸口の奥へ入っていくと同時に、ヴァルはジャケットの袖からワルサーＰＰＫを手のなかに滑りこませた。アンドラーシュはわけのわからない言葉を叫び、片手で血の流れる歪んだ顔を押さえながら、弾を連射して、レイチェルを撃ち殺そうとしていた。

ヴァルのワルサーが火を吹いた。一度、二度、三度。頭、喉、胸。

アンドラーシュはべつの部屋の戸口をまたいでばたりと倒れた。顔にはぽかんとした表情が浮かんでいる。ひたいの真ん中に穴があいていた。

突然の静寂に、意識を失いそうだ。三歩さがるという冷静なスタンスは、そこにしがみつく必要がなくなったとたんに消え失せた。体が痙攣しはじめる。ヴァルは倒れかけたが、どうにか踏みとどまった。

ぎくしゃくと立ちあがり、足を引きずってアンドラーシュのそばに行った。そこでまた膝をつき、死んでいることを確かめた。銃でつついてみた。とはいえ、頭をひと目見れば、間違いようはない。頭蓋骨の中身はほとんどが飛び散っていた。よし。

暗い部屋に戻り、様々なものにぶつかって痛い思いをしながら、直感で電気のスイッチを探そうとした。真っ暗だ。この部屋には、覆いの布をかけられた大きな家具が集まっているらしい。

電灯などないのかもしれない。ヴァルが暮らしていたころ、古い城のすべての翼棟は十八世紀当時のまま腐るに任せてあった。電気も現代的な配管も通っていなかった。

「レイチェル？」痛みにうめきつつも、戸口から差しこむ薄明かりのなかでひざまずき、レイチェルが部屋のどこにいても、こちらの姿が見えるようにした。もしまだ生きているなら。アンドラーシュの弾が当たっていないのなら。

「レイチェル？」ふつうの声を出そうとしたが、しゃがれ、震えて、ほとんど自分の声だとは思えなかった。「ヴァルだよ。覚えているかい？　ママの友だちだ。もう大丈夫だから、出ておいで」

驚いたことに、レイチェルはすぐに出てきた。衣擦《きぬず》れと何かが軋む音がして、小さな体が床を転げるようにしてこちらへ向かってくる。ヴァルに飛びつき、尻もちをつかせて、首にしがみついた。ヴァルは幼い子どもを抱きとめた。否応なしに胸がわななく。生きていた。

ああ、だめだ。まだ早い。頼む。いま倒れるわけにはいかない。まだだめだ。

レイチェルを抱きあげたとき、ヴァルの体は危ういほど揺らいだ。もう時間がない。この子の世話をしてくれる人間を見つけ、しかるべきところに電話をかけ、色々と手配しなければならないのに。全身の血が流れでたからといって、意識を失うことは許されない。虐殺現場にレイチェルをひとり残すことになってしまう。

出血多量は言い訳にならない。タマルと約束したのだ。

ぜいぜいと喘ぎ、おぼつかない足取りで廊下に出た。

「ママ？」息を潜めるようにして、レイチェルが尋ねた。

ヴァルの胸は、心臓をわしづかみにされたかのようにこわばった。「ごめんよ、ママのことはわからないんだ」小声で答えた。「あとで確かめてみような」

レイチェルはぎゅっと目をつぶり、血に濡れたジャケットに指を食いこませた。「ママ、ママ、ママ、ママ」何度も繰り返す。魔法の言葉で世界を締めだすように。

同じ魔法がおれにも効けばいいのだが。

銃を拾い、自分の血の跡をたどって〝聖人の間〟のほうに戻った。だが、それからどうしていいかわからなかった。言語に絶する惨状はもちろんのこと、ママが裸で倒れ、血にまみれている姿をレイチェルに見せることはできない。しかし、鉄のケーブルでつながれているかのように、ヴァルはタマルに引きよせられていった。無情にも、誰かがそのケーブルを引っぱっているみたいだ。

〝聖人の間〟までの最後の角を曲がったとき、男ふたりの姿が視界に飛びこんできた。ぎょっとしたが、目の焦点を合わせたとたん、明るいブロンドの髪がヒントとなって、男たちの正体がわかった。

コナー・マクラウド、セス・マッケイ。ほっとするあまり、ヴァルは泣きだしたくなった。本当に泣いていたのかもしれないが、それを見られてもかまわなかった。

張りつめた顔つきをして、コナーがこちらに駆けてきた。「ああ、よかった。よかった」小声でつぶやく。「レイチェル？　大丈夫か？　おい、ヤノシュ、その血はなんだ？　レイチェルがどこか怪我を――」

「違う」疲れきった声で言った。「レイチェルは無傷だ」

コナーが両腕を伸ばした。レイチェルはヴァルから手を放し、おとなしくコナーの腕に移った。「ママ？」コナーにも尋ねる。

「いや、わからないんだ」コナーは途方に暮れていた。

レイチェルは泣きじゃくりはじめた。ヴァルは泣き声に背を向けて、〝血まみれの〝聖人の間〟にゾンビのような足取りで入っていった。

部屋は寒く、暗かった。風が吹きこんでいる。デイビーとショーンが、身じろぎもせず横たわるタマルにかがみこみ、小声で何か話し合っていた。防寒用のブランケットがタマルにかけてある。デイビーが心臓マッサージをしていた。

ヴァルはふたりの横で膝をついた。ガラスの破片が肌に刺さったことは、ぼんやりとしか認識できなかった。「タマルの具合は？」

「生きてる」ショーンが答えた。「なぜなのかも、いつまで持ちこたえるのかもわからない。そいつの状態を考えればな」ゲオルグのおぞましい死体を指した。背はのけぞり、口からも鼻からも、突きでた目からも血が流れていた。「そいつと同じ毒を飲んだはずなんだが」

「タマルがキスをして、そいつは死んだ」ヴァルは言った。

「思ったとおりか」ショーンは苦々しい声で言った。「タマラは舌にピアスをつけていた。

毒のカプセルのようなものだ。どうかしてるよ。始末に負えない」

ヴァルはタマルのあごに手を添え、口を開けようとした。ショーンがその手をはたく。

「さわるな！　タマラがよく使う毒のなかには、皮膚から吸収されるものもあるんだ。人工呼吸さえできないんだぞ」

「毒に冒されてもかまわない」ヴァルは言った。「おれが人工呼吸する」

デイビーが冷徹な視線をよこした。「そんなことはさせない。おまえがくたばるまでもなく、すでに最悪の事態なんだ。それでもやるというなら、力ずくで止める」

その必要はない。内心で返事をしたとき、ヴァルはぐらりと揺れた。床に手をつき、動かぬタマルを見つめた。

精巧な蠟人形みたいだ。

「電話をかけないと」力を振り絞り、ヴァルは言った。「救急車。医者。レイチェルのためにも。誰か携帯電話を貸してくれ。まずは救急車を――」

「コナーがもうかけた」デイビーがヴァルをさえぎった。「あとのことは、こっちに在駐のＦＢＩに任せろ。どちらももうここに向かっている。だから、この死体の山も……なあ、何があったんだ？　全員おまえがやったのか？」

「いや。ほんの数人だ」ヴァルはぼんやりと答えた。「七人か、八人か。ほとんどは勝手に殺し合った。彼女の腕に何をしている？」

「折れてるんだよ」ショーンが荒々しい口ぶりで答えた。「薄汚い豚野郎どもは、折れた腕をロープで縛って、タマラを吊るした。イカレた毒にはお手あげだが、腕に添え木をするこ

となら、体を支えようとした。薄暗い部屋が霞んでいく。

とならおれにもできる」

ヴァルが床に尻をついたとき、ガラスの破片が鳴った。血だらけの手をついて、体を支えようとした。薄暗い部屋が霞んでいく。

目を覚ましていようともがいた。タマルがまだ息をしているうちは、先に逝きたくない。一緒にいられる貴重な時間を捨てたくなかった。

しかし、意識の重みにもはや耐えられなかった。ヴァルはそれにつぶされかけていた。ずるずると横に倒れた。

なんてこった、こいつも撃たれてるぞ。四人のうち誰かが怒ったように叫んだのを聞いたあと、ヴァルは無に向かって真っ逆さまに落ちていった。

30

クレイズ湾、五週間後……

ヴァルはタマルの家に続く道の入り口でバイクを停めた。最後に見たときとはがらりとようすが違う。見せかけの獣道ではなく、きちんとした道ができていた。アスファルトを敷いたばかりのようだ。銀色に輝く大きな郵便受けが白い柱に取りつけてあり、そこには黒いステンシルでしっかり〝スティール〟と記されていた。ローカル雑誌『ワシントニアン』の専用配達ボックスもある。

これには困惑した。脳裏に焼きつき、堅固に守られているはずの記憶に誤りがあったのかと疑いかけたが、それは一瞬のことだ。タマルの存在を知って以来、この地球上のどこに彼女がいるのか、正確な緯度と経度を追いつづけてきたのだ。場所を間違えるはずはない。ヴァルはエンジンをかけ直し、小声で悪態をついた。

得体の知れない沈黙が数週間の長きにわたって続いたあとだけに、ヴァルはとにかく怯えていた。タマルの沈黙の意味を測るのが怖かった。怯えきって、食事も喉を通らないほどだ。じつのところ、息を吸いこむのもつらかった。

男をあせらせるタマルのやり口だろうが、何週間も生死の境をさまよい、ひとり頭を悩ませるしかなかったヴァルにとっては、とりわけ残酷な仕打ちだ。おれから会いに行っていいのか？　それとも待つべきか？

しかし、永遠に待つことなどできない。もう耐えられなかった。答えを知りたい。

それに、タマルのことはわかっている。タマルは強さが好きだ。それが必要不可欠なものだ。だから、ヴァルは強くなければならない。恐れは弱さを生むから、恐れ知らずでいなければならない。

ふん。大仕事だ。しかし、あらゆる手を使って挑むつもりだった。

それでも、疑念は心をつついている。タマルの口から愛の言葉を聞いたことはなかった。〝アグリトゥリースモ〟で手錠をかけられ、睡眠薬を吹きつけられたあと、愛していると言われたような気はするが、きっと夢だ。薬で朦朧としていたから、幻聴を聞いたのかもしれない。どこからどう考えても、現実だとは思えなかった。

タマルとレイチェルを助けようとしたことで、点数が稼げたことを願っていたが、それも叶わなかったらしい。あれ以来、タマルはヴァルの存在そのものを無視している。

電動の門の前でブレーキをかけた。その上にインターホンのカメラが取りつけてあった。ヴァルはブザーを押して、応答を待った。

ありきたりな門は、朽ちかけた納屋を模した以前のカモフラージュとは大違いだ。タマルは宇宙時代のセキュリティをすべて取り払い、基本的なシステムだけを備えておくことにしたらしい。言い換えれば、ガードをさげた。

どういうわけで、宗旨替えしたのだろうか。おれにも歓迎できる理由ならいいのだが。考えるのが怖かった。

ブザーに応答はなかったが、ヴァルはなんとしてもなかに入るつもりでいた。

あらゆる対応に身構え、銃を向けられることさえ覚悟していた。それだって、徹底的に無視されるよりはましだ。まずは退屈でつらい治療に耐え、その後、PSSへの報告とタフな交渉が続いた。そして、来る日も来る日も何ごともなく、ローマのアパートメントでぼんやりするだけの終わりのない日々が始まった。ぐったりと椅子に座り、壁に影が動いていくのを何時間もながめる毎日だ。食べることも、眠ることも、動くこともできなかった。

何をしようとしても、無駄な芝居みたいに思えた。なんの意味もない、と。ヴァルは心のよすがを失っていた。あるわけないだろう？　それは自分から離れていったのだから。

ヴァルのよすがはヨーロッパから立ち去り、世界の反対側で生きている。ヴァルの心が体から出ていったも同然だ。

ようやくインターホンに応答があった。「どちらさま？」

女の声だがタマルではなかった。「タマル・スティールのお宅？」ヴァルは尋ねた。

警戒するような間があいたあと、女は言った。「先に名乗ったらいかが？」

「ヴァレリー・ヤノシュだ。彼女はいるか？」一歩前に出て、カメラを見あげ、モニターの前にいる誰かによく顔を見せた。

カチッと音がして、門が開いた。アクセルをふかして門をくぐり、太平洋から切り立つ高い山の頂上を目指して、長いつづら折りの道をのぼっていった。山側はそびえるような針葉樹の鬱蒼《うっそう》とした森で覆われ、切れ切れの霧を漂わせていた。反対側の眼下では、白く泡立つ波が、広々としたビーチによせては引いている。夢のように美しく、タマルみたいな女性にはぴったりの家だ。

タマルに近づくにつれ、胸の痛みが強くなった。サン・ヴィートのホテルの部屋で、夜明けの光のなか起こったことは、おれの妄想の投影にすぎなかったのか？　あの朝、タマルの目をのぞきこんだとき、ヴァルは自分の本質が変わるほどの何かを見たと思った。魂が目覚めた。心も、頭も、どう呼んでいいかさえわからないほかの部分も。あのとき、死んだような眠りから覚めたものが、いまヴァルをかき乱している。

夢うつつで聞いた〝愛してる〟は、やはり現実ではなかったのか？　到着したとき、ガレージは開いていた。赤い巻き毛の女性が元気いっぱいの赤ん坊を抱きかかえ、入り口に立っていた。マーゴット・マクラウド。名前が頭のなかに浮かんできた。デイビーの妻だ。顔に笑みはなかった。

礼儀正しい挨拶の言葉なら、十カ国語で繰りだすことができるが、ヴァルは無言で立ちつくして、喉をつまらせているパサパサのかたまりを飲みくだそうとしていた。「彼女はここに？」ようやく声を振り絞った。

マーゴットは赤ん坊をあやしながら、ヴァルに鋭いまなざしをそそいでいる。「ええ。仕事中よ。工房にいるわ」

胃が沈みこんだ。「じゃあ、おれが来たことはまだ知らない？」

マーゴットはうなずいた。赤い巻き毛がふわりと舞う。「ええ、まだ。ヘッドホンで大音量の音楽を聴きながら仕事をしているから。どうぞ」

ヴァルはマーゴットのあとについて、最先端機器でいっぱいのセキュリティ・ルームに入り、そのほとんどが解除されていることに目を留めた。機械からはずされたケーブルがあちこちで渦を巻いている。

階段をのぼりきったとき、感嘆の思いで部屋を見まわした。タマルの家のリビングは、ヴァルが想像したとおりだった。シンプルで、飾り気はないのに、どことなく華やか。内装は直線的にしつらえられているにもかかわらず、淡い色の羽目板の木目は優美な渦を描いていた。大きな三角形の窓のどれをのぞいても、その先には絶景が広がっている。ヴァルはこの家に初めて来たが、見覚えがあるように感じていた。タマル本人と同じで、一切の妥協がなく、凛として、美しい。

それとはそぐわず、色であふれた部屋の前を通りかかった。オモチャ、絵本、天井から吊るされたモビール、壁にかかった絵。小さな姿が部屋から飛びでてきて、ヴァルの脚にぶつかった。

「ヴァル！　ヴァル！」レイチェルが嬉しそうに叫び、腿をつかむ。温かい歓迎がありがたかった。ふいに、この少女への愛しさがこみあげて、ヴァルは言葉を失った。ひょいと抱きあげ、つかの間、巻き毛に顔をうずめて表情を隠し、泣きそうな状態が過ぎるのを待った。

「久しぶりだね」ヴァルはささやいた。

ずんぐりとした背格好で、白いもののまじった髪をひとつにまとめた中年の女性が、戸口で目を丸くして、好奇心もあらわにこちらを見ていた。ロザリアに違いない。

「レイチェルとおれは仲よしなんですよ、セニョーラ」ヴァルはポルトガル語で言い、レイチェルのつむじにキスをした。

ロザリアはふたりに見入っている。「ああ！　じゃあ、あなたが、みんなの話していたあのヴァルですね？」にこにこ顔でマーゴットを見て、おおっぴらにウィンクをした。「よかったこと！　上で彼女と話してきてください。最近は沈みこんでばかりで。あなたみたいにハンサムな男性とおしゃべりしたら、彼女も元気になりますよ」

それは会ってみなければわからない。ヴァルは心のなかで暗然とつぶやいた。レイチェルをロザリアに渡し、あとで遊ぼうと約束して、抗議の声をなだめた。この約束を破らずにすむことを祈る気持ちだった。

「行きましょ。案内するわ」マーゴットが言った。

レイチェルが不満そうに叫ぶ声を背中で聞きながら、マーゴットに続いて廊下を渡った。螺旋階段をのぼる。全身の細胞が恐怖でばらばらになりそうだ。気をそらすために、ヴァルは口を開いた。「彼女の調子は？」

マーゴットはちらりと振り返った。「そうね、わたしから言わせれば、いまいちよ。自分で訊いたほうがいいわ。わたしたち、タマラが心配で代わる代わるに居座っているんだけど、まだ追いだす気力もないみたいだから。でも、だんだん元気になってきているとは思う」彫刻の入った木のドアの前で立ち止まり、娘の頭の向こうから、探りを入れるような視線をよこした。娘の髪も、燃えたつような色合いの巻き毛だ。

「できれば、彼女を動転させないで」そう助言した。「このごろぴりぴりしていて。よく眠れないみたい」

「うっかりおれを殺すかもって意味かい？」

マーゴットは口もとをゆるめ、ドアを開けた。「わたしは言ってませんからね。言ったのはあなたよ」

タマルはヘッドホンをつけて、作業台に身を乗りだし、ふたりに背を向けていた。生成りのゆったりとしたズボンを腰で穿き、体に張りつくような黒いTシャツを着ている。裾はへその上までしかなく、深い曲線を描く女らしい腰つきがあらわになっていた。はだしだ。琥珀色の髪はゆるい三つ編みにされている。

タマルは仕事に没頭し、自分にしか聞こえない音楽に合わせて、なめらかに体を揺らしていた。ひどく華奢に見えた。腕も細すぎる。右腕には手術の跡が生々しく残っていた。引き裂かれ、ずたずたにされた組織や腱をくっつけるため、外科手術が必要だったことは、マクラウドの連中から聞いていた。

ヴァルは固く唇を結び、傷跡を見つめた。喉がひりひりする。

マーゴットが咳払いをした。「わたしはお邪魔よね。ふたりきりで話したいでしょうから」

「ああ、それが一番だ」ヴァルは言った。「巻き添えできみが死ぬ心配がなくなるからね」

マーゴットは吹きだした。「グッドラック」

ほどなくドアが静かに閉じた。

ヴァルは見つめつづけた。数週間を経て、目はタマルの姿に飢えていた。完璧な姿のすべてに。ぴんと伸びた背中、クリームみたいにすべらかな肌、ちょうどいい高さの頬骨、シンプルな作業着がしなやかな体に流れ、張りつくさま。

ヴァルは立ちすくんでいた。なんの計画もなく、飢えと支離滅裂な切望があるばかり。不愉快なアドレナリンの放出を起こさせずに注意を引く方法を思いつかない。だから、待つことにした。ヴァルと同じように、タマルは第六感が鋭い。そのうち視線を感じ取って、振り返るだろう。

そして、ヴァルは、幸せな人生を送れる望みがあるのかどうか知ることになる。

違う、望みがどうのという問題ではない。自分にそう言い聞かせ、改めて決意を固めた。これは意志の闘いだ。タマルに選べるのは、ヴァルの愛を受け入れることか、ヴァルを殺すことのどちらか。もしおれを追い払いたいのなら、殺すしか方法はない。ふたつにひとつ。極めて単純だ。

どちらかの結果が得られるまで、帰るつもりはなかった。


——おまえに本気で愛を告げる男がいると思うか？　男はおまえのような女を愛さない。使い終わったら、ゴミとして捨てるだけだ。

タマラは狡猾な亡霊の声を必死に追い払った。消えなさい、ノヴァク。声に出さずにささやいた。あんたは死んだのよ。ゲームに負けたの。

あの極悪人。こうなってもなお、タマラを内側から突き崩そうとしている。すべてでためよ。自分にそう言い聞かせた。騙されてはだめ。信じてはだめ。あいつに勝たせてはだめ。

危機を脱したいま、ノヴァクに引きずりおろされることはない。

ともかくも、外面では。内面はずたずただった。

タマラはヘッドホンから鳴り響く音楽に注意を戻し、制作中のブレスレットに目を向けた。あの邪悪な声は時とともに小さくなってはいるけれども、ごくごく少しずつにしか薄れていかない。上の空になって、ぼんやりと宙を見るときには必ず聞こえた。つまり、しょっちゅうだ。ノヴァクのしゃがれた声は隙間を埋めようと待ち構えていて、残酷で野卑なささやきを流しつづけるのだ。

癪に障る。乗り越えなければ。レイチェルも精神的外傷を受けているのだから、あの子のために強くならなければならない。めそめそしたり、ふさぎこんだりしている余裕はない。

でも、それが難しかった。二トンの重荷を背負っているようだ。疲れきり、悲しみは大きく、心は空っぽ。痛めつけられた腕と、致死量に近い毒の後遺症をはじめとして、すべてがタマラを吸いつくした。ヴァルへの思いも含めて。彼のことを考えず、夢を見ずに、二十秒とたつことはなかった。ヴァルに思い焦がれている。これこそが、タマラを麻痺させる最強の毒だろう。また人間らしい気持ちになりかけ、女らしい気分さえ取り戻しつつあるが、ヴァルの登場するエロティックな夢は、おぞましい悪夢とともにタマラを苦しめはじめていた。どちらの夢により心が痛むのか、判断はつかないけれども。

ヴァルは電話の一本もメールの一通もよこさなかった。こちらも出していないのだから、お互いさまだ。レイチェルを抱え、海を越え大陸を越えて逃げてきたのだ。立てるようになったとたん、渋い顔をする医者を振りきって。

ヴァルと会うことには耐えられなかった。タマラはすでに押しつぶされそうになっていた。毒に冒され、穢され、自分自身も含めた何もかもにうんざりしていた。毒を飲んだことも、ゲオルグに迫られたことも、レイチェルをさらわれ、脅されたことも。精神的には、ノヴァクから無理やり毒を飲まされたようなものだ。例のビデオが頭のなかで繰り返し再生されている。

そして、ヴァルと交わしたあの最後の会話。裏切りを恨み、ベッドにつながれて怒声をあげるヴァル。その顔に睡眠薬を吹きつけ、彼のもとから去ってまで人を殺しに行こうとしている自分。

どこからどう考えても、やり直せるはずはない。

いまの自分が感じているのと同じような目で、ヴァルから見られると思うとやりきれなかった。というより、誰に目を向けられても、身をこわばらせてしまう。人の視線が痛くて、焼かれるようだった。どうにか耐えているのは、レイチェルのため。

マクラウドの連中がここに居座るのは邪魔でしかなく、そのせいでタマラはゆっくりと、しかし確実に狂気のふちへ近づいていっているが、レイチェルのために、それを許している。そうすれば、すでにかなりの無理をさせているロザリアのほかにも、タマラより健全でまともな人間と接することができるから。自分のことは信用できなかった。むしろ悪影響だ。

ヴァルにメールで連絡を取ることは考えた。インターネット空間を挟めば、多少は感情が傷つくのを防げるのではないか、と。パソコンを立ちあげ、〈カプリッチョ・コンサルティング〉のホームページでメールフォームを開き、何語か単語を打つことまでした。

しかし、そういうことをしようとするたびに、何か重苦しいものがのしかかってきて、息が苦しくなってしまう。その同じ何かが、サン・ヴィートとハクスリーのホテルで撮られたあのビデオを何度も何度も再生させている。冷たく無情なカメラの目によって、ポルノに貶められたあの光景を。

ベッドに横たわり、眠れずにいるときには、敵意に満ちた緑色の目がこちらをにらんでいるのが見えた。ようやく眠りに落ちれば、自分が白い体に鳥肌をたて、よれよれの赤いシュミーズ一枚の姿で凍えているという夢を見た。たったひとり、雪のなかで。これまでに出会った化け物たち全員が、舌舐めずりしながらタマラを取り囲んでいる。

そして、あのささやきが聞こえる。あの悪辣《あくらつ》なささやき——おまえに本気で愛を告げる男がいると思うか？　男はおまえのような女を愛さない。使い終わったら、ゴミとして捨てるだけだ。

単に、馬鹿を見るのがいやだという話ではない。恐ろしいどころではなかった。もしもあのささやきを一笑に付して、心を開き、ヴァルの胸に飛びこもうとしたとき、やはりノヴァクが正しかったとわかったら、馬鹿を見るだけではすまない。今度ばかりは。

タマラは死んでしまうだろう。葬られたも同然。一巻の終わりだ。そんな賭けに出る勇気はなかった。勇気など、とっくに使い果たしている。

ふん。芝居がかっているのはどっち？　タマラはゴーグルの下に手を入れて、涙を拭いた。そもそもメールに何を書いたらいいの？　久しぶり、ご機嫌いかが？

やれやれだ。ヴァルの機嫌を本当に知りたい？

いまでさえ、ヴァルの存在を感じられるような錯覚に陥っていた。体が火照って、ぞくぞくしている。振り返れば、あのくすぶるような黒い目に、言葉で言いつくせないほどの切望をこめて、こちらを見つめている気がする。

しかし、タマラは振り返りたいという思いに屈しまいとした。ヴァルがいるはずのところに空っぽの空間が広がっているのを見れば、耐えがたい虚しさに襲われるだろう。そんなことを自分に許すわけにはいかなかった。

それでも、首筋はやけにぞくぞくして、産毛が逆立っている。タマラはヘッドホンをはずし、一瞬ためらった。鼓動が轟いている。

ああ、もう。さっさとみじめな気分を倍増させれば？

タマラは振り返り……息を呑んだ。

世界がぐるりと回転する。つま先から、いや、もっと深いところから、全身に熱が立ちのぼっていく。その源は、失ったはずの半身にあるかのようだった。溶けてしまった魂の核に。心の海の底に。

裸にされたように感じていた。心も、体も。甘いさざ波が競い合うようにして肌を駆けている。恐れと、思いがけない喜びがないまぜになっていた。

ヴァルは無言でタマラを見つめていた。髪が伸びた。以前の垢抜《あかぬ》けた雰囲気からすれば長すぎだ。目や耳にかかるぼさぼさの髪には、真っ白な筋が何本か入っていた。

体は痩せて、さらに引き締まった。目の下にくまができて、肌は青白く、あごの輪郭がよりくっきりして見える。頬骨は鈍いナイフで削られたみたいだ。でも、ヴァルには変わりない。

この圧倒的な存在感。空間をいっぱいに満たすようだ。ヴァルはその場を占めて、完全にわがものとする。

タマラをわがものとしたのと同じように。奇跡的な力だ。

タマラは咳払いをした。「何か言うつもりはないわけ？」締めつけられたように痛む喉から、言葉が飛びだした。

ヴァルの口もとがぴくりとした。「きみから話すのを待っていたんだ」

習慣から、鼻を鳴らしていた。「典型的。男はいつだって責任から逃げたがるのよね」

「いいや、タマル。典型的なのはきみだ」ヴァルは冷静な口調で言った。「母親のうしろに隠れる子どもみたいに、皮肉な言葉で逃げようとしている。地球を半周してきたことそのものが、意思の表明だ。おれはきみの返事を待っているんだよ」

体がさらに火照った。何を見ていいのか、手をどこに置いていいのか、どんな言葉を返せばいいのか、まったくわからない。心が……はずんでいた。何も言えなくなるくらいぼうっとしている。

「返事？」タマラは聞き返した。「どう返事をしろというの？」

ヴァルの口もとにうっすらとよぎった笑みから、タマラのうろたえぶりを楽しんでいることがうかがえる。タマラはヴァルを叩きたくなった。上に立ったつもりでいるなんて、思いあがりも甚だしい。

「きみの好きなように」ヴァルは何食わぬ顔で言った。「しかし、アドバイスがほしいなら、喜んで献上するよ」

タマラは歯を食いしばり、泣きじゃくりたくなるのをぐっとこらえた。「わたしが何を言うか、何を考えるか、誰にも指図できないわよ」馬鹿げたことを口走っていた。言わなくても当然のことなのに。

目もくらむほど美しい笑みが、タマラの体をぐらりとあとずさりさせ、息を奪いかけた。

「当たり前じゃないか」ヴァルが言った。「とんでもない」

「何が望みなの、ヤノシュ?」タマラは声を荒らげた。

「きみのすべて」きっぱりと答える。「それから、ヴァルと呼んでくれ。それくらいの得点はもう稼げているはずだろう?」

タマラはぎゅっと目を閉じた。「やめて。踏みこみすぎだし、早すぎる」

ヴァルは一瞬黙りこんだ。「きみがそう言うなら、急がない。おれはもうどこにも行かない。きみの好きなだけゆっくりやっていこう」

「ここはわたしの家よ」タマラはかっとなった。「招くも追いだすもわたしが決める」

「もちろんだとも」ヴァルはなだめるように言った。「きみを煩わせないような話をしよう。当たり障りのない話題」

新たないらだちがつのった。ヴァルはまた思いあがっている。「わたしたちが当たり障りのない話なんてできるわけないでしょう」切りつけるように言った。

ヴァルはため息をついた。「難しい女性だ」悲しげに言う。

顔を引きつらせながらも、あえてにこやかにほほ笑んだ。「へえ?　そう思う?」

ヴァルはちらりと天井を仰いだ。忍耐力をかきたてているのだろう。「天気の話は？」感情を抑えた声で言った。

タマラは窓のほうに手を払った。「ご覧のとおりよ。曇り。ワシントンの海岸ではいつものこと。会話は終わりね。惜しかったけど、失敗よ」

「わかった、話を変えよう。レイチェルの具合は？」

当たり障りのない話とはほど遠い。「よくなってきている」平静を装って答えた。「まだ毎晩、悪夢を見ては悲鳴をあげているけど、少しずつしゃべるようになってるわ。食欲も出てきたし、わたしが一緒なら、家の外にも出られる」

ヴァルはうなずいた。「それならよかった。嬉しいよ。きみの体調は？」

タマラは肩をすくめた。「まあまあよ」

しかし、それだけでは引きさがらず、ヴァルは無言の圧力をかけて答えを待っていた。

タマラは遠慮なく、いらだちのため息をついた。「本当よ。あなたに嘘はつかない。前回、肝機能検査を受けたとき、かなり回復していることがわかった。細胞が再生している。もちろん、内臓に多少の損傷は残っているけれども、すぐにも命を奪うほどのものじゃない。しばらくのあいだ、エベレストにのぼったり、フルマラソンを走ったりすることができないだけ。単に、ものすごい二日酔いが一カ月続いているのと似たようなものよ」

「腕は？」ヴァルはまだ引かなかった。「マクラウドのやつらから手術をしたと聞いた」

「マクラウドの連中は大げさなのよ」タマラはつぶやいた。「とりわけ、そのうちのひとりは、招かれざる客を勝手に通してくれたしね。あのマクラウドにはひとこと言ってやらないと」

ヴァルの口もとが引きつった。「きみにとって、おれはそれだけの人間か、タマル？　招かれざる客？」

タマラは胸もとで腕を組んだ。「罪悪感を植えつけようとしないで、ヤノシュ」

「なぜだめなんだ？」ヴァルは言った。「おれには何も失うものがない。ほかに打つ手がないなら、罪悪感に訴えることでもなんでもするさ。あの毒でゲオルグがどうなったか、おれはこの目で見た。きみが死んでしまうと思った。解毒剤を飲んだとなぜ言ってくれなかったんだ？」

タマラは横目でヴァルを見た。「ほかのことで頭がいっぱいだったのよ」

ヴァルはさらに口もとをこわばらせた。「本当にきみは食えない女だよ、タマル」

「いまさら驚くようなこと？　そう簡単には変えられないわよ。もしいやなら――」

「いやじゃない」ヴァルがさえぎった。「その反対だ」

つかの間、タマラは言葉を失った。「それって――どういう意味――」

「おれはきみを知っている、タマル」ヴァルは言った。「刺々しい態度を取るのは、壊れやすいところを守ろうとしているからだ。冷たくされればそのぶんだけ、希望が広がる」

希望が広がる。その言葉で、タマラの胸は震えはじめた。

「わたしのヤワな部分をピンで突こうとするのはやめてって前にも言ったわよね」脅しをこめて言ったつもりでも、声は揺らいでいた。

またもやヴァルは無言の圧力をかけた――タマラのこめかみが引きつるほど長く。「嘘をつくのは、怖がっているからだ」やがて、ヴァルはそう言った。「だが、おれのことは怖がらなくていい」

「ええと」タマラは意味深な言葉を無視して、当たり障りのない話題に戻すことにした。「それで、あなたの体調はどうなの、ヤノシュ？」

腹立たしいことに、この男は笑みをこらえるような顔つきまでしてみせた。「訊いてどうする？」軽い口調で言う。「気にかけちゃいないんだろ？　おれはどうでもいいやつなんだから。招かれざる客だ。名前でさえ呼んでくれない」

「くだらないことを言っていないで、質問に答えなさいよ」タマラはぴしゃりと言った。

ヴァルは肩をすくめた。「体中、穴だらけだったよ」こともなげに答えた。「出血多量だ。きみがそばにいてくれたら、もっと早く回復したんだが」

「それでも、きちんと回復したようでよかったわ」タマラは歯切れのいい口調で言った。

沈黙が続いた。やがて、ヴァルが沈痛な笑みを浮かべて工房を見まわしたとき、タマラは危うく抱きつきそうになった。

「この家の入り口は様変わりしたんだな」

タマラはふんと鼻を鳴らした。「ええ、そうよ。被害妄想を克服するために、まずはそれっぽく見えるところをすべて変えたの。なんにしても、度を超していたし。恥ずかしくなってきたのよ」

「不安の種はもうだいぶ減っただろ」ヴァルは言った。「ゲオルグとノヴァクは死んだ。それに、ＰＳＳは目下、世界中の〝最重要指名手配者〟のデータベースからきみを消しているところだ」

「PSSが？」タマラは虚をつかれた。「いったいどうして？」

ヴァルはまた肩をすくめた。「おれがそうするように言ったから」

声に棘を聞き取って、タマラはヴァルをまじまじと見つめた。「PSSに対してそこまでの影響力を持っているとは知らなかったわ」

まさかというように手を払う。「あいつらは、ヘーゲルとバーンがマフィアの縄張り争いに巻きこまれたことを恥じているんだ。会社のイメージが悪くなる。おれは喜んで口を閉じていると言った——あいつらがきみのために、できるだけのことをするなら、と」

タマラは目をぱちくりさせた。「今度はあなたがPSSを脅す番というわけ？　口封じにあなたを殺そうとしないのが不思議だわ」

「やってみればいいさ」とヴァル。

タマラはつばを飲んだ。「いいえ」小さな声で言った。「そんなことにならないほうがいい」

「そうか？　優しいな」軽い皮肉がこめられていた。「なんにしても、きみを悩ますやつは今後そうそう現われないはずだ」

「それはありがたいわ」タマラはぎこちなく言った。「スリルが大好きという嗜好《しこう》が変わったの」

「おれは違う」ヴァルの目がきらめく。「特定のスリルなら、いまでも大歓迎だ」

タマラはさっと目をそらし、製作中のジュエリーに視線を向けた。まともにヴァルの目を見られない。感情は高周波で悲鳴をあげている。

柔らかい足音がゆっくりと近づいてきた。「何を作っているんだい？」ヴァルは穏やかな口調で尋ねた。

タマラはどうぞというように、作業台を手で示した。「見てみれば」

ヴァルはタマラが作っている品々を見てから、慎重な手つきで指輪をつまんだ。ホワイトゴールドとふつうのゴールドの編み細工で、真ん中には、イエローダイヤモンドを核にした太陽がついている。

「美しい」ヴァルは言った。「女性用にしては大きいようだが」

「女性用じゃないのよ」

ヴァルは驚きの表情でちらりとタマラを見てから、手に取った指輪に改めて見入った。「女性用のジュエリーしかデザインしないと言っていなかったか？　それがきみの主義なんだろう？」

「たしかにそう言ったし、それが主義だった」タマラは正直に認めた。「でも、その指輪は女性用ではないの」

ヴァルは左手の指にはめ、惚れ惚れとながめた。「ぴったりだ」

タマラは肩をすくめた。「ペアリングの片割れよ」

「そうなのか？　もう片方を見せてくれ」

タマラはもっと小さな指輪を取った。「こちらが女性用」ヴァルが手を差しだしてきたので、その手のひらにのせた。こちらはホワイトゴールドを基調に、小さなアクセントとしてイエローゴールドを施した編み細工で、小ぶりのダイヤモンドを抱く三日月がついている。ヴァルは真剣な表情でふたつの指輪を見つめた。「非の打ちどころがない。どんな武器になるんだ？」

頬が赤くなってきた。「武器にはならない」

ヴァルは驚いて、こちらに首をめぐらせた。「ならない？」

タマラはうなずいた。

ヴァルは女性用の指輪を持ったまま、そっと手を結んだ。「ふたつともほしい」声に断固たる響きがあった。「この指輪はおれのものだ」

まだヴァルの顔を見られないまま、タマラは唇を嚙んだ。「高くつくわよ」

「おれが持っているものはすべて捧げるよ」ヴァルはひるまなかった。

タマラは眉を片方あげた。「買い物が下手ね、ヤノシュ」

「おれをごまかそうとするな。はぐらかすな。これほど大事な話をしているときに」声を荒らげて言う。「抑えがきかないなら、黙っていろ」

ヴァルはタマラの左手をつかみ、薬指に女性用の指輪をはめた。言うまでもなく、サイズはぴったりだ。その手を口もとに運び、キスをした。「美しさだけを追求した作品？」

きまりの悪い思いで、タマラは震える口を手で覆った。「そのつもりよ」

「危険な秘密はもうない？」

タマラは声にならない笑いで体を揺らしはじめた。「あなたにはなんの秘密もない」ようやく声が出るようになってから答えた。「秘密にしようとしても、うまくいかないみたいだから。隠そうとするのはやめたわ。どうぞ、ヴァル。醜悪で危険な秘密が知りたいなら、いくらでも。あなたがうんざりするまで」

ヴァルは手にもう一度キスをした。「知ることができるなんて光栄だ」

「お手のものね」タマラはまぜっ返した。「なんでもきれいに飾りたててしまうのは。ヤノシュ、その技はジゴロの学校で教えてもらったの？」

ヴァルはたじろいだ。「きついね。いつでも喧嘩腰でいなきゃならないのか？」

「そうよ」タマラはきっぱりと言った。「わたしはそういうふうに配線されているの。愛でわたしが変わると思っているなら、がっかりすることになるわ」

ふいにヴァルの顔で笑みがぱっと輝いた。「きみの口から初めて愛という言葉を聞けた。嬉しくて泣きそうだよ。何せ、おれが愛を口にするたび、きみは怯えまくっていたからね」

「怯える？　わたしが？　まさか」タマラはにらみつけたが、長くは続けられなかった。花にふれるような手つきで、ヴァルがそっと頰に指先をつけたからだ。貴重で、繊細な花をさわるように。

ヴァルはかがんで、タマラのひたいにひたいをつけた。ふれ合いは甘やかで、キスのようなぬくもりをもたらしたが、こちらのほうがもっと儚げで、ひそやかだ。タマラは縮こまらなかった。そのぬくもりに溶けていった。

ヴァルの両手がするりと肩へ、肋骨へ、そして素肌をさらした温かなウエストに落ちた。そこから滑るように上へ戻り、黒いTシャツを引っぱりあげていく。タマラは両腕をあげて、Tシャツを頭から脱がされるに任せた。三つ編みの髪が顔の横にふわりと落ちる。

タマラは上半身裸で立ち、ヴァルを見つめた。「初めてじゃない。一度、言ったわ」

ヴァルは凍りついた。あごの筋肉が引きつっている。「おれに睡眠薬を吹きかけたあとのことか？　じゃあ、あれは夢ではなかったんだな？」

「ええ、夢じゃない。現実のわたしが言ったの」ヴァルの視線を意識して、タマラは震えていた。ズボンはかろうじて腰に引っかかっている状態だ。ヴァルはズボンの紐に手をかけ、おもむろにほどいた。柔らかなリネン生地のズボンが足首まですとんと落ちて、タマラは完全に裸になった。「それに、本気で言った言葉よ」ささやき声で締めくくった。

「タマル」ヴァルもささやき返す。

両手で優しく腰をつかまれた瞬間、タマラはびくんと身をこわばらせた。恐れていたとおりだ。

すくみあがり、こうしてふれられている自分への嫌悪感で、体が凍りついている。あの低くしゃがれた声が、繰り返しこう言っている――おまえに本気で愛を告げる男がいると思うか？　男はおまえのような女を愛さない。使い終わったら、ゴミとして捨てるだけだ。

しかし、タマラは目を閉じて、息をした。ヴァルの手に自分の手を重ね、腰から動かさずにぎゅっとつかんで、奇跡を待った。

ヴァルその人が奇跡だった。生きた奇跡だ。優しさと根気のよさで、タマラを溶かし、癒してくれた。

心の奥底で花開いた感情は、甘く、心地よく、まぶしいくらいにきらめいていた。嬉しい驚きだ。さらに深くまで胸の内をあらわにするたび、新たな優しさと熱い思いがあふれでてくる。タマラの体は熱くとろけて、とびきり敏感になっていた。ヴァルの手でふれられたところからひとつひとつ花火があがり、全身に広がっていくようだ。ヴァルの両腕に包まれ、抱きよせられたとき、これまでに蓄積されていた緊張がピークに達し、地震のようにタマラの体中を揺さぶった。

ヴァルは前よりも痩せて、手ざわりは硬く、両腕はピアノ線みたいにぴんと張られているように感じられた。感情と欲望で震えている。緊張して、タマラが抱き返してくるのを待っていた。急かすことなく、タマラに必要なだけ時間をかけさせるつもりで。

不思議と、この腕のなかではほっと息をつけた。タマラはヴァルの胸に頰をつけ、かぐわしい香りを吸いこんだ。力強く飛ぶように打ちつける鼓動を聞いた。

ほっとする——その感覚があまりになじみのないもので、タマラは怖くなった。あれだけのことがあったにもかかわらず、ヴァルといてほっとできるなんて。あれだけ忌まわしいことが起こり、暴力と裏切りにまみれたあとで。

「なぜあんなことをしたの？」思わず尋ね、再びヴァルの胸に顔を隠した。答えを聞くのが恐ろしい。

ヴァルはタマラの髪を撫でて、太い三つ編みそっと引いて顔をあげさせ、また目を見られるようにした。「ビデオのことか？」

タマラはしっかりと目を見据え、続きを待った。

長々としたため息がヴァルの口から漏れた。「あれが、ノヴァクと交わした取り引きだった」ヴァルは言った。「やつに押しつけられた取り引きだが。ああいうビデオを三日ごとに送らなければ、ウェブカメラ越しにおれが見ている前で、イムレの体を刻んでいくと脅されていたんだ」

タマラは顔をしかめた。「なんてこと」

「おれは必死だった。ビデオを仕掛けるたび、自分に嫌気が差したよ。きみに対してはもちろんのこと、誰に対しても自分から進んであんなことをする気はない。すまなかった。水に流してもらえるか？　終わったこととして、許してくれるか？」

タマラはうなずいた。

ヴァルは目を閉じ、明らかにほっとして体の力を抜いた。「やつはそうやっておれを動かした。おれが本気できみに惚れることは計算外だったはずだ。おれにも予想外だったが、出会う前から、きみに参っていたんだ」

タマラは驚いて、顔をあげた。「どういう意味――」

「おれはきみとレイチェルを十日にわたって見張っていた。きみに恋するには充分な時間だ」ヴァルは熱い口ぶりで言った。「きみはあの子に優しく、忍耐強く接してやっていた。強い女だと思った。そして、まるで呪いだ《ベッラ・マラデッタ》と。おれの理想の女が、任務の標的として現われたんだ。理想のタイプがあるとはそれまで知らなかったが。しかしきみは――おれの理想だ」

ヴァルはタマラの尻をつかみ、抱えあげて、テーブルに座らせた。「きみの番だ、タマル。なぜあんなことをしたんだ？」

タマラはヴァルの肩をつかんでいた手に力をこめ、それから傷のことを思いだして、はっと手を放した。「どれのこと？」

「ああ、どこから始めようか。手錠と睡眠薬は？」怒りで声がこわばっている。「おれがほとんど昏睡状態でいるうちに逃げだしたことは？　おれのことなど気にもかけていないし、ふたりのあいだには何もなかったというように？」

詰問を押し返したいという衝動はほぼ機械的にこみあげたが、タマラはそれを断ち切った。ゆっくりと深く息をして、刺々しい言葉を呑みこんだ。

どのみち、もはや真実の言葉でも、口に出して言いたい言葉でもなかった。ただの条件反射だ。

本当にヴァルに望むのは、理解してもらうこと。タマラはヴァルの黒いシャツのボタンをひとつずつはずしはじめ、手の置き場と目のやり場を作ってから、話しだした。

「なぜかは知っているでしょ」強い口調で言った。「ステングルとけりをつけなければならなかったのよ。あいつはわたしの家族を殺し、村を、家を滅ぼした。わたしの子ども時代を地に落として、わたしを暴行し、わたしがなりたくもなかったものに変えたのよ。あれからずっと復讐の機会を待っていた」

ヴァルは目をすがめた。「なら、どうしてやつを殺さなかった？　それはわかっている。もしやっていたなら、サンタリーニがマフィアにおれを追わせていただろう。とうてい自分の身を守れないときに。やつに近づけなかったのか？　それともアナが——」

「違う。わたし……考えを変えたの」タマラは口ごもった。最後のボタンをはずし、シャツの前を開いた。

ヴァルは眉間にしわをよせた。「考えを変えた？」聞き返す。「いつ？」

「病室に入ったとき」タマラは答えた。「あいつの目を見たときよ。わたし、やっと気づいて——」

「何を？」ヴァルはもどかしげに先をうながした。

「あなたが正しかったって」タマラは素直に言った。「あいつにその価値はなかった。わたしが失うものに比べたら、あの男は無に等しいって。あんなことをしたのだから、あなたのことはもう失ったと思っていたけど、それでも。もうわたしには二度と会いたがらないだろうと思っていても」

ヴァルはタマラの右腕を取り、低く身をかがめて、傷跡にキスをした。何度も、何度も。

タマラはそこから勇気を得た。「病院から駆けだして、あなたを捜しに行こうとしたとき、アンドラーシュに捕まった」きつく目を閉じ、肌を疼かせるキスのぬくもりに意識を集中した。「わたしのこと、馬鹿だと思うわよね」

「ちっとも」ヴァルは言った。「だが、もうひとつ説明してほしい。おれたちのことでも気を変えて、逃げだしたのはなぜだ？　おれと一緒に南の島で幸せに暮らそうと言っても、もう心を惹かれないのか？」

タマラは首を横に振った。この話をするのは耐えられない。問題の核心だ。誰にも明かしたこともない屈辱。何よりも忌み嫌っている弱さ。タマラは宝石や鉄でできているわけではない。あの染みを洗い流すことはできなかった。いまとなっては。

ヴァルは両手でタマラの頰を包んだ。「答えてくれ、タマル」

ごくりとつばを飲み、毒の苦さを味わった。わずかながらも、毎日、絶え間なく感じている味だ。「わたしには無理だったのよ」小声で言った。

「なぜ?」ヴァルは容赦なく答えを引きだそうとしている。

タマラはまたぎゅっと目を閉じて、勇気をかきたてた。「わたしは……穢れているから」ぽつんとつぶやいた。「毒まみれで、ぼろぼろ。ブラックホールにでもなったような気分。幸せになる資格なんて、わたしには――とにかく、あなたから離れたほうがいいと思ったの。誰も汚染したくない。とりわけあなたのことは」

ヴァルは茫然としていた。「おいおい、タマル」力なく言う。

「ごめんなさい」意に反して、声は涙でくぐもっていた。「わたしは乗り越えられなかった。あなたが思うほど強くないのよ」

つかの間、ヴァルはタマラを強く揺さぶった。「くだらないことを言うな」語気を荒らげる。「そんなことはないってわかっていただろうが」

「わかるもんですか」タマラはとっさに言い返した。「この先も一生わからないかもね」

「いいや。おれのところに来ればよかったんだ、タマル。おれがわからせてやったのに。きみは女王だ。女神だ。一点の曇りもなく輝いている」

タマラはくすんと鼻を鳴らした。「やめてよ、ヴァル。また芝居がかってる」つい辛辣な言葉を返してしまう。

「自分でもどうしようもないんだよ」とヴァル。「おれの性格だ。それに、きみのことなら、いくら褒めても足りない」

「もうっ」タマラはつぶやいた。「やめて。甘ったるい言葉には我慢できないって言ったでしょ」

「そのうち慣れる」ヴァルはきっぱりと言った。

「へえ？」タマラはヴァルの肩からぐいっとシャツをおろし、腕のあたりで手を止めて、いまだ生々しい傷跡に目を凝らした。

そのひとつひとつにキスをしていった。それから、古い傷跡に。その数は多かったけれども、目に見える傷のすべてをたどり終わるころ、ヴァルは奮い立っていた。タマラはベルトをはずし、ジーンズを引きおろした。ヴァルのものを手に取り、きゅっとひねって、喜びの吐息を吐いた。

「それで、わたしへの尋問は満足な結果に終わったかしら？」タマラは息を潜めて尋ねた。

ヴァルはタマラの喉にキスをして、脚を大きく開かせ、親指でからかうようにクリトリスを愛撫している。「ああ。ただし、ひとつだけ、きみが拒否できない質問がある」

タマラは目をぱちくりさせて、ヴァルを見た。「何？」

ヴァルはタマラの首を鼻でくすぐった。「決めたんだ。おれを愛してもらうと。追い払いたいなら、おれを殺すしかないぞ。どちらにしても、おれの勝ちだ」

「そう？」タマラは吹きだしかけた。「その自信はどこから来るの？」

「おれを殺すには、手間も時間もかかる」ヴァルはまじめな顔で言った。「ちょっとやそっとじゃ殺されないからな。一生かかるかもしれない。そうして、きみがあれこれと計画を練り、手を尽くすあいだは、一緒にいられるというわけだ。な、おれの勝ちだろ？」

　タマラは笑いを漏らし、ヴァルの胸になまめかしく口づけした。「馬鹿ね、芝居がかったことばかり言って」

「それは認める」ヴァルは言った。「きみはおれのそういうところも愛してるはずだ」

「あなたのすべてを愛してる」タマラは思わずそう言っていた。「でも、こうして会うのは久しぶりだから。思いださせて、ヴァル。わたしの心を吹き飛ばして。あなたの愛をはっきりと感じさせてほしいの」

　ヴァルはあのまばゆい笑みを浮かべ、タマラの心をとてつもない喜びで飛び跳ねさせてから、すぐさま願いを叶えてくれた。

あとがき

あるときは悪党の愛人、あるときは世紀の悪女、あるときは正義の味方。変幻自在、神出鬼没、その正体は……？

さて、またもやたいへん長らくお待たせいたしました。シャノン・マッケナのマクラウド兄弟シリーズ第六弾、『危険な涙がかわく朝』をお届けします。本作のヒロインは、タマラ・スティール。シリーズの初期から〝謎の女〟として登場し、欠かせぬバイプレヤーとなったタマラがついに主役を務めます。

冒頭二行でついおちゃらけてしまいましたが、第五弾までと比べて、本作はダークな色合いの作品となっています。といっても、タマラのかっこよさや姐《ねえ》さんぶりは健在です。そして、マッケナの代名詞ともなった〝ホットでスリリング〟な作風もいつもどおり……いえ、いつも以上かもしれません。大御所の風格さえ漂いはじめたマッケナの持ち味をたっぷりとご賞味ください。

シリーズ第二弾『影のなかの恋人』で、カート・ノヴァクを倒すことにひと役買ったタマラは、父親のパパ・ノヴァクに恨みの矛先を向けられたため、その後は身をひそめて生きてきました。最先端のセキュリティ装置に囲まれた家は〝要塞〟さながらで、マクラウド兄弟たちのからかいの種になっているほど。ところが、シリーズ第五弾『過ちの夜の果てに』の最後で孤児のレイチェルを引き取り、そうした生活の見直しを余儀なくされます。生活ばかりでなく、生き方や、心のありようまでも……。からっぽだと思っていた心に、レイチェルが命を吹き返してくれたのです。ただし、それは過去の亡霊を呼び起こす諸刃の剣でもありました。タマラは未来の夢と過去の悪夢のあいだで揺れます。そうしているうちに追っ手は迫り――とうとう〝要塞〟を暴かれてしまいます。

　追っ手の名前はヴァル・ヤノシュ。はじめは自称イタリア出身のビジネスマンとして、タマラの前に現われます。すぐに敵方の人間だとわかりますが、その裏にいるのは――パパ・ノヴァク？　それとも……？　そう、タマラを狙っているのはひとりではありません。カート・ノヴァクの右腕だったゲオルグ・ラクスもまた、タマラに異常な執着心を燃やしていました。ヴァルがどちらに与しているのかわからないまま、タマラは長年凍りついていたはずの体にも火がともるのを感じます。それでも、レイチェルを守るため、すべてを捨てて逃げる決意を固めます。

　一方、民間の諜報員のヴァルは、のっぴきならない事情からタマラを追っていました。父親代わりの男、イムレを人質に取られ、タマラの身柄と引き替えだと脅されていたのです。

しかし、追跡装置を仕掛け、遠くから見ている段階で早くも、ヴァルはタマラに特別な思いを感じはじめていました。とはいえ、タマラを逃せば、イムレの命がない。板挟みになったヴァルはタマラの過去を探り出し、それを餌に危険な賭けを持ちかけます。そして、舞台はヨーロッパへ——

東欧に生まれ、それぞれに凄惨な過去を抱えているタマラとヴァル。そこから生き抜いてきたふたりは百戦錬磨の強者です。互いにそうやすやすと人を信じないたちですから、心理戦でも、肉弾戦でも一進一退の攻防を繰り広げますが、しだいに心の闇を重ね合うことで、そこに光を見出していきます。しかし、過去の闇はあまりに大きく、そこにパパ・ノヴァクやゲオルグをはじめとする悪鬼どもが加わって、ふたりを呑みこもうとしていました。

物語の背景に見えるバルカン半島——クロアチア、セルビア、ボスニアなど旧ユーゴスラビア諸国を含むこの土地では、歴史的に民族紛争が絶えませんでした。最後の紛争が終結してからおよそ十年、いまだに不安定な状態が続いていると聞きます。そこで起こった悲劇は数えきれません。本作で直接の舞台となるわけではありませんが、読み始める前に、そのことを頭の片すみに置いていただければと思います。

ここで、次の作品をご紹介しましょう。第七弾の〝*Fade to Midnight*〟では、とうとうケヴィンが帰ってきます。死んだはずのケヴィンが……。これまでの作品で、ケヴィンのことは、双子のショーンをはじめとする登場人物たちの口によくのぼってきました。コナーとエリンが子どもにその名前をもらうくらい、マクラウド兄弟のみならず、まわりの皆にとっても大事な人です。シリーズ第四弾の『真夜中を過ぎても』では、死亡と推定された当時のいきさつが語られています。ケヴィンがどこでどのように生きてきたのか。十八年間の謎が明かされます。

さあ、第七弾でひと段落――と思いきや、嬉しいお知らせです！ シリーズ第八弾、“*Blood and Fire*”が二〇一一年八月に刊行されることが決まりました。ヒーローは第七弾で初登場の人物なので、いまはまだ伏せておきましょう。さらに、著者によれば、マクラウド兄弟の世界は広がりつづけているとのこと。現在、第九弾を執筆中で、こちらのヒーローはアレックス・アーロだそうです。ご記憶でしょうか？ デイビーの軍隊時代の同僚で、第五弾『過ちの夜の果てに』にちらりと出てきました。「もうマクラウド兄弟シリーズじゃない」という声が聞こえてきそうですが、そこはどうかお目こぼしを。なにせ第一弾の『そのドアの向こうで』のヒーローはセス・マッケイ。実質的には、マクラウド一派（一味？）シリーズなのです。

引き続き、第七弾も二見文庫で刊行予定です。どうぞお楽しみに。

二〇一一年三月

ザ・ミステリ・コレクション

危険《きけん》な涙《なみだ》がかわく朝《あさ》

著者　シャノン・マッケナ

訳者　松井里弥《まついさとみ》

発行所　株式会社 二見書房
東京都千代田区三崎町2-18-11
電話 03(3515)2311［営業］
03(3515)2313［編集］
振替 00170-4-2639

印刷　株式会社 堀内印刷所
製本　株式会社 関川製本所

ISBN978-4-576-11049-3
http://www.futami.co.jp/

そのドアの向こうで
シャノン・マッケナ
中西和美［訳］
〔マクラウド兄弟シリーズ〕
亡き父のため十一年前の謎の真相究明を誓う女と、最愛の弟を殺されすべてを捨て去った男。復讐という名の赤い糸が激しくも狂おしい愛を呼ぶ…衝撃の話題作！

影のなかの恋人
シャノン・マッケナ
中西和美［訳］
〔マクラウド兄弟シリーズ〕
サディスティックな殺人者が演じる、狂った恋のキューピッド。愛する者を守るため、燃え尽きた元FBI捜査官コナーは危険な賭に出る！ 絶賛ラブサスペンス

運命に導かれて
シャノン・マッケナ
中西和美［訳］
〔マクラウド兄弟シリーズ〕
殺人の濡れ衣を着せられ、過去を捨てたマーゴットは、彼女に惚れ、力になろうとする私立探偵デイビーと激しい愛に溺れる。しかしそれをじっと見つめる狂気の眼が…

真夜中を過ぎても
シャノン・マッケナ
松井里弥［訳］
〔マクラウド兄弟シリーズ〕
十五年ぶりに帰郷したリヴの書店が何者かに放火され、そのうえ車に時限爆弾が。執拗に命を狙う犯人の目的は？ 彼女の身を守るためショーンは謎の男との戦いを誓う…！

過ちの夜の果てに
シャノン・マッケナ
松井里弥［訳］
〔マクラウド兄弟シリーズ〕
傷心のベッカが出会ったのは孤独な元FBI捜査官ニック。狂おしいほど求めあうふたりに卑劣な罠が……この愛は本物か、偽物か。息をつく間もないラブ＆サスペンス

夜明けを待ちながら
シャノン・マッケナ
石原未奈子［訳］
叔父の謎の死の真相を探るために、十七年ぶりに帰郷したサイモンは、初恋の相手エルと再会を果たすが…。忌わしい過去と現在が交錯するエロティック・ミステリ！

青の炎に焦がされて

ローラ・リー

桐谷知未［訳］

惹かれあいながらも距離を置いてきたふたりが再会した場所は、あやしいクラブのダンスフロア。それは甘くて危険なゲームの始まりだった。麻薬捜査官とシール隊員の燃えるような恋

これが愛というのなら

カーリン・タブキ

米山裕子［訳］

新米捜査官フィルは、連続女性行方不明事件を解決すべく、ストリップクラブに潜入する。事件を追うごとに自らも、倒錯のめくるめく世界に引きこまれていき…

燃える瞳の奥に

ルーシー・モンロー

小林さゆり［訳］

政府の諜報機関に勤めるベスは、同僚と恋人同士を装い潜入捜査を試みることに。奥手なベスと魅力的なイーサン、敵の本拠地に「恋人」として潜入したふたりの運命は？

おさえきれない想い

ルーシー・モンロー

小林さゆり［訳］

女優としてキャリアを積んできたジリアンのもとにやってきた魅力的な男、アラン。ひと目で強烈に惹かれあったふたりだが、ある事情からお互い熱い想いをおさえていた…。

追憶

キャサリン・コールター

林　啓恵［訳］

首都ワシントンを震撼させた最高裁判所判事の殺害事件――。殺人者の魔手はふたりの身辺にも！　サビッチ＆シャーロックが難事件に挑む！　好評FBIシリーズ！

旅路

キャサリン・コールター

林　啓恵［訳］

老人ばかりの町にやってきたサリーとクインラン。町に隠された秘密とは一体…？　スリリングなラブ・ロマンス！　クインランの同僚サビッチも登場。ＦＢＩシリーズ